新世纪全国高等中医药优秀教材

普通高等教育“十一五”国家级规划教材
新世纪全国高等中医药院校规划教材

有机化学

(新世纪第二版)

(供中药类专业用)

主　编　洪筱坤（上海中医药大学）
　　　　林　辉（广州中医药大学）
副主编　彭　松（湖北中医学院）
　　　　黄桂林（江西中医学院）
　　　　葛正华（黑龙江中医药大学）
　　　　张　萍（山东中医药大学）
　　　　邓小莲（广西中医学院）
　　　　武雪芬（河南中医学院）

中国中医药出版社
·北　京·

图书在版编目(CIP)数据

有机化学/洪筱坤,林辉主编. -2版. -北京:中国中医药出版社,2005.8(2014.8重印)

普通高等教育“十一五”国家级规划教材

ISBN 978-7-80156-642-3

Ⅰ.有… Ⅱ.①洪…②林… Ⅲ.有机化学-中医院校-教材 Ⅳ.062

中国版本图书馆CIP数据核字(2005)第006704号

中国中医药出版社出版

北京市朝阳区北三环东路28号易亨大厦16层

邮政编码 100013

传真 010 64405750

天津市蓟县宏图印务有限公司印刷

各地新华书店经销

开本 850×1168 1/16 印张 25.875 彩插 0.125 字数 629 千字

2005年8月第1版 2014年8月第2版第4次印刷

书 号 ISBN 978-7-80156-642-3

*

定价 35.00元

网址:www.cptcm.com

如有印装质量问题请与本社出版部调换

社长热线 010 64405720

读者服务部电话 010 64065415 010 84042153

书店网址 csln.net/qksd/

全国高等中医药教材建设
专家指导委员会

普通高等教育"十一五"国家级规划教材
新世纪全国高等中医药院校规划教材

《有机化学》（新世纪第二版）编委会

主　编　洪筱坤（上海中医药大学）
　　　　　林　辉（广州中医药大学）

副主编　彭　松（湖北中医学院）
　　　　　黄桂林（江西中医学院）
　　　　　葛正华（黑龙江中医药大学）
　　　　　张　萍（山东中医药大学）
　　　　　邓小莲（广西中医学院）
　　　　　武雪芬（河南中医学院）

编　委　陈　晖（甘肃中医学院）
　　　　　何　昱（浙江中医药大学）
　　　　　陈胡兰（成都中医药大学）
　　　　　梁久来（长春中医药大学）
　　　　　郭晏华（辽宁中医药大学）
　　　　　沙　玫（福建中医学院）
　　　　　安　叡（上海中医药大学）
　　　　　张国升（安徽中医学院）
　　　　　李熙灿（广州中医药大学）
　　　　　张淑蓉（山西中医学院）
　　　　　彭小冰（贵阳中医学院）
　　　　　万屏南（江西中医学院）

再版前言

“新世纪全国高等中医药院校规划教材”是全国唯一的行业规划教材。由“政府指导，学会主办，院校联办，出版社协办”。即：教育部、国家中医药管理局宏观指导；全国中医药高等教育学会及全国高等中医药教材建设研究会主办，具体制定编写原则、编写要求、主编遴选和组织编写等工作；全国26所高等中医药院校学科专家联合编写；中国中医药出版社协助编写管理工作和出版。目前新世纪第一版中医学、针灸推拿学和中药学三个专业54门教材，已相继出版3~4年，并在全国各高等中医药院校广泛使用，得到广大师生的好评。其中34门教材遴选为教育部“普通高等教育‘十五’国家级规划教材”，41门教材遴选为教育部“普通高等教育‘十一五’国家级规划教材”（有32门教材连续遴选为“十五”、“十一五”国家级规划教材）。2004年本套教材还被国家中医药管理局中医师资格认证中心指定为执业中医师、执业中医助理医师和中医药行业专业技术资格考试的指导用书；2006年国家中医、中西医结合执业医师、执业助理医师资格考试和中医药行业专业技术资格考试大纲，均依据“新世纪全国高等中医药院校规划教材”予以修改。

新世纪规划教材第一版出版后，国家中医药管理局高度重视，先后两次组织国内有关专家对本套教材进行了全面、认真的评议。专家们的总体评价是：“本次规划教材，体现了继承与发扬、传统与现代、理论与实践的结合，学科定位准确，理论阐述系统，概念表述规范，结构设计合理，印刷装帧格调健康，风格鲜明，教材的科学性、继承性、先进性、启发性及教学适应性较之以往教材都有不同程度的提高。”同时也指出了存在的问题和不足。全国中医药高等教育学会、全国高等中医药教材建设研究会也投入了大量的时间和精力，深入教学第一线，分别召开以学校为单位的座谈会17次，以学科为单位的研讨会15次，并采用函评等形式，广泛征求、收集全国各高等中医药院校有关领导、专家，尤其是一线任课教师的意见和建议，为本套教材的进一步修订提高做了大量工作，这在中医药教育和教材建设史上是前所未有的。这些工作为本套教材的修订打下了坚实的基础。

2005年10月，新世纪规划教材第二版的修订工作全面启动。修订原则是：①有错必纠。凡第一版中遗留的错误，包括错别字、使用不当的标点符号、不规范的计量单位和不规范的名词术语、未被公认的学术观点等，要求必须纠正。②精益求精。凡表述欠准确的观点、表达欠畅的文字和与本科教育培养目的不相适应的内容，予以修改、精练、删除。③精编瘦身。针对课时有限，教材却越编越厚的反应，要求精简内容、精练文字、缩编瘦身。尤其是超课时较多的教材必须“忍痛割爱”。④根据学科发展需要，增加相应内容。⑤吸收更多院校的学科专家参加修订，使新二版教材更具代表性，学术覆盖面更广，能够全面反应全国高等中医药教学的水平。总之，希冀通过修订，使教材语言更加精炼、规范，内容准确，结构合理，教学适应性更强，成为本学科的精品教材。

根据以上原则，各门学科的主编和编委们以极大的热情和认真负责的态度投入到紧张的修订工作中。他们挤出宝贵的时间，不辞辛劳，精益求精，确保了54门教材的修订按时按质完成，使整套教材内容得到进一步完善，质量有了新的提高。

教材建设是一项长期而艰巨的系统工程，此次修订只是这项宏伟工程的一部分，它同样要接受教学实践的检验，接受专家、师生的评判。为此，恳请各院校学科专家、一线教师和学生一如既往关心、关注新世纪第二版教材，及时提出宝贵意见，从中再发现问题与不足，以便进一步修改完善或第三版修订提高。

全国中医药高等教育学会
全国高等中医药教材建设研究会
2006年10月

修订说明

新世纪全国高等中医药院校规划教材《有机化学》出版以来，在全国各高等中医药院校中得到了广泛使用并取得了良好的效果。近年来，我国的高等教育呈现出跨越式发展，已步入大众化教育时期，中医药事业也迎来了难得的发展机遇。新形势下如何进一步深化教学改革，培养与社会经济发展相适应的，融知识、能力、素质为一体，具有创新意识和综合能力的药学类实用型人才，已成为广大药学教育工作者光荣而又紧迫的任务。为适应药学教育改革发展的需求，2008 年 8 月由主编洪筱坤教授在上海主持召开了《有机化学》教材修订会议，收集总结了该教材使用以来的情况，统一了教材修订的指导思想，并通过研究讨论进一步调整了修订教材的编写框架，落实了修订教材的编写任务与要求。修订后的新二版《有机化学》作为普通高等教育“十一五”国家级规划教材，主要供中药类专业使用。

相对第一版教材，该版教材的修订主要体现以学生为本的教育理念，遵循学生的认知规律，从课程教学的实际出发，对教材的编写体系进行了调整。调整后的体系按照在学习“绪论”和“有机化合物的化学键”以及“立体化学”的基本知识之后介绍各类有机化合物，而各类有机化合物的内容按官能团线索编排；同时，将原来分别作为独立章节介绍的具有生物活性的“生物含氮有机化合物”和“生物含氧有机化合物”以及“非金属有机化合物”和“金属有机化合物”部分的内容整合到各类有机化合物的相关章节中，将“苯环上取代反应的定位规则”的内容提前到“芳香烃”一章中介绍。另外，根据中药类专业的课程分工，有关波谱学的理论知识由分析化学课程详细介绍，中药化学课程则侧重介绍波谱学在中药研究中的具体应用，因此该版教材只在绪论部分简单介绍有机化合物的波谱鉴定知识，并在各类有机化合物的物理性质部分对典型有机化合物的波谱特征作一般性的介绍。

为进一步扩大该教材的影响力，更广泛地促进中医药院校之间的教学交流，该版教材修订还对编委会组成进行了调整，在保留原绝大多数编委的基础上，新增补了部分院校教学一线的教师作为新成员。调整后编委的具体分工如下：第一章洪筱坤；第二章彭松；第三章武雪芬；第四章陈胡兰；第五、第六章张淑蓉；第七章万屏南；第八章张萍；第九章邓小莲；第十章沙玫；第十一章黄桂林；第十二章陈晖；第十三章彭小冰；第十四章林辉；第十五章李熙灿；第十六章安叡；第十七章葛正华。

尽管本教材在修订过程中对原来存在的一些错漏之处进行了更正和补充，但由于水平所限，书中仍难免存在不足和错误之处，敬请各院校师生在使用过程中提出宝贵意见，以便再版时修订提高。

《有机化学》编委会

2009 年 9 月

目 录

第一章 绪论 …… 1
第一节 概述 …… 1
第二节 碳有机化学和元素有机化学 …… 2
第三节 有机化合物的特点 …… 3
一、可燃性 …… 3
二、低沸点、低熔点 …… 3
三、溶解性 …… 4
四、反应速度较慢 …… 4
五、反应和反应产物复杂 …… 4
六、组成复杂，异构体多 …… 4
七、有机化合物的多功能性 …… 5
第四节 有机化合物的分离纯化和分析鉴定 …… 5
一、有机化合物的分离纯化 …… 5
二、有机化合物的分析鉴定 …… 6
三、有机化合物的波谱鉴定 …… 7
第五节 有机化合物的分类 …… 8
一、按碳架结构分类 …… 8
二、按官能团分类 …… 9
三、按性质分类 …… 10
第六节 有机化学与药学的关系 …… 11
一、药学入门必不可少的基础 …… 11
二、新药研制必不可少的技术 …… 11
三、中药现代化必不可少的工具 …… 12
第二章 有机化合物的化学键 …… 13
第一节 共价键 …… 13
一、共价键的形成 …… 13
二、共价键的性质 …… 20
三、共价键的断裂方式与有机反应分类 …… 23
第二节 共振论简介 …… 24

一、共振论的基本内容 …… 24
二、共振结构式书写的基本原则 …… 25
三、共振论在有机化学中的应用 …… 26
第三节 有机化学中电子效应 …… 27
一、诱导效应 …… 27
二、共轭效应与超共轭效应 …… 28
第四节 有机化合物中其他类型的键合 …… 32
一、氢键 …… 32
二、电荷转移络合物 …… 34
三、包合物 …… 34
第三章 立体化学基础 …… 37
第一节 分子模型表示法 …… 39
一、费歇尔投影式 …… 39
二、萨哈斯投影式 …… 40
三、纽曼投影式 …… 41
四、透视式 …… 41
第二节 顺反异构 …… 41
一、碳碳双键化合物的顺反异构 …… 42
二、*Z*、*E*-构型表示法 …… 42
三、顺反异构体理化性质和生物活性的差异 …… 44
第三节 对映异构 …… 44
一、物质的旋光性 …… 45
二、含手性碳原子化合物的对映异构 …… 50
三、不含手性碳原子化合物的对映异构 …… 54
四、手性药物的药理活性 …… 56
五、光学纯度 …… 56
六、外消旋体拆分 …… 56
第四章 烷烃 …… 58
一、烷烃的同系列和同分异构现象 …… 58
二、烷烃的命名 …… 59
三、烷烃的结构 …… 61
四、烷烃的构象 …… 62
五、烷烃的物理性质 …… 63
六、烷烃的化学性质 …… 65
七、烷烃的制备 …… 71
八、常用烷烃 …… 71

第五章 烯烃 …… 72
一、烯烃的结构 …… 72
二、烯烃的同分异构 …… 72
三、烯烃的命名 …… 74
四、烯烃的物理性质 …… 74
五、烯烃的化学性质 …… 76
六、烯烃的制备 …… 86
第六章 炔烃和二烯烃 …… 88
一、炔烃 …… 88
二、二烯烃 …… 95
第七章 脂环烃 …… 104
一、脂环烃的分类及命名 …… 104
二、脂环烃的性质 …… 106
三、环烷烃的稳定性 …… 107
四、脂环烃的立体异构 …… 109
第八章 芳香烃 …… 114
第一节 单环芳烃 …… 114
一、苯的结构 …… 114
二、单环芳烃的异构和命名 …… 117
三、单环芳烃的物理性质 …… 119
四、单环芳烃的化学性质 …… 119
五、苯环上取代反应的定位规则 …… 125
第二节 多环芳烃 …… 131
一、萘 …… 132
二、蒽 …… 136
三、菲 …… 137
第三节 非苯芳烃 …… 137
一、休克尔（E. Hückel）规则 …… 137
二、环多烯的分子轨道和休克尔规则 …… 138
三、重要的非苯芳烃 …… 139
第四节 芳烃的来源 …… 141
一、煤的干馏 …… 141
二、石油的芳构化 …… 141
三、从石油裂解产品中分离 …… 142
第九章 卤代烃 …… 143
第一节 卤烃的分类和命名 …… 143

一、分类…………………………………………………………………………………… 143
二、命名…………………………………………………………………………………… 143
第二节　卤烃的物理性质……………………………………………………………… 144
一、物理性质……………………………………………………………………………… 144
二、波谱性质……………………………………………………………………………… 146
第三节　一卤代烷的化学性质………………………………………………………… 146
一、亲核取代反应………………………………………………………………………… 147
二、消除反应……………………………………………………………………………… 147
三、与金属的反应………………………………………………………………………… 148
四、还原反应……………………………………………………………………………… 150
第四节　亲核取代和消除反应的反应历程…………………………………………… 151
一、亲核取代反应历程…………………………………………………………………… 151
二、消除反应历程………………………………………………………………………… 154
三、亲核取代反应与消除反应的相互竞争……………………………………………… 157
四、影响亲核取代反应和消除反应的因素……………………………………………… 157
第五节　多卤烃的特性………………………………………………………………… 161
一、水解反应……………………………………………………………………………… 162
二、与硝酸银反应………………………………………………………………………… 162
三、氧化反应……………………………………………………………………………… 162
第六节　卤烯烃和卤芳烃——双键位置对卤素活泼性的影响……………………… 163
一、分类…………………………………………………………………………………… 163
二、结构…………………………………………………………………………………… 163
三、性质…………………………………………………………………………………… 164
第七节　卤代烃的制备………………………………………………………………… 165
一、加成反应……………………………………………………………………………… 165
二、取代反应……………………………………………………………………………… 165
三、互换反应……………………………………………………………………………… 166
第八节　重要的卤代烃………………………………………………………………… 166
一、氯仿…………………………………………………………………………………… 166
二、四氯化碳……………………………………………………………………………… 166
三、四氯乙烯……………………………………………………………………………… 167
四、有机氟化物…………………………………………………………………………… 167
第十章　醇、酚、醚………………………………………………………………… 168
第一节　醇……………………………………………………………………………… 168
一、醇的结构、分类和命名……………………………………………………………… 168
二、醇的物理性质………………………………………………………………………… 169

三、醇的化学性质…… 171
四、醇的制备…… 178
五、个别化合物…… 179
第二节　酚…… 180
一、酚的结构、分类与命名…… 180
二、酚的物理性质…… 181
三、酚的化学性质…… 182
四、酚的制备…… 188
五、重要的酚…… 188
第三节　醚…… 189
一、醚的结构、分类与命名…… 189
二、醚的物理性质…… 190
三、醚的化学性质…… 191
四、醚的制备…… 192
五、重要的醚…… 192
第四节　硫醇与硫醚…… 194
一、硫醇…… 194
二、硫醚…… 196
第十一章　醛、酮、醌…… 198
第一节　醛、酮的结构、分类和命名…… 198
一、羰基的结构…… 198
二、分类…… 199
三、命名…… 199
第二节　醛、酮的物理性质…… 201
一、物理性质…… 201
二、波谱特征…… 202
第三节　醛、酮化学性质…… 203
一、亲核加成…… 203
二、α-活泼氢的反应…… 211
三、氧化、还原反应…… 216
四、其他反应…… 219
第四节　醛、酮的制备…… 220
一、烯烃的氧化反应…… 220
二、炔烃的水合反应…… 221
三、芳烃的氧化反应…… 221
四、醇的氧化或脱氢…… 221

五、傅瑞德尔-克拉夫兹（Friedel-Crafts）酰基化 …… 221
六、盖特曼-科希（Gattermann-Koch）反应 …… 221
七、瑞穆尔-蒂曼（Reimer-Tiemann）反应 …… 222
八、羧酸衍生物还原反应 …… 222
第五节 α,β-不饱和醛、酮 …… 222
一、概述 …… 222
二、α,β-不饱和醛、酮的化学性质 …… 223
三、乙烯酮 …… 227
第六节 醌类化合物 …… 229
一、概述 …… 229
二、化学性质 …… 229
三、自然界的醌类化合物 …… 231
第十二章 羧酸及羧酸衍生物 …… 233
第一节 羧酸 …… 233
一、羧酸的分类和命名 …… 233
二、羧酸的物理性质 …… 234
三、羧酸的化学性质 …… 235
四、羧酸的制备 …… 242
五、重要的羧酸 …… 243
第二节 羧酸衍生物 …… 246
一、羧酸衍生物的结构、分类和命名 …… 246
二、羧酸衍生物的物理性质 …… 247
三、羧酸衍生物的化学性质 …… 250
四、碳酸衍生物 …… 259
五、油脂、蜡和表面活性剂 …… 263
第十三章 取代羧酸 …… 269
第一节 取代羧酸的结构、分类和命名 …… 269
一、结构和分类 …… 269
二、命名 …… 269
第二节 取代基对酸性的影响 …… 271
第三节 卤代酸 …… 273
一、性质 …… 274
二、卤代酸的制备 …… 276
三、个别化合物 …… 277
第四节 羟基酸 …… 277
一、醇酸 …… 277

二、酚酸……281
第五节　羰基酸……284
一、α-羰基酸……284
二、β-羰基酸……284
三、乙酰乙酸乙酯……285
四、丙二酸二乙酯……288
第六节　氨基酸……292
一、氨基酸的分类和结构……292
二、氨基酸的性质……292
三、常见氨基酸及多肽和蛋白质……296
第十四章　含氮有机化合物……299
第一节　硝基化合物……299
一、硝基化合物的分类、命名和结构……299
二、硝基化合物的物理性质……300
三、硝基化合物的化学性质……300
第二节　胺类……303
一、胺的分类和命名……303
二、胺的结构……304
三、胺的物理性质……305
四、胺的化学性质……307
五、胺的制备方法……315
六、胺的个别化合物……317
第三节　重氮盐及其性质……318
一、重氮盐的制备……318
二、苯重氮盐的结构……319
三、重氮盐的性质……319
第四节　重氮甲烷和碳烯……324
一、重氮甲烷……324
二、卡宾(碳烯)……325
第十五章　杂环化合物……328
第一节　杂环化合物分类与命名……328
一、分类……328
二、命名与编号……329
第二节　五元杂环……332
一、含一个杂原子的五元杂环……332
二、含两个杂原子的五元杂环——唑类……338

第三节 六元杂环…… 340
一、含一个杂原子的六元单杂环…… 341
二、含一个杂原子的六元苯稠杂环——喹啉和异喹啉…… 345
三、含两个杂原子的六元杂环…… 347
第四节 稠杂环化合物…… 349
一、嘌呤…… 349
二、嘌呤衍生物…… 349
第十六章 糖类化合物…… 351
第一节 单糖…… 351
一、单糖的结构…… 351
二、物理性质…… 358
三、化学性质…… 359
第二节 寡糖…… 364
一、还原性双糖…… 365
二、非还原性双糖…… 366
三、环糊精…… 367
第三节 多糖…… 368
一、纤维素及其衍生物…… 368
二、淀粉…… 369
三、糖原…… 370
四、甲壳质和壳糖胺…… 370
第十七章 萜类和甾体化合物…… 372
第一节 萜类化合物…… 372
一、概述、定义、分类和命名…… 372
二、单萜类化合物…… 373
三、倍半萜类化合物…… 377
四、二萜类化合物…… 378
五、三萜类化合物…… 379
六、四萜类化合物…… 380
第二节 甾体化合物…… 381
一、概述…… 381
二、甾体化合物的立体化学…… 381
三、甾体化合物的命名…… 383
四、甾体化合物的种类…… 385
主要参考文献…… 389

第一章 绪论

第一节 概述

有机化学是源自于生命体，发展于生命体，并融合在化学学科的发展中逐步形成的一个独立分支学科。它以有机化合物的组成、结构、性质、制备方法、反应历程，尤其以结构与性质之间的关系等为研究内容。它所涵盖的化合物已达 1000 多万种，是一门十分庞大而复杂的学科。相对于当前的一些新兴学科，它既是一门历史悠久的学科，又是一门不断开拓发展的成长型学科。我国早在商、夏时代就已掌握酿酒和制醋技术。虽然，当时的人们并不知道酒和醋属于哪类化合物，更谈不上对其反应历程的了解，但毕竟已开始接触有机化学的内容。

随着时代的进步，有机化学的进展也十分迅速，从西方的科学发展史料记载中可知，自 18 世纪以来，人们已能从生命体，即动、植物中分离纯化得到尿素、草酸、甘油、吗啡等物质，它们与矿物质、无机盐类在性质上有很大差异，意味着除无机化合物外还有另外一类化合物的存在。据此，有些学者提出了生命力学说，认为上述这些化合物只能从生命体中获得，不能人工制备，因而这些物质被称为有机化合物，这个学说奠定了有机化学的基础，也可说是对有机化学和无机化学作了明确的界定。当时学者所持有的这种观点，在有机化学发展的初期是有其进步意义的，对有机化学的形成和建立确实是功不可没，但随着科学的进步与发展，它逐渐由推动力变为阻力，严重地阻碍了有机化学的发展。尤为严重的是用一种不可知的、神化的生命力学说来主宰有机化学的研究，将唯物的科学研究导向唯心的生命力研究。

科学是发展的，是与时俱进的，科学家们在一系列实验研究的基础上，终于冲破了生命力学说的束缚。1828 年德国化学家武勒（F. Wohler）在实验室用已知的无机物氰酸钾和氯化铵反应制备氰酸铵（NH_4OCN）时意外合成了尿素，说明人们可以通过化学方法由无机物制取有机物。这既是科学上的一个突破，又是对生命力学说一个强有力的挑战。随后，1845 年柯尔贝（H. Kolbe）合成了醋酸，1854 年伯赛罗（M. Besthelot）合成了脂肪，这一系列的实验使生命力学说受到了彻底的打击。与此同时，凯库勒（A. Kekulé）、古柏尔（A. Couper）及布特力洛夫（Bytrepob）等所提出的有关有机化合物的结构理论，开创了有机化学的新时代，奠定了有机化学的理论基础。由此可知，虽然有机物源自生命体，发展于生命体，离不开生命体，但近代的研究却说明有机化合物不一定出自生命体。于是出现了一系列与生命体毫无关联的有机化合物，它们可以由人工合成，例如目前临床上常用的许多合成药物以及控制病虫害的一系列杀虫剂，还有各种各样的高分子化合物等，其在有机化合物中所占比例正日益增大，这与被冠以有机化合物名称的原意相去甚远。考虑到有机化学和有机化合物这些名词沿用已久，并已无异议地被广为接受，因而沿用至今。但现代的科学研究早已不受此束缚，跳出所谓“有机”的框框，打破了传统的有机化合物概念，在以碳作为有机化学的主体之外，进一步展开了各种元素的有机化学研究，如硅有机化学、硒有机化学、氟有机化学、硼有机化学、硫有机化学、磷有机化学等，通称元素有机化学。同时也出现了以金属为主体的金属有机化学。由此可见，有机化学在不断地扩展它的领域，建造一幢幢崭新的摩天大厦。

此外，有机化学在其内容方面也在不断地深化和拓展，尤其是有机物的结构研究，在20世纪取得了巨大的进展，蛋白质的测序和空间结构的确定，为生命科学的研究铺平了道路；性质与结构间的相关性研究是当前必须深入研究的课题，以破解基因的种种谜团；有机合成研究，对中药而言是一项应该引起重视的研究工作，因为它所含有的各种有效成分能不能由人工合成，也是中药现代化的一个重要内容。此外，不断开发有机化学在各方面的应用也是21世纪应关注的课题，它将在改善人类生活，包括衣、食、住、行以及医药卫生、宇宙航天，甚至抵抗天灾、制止人祸方面有用武之地。可以这样说，有机化学是当代科学入门必不可少的基础。

第二节　碳有机化学和元素有机化学

1806年，当时化学界的权威人士伯察留史（Berzelius）首先引用了有机化学这个名词，其意图是有别于无机化学。可以简单地认为，凡是有机体生命过程中所产生的化合物，称为有机化合物，以此作为有机化合物与无机化合物的区分原则，当人们将CO、CO_2、H_2CO_3及其盐类等化合物划作无机化合物，而将其他的含碳化合物划作有机化合物时，在化学学科中就形成了无机化学和有机化学两大学科。正如化学家哥美林（Gmelin）在1848年所言：“所有的有机化合物都含有碳，多数含氢，其次是含氧、氮、硫、磷、卤素等，因此有机化学是研究碳化合物的化学。”也可以这么说，有机化学是化学中的某一章，该章只研究有关碳的化合物，而其余一百多个元素的化合物都归无机化学研究，从此可以看到以碳元素作为主体内容来叙述的各种各样冠以有机化学名称的书和专著，无形中使人感到碳元素化学就是有机化学。当然，这是有一定理由的，尽管在这些碳有机化合物中还包含了其他各种元素，如H、O、N、S、P和卤素等众多元素，但还是能看到在这些化合物中，不论是键合状况还是化合物的构架均是以碳原子为中心，以碳原子为主体所形成的。例如，由单个碳原子所形成的最简单的化合物——甲烷，是由四个氢原子以碳原子为中心所构成；又如芳香族化合物中最具代表性的化合物——苯，就是由六个碳原子组成其基本骨架；其他较为复杂的长链化合物、稠环化合物、杂环化合物或高分子化合物（多糖和蛋白质）等，虽然在它们的结构中除了碳与碳之间的键合外，还包含有C—H、C—O、C—N、C—S、C—P、O—H、S—H等碳与其他元素和其他元素之间的键合状况，但还是可以明显地感到碳元素是不可缺少的，并且是占主导地位的。不言而喻，它已完全具备了成为一门完整的碳元素化学课程的条件。但事实上并没有如此称呼它，而是被冠以有机化学之名。这一状况既有历史发展的原因，也有认识上的惯性所致。因为有机化学的诞生离不开含碳化合物，而且在有机化合物中也是以碳为主体的化合物最多，在生命体（或有机体）中所含的有机化合物也是以含碳化合物为最多，它们对生命体的影响和作用最显著，并且对它们的研究也最透彻。这就是为什么长期以来一直将碳元素化学看作有机化学的基本原因。

随着有机化学的与时俱进，在其不断的发展和开拓中，发现和开发了一系列可与碳元素相应的其他元素的新有机化合物。现以硅元素为例，它与碳处于同属，也具有四个价键，因此它也可能有一系列的硅烷化合物，在核磁共振中常用来标定化学位移的基准化合物四甲基硅烷就是一例，其他在气相色谱分析中常用作固定液相的聚硅氧类化合物有成百上千种。由于硅在这些化合物中取代了碳元素的中心位置和主导地位，因而所形成的化合物与碳有机化合物具有明显不同的理化性质，在沸点、熔点、刚性、弹性、热稳定性、燃烧性、溶解性和化学活性等方面均有其独特的表现，从而形成了从制备到产品的性能和应用等一系列内容的硅元素化学，因而开设相应的课程已是水到渠成。对硼、磷、硫、硒、砷、锡、铅等多种元素也已展开了大量的研究工作，但在深度和广度上还有待于不断努力地创造和发掘。此外，可以预期随着有机化学与无机化学之间的界线日渐模糊和淡化，在将来某个时候，也许有机化学和无机化学将会消失，代之而出现的将是以各元素为主体的元素化学。

第三节　有机化合物的特点

人们对有机化学的认识始于有机化合物的特点，尤其是它与无机化合物间的不同，本节将对此进行讨论。

一、可燃性

与无机化合物全然不同，大部分有机化合物都能燃烧，包括人们在日常生活中所经常接触的木材、纸张和干燥的动植物体。此外，还有产自地下的石油和天然气，以及一系列的人造制品，如酒精、丙酮、乙醚、苯等。燃烧对有机化合物而言，是一个重要的化学反应过程，因为大部分有机化合物经燃烧产生二氧化碳和水，说明有机化合物含有碳、氢、氧元素；如还有二氧化氮产生，则说明该化合物还含有氮元素。这结果进一步说明当前所讨论的有机化学是以碳元素为主体的化学。必须指出，还有小部分有机化合物是不会燃烧的，如卤仿；有些还可作为灭火剂，如二氟一溴一氯甲烷、三氟一溴甲烷、四氯化碳灭火器等，这与化合物所含的元素组成和结构有关。

二、低沸点、低熔点

在常温下无机化合物大多为固态，液态和气态者较为少见，它们的熔点很高，大部分在600℃以上，因此极少有人关心它的存在形式。有机化合物在常温下呈现气态、固态、液态的都有，液态的沸点较低，固态的有明显的熔点，大都在40℃～300℃左右，超过400℃的较少。造成这种状况的原因有二：一是无机物绝大多数是以离子键相键合，整个晶体是由正、负离子以静电引力相吸引的方式所形成，要使分子形成行动自由的液态体系必须给予较大的能量才能破坏分子间的引力；二是无机化合物的分子在形成固态时，其堆积十分规则，特别是以离子键方式堆砌的固态，是一个十分紧密的固体。有机化合物都以共价键相结合，分子间的聚集是借助于分子间的引力，即微弱的偶极矩引力和更微弱的范德华力。另外，有机分子的形状是各种各样的，十分不规则的，不可能形成紧密的堆砌。这就导致有机分子具有多种多样的存在形式和低沸点、低熔点的特点。

三、溶解性

无机化合物大多数属于离子键化合物，因此其大多数化合物易溶解于强极性溶剂水中。有机化合物则不同，将依据其各自的极性和结构状况而表现出不同的溶解性能。例如极性强的甲醇、乙醇、乙酸等可与水互溶，而极性较弱的丁醇、戊醇、乙酸乙酯等能适当溶解于水或中等极性的溶剂，而极性弱的只能溶解于非极性溶剂，如苯、环己烷和高级烷烃等只能溶解于石油醚。此处体现了相似者相溶的原则，即结构或性质相似者能互溶。

四、反应速度较慢

无机反应绝大部分是离子间的反应，其反应速度极快，可在瞬间完成。例如常见的沉淀反应，当沉淀剂滴入时即见沉淀。又如某些颜色反应，也是反应试剂滴入即见颜色变化。有机反应却显然不同，一般来说需要较长时间以完成反应，反应时间长短不等，当然也有极快的定性反应和有机炸药爆炸反应。在有机反应中为加快反应速度经常采用加热、加催化剂或辐照技术等以加速反应。一般的有机反应在加热时，每增加 10℃，可使反应速度增加 1～2 倍。若采用催化剂，则视所用催化剂而定，最典型的例子是，许多生化反应在一般条件下是不能进行的，但在某些特定的催化剂——各种各样酶的存在下，反应就能按要求进行。

五、反应和反应产物复杂

在无机反应中，一个反应物在固定的反应条件下，其反应产物比较单纯，变化较少。有机反应却并非如此，它可以有多种副反应，产物复杂。因为有机分子是由较多的各种原子所组成的一个复杂分子。在发生有机反应时，各个原子都有可能成为反应点，并发生反应，只是各自发生反应的几率不同而已，一般所列该化合物的反应式只是其主要的反应，而其他可能发生的反应均可认为是副反应。所以有机反应很难以其反应式作定量计算。通常某反应的产量能达到理论产量的 60%～70%就算是比较满意的结果，这个百分比通常称为收率。同时也产生了许多难以分离的复杂物质，给主产物的分离、纯化带来了不少麻烦。

六、组成复杂，异构体多

有机分子的一个特点是组成复杂，它除了可含有许多个碳原子外，还可以有其他各种元素存在，如前所说，氢、氧、氮、硫、磷和卤素等。由此可见，随着分子中各元素的数目和种类的不同，将会产生不计其数的化合物。此外，即使是在分子式相同的情况下，也可以有许许多多不同的化合物。这种情况在无机化合物中是不多见的。因为无机分子较简单，其分子式与结构式间的差异较小，基本可代表该化合物。有机化合物的分子式则不然，分子式相同可以有多个结构式，即有多个化合物，或称异构体。这种现象在有机化学中称为同分异构现象。除结构异构外还有更深一层的立体异构现象，并以特有的立体化学给以阐明。所以有关有机化合物结构的描述、鉴别和鉴定都将作为有机化学的重要内容。除了有机分子本身所致外，其来源也是造成有机化合物复杂性的重要原因。不论是合成产物还是天然产物，最初获得的都是混合物，都要经过一个纯化的过程。就中药而言，其所含的有机化合物不仅种类多，而且性质可能相近，造成分离纯化的难度增大。因此，有机化合物的提取、分离和纯化也是有机化学的重要内容之一。

七、有机化合物的多功能性

上述几点都说明了有机分子的复杂性，但也使人们了解到它的多功能性。在一个有机分子中可同时具有一个以上的官能团，这导致了它的多功能性。例如氨基酸、羟基酸等简单的复合官能团化合物以及含有多个官能团的蛋白质类、核酸类化合物，它们都具有多种功能，如酸碱两性和不同的溶解性能，在不同条件下显示不同的波谱性质，甚至显示多种生物活性。随着人们对有机化合物多功能性的不断研究和了解，这些特点在药学方面已获得了不少应用，尤其是在药剂方面更为突出，例如表面活性剂、长效制剂、薄膜包衣剂等，都是按需在有机分子中引进合适的基团，从而使其适应临床治病的需要。

当前有机化学的发展，除了基本理论、基本技术外，利用其多功能性在方方面面的应用也是不容忽视的，应该予以重视。

第四节　有机化合物的分离纯化和分析鉴定

有机化合物源自生命体的生物合成和人工的有机合成，两者的产物都是由性质各异的、各种各样成分所组成的混合物。因此必须对混合物进行分离和纯化以获得纯物质，然后对其作必要的分析鉴定。现概要介绍于下。

一、有机化合物的分离纯化

从混合物中获取纯物质常常须经过三大步骤，即提取、分离和纯化。

（一）提取

对复杂的混合物而言，首先应将欲获取的化合物从混合物中提取出来，通常采用的方法为溶剂萃取法，它可分为液-固萃取和液-液萃取两种常用的萃取技术。在使用溶剂萃取时，由于溶剂的溶解性能不是十分专一，例如以水为溶剂，许多水溶性的物质都可溶解于其中，此时所得虽然仍为混合物，但它所含的化合物已大大减少，即除去了样品中大部分水不溶的杂质，为进一步的分离工作提供了方便。

（二）分离

分离的方法很多，常用的方法有沉淀法、萃取法、蒸馏法、色谱法、透析法等。这些方法可单独使用也可结合使用，如果结合得好，将会取得良好效果。沉淀法，由于加入了其他物质，在一定程度上为今后的分离带来困难，同时也因为生成沉淀而使欲分离物发生改变。有时，沉淀剂虽然并不改变欲分离物的成分，却改变了它的生物活性。例如酒精可使蛋白质沉淀，同时却使蛋白质变性。这些情况在使用沉淀法时应予注意。蒸馏法，有直接蒸馏法、水蒸气蒸馏法和分馏法等，其中除分馏法所得的馏分比较纯净外，其他蒸馏法所得的馏分仍为混合物。透析法，是利用透析膜膜孔的大小使不同大小的分子获得分离，它所得的馏分也是一个在一定分子量范围内的混合物，尚需配合其他分离方法作进一步分离纯化。色谱法，是目前使用最多的分离方法，往往以其他分离方法作为它的样品前处理方法，它所分得的馏分可达到较高的纯度。

（三）纯化

经提取分离所得的馏分，其纯度尚未达到百分之百，还需进一步纯化。常用的方法有重结晶、分馏法和色谱法等。其中以色谱法为目前最常用的方法，因为它不仅能起到分离的作用还能达到纯化的目的。从目前的发展来看，色谱法已能作一定量纯物质的制备，一次操作可得克以上，甚至十几克的纯物质。

以上所述这些方法的基本原理和基本技术均在分析化学中详述，此处为使读者对提取、分离、纯化整个过程有一基本了解，仅作简单介绍。

二、有机化合物的分析鉴定

在获得纯物质后，必须对其进行分析鉴定。对药物而言，不仅在研究时要做，而且在以后的生产过程中还应不断地做这项工作。现对其整个过程和内容介绍如下。若所得纯物质为一完全未知的化合物，则须按下列步骤进行。

（一）定性分析

首先要了解该物质的基本性质，即它的形态、色泽、性状和物理常数等。形态和色泽说明它是气体，固体，还是液体，呈何种颜色等属描述性的内容。性状则须通过各种化学反应来表达它是酸性还是碱性，具有哪些官能团，属何类化合物等，为该物质的鉴定提供重要的信息。物理常数包括熔点、沸点、折光率等，可通过各自特定的实验来获得，它们是某个化合物所固有的特性，可用作鉴定化合物的依据。若该物质是新合成的或新发现的，则这些内容将作为标准而列入常数手册；若是已知成分，则必须与相应的文献值作对比，两者相同才能得出阳性结论。

对后一种情况，除物理常数对比外，目前还常用色谱法中的气相色谱、液相色谱、薄层色谱等作对比鉴定。色谱鉴定是通过物质与对照品在同一定色谱条件下所得之保留值进行对比而作结论，为使结论正确可靠，应采用多种色谱技术作平行对比，所得的结果应完全一致，方能给出阳性结论，若有一个得到不同的结果，就不能给出阳性结论。此外，若在色谱中还有其他色谱峰出现时，说明样品中有杂质存在。因此，它同时还能反映该物质的纯度。若面对的是一个新物质或无法获得其对照品时，必须做碳、氢、氧、氮、硫、磷、卤素等元素分析，以确定该样品是由什么元素组成的，接着再对各元素作定量测定。

元素定性分析，如上所述，有机物中所含元素种类不多，而且是以碳元素为主，并富含氢和氧，在某些类别化合物中还会含有氮、硫、磷、卤素等元素。最简便的方法是将样品灼烧，若很易燃烧，说明化合物中含有碳和氢；再与氧化铜一起放在试管中灼烧，若在管壁上部积有水珠，说明化合物中含有氧。对于氮、硫、卤素等元素可用钠熔法，即将少量的样品和金属钠放在一起熔融，就会分别产生氰化钠、硫化钠和卤化钠等化合物。此时，可采用无机定性方法，测定这些化合物中的阴离子来证明上述元素的存在。当然，波谱中有关甲基、亚甲基、羟基、氨基、磺酸基等基团的存在，也能证明相应元素的存在。

（二）定量分析

在完成元素定性分析后，就需要准确地测定元素的百分比，主要针对碳、氢、氧、氮间的比例而言，这是确定实验式的依据。因为实验式是根据各元素在分子中所占百分比而定，所以上述定量分析是十分重要的。一旦实验式得到确定，接着应是分子量的测定，以确立样品的分子式。由于不同的分子可以具有相同的实验式，所以必须用分子量来确立分子式。测定分子量的方法很多，在一般的有机化学实验室中，对易挥发物和气体可采用蒸汽密度法测定，若为固体物质则可用沸点升高或凝固点降低法测定。上述各法都属经典的、粗糙的方法，但确有方便易行的特点。目前较为精密的测定方法是质谱法，它的数据可精确到小数点后第九位。质谱仪属大型精密仪器，价格昂贵，目前正在普及推广中，但作为化合物的常数测定是必不可少的。经实验式和存在元素的确定，再配上分子量的测定，确定其分子式已无困难，但因有机化合物中同分异构现象极为普遍，一个分子式可能代表许多化合物，因此还要推定其结构式。主要依靠波谱提供的信息进行综合分析推定，以确定该化合物的结构式。

三、有机化合物的波谱鉴定

波谱主要是指紫外吸收光谱（UV）、红外吸收光谱（IR）、核磁共振谱（NMR）和质谱（MS），由于它们都能精确地反应分子内部的结构状况，因此在作结构鉴定时均以它们所提供的信息作为依据。目前已有大量的相关数据可供对比鉴定。在鉴定过程中，它们相互配合，相互补充，相互印证，加强了鉴定结果的正确性。它们中的任何一个都拥有对鉴定结果的否决权，即其中任何一个结论与推定结果不符，则推定结果不成立。由此可见四谱鉴定的严格与全面，现分别简介于下。

（一）紫外吸收光谱

紫外吸收光谱又称电子跃迁光谱，它反映了分子中外层电子吸收能量后跃迁的状况，由于大部分电子的吸收均处于远紫外区，仅共轭体系的电子吸收处于近紫外区。因此在该紫外区有吸收者，说明该分子中存在共轭体系，并反映围绕共轭体系的结构状况。如若在近紫外区无吸收，则说明该分子中不存在共轭体系。所以紫外吸收光谱仅适用于含共轭体系的化合物，而不含共轭体系者，则无紫外吸收光谱。

（二）红外吸收光谱

红外吸收光谱又称分子的振转光谱，它反映了分子中各化学键吸收能量后振动、转动的状况。由于转动能级的跃迁处于远红外区，振动能级的跃迁处于近红外区，而目前较关心的是振动能级的变化，所以红外吸收光谱中的近红外区成为关注的中心。相对紫外吸收光谱而言，红外吸收光谱所提供的分子结构信息要多得多，在推定结构的过程中，能为各种的存在提供可靠的依据。例如分子中碳和碳是以何种键相连接，它可以清楚地告知是单键、双键、叁键以及这些键是全存在还是部分存在。当然，其他各种元素间的连接情况也同样能清楚地反映。总之，种种复杂的情况它都能一一反映。目前对红外吸收光谱中的指纹区尚未有确定的解释，也许是这部分的谱图实在太复杂以至于无法解释。但它还是可以作为某个化合物的区别特征，因为各个化合物的指纹区是不同的。

（三）核磁共振谱

它是反映磁性核在强磁场作用下，产生拉摩尔进动以及得到一个相应的进动频率，并在辐射波照射下，当进动频率与照射的辐射波频率相同时，将产生核磁共振。此时，磁性核会吸收能量而产生跃迁。对于分子中同一元素的各磁性核，由于它们各自所处的化学环境不尽相同，即它们周围的结构状况不一样，因此各自所受到的屏蔽效应有所不同，导致它们的共振频率产生位移和裂分，从而形成复杂而有规律的核磁共振谱。通过各个共振频率的位移和裂分可以推断相应各个磁性核周围的结构状况，由此可推定分子的结构。此外，由于不同元素的磁性核在同一磁场中的进动频率是不同的，因此将分别与不同的辐照频率产生共振。完全可以利用这一差异，选择合适的磁场和辐射波频率，形成各种磁性核的核磁共振谱，从而导致质子核磁共振谱和碳同位素核磁共振谱的诞生，目前应用较多的就是上述两种同位素的核磁共振谱。两者的结合应用不仅大大提高了推断的正确性，而且降低了推断的难度，同时也缩短了推断所需的时间。

（四）质谱

严格地说质谱并不属于波谱的范畴，它不具有波动的性质，而是由一系列带着正电荷的，具有不同质量的碎片所组成的离子束。在质量分析器中将这一离子束分离成各个单一质量的离子，并一一检出，形成质谱。因此可根据质谱所提供的碎片离子来搭建分子结构。质谱仪主要是由电离室、质量分析器、记录仪和数据分析器等所组成。随着现代科技的不断发展，大分子物质的分析需求日益增长，飞行时间质谱、四极矩质谱以及电喷雾技术、大气压电离技术等陆续出现，不仅扩大了可分析的对象也拓展了应用面。

第五节　有机化合物的分类

现已知的有机化合物已达1000万种以上，对数目如此巨大的化合物，进行学习和了解，并非易事。为此有必要将它们或按碳架结构、或按官能团、或按性质进行分类，以便于学习、了解。由于在日常工作中上述三种分类情况都可能遇到，因此对这三种分类都应掌握，这是学习有机化学的必由之路。关于有机化合物的命名将在各有关章节中叙述。

一、按碳架结构分类

目前所涉及的有机化合物均是以碳元素为主体，因此按碳架结构的分类是十分重要的。分子中的碳原子可以通过碳碳、碳氮、碳氧之间的连接来形成碳骨架。当然，在连接的过程中将按照它们各自的化合价进行。碳架可以根据其不同的连接方式所构成的形状分为如下两大类。

（一）链状碳架

由于有机分子是以碳原子为主体，因而碳碳间的连接就成为分子的骨架，它们又可以分为饱和碳链和不饱和碳链。

1. 饱和碳链

分子中各个碳原子均以单键相连，所剩下的价键则与氢原子或其他元素结合，由此形成一系列的饱和碳氢化合物及其衍生物。例如：

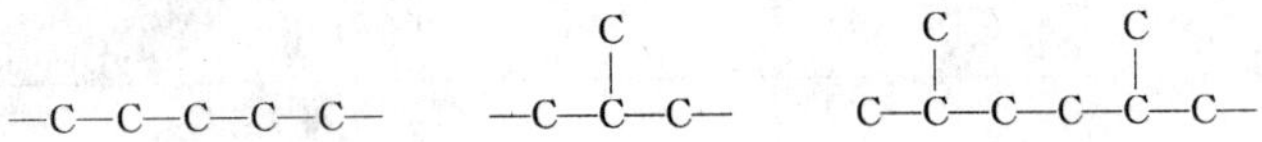

当碳原子数超过四个时，就可形成叉链或支链，见上式。

2. 不饱和碳链

若两个碳原子以两个价键或三个价键相结合，则将形成双键和叁键。例如：

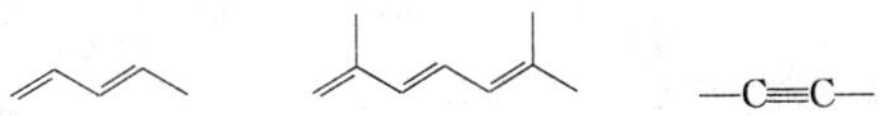

（二）环状碳架

分子两端的碳原子再各以一个价键相连接，此时就形成了各种形状的环，它可以分成三大类。

1. 单环碳架

单环碳架包括三角形、四边形、五边形、六边形以及由七个以上碳原子所形成的大环化合物。当然，它们可以是饱和的或不饱和的，见下列各式。

2. 稠环碳架

两个以上的环稠合在一起所形成的碳架，它们可以由四元环与五元环，也可以由四元环与六元环，六元环与六元环之间稠合，还可以是三个以上环之间的稠合。稠合碳架也存在饱和的与不饱和的化合物。具体例子见下列各式。

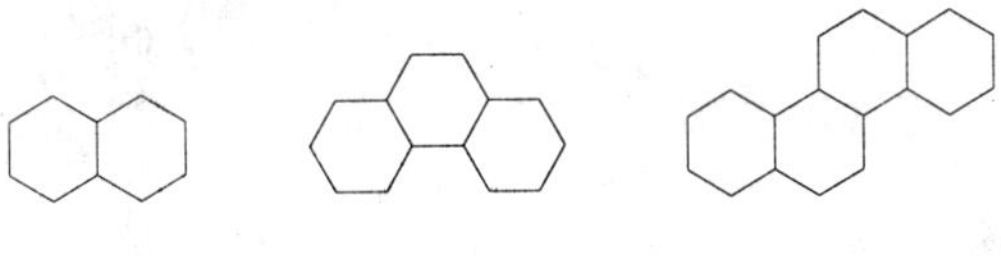

3. 杂环碳架

若有其他元素的原子参与成环，则此类环就称作杂环。它们也同样存在单环和稠环，也有饱和的和不饱和的化合物。具体例子见下列各式。

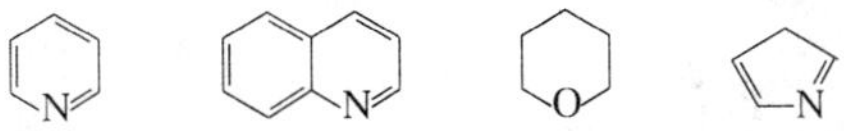

二、按官能团分类

官能团是指决定有机物化学性质的原子或由数个原子组成的一种基团，当分子中含有此基团时，该分子就具有此基团所特有的一些理化性质。例如羧基，若分子中有此基团存在时，就显示酸性，与醇类作用能生成酯，与碱作用则生成盐。又如羰基，凡含有此基团的分子均具有其特有的沉淀反应、呈色反应、氧化还原反应等特性。所以按官能团分类便于人们学习了解有机化学。现将常见的官能团列表于下，见表1-1。

表 1-1　　常见的官能团

结　构	名　称	结　构	名　称
$-CH_3$、$-CH_2CH_3$、$-R$	甲基、乙基、烷基	$>C=C<$	双键
$-OH$	羟基	$-C\equiv C-$	叁键
$-X$	卤素	$R-HC(OR)_2$	缩醛
$-OX$	次卤基	$R_2C(OR)_2$	缩酮
$-\overset{\vert}{\underset{\vert}{C}}-O-\overset{\vert}{\underset{\vert}{C}}-$	醚基	$-\overset{\vert}{\underset{\vert}{C}}-O-O-\overset{\vert}{\underset{\vert}{C}}-$	过氧基
$-NH_2$	氨基	$-NHR$	二级氨基
$-NHX$	卤氨	$-NHOH$	羟氨基
$-NH-NH_2$	肼基	$-\overset{O}{\overset{\Vert}{C}}-H$	醛基
$-\overset{O}{\overset{\Vert}{C}}-$	羰基	$>C=N-R$	亚胺基
$>C=N-NH_2$	腙基	$>C=N-OH$	肟基
$-\overset{O}{\overset{\Vert}{C}}-OH$	羧基	$-\overset{O}{\overset{\Vert}{C}}-X$	酰卤基
$-\overset{O}{\overset{\Vert}{C}}-O-R$	酯基	$-\overset{O}{\overset{\Vert}{C}}-O-\overset{O}{\overset{\Vert}{C}}-$	酸酐基
$-\overset{O}{\overset{\Vert}{C}}-NH_2$	酰胺基	$-\overset{O}{\overset{\Vert}{C}}-NHR$	二级酰胺基
$-\overset{O}{\overset{\Vert}{C}}-N(R)_2$	三级酰胺基	$-NO_2$	硝基
$-SO_3H$	磺酸基	$-SH$	巯基

三、按性质分类

虽然有机化合物的品种如此繁多，但按其性质进行分类也十分有利于学习和了解有机化学，对于药学专业的学生更具重要意义。所谓按性质分类就是将理化性质或生物活性相同者归并成类，在天然药物化学和中药化学中就是按此原则对有机化合物作分类介绍的。例如绝大部分的生物碱，都具有碘化铋钾等反应。其他如黄酮类、皂苷类、强心苷类、香豆素类、氨基酸和蛋白质类、磺胺类、多糖类、有机酸类、酚类和多元酚类、维生素类、抗生素类、激素类、植物色素类、鞣质类、挥发油类等都是如此。但也有例外，许多结构相似的化合物不一定被分在同一类化合物中，而许多结构不相同的化合物却有可能被划分在同一类化合物中。

以上三种分类法，在实际运用中并不像其分类那样泾渭分明，经常会交叉混杂使用。有些稠环类化合物常出现在皂苷类和强心苷类化合物中，而许多杂环类化合物又会散布于生物碱、黄酮、维生素、植物色素等各类化合物中。这样看似混杂，却可对有机化合物有更进一步的了解。

第六节 有机化学与药学的关系

正如上述，有机化学与各门学科都有深厚的关系，但与药学却有着更为深厚的、直接的关系。现从以下几方面展开叙述。

一、药学入门必不可少的基础

药学本身是一门内容极广的学科，相对而言，其所需的基础也较广泛，有机化学是基础中的基础。药学包括药效、药理、毒理、药物的合成、提取、分离、纯化、制剂、分析以及代谢机理等，可衍生出十余门相关课程，这些都是学习药学的必修课。尽管具有如此广泛而复杂的内容，但都是围绕着药物这个中心而展开的。药物是指治疗疾病有效的物质，即有效成分。有效成分可以是无机化合物，也可是有机化合物，但其中有机化合物约占90%以上。因此在学习药学的过程中，首先要掌握、了解有机化合物一系列的基本知识，作为学习其他课程的基础。例如在学习药理学时，将会遇到各种各样的有机化合物，如果对它们的名称、结构、性能等基础知识没有一定的了解，则在学习中将会有较大的困难。又如在学习药物的药效时，必然要涉及化合物的结构和官能团，很明显，这离不开有机化学的基础知识。同样，在学习分析化学或药物分析时，有机化合物的结构、官能团和其理化性质都是设计分离分析方法的依据。其他如药代动力学、制剂学、天然药物化学等都离不开有机化学的支撑。由此可见，学好有机化学将为学习药学奠定良好的基础。

二、新药研制必不可少的技术

从合成药物来看，新药就是一种新化合物，该化合物从何得到？不外乎两个途径：一是从自然界中得到，一是由人工制造。前者主要为中草药，后者主要为合成药或生物制品，两者都是以有机化学为支柱而发展的。此处以后者为主展开讨论。

从当前临床用药的情况来看，人工制成药物约占70%左右，足见其重要性。现全世界用于该方面研究的人力、物力、资金和时间都占有主导地位。合成药更是其重中之重，合成药所依赖的技术就是有机化学，无论是各个合成反应，还是其实验技术都是有机化学的内容。所以合成药物本身就是有机化学的一部分，并随着有机化学发展而发展。简单的合成药如巴比妥类、磺胺类、杂环类等都可采用全合成的方法制取，即以通常易得的化合物为原料，经几步合成即可得到；而一些结构复杂庞大的化合物则应采用半合成的方法，即以生物合成的方法获取待合成药物的母核，以其作为合成原料，或进行结构改造，或引进某些官能团以精简合成步骤，增加收率。例如许多激素类药物的合成就是以薯芋类植物富含的甾体类化合物为原料，大大减少了合成步骤，提高了产率。当然，现今发展的生物合成也是人工制药的一部分，但其所占份额还不能与有机合成相比。

三、中药现代化必不可少的工具

在我国的临床用药中中药占了相当的比例，并已有几千年的历史，建国五十余年来虽然已取得一定进步，但与国际先进水平相比，还有相当大的差距。为赶上国际先进水平，提高中医药水平，提出了中药现代化的口号以推动中药研究的进展。

中药现代化包括原药材的确定和供应，药材炮制的规范化和质量标准化，中成药和中药制剂现代化以及中药质量标准的现代化。此外，还有中药的药性和药理，中药的配伍及其机理等。这些内容都涉及有机化合物的提取、分离、纯化、鉴定等以有机化学为基础的内容。这是一项巨大的工程，参与这项工程的技术人员都必须具有良好的有机化学基础。由于中药的内涵十分丰富而复杂，仅一味药就可含有上百个各种各样的化合物，它们的性质错综复杂，如欲从中获取有效成分实非易事，若无丰富的有机化学知识和熟练的有机化学技术是难以开展这方面工作的。特别是在中药质量标准的研究中，它既需了解药味中存在哪些化学成分，还需掌握这些成分存在的情况，即它们的存在量或它们相互间的比例，并最终归结为该味药的质量标准。其中的每个过程都离不开有机化学的各种知识和技术。至于中药现代化的其他各项内容也是如此，就不一一赘述。

上述说明药学专业的学生应充分认识到学习有机化学的重要性以及对今后工作的重要意义。在学习中除了应重视基本原理和基本技能外，对于理论性较强的原理以及实践应用较多的技术也不应忽视，因为它们是创新和发展的动力。

第二章　有机化合物的化学键

化学键一般可分为离子键、共价键、配位键和金属键四种类型，其中共价键是有机化合物中最常见也是最典型的化学键，几乎所有的有机化合物中都有共价键的存在。

第一节　共　价　键

一、共价键的形成

描述分子中化学键的理论主要有两种：价键法（valence bond method，简称 VB 法）与分子轨道法（molecular orbital method，简称 MO 法）。两种方法都是采用量子力学的理论来处理化学键，两者各有特点，可以相互补充。

（一）价键法

价键结构理论把共价键的形成看作是电子配对或原子轨道相互重叠的结果。即当两个原子相互接近形成共价键时，它们的原子轨道相互重叠，自旋相反的两个电子在原子轨道重叠区域内为两个原子所共有，从而形成共价键。价键法（VB 法）的基本要点包括：

1. 自旋方向相反的单一电子相互接近时，可以相互配对形成共价键。此时电子配对的过程，实际上也就是原子轨道的重叠过程。由于电子的配对和原子轨道的重叠使电子云密集在两个原子核之间，两核间的排斥力减弱，从而导致体系能量的降低而成键。例如氢分子是由两个氢原子的电子配对而形成，也就是氢原子的 1s 轨道相互重叠而成。

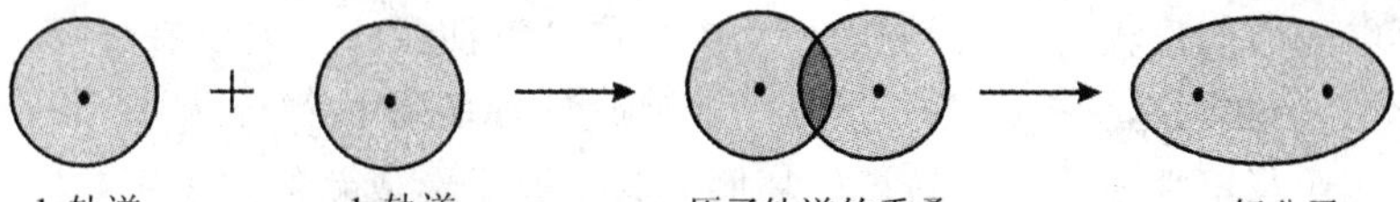

图 2-1　氢分子的形成

如果两个原子各有一个自旋方向相反的单一电子，可以相互配对形成共价单键；如果两个原子各有两个或三个自旋方向相反的单一电子，则可以相互配对形成共价双键或叁键；如果没有未成对电子，则无法形成共价键。

如果两个原子所含有的未成对电子数目不相同，则它们以一定的配比构成分子。假设 A 原子有两个未成对电子，B 原子有一个未成对电子，那么一个 A 原子就能和两个 B 原子相结合，形成 AB_2 分子。

2. 每一原子所能形成共价键的数目不是无限的，要受到成键电子数目的限制。一个原子有几个未成对的电子，就只可和几个自旋相反的电子配对成键，这称为共价键的“饱和性”。

3. 共价键形成过程中会发生原子轨道的重叠。不同的原子轨道在空间有一定的取向，只有当它们从某一方向相互接近时，才能使原子轨道得到最大重叠。原子轨道的重叠程度越大，体系的能量越低，形成的共价键就越稳定。因此，成键时原子轨道会尽可能朝向重叠程度最大的方向，这称为共价键的“方向性”。例如：1s 轨道是球型，没有方向性；2p 轨道在其对称轴周围电子云密度最大，有方向性。当这两个轨道结合成键时，1s 轨道只有沿 2p 轨道对称轴方向与之重叠，轨道间的重叠程度才可能最大，从而可形成稳定的共价键（图 2-2a 所示），如从其他方向接近，都不能达到最大程度的重叠（图 2-2b 所示）。

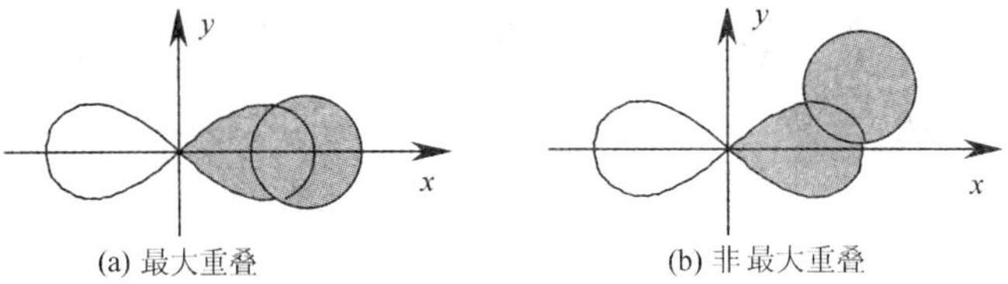

图 2-2　1s 与 2p 轨道的重叠

依照原子轨道间重叠方式的不同，可以将化合物分子中的共价键分为 σ 键和 π 键两种类型。

若原子轨道间是沿键轴（两原子核之间的连线）方向发生重叠，则其重叠部分呈圆柱状沿键轴对称分布，两原子核间电子云密度最大，结合比较牢固。这种类型的共价键称为 σ 键（σ bond）。s-s、s-p、p-p 等原子轨道间均可形成 σ 键。σ 键的两个成键原子围绕键轴做相对转动时，不会影响电子云的分布状况，不会破坏键的对称性，因此 σ 键可以自由旋转。

若原子轨道间不是沿键轴方向，而是沿与键轴垂直的侧面发生重叠，则其重叠部分以镜像反对称地垂直于键轴分布，这种类型的共价键称为 π 键（π bond）。两个相互平行的 p 轨道之间即可形成 π 键。π 键的电子云分布在键轴的上、下方，重叠程度小于 σ 键，受到的约束也较小，其电子的能量较高，活动性较大，性质也较活泼。π 键是在 σ 键的基础上构建的，因而只能与 σ 键共存，它常存在于具有双键或叁键的有机物分子中。π 键不能自由旋转，在化学反应中稳定性较差，容易被破坏而与其他原子形成新的共价键。

4. 不同类型的原子轨道，如果能量相近，可以在形成分子的过程中发生杂化，组成能量相等的一组杂化轨道（hybrid orbital）。有机物分子中原子常见的杂化方式有：sp^3 杂化、sp^2 杂化和 sp 杂化，现以碳原子为例简述如下。

（1）sp^3 杂化：未成键碳原子的核外电子排布为 $1s^2 2s^2 2p_x^1 2p_y^1$，与其他原子成键时，理论上应是通过两个未配对的 p 轨道与其他原子的 s 或 p 轨道重叠，这样一个碳原子应与两个氢原子结合形成 CH_2，但事实上碳与氢的稳定结合状态为 CH_4，而且在 CH_4 分子中四个 C—H 是等同的。出现这种情况的原因是由于碳原子 2s 轨道的一个电子由基态激发到 2p 的空轨道上，同时一个 2s 轨道和三个 2p 轨道发生杂化，组成四个新的等

价的 sp^3 杂化轨道（图 2-3）。

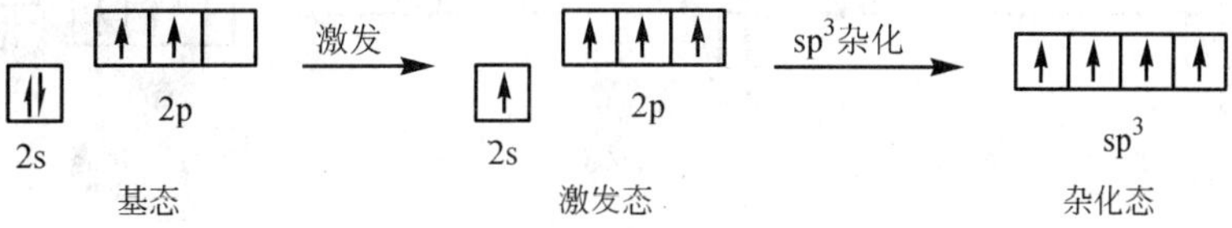

图 2-3　sp^3 杂化轨道的形成

sp^3 杂化轨道呈一头大、一头小的葫芦形，成键时大头区域的电子云的重叠程度要比未杂化的 s 或 p 轨道的都大，因而 sp^3 杂化轨道所形成的共价键比较牢固，体系也更稳定，杂化前后原子轨道的形状见图 2-4。

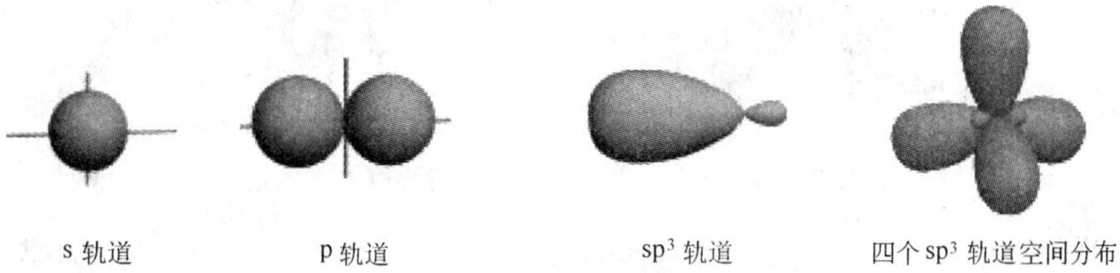

图 2-4　s 轨道、p 轨道、sp^3 杂化轨道的电子云示意图

碳原子的每一个 sp^3 杂化轨道含有一个电子，它们可分别与四个氢原子的 s 轨道重叠，形成四个 C—Hσ 键，构成甲烷分子（CH_4）。甲烷的空间构型为正四面体，碳原子位于正四面体的中心，四个杂化轨道分别指向正四面体的四个顶点，两轨道间的夹角为 109°28′，四个氢原子则分别位于四个顶角上（图 2-5）。

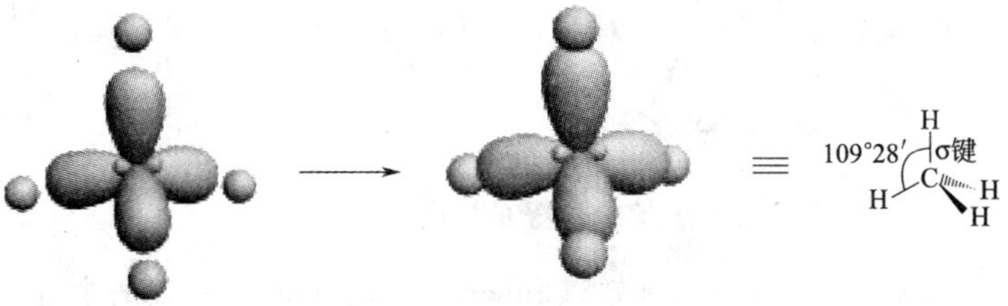

图 2-5　甲烷分子的形成（彩图附后）

原子轨道杂化发生的前提在于参与杂化的轨道能量相近，如碳原子中 2s 和 2p 轨道，因属于同一电子层，能级相差很小，故而可以发生杂化。碳原子里的 2s 轨道除可和三个 2p 轨道发生 sp^3 杂化外，还可和两个 2p 轨道发生 sp^2 杂化、和一个 2p 轨道发生 sp 杂化。

（2）sp^2 杂化：碳原子中的一个 2s 轨道和两个 2p 轨道杂化形成三个等价的 sp^2 杂化轨道（图 2-6）。

三个 sp^2 杂化轨道位于同一平面上，相互间夹角为 120°，剩下的一个未参与杂化的 p 轨道垂直于三个 sp^2 轨道所在的平面（图 2-7）。

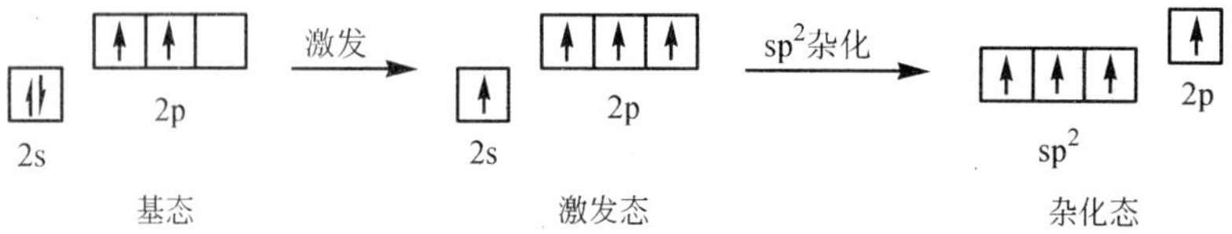

图 2-6 sp^2 杂化轨道的形成

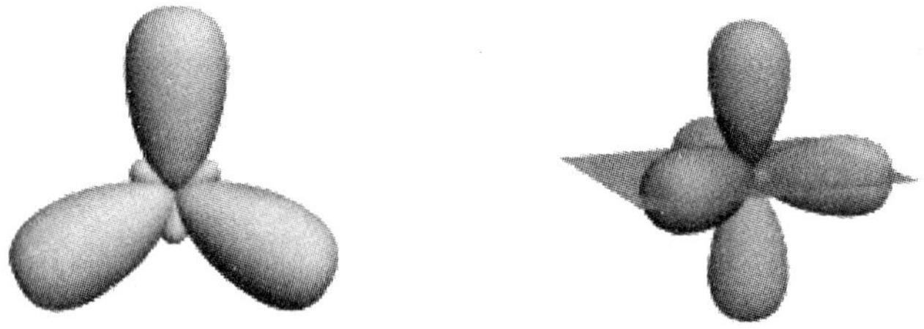

图 2-7 sp^2 杂化轨道的电子云示意图（彩图附后）

乙烯分子（$CH_2{=}CH_2$）中，两个碳原子均以 sp^2 杂化轨道与其他三个原子相结合。每个碳原子的三个 sp^2 杂化轨道中，一个与另一碳原子的 sp^2 杂化轨道重叠，另外两个则与两个氢原子的 s 轨道重叠。每个碳原子剩下的未参与杂化的 p 轨道，彼此平行地侧面重叠形成 π 键。这样两个碳原子之间，除存在由一个 sp^2 轨道重叠所形成的 σ 键外，还存在由未杂化的两个平行 p 轨道重叠所形成的 π 键，一个 σ 键与一个 π 键共同组成碳碳双键（图 2-8）。

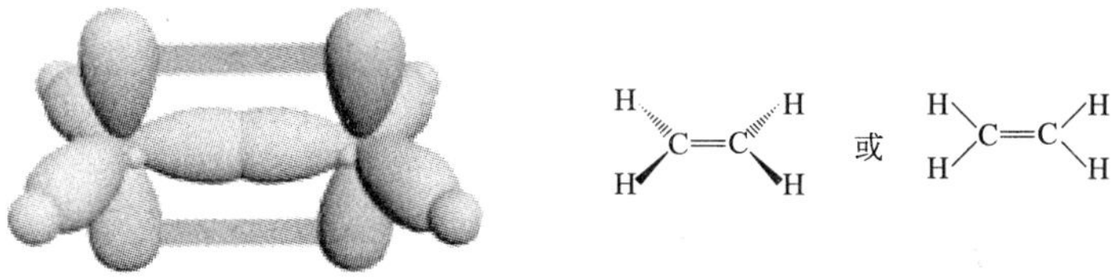

图 2-8 乙烯分子的形成（彩图附后）

（3）sp 杂化：碳原子中的一个 2s 轨道和一个 2p 轨道杂化形成两个等价的 sp 杂化轨道（图 2-9）。

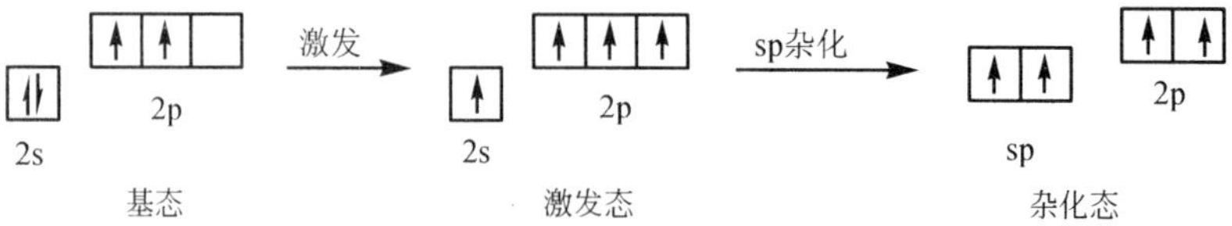

图 2-9 sp 杂化轨道的形成

两个 sp 杂化轨道以 180°呈直线分布，剩余的两个未参与杂化的 p 轨道不仅垂直于两个 sp 杂化轨道的键轴，而且相互垂直（图 2-10）。

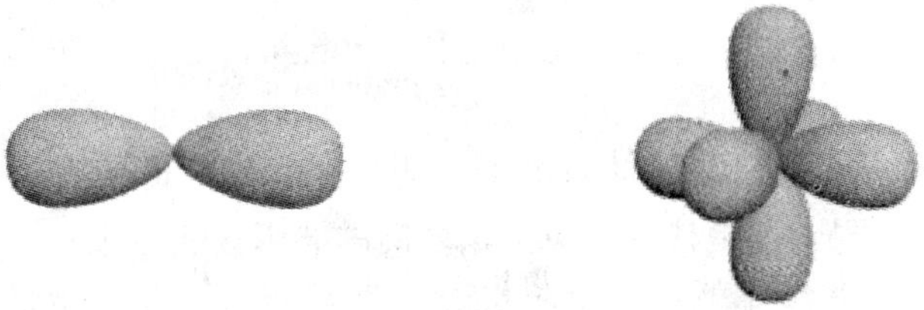

图 2-10　sp 杂化态碳原子的电子云示意图（彩图附后）

乙炔分子（CH≡CH）中，每个碳原子的两个 sp 杂化轨道，一个与另一碳原子的 sp 杂化轨道重叠，另一个则与一个氢原子的 s 轨道重叠。每个碳原子剩下的未参与杂化的两个 p 轨道，彼此平行地侧面重叠形成两个 π 键。这样两个碳原子之间，由一个 σ 键与两个 π 键共同组成碳碳叁键（图 2-11）。

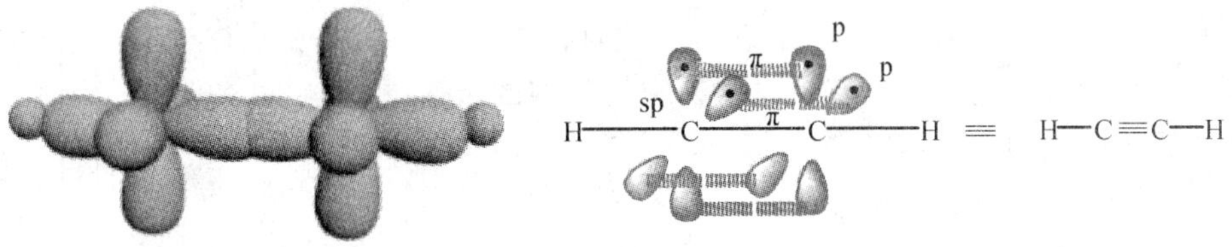

图 2-11　乙炔分子的形成（彩图附后）

除碳原子外，氮原子和氧原子在成键时，也可以形成杂化轨道。处于杂化状态的原子，其最外层的电子数与未杂化时的相同。

（二）分子轨道法

价键理论认为共价键是由两个自旋相反的电子配对形成的，分子中的价电子被定域在两个成键原子之间的区域内，它能较好地解释共价键的饱和性和方向性。但对于不少具有不饱和键的分子，特别是含离域电子①（delocalized electron）的共轭体系，它无法作出满意的解释。分子轨道理论则以形成共价键的电子是分布在整个分子之中的观点为着眼点，考虑到了全部原子轨道之间的相互作用，较全面地反映了分子中化学键的本质。

1. 分子轨道理论的基本要点

（1）分子中的电子不从属于某一个或者某一些特定的原子，而是在整个分子范围内运动。每个电子的运动状态，可用波函数 ψ 来描述，这个 ψ 称为分子轨道（molecular orbital）。与原子轨道相比，分子轨道是多中心的，电子云分布在多个原子核的周围，而原子轨道是单中心的，电子云分布在一个原子核的周围。

（2）分子轨道由形成分子的原子轨道线性组合而成，一个分子有多个分子轨道，其数目与原子轨道总数相等。假设以 ϕ_A 和 ϕ_B 分别代表两个原子轨道，当它们重叠时，可形成两个

---

①　离域电子：电子离开原有的区域，在更大的范围内运动。如苯环上的六个 π 电子，它们不局限于哪一个碳原子上，而是分布在整个环状大 π 体系中。

分子轨道。其中一个分子轨道是由两个原子轨道的波函数相加组成 $\psi_1=\phi_A+\phi_B$，为成键轨道（bonding orbital）；另一个分子轨道由两个原子轨道的波函数相减组成 $\psi_2=\phi_A-\phi_B$，为反键轨道（antibonding orbital）。

成键轨道 ψ_1 中，组成分子轨道的两个原子轨道的波函数符号相同，即波相相同。这两个波函数相互作用的结果，即是使两个原子核之间的波函数值增大，电子出现的几率密度增大，如图 2-12 所示。成键分子轨道的能量较原子轨道的低，有助于两个原子结合成键。

图 2-12 波相相同的波函数相互作用形成成键轨道

反键轨道 ψ_2 中，组成分子轨道的两个原子轨道的波函数符号相反，即波相不同。这两个波函数相互作用的结果，是使两个原子核之间的波函数值减少或抵消，电子出现的几率密度降低，两个原子核之间甚至有一电子云密度为零的节面，如图 2-13 所示。反键分子轨道的能量较原子轨道的高，不能成键。

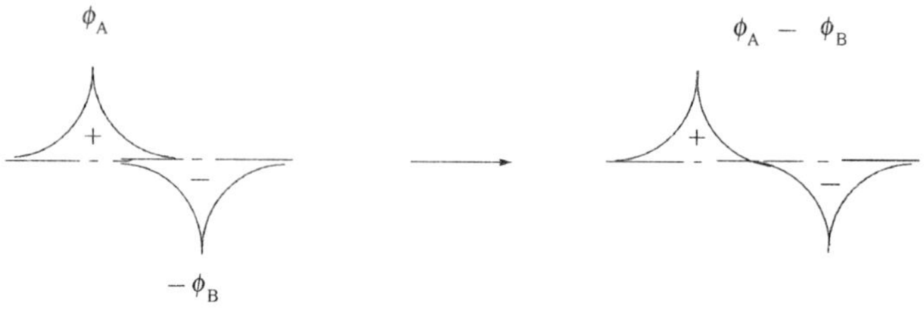

图 2-13 波相不同的波函数相互作用形成反键轨道

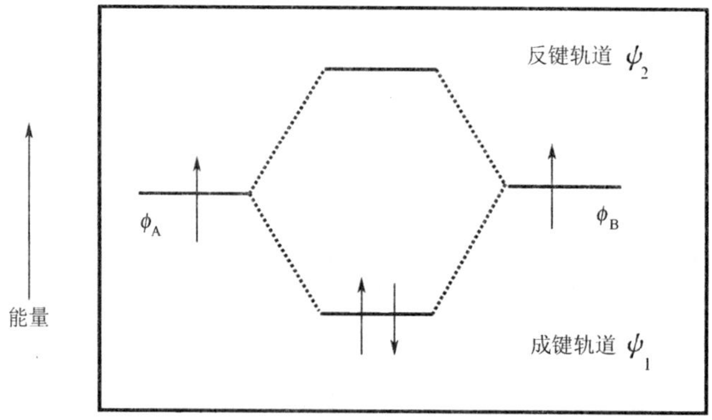

图 2-14 两个氢原子形成氢分子的轨道能级图

依照分子轨道学说，原子间共价键的形成是由于电子转入成键的分子轨道的结果。以氢原子为例，氢原子核外仅有一个位于 1s 轨道的电子，当两个氢原子的电子从 1s 轨道转入氢分子的分子轨道时，优先占据的是能量低于氢原子 1s 轨道的成键轨道 ψ_1，此时能形成稳定的氢分子；当氢分子中的电子进入反键轨道 ψ_2 时，体系不稳定，氢分子自动裂分为两个氢原子（图 2-14）。

2. 由原子轨道组成分子轨道时必须遵循的三条原则

（1）能量相近原则：原子轨道的能量相近，才能有效地形成化学键，如同核双原子分子中，1s-1s、2s-2s、2p-2p 等原子轨道之间能有效地形成分子轨道。如果参与成键的原子轨道能量相差很大时，就不能形成有效的化学键。

（2）最大重叠原则：原子轨道相互间的重叠越大，形成的分子轨道越稳定，构成的化学键越牢固。

（3）对称性原则：对称性相同的原子轨道才能有效组成分子轨道，这是成键时需遵循的首要原则。因为原子轨道的波函数有正、负号之分，为有效地组成分子轨道，组成成键轨道的原子轨道的类型和重叠方向必须对称性合适，都是原子轨道同号区域相重叠。若为原子轨道的异号区域相重叠，则因对称性不相符，只能组成反键分子轨道。

如 s 轨道和 p_x 轨道对键轴是对称的，同号重叠满足对称性相符的条件，可以有效地组成分子轨道（图 2-15a）。而 s 轨道和 p_y 轨道重叠，有一半区域是同号重叠，另一半区域是异号重叠，与对称性不相符，故不能有效成键（图 2-15b）。图 2-15c 为 p_y 与 p_y 轨道组合产生分子轨道的示意图。

描述共价键的这两种理论，都是从微观粒子运动的基本方程（Schrodinger 方程）出发，

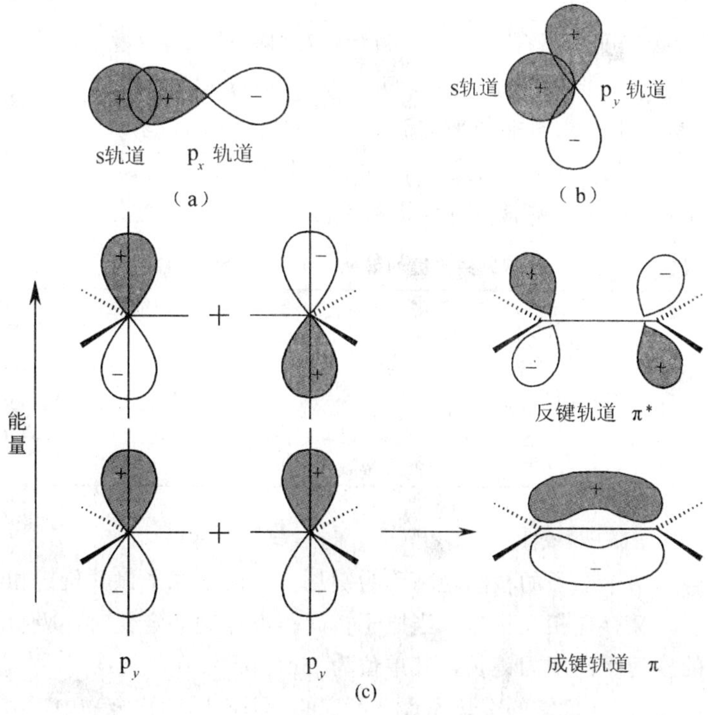

图 2-15　原子轨道组合的对称性匹配原则

分别采用了不同的近似方法进行处理而得出的，两者对大量问题的处理结果基本是一致的。价键法对分子结构的描述简单直观，容易理解；分子轨道法对存在电子离域现象的分子结构的解释较为有效。

二、共价键的性质

分子中的原子以共价键结合时，它们的理化性质都与共价键的性质有关，而共价键的性质又主要取决于成键原子的性质和结合方式。通常用键长、键角、键能等物理量来表征共价键的性质。由这些物理量的数值，可以归纳出一些定性或半定量的规律，能在一定程度上用来说明分子的某些特性。

（一）键能（bond energy）

键能是指将以共价键结合的化合物分子（气态）断裂变成原子状态（气态）时所吸收的能量，其单位为 kJ/mol。

对于双原子分子而言，其键能就是该键的离解能（bond dissociation energy）。1mol 的氢分子离解成 2mol 的氢原子所需的热量为 435.3kJ，此离解能就是该键的键能。

对于多原子分子而言，其键能则是断裂分子中相同类型共价键所需能量的均值。例如 1mol 甲烷分子分解成 4mol 氢原子和 1mol 碳原子（气态，用“g”表示）时所需吸收的热量为 1662.1kJ，故 C—H 键的键能为 1662.1/4＝415.5kJ/mol，但当甲烷中的四个 C—H 共价键依次断裂时，所需的能量分别为：

$CH_4(g) \rightarrow CH_3(g) + H(g)$　　$D_1 = 435.3$kJ/mol

$CH_3(g) \rightarrow CH_2(g) + H(g)$　　$D_2 = 460.5$kJ/mol

$CH_2(g) \rightarrow CH(g) + H(g)$　　$D_3 = 427.0$kJ/mol

$CH(g) \rightarrow C(g) + H(g)$　　$D_4 = 339.1$kJ/mol

C—H 键的键能是上述离解能的平均值（其中 D 表示离解能）。

键能是共价键强度的量度，键能数值越大，表明所形成的键越牢固，断裂它们所需要的能量也越大，表 2-1 列出了一些常见共价键的键能。

表 2-1　**常见共价键的键能**（单位：kJ/mol）

键	键能	键	键能	键	键能	键	键能
O—H	464.7	C—C	347.4	C—Cl	339.1	C＝N	615.3
N—H	389.3	C—O	360.0	C—Br	284.6	C≡N	891.6
S—H	347.4	C—N	305.6	C—I	217.7	C＝O(醛)	736.7
C—H	414.4	C—S	272.1	C＝C	611.2	C＝O(酮)	749.3
H—H	435.3	C—F	485.6	C≡C	837.2		

（二）键长（bond length）

以共价键结合的两个原子的核间距离称为键长。当两个原子以共价键相结合时，原子之间既存在相互吸引，又存在相互排斥。当原子核间距离达到一定值时，吸引作用和排斥作用处于平衡，此时的核间距离即为键长，其单位为 pm(1pm＝10^{-12}m)。

在一般情况下，相同共价键的键长大致是不变的。但不同的化合物中，由于化学结构的不同，分子中原子间相互影响不同，也存在一些差异。两个原子核之间的键长越短，表示两个原子结合得越牢固；键长越长，则越容易受到外界的影响，表 2-2 列出了一些常见共价键的键长。

表 2-2　　常见共价键的键长（单位：pm）

键	键长	键	键长	键	键长	键	键长
C—C	154	—C—H	109	C—F	142	C—O	144
C═C	134	═C—H	108	C—Cl	177	C—S	182
C≡C	120	≡C—H	106	C—Br	191		
C═O	122	N—H	100	C—I	212		
C≡N	115	O—H	97	C—N	147		

（三）键角（bond angle）

化合物分子中，键与键之间的夹角称为键角。例如甲烷分子中四个 C—H 键间的键角均为 109°28′，乙烯分子中 H—C—H 键间的键角为 116.6°和 121.7°，乙炔分子中 C≡C—H 键间的键角为 180°（图 2-16）。

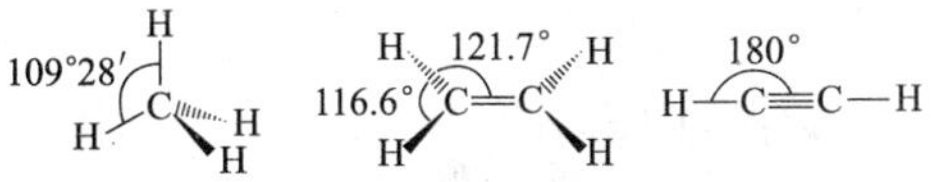

图 2-16　甲烷、乙烯、乙炔的键角示意图

键角是反映分子空间构型的重要参数之一，根据键长和键角的数据，可以确定分子的几何形状，还可推测成键原子的杂化状态。

（四）共价键的极性和极化

1. 键的极性（polarity）与分子的极性

根据成键原子电负性的不同，可以将共价键分为极性共价键和非极性共价键两类。

共价键中共用电子对在两原子之间的位置（或电子云在两原子之间的分布），一般有两种情况。当同种元素的两个原子形成共价键时，由于电负性相同，共用的电子对将均匀地绕两原子核运动，电子云密度最大的区域正好在两个原子核之间，其电荷分布是对称的，原子核的正电荷中心和电子云的负电荷中心正好相重叠，这种共价键没有极性，称为非极性共价键。例如：H_2、Cl_2 等双原子分子中的共价键。

当两个不同原子形成共价键时，由于成键原子电负性不同，会使共用电子对有所偏移，造成正负电荷中心不相重合，这种键具有极性，称为极性共价键。

例如：在 H—Cl 和 CH_3—Cl 分子中，由于电负性较大的氯吸引电子的能力较强，使氯氢键电子、碳氯键电子更多地靠近氯，导致其带部分负电荷，用 δ^- 表示，键另一端原子周围的电子云密度较小，带部分正电荷，用 δ^+ 表示（δ 表示微量电荷）。从而使相应的共价键产生极性。

$$\overset{\delta^+}{H}—\overset{\delta^-}{Cl} \qquad \overset{\delta^+}{CH_3}—\overset{\delta^-}{Cl}$$

共价键极性的大小，主要取决于成键原子电负性差，电负性差越大，所形成键的极性越强。

共价键极性的大小可定量地用键矩 μ 来衡量。即正电中心或负电中心上的电荷值 q 与两个电荷中心之间的距离 d 的乘积。

$$\mu = q \cdot d$$

键矩是矢量，用+⟶表示，其方向是从正极到负极，箭头指向负的一端。单位为 D（德拜）或 C·m(库仑·米)，二者的换算关系为 1D＝3.336×10^{-30}C·m。μ 值越大，表示键的极性越强。

键的极性与分子的极性关系密切。对于双原子分子，键的极性就是分子的极性。例如：

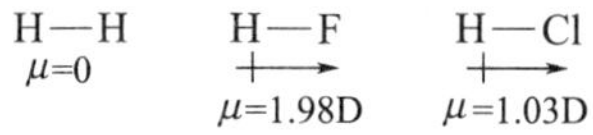

而对多原子分子来说，分子极性不仅与键的极性有关，还与分子的空间构型有关。分子的极性可用偶极矩 μ 来衡量（其单位仍为 D 或 C·m)，它是分子中各极性共价键键矩的矢量和。像乙炔、二氧化碳这样的线性分子，虽然有极性共价键存在，但其键矩方向相反，极性相等，分子的正负电荷中心能够重叠，故分子的偶极距为零。

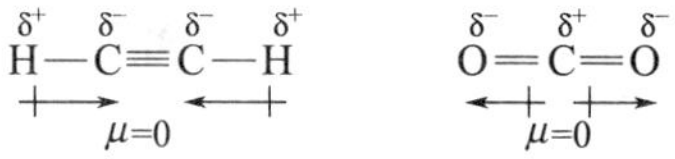

而像溴甲烷、氨和四氯化碳这样的非线性分子，若分子的结构不对称，分子中各极性共价键的极性不能相互抵消，则分子的偶极矩不为零，整个分子具有极性；若分子的结构对称，则分子中各极性共价键的极性能相互完全抵消，则分子的偶极矩为零，整个分子不具有极性。

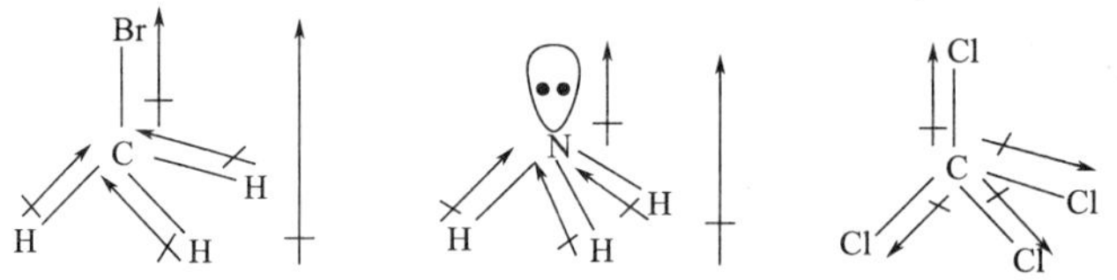

μ=1.78D 溴甲烷　μ=1.46D 氨　μ=0 四氯化碳

表 2-3 列出了一些常见化合物的偶极距。

表 2-3　部分化合物的偶极距（μ）

化合物	μ(D)	化合物	μ(D)
H_2	0	CH_3Br	1.78
CO_2	0	CH_3Cl	1.86
CH_4	0	苯	0
HI	0.38	苯酚	1.70
HBr	0.78	乙醚	1.14
HCl	1.03	苯胺	1.51
CH_3COOH	1.40	H_2O	1.84
CH_3OH	1.68	硝基苯	4.19
CH_3CH_2OH	1.70	HCN	2.93
丙酮	2.80	乙酰苯胺	3.55

2. 键的极化（polarization)

非极性共价键或极性共价键在外界电场（试剂、溶剂、极性容器等）的影响下，键的极性会发生改变，产生极性或使极性增加，这种现象称为键的极化。由于共价键极化而形成的键矩称为诱导键矩。例如，在正常情况下，由于键的正负电荷中心重叠，Cl—Cl 键无极性，$\mu=0$，但当外电场 E^+ 接近它时，因为 E^+ 的诱导作用，会引起氯分子的正负电荷中心分离，产生键矩 μ。

$$\underset{\mu=0}{Cl—Cl}+E^+ \longrightarrow \underset{\mu>0}{\overset{\delta^+}{Cl}—\overset{\delta^-}{Cl}}$$

不同共价键的极化有难有易，其难易程度通常用极化度（polarizability，也称可极化性）来衡量。共价键的极化度越大，表明其越容易受外界电场的影响而发生极化。键的极化度与成键电子的流动性有关，亦即与成键原子的电负性及原子半径有关。一般来说，成键原子的电负性越大，原子半径越小，则原子核对外层电子束缚力越大，电子流动性越小，共价键的极化度就越小，反之，极化度就越大。

键的极化度对分子的反应性能有着重要影响。例如：对于 C—X 键，其部分特性为：

C—X 键的极性：　C—F ＞ C—Cl ＞ C—Br ＞ C—I

卤原子价电子的流动性：　I ＞ Br ＞ Cl ＞ F

C—X 键的极化度：　C—I ＞ C—Br ＞ C—Cl ＞ C—F 、

C—X 键的化学活性：　C—I ＞ C—Br ＞ C—Cl ＞ C—F

这是因为 I 的原子半径最大，原子核对核外电子的束缚力最差，电子流动性大，极化度大，所以 C—I 最易解离。

键的极化是在外界电场的影响下产生的，是一种暂时现象，当外界电场消失时，键的极化现象也就不存在了。

三、共价键的断裂方式与有机反应分类

在化学反应进行的过程中，会发生共价键的断裂。共价键断裂的方式主要有两种：均裂和异裂。

共价键断裂时，两成键原子共用的一对电子平均分配，每个原子各拿走一个，形成两个各带一个电子的自由基（free radical）。这种断裂方式称为均裂。共价键均裂所形成的带有成单电子的原子（团），称为自由基。例如：

$$A:B \longrightarrow \underset{\text{自由基}}{A\cdot} + \underset{\text{自由基}}{B\cdot} \qquad Br:Br \longrightarrow \underbrace{Br\cdot + Br\cdot}_{\text{溴自由基}}$$

若共价键断裂时，两成键原子共用的一对电子由其中一个原子所独占，则会形成两个带电荷的离子。这种断裂方式称为共价键的异裂。例如：

$$A:B \longrightarrow A^+ + B\ddot{:}^- \text{ 或 } A\ddot{:}^- + B^+$$

$$H:Br \longrightarrow H^+ + Br\ddot{:}^-$$

根据反应过程中共价键断裂方式的不同，可以对有机反应进行分类。凡通过共价键均裂生成中间体自由基而进行的反应，称为自由基反应；凡通过共价键异裂生成中间体离子而进行反应，称为离子型反应。还有一类反应与这两类不同，在反应过程中旧键的断裂和新键的形成同时发生，反应通常经由环状过渡态进行，没有中间体产生，这类反应称为协同反应。

第二节 共振论简介

共振论（resonance theory）由美国化学家鲍林（L. Pauling）于 20 世纪 30 年代提出，属于价键法的范畴，是对经典价键结构理论的一种补充和发展。共振论在量子化学的基础上，提出了一种描述有电子离域现象存在的分子（离子或自由基）结构的简明、直观的方法。

一、共振论的基本内容

我们目前所使用的化合物的结构式，一般都是根据价键理论书写出来的。但是，受到价键理论的局限，按照该理论书写的这些结构式，并不总是能够真实客观地反映分子的实际结构的。例如，对于甲酸电离所生成的甲酸根（$HCOO^-$），一般将其结构式写为：

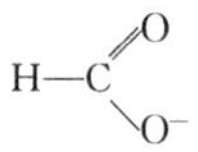

根据这一结构式提供的信息，可以认为其分子中存在着两种碳氧键：碳氧单键与碳氧双键。二者的键长、键角应该都不一样。但事实上甲酸根分子中只存在一种碳氧键，两碳氧键的键长与键角都是完全一样的。再例如，苯分子的结构常用如下 Kekulé 式表示：

这一结构表明苯分子中存在两种不同的碳碳键：碳碳单键与碳碳双键，其键长、键角亦应有所不同。可实际上苯分子中的 6 个碳碳键都是一样的，不存在键长、键角的差别。这些例子说明，只用单一的经典价键结构式来表示化合物的结构，在某些情况下是存在缺陷的。

为了弥补价键法在描述存在电子离域现象分子结构时的不足，鲍林等化学家在用量子力学研究分子结构的过程中，提出了用两个或更多个经典价键结构式来表示分子结构的方法，这就是“共振论”。

共振论的基本观点如下：

1. 当一个分子（离子或自由基）按价键理论可写成两个或更多个经典结构式时，则该分子（离子或自由基）的真实结构就是这些式子共振出来的共振杂化体（resonance hybrid）。例如，按照共振论的观点，苯主要是以下两个结构式的共振杂化体：

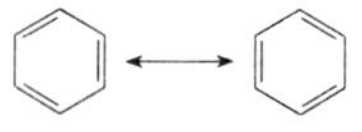

（Ⅰ）　　（Ⅱ）

其中双向箭头“⟷”表示共振，意即无法用某一单一的结构式来合理地描述一个化合物，可能需要借助两个或多个结构式共同特征，来综合反映表达该分子的真实结构。

在苯的结构中，所有碳碳键完全相同（键长均为 139pm，键角均为 120°），既不同于一般的 C—C 单键（键长为 154pm），也不同于一般的 C═C 双键（键长为 134pm），这说明在苯分子中并没有纯粹的单键或双键，不能用单一的结构式表示，需要用以上多个结构式的共振来表示。这些能够书写出来的结构式称为共振结构式（resonating structure，或称极限结构式），它们之间的差别仅在于电子对的位置不同。苯即可看作是这些共振结构式的共振杂化体。

2. 共振杂化体是单一物质，可用以表述分子的真实结构，但它既不是几个共振结构式的混合物，也不是几种结构式互变的平衡体系。

3. 共振结构式不具客观真实性，只是近似的或假想的，哪一个共振结构式都不能单独用来完满地表述分子的性质。但它们却又都有一定的结构意义，都与真实结构存在内在的联系，并在一定程度上共同反映真实分子的结构特征。

4. 共振结构式可用以说明分子的稳定程度或分子中电荷分布的位置。一般情况下，共振结构式的数目越多，电子的离域程度越大，表明分子越稳定。如苯、萘、蒽、菲相比较，苯可写出二个共振结构式，萘可写出三个共振结构式，蒽可写出四个共振结构式，而菲可以写出五个共振结构式，因此分子的稳定性是苯＜萘＜蒽＜菲。

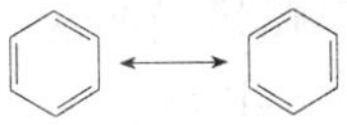

苯

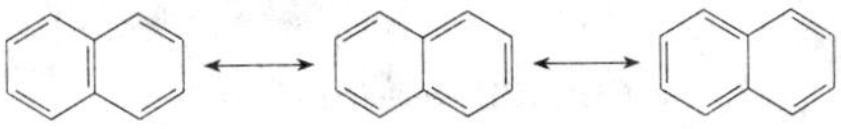

萘

蒽

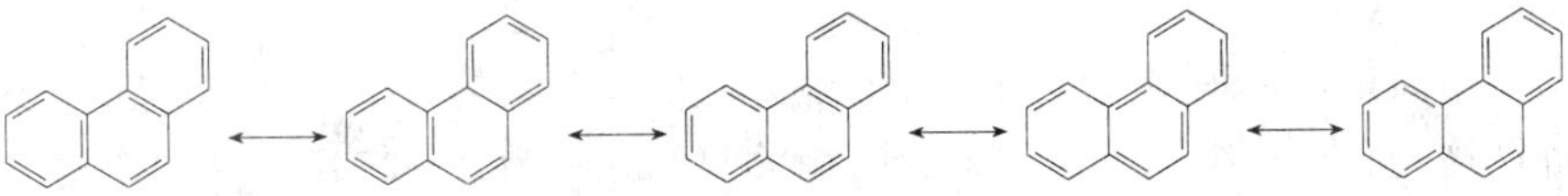

菲

虽然在大多数情况下共振论的这一观点与事实相符，但在某些情况下也与事实有出入，这也是共振论的局限性所在。例如在上述芳香烃中，苯实际上是电子离域程度最大，也是最稳定的。

5. 不同共振结构参与共振杂化体的比重是不同的。能量越低、越稳定的共振结构式参与程度越高，对共振杂化体的贡献也越大。

（Ⅰ）贡献较大　　（Ⅱ）贡献较小

例如，对于乙酸的两个共振结构式，结构式（Ⅰ）中所有原子都达到八个电子的稳定状态，没有正负电荷分离，较为稳定，因而对共振杂化的贡献较大。

共振杂化体比任何一个共振结构式的能量都低，都稳定。根据能量最低的共振结构式所计算出的能值和分子实际测得的能值之间的差称为共振能（resonance energy）。例如，苯分子共振结构式看上去是 1,3,5-环己三烯，其分子中三个双键全部发生加氢反应时所释放出的能量（称为氢化热）应该是环己烯氢化热（119.5kJ/mol）的三倍，即 358.5kJ/mol，但实测苯的氢化热只有 208.16kJ/mol，二者相差约 150kJ/mol，这 150kJ/mol 的能差就是苯分子共振能。

二、共振结构式书写的基本原则

用共振论来描述分子的结构时，书写共振结构式需遵循以下基本原则：

1. 共振结构式必须符合一般的价键规则，各原子的价数不能越出常规，比方说不能出现“五价碳”。

2. 彼此共振的共振结构式的不同，仅是电子的排布不同，各原子核的相对位置必须保持不变。例如，烯丙基正离子是（Ⅰ）和（Ⅱ）的共振杂化体，但（Ⅲ）则不是其共振结构式，因为结构（Ⅲ）中原子核的相对位置发生了改变，与（Ⅰ）和（Ⅱ）的不同。

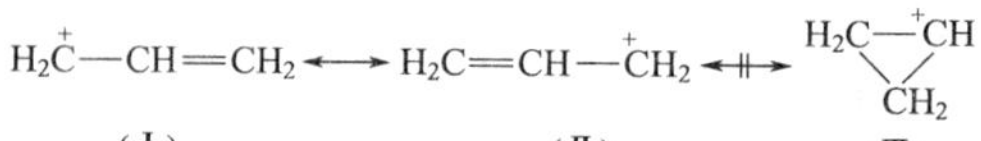

(Ⅰ)　　(Ⅱ)　　(Ⅲ)

3. 同一分子的所有共振结构式，应当具有相同数目的成对电子或未成对电子。例如：烯丙基自由基是（Ⅰ）和（Ⅱ）的共振杂化体，但（Ⅲ）则不是其共振结构式，因为结构（Ⅲ）中成对电子的数目与前二者不同。

两个成对电子　　两个成对电子　　无成对电子

$$\underset{(\text{I})}{H_2\dot{C}-CH=CH_2} \longleftrightarrow \underset{(\text{II})}{H_2C=CH-\dot{C}H_2} \not\longleftrightarrow \underset{(\text{III})}{H_2\dot{C}-\dot{C}H-\dot{C}H_2}$$

4. 全部参加共振的原子必须处于同一平面或接近于一个平面。

三、共振论在有机化学中的应用

共振论采用简单、直观的方法描述有电子离域现象存在的分子的结构，在许多情况下能够较好地解释这类分子在结构及性质方面的相关问题，已为大家普遍接受和使用。

例如，用共振论可以解释为何萘分子中 C_1 与 C_2 间的键比 C_2 与 C_3 间的键要短。共振论认为，萘主要是以下 3 个共振结构式的杂化体：

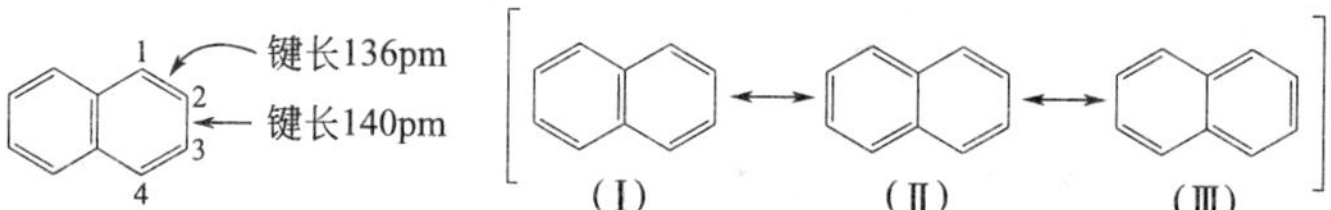

萘　　(Ⅰ)　　(Ⅱ)　　(Ⅲ)

从这些共振结构式可以看出，C_1 与 C_2 间双键的特征更明显些，而 C_2 与 C_3 间单键的特征更明显些。因为 3 个共振结构式中（Ⅰ）和（Ⅱ）都显示 C_1 与 C_2 间是双键，C_2 与 C_3 间是单键；只有（Ⅲ）显示的是 C_1 与 C_2 间是单键，C_2 与 C_3 间是双键，所以 C_1 与 C_2 间的键比 C_2 与 C_3 间的键要短。

再如，用共振论可以解释为何硝基苯的亲电取代反应主要发生在间位，而不是邻位或对位。共振论对硝基苯的共振杂化体结构描述如下：

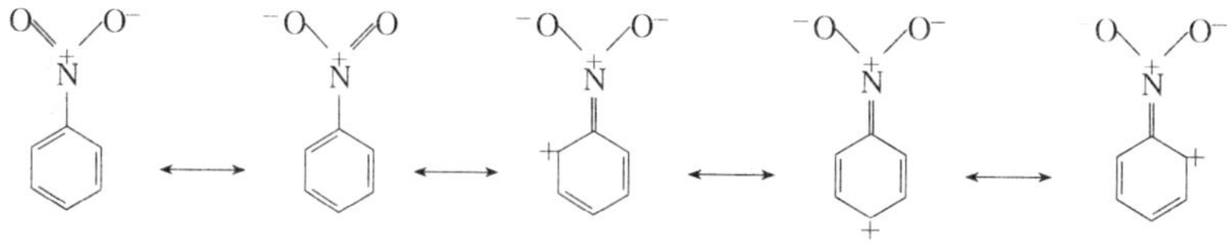

从这一共振杂化体的结构看，受硝基的影响，其芳环邻位和对位带有某种程度的正电荷，电子云密度应该较小；而间位不带正电荷，电子云密度相对较大，因而是亲电试剂的主要进攻部位。

还有，一般有机胺的碱性不太强，而胍虽属有机胺，碱性却很强（与 NaOH 相当）。共振论认为：这是由于胍与质子结合后形成了较稳定的正离子，即正电荷能够有效地分散。

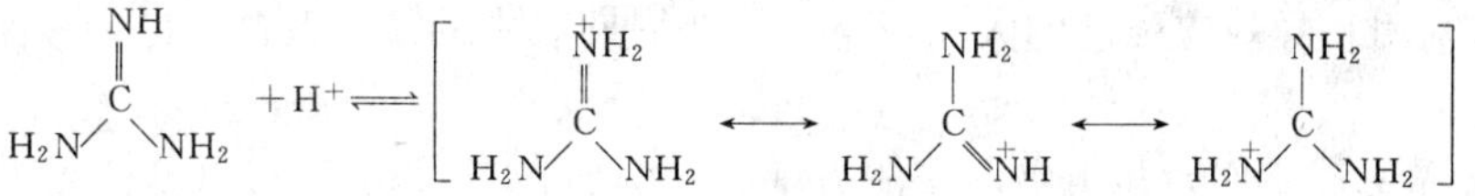

胍　　　　　　胍正离子的共振杂化体

虽然共振论在解释化合物的理化性质方面比较简明而且与实际相符，但也存在一定的局限性，需要进一步加以完善。

第三节 有机化学中电子效应

在讨论有机化合物的理化性质及反应活性高低的差别时，经常要研究分子中原子间的相互影响。这些影响不仅存在于键合原子（即通过化学键相连的原子）间，也存在于非键合原子（即未通过化学键相连的原子）间。描述有机物分子中非键合原子间相互影响的理论分为电子效应与空间效应两类。电子效应又可分为诱导效应、共轭效应和场效应 3 种。电子效应是有机化学中的重要理论之一，有机化学中的许多问题都可用这一理论加以解释。

一、诱导效应

（一）静态诱导效应

由于极性共价键的存在，从而使整个分子的电子云沿着碳链向某一方向偏移的现象，称为静态诱导效应（static inductive effect）。用符号 I 表示。“⟶”用以表示电子移动的方向。例如：氯原子取代了烷烃碳原子上的氢原子后，由于氯的电负性较大，吸引电子的能力较强，会使碳氯键电子向氯原子偏移，导致氯带有部分负电荷（δ^-）、碳带有部分正电荷（δ^+）。带部分正电荷的 α 碳又会吸引相邻 β 碳周围的电子，使其也产生偏移，也带部分正电荷（$\delta\delta^+$），但偏移程度小一些，这样依次影响下去，会使整个分子的电子云沿碳链向氯原子所在方向偏移。

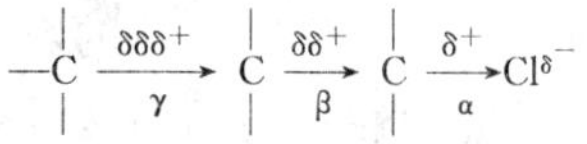

由于这种诱导效应是存在于未发生反应的静态分子中的，故称为静态诱导效应。不同原子或基团所引起的诱导效应存在方向和强度的不同。诱导效应的方向是以碳氢化合物的氢原子作为标准比较得出的。

若以一个电负性比氢强的原子或基团取代了氢，所引起的诱导效应是吸电子的，该取代基被称为吸电子基。由吸电子基引起的诱导效应为负诱导效应（－I 效应）。

若以一个电负性比氢弱的原子或基团取代了氢，所引起的诱导效应是斥（给）电子的，该取代基被称为斥（给）电子基。由斥电子基引起的诱导效应为正诱导效应（＋I 效应）。

$R_3C \longleftarrow Y$	$R_3C—H$	$R_3C \longrightarrow X$
＋I 效应	比较标准 I＝0	－I 效应

下面是一些原子或基团诱导效应的大小次序：

吸电子基团（－I 效应）：$—NO_2 > —CN > —F > —Cl > —Br > —I > —C\equiv CH > —OCH_3 > —C_6H_5 > —CH═CH_2 > H$

斥电子基团（＋I 效应）：$(CH_3)_3C— > (CH_3)_2CH— > CH_3CH_2— > CH_3— > H$

原子或基团诱导效应强度的大小，与原子在周期表中的位置及基团的结构密切相关，其一般规律如下：

1. 同族元素原子序数越大吸电子能力越弱。例如，下列原子－I效应强度顺序为：

$$—F>—Cl>—Br>—I$$

2. 同周期元素原子序数越大吸电子能力越强。例如，下列原子－I效应强度顺序为：

$$—F>—OR>—NR_2$$

$$—O^+R_2>—N^+R_3$$

3. 对不同杂化状态的碳原子来说，杂化轨道S成分所占比例越多，其吸电子能力越强。例如，下列基团－I效应强度顺序为：

$$—C\equiv CR>—CR=CR_2$$

静态诱导效应在传递过程中呈现的规律是：沿碳链依次向下传递，逐步减弱，在仅由σ电子构成的碳链中传递时减弱迅速，一般经过三个σ键后其强度已经很弱，经过五个σ键后其强度已基本消失。

（二）动态诱导效应

由于外界电场的作用，从而使整个分子的电子云沿着碳链向某一方向偏移的现象，称为动态诱导效应（inductomeric effect）。用符号Id表示，其中d为dynamic（动态）一字的缩写。这种效应是分子受外界电场的影响而出现的一种暂时现象。

正常状态(静态)　　　对于试剂的动态表现

一个分子受外界电场影响的程度，取决于分子中价键的极化度和外界电场的强度。

静态诱导效应与动态诱导效应不同之处在于：静态诱导效应是由于分子内极性共价键的存在（亦可视为是一种内在电场）而导致的，是静态分子固有的性质；动态诱导效应是在发生化学反应时，由于外界电场的出现而发生的，是一种暂时现象，通常只是在进行化学反应的瞬间才表现出来。静态诱导效应对化合物反应活性的影响具有两面性，在某些情况下可增加反应活性，在某些情况下会降低反应活性；而动态诱导效应所起的作用大都是加速反应的进行。

诱导效应可以用来解释分子在理化性质方面的差异。例如，氯原子取代乙酸的α-H后，形成α-氯代乙酸，由于氯的吸电子诱导效应通过碳链传递，导致羧基中O—H键极性增大，氢更易以质子形式解离，从而使酸性增强。所以$ClCH_2COOH$的酸性比CH_3COOH的酸性强。

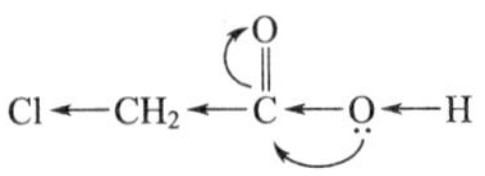

二、共轭效应与超共轭效应

（一）静态共轭效应

静态共轭效应（static conjugative effect）是存在于共轭体系（即有电子离域现象发生的体系）中的一种原子间的相互影响，其作用结果也能导致共轭体系中的电子云分布发生改变。由于它也是静态分子所固有的一种特性，因而被称为“静态”的。共轭效应只存在于具有共轭体系的分子中，不像诱导效应那样普遍存在于大多数分子中。

1. 共轭体系的类型

有机物中存在的共轭体系种类较多，根据发生离域的电子类型不同，可大致将共轭体系分为以下几类：

（1）π-π 共轭体系：即重键（双键或叁键）-单键-重键交替排列的体系。具有此类共轭体系的分子可以是开链的，也可以是环状的。1,3-丁二烯、1-戊烯-3-炔、苯、丙烯醛等属于具有这类体系的分子。

$CH_2{=}CH{-}CH{=}CH_2$　$H_2C{=}CH{-}C{\equiv}C{-}CH_3$　　$H_2C{=}CH{-}CH{=}O$

1,3-丁二烯　1-戊烯-3-炔　苯　丙烯醛

在这类分子中，由于重键-单键-重键交替排列，通过单键相连的重键轨道间存在着额外的重叠，从而导致 π 键电子运动区域扩大，即发生了 π 电子的离域。例如，在 1,3-丁二烯分子中，四个碳原子都是 sp^2 杂化的，每个碳以 sp^2 杂化轨道与相邻碳原子相互重叠形成 C—C σ 键，与氢原子的 s 轨道重叠形成 C—H σ 键，这三个 C—C σ 键、六个 C—H σ 键在一个平面上，键角接近于 120°。此外每个碳上还有一个未杂化的 p 轨道，垂直于 σ 键所在平面，侧面重叠形成 π 键，这种重叠不是只限于 C_1 与 C_2、C_3 与 C_4 之间，而是 C_2 与 C_3 之间也发生了一定程度的重叠。从而使 C_2 与 C_3 之间也具有部分 π 键的特征，其电子云密度比孤立 C—C 单键的电子云密度增大，键长缩短。由于整个分子的 π 键形成了一个整体，导致 π 电子运动区域扩大，也就是形成了离域大 π 键。我们通常把这样的体系称为共轭体系，因为 π 电子离域构成的共轭体系称为 π-π 共轭体系。1,3-丁二烯分子中的离域键如图 2-17 所示。

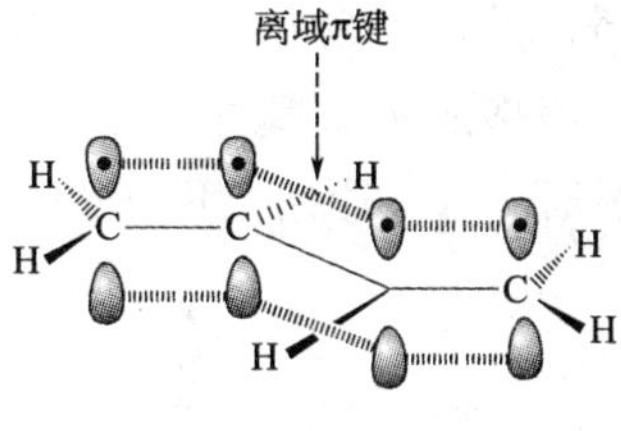

图 2-17　1,3-丁二烯分子的离域 π 键

（2）p-π 共轭体系：具有 p 轨道的原子通过 σ 键与重键原子相连的体系。氯乙烯、烯丙基自由基、甲酸等属于具有这类共轭体系的分子（离子或自由基），其结构见图 2-18。

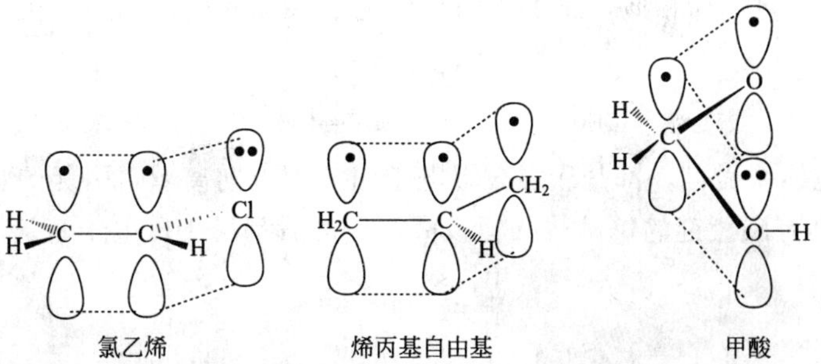

图 2-18　氯乙烯、烯丙基自由基、甲酸分子的 p-π 共轭体系

p-π 共轭体系中存在着 p 轨道与 π 轨道间的重叠，结果会导致 p 电子或 π 电子的离域。应当明确的是，p-π 共轭体系中 p 轨道上有无电子都不影响构成这一共轭体系。例如，烯丙基正离子（CH_2═CH—CH_2^+）参与组成 p-π 共轭体系的就是个空 p 轨道。

(3) σ-π 共轭体系：亦称超共轭体系。即具有碳氢 σ 键的碳原子通过 σ 键与重键原子相连的体系。丙烯、甲苯等属于具有这类共轭体系的分子。丙烯分子的超共轭体系见图 2-19。

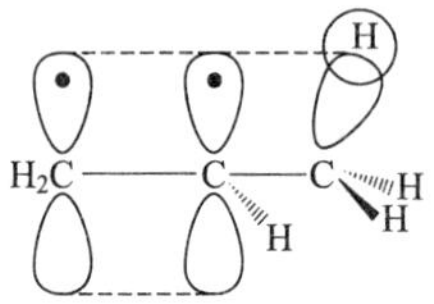

图 2-19　丙烯分子中的超共轭体系

丙烯分子中的甲基碳原子有四个 sp^3 杂化轨道，其中三个轨道与氢原子的 1s 轨道重叠形成碳氢 σ 键，一个轨道与双键碳原子的一个 sp^2 杂化轨道形成碳碳 σ 键。碳氢键中由于氢原子的 1s 轨道体积很小，相当于镶嵌在碳原子的 sp^3 杂化轨道中，使得碳氢键电子云靠近氢原子的部分体积增大，当其与 π 键原子相连时，碳氢 σ 键的电子云会与 π 轨道发生某种程度的重叠，导致碳氢 σ 电子发生离域。由于 σ-π 共轭体系中发生离域的轨道间并不彼此完全平行，轨道间的重叠程度小，电子离域不充分，故而被称为超共轭体系。碳氢 σ 键亦能与单独的 p 轨道构成 σ-p 超共轭体系。

2. 静态共轭效应的方向、强度及传递特征

静态共轭效应的方向亦分为吸电子的共轭效应（－C 效应）与斥电子的共轭效应（＋C 效应）两种。对于不同的共轭体系，其电子离域的方向由不同的因素决定。在 π-π 共轭体系中，电子云向电负性强的原子方向偏移。例如，丙烯醛分子中的 π 电子云会向羰基氧原子方向偏移，羰基相对于烯键就是个引起—C 效应的吸电子基（一般用弯箭头表示共轭体系中电子云转移的方向）。

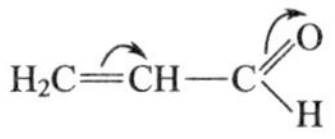

对于 p-π 共轭体系而言，电子云会由密度大的地方向密度小的地方偏移。例如，氯乙烯分子中氯原子的未共用电子对会向 π 键方向偏移；而在烯丙基正离子中，π 电子则会向带正电荷碳原子的 p 轨道方向偏移。通常情况下，由具有未共用电子对的原子与 π 键原子构成的 p-π 共轭体系，都和氯乙烯相似，发生的都是斥电子共轭效应，因而这类原子（或基团）都属于斥电子基。

对于 σ-π 共轭体系而言，都是碳氢 σ 键电子向 π 键方向离域，引起的也都是都是斥电子共轭效应，所以具有碳氢键的烷基从共轭效应的角度看都属于斥电子基。

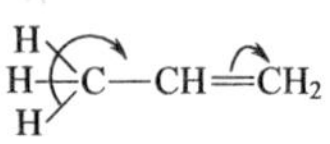

不同共轭体系的静态共轭效应强度由不同的因素所决定：对于 π-π 共轭体系而言，电负性是决定共轭效应强度的主要因素。例如，—C 效应：C═O＞C═S。

对于 p-π 共轭体系而言，是由电负性和轨道间的能级差共同决定共轭效应的强度。例如，+C 效应：NH_2＞OH(氮的电负性弱于氧)；卤乙烯中的+C 效应：Cl＞Br＞I(Cl 与 C 属相邻元素周期，能级差最小；I 与 C 隔两个元素周期，能级差最大)。

至于 σ-π 体系中共轭效应的强度，则是由可发生离域的碳氢键的数目来决定。能发生离域的碳氢键数目越多，发生 σ-π 超共轭效应的几率越大，引起的超共轭效应就强度越强。例如，+C 效应：CH_3＞CH_2CH_3＞$CH(CH_3)_2$，这是因为 CH_3 有三个碳氢 σ 键，而 $CH(CH_3)_2$ 只有一个这样的键。

静态共轭效应有着与静态诱导效应不同的传递特征，其主要特征为：

(1) 静态共轭效应只在共轭体系中传递，不会超出范围传递。

(2) 在传递过程中，静态共轭效应的强度不会因距离的延长而明显减弱。

(3) 静态共轭效应在 π-π 共轭体系中传递时，会导致体系出现极性交替现象。例如：

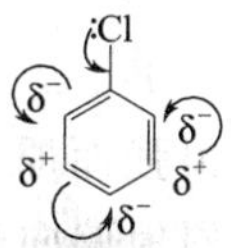

(二) 动态共轭效应

由于外界电场的影响使 π 电子极化，从而导致共轭体系中的 π 电子云发生偏移的现象，称为动态共轭效应（dynamic conjugative effect)。例如，1,3-丁二烯本身没有极性，当其与 HBr 加成时，在反应发生的瞬间，H^+ 从一端靠近碳链，会导致 π 电子云极化，产生动态共轭效应。

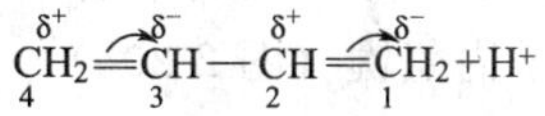

1,3-丁二烯的 π 电子云在被极化的过程中会出现极性交替现象，C_1 和 C_3 带部分负电荷，C_2 和 C_4 带部分正电荷，所以 1,3-丁二烯既可以发生 1,2-加成，也可以发生 1,4-加成。这种转移可沿着共轭碳链传递下去，其强度亦不因距离的增加而减弱，但只是一种暂时性的现象，只有在分子发生化学反应时才能表现出来。

共轭效应可以用来解释有机反应中的一些问题。例如：氯乙烷分子中的氯原子比较活泼，容易发生亲核取代反应；而氯乙烯（CH_2═CH—Cl）分子中的氯原子则很不活泼，很难被取代。其中的原因就是氯原子和双键直接相连时，氯的 p 轨道与碳碳双键的 π 轨道相平行，可侧面重叠形成 p-π 共轭体系，电子云的密度发生平均化，电子由电子云密度较大的氯原子向电子云密度较小的碳原子方向转移，从而使 C—Cl 键长缩短，键能增大，所以难被取代。

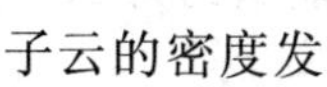

诱导效应和共轭效应同属分子中原子间相互影响的电子效应，二者的不同之处在于：诱导效应是由于成键原子电负性的不同而产生的，通过静电诱导传递所体现的；而共轭效应则是在特殊的共轭体系中，通过电子的离域所体现的。

在有机物分子中，诱导效应既可以单独存在，也可以与共轭效应同时存在。当一个原子

（或基团）既有诱导效应又有共轭效应，且二者作用方向相反时，应注意判断其电子效应对分子性质的实际影响。例如，$—NH_2$、—OH、$—OCH_3$ 等不连接构成共轭体系时，都是仅具有－I 效应的基团，属于吸电子基；但当它们连接构成共轭体系时，则是同时具有－I 和＋C 效应的基团，由于它们＋C 效应的强度超过了－I 效应，实际电子效应的方向由共轭效应决定，所以三者同属斥电子基。－Cl 的情况与这三者相似，不同之处在于氯原子的电负性较强，－I 效应强度大，＋C 效应不足以抵消—I 效应的影响，因而氯原子通常表现为吸电子基（决定反应活性），但其＋C 效应在反应过程中也会体现出来（决定反应方向）。

第四节　有机化合物中其他类型的键合

一、氢键

（一）氢键的形成

在有机物分子中，当氢原子和电负性很强而原子半径很小的原子（如 N、O、F 等）以共价键结合时，两原子间的共用电子对强烈地偏向于强电负性的原子，电子云基本集中在强电负性的原子一侧，氢原子核因此“裸露”出来。此时如果氢原子附近存在含未成键孤对电子的原子或基团，如 N、O、F 或—OH、—COOH、$—NO_2$、—NO、$—CONH_2$ 等，它们之间便会相互靠近、相互吸引，这种静电吸引作用称为氢键（hydrogenbond）。在分子结构中，氢键常以虚线表示。

氢键的形成如果在分子与分子之间，称为分子间氢键，如甲醇分子之间可形成分子间氢键（图 2-20a）。如果氢键的形成发生在分子内部，称为分子内氢键，如邻硝基苯酚分子中—OH和$—NO_2$ 便可形成一个分子内氢键（图 2-20b）。

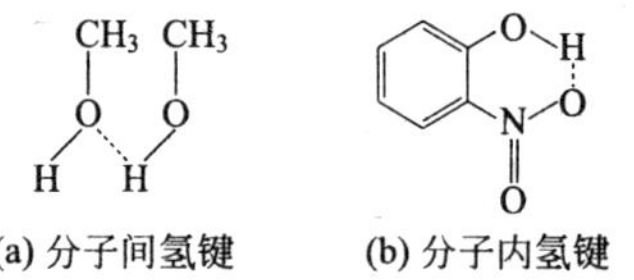

(a) 分子间氢键　(b) 分子内氢键

图 2-20　氢键的形成

氢键的本质一般认为主要是静电作用。这种吸引作用大约与分子间力相当，但比化学键的作用力要小得多，破坏氢键所需要的能量约为 15～30kJ/mol，远小于一般化学键的键能，和范德华力的数量级相同。

一般说来，氢键形成的条件是：①必须有一个和强电负性元素（如 F、O、N 等）形成强极性键的氢原子，以 X-H 表示；②必须还有一个具孤对电子、而且电负性很强的元素原子，以 Y 表示；从而形成 X-H…Y 氢键。

在 HF、H_2O、NH_3、无机含氧酸和有机羧酸、醇、胺、蛋白质以及某些合成高分子化合物等的分子中或分子链之间都存在着氢键。因为这些物质的分子中含有 F—H 键、O—H 键或 N—H 键。而醛、酮，如乙醛和丙酮等有机物的分子中虽有氢、氧原子存在，但与氢原子直接连接的是电负性较小的碳原子，所以通常这些化合物的同种分子之间不能形成氢键。

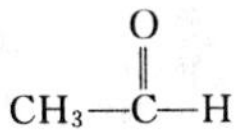
乙醛

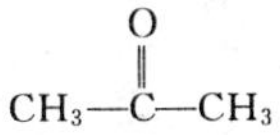
丙酮

氢键的强弱和X、Y的电负性以及原子半径的大小有关。X、Y的电负性愈大则氢键愈强；Y的半径越小，越能接近H-X键，形成的氢键也越强。例如，在卤族元素中，F的电负性最强、原子半径最小，所以F-H…F是最强的氢键；O-H…O次之；Cl的电负性虽然强，但它的原子半径也大，所以氢键Cl-H…Cl很弱。

（二）氢键的特性

1. 氢键的饱和性

氢键的饱和性是指一个X-H只能和一个Y原子相键合。因为H原子体积小，X、Y都比氢大，所以当有另一个Y原子接近它们时，这个Y原子受到X-H…Y上X和Y的排斥力大于受到H原子的吸引力，因而X-H…Y上的氢原子不能再和第二个Y原子结合。

2. 氢键的方向性

氢键的方向性是指Y原子与X-H形成氢键时，在尽可能的范围内要使氢键的方向与X-H键轴在同一个方向，即以H原子为中心三个原子尽可能在一条直线上。氢原子尽量与Y原子的孤对电子方向一致，这样引力较大；同时三个原子尽可能在一条直线上，可使X与Y的距离最远，斥力最小，形成的氢键最为稳定。如醇类化合物分子中的氢键结构可简单表示为：

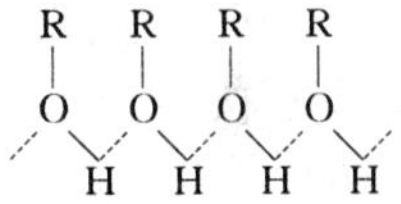

（三）氢键对有机物性质的影响

1. 对熔点、沸点的影响

在同类化合物中，能形成分子间氢键的物质，其熔点、沸点要高于不能形成分子间氢键的物质。因为要使此类固体熔化或液体汽化，不仅要破坏分子间的范德华力，还必须提供额外的能量破坏氢键。例如，醛、酮的羰基分子间不能形成氢键，因此沸点相应较低。而能形成分子间氢键的醇类化合物，其沸点比分子量相近的烷烃要高得多（表2-4），甲醇和分子量相近的乙烷相比较，沸点相差达154℃。

表2-4　醇和烷烃沸点的比较

醇(分子量)	沸点(℃)	烷(分子量)	沸点(℃)
CH_3OH(32)	65	CH_3CH_3(30)	−89
CH_3CH_2OH(46)	78.5	$CH_3CH_2CH_3$(44)	−42.2
$CH_3CH_2CH_2OH$(60)	97.2	$CH_3CH_2CH_2CH_3$(58)	−0.6
$CH_3(CH_2)_3CH_2OH$(88)	138	$CH_3(CH_2)_4CH_3$(86)	69

2. 对溶解度的影响

在极性溶剂中，如果溶质分子与溶剂分子间能形成氢键，将有利于溶质分子溶解，例如，苯胺和苯酚在水中的溶解度较大。

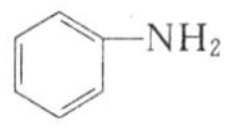
苯胺

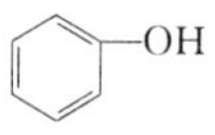
苯酚

二、电荷转移络合物

电荷转移络合物（charge-transfercomplex，简称 CTC）是电荷从一个化合物分子转移到另一个化合物分子所形成的一种键能很弱的络合物。组成电荷转移络合物的供给电荷的部分称为电荷供体（donor），接受电荷的部分称为电荷受体（acceptor），两者通常均为价态饱和的分子。

如碘溶解在丙酮中不显紫色，即是因为两者之间形成了以下电荷转移络合物：

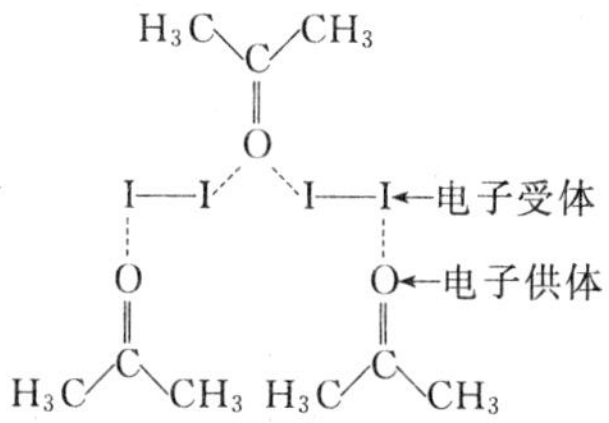

在此 CTC 中，丙酮分子中 O 上的未共用电子对转移到 I。

电荷转移络合理论的应用现在已扩展到有机化学、高分子化学、材料科学、生物化学以及药物学等众多领域，解释了许多过去难以解释的现象。

如苯佐卡因、普鲁卡因等分子内的酯基很易水解，但它们和咖啡因配伍之后就明显变得稳定，这是因为它们和咖啡因之间形成了 CTC。

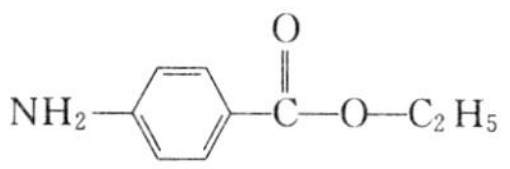
苯佐卡因

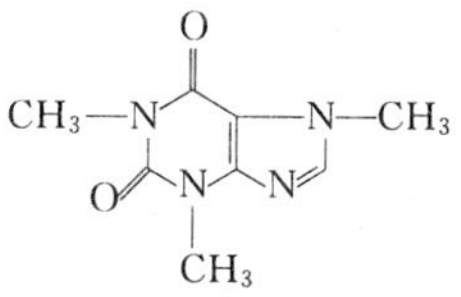
咖啡因

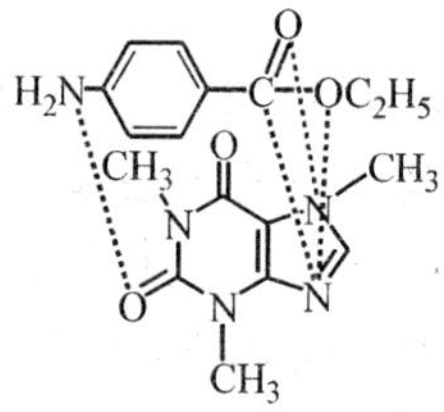
苯佐卡因-咖啡因电荷转移络合物

由于发生了电荷迁移作用，苯佐卡因羰基碳原子上的正电性和氧原子上的负电性都有所降低，因此难以水解。

三、包合物

包合物（inclusion compound）是一类用包合技术制备的独特形式的络合物，又称为包藏物、加合物或包含物等，近年来其在化学、医药等方面的广泛应用令人瞩目。

包合物中，一种分子在空间结构上全部或者部分包含另一种分子。具有包合作用的外层分子称为主体分子（host molecule）或主体，被包合到主分子空间中的小分子物质称为客体分子（guest molecule）或客体，故而包合物也称为分子胶囊。

（一）包合物的分类

常见的包合物分类方法有两种。

1. 按包合物的结构和性质分类

（1）多分子包合物：是若干主体分子由氢键连接，按一定方向松散地排列形成晶格空洞，客体分子嵌入空洞中而成。构成此类包合物的主体有硫脲、尿素、去氧胆酸、对苯二酚、苯酚等。

（2）单分子包合物：由单一的主体分子与单一的客体分子包合而成。单个主体分子的一个空洞包合一个客体分子，构成此类包合物的主体有具有管状空洞的环糊精。

（3）大分子包合物：天然或人工的大分子化合物可形成多孔的结构，容纳一定大小的分子。构成此类包合物的主体有葡聚糖凝胶、沸石、硅胶、纤维素、蛋白质等。

2. 按包合物的几何形状分类

（1）管状包合物：是由主体分子构成管形的空洞骨架，客体分子填充其中而成，如图2-21a所示。此类包合物在溶液中较稳定，尿素、硫脲、环糊精、去氧胆酸等均可形成管状包合物。

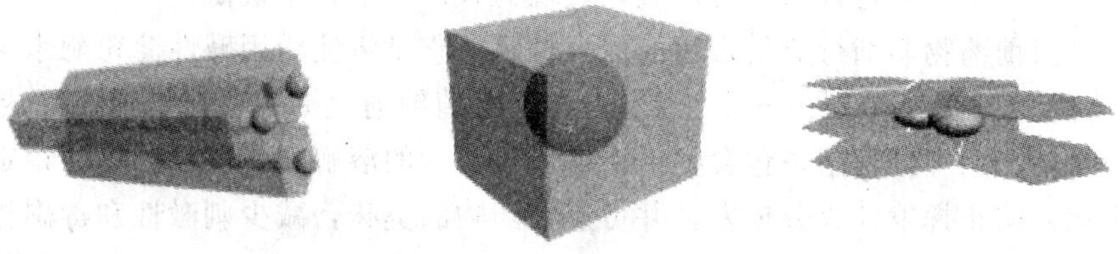

(a) 管状　　(b) 笼状　　(c) 层状

图 2-21　包合物的几何类型

（2）笼状包合物：是客体分子进入到几个主体分子构成的笼状晶格中而成，其空间完全闭合，如图2-21b所示。对苯二酚即可形成笼状包合物。三分子的对苯二酚借O-H…O型氢键形成环状结构，两个环状结构一正一反结合，开口端互相交叉形成一个笼子，客体如甲醇、乙醇、甲酸、乙烯、二氧化硫、二氧化碳、氯化氢、溴化氢、硫化氢、氩、氪等合适大小的分子或原子填充其中形成晶格包合物，这种包合物在溶液中很不稳定，极易分解释放出客体。

（3）层状包合物：客体分子存在于主体分子所构成的层状结构间，如图2-21c所示。黏土、石墨等易形成层状包合物，某些表面活性剂与药物形成的胶团也属于层状包合物。如用月桂酸钾增溶乙苯时，乙苯可存在于表面活性剂亲油基的层间，形成层状包合物。非离子型表面活性剂使维生素A棕榈酸酯增溶的结构也可认为是此类包合物。

（二）包合原理

包合作用主要是一种物理过程。主体分子和客体分子进行包合时，相互之间不发生化学反应，因而不存在离子键、共价键或配位键等化学键的作用。其稳定性依赖于两种分子间的范德华力，如色散力、偶极之间引力、氢键、电荷迁移力等，多数是几种作用力的协同，有时也可为单一作用力起作用。

包合物的形成，主要取决于主体分子和客体分子的立体结构和两者的极性。

1. 分子结构及大小

主体分子可以是单分子（如直链淀粉、环糊精等）或是以氢键结合的多分子聚合而成的晶格（如对苯二酚、尿素等），它们均需具有一定形状和大小的空洞（如特定的笼格、洞穴或沟道）以容纳客体分子。而客体分子的大小、分子形状应与主体分子所提供的空间相适应，若客体分子小，而提供的主体分子较大，则包合力弱，客体分子将自由出入洞穴。若客体分子太大，嵌入空洞内困难或只有侧链进入，包合力也弱，均不易形成稳定的包合物。只有当主、客体分子大小适合时，主、客体分子间隙小，能产生足够强度的范德华力，则形成稳定的包合物。

2. 包合物中主、客体分子的比例

因包合物在晶体中客体分子不一定都在空穴内，也可以在晶格空隙中，所以包合物中主、客体分子之比不一定是整数。客体分子最大存在量取决于主体分子所提供的空洞数，由于并非所有空洞均被完全占领，因此主、客体分子的比例有较大的变动范围。

如大多数的环糊精（cyclodextrin，CD）包合物组成摩尔比为 1∶1，形成稳定的单分子包合物。但当客体分子体积很大（如为甾体化合物）时，则情况较为复杂。当主体分子环糊精用量不合适时，也可使包合物不易形成，表现为客体分子含量很低。

环糊精是目前药物制剂行业最常用的包合材料，它是将淀粉用碱性淀粉酶水解而得，常见的有 α-、β-、γ-三种，分别由 6 个、7 个、8 个葡萄糖通过 α-1,4-苷键连接而成，其中 β-环糊精最为常用。用环糊精制备包合物，能够增加药物的溶解度，增加药物的稳定性，使液体药物粉末化，防止挥发性成分挥发，并可遮盖药物的臭味，减少刺激性和毒副作用。

第三章 立体化学基础

立体化学（stereochemistry）是研究立体异构现象以及由于立体异构而引起物质性能发生变化的一门科学。它的任务是研究分子中原子或基团在三度空间的排列状况，以及不同排列对分子理化性质、生物效应等所产生的影响。

为准确理解立体异构这一概念，首先回顾一下有关同分异构的含义。现将化合物间分子式相同、结构式不同的现象称为同分异构。同分异构主要包括构造异构和立体异构两大类型。分子式相同但结构式不同的异构体叫做构造异构（constitutional isomerism）。如：

CH_3CH_2OH 和 CH_3OCH_3 官能团异构

$CH_3CH_2CH_2CH_3$ 和 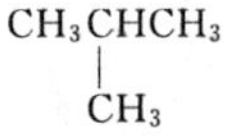 碳架异构

$CH_3CH_2CH_2OH$ 和 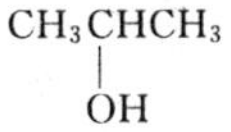 位置异构

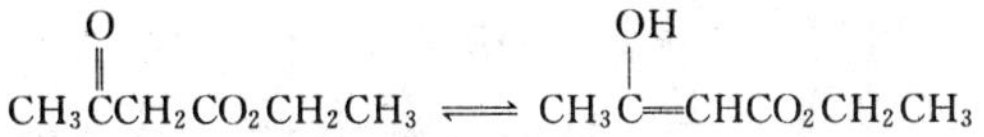 互变异构

上述四组例子其差别分别在于分子中原子或基团的相互连接顺序或排列方式不一样，称之为构造异构。

再看另一种情况。2-丁烯（$CH_3CH=CHCH_3$）有两种不同的空间排列：

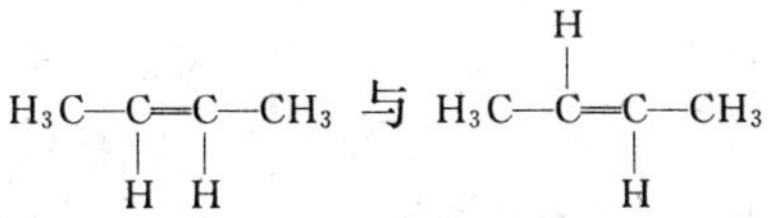

它们的构造相同，都叫 2-丁烯，但两者并不是同一个化合物，它们的物理性质不一样。前者的沸点为 1℃，后者的沸点为 4℃。这两个结构式唯一的差别是分子中的原子或基团在空间的排列方式不一样。

再如，乳酸也有不同的两种空间排列方式：

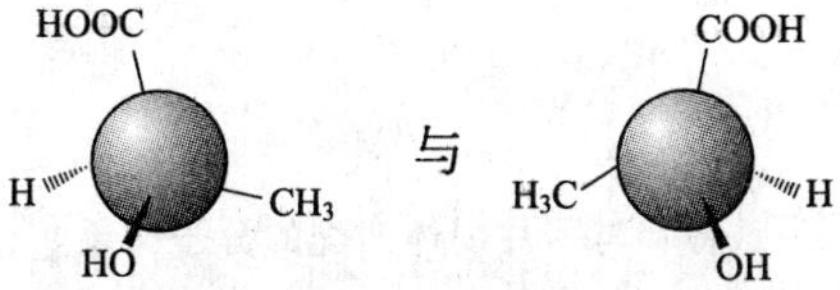

两者的构造式也相同，都是 2-羟基丙酸。但它们的物理性质也不一样，前者为左旋性化合物，后者为右旋性化合物，它们在生物酶催化下的化学反应有很大的差别。上述两个结构式

之间的差别也是分子中的原子或基团在空间排列顺序不一样。

以上两个例子都属于立体异构（stereoisomerism）。立体异构是指构造式相同，仅由于分子内部的原子或基团在三度空间排列方式不同所引起的异构现象。立体异构主要分为以下三种情况：

立体异构
- 构型异构
  - 顺反异构（也称几何异构）
  - 对映异构（也称旋光异构）
- 构象异构

构型异构是指分子内部原子或基团在空间"固定"的排列方式不同。如 2-丁烯分子中双键两端的 H 原子有两种不同的排列方式，一种是在双键的同侧，另一种分占两侧，它们之间互为顺反异构体。再如上述乳酸分子中，若以 H 做参考原子，由 OH→COOH→CH_3 的排列，前者为顺时针方向，后者为逆时针方向，它们分别代表不同的构型，相互之间互为对映异构的关系，故称之为对映异构体。

构象异构是指由于单键的旋转或扭曲所产生的不同空间形象。如乙烷分子可以有以下两种不同的典型的空间形象。

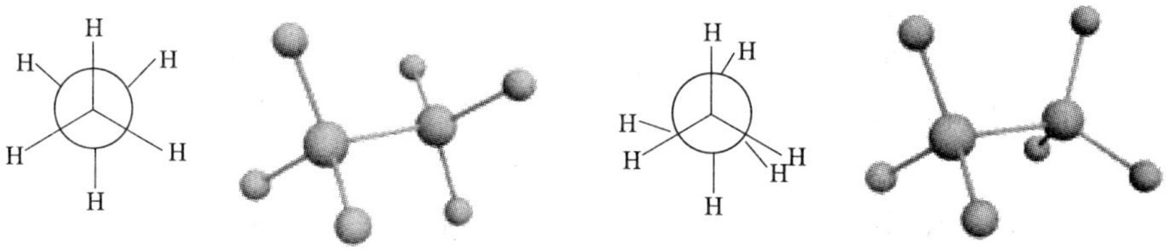

(a) 交叉式象　　(b) 重叠式构象(彩图附后)

图 3-1　乙烷分子的构象

乙烷的前一种空间形象称交叉式构象，后一种称重叠式构象。这两种不同的构象对应不同的能量状态，前者相邻两个碳原子上的氢原子相距最远，内能最低，称之为优势构象。室温条件下，乙烷通常多以内能低的优势构象存在。同一分子的不同构象不仅内能大小有差异，它们发生化学反应的速度以及生成产物的空间构型通常也不一样。特别是某些药物分子在发挥作用时，受体对其空间形象的要求是非常严格的，只有能与受体匹配的那种空间形象才能产生疗效，称之为药效构象。如哌替啶（杜冷丁）就是以下述构象与阿片受体相互契合而产生镇痛作用的，它的苯环部分与阿片受体的平坦部分匹配，氮原子（在生理条件下为阳离子状态）可与受体的阴离子点结合，凸起的环侧链与受体的凹槽部分契合。

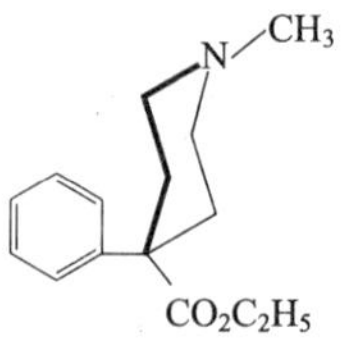

哌替啶与阿片受体匹配的分子构象

综上所述，分子的空间排列方式和空间形象，与分子的物理性质、化学性质以及生理效应等是密切相关的。因此研究分子中原子或基团在空间的排列状况，以及不同排列对分子理化性质、生物效应等所产生的影响是有机化学的重要内容之一，这部分内容称作立体化学基础。

本章重点介绍三大立体异构现象中的对映异构，简单介绍顺反异构，构象异构则在烷烃和环烷烃中介绍。

第一节　分子模型表示法

由于分子是以一定的空间形象存在的，很多情况下，特别是在研究分子的立体化学行为时，分子结构必须用立体形式来表达。虽然可以借助分子模型来描述分子的立体形象，但是不可能在任何情况下总用分子模型来讨论立体化学问题。因此必须学会用平面结构来表达分子的立体形象，并且能从平面结构中辨认出分子中原子或基团的相对位置和空间关系。

如何用平面结构来表达分子的立体形式呢？现介绍四种常用的分子模型表示法。

一、费歇尔投影式

费歇尔投影式也叫十字式，是德国化学家费歇尔（E. Fischer）1891 年提出的一种平面表达式。这种表达式在描述分子的构型时经常使用。

1. 投影规则

下面以乳酸分子模型为例讲述投影规则。

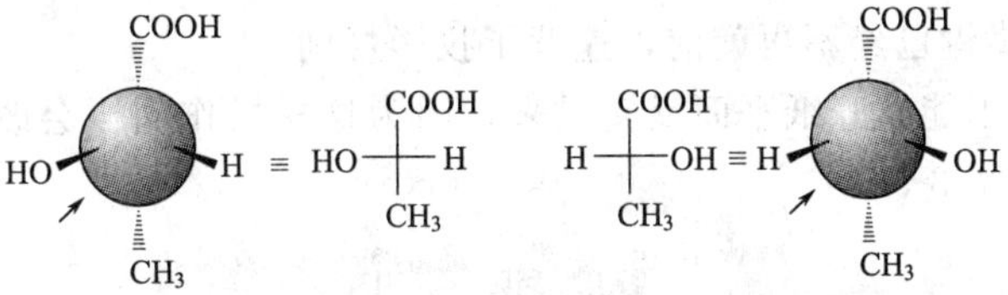

（1）把球棒模型所代表的分子碳链竖立放置，将命名时编号最小的碳原子放在上面，编号最大的碳原子放在下方。

（2）中心碳原子在纸平面上，竖键指向纸平面的后方，横键指向纸平面的前方，由前向后投影。投影式中的 OH 与 H 在横键上，表示向前，COOH 与 CH_3 竖键上，表示朝后。“+”交叉处为中心碳原子。

2. 使用费歇尔投影式的基本规则

在不需要强调命名顺序时，分子模型可以改变位置，按其他方式放置（但左右指向的原子或基团必须朝前，上下指向的朝后）和投影。如乳酸的分子模型可有多种放置方法，每种放置都会得到原子或基团位置不同的平面投影式。下述四个投影式代表的是同一个构型的乳酸分子。

如何识别出同一个分子模型所得的不同投影式呢？下面介绍几种有关费歇尔投影式的使用规则：

（1）旋转规则：费歇尔投影式在纸平面上旋转 180°，得到的平面投影式与原来的构型相同，如图 3-2 中第一和第二个投影式表示同一构型。

（2）交换规则：将费歇尔投影式中心碳原子上任何两个原子或基团交换一次位置，得到的平面表达式其构型发生改变，如图 3-3 所示；但费歇尔投影式中的原子或基团经两次交换位置，得到的平面表达式构型相同，如图 3-2 中第三和第四个投影式代表同一种构型。在费

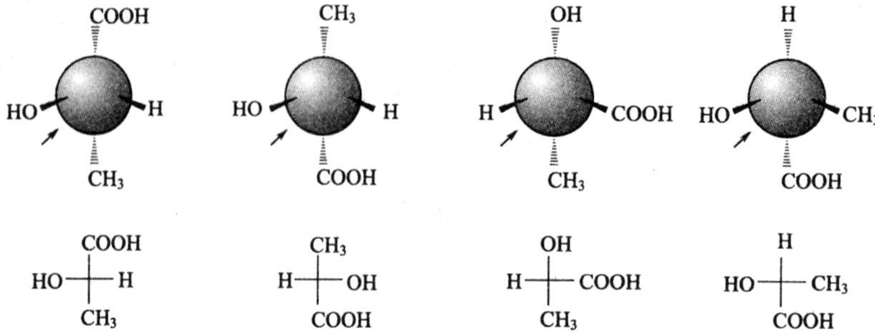

图 3-2　同一构型的乳酸分子模型不同放置时的费歇尔投影式

歇尔投影式中固定其中任意一个原子或基团的位置，将其他三个原子或基团的位置依次交换，所得到平面表达式其构型不变，如图 3-2 中第一和第三个投影式、第二和第三个投影式均代表同一构型。

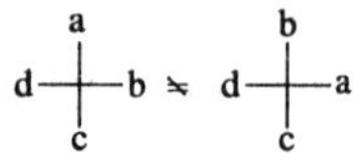

图 3-3　a 与 b 交换，构型改变

图 3-4　前后关系改变

费歇尔投影式不能在纸平面上旋转 90°或 270°，因为这样会改变原子或基团的前后关系（见图 3-4），此时的横键已经不再朝前，违背了投影规则。

费歇尔投影式也不能离开纸平面反转过来，因为这样操作同样会改变原子的前后关系，横键也不再朝前（见图 3-5）。

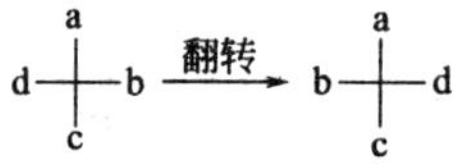

图 3-5　前后关系改变

按照上述使用规则，下列四个投影式中（Ⅰ）与（Ⅲ）不是同一种构型；（Ⅰ）与（Ⅱ）和（Ⅳ）为同一种构型。

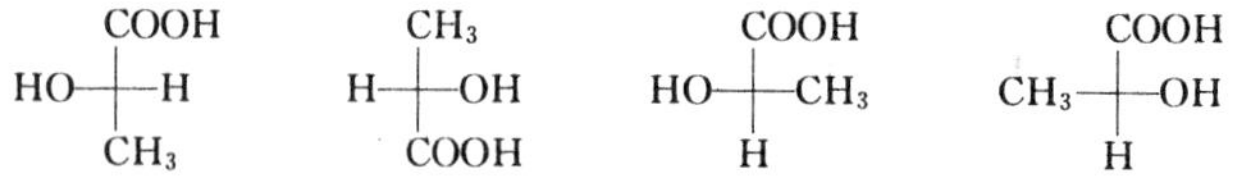

（Ⅰ）　（Ⅱ）　（Ⅲ）　（Ⅳ）

习惯上总是把主链写在竖线上，官能团写在上方，因此，（Ⅰ）式最常见。

二、萨哈斯投影式

萨哈斯（Sawhares）投影式也叫锯架式，它是从分子碳链的侧面进行观察和投影。

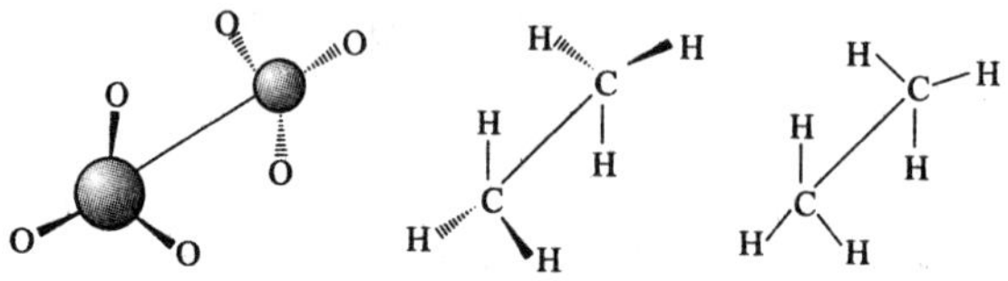

式中实线表示在纸平面上的价键，虚线表示伸向纸后面的价键，黑色的楔型线表示伸向纸平面前方的价键。该投影式主要用于表示相邻两个碳原子上所连原子或基团的空间关系。

三、纽曼投影式

纽曼投影式是纽曼（Newman）1955 年提出的一种平面表达式，也是用来表示相邻两个碳原子上所连原子或基团的空间关系。它要求把碳链水平放置，从前面沿碳碳键轴进行观察和投影：

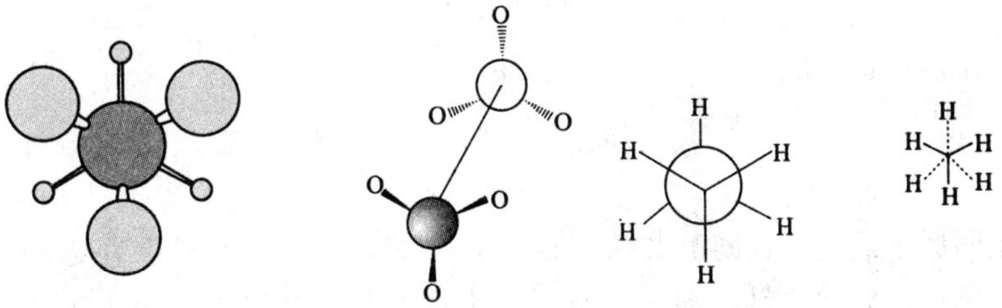

上述三种投影式分别是在不同的角度对分子模型进行观察和投影，它们之间可以相互转换（以 2,3-丁二醇为例）：

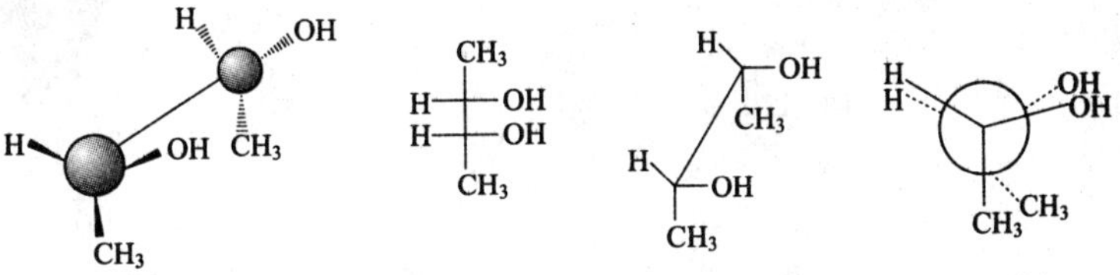

（Ⅰ）　（Ⅱ）　（Ⅲ）

以左侧分子模型为例，（Ⅰ）为它的费歇尔投影式，（Ⅱ）为萨哈斯投影式，（Ⅲ）为纽曼投影式。

四、透视式

透视式也叫立体结构式，是按照分子的几何形象，将分子中的原子或基团在空间伸展方向表示出来。例如：乳酸。

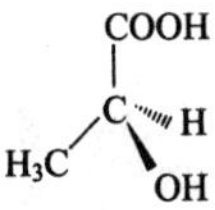

实线表示与纸同平面，楔线表示在纸平面前面，虚线表示在纸平面后面。

第二节　顺反异构

有机化合物分子中若具有双键或环时，键的自由旋转会受到阻碍，分子中的原子或基团在空间具有固定的排列方式（构型），因而产生两种不同的几何构型，称之为顺反异构（cis-trans isomerism）。

一、碳碳双键化合物的顺反异构

双键碳原子以 sp^2 方式杂化，为平面结构，由于 π 键的存在，限制了 C═C 双键的自由旋转，因此双键两端的原子或基团各不相同时，将会产生两种不同的空间排列方式。如 2-丁烯和丁烯二酸分别有顺反两种异构体：

$CH_3CH{=}CHCH_3$

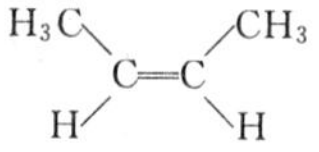

顺 2-丁烯

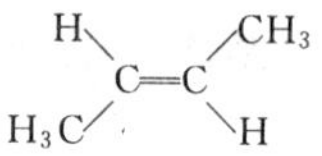

反 2-丁烯

$HOOCCH{=}CHCOOH$

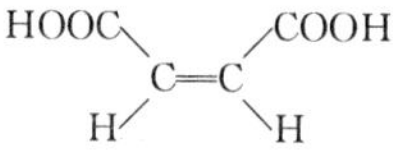

顺丁烯二酸

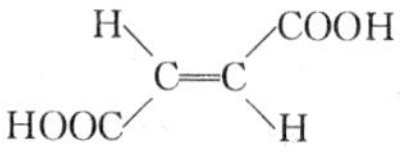

反丁烯二酸

通常将相同原子或基团在同侧者称为顺（cis-）式，分占两侧者称为反（trans-）式。

当分子中所含的双键数目增多时，顺反异构体的数目会增加，如 1-苯基-1,3-戊二烯分子中有两个不同双键，存在四个顺反异构体：

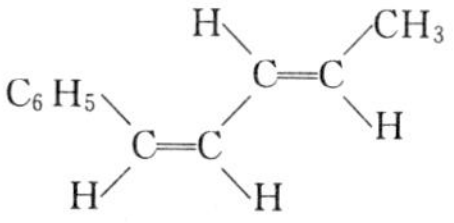

顺,反

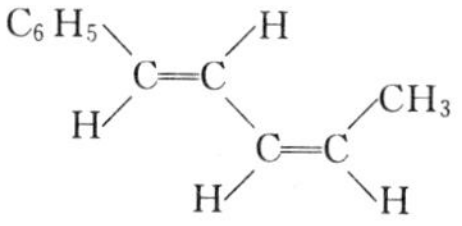

反,顺

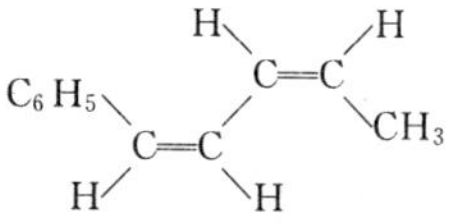

顺,顺

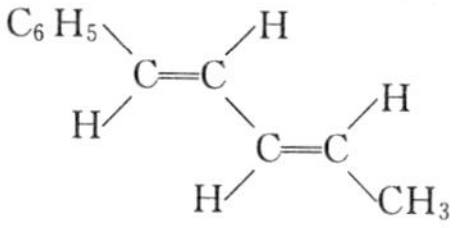

反,反

分子中含有 n 个不相同的双键时，异构体的数目为 2^n 个。

当两个双键上所连的原子或基团相同时，异构体数目减少，如 2,4-己二烯仅有顺,顺-、反,反-和顺,反-三个顺反异构体。

产生顺反异构的必要条件：有阻旋因素双键或环，双键同一个碳上必须连有两个不同的原子或基团。如：

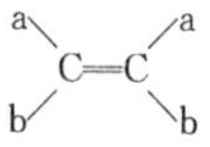

顺

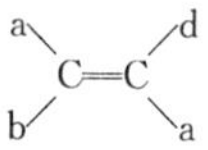

反

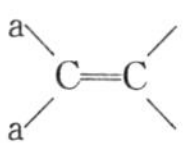

无构型异构

二、*Z*、*E*-构型表示法

C═C 双键上所连的四个原子或基团各不相同时，也存在顺反异构，如 2-甲基-3-溴丙烯酸有两种不同的几何构型：

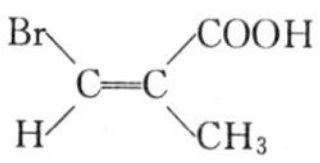

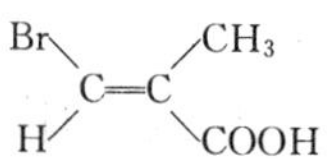

在 2-甲基-3-溴丙烯酸的两个几何异构体中，没有相同的原子或基团，不能用“顺”或“反”来表示构型，而是用 *Z*、*E*-构型表示法按照下述顺序规则来确定其构型。

(一) 顺序规则

按照元素周期表中原子序数的大小把各种取代的原子或基团进行排序，即顺序规则。其主要内容如下：

1. 对于不同的原子，按原子序数由大到小进行排序，原子序数大者优先。如 I>Br>Cl>F>O>N。同位素原子以质量高者优先：如$^{14}C>^{13}C>^{12}C$，D>H。

2. 对于烃基或其他基团，则比较双键碳上直接相连的第一个原子的原子序数，如果相同，就比较第二个，大者优先，以此类推。如：$—CH_3$ 和$—CH_2CH_3$，后者优于前者，$—CH(CH_3)_2$和$—CH_2CH_2CH_3$，前者优于后者。这是因为：$—CH_3$ 和$—CH_2CH_3$ 中第一个原子都是碳，但依次向后比较时，前者可看做 C(H、H、H)，后者可看成 C(H、H、C)，碳比氢优先；$—CH(CH_3)_2$和$—CH_2CH_2CH_3$ 可依次分别看做 C(H、C、C) 和 C(H、H、C)，碳比氢优先。同理，$—C(CH_3)_3$ 比$—CH(CH_3)_2$ 优先。

3. 对于不饱和基团，则是把双键或叁键展成单键，分别看作连有两个或三个相同的原子。如：

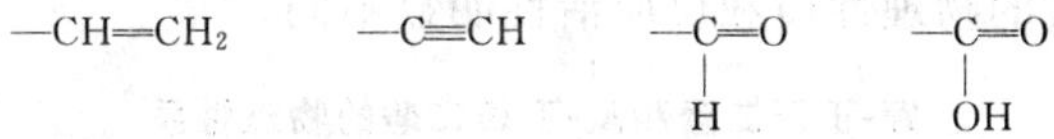

可分别看成是以下方式连接的基团：

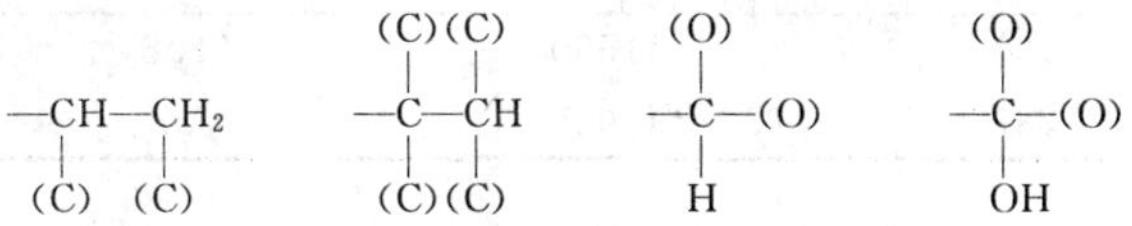

因此，—COOH>—CHO；—C≡H>$—CH=CH_2$。

根据上述原则，常见的一些取代基的优先顺序如下：

—I、—Br、—Cl、$—SO_3H$、—F、$—OCOCH_3$、—OR、—OH、$—NO_2$、$—NR_2$、—NHR、$—NH_2$、—COOR、—COOH、—CONHR、$—CONH_2$、—COR、—CHO、$—CH_2OH$、$—CH_3$、—H。

(二) *Z*、*E*-构型表示法

首先，把双键两端的原子或基团按照顺序规则分别排序，并规定双键两端的优先原子或基团在同侧者为 *Z*-构型（德文 Zusammen，在一起之意），分占两侧者为 *E*-构型（德文 Eutgegen，相反之意）。

如：

前者优先基团在同侧为 *Z*-构型，名称为（*Z*)-2-甲基-3-溴-丙烯酸；后者优先基团分占两侧为 *E*-构型，名称为（*E*)-2-甲基-3-溴-丙烯酸。再如：

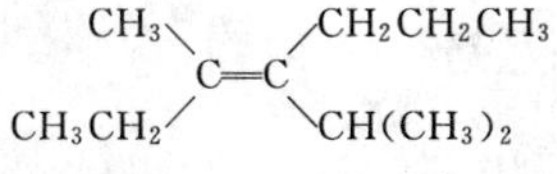

左侧 $—CH_3CH_2>—CH_3$

右侧 $—CH(CH_3)_2>—CH_2CH_2CH_3$

优先基团在同侧，故为 *Z*-构型。

需要注意的是，化合物的顺式或反式、*Z*-构型或 *E*-构型之间没有直接的关联，两种表示方法所用的参考基团不一样。如下述化合物虽为反式，但却是 *Z*-构型：

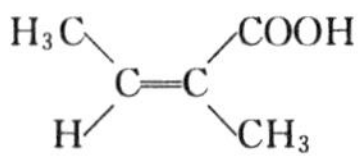

(*Z*)-2-甲基-2-丁烯酸

反-2-甲基-2-丁烯酸

对于环状化合物的顺反异构，一般也采用字头“顺”、“反”来表示。如：

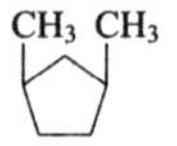

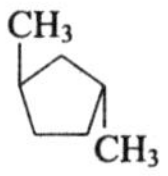

顺-1,3-二甲基环戊烷　反-1,3-二甲基环戊烷

即使两个取代基不同，也用“顺”表示在同侧，“反”表示分占两侧。例：顺-1-甲基-3-乙基环丙烷。

三、顺反异构体理化性质和生物活性的差异

由于顺反异构的空间排列和分子极性大小等不同，其理化性质和生理活性都有一定的差异。如顺-和反-丁烯二酸的物理性质和反应活性明显不同。

表 3-1　顺-丁烯二酸和反-丁烯二酸的物理性质

异构体	m. p. (℃)	*d*	溶解度(25℃)	燃烧热(kJ/mol)
顺-丁烯二酸	130	1.590	78.8	1364
反-丁烯二酸	287	1.625	0.7	1339

反式异构体的分子能较规则地排入晶体结构中，因而有较高的熔点，且密度较大。顺式异构体中两个负性较大基团处在双键的同侧，分子的偶极矩比较大，因而在水中有较大的溶解度。

燃烧热是指一摩尔分子完全燃烧时放出的热量，它的大小可反映分子内能的高低，常作为有机化合物相对稳定性的依据。通常燃烧热值越小，其内能越低，分子越稳定。表 3-1 中，反式异构体的燃烧热比顺式异构体小，因而反式异构体比顺式稳定。如顺丁烯二酸受热情况下很容易变成反丁烯二酸，但要将反丁烯二酸转变成顺式异构体则比较困难。

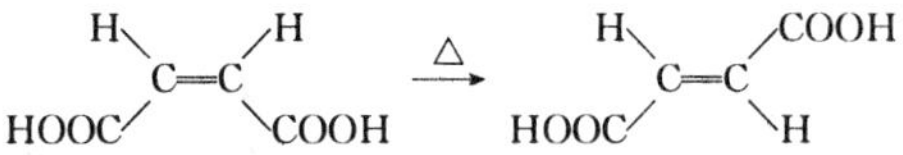

作为药物，顺式或反式异构体的药理活性差异非常大，如化学合成药己烯雌酚的反式异构体具有较强的雌激素样作用，是临床上常用的避孕药，而它的顺式异构体则无这种作用。

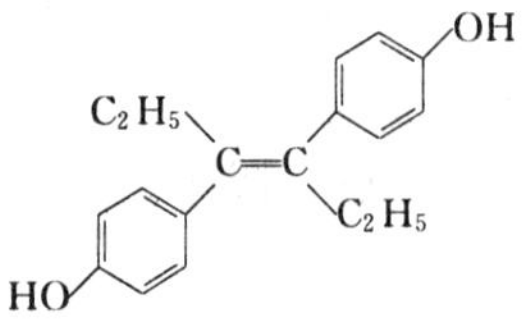

反式（*E*-式）

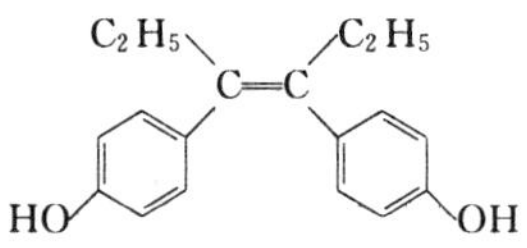

顺式（*Z*-式）

第三节　对映异构

对映异构（enantiomerism）也称旋光异构或光学异构，它与化合物的一种特殊物理性

质——旋光性有关。

前面提到乳酸分子有互为镜像而且不能完全重叠的两种空间排列，它们之间的差别仅在于分子中的原子或基团在空间的排列顺序不同，这两种不同的空间排列分别对应不同构型的乳酸分子，这种具有对映关系的构型异构体叫做对映异构体。

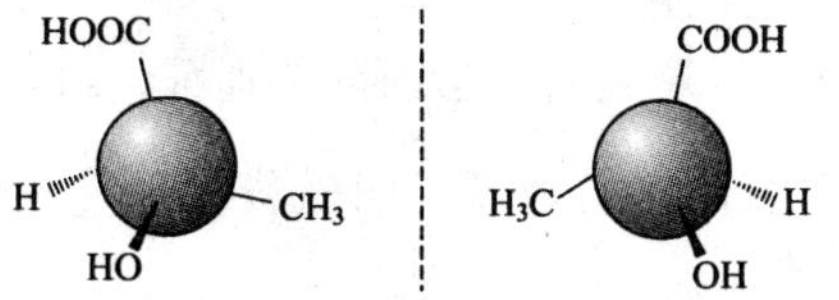

图 3-6 乳酸分子模型的镜像关系

乳酸的一对对映异构体，一个为右旋体，另一个为左旋体，我们也将其称之为旋光异构体。

一、物质的旋光性

为了解物质的旋光性，首先介绍有关偏振光和比旋光度的概念。

（一）偏振光和比旋光度

1. 偏振光

光是一种电磁波，光波的振动方向与其前进方向相互垂直。如果在普通光的光路上截下一个横断面的话，在任何一个平面上都有光的振动。

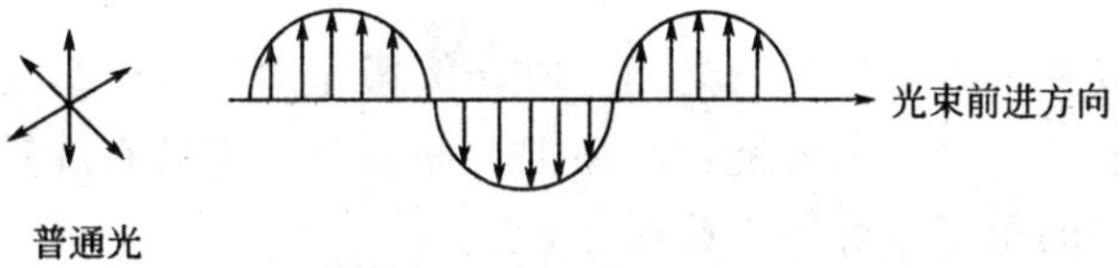

图 3-7 光波的振动方向与前进方向互相垂直

如果让普通光通过一个特殊的棱镜［尼科尔（Nicol）棱镜，由优质的方解石晶片组成］，只有与棱镜晶轴平行振动的那部分光才能通过，其他方向上振动的光都被过滤掉。

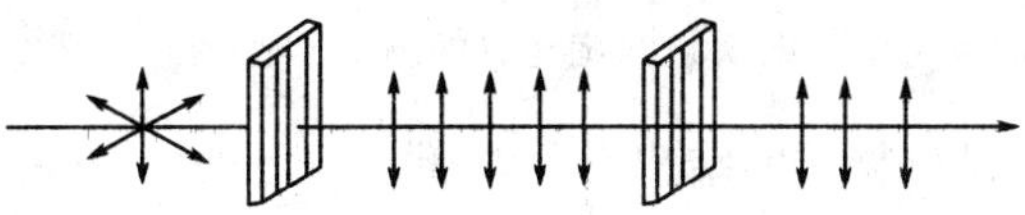

图 3-8 尼科尔棱镜与偏振光

仅在一个平面上振动的光，叫做平面偏振光，简称偏振光或偏光。

当偏振光在物质里通过时，有些物质能够使偏振光的偏振面发生旋转，而另一些物质则不具有这种性质。因此将能使偏振面发生旋转的物质称之为旋光性物质或光学活性物质，而将后者称非旋光性物质。如乳酸和葡萄糖等具有旋光性，是光学活性物质，而水和酒精等不具有旋光性，是非旋光性物质。

旋光性物质能使偏振光向左或向右旋转一定的角度，分别将其称作左旋性物质或右旋性物质。左旋用（－）表示，右旋用（＋）表示（过去用 l 表示左旋，d 表示右旋，现少用）。

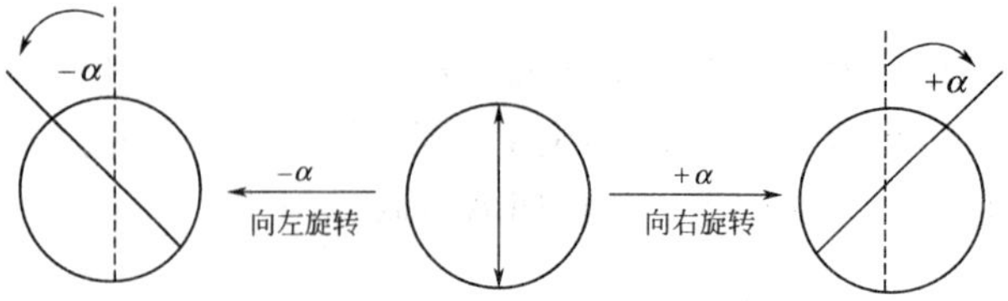

图 3-9　旋光性物质的左旋性和右旋性

旋光性物质使偏振面向左或向右旋转的角度，叫做旋光度，用“α”表示。物质的旋光度 α 通常用旋光仪来测定。

2. 旋光仪和比旋光度

旋光仪由晶轴平行的两个尼科尔棱镜和普通光源三部分组成。第一个棱镜叫起偏镜，第二个棱镜叫检偏镜，这两个棱镜的晶轴是互相平行的。当在两个棱镜之间放上非旋光性物质时，平面偏振光的偏振面不发生旋转，从第一个棱镜透出的光可完全透过第二个棱镜。

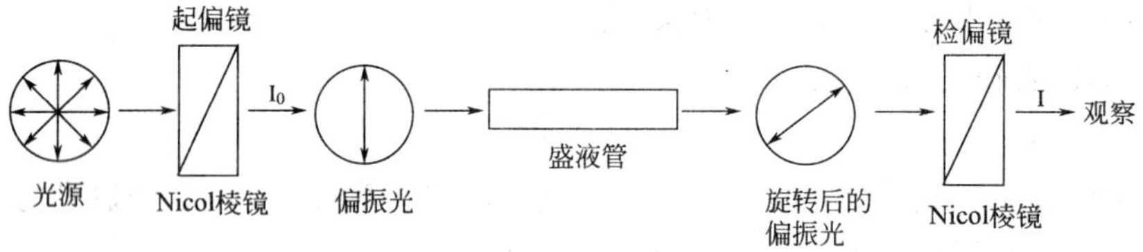

图 3-10　旋光仪的组成

当把旋光性物质放在平面偏振光的光路上时，偏振光的偏振面会发生一定的旋转，从第一个棱镜透出的光不能透过第二个棱镜，必须把检偏镜向左或向右旋转同样的角度，光线才能够通过。检偏镜旋转的角度刚好等于旋光度 α。

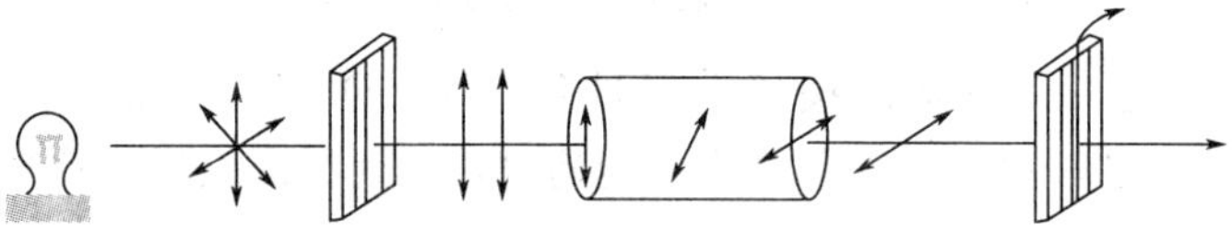

图 3-11　旋光仪的测定原理

物质的旋光度大小不仅与物质的结构有关，还与测定条件有关。如溶液的浓度、测液管的长度、单色光的波长等。

因此，实际工作中常用比旋光度来表示某一物质的旋光特性。比旋光度 $[\alpha]_\lambda^t$ 和旋光度之间的关系如下式：

$$[\alpha]_\lambda^t=\frac{\alpha}{c\times l}$$

式中：[α] 为比旋光度；t 为测量时的温度；λ 为光波波长；α 为旋光度；l 为测液管长度（以 dm 为单位）；c 为溶液的浓度（每毫升溶液中所含溶质的克数）。

例如：5%的果糖水溶液，放在 1dm 长的管子中，所测得的旋光度是 −4.64°。测定时的温度 20℃，光源是钠光，根据上式，果糖的比旋光度是：

$$[\alpha]_{\mathrm{D}}^{20}=\frac{-4.64}{1\times 0.05}=-92.8^{\circ}$$

测定旋光度，可以鉴定旋光性物质或测定旋光物质的纯度和含量。例如：测得一个葡萄糖溶液的旋光度为+3.4°，而葡萄糖的比旋光度为+52.5°，若盛液管长度为1dm，则可计算出葡萄糖的浓度为：

$$c=\frac{\alpha}{[\alpha]\times l}=\frac{(+)3.4}{(+)52.5\times 1}=0.0646\mathrm{g/ml}$$

每一种旋光性物质，在特定条件下都有一定的比旋光度，就像物质的熔点或沸点一样，比旋光度是旋光性化合物的一个特征物理常数。

（二）旋光性与化学结构的关系

自然界中有些物质具有旋光性，而另一些物质不具有旋光性。究竟哪些物质具有旋光性？它们又有什么样的结构特征呢？

1. 分子的手性与旋光性

先来看一些例子，例如乙醇和丙酸都不具备旋光性，但是当把它们分子中某个对称的原子或基团转化成不相同的另外一个原子或基团时，却具有旋光性：

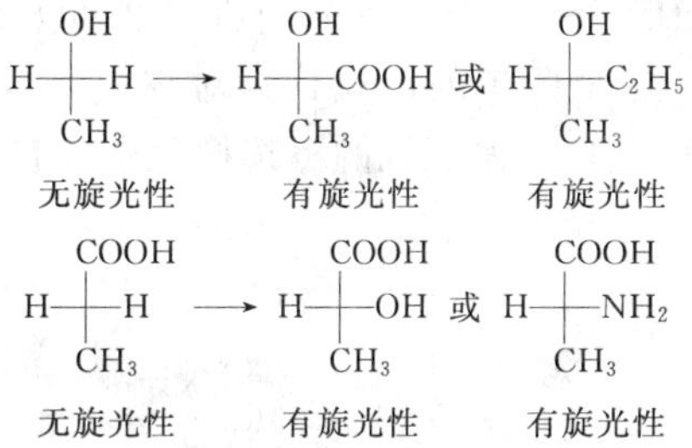

分析乙醇和丙酸的结构，它们的分子中都有一个对称面，分子是对称的，在空间只有一种排列方式。但是当把其中互为对称的氢原子转化成羧基、羟基或氨基等其他不相同的原子或基团时，分子中的对称面消失，分子不再对称。这种不对称的分子，在空间必然有两种不同的排列方式。例如：乳酸。

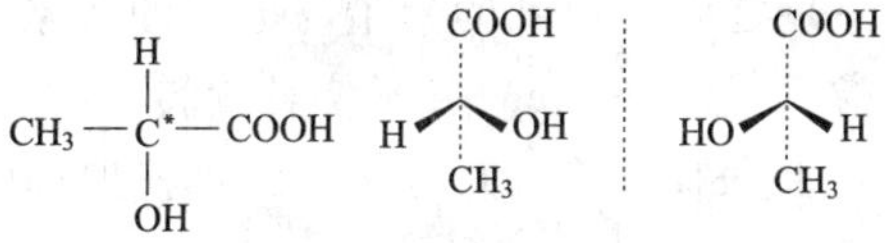

图 3-12　乳酸分子互为镜像的两种空间排列

这两种排列方式互为实物和镜像关系，而且不能完全重叠，就像我们的左右手一样相似而不能重合。物体与自身的镜像不能完全重叠的关系，叫做手性关系，把具有手性关系的分子叫做手性分子。

具有手性的分子一定具有旋光性，因为它的互为镜像的两种空间排列代表了两种不同构型的分子，这两种不同构型的分子分别具有使平面偏振光向不同方向旋转的能力，称之为旋光异构体或对映异构体。在一对对映体中，一个是左旋性的，另一个是右旋性的，而且它们左旋和右旋的角度刚好相等。如上述乳酸分子的两种空间排列就是一对对映体的关系，它们具有相同的旋光能力和不同的旋光方向。剧烈运动时肌肉中产生的乳酸为右旋性乳酸，糖发酵时可得到左旋性乳酸，它们的比旋光度均为 3.82°。

综上所述，化合物的旋光性是因分子结构不对称或者具有手性引起的。

2. 分子的对称因素

一个分子可能有多种对称因素，但与分子手性或旋光性相关的对称因素有以下几种，主要是对称面和对称中心。下面通过一些实例来说明对称因素。

（1）对称面：假如一个分子能被一个假想的平面切分为具有实物与镜像关系的两半，此平面即为对称面（plane of symmetry，符号 σ）。如 2-氯丙烷和 2-丁烯分子中各有 1 个对称面：

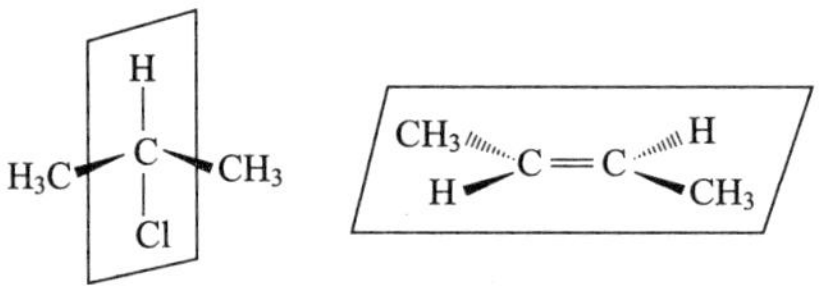

图 3-13 分子的对称面

（2）对称中心：当分子中的任一个原子到某一假想点（i）的连线，再延长到等距离处，若遇到另一个相同的原子时，这个假想的点就称为对称中心（center of symmetry 符号 i）。如 1,3-二氯-2,4-二氟环丁烷和 2,3-二溴丁烷的下述构象中各有 1 个对称中心：

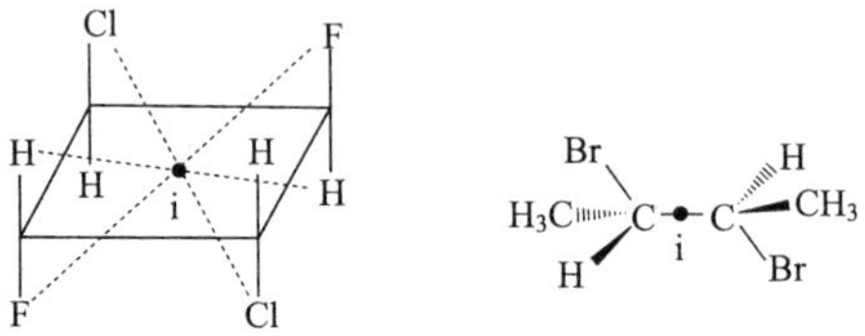

图 3-14 分子的对称中心

（3）对称轴：如果通过分子画一直线，当分子以它为轴旋转一定角度后，可以得到和原来分子相同的形象，这条直线就是分子的对称轴（axis of symmetry，符号 c）。当分子绕轴旋转 360°/n（n=1,2,3,4……）之后，得到的分子与原来的形象完全重叠，这个轴就是该分子的 n 重对称轴。例如环丁烷（见图 3-15a）分子绕轴旋转 90°后和原来分子的形象一样，由于 360/90=4，这是四重对称轴。苯分子（见图 3-15b）绕轴旋转 60°，即和原来分子形象相同，为六重对称轴（360°/60°=6）。

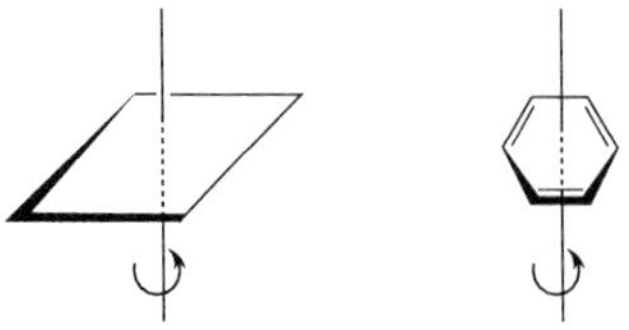

四重轴 (a)　　六重轴 (b)

图 3-15 对称轴

（4）交替对称轴：分子绕中心轴旋转一定角度后，得到一种立体形象，此形象通过一个与轴垂直的镜面得到的镜像若与原分子的立体形象相同，此轴为交替对称轴（alternating axis of symmetry，符号 S)，见图 3-16。此化合物有一个二重交替对称轴，因为 360°/180°=2。

交替对称轴常和其他对称因素同时存在，如图 3-16 除具有二重交替对称轴外，还有对称中心。

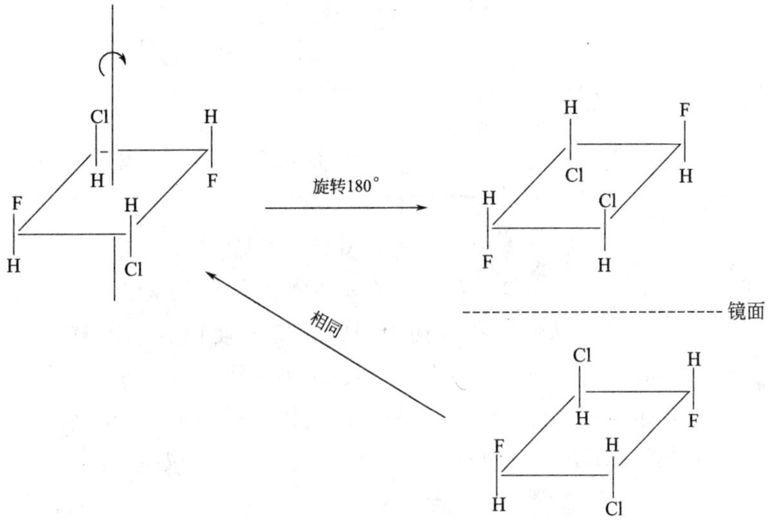

图 3-16 交替对称轴（二重轴）

3. 分子手性的判断依据

一个分子如果具有对称面、对称中心或交替对称轴，它在空间只有一种排列方式，它的镜像和自身能够完全重叠，这样的分子是非手性分子，没有旋光性。仅有简单对称轴而不具备其他对称因素的分子称非对称分子；不具备任何对称因素的分子称不对称分子。非对称分子和不对称分子都属于手性分子。因此，判断一个化合物是否为手性分子，主要看它有无对称面、对称中心或交替对称轴。凡具有对称面、对称中心或交替对称轴的分子，为非手性分子，没有旋光性，无对映异构体；凡不具有对称面、对称中心或交替对称轴的分子，为手性分子，具有旋光性和对映异构体。

4. 手性分子的类型

手性分子有多种类型，如含手性原子（常称手性中心）、手性轴、手性面等，其中含手性碳原子化合物的对映异构最为常见，也是最基本的内容。

如果碳原子所连的四个原子（团）互不相同，这种碳称为手性碳原子（旧称“不对称碳原子”），用＊标识。这种碳原子在空间一定有两种不同的排列方式（见图 3-17）。

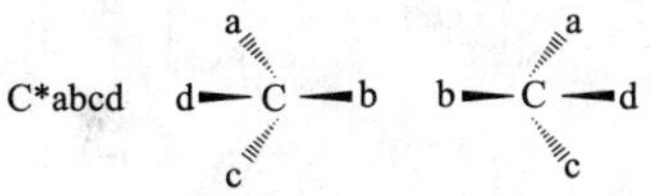

图 3-17 手性碳原子的两种空间排列

二、含手性碳原子化合物的对映异构

（一）含一个手性碳原子化合物的对映异构

含一个手性碳原子的化合物，分子中既没有对称面也没有对称中心，是手性分子，存在一对对映体，如乳酸有左旋乳酸和右旋乳酸两种异构体。乳酸的两个异构体物理性质见表 3-2。

表 3-2 乳酸对映异构体的物理性质

	m. p. (℃)	$[\alpha]_D$
(－)-乳酸	28	－3.8°
(＋)-乳酸	28	＋3.8°
(±)-乳酸	18	0°

乳酸的两个旋光异构体除旋光方向相反外，其他物理性质都相同。

乳酸的两个对映体中，哪一个是左旋体，哪一个是右旋体，从结构上是看不出来的，只有通过旋光仪测定而知。通常从肌肉中产生的乳酸，能够使偏振光向右旋转，叫做右旋乳酸。用化学合成法得到的乳酸，没有旋光性。后来发现这种乳酸是右旋乳酸和左旋乳酸的等量混合物。把等量左旋体与右旋体的混合物叫外消旋体（racemic mixture or racemate）。外消旋乳酸用（±）-乳酸或（*dl*）-乳酸表示。外消旋体的旋光度为零。

（二）对映异构体的构型表示方法

为了区分乳酸两个旋光异构体，通常采用两种方法：一是 D、L-构型表示法；二是 *R*、*S*-构型表示法。

1. D、L-构型表示法

为指定构型，费歇尔建议选用甘油醛为标准来确定其他相关对映体的构型。甘油醛的费歇尔投影式如下：

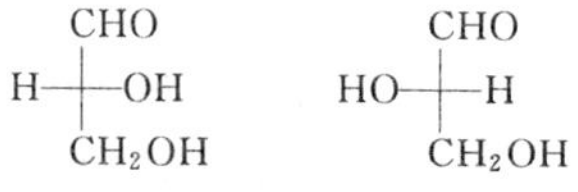

（Ⅰ）　　（Ⅱ）

费歇尔指出，按照上述投影式，OH 在右侧者，为 D-型；OH 在左侧者，为 L-型。

经旋光仪测试，（Ⅰ）表示的甘油醛为右旋性，（Ⅱ）表示的甘油醛为左旋性。因此上述甘油醛可分别表示为：D-(＋)-甘油醛和 L-(－)-甘油醛。

费歇尔建议，其他对映体的构型可采用与甘油醛相关连的方法来确定。按照上述投影式的写法（醛基或羧基在上），凡—OH、$—NH_2$ 在右侧者为 D-型；—OH、$—NH_2$ 在左侧者为 L-型。

如乳酸：

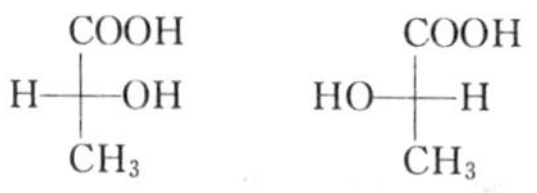

D-(－)-乳酸　　L-(＋)-乳酸

需要指出的是，对映体 D、L-构型是人为指定的，左旋或右旋是实际测定的，构型与旋光方向之间没有关系。

2. *R*、*S*-构型表示法

考虑到D、L-构型表示法的局限性，1970 年 IUPAC 建议采用 *R*、*S*-构型表示法来表示手性分子的构型。*R* 是拉丁文 Rectus（右）的缩写，*S* 是拉丁文 Sinister（左）的缩写。*R*、*S*-构型表示法是一种绝对构型表示法，不需要选用化合物做参考标准。基本程序为：

(1) 首先把手性碳上的四个原子或基团（a、b、c、d）按顺序规则进行排序，即a＞b＞c＞d。

(2) 再把其中顺序最小的原子或基团放在距观察者较远的位置，其他三者则距观察者较近。如图 3-18。

(3) 从 a 开始，按 a→b→c 的顺序进行连线，如果是顺时针排列，称为 *R*-构型；如果是逆时针排列，称为 *S*-构型。

例如，按照次序规则乳酸分子中：—OH＞—COOH＞—CH_3＞—H。

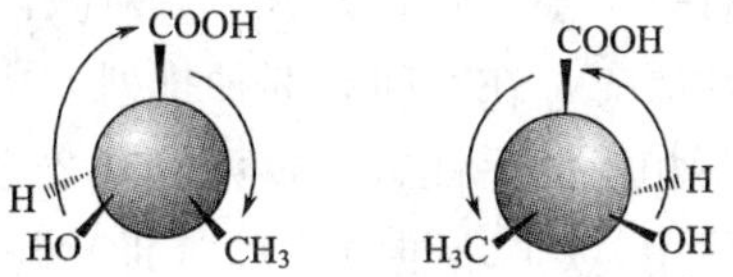

图 3-18　乳酸分子按照次序规则由大到小的连线方向

左侧分子模型所代表的乳酸为 *R*-乳酸，右侧分子模型所代表的乳酸为 *S*-乳酸。

如果一个化合物是用费歇尔投影式表示的，可不需要改换成立体结构式而直接判别它的构型。例如乳酸有多种费歇尔投影式，但其构型只有两种。如：

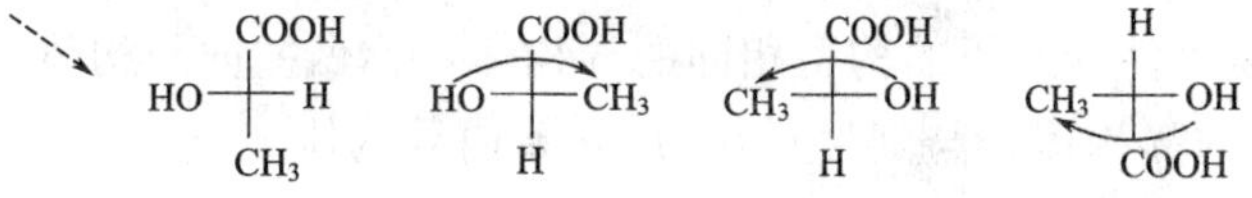

(Ⅰ)　(Ⅱ)　(Ⅲ)　(Ⅳ)

(Ⅰ) 式中 H 原子的顺序最小，它所处的位置应该是在分子模型的右前方，假如我们站在分子模型的左后方，面对其他三个基团观察，这时从—OH 到—COOH 再到—CH_3 的连接顺序为逆时针方向，故（Ⅰ）式为 *S*-构型。（Ⅱ）和（Ⅲ）式中 H 原子在分子模型的后下方，其他三个基团分别在前上方和后上方，假如我们从前上方向后下方观察，（Ⅱ）式为 *R*-构型，（Ⅲ）式为 *S*-构型。同理，（Ⅳ）式中的 H 原子在分子模型的后上方，其他三个基团分别在前方和后下方，假若从前下方向后上方观察，（Ⅳ）式为 *R*-构型。若最小基团在竖键上，按 a→b→c 顺时针是 *R*-构型，逆时针是 *S*-构型。若最小基团在横键上，与最小基团在竖键上正好相反，按 a→b→c 顺时针是 *S*-构型，逆时针是 *R*-构型。

（三）含两个手性碳原子化合物的对映异构

1. 含两个不相同手性碳原子化合物的对映异构

丁醛糖是一个四碳糖，分子中含有两个手性碳原子，而且这两个手性碳原子所连的原子或基团不完全相同。

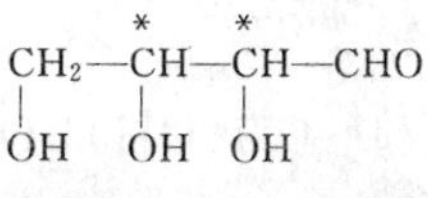

它在空间有 4 种排列方式，用费歇尔投影式表示如下：

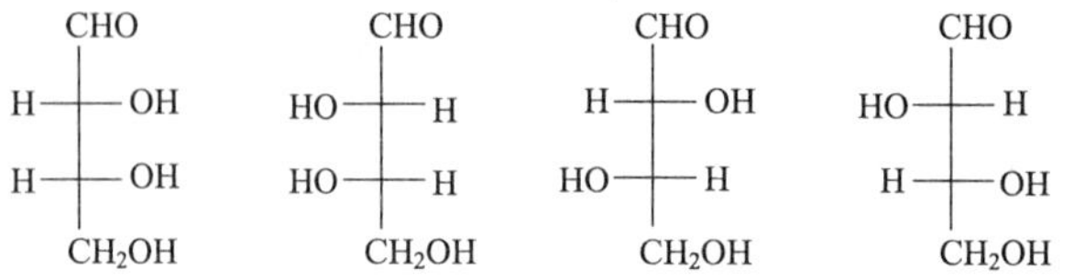

（Ⅰ） D-(−)-赤鲜糖 2*R*,3*R*

（Ⅱ） L-(+)-赤鲜糖 2*S*,3*S*

（Ⅲ） D-(−)-苏阿糖 2*R*,3*S*

（Ⅳ） L-(+)-苏阿糖 2*S*,3*R*

（Ⅰ）与（Ⅱ）：对映体；（Ⅲ）与（Ⅳ）：对映体；非对映体

乳酸或甘油醛分子中都含有一个手性碳，各有一对对映体；丁醛糖含两个手性碳，有两对对映体；分子中若含三个手性碳时，在空间有 8 种排列方式，有四对对映体，即 8 个旋光异构体。因此，分子中含 n 个不相同的手性碳时，可以有 2^n 个立体异构体。

在丁醛糖的四个旋光异构体中，（Ⅰ）与（Ⅱ）、（Ⅲ）与（Ⅳ）互为对映体，并分别组成一对外消旋体。（Ⅰ）与（Ⅲ）、（Ⅳ），（Ⅱ）与（Ⅲ）、（Ⅳ）之间不存在实物和镜像关系，它们之间称为非对映异构体（diastereoisomer）。非对映异构体的旋光度不同，其他物理性质如熔点、沸点、溶解度等也不一样。

观察（Ⅰ）与（Ⅲ）、（Ⅳ）或（Ⅱ）与（Ⅲ）、（Ⅳ），都分别有一个手性碳的构型相同，而另一个手性碳的构型不相同。我们把含多个手性碳的旋光异构体中，只有一个手性碳原子的构型相反，而其他手性碳原子的构型相同的异构体，称做差向异构体（epimer）。如（Ⅰ）与（Ⅲ）互为 C_3 差向异构体，与（Ⅳ）互为 C_2 差向异构体。

再如，从中药麻黄中提取的生物碱有麻黄碱和伪麻黄碱两种，构型如下：

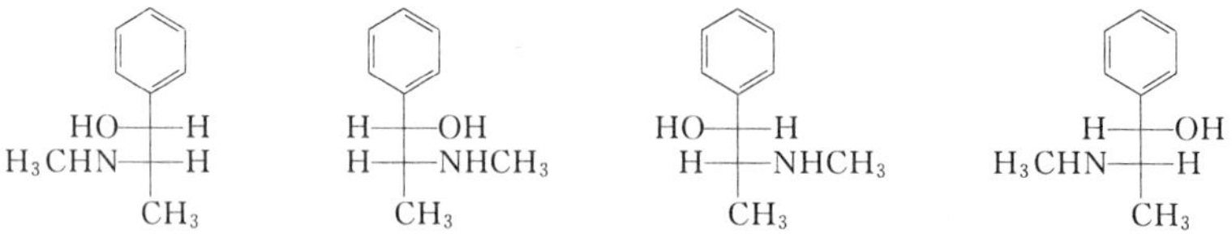

（−）-麻黄碱　（+）-麻黄碱　（−）-伪麻黄碱　（+）-伪麻黄碱

麻黄碱和伪麻黄碱为一对非对映异构体，它们的物理性质有比较大的差别。如麻黄碱在水中有较大的溶解度，而伪麻黄碱几乎不溶于水。这是因为苏式构型的伪麻黄碱，其分子的优势构象中相邻碳上的羟基与甲胺基之间能形成五元环的分子内氢键，降低了与水分子的作用力，故溶解度比较低。赤型的麻黄碱不能形成分子内氢键，故有较大的溶解度。

2. 含两个相同手性碳原子化合物的对映异构

酒石酸 $HOOC-\overset{*}{C}H(OH)-\overset{*}{C}H(OH)-COOH$ 分子中含有两个相同的手性碳原子，每个手性碳原子上连的都是—OH、—COOH、—H 和—CH(OH)COOH。它在空间只有三种不同的排列方式：

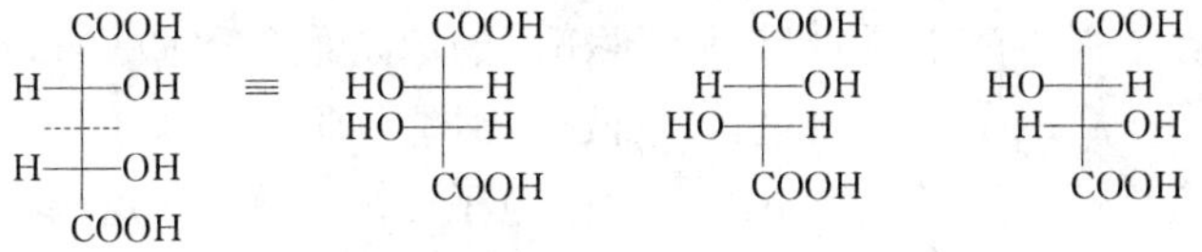

m-酒石酸　(+)-酒石酸　(−)-酒石酸

2S,3R　2R,3R　2S,3S

上述费歇尔投影式中，左侧第一个结构式中含有1个对称面，它的镜像即第二个结构式与它本身能够完全重叠，所以酒石酸实际上只有3个旋光异构体。其中，*R*,*R*-构型者为右旋体，*S*,*S*-构型者为左旋体，*S*,*R*-构型者为内消旋体。由于内消旋体的分子中存在对称面，故旋光度为零。内消旋体（mesomer），用“*m*”表示。

内消旋酒石酸与右旋或左旋酒石酸互为非对映体，它们分别具有不同的物理性质。

表 3-3　　酒石酸异构体的物理性质

酒石酸	m. p.（℃）	溶解度	比旋度(°)	pK_{a_1}
右旋体	170	139	+12	2.96
左旋体	170	139	−12	2.96
内消旋体	140	125	0	3.11
外消旋体	204	20.6	0	2.96

内消旋体和外消旋体都没有旋光性，但它们却有本质的差别。前者是一个化合物，不能拆分成两个组分，而后者是由等量左旋体和右旋体组成的一种混合物，可用特殊的方法拆分成两个化合物。

从内消旋酒石酸的对映异构中可以看出这样一个问题，含有两个或更多手性碳原子的化合物不一定都有手性。因此，决定一个分子有无手性的根本原因还是看其有无对称因素。

（四）含三个手性碳原子化合物的对映异构

对于含有三个手性碳原子的化合物，如果手性碳不相同，则有四对对映异构体；如果其中两个手性碳是相同的，则只有四个构型异构体，其中有一对对映体和两个内消旋体。如2,3,4-三羟基戊二酸有四个构型异构体：

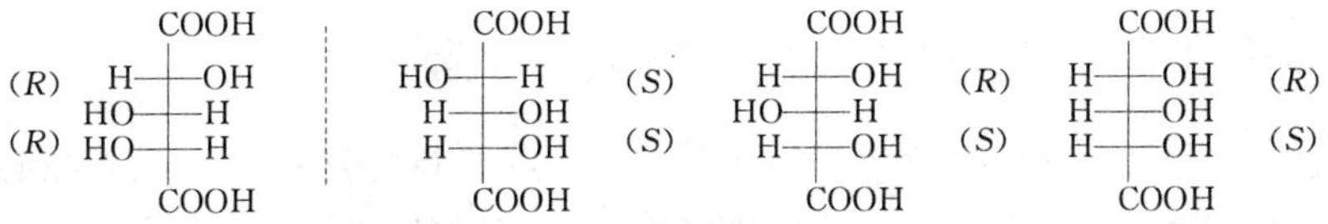

对映体　内消旋体　内消旋体

熔点　127℃　127℃　170℃　190℃

第一和第二个结构式中，C_3 上分别连有组成和构型都相同的两个手性碳原子，因此 C_3 是非手性的，但由于整个分子没有对称面和对称中心，所以它们两个都是手性分子。第三和第四个结构式中各有一个对称面，所以它们两个都是内消旋体。但后两个结构式的 C_3 上分别连着两个组成相同、构型不同的手性碳原子，因此 C_3 是手性碳原子，但由于整个分子是非手性的，所以将其称为假手性碳原子。

（五）潜手性碳原子

当一个碳原子上连有两个相同的和两个不相同的原子或基团如 Caabc 时，这个碳原子称潜手性碳原子（prochiral carbon）。假如其中两个相同的原子或基团之一 a 被另一个不相同的原子或基团 d 取代，就得到了一个新的手性碳原子 C* adbc，如乙醇或丙酸都含有一个这样的碳原子：

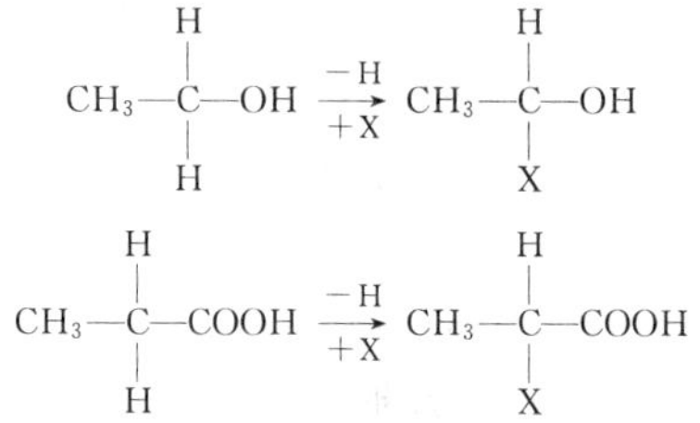

我们将乙醇和丙酸分子中的亚甲基碳叫做潜手性碳原子。潜手性碳原子有一个对称面，把对称的分子“分割”成对映的两个部分，这两个部分的构型是有差别的。如丙酸分子对称面右侧 COOH →CH_3 →H 为顺时针方向排列，称潜 *R*-构型；而对称面的左侧 COOH →CH_3 →H 为逆时针方向排列，称潜 *S*-构型。

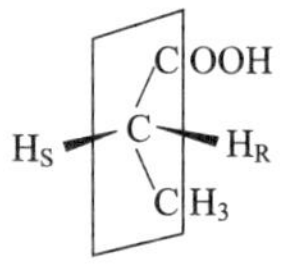

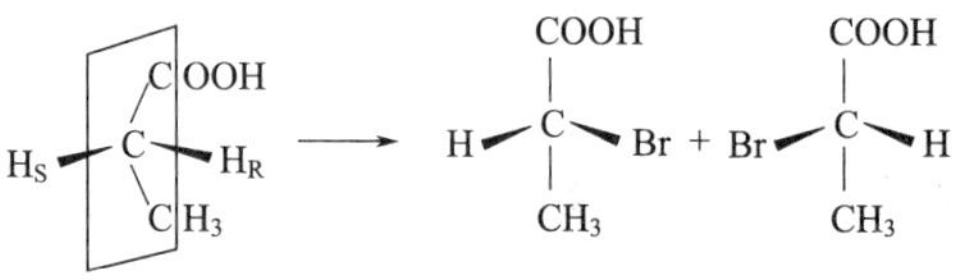

(*R*)-2-溴丙酸　　(*S*)-2-溴丙酸

当与一个对称的试剂反应时，试剂从反应物分子对称面的两侧趋近反应中心的几率是相等的，产物是没有旋光性的外消旋体。但是，当试剂分子具有手性时，试剂自反应物分子对称面的两侧趋近反应中心的几率不再相等，于是得到的两个互为非对映体的手性分子，其量也不相等，我们称之为“不对称反应”或“不对称合成”，不对称合成在手性药物合成中非常重要。

三、不含手性碳原子化合物的对映异构

在有机化合物中，大部分的旋光性物质都是因含手性碳原子而产生旋光性的，但也有一些化合物分子并不含有手性碳原子，却有旋光性，存在对映异构体。

1. 丙二烯型化合物

丙二烯分子中，两端碳原子为 sp^2 杂化，中间碳原子为 sp 杂化，分子中的两个 π 键互相垂直，两端碳原子上基团所在的平面也互相垂直。

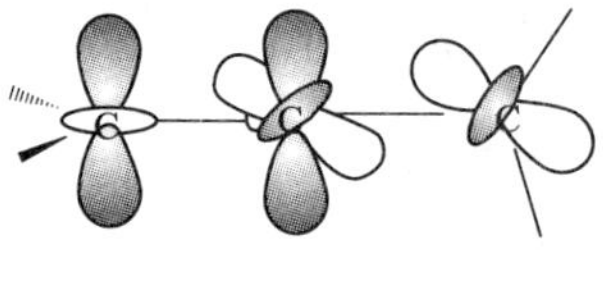

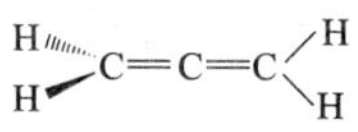

有对称面

在丙二烯的分子中，有两个互相垂直的对称面，因此丙二烯没有对映异构体，也没有旋光性。但是当丙二烯分子两端碳原子上的取代基各不相同时，它的对称面消失。

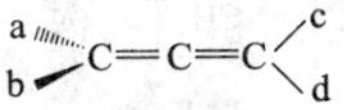

当 a≠b、c≠d 时，在空间就会有两种不同的空间排列。如 2,3-戊二烯分子中既无对称面，也无对称中心，是手性分子，因此具有对映异构体和旋光性。

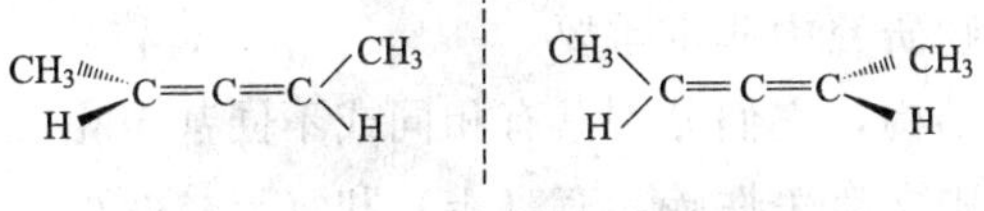

2. 联苯型化合物

联苯分子中的两个苯环可以围绕碳碳单键相对旋转，不具有旋光性。但当苯环邻位上连有较大的取代基时，苯环围绕单键的自由旋转受到阻碍，两个苯环不能处在同一个平面上。如果两个苯环上的取代基不相同，此时整个分子具有手性，有对映异构体存在。如 6,6′-二硝基联苯-2,2′二甲酸的对映异构体：

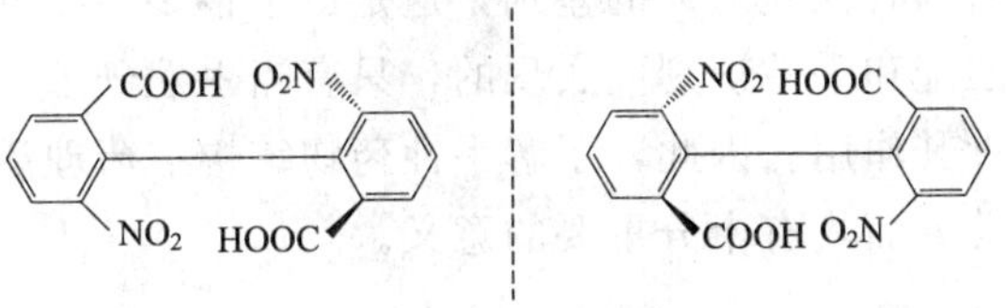

再如，下述的环外双键型化合物、螺环型化合物等，由于其上取代基不一样，整个分子都具有手性，同样有旋光异构体。

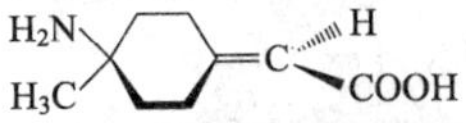

以上所举的四个例子有一个共同特点，它们的分子中都含有一个由若干原子组成的轴状结构，分子中某些原子或基团在此轴的空间排列情况不同而产生了手性，此轴称作手性轴，如丙二烯分子中的 C ═ C ═ C 即是手性轴。

3. 把手类化合物

不对称取代的对苯二酚脂环醚，若脂肪烃的链比较短、苯环上的取代基又比较大时，芳环的转动便会受到阻碍，取代基的分布是不对称的。

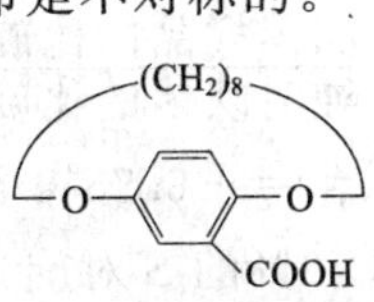

受环大小的限制，上述化合物分子中的—COOH 在 O—$(CH_2)_8$—O 所决定的平面前后或者左右两侧的分布都是不对称的，因此产生手性，具有旋光性，我们把这个平面叫做手性面，上述化合物为具有手性面的化合物。

4. 含其他手性原子化合物的对映异构

除手性碳外，还存在其他的手性原子，如 N、S 和 P 等的共价化合物是四面体结构，这些元素的原子上所连的原子或基团各不相同时，其相应的化合物也具有手性，这类不对称化合物为具有手性中心的化合物。例如：

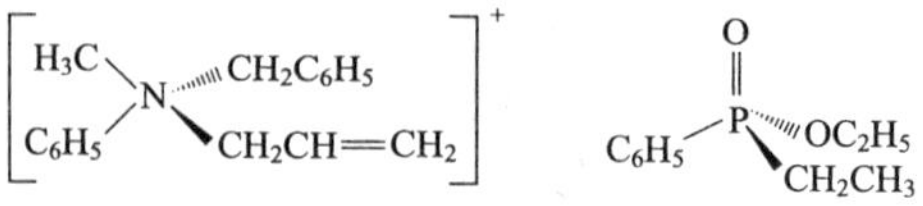

四、手性药物的药理活性

对映异构体具有不同的物理性质和化学性质，作为手性药物，它们的生理活性有可能存在极大的差异，这点在药物研究中非常重要。

很多药物都具有手性结构，它们分别具有相同或不同甚至相反的药理活性。如我们熟知的消炎药氯霉素，其分子中含有手性碳，有（+）和（-）两种异构体，由于（+）-氯霉素无杀菌作用，目前临床上使用的是（-）-氯霉素。又如，目前常用的消炎药氧氟沙星，它的左旋体的杀菌活性是右旋体的80～200倍，由于旋光异构体的拆分通常有一定的难度，临床上一直使用的是（±）-氧氟沙星，目前（-）-氧氟沙星已有上市。再如，中药麻黄中含有（+）和（-）-麻黄碱及伪麻黄碱四个旋光异构体，其中D-（-）-麻黄碱的生物活性最高。手性药物的生理活性之所以有如此之大的差别，这是由于很多药物分子的生物活性是通过与受体大分子之间的严格匹配和手性识别而实现的，只有当手性分子完全符合于手性受体的靶点时，这些药物才能发挥其作用。因此，了解手性药物结构与药理活性之间的关系在药物设计、合成及其临床应用等方面具有十分重要的意义。

五、光学纯度

光学纯度是指旋光性样品中一个对映体超过另一个对映体的数量。即：

$$光学纯度 = R\% - S\%$$

$$或光学纯度 = S\% - R\%$$

若一个纯的光学物质是100%的一种对映体，那么，一个外消旋体的光学纯度为0%。

例如，某旋光性样品是对映体 R 和 S 的混合物，其中 R-构体的含量若为20%，S-构体的含量为80%，则该样品的光学纯度=80%-20%=60%，60%的 S-构体是过量的，对旋光度有贡献。外消旋体的量为40%(20%R+20%S)。

光学纯度也可以用比旋光度来计算：

$$光学纯度 = \frac{测得样品的比旋度}{纯对映体的比旋度} \times 100\%$$

例如，测得样品 S-(+)-2-丁醇$[\alpha]_D^{25} = +6.75°$，而纯品的$[\alpha]_D^{25} = +13.52°$，则该样品的光学纯度=6.75°/13.52°=50%，即50%的 S 对旋光度有贡献，另外25% S 和25% R 组成了外消旋体。

六、外消旋体拆分

外消旋体是由一对对映体等量混合而成的，用蒸馏、重结晶等一般的物理方法不能把它们分离开来，必须采用特殊的方法才能把它们拆开。拆分的方法很多，一般有下列几种：

1. 机械拆分法

机械拆分法是利用外消旋体中对映体在结晶形态上的差异直接辨认，或借助放大镜进行辨认，把两种结晶体挑拣出来。该法要求晶粒足够大，且结晶具有明显的不对称性。

2. 诱导结晶拆分法

在外消旋体热的饱和溶液中，加入一定量的左旋体或右旋体作为晶种，当溶液冷却时，与晶种相同的异构体便优先析出。滤出结晶后，另一种旋光异构体在滤液中相对较多，在加热条件下再加入一定量的外消旋体至饱和，当溶液冷却时，另一种异构体优先析出。如此反复操作，就可以把一对对映体完全分开。

3. 微生物拆分法

某些微生物或酶对于对映体中的一种异构体有选择性的分解作用，利用它们的这种性质可以从外消旋体中把一种对映异构体拆分出来。该法的缺点是在分离过程中，外消旋体的另一半被消耗掉。

4. 选择吸附法

选择吸附法是用某种旋光性物质做吸附剂，使之选择性地吸附外消旋体中的一种异构体，从而达到拆分目的的方法。

5. 化学拆分法

选择合适的手性试剂，利用简单的化学反应将外消旋体转变成非对映体，再利用非对映体物理性质的差异将二者分离。最后分别去掉两种衍生物中手性试剂，便得到两种纯的旋光性化合物。如要分离外消旋的有机酸，可以选用有旋光性的有机碱使之生成非对映的盐，分离开来后再将其中和，便得到旋光性的有机酸。

$$(\pm)\text{-R}^*\text{COOH} + (-)\text{-R}^*\text{NH}_2 \longrightarrow (+)\text{-R}^*\text{COOH}\cdot(-)\text{-R}^*\text{NH}_2 + (-)\text{-R}^*\text{COOH}\cdot(-)\text{-R}^*\text{NH}_2$$

分离

$$\longrightarrow (+)\text{-R}^*\text{COOH}\cdot(-)\text{-R}^*\text{NH}_2 \xrightarrow{\text{NaOH}} (+)\text{-R}^*\text{COOH}$$

$$\longrightarrow (-)\text{-R}^*\text{COOH}\cdot(-)\text{-R}^*\text{NH}_2 \xrightarrow{\text{NaOH}} (-)\text{-R}^*\text{COOH}$$

6. 色谱法

色谱法是目前使用较多的、行之有效的方法。它采用各种特殊的固定相，并选用合适的色谱分离条件，可以获得纯度很高的手性化合物。

第四章 烷烃

由碳氢两种元素组成的化合物称为碳氢化合物，简称为烃。烃是有机化合物的母体，其他有机化合物可以看作是烃的衍生物。

根据分子是否饱和，烃可以分为饱和烃和不饱和烃：饱和烃即烷烃；不饱和烃包括烯烃、炔烃、二烯烃等。根据分子的碳架不同，烃也可分为链烃和环烃两大类，其中，环烃包括脂环烃和芳香烃。

烷烃（alkane）是指开链的饱和脂肪烃，即分子中的碳原子都以单键相连，其余价键全部与氢原子结合而成。通式为 C_nH_{2n+2}。

一、烷烃的同系列和同分异构现象

最简单的烷烃是甲烷，其次是乙烷、丙烷、丁烷等，它们的分子式分别为 CH_4、C_2H_6、C_3H_8、C_4H_{10}等，像烷烃这样一系列具有同一通式，分子结构相似，化学性质也相似，物理性质随着碳原子数目的增加而有规律地变化的化合物，叫做同系列。同系列中的化合物互称同系物。相邻的同系物在组成上只相差一个 CH_2，这个 CH_2 称为系列差。同系列是有机化学的普遍现象。

在甲烷和乙烷分子中，所有氢原子所处的化学环境相同，称之为等价氢。丙烷分子中的甲基和亚甲基所处化学环境不一样，当分别用另一个“—CH_3”（或其他取代基）取代这两种化学环境不同的氢时，可得到两种结构不同的化合物，一种叫做正丁烷（Ⅰ），另一种叫做异丁烷（Ⅱ）。由此可见，四个碳以上的烷烃就有异构体。

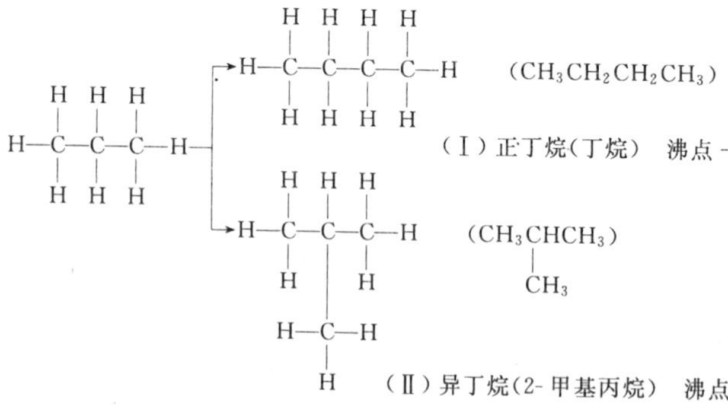

（Ⅰ）正丁烷(丁烷)　沸点 －0.5℃　熔点 －138℃

（Ⅱ）异丁烷(2-甲基丙烷)　沸点 －11.7℃　熔点 －159℃

（Ⅰ）和（Ⅱ）具有相同的分子式（C_4H_{10}），但结构不同。凡分子式相同而结构不同的化合物叫做同分异构体（isomer）。这种现象称为同分异构现象。在同分异构体中，凡因分子中原子间的连接次序或连接方式不同而产生的异构称为构造异构（constitutional isomerism）。例如（Ⅰ）和（Ⅱ）就是由于碳原子的连接次序不同而引起的构造异构，（Ⅰ）为直链烷烃，（Ⅱ）则带有支链。它们的沸点、熔点均不同，它们是两种不同的化合物。有机化合物的异构现象有多种，总的来说分为两大类——构造异构和立体异构。烷烃的异构是由于碳原子的连接次序不同而产生，故也称为碳链异构，属构造异构中的一种。

在烷烃分子中，随着碳原子数目的增加，异构体的数目增加很快。例如，分子式为C_7H_{16}、C_8H_{18}、C_9H_{20}、$C_{10}H_{22}$的烷烃，异构体的数目分别为 9、18、35、75 个。这里所列的异构体的数目并不包括烷烃的立体异构，实际上，从含 7 个碳原子的庚烷开始，烷烃就出现了对映异构现象。

烷烃分子中的碳原子可分为四种类型：只与另外一个碳原子相连的碳原子称为伯碳原子或一级碳原子（用 1°表示一级）；与另外二个碳原子相连的碳原子称为仲碳原子或二级（2°）碳原子；与另外三个碳原子相连的碳原子称为叔碳原子或三级（3°）碳原子；与另外四个碳原子相连的称为季碳原子或四级（4°）碳原子。与伯、仲、叔碳原子相连的氢原子，分别称为伯、仲、叔氢原子（用 1°、2°、3°表示）。例如：

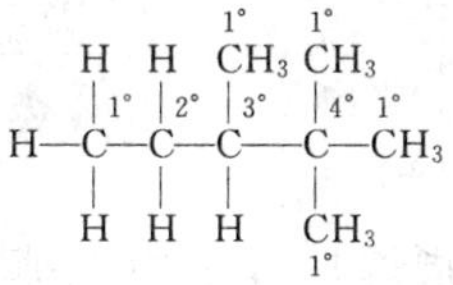

二、烷烃的命名

（一）普通命名法

普通命名法也称为习惯命名法，适用于直链烷烃和少于七个碳原子的含支链的烷烃。命名方法如下：

1. 含 1～10 个碳原子的烷烃用天干名称甲、乙、丙、丁、戊、己、庚、辛、壬、癸表示。含 10 个以上碳原子的烷烃用汉字数字十一、十二……表示。

2. 用“正”表示不含支链的烷烃；“异”表示分子中碳链一端的第二位碳原子上带有一个“$—CH_3$”的烷烃；“新”表示分子中碳链一端的第二位碳原子上带有二个“$—CH_3$”而无其他的取代基的烷烃。例如：

$CH_3—CH_2—CH_2—CH_3$　　$CH_3(CH_2)_{11}CH_3$

正丁烷　　正十三烷

n-butane　　*n*-tridecane

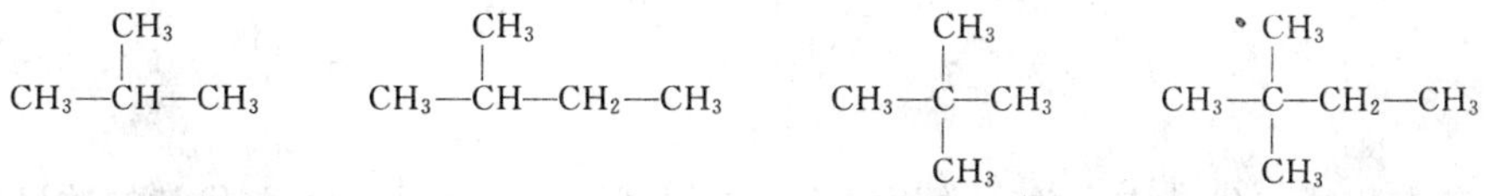

异丁烷　　异戊烷　　新戊烷　　新己烷

i-butane　　*i*-pentane　　neopentane　　neohexane

“正”字也可用“n”表示（n 取自英文“normal”的第一个字母），但常省略；“异”字可用“i”或“iso”表示；“新”字用“neo”表示。

（二）系统命名法

系统命名法首次制定于 1892 年的日内瓦国际化学会议。这次会议成立了国际纯粹和应用化学联合会（International Union of Pure and Applied Chemistry，简称 IUPAC），以后

IUPAC 又作了多次修改，故系统命名法也称为 IUPAC 命名法，中国化学会根据这个命名法的原则，结合我国文字特点，于 1960 年制定了《有机化学物质的系统命名原则》，1980 年修订为《有机化学命名原则》。

系统命名法的要点如下：

1. 直链烷烃的系统命名法常将普通命名法中的“正”字省略。

2. 带支链的烷烃，看作直链烷烃的烃基衍生物，支链作为取代基。整个名称由母体和取代基两部分组成。命名原则如下：

（1）选择分子中最长的碳链为主链，根据主链碳原子数目称为某烷，作为母体。例如：

主链 6 个碳原子，母体为己烷

（2）如果有几条碳链等长，选择含取代基最多的碳链为主链。例如：

（正确）　（错误）

（3）支链作为取代基。烷基是指烷烃分子中去掉一个氢原子后剩余的部分，通常用 R—表示。例如：

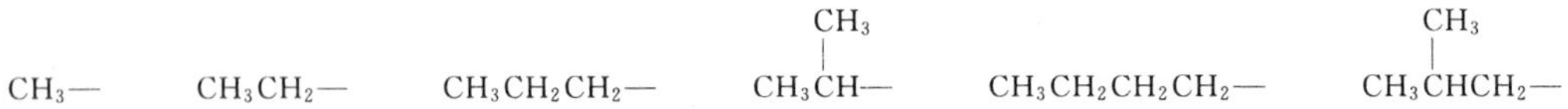

甲基 (methyl)　乙基 (ethyl)　正丙基 (propyl)　异丙基 (isopropyl)　正丁基 (butyl)　异丁基 (isobutyl)

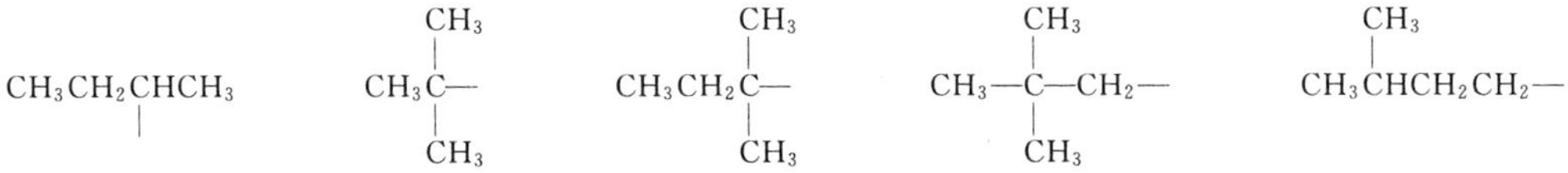

仲丁基 (*sec*-butyl)　叔丁基 (*tert*-butyl)　叔戊基 (*tert*-pentyl)　新戊基 (neopentyl)　异戊基 (isopentyl)

（4）从靠近取代基的一端开始，将主链碳原子用阿拉伯数字编号，将取代基的位次、名称写在母体名称之前，阿拉伯数字与汉字之间用短线“-”隔开。例如：

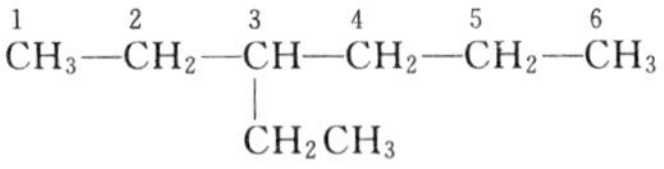

3-乙基己烷

（5）若有相同取代基应合并，并用汉字“二”或“三”等表示出取代基的数目。各取代基位次数字之间要用逗号“,”隔开。例如：

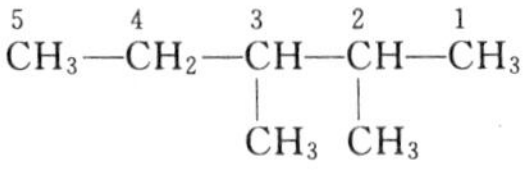

2,3-二甲基戊烷

（6）若主链有几种编号可能，按“最低系列”编号方法。即逐个比较两种编号的取代基位次数字，最先遇到位次较小者为“最低系列”。例如：

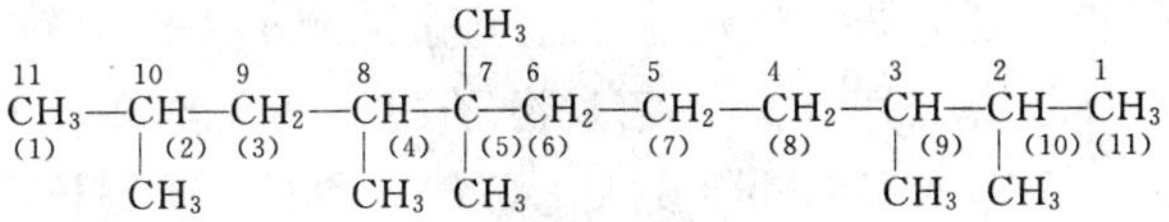

2,3,7,7,8,10-六甲基十一烷（正确）

2,4,5,5,9,10-六甲基十一烷（错误）

逐个比较以上两种编号的每个取代基的位次，从右边编号和从左边编号第一个—CH_3都在 2 位，但第二个—CH_3 从右边编号在 3 位，从左边编号在 4 位，故从右边编号为“最低系列”。

(7) 主链上有几种不同取代基时，取代基在名称中的排列顺序按“次序规则”（sequence rule），将“较优”基团列在后面。例如：

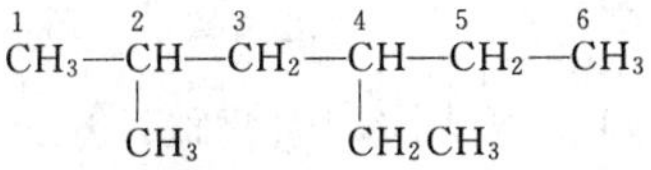

2-甲基-4-乙基己烷

在 IUPAC 命名中，取代基的排列顺序是按取代基英文名称的首字母，以 a、b、c……的顺序排列。例如甲基英文名称为 methyl，乙基英文名称为 ethyl，根据首字母，乙基排在甲基之前。

(8) 若支链中还有取代基，即取代基较为复杂时，可将取代基再次编号。编号从与主链直接相连的碳原子开始，命名时支链全名用括号括上，也可用带“′”的数字编号，以示与主链编号有别。例如：

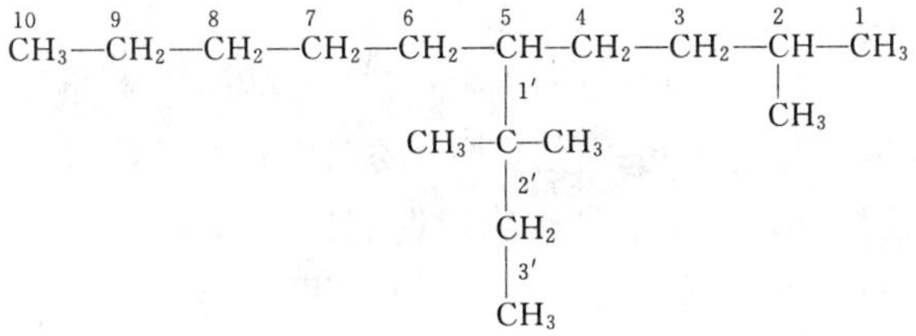

2-甲基-5-1′,1′-二甲基丙基癸烷或 2-甲基-5-(1,1-二甲基丙基)癸烷

三、烷烃的结构

杂化理论（参见第二章第一节）认为，烷烃分子中的碳原子都是 sp^3 杂化，所以甲烷分子是正四面体结构，∠HCH 为 109°28′，C—H 键的键长为 110pm（图 4-1）。

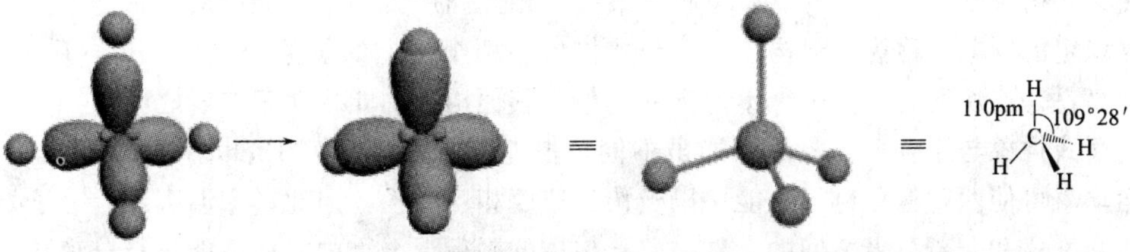

图 4-1 甲烷分子中原子轨道重叠示意图（彩图附后）

在乙烷分子中两个碳原子各以一个 sp^3 杂化轨道相互重叠形成 C—C σ 键，即成键电子云是围绕着 C—C σ 键轴呈圆柱形对称分布，假如成键的两个碳原子围绕键轴旋转，则不影

响电子云的分布，即单键可以旋转。乙烷分子中其余六个 sp^3 杂化轨道分别与氢原子的 1s 轨道重叠形成六个 C—H σ 键（图 4-2）。乙烷分子中 C—C 键长为 154pm，C—H 键长为 110pm，键角也是 109°28′。其他烷烃分子的 C—C 键长和 C—H 键长与乙烷相近，键角接近 109°28′，基本符合正四面体的角度。

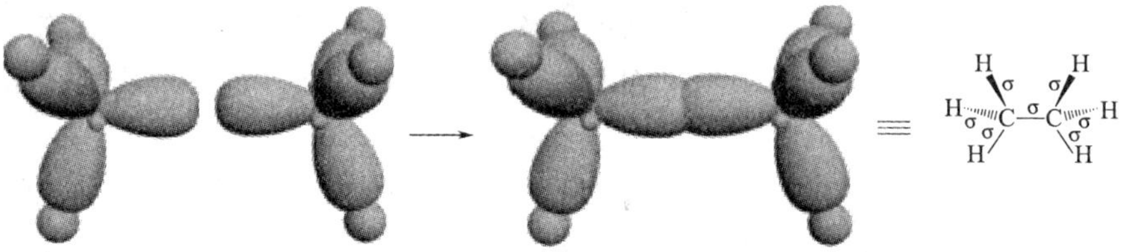

图 4-2 乙烷分子中原子轨道重叠示意图（彩图附后）

由于烷烃分子中的碳原子是四面体结构，因此除乙烷外烷烃分子中的碳原子并不排布在一条直线上，而是以锯齿形或其他可能的形式存在。例如：

丙烷

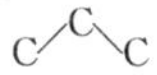

丁烷

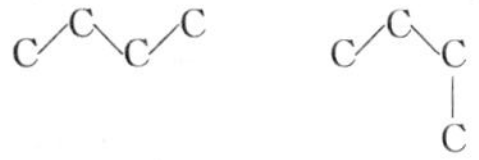

四、烷烃的构象

（一）乙烷的构象

单键可以旋转，如果乙烷分子中一个碳原子不动，另一个碳原子绕 C—C 键轴旋转，则一个碳原子上的三个氢原子相对于另一碳原子上的三个氢原子，可以产生无数种空间排列方式（即构象）。所以，乙烷可以有无数种构象，但它的极端构象只有两种，即重叠式和交叉式。用萨哈斯（Sawhares）投影式（也称锯架式）和纽曼（Newnan）投影式表示如下：

重叠式 交叉式 重叠式 交叉式

锯架式 纽曼式

交叉式构象中两个碳上的氢原子距离最远，相互间斥力最小，能量最低，是乙烷所有构象中最稳定的构象，称为优势构象。重叠式构象中两个碳上的氢原子距离最近，斥力最大，能量最高，是乙烷所有构象中最不稳定的构象。其他构象的能量介于二者之间。

交叉式构象与重叠式构象的内能虽不同，但差别较小，约为 12.5kJ/mol。室温下分子的热运动就可使两种构象越过此能垒以极快的速度相互转换，因此，室温下乙烷分子处于重叠式、交叉式和介于二者之间的无数构象异构体的平衡混合物中，而不能进行分离。

构象之间转化所需要的能量叫做扭转能（torsional energy）。重叠式构象以及其他非交叉式构象之所以不稳定，是由于分子中存在着扭转张力（torsional strain）。不稳定构象有转化成稳定构象而消除张力的趋势。

乙烷分子中 C—C 键相对旋转时，分子内能的变化如图 4-3 所示。

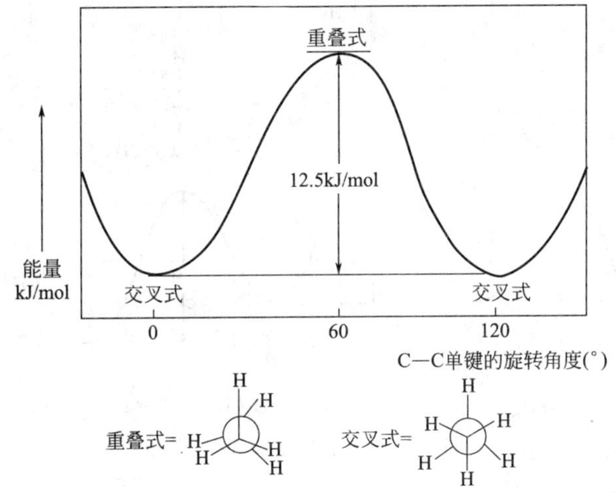

图 4-3 乙烷各种构象的内能变化

（二）丁烷的构象

丁烷可以看作是乙烷分子中每个碳原子上的一个氢原子被甲基取代而得。以丁烷的 C_2—C_3 键轴的旋转做丁烷的纽曼投影式，它有四种典型构象。

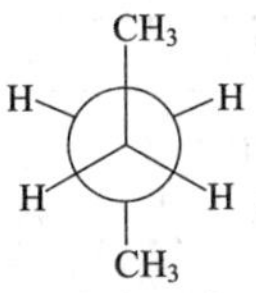

对位交叉式

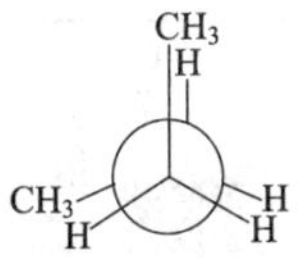

部分重叠式

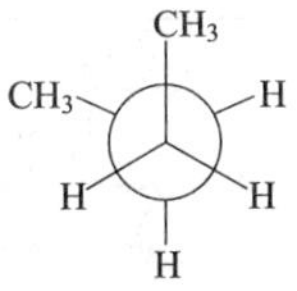

邻位交叉式

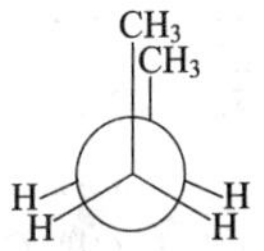

全重叠式

在对位交叉式中，两个甲基相距最远，彼此间的斥力最小，能量最低，是丁烷的优势构象；在邻位交叉式中两个甲基相距较近，能量较低，是较稳定的构象；部分重叠式的两个甲基虽比邻位交叉式远一点，但两个甲基都和另一碳原子上的氢原子处于相重叠的位置，距离较近，能量较高，属不稳定构象；全重叠式中两个甲基处于重叠位置，氢原子也处于重叠位置，距离最近，斥力最大，能量最高，是丁烷中最不稳定的构象。

丁烷各构象之间的能量差也不是太大（最大约 21kJ/mol），在室温下它们能相互转变，而不能分离，并且大多数丁烷分子以对位交叉式存在，全重叠式实际不存在。

从图 4-4 可以看出，由一种构象转变为另一种构象，需要提供一定的能量，因此所谓单键的自由旋转，并不是完全自由的。

五、烷烃的物理性质

（一）物理性质

纯物质的物理性质在一定条件下都有固定的数值，称为物理常数。通常测定化合物的物理常数，可对化合物进行鉴别或鉴定其纯度。

在常温常压下，C_1～C_4 的直链烷烃是气体；C_5～C_{17} 的直链烷烃是液体；含 18 个碳原

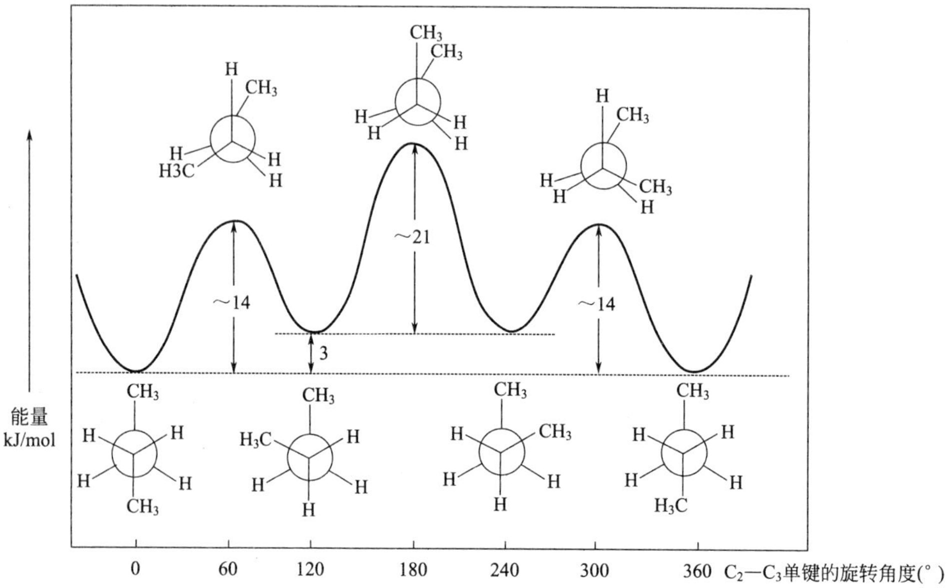

图 4-4　丁烷 $C_2—C_3$ 键旋转引起的各种构象的内能变化

子以上的直链烷烃是固体。直链烷烃的物理常数见表 4-1。

表 4-1　　直链烷烃的物理常数

名　称	结构简式	m. p. (℃)	b. p. (℃)	d^{20}(液态时)	n_D^{20}
甲烷	CH_4	−182.5	−161.7	0.424	
乙烷	CH_3CH_3	−183.3	−88.6	0.456	
丙烷	$CH_3CH_2CH_3$	−187.7	−42.1	0.501	
丁烷	$CH_3(CH_2)_2CH_3$	−138.3	−0.5	0.579	
戊烷	$CH_3(CH_2)_3CH_3$	−129.8	36.1	0.626	1.3575
己烷	$CH_3(CH_2)_4CH_3$	−95.3	68.7	0.659	1.3749
庚烷	$CH_3(CH_2)_5CH_3$	−90.6	98.4	0.684	1.3876
辛烷	$CH_3(CH_2)_6CH_3$	−56.8	125.7	0.703	1.3974
壬烷	$CH_3(CH_2)_7CH_3$	−53.5	150.8	0.718	0.4054
癸烷	$CH_3(CH_2)_8CH_3$	−29.7	174.0	0.73	1.4119
十一烷	$CH_3(CH_2)_9CH_3$	−25.6	195.8	0.74	1.4176
十二烷	$CH_3(CH_2)_{10}CH_3$	−9.6	216.3	0.749	1.4216
十三烷	$CH_3(CH_2)_{11}CH_3$	−5.5	235.4	0.756	1.4233
十四烷	$CH_3(CH_2)_{12}CH_3$	5.9	253.7	0.763	1.4290
十五烷	$CH_3(CH_2)_{13}CH_3$	10	270.6	0.769	1.4315
十六烷	$CH_3(CH_2)_{14}CH_3$	18.2	287	0.773	1.4345
十七烷	$CH_3(CH_2)_{15}CH_3$	22	301.8	0.778	1.4369
十八烷	$CH_3(CH_2)_{16}CH_3$	28.2	316.1	0.777	1.4349
十九烷	$CH_3(CH_2)_{17}CH_3$	32.1	329	0.777	1.4409
二十烷	$CH_3(CH_2)_{18}CH_3$	36.8	343	0.786	1.4425

烷烃几乎不溶于水，易溶于有机溶剂，如四氯化碳、乙醇、乙醚、氯仿等。

从表 4-1 可以看出：①正烷烃的沸点、熔点都随相对分子质量的增加而升高。因为相对分子质量越大，分子运动所需要的能量越高。另外，烷烃属弱极性或非极性物质，分子之间只有色散力，而色散力的强弱与分子间的接触面积有关，分子越大，其表面积越大，分子间的接触面积大，则色散力强，破坏其所需要的能量高；②相邻的低级烷烃之间沸点差较大，但随着相对分子质量的增加，相邻烷烃的沸点差逐渐减少；③含双数碳原子烷烃的熔点比含单数碳原子烷烃的熔点升高较多，但随相对分子质量的增加，这种差别越来越小。

在同数碳原子的烷烃异构体中，支链越多，沸点越低。因为当分子的分支增多时分子间的接触面积小，因而色散力小，沸点低。例如：

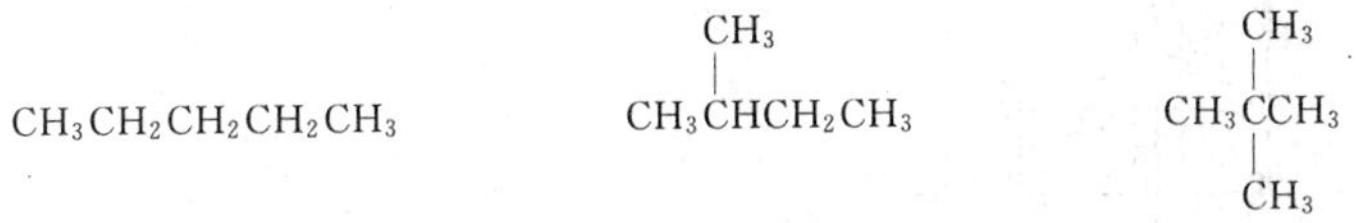

	$CH_3CH_2CH_2CH_2CH_3$	$CH_3CH(CH_3)CH_2CH_3$	$CH_3C(CH_3)_2CH_3$
沸点：	36.1℃	29.9℃	9.4℃
熔点：	−130℃	−160℃	−17℃

分子的熔点除了和相对分子质量以及分子间作用力有关外，还与分子在晶格中的排列有关。通常分子的对称性越高，在晶格中的排列越整齐规则，则分子间的作用力大，熔点高。所以在戊烷的三种异构体中以新戊烷熔点最高。

烷烃的相对密度也随相对分子质量的增加而增加，但都小于 1。

（二）波谱性质

1. 核磁共振氢谱

烷烃分子中的 C—H 键是非极性键，氢核的屏蔽效应大，共振吸收出现在高场，化学位移较小，δ 值在 0.9～1.5 之间。

2. 红外吸收光谱

烷烃的特征吸收峰主要是 C—H 键伸缩振动和弯曲振动，CH_3 和 CH_2 伸缩振动一般不超过 $3000cm^{-1}$，通常在 $3000\sim2850cm^{-1}$ 之间有强吸收。弯曲振动的频率在 $1465\sim1340cm^{-1}$ 之间。四个或更多的碳组成的碳链在 $720cm^{-1}$ 附近有一弱吸收峰。

3. 质谱

直链烷烃的分子离子峰强度较低，而且随碳链的增长而降低，到 C_{40} 时已接近零。一般直链烷烃质谱的 C_1 到 C_5 碎片有较高的强度，并和 C_6 以后的诸峰形成平滑的曲线，各峰的左边伴有消去一分子氢的过程，产生 $C_nH_{2n-1}^+$ 的系列离子，与 $C_nH_{2n+1}^+$ 离子以及同位素峰组成各个峰簇。图 4-5 为正十二烷的质谱图。

4. 紫外吸收光谱

烷烃在此范围内无吸收。

六、烷烃的化学性质

烷烃分子中 C—C 键和 C—H 键强度都很大，同时碳和氢的电负性相差很小，故 C—H 键的极性小，所以，烷烃对离子型试剂有极大的化学稳定性。一般情况下与强酸、强碱、强氧化剂、强还原剂都不起反应。但在一定条件下，如适当的温度、压力以及催化剂的作用下烷烃也可以发生一些反应。

（一）卤代反应

在高温或光照条件下，烷烃与卤素（氯或溴）作用，烷烃中的氢原子能被卤原子取代生

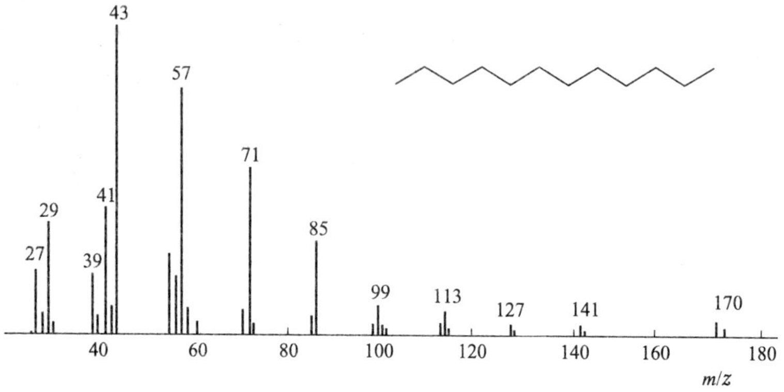

图 4-5　正十二烷的质谱图

成卤代烷，这个反应称为烷烃的卤代反应。

1. 甲烷的氯代反应

甲烷与氯在强光照射下，反应非常剧烈，甚至引起爆炸，生成碳和氯化氢。

$$CH_4 + 2Cl_2 \xrightarrow{强光} C + 4HCl + 热量$$

在漫射光、热或催化剂的作用下，甲烷分子中的氢原子可以被氯原子取代，生成一氯甲烷和氯化氢。

$$CH_4 + Cl_2 \xrightarrow{漫射光} CH_3Cl + HCl$$

生成的一氯甲烷容易继续氯代生成二氯甲烷、三氯甲烷和四氯甲烷。

$$CH_3Cl + Cl_2 \longrightarrow CH_2Cl_2 + HCl$$

$$CH_2Cl_2 + Cl_2 \longrightarrow CHCl_3 + HCl$$

$$CHCl_3 + Cl_2 \longrightarrow CCl_4 + HCl$$

甲烷的氯代反应得到的是四种氯代产物的混合物。但反应条件对反应产物的组成有很大的影响，所以，控制一定的反应条件，也可使其中一种氯代烷为主产物。

2. 其他烷烃的氯代反应

其他烷烃在相似条件下也可以发生氯代反应，但产物更复杂。例如丙烷氯代，可以得到两种一氯代产物。

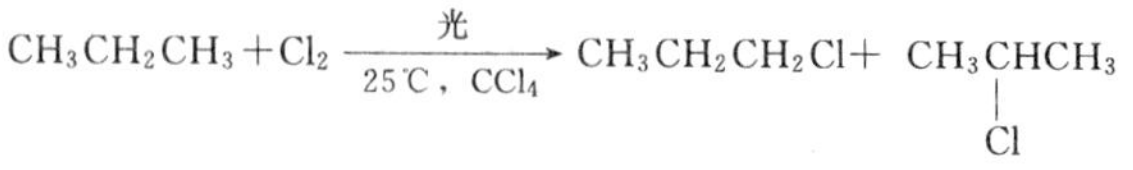

正丙基氯 43%　异丙基氯 57%

在丙烷分子中一共有六个 1°H，二个 2°H，如果从氢原子被取代的几率讲，1°H 和 2°H 被取代几率应为 3∶1，但实验得到的两种一氯丙烷产物分别为 43%和 57%，这说明丙烷分子中两类氢的反应活性是不相同的。1°H 和 2°H 的相对反应活性比大致为(43/6)∶(57/2)=1∶3.7。

异丁烷的一氯代反应：

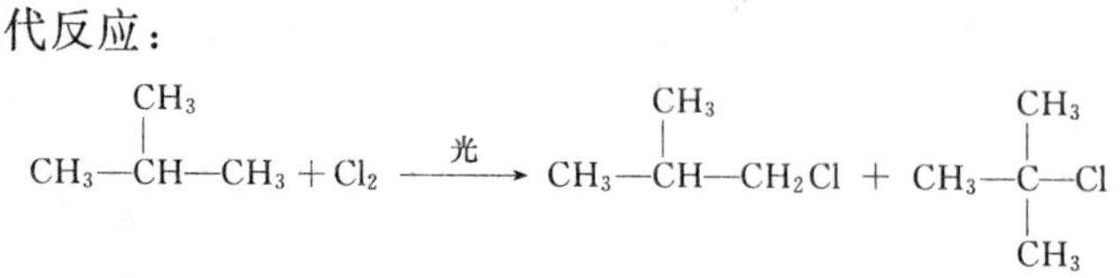

异丁基氯 64%　叔丁基氯 36%

在异丁烷分子中有九个 1°H 和一个 3°H，1°H 和 3°H 被取代的几率为 9∶1。而实际上这两种产物分别为 64%和 36%。1°H 和 3°H 的相对反应活性大致为(64/9)∶(36/1)=1∶5.1。通过大量烷烃氯代反应的实验表明，烷烃分子中氢原子的活性次序为：3°H＞2°H＞1°H＞CH_3—H

3. 烷烃和其他卤素的取代反应

烷烃也可以发生溴代反应，条件和氯代反应相似。由于溴代反应活性比氯代小，故反应比较缓慢。但溴代更具有选择性。例如异丁烷与溴反应，叔氢原子几乎完全被溴取代。

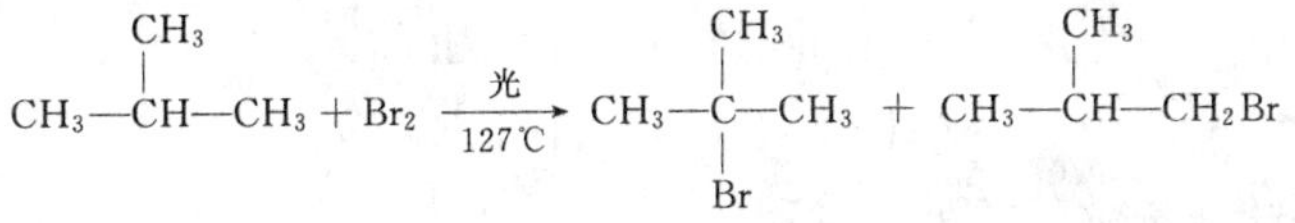

99%　　　　痕量

溴原子的活性小于氯原子，溴原子只能取代烷烃中较活泼的氢原子（3°H 和 2°H）而氯原子有能力夺取烷烃中的各种氢原子。通常反应活性大的，选择性差，反应活性小的，选择性强。因此，溴代反应在有机合成中更有用。

氟很活泼，故烷烃与氟反应非常剧烈并放出大量热，不易控制，甚至会引起爆炸，所以往往采用惰性气体稀释并在低温下进行反应，因此烷烃氟代在实际应用中用途不大。

烷烃碘代是吸热反应，活化能也很大，同时反应中产生的 HI 是还原剂，可把生成的 RI 还原成原来的烷烃，若使反应顺利进行，需要加入氧化剂以破坏生成的 HI，因此碘烷不易用此法制备。

由此可见，卤代反应中卤素的相对反应活性顺序是：氟＞氯＞溴＞碘，其中有实际意义的卤代反应只有氯代和溴代。

4. 甲烷卤代的反应历程

反应历程（reaction mechanism）又称反应机制或反应机理，是指由反应物到产物所经历的过程。一个反应历程是根据这一反应的大量实验事实，总结归纳作出的理论假设。这种假设必须符合并能说明已经发生的实验事实，到目前为止，有些反应历程已被证实，有些尚待完善，有些还不清楚。研究反应历程的目的在于理解和掌握反应本质，以便更好的控制反应和改进反应。

(1) 甲烷氯代的反应历程：研究表明，甲烷的卤代反应历程是自由基取代反应历程。首先在光照或者高温条件下，氯分子吸收能量发生共价键均裂，形成两个氯自由基（Cl·）。

$$Cl:Cl \xrightarrow{光} Cl\cdot + \cdot Cl \qquad ①$$

氯自由基能量高，非常活泼，它的外围有七个电子，它有夺取一个电子形成八隅体结构的倾向。即它要通过形成新的化学键来释放能量，形成稳定体系，所以当氯自由基和甲烷碰撞时，它能夺取甲烷分子中的一个氢原子形成氯化氢和甲基自由基。

$$Cl\cdot + H:CH_3 \longrightarrow HCl + \cdot CH_3 \qquad ②$$

甲基自由基也是非常活泼的粒子，碳原子外围有七个电子，它也有夺取一个电子完成八隅体形成新的共价键从而释放能量的倾向。当它和氯分子碰撞时，它能夺取一个氯原子形成一氯甲烷和一个新的氯自由基。

$$\cdot CH_3 + Cl:Cl \longrightarrow CH_3Cl + \cdot Cl \qquad ③$$

这个新产生的氯自由基可以再和甲烷碰撞重复反应②和③，这样反复进行反应②和③就生成了大量的一氯甲烷。反应①为链的引发阶段，因为反应由此开始，反应②和③称为链增长阶段。

在链增长阶段中，当一氯甲烷达到一定浓度时，氯自由基也可以和一氯甲烷的作用，氯原子可夺取一氯甲烷分子中的一个氢原子生成一分子氯化氢和氯甲基自由基（$\cdot CH_2Cl$），氯甲基自由基再和氯分子作用生成二氯甲烷和一个新的氯自由基，这个反应可以继续下去，直至生成三氯甲烷和四氯化碳。

$$\cdot Cl + CH_3Cl \longrightarrow \cdot CH_2Cl + HCl \quad ④$$

$$\cdot CH_2Cl + Cl_2 \longrightarrow CH_2Cl_2 + \cdot Cl \quad ⑤$$

反应④和⑤是链增长阶段的另一过程。

反应开始时甲烷大量存在，氯自由基主要与甲烷分子碰撞，但随着反应的进行，甲烷的量逐渐减少，氯自由基和甲烷的碰撞几率也随之减少，反应最后自由基之间的碰撞增多，自由基相互结合，整个反应就逐渐停止，这个阶段叫链的终止阶段。

$$Cl\cdot + \cdot Cl \longrightarrow Cl_2 \quad ⑥$$

$$\cdot CH_3 + \cdot CH_3 \longrightarrow CH_3CH_3 \quad ⑦$$

$$Cl\cdot + \cdot CH_3 \longrightarrow CH_3Cl \quad ⑧$$

$$\cdot CH_2Cl + \cdot CH_2Cl \longrightarrow ClCH_2CH_2Cl \quad ⑨$$

由以上历程可以看出，只要反应开始时有少量的氯自由基产生，反应就能像锁链一样一环扣一环连续不断进行下去，直至反应停止。所以，这种反应称为自由基链反应（Free radical chain reaction）。

甲烷的卤代反应历程，也适用于甲烷的溴代和其他烷烃的卤代。

（2）甲烷卤代反应中的能量变化：断裂一个共价键要吸收能量，形成一个共价键要放出能量，旧键断裂所吸收的能量与新键形成所放出的能量之差称为反应热（又称热焓差），用 ΔH 表示，即在标准状态下反应物与生成物的焓之差。ΔH 可通过键离解能数据估算出来。ΔH 为正值表示吸热反应，负值则表示放热反应。一般来说，吸热反应比放热反应难进行。

在甲烷氯代反应的②、③中，断裂两个共价键，即 $CH_3—H$ 和 $Cl—Cl$ 键，共需要吸收能量 435＋243＝678kJ/mol。在反应中也生成了两个共价键，即 $CH_3—Cl$ 和 $H—Cl$ 键，总共放出能量 349＋431＝780kJ/mol。整个反应的反应热 ΔH 应是反应物的键离解能减去产物的键离解能，即 678－780＝－102kJ/mol。

$$\underset{435}{CH_3—H} + \underset{243}{Cl—Cl} \longrightarrow \underset{349}{CH_3—Cl} + \underset{431}{H—Cl}$$

$$\Delta H = -102\text{kJ/mol}$$

用同样的方法计算甲烷的溴代反应：

$$\underset{435}{CH_3—H} + \underset{192}{Br—Br} \longrightarrow \underset{293}{CH_3—Br} + \underset{366}{H—Br}$$

$$\Delta H = -32\text{kJ/mol}$$

甲烷氟代和碘代的反应热分别为－426.9kJ/mol 和＋54.3kJ/mol。

显然，甲烷溴代所放热量（－32kJ/mol）比氯代（－102kJ/mol）小得多，所以，溴代比氯代反应慢；而氟代由于释放大量热而使反应无法控制，易引起爆炸；碘代反应是强吸热反应，所以一般情况下难以进行。

甲烷氯代反应中各步反应的反应热数值如下：

$$\underset{243}{Cl—Cl} \xrightarrow{光} 2Cl\cdot \qquad \Delta H=+243.4kJ/mol \qquad ①$$

$$Cl\cdot + \underset{435}{CH_3—H} \longrightarrow \underset{431}{H—Cl} + \cdot CH_3 \qquad \Delta H=+4kJ/mol \qquad ②$$

$$\cdot CH_3 + \underset{243}{Cl—Cl} \longrightarrow \underset{349}{CH_3—Cl} + \cdot Cl \qquad \Delta H=-108.7kJ/mol \qquad ③$$

反应①链的引发阶段，它需要吸收较大的能量（243kJ/mol）才能产生自由基，这说明卤代反应虽然是放热反应，但在反应开始时必须提供必要的能量（光照或高温），否则，反应不能发生。

反应②经过了一个过渡状态，这是因为化学反应是一个由反应物逐渐变为产物的连续过程。在反应②中随着甲烷和氯自由基逐渐靠近，甲烷的C—H键逐渐伸长、变弱，但它并没有完全断裂。而H—Cl键逐渐加强，但也没有完全形成。体系的能量逐渐升高，能量最高点的结构称为过渡状态。

$$Cl\cdot + CH_4 \longrightarrow \underset{过渡态}{[Cl\cdots\cdots H\cdots\cdots CH_3]} \longrightarrow HCl + \cdot CH_3$$

然后，随着C—H键逐渐断裂，H—Cl键逐渐形成，体系的能量不断降低，生成氯化氢和甲基自由基（图4-6）。

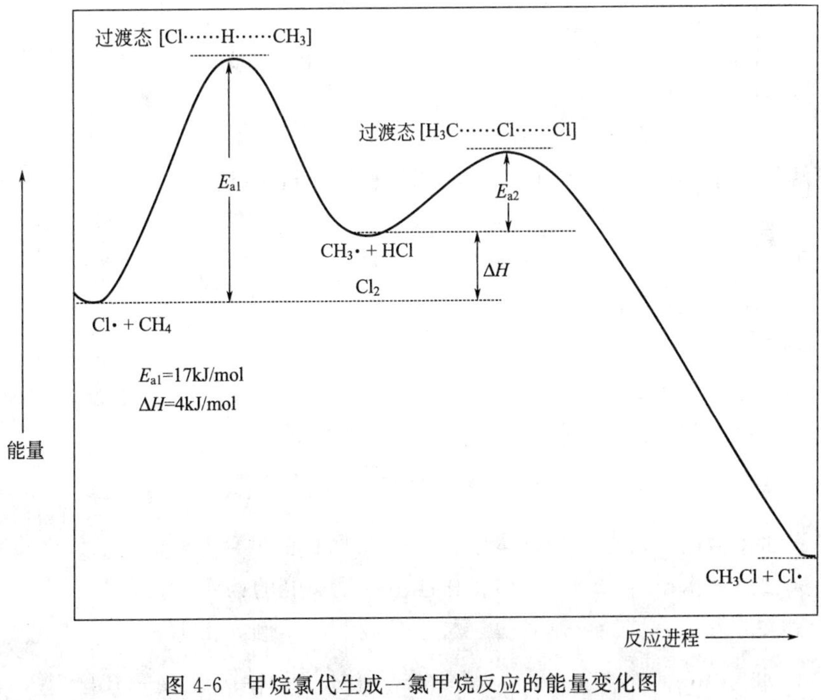

图4-6 甲烷氯代生成一氯甲烷反应的能量变化图

由图4-6可以看出，反应物和产物之间的能量差就是反应热 ΔH。反应物和过渡状态之间的能量差称为活化能（energy of activation），用 E_{act} 或 E_a 表示。活化能是形成过渡状态所必需的最低能量，也是使这步反应进行所必需的最低能量。

通过计算完成反应②只需要 4kJ/mol 的能量，但实验证明，完成反应②至少需要提供 17kJ/mol 的能量，这是因为反应②需要越过一个活化能为 17kJ/mol 的能垒。

反应③是放热反应，但甲基自由基与氯分子的反应过程也经过一个过渡状态，所以也有一定的活化能。

$$\cdot CH_3 + Cl_2 \longrightarrow \underset{\text{过渡态}}{[H_3C\cdots\cdots Cl\cdots\cdots Cl]} \longrightarrow CH_3Cl + \cdot Cl$$

从图 4-6 可以看出，反应③的活化能比反应②小得多，又是高度放热反应，因此，这步反应容易进行。而其逆反应为高度吸热反应，活化能很高，所以，它的逆反应实际不发生。显然，活化能大反应不易进行，活化能小反应容易进行。

在一个多步反应中，整个反应的速率决定于其中最慢的一步。在生成 CH_3Cl 的反应中，反应②的活化能比反应③大，所以反应②速度慢，是决定速率的步骤。

如图 4-6 所示，甲基自由基处于两个过渡态之间的谷底，其能量比两个过渡态低，即比过渡态稳定，但比反应物甲烷能量高，它是个活性中间体，一经形成马上进行下一步反应。

关于自由基的结构，研究表明，可以认为是平面结构，其中心碳原子为 sp^2 杂化。

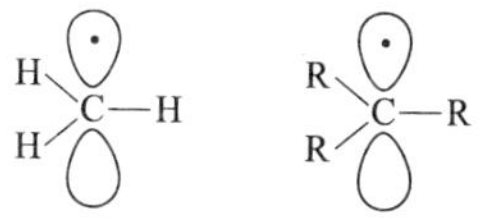

自由基的稳定性与键的离解能有关，不同类型 C—H 键的离解能如下：

$$CH_3-H \longrightarrow CH_3\cdot + H\cdot \qquad D=435kJ/mol$$

$$CH_3CH_2CH_2-H \longrightarrow CH_3CH_2CH_2\cdot + H\cdot \qquad D=410kJ/mol$$

$$(CH_3)_2CH-H \longrightarrow (CH_3)_2CH\cdot + H\cdot \qquad D=395kJ/mol$$

$$(CH_3)_3C-H \longrightarrow (CH_3)_3C\cdot + H\cdot \qquad D=380kJ/mol$$

键的离解能愈小，形成自由基所需要的能量愈低，自由基愈容易形成，所含有的能量就低，结构就稳定。所以自由基的稳定性是 $3°R\cdot > 2°R\cdot > 1°R\cdot > \cdot CH_3$。这个次序和伯、仲、叔氢原子被夺取的难易程度（即活泼性：$3°H > 2°H > 1°H$）是一致的。自由基的稳定性可用 σ-p 超共轭效应来解释。

（二）氧化反应

烷烃在室温和大气压力下，不与空气中的氧气反应，但如果点火引发，烷烃可以燃烧，生成二氧化碳和水，并放出大量热。

$$C_nH_{2n+2} + \left(\frac{3n+1}{2}\right)O_2 \xrightarrow{\text{点燃}} nCO_2 + (n+1)H_2O + \text{热量}$$

这就是汽油作为内燃机燃料的基本原理，反应的重要性不在于生成二氧化碳和水，而是反应中放出大量热，由于压力增加产生机械能。这是烷烃的彻底氧化。

如果控制条件氧化，烷烃可制备醇、酸、合成气等。例如：

$$6R-CH_2-R' + 3O_2 \xrightarrow[165℃\sim170℃]{H_3BO_3} 2(RR'CHO)_3B \xrightarrow[\triangle]{H_2O} 6R-\underset{\underset{OH}{|}}{CH}-R' + 2H_3BO_3$$

$$RCH_2CH_2R' \xrightarrow[107℃\sim110℃]{MnO_2} RCOOH + R'COOH$$

$$CH_4+\frac{1}{2}O_2 \longrightarrow CO+2H_2$$

合成气

含 12～18 个碳的脂肪酸可代替动植物油脂制造肥皂，叫皂用酸。

氧化还原反应在无机化学中是通过电子的得失来体现的，有机化合物中大多数是共价键，反应过程很难用电子的得失来描述。通常，在有机化学反应中把引入氧或脱去氢的反应叫氧化，引入氢或脱去氧的反应叫还原。

七、烷烃的制备

石油中含有大量烷烃，但要从中分离出某一纯净的烷烃却十分困难，纯净的烷烃通常靠合成方法得到。

（一）武兹（A. Wurtz）反应

卤代烷与金属钠作用生成烷烃的反应称为武兹反应。常用的是溴代烷或碘代烷。

$$2R—Br+2Na \longrightarrow R—R+2NaBr$$

该反应特点是产物比反应物碳链增长一倍。在制备高级烷烃（40～60 个碳原子）时产率较高。但不适用于两种不同的卤代烷来制备 R-R′型烷烃，所用原料卤烃也只能是伯卤烷。

（二）科瑞（E. J. Cory)-郝思（H. House）反应

该反应由二烷基铜锂和卤代烷作用生成烷烃、烷基铜和卤化锂。

$$R_2CuLi+R'X \longrightarrow R—R'+RCu+LiX$$

其中 R 和 R′可以相同，也可以不同，并且可以是各种烃基，所以，这个反应不仅可以制备 R-R 型烷烃，也可制备 R-R′型烷烃，故广泛用于合成，是目前较为理想的制备烃类化合物的方法。

八、常用烷烃

（一）石油醚

石油醚是 C_5～C_8 低级烷烃的混合物，为无色透明易挥发的液体。主要用作有机溶剂，可用于提取和纯化某些中药的有效成分。由于极易燃烧，使用及存储时要特别注意防火。

（二）液体石蜡

液体石蜡是 C_{18}～C_{24} 烷烃的混合物，透明液体，不溶于水和醇，能溶于醚和氯仿，医药上用作滴鼻或喷雾剂的溶剂或基质。实验室可作为测熔点的导热液体。

（三）凡士林

凡士林是 C_{18}～C_{34} 液体和固体石蜡的混合物，呈软膏状半固体，不溶于水，溶于醚和石油醚。医药上用作软膏基质。凡士林一般呈黄色，经漂白或用骨碳脱色，可得白色凡士林。

（四）石蜡

石蜡是 C_{25}～C_{34} 固体烷烃的混合物，医药上用作蜡疗和成药密封材料，也是制造蜡烛的原料。

第五章 烯　　烃

分子中含有碳碳双键的烃称为烯烃（alkene）。含一个双键的烯烃为单烯烃，含有两个或两个以上双键的烯烃为多烯烃。通常所说的烯烃是指单烯烃，它比同碳数的烷烃少两个氢原子，是不饱和烃，通式为 C_nH_{2n}。

一、烯烃的结构

烯烃分子中的双键碳原子为 sp^2 杂化，三个 sp^2 杂化轨道处于同一平面，两个双键碳原子各以一个 sp^2 杂化轨道通过轴向重叠形成 σ 键，未参与杂化的 p 轨道垂直于该平面，两个 p 轨道从侧面重叠形成 π 键。因此，烯烃分子中碳碳双键是由一个 σ 键和一个 π 键组成的。C=C键的键能为 610.9kJ/mol，其中 C—C σ 键的键能为 347.3kJ/mol，π 键键能大约是 263.6kJ/mol。乙烯的分子结构如图 5-1 和 5-2 所示。

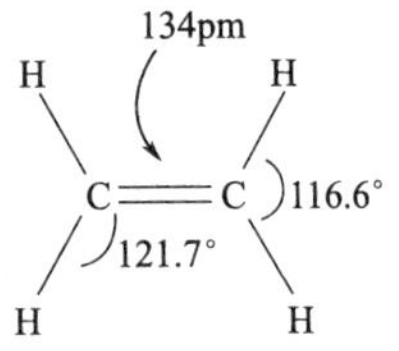

图 5-1　乙烯分子中的键长和键角

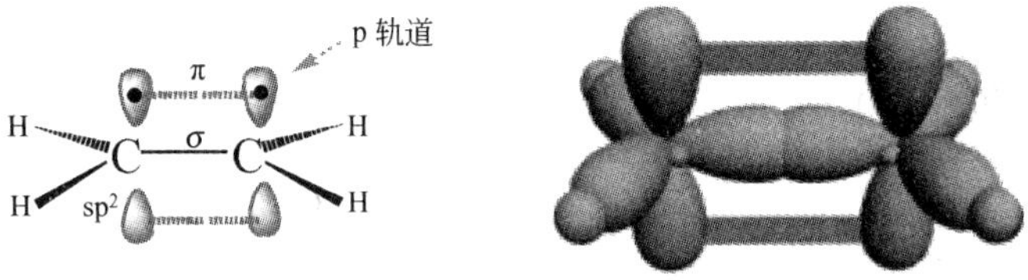

(a) 结构示意图　　(b) 分子模型图

图 5-2　乙烯分子结构示意图

π 键有以下特征：①它是由两个碳原子的 p 轨道侧面重叠而成，因此不具轴对称性。若两个碳原子绕轴旋转，则重叠会被破坏，所以碳碳双键不能自由旋转。②侧面重叠程度比轴向重叠程度要小，所以 π 键不如 σ 键牢固，容易断裂。③π 电子云不像 σ 电子云那样集中在两个原子核的连线上，而是分散在 σ 键所在平面的上、下方，离原子核较远，受核的束缚力较小，因此，流动性大，易受外界电场影响而极化。

根据分子轨道理论，两个 p 原子轨道可线性组合成两个 π 分子轨道，一个是能量比原子轨道低的成键轨道 π，另一个是能量比原子轨道高的反键轨道 π^*（见图 5-3）。成键轨道没有节面，反键轨道有一个节面（图 5-3 中的虚线），在节面处电子云密度几乎为零。在基态时，两个电子填充在能量较低的成键轨道上，反键轨道不占有电子。

二、烯烃的同分异构

（一）构造异构

烯烃的构造异构比烷烃复杂，不仅有碳架异构还有双键的位置异构，例如丁烷只有两种

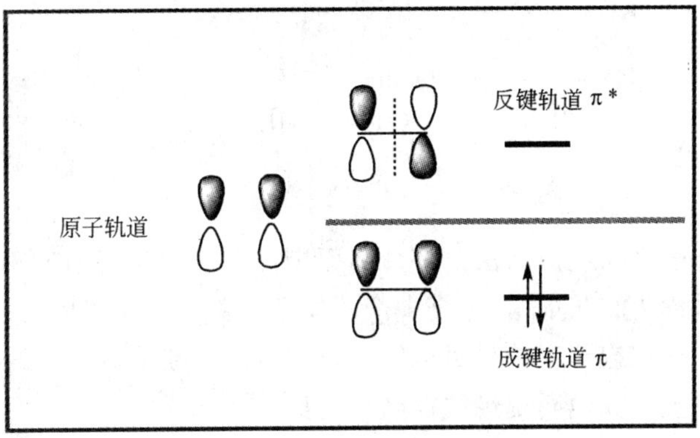

图 5-3 乙烯的 π 分子轨道

构造异物体，而丁烯则有以下五种构造异构体。

$CH_3CH_2CH{=}CH_2$

1-丁烯

$CH_3CH{=}CHCH_3$

2-丁烯

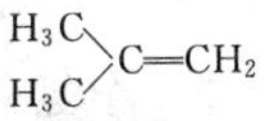

2-甲基丙烯

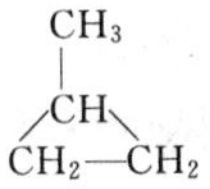

甲基环丙烷

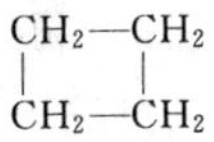

环丁烷

（二）顺反异构

烯烃分子中的碳碳双键不能自由旋转，当两个双键碳上连有不同原子或基团时，会产生顺反异构体（cis-trans isomer）。例如：

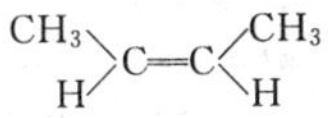

顺-2-丁烯

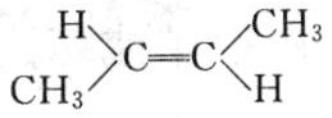

反-2-丁烯

顺反异构体在理化性质上有一定的差别。例如，顺-2-丁烯和反-2-丁烯。

表 5-1 **顺-2-丁烯和反-2-丁烯的理化性质**

异构体	沸点(℃)	熔点(℃)	偶极矩(C·m)	氢化热(kJ/mol)
顺-2-丁烯	3.5	−139	1.1×10^{-30}	120
反-2-丁烯	0.9	−106	0	116

顺反异构体在生物活性上也常有不同。如反-己烯雌酚因结构与雌二醇相似而具有雌激素样作用，顺-己烯雌酚则没有这样的活性。

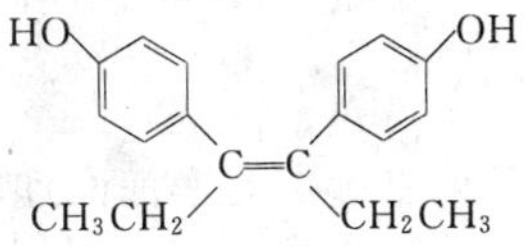

顺-己烯雌酚

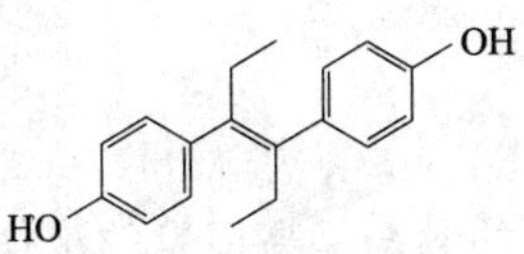

反-己烯雌酚

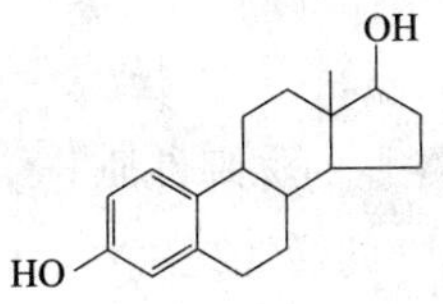

雌二醇

三、烯烃的命名

简单烯烃一般采用普通命名法。例如：

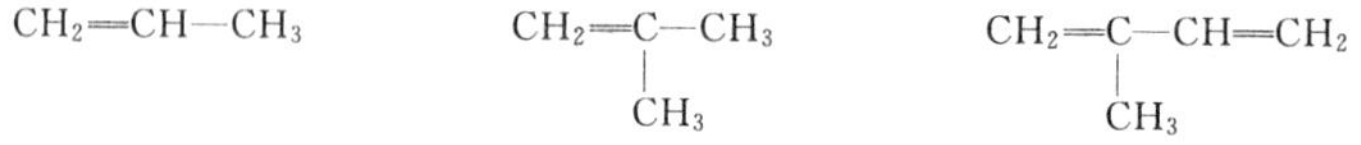

丙烯　　　异丁烯　　　异戊二烯

结构复杂的烯烃用系统命名法，其命名原则如下：①选择含有双键的最长碳链作主链，根据主链碳原子数称为“某烯”，多于十个碳原子的称为“某碳烯”。②从靠近双键一端开始依次对主链编号，使双键位置编号尽可能小。③将双键碳编号较小的位次写在“某烯”名称之前，以示双键位置；其他同烷烃的命名。例如：

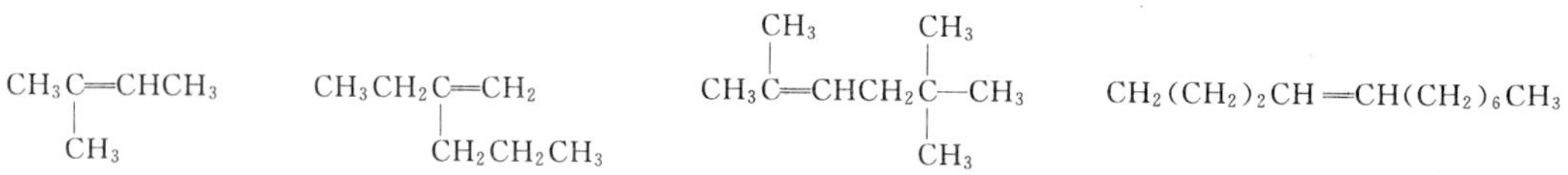

2-甲基-2-丁烯　　　2-乙基-1-戊烯　　　2,5,5-三甲基-2-己烯　　　4-十二碳烯

烯烃分子中去掉一个氢原子后剩下的部分称烯基（英文词尾-enyl），常见的烯基有：

乙烯基　　　丙烯基(1-丙烯基)　　　烯丙基(2-丙烯基)　　　异丙烯基(1-甲基乙烯基)

同一碳上带有两个游离价的基团称“亚”某基。例如：

$-CH_2-$　　　$CH_3CH=$　　　$CH_3CH_2CH_2CH=$

亚甲基　　　亚乙基　　　亚丁基

烯烃的顺反异构体可用“顺”、“反”或“*Z*”、“*E*”表示其构型。顺、反表示法是将两个双键碳上相同基团在同侧的称为顺式，在异侧的称为反式。这种表示法简单，但不能用于两个双键碳上连接有四个不同原子或基团的顺反异构体。*Z*、*E* 表示法则适合于所有的顺反异构体的命名。*Z*-（德文，Zusammen，在一起之意），*E*-（德文，Entgegen，相反之意）。命名时先将每个双键碳原子上的取代基根据顺序规则排列优先次序，优先基团在双键同侧的为 *Z*-构型，在异侧的为 *E*-构型。例如：

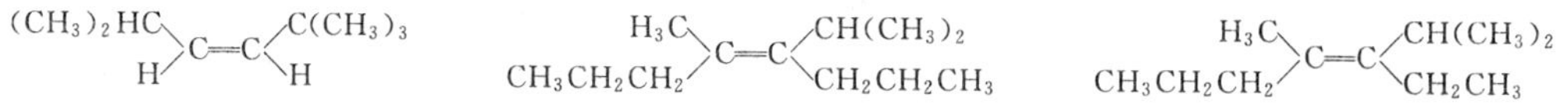

顺-2,2,5-三甲基-3-己烯　　　顺-4-甲基-5-异丙基-4-辛烯　　　(*E*) -2,4-二甲基-3-乙基-3-庚烯

(*Z*) -2,2,5-三甲基-3-己烯　　　(*E*) -4-甲基-5-异丙基-4-辛烯

注意：顺、反和 *Z*、*E* 是表示烯烃构型的两种不同方法，不能简单地把顺式等同于 *Z*-构型，反式等同于 *E*-构型。

四、烯烃的物理性质

(一) 物理性质

烯烃的物理性质与烷烃相似，沸点、熔点和密度也是随着碳原子数的增加而递增。常温下 $C_2 \sim C_4$ 的烯烃是气体，$C_5 \sim C_{18}$ 的烯烃是易挥发的液体，C_{19} 以上的烯烃是固体。与烷烃类似，烯烃也是难溶于水而易溶于非极性有机溶剂；不同于烷烃的是，烯烃可溶于浓硫酸。在烯烃的顺反异构体中，反式的极性稍小于顺式，故分子间作用力比顺式弱，沸点较顺式低；但反式异构体对称性好，在晶格中的排列紧密，熔点较顺式高。一些常见烯烃的物理常数见表 5-2。

表 5-2 常见烯烃的物理常数

名 称	分子式	熔点(℃)	沸点(℃)	相对密度*
乙烯	C_2H_4	−169	−103.7	0.566(−120℃)
丙烯	C_3H_6	−185.2	−47.4	0.5193
1-丁烯	C_4H_8	−185.3	−6.3	0.5951
顺-2-丁烯	C_4H_8	−138.9	3.7	0.6213
反-2-丁烯	C_4H_8	−105.5	0.9	0.6042
异丁烯	C_4H_8	−140.3	−6.9	0.5942
1-戊烯	C_5H_{10}	−138	30	0.6405
1-己烯	C_6H_{12}	−139.8	63.3	0.6731
1-庚烯	C_7H_{14}	−119	93.6	0.6970

* 除注明者外，其余物质的相对密度均为 20℃时的数据。

（二）波谱性质

1. 红外吸收光谱

在红外光谱中，烯烃的特征吸收峰有碳碳双键（C═C）的伸缩振动，为 1675～1640cm^{-1}；双键碳原子上碳氢键（C═C—H）的伸缩振动和面外弯曲振动，分别为 3100～3010cm^{-1}和 1000～675cm^{-1}。其弯曲振动的吸收峰位置与双键上取代基的数目、位置以及构型有关，见表 5-3。

表 5-3 几种取代乙烯 C—H 键面外弯曲振动吸收谱带位置

取代情况	结构(构型)	波数
单取代	R—CH═CH_2	1000～900cm^{-1}
二取代	R_2C═CH_2	800cm^{-1}
	RCH═CHR(顺式)	730～675cm^{-1}
	RCH═CHR(反式)	970～960cm^{-1}
三取代	R_2C═CHR	840～800cm^{-1}

2. 核磁共振氢谱

双键碳原子上的氢核（C═C—H）比烷烃中的氢核在较低的磁场产生核磁共振，其化学位移为 4.5～6.5，比烷烃的化学位移大得多。如乙烯和乙烷分子中氢核的化学位移值分别为 5.4 和 0.9。

C═C—H 中氢核在较低磁场发生共振吸收的原因之一是 π 键去屏蔽作用。烯烃双键上的 π 电子环电流在外加磁场的影响下产生一个感应磁场，该磁场在双键平面上方和下方的方向与外加磁场方向相反处称屏蔽区。但由于磁力线是闭合的，在双键周围侧面，感应磁场的方向却与外加磁场的方向一致，称去屏蔽区，烯氢正处于这个区域内（图 5-4），因此该种氢核在低于磁场强度下就可以发生核磁共振。C═C—H 中氢核在较低磁场发生共振吸收的另一个原因是烯碳原子为 sp^2 杂化，sp^2 杂化轨道中含 s 成分比 sp^3 的多，使 C—H 的电子云较靠近碳原子，减少了对氢核的屏蔽。

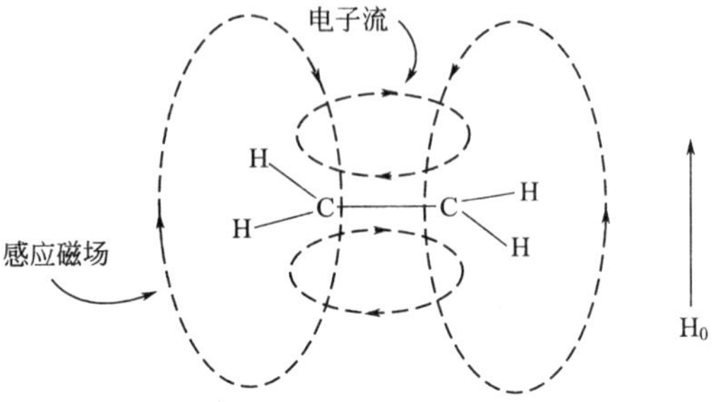

图 5-4　乙烯的感应磁场对烯氢的去屏蔽作用

两个双键碳上的氢核 H—C═C—H 可以相互偶合，都呈双重峰。反式比顺式异构体的偶合常数大，前者约为 15Hz，后者约为 10Hz。同一个烯碳上的两个氢核 C═CH_2 如所处的化学环境不同亦可发生偶合，称同碳偶合，其偶合常数很小，约 2Hz。

3. 质谱

烯烃的质谱有以下特征：①烯烃易失去一个 π 电子，分子离子峰非常明显，其强度随分子量的增大而减弱；②烯烃质谱的基峰是 C═C 的 α,β 位 C—C 键的裂解峰，使有双键的碎片带有正电荷；③常发生麦可拉费蒂（Mclafferty）重排，产生 C_nH_{2n} 离子；④环己烯类易发生狄尔斯-阿尔德（Diels-Alder）裂解。

五、烯烃的化学性质

碳碳双键是烯烃的官能团，双键中的 π 键不稳定，易断裂，成为烯烃的反应中心，能发生催化氢化、亲电加成、氧化、聚合及 α-H 的卤代等多种化学反应。

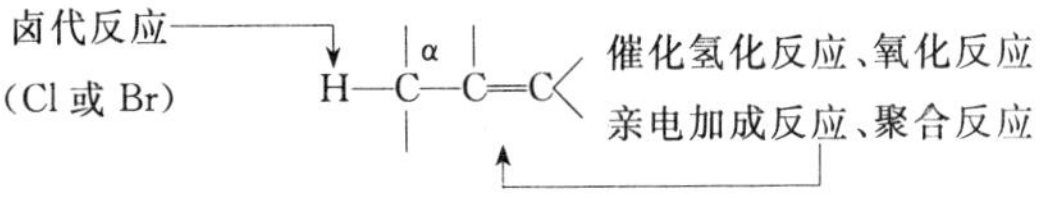

（一）催化氢化反应

在催化剂作用下烯烃与氢发生加成反应，生成相同碳原子数的烷烃，该反应称为催化加氢或催化氢化反应（catalytic hydrogenation）。

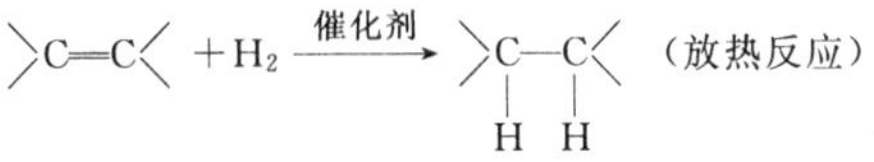

氢化反应是还原反应的一种重要形式。氢分子在常温常压下还原能力很弱，使用催化剂可以降低氢化反应的活化能，使反应易于进行。常用的催化剂是分散程度较高的铂（Pt）、钯（Pd）、镍（Ni）等金属细粉。工业上多使用活性较高的多孔催化剂兰尼镍（Raney Ni）。

催化加氢反应一般是在金属催化剂的表面进行。催化剂的作用是将氢和烯烃吸附在其分散得很细的巨大表面上，使 H—H 键断裂，同时烯烃中的 π 键松弛，从而大大降低反应的活化能（见图 5-5），提高反应速率。由于催化剂表面对烷烃的吸附能力小于烯烃，所以烷烃一旦生成，就立即从催化剂表面解吸下来（见图 5-6）。

从以上催化氢化过程可以看出，反应以顺式加成为主。通常反应在常温常压下进行，有些双键上取代基多、体积大、不易被催化剂吸附的烯烃，反应较难进行，需高温高压才能反应。

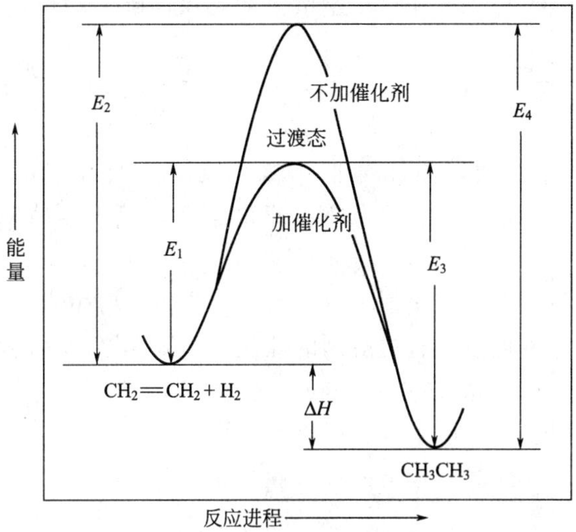

图 5-5 催化剂引起反应进程中的能量变化

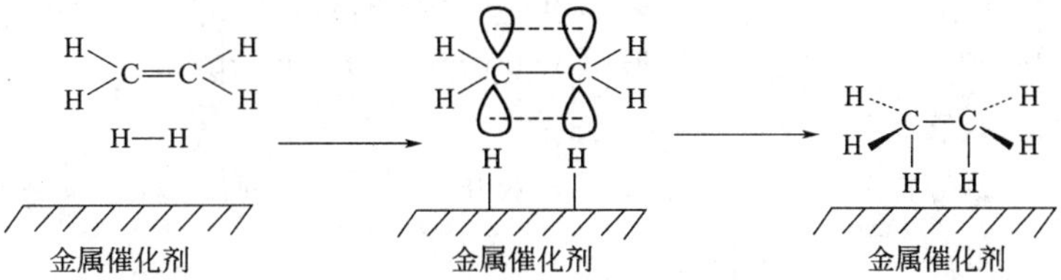

图 5-6 乙烯催化氢化过程示意图

在烯烃的氢化反应中，断裂一个 π 键和一个 H—H 键所吸收的能量比形成两个 C—Hσ 键放出的能量小，所以氢化反应是放热的。1mol 不饱和化合物（含一个双键）氢化时所放出的热量称氢化热（heat of hydrogenation）。1-丁烯、顺-2-丁烯和反-2-丁烯的氢化热分别为 127、120、116kJ/mol。这三种烯烃加氢生成的产物是同一烷烃，但氢化热数值有差别，这表明它们的内能不同。氢化热数值大，则分子的内能高稳定性差。所以这三种烯烃的稳定性依次为：反-2-丁烯>顺-2-丁烯>1-丁烯。从结构上看，顺-2-丁烯分子中两个甲基在双键同侧，比较拥挤，因而内能较反-2-丁烯高。利用氢化热可比较不同烯烃的相对稳定性。常见烯烃的氢化热数据见表 5-4。

表 5-4　常见烯烃的氢化热

烯烃	氢化热(kJ/mol)	烯烃	氢化热(kJ/mol)
乙烯	137.2	顺-2-丁烯	119.7
丙烯	125.9	反-2-丁烯	115.5
1-丁烯	126.8	异丁烯	118.8
1-戊烯	125.9	顺-2-戊烯	119.7
1-庚烯	125.9	反-2-戊烯	115.5
3-甲基-1-丁烯	126.8	2-甲基-1-丁烯	119.2
3,3-二甲基-1-丁烯	126.8	2,3-二甲基-1-丁烯	117.2
4,4-二甲基-1-戊烯	123.4	2-甲基-2-丁烯	112.5
		2,3-二甲基-2-丁烯	111.3

从表 5-4 中氢化热的数据可以看出，连接在烯烃双键碳上的烷基越多，烯烃就越稳定。故烯烃相对稳定性次序如下：

$$\underset{\text{四取代}}{R_2C{=}CR_2} > \underset{\text{三取代}}{R_2C{=}CHR} > \underset{\text{二取代}}{RCH{=}CHR} > \underset{\text{单取代}}{RCH{=}CH_2} > \underset{\text{乙烯}}{CH_2{=}CH_2}$$

由于催化加氢可定量完成，因此可根据氢化反应吸收氢气的体积推测结构中所含 C═C键的数目，可用于有机物的结构确证。催化加氢是无污染的反应，在工业上具有重要用途。

催化氢化反应中使用的金属催化剂不溶于水，反应在非均相体系中进行，称为异相催化剂。近几十年来发展了一些可溶于有机溶剂的催化剂如氯化铑、氯化钌与三苯基膦的配合物等。使用最广泛的是威尔克森（Wilkinson）催化剂，即三（三苯基膦）氯化铑［$Rh(PPh_3)_3Cl$ 或 $RhCl(PPh_3)_3$］。使用这类催化剂可使反应在均相进行，称为均相催化剂。对不同环境中的碳碳双键的还原具有较高的选择性，并不会使烯烃发生重排、分解等副反应。

（二）亲电加成反应

烯烃的 π 键电子比较裸露，容易被缺电子试剂进攻引起加成反应。这些缺电子试剂称为亲电试剂（electrophile），常见的亲电试剂有卤素、卤化氢、硫酸、次卤酸等等。由亲电试剂进攻引起的加成反应称为亲电加成反应（electrophilic addition）。

1. 与卤化氢的加成

烯烃与卤化氢加成生成一卤代烷，反应一般在中等极性溶剂（如醋酸）中进行。

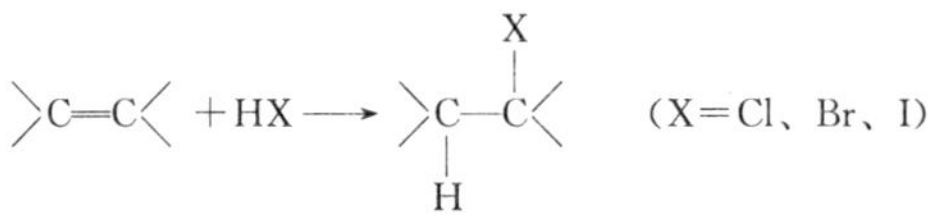

（1）反应历程：研究证明，碳碳双键的亲电加成是分两步完成的。第一步 H^+ 加到双键的一个碳原子上，使另一个碳原子带上正电荷，形成碳正离子（carbocation），第二步碳正离子与亲电试剂中的负电部分结合生成加成产物。

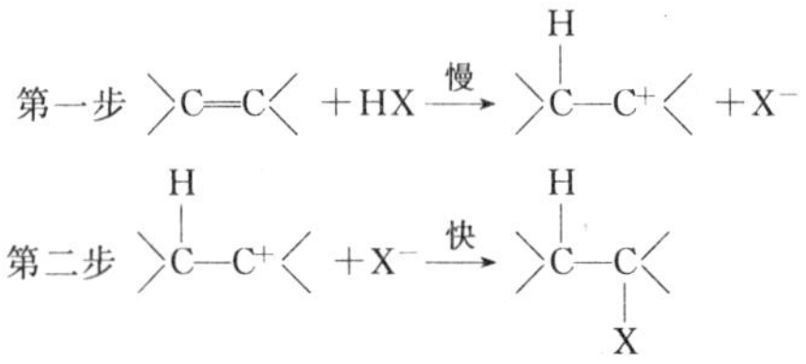

第一步中涉及共价键的断裂，第二步是离子间反应，因此第一步形成碳正离子所需的活化能比第二步高，反应较慢，是决定反应速率的步骤。反应历程表明，烯烃双键上的电子云密度越高、氢卤酸的酸性越强，反应越易进行。所以不同卤化氢的反应活性次序为：HI＞HBr＞HCl。氟化氢的性质特殊，与烯烃反应十分猛烈，易引起烯烃聚合等副反应，故应用较少。碘化氢与烯烃加成时，因碘化氢具有还原性，能将生成的碘代烷还原成烷烃，应用也较少。在有机合成中使用最多的是 HBr 和 HCl，其中，HBr 的加成可在室温下进行，HCl 的加成常需适当加热。

（2）立体选择性：烯烃的加成反应一般得到以反式加成为主的产物。

（3）马氏定则：不对称烯烃与 HX 加成时，理论上可得到两种产物，例如：

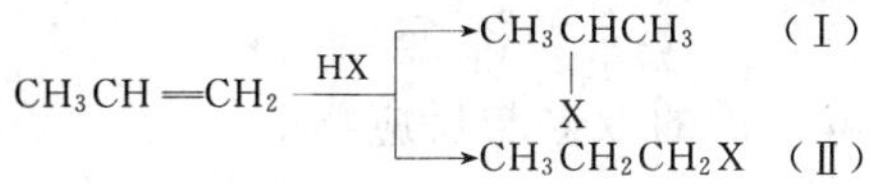

实验发现（Ⅰ）是主要产物，HX 分子中的氢原子主要加到含氢较多的双键碳原子上，这一经验规律是由俄国化学家马尔可夫尼可夫（Markovnikov）于 1868 年发现，称为马尔可夫尼可夫规则，简称马氏规则。在实际反应中，凡加成产物符合马氏规则的叫马氏加成，反之叫反马氏加成。

关于不对称烯烃与 HX 的加成取向，可以从反应物结构的电子效应和反应中间体碳正离子的稳定性两方面来解释。

在丙烯中甲基具有斥电子的诱导效应（+I 效应），所以，双键上的一对 p 电子向 C_1 流动，这样 C_1 上的电子云密度增多，C_2 上的电子云密度减少，当与氯化氢加成时，H^+ 自然首先加到 C_1（含氢较多的双键碳原子）上。

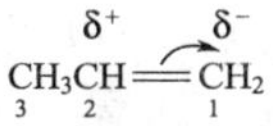

烯烃和氯化氢加成的速控步骤是生成碳正离子的那一步，所以，碳正离子的稳定性对反应取向至关重要。碳正离子的稳定性顺序为：

$$(CH_3)_3C^+ > CH_3\overset{+}{C}HCH_3 > CH_3CH_2\overset{+}{C}H_2 > \overset{+}{C}H_3$$

三级碳正离子（3°） 二级碳正离子（2°） 一级碳正离子（1°） 甲基碳正离子

丙烯与氯化氢加成时，H^+ 若加到 C_1 上形成碳正离子（Ⅲ），H^+ 若加到 C_2 上形成碳正离子（Ⅳ）。

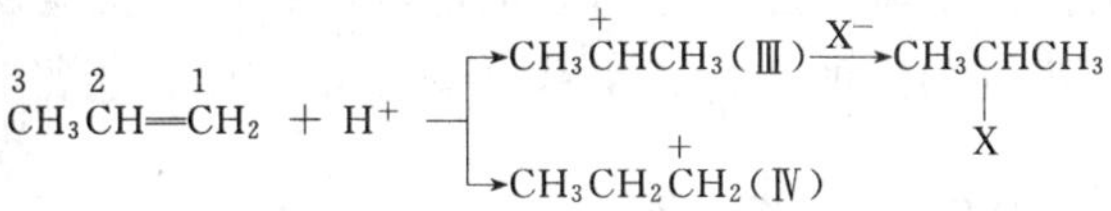

（Ⅲ）式为 2°碳正离子，（Ⅳ）式为 1°碳正离子，所以，加成取向以（Ⅲ）为主（马氏加成）。

碳正离子的稳定性可用诱导效应和超共轭效应解释。根据静电学原理，带电体系的稳定性随着电荷的分散而增大。烷基是斥电子基，对带正电荷的碳原子可产生+I 效应，从而使正电荷得到分散，所以，碳正离子上连接的烷基越多，+I 效应越强，正电荷越分散，则体系越稳定。在碳正离子结构中，除了存在诱导效应外，还存在 σ-p 超共轭效应。例如：

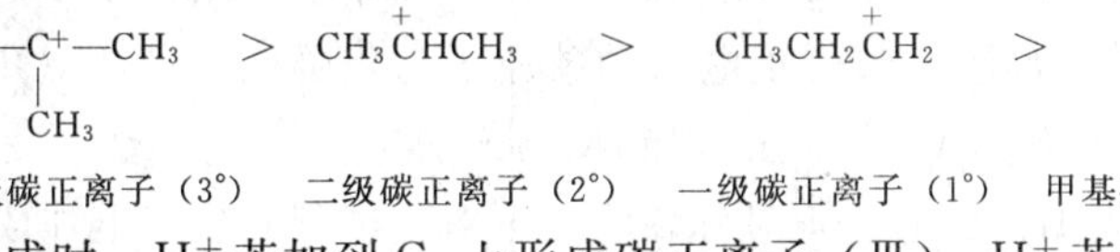

叔丁基碳正离子（3°） 异丙基碳正离子（2°） 乙基碳正离子（1°） 甲基碳正离子

在叔丁基碳正离子中有九个 α-C—Hσ 键可以和 p 轨道发生 σ-p 超共轭效应，异丙基碳正离子和乙基碳正离子分别有六个和三个 α-C—Hσ 键发生 σ-p 超共轭效应，而甲基碳正离子不存在超共轭效应。超共轭效应越大，正电荷分散程度越大，体系越稳定。因此，从诱导效应和超共轭效应的分析，都证明了碳正离子的稳定性顺序为：$3°C^+ > 2°C^+ > 1°C^+$

$>CH_3^+$。

通过以上分析说明，亲电加成的取向与反应物的结构以及中间体碳正离子的稳定性有关。特殊结构的碳正离子的稳定性，也可据此加以分析。例如：

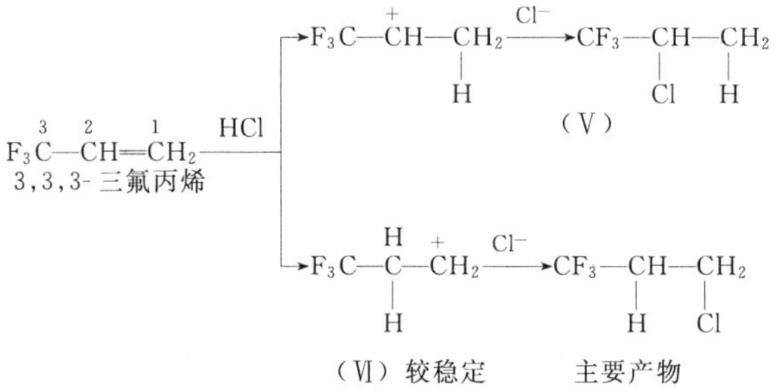

氟原子的电负性很强，使 F_3C—成为强吸电子基，由于其强的－I 效应，使 3,3,3-三氟丙烯中双键上的 p 电子向 C_2 转移，因此 C_2 上电子云密度增多，C_1 上电子云密度减少，当与氯化氢加成时，H^+ 首先加到 C_2（含氢较少的双键碳原子）上，得到碳正离子（Ⅵ），若 H^+ 加到 C_1 上，则得到碳正离子（Ⅴ）。将（Ⅴ）与（Ⅵ）进行比较，（Ⅴ）虽为 2°碳正离子，但带正电荷的碳原子与强吸电子基团（F_3C—）相邻，其正电荷不能被分散，反而更集中；（Ⅵ）虽为 1°碳正离子，但带正电荷的碳原子与强吸电子基团（F_3C—）距离远，受其影响小，所以，（Ⅵ）比（Ⅴ）稳定，得到反马式加成产物。

由此可将马氏规则扩展为：不对称烯烃与不对称试剂发生亲电加成反应时，试剂中正电部分主要加到电子云密度较大的双键碳原子上，以能形成最稳定的碳正离子为原则。

(4) 碳正离子的重排：在烯烃的亲电加成中，常伴有重排反应发生。例如 HCl 与 3-甲基-1-丁烯的加成，不仅得到预期的产物 2-甲基-3-氯丁烷，而且还得到 2-甲基-2-氯丁烷，并且后者是主要产物。

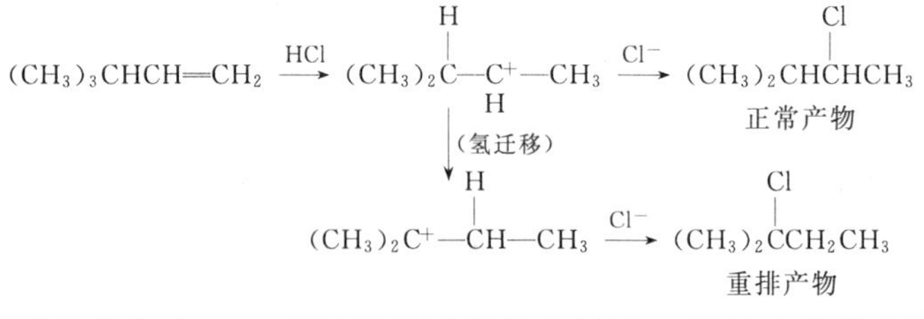

重排是碳正离子的特征之一。不仅氢原子能发生迁移，烷基也能发生迁移，由一种碳正离子重排成更稳定的碳正离子，从而得到骨架发生改变的产物。例如：

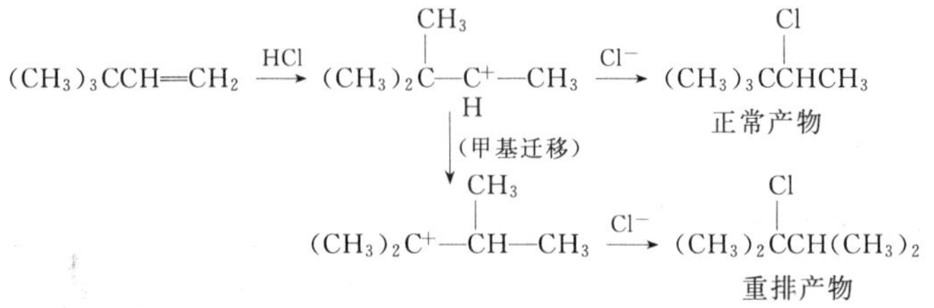

(5) 过氧化物效应：烯烃与溴化氢的加成反应在过氧化物（peroxide）存在下，按自由基历程进行，得到反马氏加成产物。

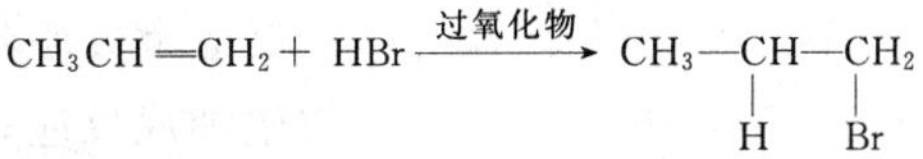

反马氏加成产物的生成是由过氧化物引起的，称为过氧化物效应（peroxide effect）。过氧化物在反应中能诱发自由基，使 HBr 均裂产生溴自由基，然后溴自由基与烯烃作用发生自由基加成。过氧化物效应仅 HBr 与烯烃加成时存在，HF、HCl 和 HI 都没有这种效应。

2. 与硫酸和水的加成

在低温（0℃左右）条件下，烯烃与浓硫酸加成先生成硫酸氢酯，然后加热水解生成醇。这是制备醇的方法之一，称为烯烃的间接水合法。

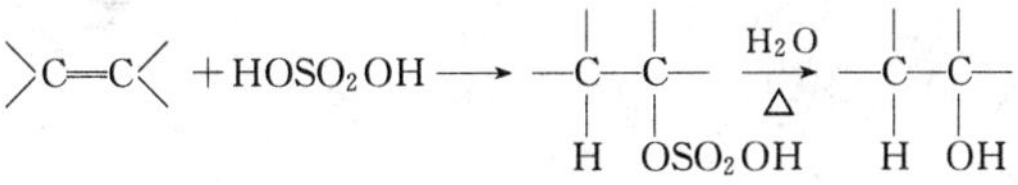

硫酸氢酯

加成时首先酸中的 H^+ 加到双键的一个碳原子上，产生碳正离子中间体，然后碳正离子与硫酸氢根负离子结合得到硫酸氢酯。生成的硫酸氢酯能溶于浓硫酸，利用这一性质可除去烷烃或卤代烃中所含的少量烯烃杂质。

不对称烯烃与硫酸加成的取向符合马氏规则。工业上生产低级醇类就是将烯烃直接通入不同浓度的硫酸中，然后加水稀释，加热即可水解为醇。例如：

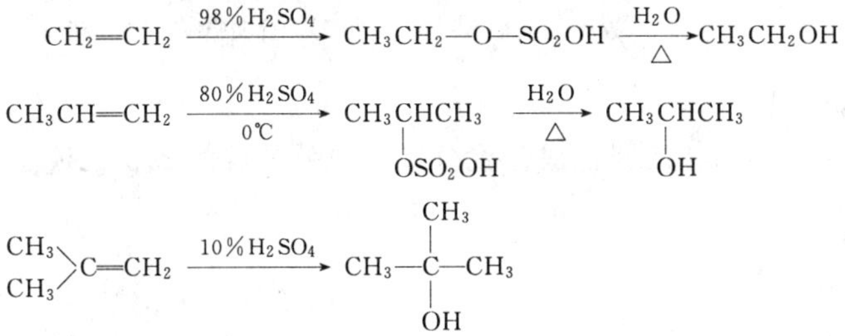

在酸催化下，烯烃与水也可直接加成生成醇，这也是工业上制备醇的重要方法，称为直接水合法。如乙烯在磷酸催化下，在 300℃和 7MPa 压力下与水反应生成乙醇。

$$CH_2{=}CH_2 + H_2O \xrightarrow[300℃,\ 7MPa]{H_3PO_4} CH_3CH_2OH$$

烯烃与有机酸、酚、醇也能发生类似的加成反应，分别生成酯和醚。由于有机酸、酚、醇的酸性都比较弱，所以加成反应一般在强酸、对甲基苯磺酸（TsOH）、氟硼酸（HBF_4）等催化下才能发生。

$$CH_3COOH + CH_2{=}CH_2 \xrightarrow[\triangle]{H^+} CH_3COOCH_2CH_3$$

$$CH_3CH{=}CH_2 + CH_3OH \xrightarrow[100℃]{HBF_4} (CH_3)_2CHOCH_3(80\%)$$

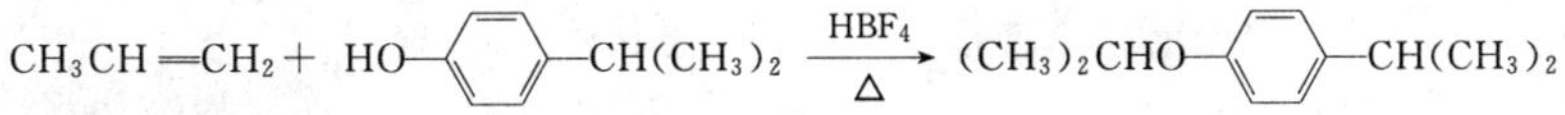

3. 与卤素的加成

烯烃很容易与卤素进行加成反应，生成邻二卤代烷。

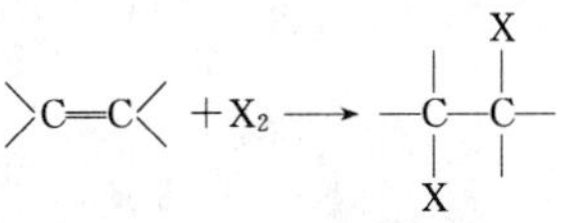

卤素的活性次序为 $F_2>Cl_2>Br_2>I_2$。氟与烯烃反应十分激烈，反应放出大量的热可使烯烃分解，同时也伴有其他副反应；碘不易与烯烃发生加成反应；只有氯和溴与烯烃的加成反应具有应用价值，可用于制备邻二氯代烷和邻二溴代烷。另外，将烯烃加入到溴的四氯化碳溶液，溴的红色很快褪去，此反应可用于不饱和烃的鉴别。

卤素与烯烃的亲电加成反应也是分两步完成的，下面以烯烃与溴的加成为例说明。

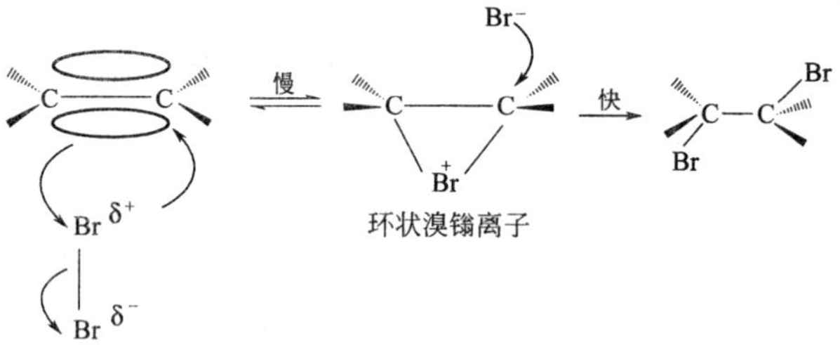

第一步 Br_2 分子受 π 电子的影响，发生极化，然后溴分子中带部分正电荷的一端向双键碳进攻形成环状溴鎓离子和 Br^- 离子；第二步 Br^- 从三元环的背面进攻，生成反式邻二溴代烷。两个溴原子从双键的两侧加到烯烃分子中，这种加成方式称反式加成。如环己烯与 Br_2 的加成产物主要为反-1,2-二溴环己烷，收率可达 80%。

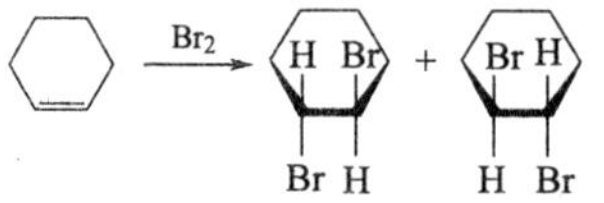

顺式和反式 2-丁烯与 Br_2 反式加成，则分别生成外消旋的 2,3-二溴丁烷和内消旋的 2,3-二溴丁烷。

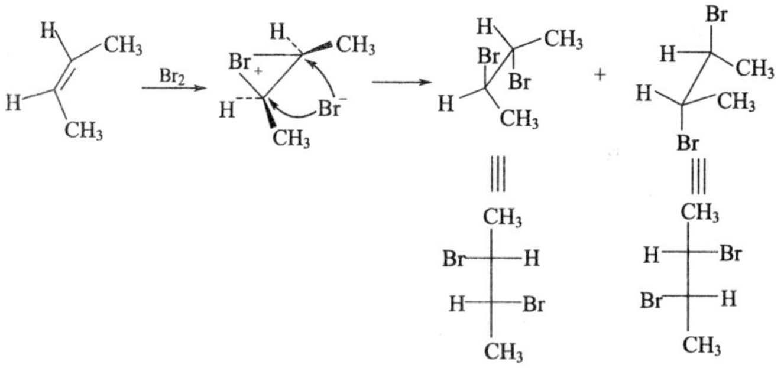

(2R,3R)-2,3-二溴丁烷　(2S,3S)-2,3-二溴丁烷

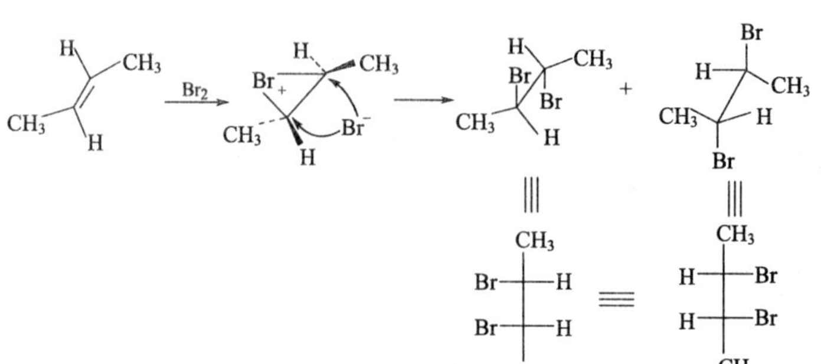

(2*R*,3*S*)-2,3-二溴丁烷(内消旋体)

烯烃的亲电加成反应一般都得到以反式加成为主的产物。当一个有机反应在理论上可以生成几个立体异构体，而实际只生成其中的一种或一对对映异构体为主导的产物时，此类反应称为立体选择性反应（stereoselective reaction）。如环己烯与 Br_2 的加成反应。而立体化学上有区别的反应底物，反应后分别生成在立体化学上有区别的产物的反应称为立体专一性反应（stereospecific reaction）。例如上述顺-2-丁烯与 Br_2 的加成产物是外消旋的 2,3-二溴丁烷，反-2-丁烯与 Br_2 加成则生成内消旋的 2,3-二溴丁烷，所以这个反应是立体专一性反应。

4. 与次卤酸的加成

烯烃与卤素（氯或溴）的水溶液作用，可生成邻卤代醇，相当于在双键上加了一分子次卤酸。

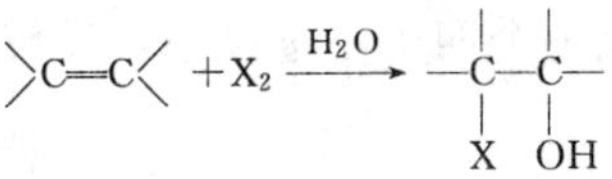

该反应也是分两步进行，第一步先生成卤鎓离子中间体，第二步 H_2O 分子从三元环的背面进攻形成质子化的醇，然后脱去质子，得到反式加成产物。这说明是 X^+ 和 OH^- 是分别对双键进行加成，而不是先生成 HOX 再反应。

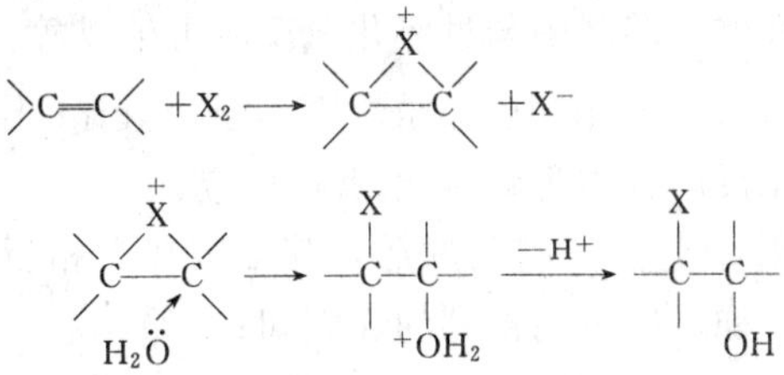

不对称烯烃与次卤酸加成，卤原子加到含氢较多的双键碳原子上。例如：

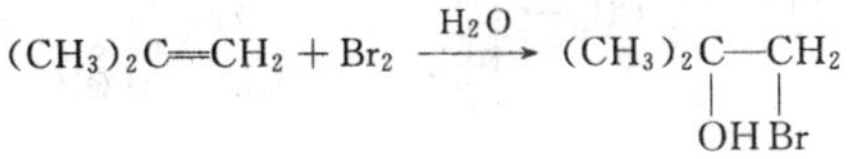

该反应可能的副产物是邻二卤化物，为了减少其生成，可采取控制卤素在水溶液中的浓度或加入银盐除去 X^- 的办法。

碘很难与烯烃加成，但氯化碘（ICl）和溴化碘（IBr）比较活泼，可以定量地与烯烃加成，这些化合物称为卤间化合物。反应时 IX 中的 I 相当于次卤酸中的卤素。

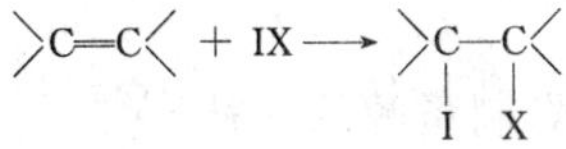

这一反应常用于测定油脂和石油中不饱和化合物的含量。

（三）硼氢化反应

甲硼烷（BH_3，borane）分子中的硼原子外层只有六个电子，很不稳定，通常以二聚体的形式存在，即乙硼烷（B_2H_6，diborane）。

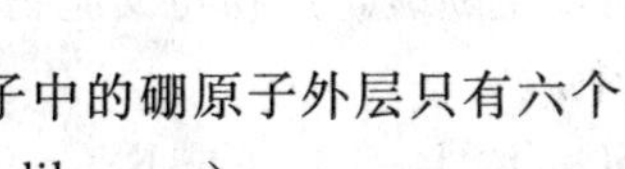

甲硼烷　　乙硼烷

所以硼氢化反应实际所用的试剂是乙硼烷的醚溶液。在反应中乙硼烷迅速解离为甲硼烷参与反应。在甲硼烷分子中，硼原子的电负性（2.0）比氢原子（2.1）小，并且具有空的 p

轨道，因此硼原子具有亲电性，当和不对称烯烃加成时，硼原子加到电子云密度较大、空间位阻较小、含氢较多的双键碳原子上。

烯烃的硼氢化反应有三步，但由于反应过于迅速，通常只能得到最终的产物——三烷基硼，这样一个反应称为硼氢化反应（hydroboration）。反应过程如下：

$$RCH{=}CH_2 \xrightarrow[THF]{BH_3} \underset{\text{一烷基硼}}{RCH_2CH_2BH_2} \xrightarrow{RCH{=}CH_2} \underset{\text{二烷基硼}}{(RCH_2CH_2)_2BH} \xrightarrow{RCH{=}CH_2} \underset{\text{三烷基硼}}{(RCH_2CH_2)_3B}$$

若双键碳原子上取代基数目增多，位阻增大，通过调节试剂的用量比，也可使反应停止在一烷基硼或二烷基硼阶段。

研究证明，在烯烃的硼氢化反应中不产生碳正离子中间体，即 C—H 键并不首先断裂，而是一起加在双键的同一侧，形成一个四中心过渡态，反应一步完成，因此，这是一个立体专一性的顺式加成。

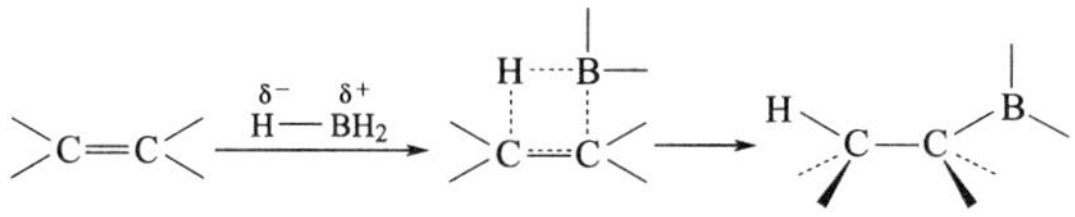

四中心过渡态

生成的三烷基硼在碱性溶液中与过氧化氢反应可生成醇。

$$(RCH_2CH_2)_3B + 3H_2O_2 \xrightarrow{OH^-} 3RCH_2CH_2OH + H_3BO_3$$

这步反应和硼氢化反应合称为硼氢化-氧化反应。

通过烯烃的硼氢化-氧化反应制备的醇，其结构特点相当于烯烃的反马氏加水。这一结果是烯烃在酸性溶液中加水所不能得到的。例如：

$$CH_3CH{=}CH_2 \xrightarrow[\text{②}H_2O\ \triangle]{\text{①}H_2SO_4} CH_3\underset{\displaystyle OH}{\underset{|}{C}}HCH_3$$

$$CH_3CH{=}CH_2 \xrightarrow[\text{②}H_2O_2/OH^-]{\text{①}B_2H_6} CH_3CH_2CH_2OH$$

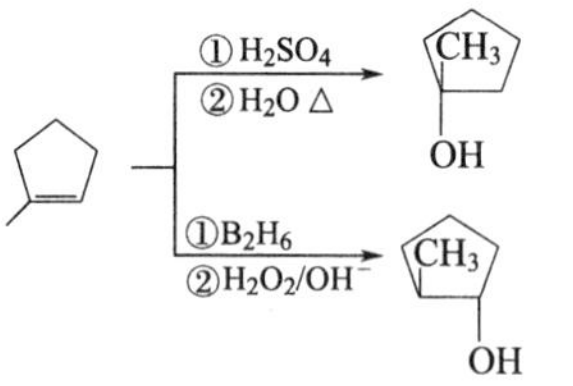

因此，这两个反应可作为由烯烃制备醇的互补。

（四）氧化反应

烯烃分子中的双键易被氧化而发生断裂，产物与反应物的结构以及反应条件有关。

1. 与高锰酸钾的氧化反应

在酸性条件下，如果用 $KMnO_4$/浓 H_2SO_4（或 $K_2Cr_2O_7$/浓 H_2SO_4）溶液氧化，碳碳双键发生断裂，根据烯烃的结构不同可生成羧酸、酮、二氧化碳和水。

$$RCH{=}CH_2 \xrightarrow{[O]} RCOOH + CO_2 + H_2O$$

$$R_2C{=}CHR' \xrightarrow{[O]} R_2C{=}O + R'COOH$$

$$R_2C{=}CR_2' \xrightarrow{[O]} R_2C{=}O + R_2'C{=}O$$

不同结构的烯烃氧化后所得的产物不同，所以，该反应可用于推测烯烃的结构。

在碱性或中性条件下，烯烃与稀、冷的 $KMnO_4$ 溶液反应，可生成顺式邻二醇，称为 Baeyer 试验。可用于检验化合物中是否含有碳碳双键。

$$3RCH{=}CHR' + 2KMnO_4 + 4H_2O \longrightarrow 3\underset{\displaystyle OH}{\underset{|}{RCH}}-\underset{\displaystyle OH}{\underset{|}{CHR'}} + 2MnO_2\downarrow + 2KOH$$

反应经过环状高锰酸酯中间体进行，故产物为顺式构型。

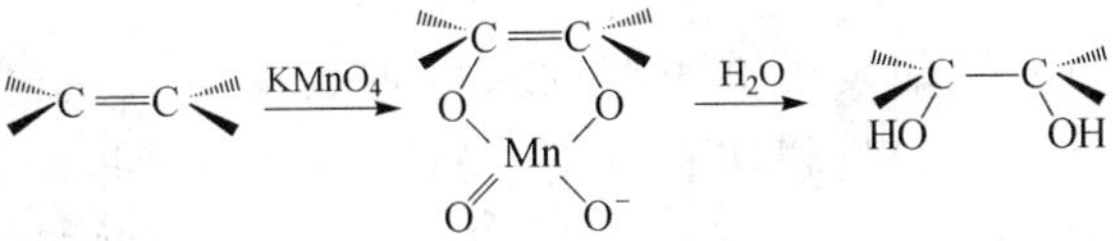

由于生成的邻二醇容易被进一步氧化，反应条件不易控制，产率也较低，故用此法制备邻二醇受到限制。若用 OsO_4 代替 $KMnO_4$ 收率可提高，但 OsO_4 价格贵且毒性较大。

2. 与过氧酸的氧化反应

烯烃在非水溶剂中可被有机过氧酸（RCOOOH，也称过酸）氧化形成 1,2-环氧化合物，该反应称为环氧化反应（epoxidation）。环氧化反应是立体专一性的顺式加成。

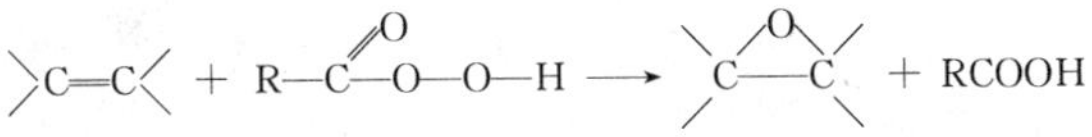

1,2-环氧化合物有较大张力，在酸性水溶液中可水解生成反式邻二醇，这也是一个立体专一性反应，该反应可用于反式邻二醇类化合物的制备。例如：

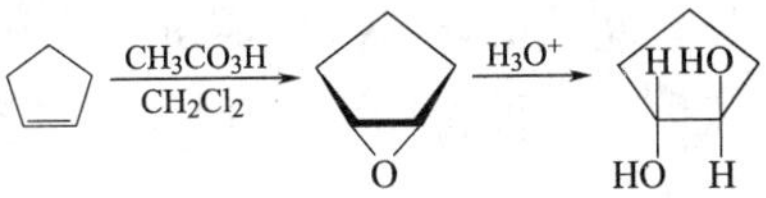

常用的过氧酸有过氧甲酸、过氧乙酸、过氧苯甲酸、过氧三氟乙酸等，其中过氧三氟乙酸最为有效；另外也可直接用 H_2O_2 + RCOOH（或酸酐）进行环氧化反应。

3. 臭氧的氧化反应

将含有 6%～8%臭氧的氧气通入液态烯烃或烯烃的非水溶液（如四氯化碳）中，臭氧迅速、定量地与烯烃加成，生成臭氧化合物。臭氧化合物不稳定，易爆炸，故通常不将其分离出，而是直接在还原剂（如锌粉）的存在下水解开环得到醛或酮。

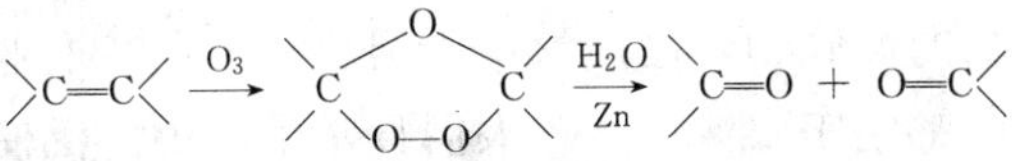

臭氧化合物

还原剂 Zn 粉的作用是防止生成的醛、酮进一步被氧化。不同结构的烯烃经过臭氧氧化-还原条件下水解之后，可生成不同结构的醛、酮。例如：

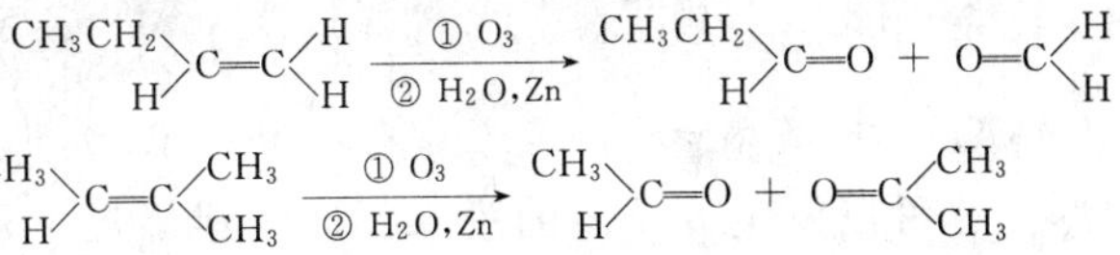

因此利用这两步反应，可以推测原烯烃的结构。

（五）α-H 的卤代反应

在有机化合物分子中，与官能团相连的碳原子称为α-碳原子，其上所连的氢原子称为α-氢原子（α-H）。烯烃分子中的α位也称烯丙位，在烯烃分子中α-H受双键的影响，较其他位置上的氢原子活泼，在高温或光照条件下，可发生自由基型卤代反应。例如：

$$CH_3CH{=}CH_2+Cl_2 \xrightarrow{500℃} Cl\dot{C}H_2CH{=}CH_2$$

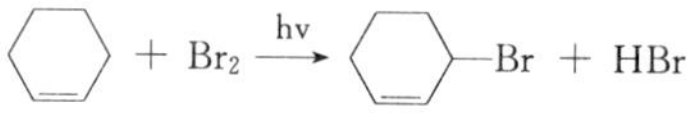

烯烃与卤素（如 Br_2）既能发生离子型的亲电加成反应（室温下）；又能发生自由基的α-H卤代反应（高温下），这说明有机反应的复杂性，即相同的原料在不同的条件下反应，其反应历程不同，所得的产物不同。因此，严格控制反应条件对于有机反应进行的方向十分重要。

N-溴代丁二酰亚胺（NBS）是实验室常用的针对烯烃分子中的α-H进行溴代的试剂（氯代则用N-氯代丁二酰亚胺，NCS）。反应在光或引发剂（如过氧苯甲酰）作用下，在惰性溶剂中（如 CCl_4）中进行，选择性高，副反应（双键的加成）少。例如：

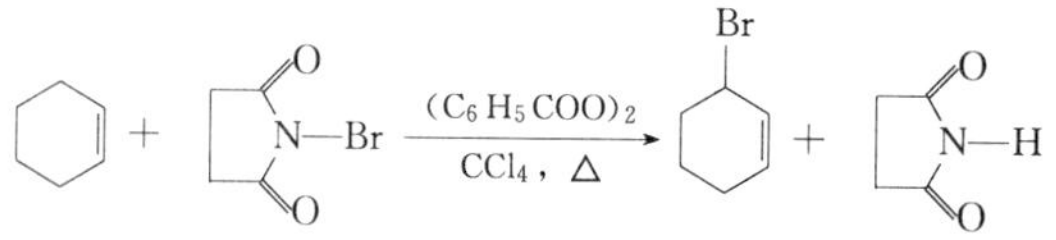

$$CH_3CH_2CH_2CH_2CH{=}CHCH_3 \xrightarrow[CCl_4,\ \triangle]{NBS,\ RCOOOH} CH_3CH_2CH_2\underset{\displaystyle Br}{CH}CH{=}CHCH_3$$

在反应中，首先NBS与体系中极少量的水汽或痕量酸作用，缓慢释放出溴，并使整个反应阶段始终保持低浓度的溴。引发剂的作用是引发溴产生自由基，然后按自由基机理发生溴代反应。

（六）聚合反应

烯烃在一定条件下发生自身加成反应，生成分子量很大的聚合物（polymer）。这种反应称为聚合反应（polyreaction），参加反应的烯烃称为单体（monomer）。

$$nCH_2{=}CHR \longrightarrow \left[CH_2-\underset{\displaystyle R}{CH}\right]_n$$

常用的烯烃单体有乙烯、丙烯、异丁烯、氯乙烯、苯乙烯、醋酸乙烯酯、丙烯腈等，这些单体聚合后形成各具特征的高聚物，已广泛用于国防、工业、农业、医药卫生等方面。如聚乙烯、聚丙烯、聚氯乙烯都是工农业生产和人们日常生活中广泛使用的塑料，但这些稳定性好、降解速度慢的高聚物的广泛使用已造成了严重的“白色污染”，成为一个广为关注的社会问题。

六、烯烃的制备

（一）醇的脱水（参见第十章第一节）

在催化剂存在下加热，醇可以发生分子内的脱水反应生成烯烃，是烯烃的常用制备方法。常用的催化剂有浓 H_2SO_4、Al_2O_3 和 P_2O_5 等。如：

$$CH_3CH_2OH \xrightarrow[350℃\sim360℃]{Al_2O_3} CH_2{=\!=}CH_2 + H_2O$$

$$(CH_3)_2\underset{\displaystyle OH}{\underset{|}{C}}HCH_3 \xrightarrow[85℃]{20\%H_2SO_4} \underset{80\%}{(CH_3)_2C{=\!=}CH_2} + H_2O$$

（二）卤代烷脱卤化氢（参见第九章第三节）

卤代烷与强碱（如氢氧化钾、乙醇钠）的醇溶液共热时，脱去一分子卤化氢生成烯烃。

$$CH_3CH_2\underset{\displaystyle Br}{\underset{|}{C}}HCH_3 \xrightarrow[\triangle]{KOH,C_2H_5OH} \underset{80\%}{CH_3CH = CHCH_3}$$

（三）邻二卤代烷脱卤素

邻二卤代烷与锌粉一起共热，可脱去一分子卤素生成烯烃。

$$CH_3\underset{\displaystyle Br}{\underset{|}{C}}H\underset{\displaystyle Br}{\underset{|}{C}}HCH_3 \xrightarrow[\triangle]{Zn,C_2H_5OH} CH_3CH{=\!=}CH_2 + ZnBr_2$$

因邻二卤代烷一般是通过烯烃与卤素加成制备，故该法较少用于烯烃的制备，但在某些情况下，仍可作为在分子中引入碳碳双键的方法使用。

（四）炔烃还原

$$R{-}C{\equiv}C{-}R' + H_2 \xrightarrow{Pt\text{或}Pd} \begin{matrix}R\\H\end{matrix}\!>\!C{=\!=}C\!<\!\begin{matrix}R'\\H\end{matrix}$$

在这些制备方法中以醇的脱水和卤代烷脱卤化氢最常用。

第六章 炔烃和二烯烃

分子中含有碳碳叁键的烃称为炔烃（alkyne）。炔烃比同碳数的烯烃少两个氢原子，通式为 C_nH_{2n-2}。炔烃与含相同碳原子数的二烯烃是同分异构体。

一、炔烃

（一）炔烃的结构

在炔烃分子中，叁键碳原子为 sp 杂化方式。下面以乙炔为例说明炔烃的结构。在乙炔分子中，每个碳原子各以一个 sp 杂化轨道彼此轴向重叠形成一个 C—Cσ 键，每个碳原子上另一个 sp 杂化轨道与氢原子的 s 轨道形成 2 个 C—Hσ 键，这三个 σ 键处于同一直线上。每个碳原子上还各有两个互相垂直的 p 轨道，两个碳原子上的 p 轨道彼此侧面重叠形成两个相互垂直的 π 键。所以，炔烃的叁键是由一个 σ 键和一个 π 键组成。σ 电子云集于两个碳原子之间，π 电子云位于 σ 键键轴的上下和前后，形成一个以 σ 键为对称轴的圆筒状结构。乙炔的分子结构如图 6-1、6-2 所示。

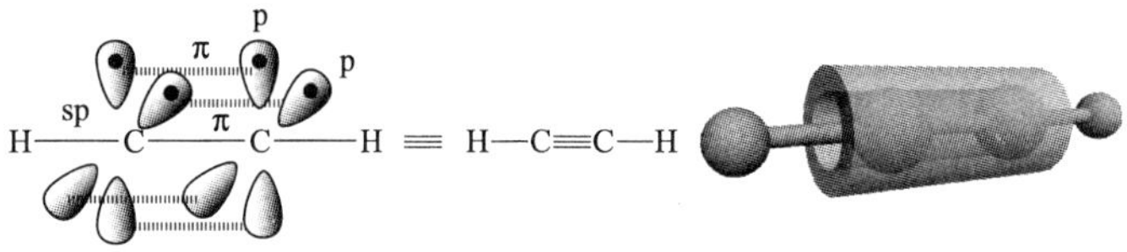

乙炔分子的形成及表达　　乙炔分子的π电子分布模型图

图 6-1　乙炔分子结构示意图（彩图附后）

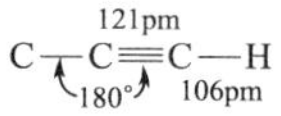

图 6-2　乙炔分子中的键长和键角

在有机化合物分子中，碳的不同杂化方式会影响化学键的键长、键能和键的极性。如表 6-1 所示。

表 6-1　不同类型碳碳键和碳氢键的键长、键能的比较

类型	键长(pm)	键能(kJ/mol)	类型	键长(pm)	类型	键长(pm)
C—C	153.4	347.4	C_{sp3}-C_{sp3}	152.6	C_{sp3}-H	110.2
C═C	133.7	611.2	C_{sp3}-C_{sp2}	150.1	C_{sp2}-H	108.6
C≡C	120.7	837.2	C_{sp3}-C_{sp}	145.9	C_{sp}-H	105.9

上述数据表明，由于 π 键的存在，使碳碳双键间的距离缩短，叁键比双键更短。这是因为随不饱和程度增大，两个碳原子间的电子云密度也增大，使两个碳原子核间的距离更近。从表 6-1 还可看出，同样都是 C—Hσ 键或 C—Cσ 键，但随着参与成键的碳原子的杂化轨道中 s 成分的增多，键长越来越短。键长越短则相互间的结合力强，键能大。同时碳原子的电

负性也随 s 成分的增多而增大，这是因为 s 电子云更集中分布于碳原子核周围，所以，其电负性顺序为 $sp > sp^2 > sp^3$。末端炔烃表现出一定的酸性，正是由于末端炔碳原子的电负性较大的缘故。

（二）炔烃的异构与命名

炔烃存在碳链异构、碳骨架异构和官能团位置异构。炔烃分子中叁键碳原子仅与一个原子或基团连接，即分子呈直线型，所以炔烃不存在顺反异构。

炔烃的命名一般采用系统命名法。命名原则与烯烃类似，只是将“烯”改为“炔”即可。如：

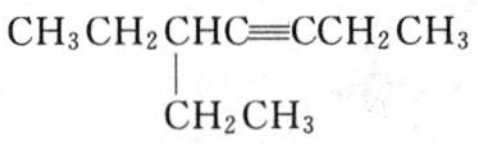

5-乙基-3-庚炔

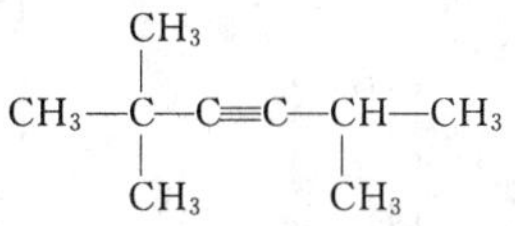

2,2,5-三甲基-3-己炔

当分子中同时含有双键和叁键时，命名遵循以下原则：①选择含有双键和叁键最多、最长碳链为主链，命名为“某烯炔”。②编号从靠近双键或叁键一端开始，给双键、叁键以尽可能低的编号（使它们的位次和最小）；如果双键、三键处在相同的位次，即编号有选择时，则服从双键编号最小原则。③当出现不饱和键数目相同的等长碳链时，则选择含双键数目多者为主链。例如：

$CH_3CH{=}CH{-}C{\equiv}CH$

3-戊烯-1-炔

$HC{\equiv}C{-}CH_2{-}CH{=}CH_2$

1-戊烯-4-炔(给双键以小的编号)

$HC{\equiv}CCH_2CH{=}CHCH_2CH_2CH{=}CH_2$

4,8-壬二烯-1-炔(选位次之和小的编号)

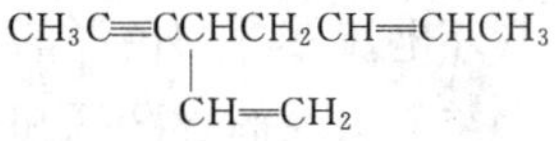

5-乙烯基-2-辛烯-6-炔(选最长碳链作主链)

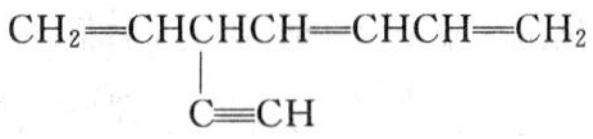

5-乙炔基-1,3,6-庚三烯(选双键多者为主链)

炔烃分子中去掉一个氢原子后剩余部分称为炔基（英文词尾-ynyl）。如：

$HC{\equiv}C{-}$	$HC{\equiv}C{-}CH_2{-}$	$CH_3{-}C{\equiv}C{-}$	$(CH_3)_2CH{-}C{\equiv}C{-}$
乙炔基	炔丙基	丙炔基	3-甲基丁炔基

（三）炔烃的物理性质

1. 物理性质

炔烃的物理性质与烷烃、烯烃有相似之处，在常温常压下 $C_2 \sim C_4$ 的炔烃是气体。炔烃比水轻，不溶于水，易溶于石油醚、苯、醚、丙酮等有机溶剂。炔烃的沸点、熔点、密度比相应的烯烃略高。另外，在异构体中末端炔烃的沸点比非末端炔烃低。一些常见炔烃的物理常数见表 6-2。

2. 波谱性质

（1）红外吸收光谱：在红外光谱中，炔烃的特征吸收峰为碳碳叁键（$C{\equiv}C$）的伸缩振动，在 $2250 \sim 2100cm^{-1}$；端基炔碳原子上碳氢键（$C{\equiv}C{-}H$）的伸缩振动，在 $3300cm^{-1}$ 左右。其中 $2250 \sim 2100cm^{-1}$ 的吸收峰很少受其他吸收峰的干扰，在结构确证中有重要意义。

表 6-2 常见炔烃的物理常数

名　称	分子式	m. p. (℃)	b. p. (℃)	d_4^{20}(液态时)
乙炔	C_2H_2	$-81.8^{118.7kPa}$	−83.4	0.6479
丙炔	C_3H_4	−102.7	−23.3	0.6714
1-丁炔	C_4H_6	−125.8	8.7	0.6682
2-丁炔	C_4H_6	−32.2	27.0	0.6937
1-戊炔	C_5H_8	−98	39.7	0.6950
2-戊炔	C_5H_8	−101	55.5	0.7127
3-甲基-1-丁炔	C_5H_8	−89.7	29.4	0.6660
1-己炔	C_6H_{10}	−132	71	0.7195
2-己炔	C_6H_{10}	−89.6	84	0.7305
3-己炔	C_6H_{10}	−105	82	0.7255
3,3-二甲基-1-丁炔	C_6H_{10}	−81	38	0.6686
1-庚炔	C_7H_{12}	−81	99.7	0.7328
1-辛炔	C_8H_{14}	−79.3	125.2	0.747
1-壬炔	C_9H_{16}	−50.0	150.8	0.760
1-葵炔	$C_{10}H_{18}$	−36	174.0	0.765
十八碳-1-炔	$C_{18}H_{34}$	28.0	$180^{12.7kPa}$	0.8025

(2) 核磁共振氢谱：叁键碳原子上的氢核（—C≡C—H）比双键中的氢核的化学位移小，δ 一般在 1.8～2.8 之间，乙炔分子中氢核的化学位移 δ 值为 2.88。

炔氢核与烯氢核的这种差别是由于它们处于感应磁场的不同区域造成的。炔键 π 电子云是圆筒形分布，其环电流在外加磁场的影响下产生一个感应磁场，由于磁力线是闭合的，因此也在分子内产生类似烯烃的屏蔽区和去屏蔽区。如前所述，烯氢处于去屏蔽区，而炔氢处于屏蔽区（图 6-3）。从碳原子的杂化状态来看，炔碳为 sp 杂化，炔键上 C—H 键的电子云更靠近碳原子，减少了对氢核的屏蔽，但这种影响小于感应磁场的屏蔽作用。因此，炔氢核需在较高磁场强度下产生核磁共振，化学位移 δ 值比双键中的氢核的化学位移小。

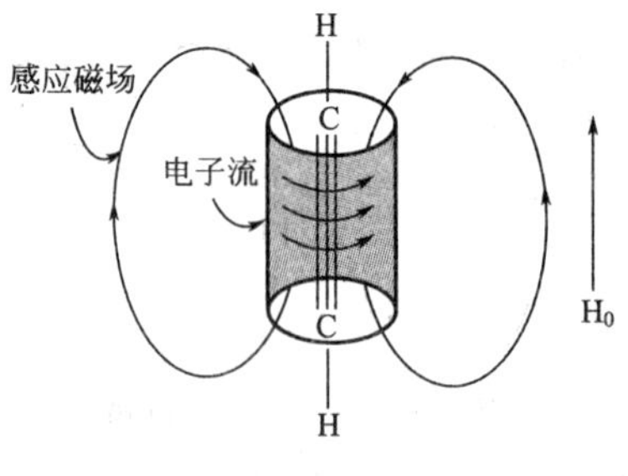

图 6-3 乙炔感应磁场对炔氢的屏蔽作用

(3) 质谱：炔烃的质谱和烯烃很相近，分子离子峰较烷烃的分子离子峰丰度大一些，裂解方式也与烯烃相似，可裂解生成炔丙基（$C_3H_3^+$）离子，但其稳定性没有烯丙基离子稳定。

（四）炔烃的化学性质

炔烃分子中有 π 键，故和烯烃有相类似化学性质，例如，炔烃易发生催化加氢、亲电加成和氧化等反应。不同的是，炔烃还可发生亲核加成，炔氢还具有微弱酸性等。

1. 催化氢化反应

在铂、钯等催化剂的存在下，炔烃与氢加成，首先生成烯烃，进一步加成生成相应的烷烃。

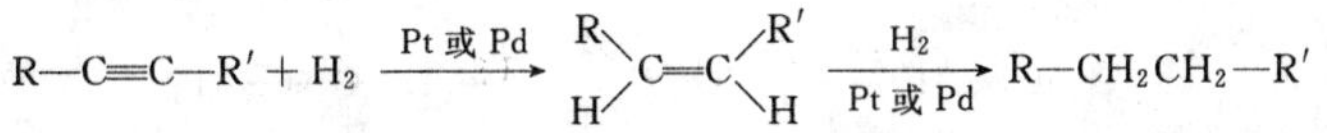

加氢是分步进行，但第二步烯烃的加氢非常快，采用一般的催化剂无法使反应停留在烯烃阶段。若采用特殊催化剂如林德拉（Lindlar）催化剂，则能使反应停留在烯烃阶段，得到收率较高的顺式加成产物。林德拉催化剂是将金属钯附着在碳酸钙（或硫酸钡）上，再用醋酸铅（或喹啉）处理。醋酸铅和喹啉的作用是降低钯的活性。例如：

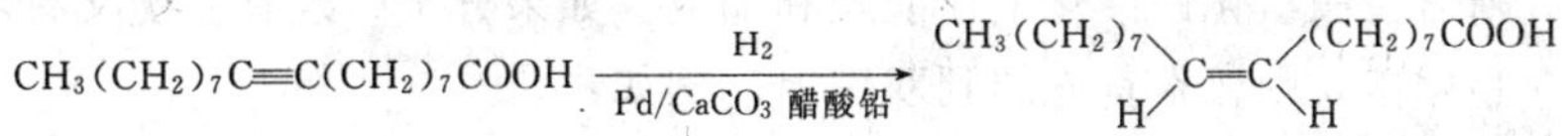

硬脂炔酸　　　　油酸(顺式)

炔烃在液氨中用金属钠还原，只加一分子氢可得到反式烯烃。例如：

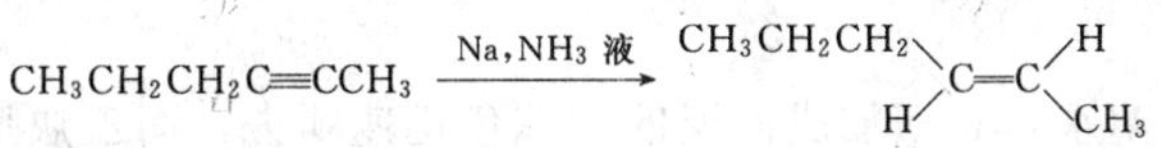

(反式)

上述两种还原方法，可分别将炔烃还原成顺式和反式烯烃，在制备具有一定构型的烯烃时很有用。

2. 亲电加成反应

炔烃也可发生亲电加成反应。但由于 sp 杂化碳原子的电负性比 sp^2 杂化碳原子的电负性强，所以，不如烯烃那样容易给出电子与亲电试剂结合，亲电加成反应活性比烯烃小。

(1) 与卤化氢的加成：炔烃与卤化氢加成，先生成单卤代烯烃，进一步加成得偕二卤化物（偕表示两个官能团连接在同一个碳原子上）。如乙炔与氯化氢加成，首先生成氯乙烯，控制一定的条件反应可停留在此阶段，这是工业上制备氯乙烯的方法。在较剧烈条件下进一步加成生成 1,1-二氯乙烷。

$$CH \equiv CH + HCl \xrightarrow[150℃\sim160℃]{HgCl_2} CH_2 = CH-Cl \xrightarrow[HCl]{HgCl_2} CH_2CHCl_2$$

炔烃与 HX 也是反式加成，不对称炔烃与 HX 的加成取向亦遵循马氏规则。例如：

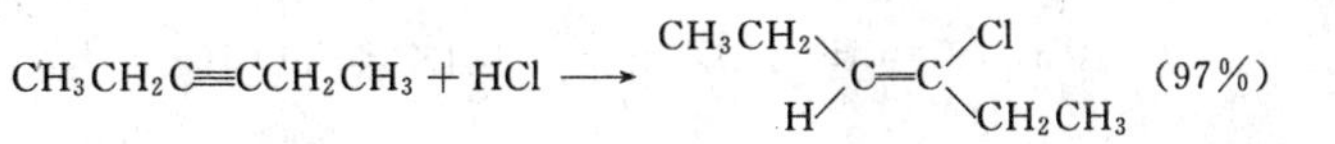

3-己炔　　　　(*Z*)-3-氯-3-己烯

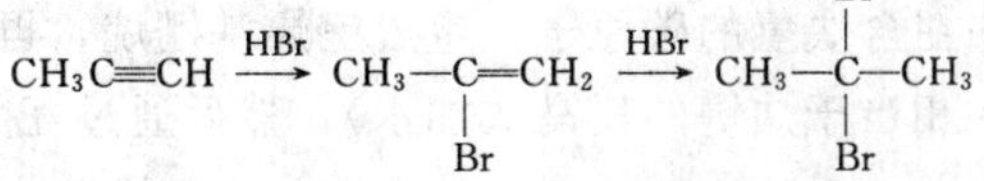

2-溴丙烯　　　　2,2-二溴丙烷

炔烃与溴化氢加成也存在过氧化物效应，得到反马氏规则产物。如：

$$CH_3CH_2CH_2CH_2C \equiv CH \xrightarrow[过氧化物]{HBr} CH_3CH_2CH_2CH_2CH = CHBr$$

$$\xrightarrow[过氧化物]{HBr} CH_3CH_2CH_2CH_2CH(Br)CH_2Br \quad (1,2-二溴己烷)$$

在第二步加成时，由于自由基 $CH_3CH_2CH_2CH_2CH(Br)\dot{C}HBr$ 较 $CH_3CH_2CH_2CH_2\dot{C}HCHBr_2$ 稳定，所以得到 1,2-二溴己烷。

(2) 与卤素的加成：炔烃与卤素发生亲电加成生成相应的邻二卤化物，进一步反应生成四卤化物。如：

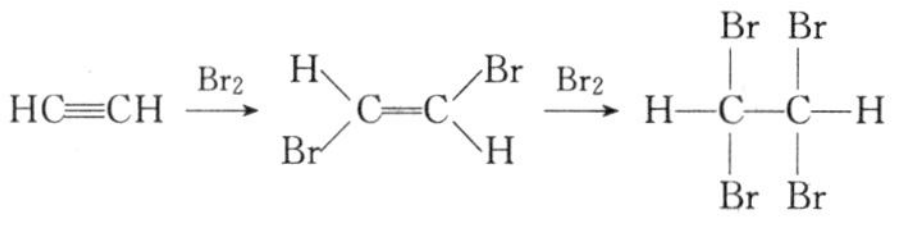

乙炔　　1,2-二溴乙烯　　1,1,2,2-四溴乙烷

控制一定的条件可使反应停留在第一步，得到反式加成产物。

碳碳叁键的亲电反应活性比双键小，所以炔烃比烯烃加成困难，有时需使用催化剂，例如，乙炔与氯则需在三氯化铁催化下才能顺利加成。如果分子中既有三键又有双键，在较低温度下并且细心操作，则卤素首先加到双键上。例如：

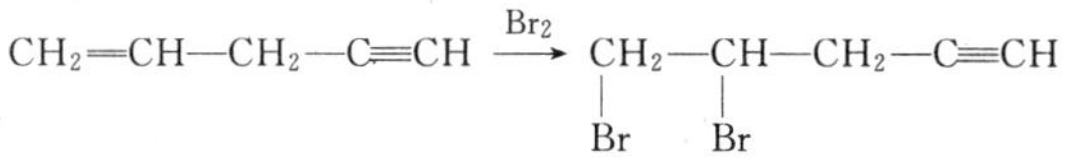

90%

在室温下乙烯与溴水可立即加成使溴的红棕色迅速褪去，而乙炔反应较慢。

(3) 与水的加成：炔烃在酸性条件下不能与水加成，需要汞盐催化。如乙炔与水加成是在 10%硫酸和 5%硫酸汞的水溶液中进行。首先水与叁键加成生成乙烯醇，然后再通过异构化转变为乙醛。

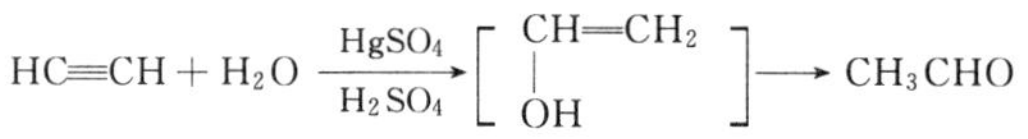

乙烯醇　　乙醛

羟基直接连在双键碳原子上的化合物称为烯醇 (enol)。烯醇很不稳定，会很快发生异构化形成稳定的羰基化合物（酮式），烯醇式和酮式处于动态平衡中，两者互为互变异构体。

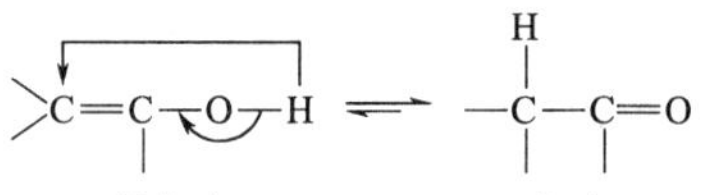

烯醇式　　酮式

不对称炔烃与水的加成反应遵循马氏规则。除乙炔加水得到乙醛外，其他炔烃都生成相应的酮。例如：

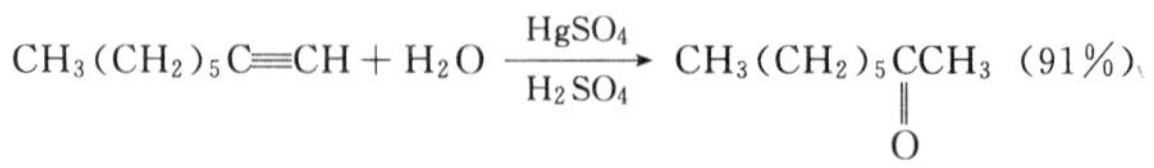

(4) 硼氢化反应：炔烃也能发生硼氢化-氧化反应生成醛或酮。末端炔烃 ($RC\equiv CH$) 与硼烷加成时，硼原子加在含炔氢的碳原子，生成三烯基硼烷，再用碱性 H_2O_2 处理生成烯醇（这两步反应的总结果相当于炔键的反马式加水），然后通过互变异构得到醛。

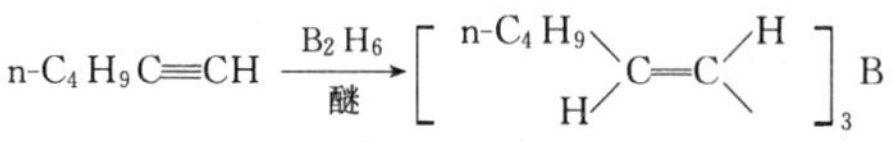

三烯基硼烷

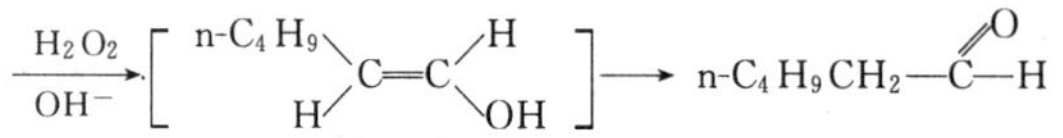

烯醇　　己醛

炔烃在汞盐催化下与水加成，只有乙炔可以得到乙醛，其他炔烃都得到酮，而通过硼氢化-氧化反应，只要是末端炔烃都可以得到醛。

三烯基硼烷若用醋酸处理则得到顺式烯烃，该步反应是烯基硼烷的还原反应，总称硼氢化-还原反应。如：

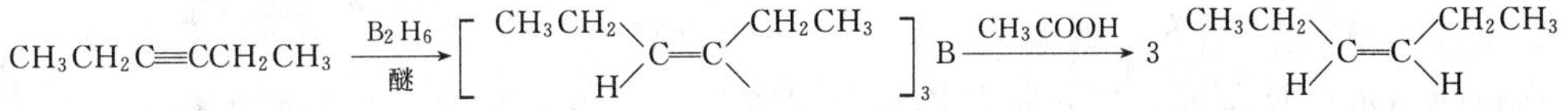

三烯基硼烷　　　　顺-3-己烯

3. 氧化反应

炔烃在一般条件下能顺利被酸性高锰酸钾、酸性重铬酸钾或臭氧等氧化剂氧化。例如：

$$CH_3CH_2CH_2C\equiv CCH_2CH_3 \xrightarrow{KMnO_4,H^+} CH_3CH_2CH_2COOH + CH_3CH_2COOH$$

根据所的产物结构可推测原炔烃结构。

炔烃能使高锰酸钾的水溶液褪色，生成褐色的二氧化锰沉淀，故可作为炔烃的鉴别反应。

$$3HC\equiv CH + 10KMnO_4 + 2H_2O \longrightarrow 6CO_2 + 10KOH + 10MnO_2\downarrow$$

炔烃对于氧化剂的敏感性比烯烃小，若分子中既有双键又有叁键，选则适当的氧化剂（如三氧化铬）并仔细操作，可将双键氧化叁键保留。

4. 亲核加成反应

炔烃与烯烃的明显区别表现在炔烃能发生亲核加成反应，而烯烃不能。如乙醇用碱催化，在高温、高压下与乙炔反应，生成乙烯基乙醚；氢氰酸在氯化铵、氯化亚铜存在下与乙炔反应得到丙烯腈。

$$HC\equiv CH + CH_3CH_2OH \xrightarrow[150℃\sim180℃,\ 0.1\sim1.5MPa]{\text{碱}} \underset{\text{乙烯基乙醚}}{CH_2{=}CH{-}OCH_2CH_3}$$

$$HC\equiv CH + HCN \xrightarrow[20℃\sim25℃]{Cu_2Cl_2,NH_4Cl} \underset{\text{丙烯腈}}{CH_2{=}CHCN}$$

乙烯基乙醚聚合可得聚乙烯基乙醚，常作为黏合剂。丙烯腈聚合可得聚丙烯腈，是合成纤维（腈纶）、塑料、橡胶等的原料；丙烯腈也是制备某些药物的原料。

HCN、ROH、NH_3 等试剂的活性中心是带负电荷部分或电子云密度较大的部位，因此这些试剂具有亲核性，称为亲核试剂（nucleophilic reagent）。由亲核试剂进攻引起的加成反应称亲核加成反应（nucleophilic addition）。

5. 炔氢的反应

由于 sp 杂化的叁键碳原子电负性较大，使与炔碳相连的氢（简称炔氢）具有微弱的酸性。可与金属钠或氨基钠（强碱）反应，生成金属炔化物。例如，乙炔或末端炔烃在液氨中与氨基钠作用，炔氢可被钠取代生成炔钠。

$$RC\equiv CH + NaNH_2 \xrightarrow{\text{液氨}} \underset{\text{炔钠}}{RC\equiv CNa} + NH_3$$

$$HC\equiv CH + NaNH_2 \xrightarrow{\text{液氨}} \underset{\text{乙炔钠}}{HC\equiv CNa} + NH_3$$

$$HC{\equiv}CH + 2NaNH_2 \xrightarrow{\text{液氨}} \underset{\text{乙炔二钠}}{NaC{\equiv}CNa} + 2NH_3$$

乙炔的酸性介于氨和水之间。

酸性：	H_2O	>	$HC{\equiv}CH$	>	NH_3
pK_a	15.7		25		35

所以炔氢的酸性很弱，既不能使石蕊试纸变红，又没有酸味，只是显示很小的失去氢质子的倾向。

乙炔的酸性大于乙烯（pK_a 45），更大于甲烷（pK_a 49）。原因有两方面：①炔碳原子电负性较大；②乙炔失去一个 H^+ 后的负离子更稳定。乙炔、乙烯和甲烷失去一个 H^+ 后的负离子（共轭碱）结构为：

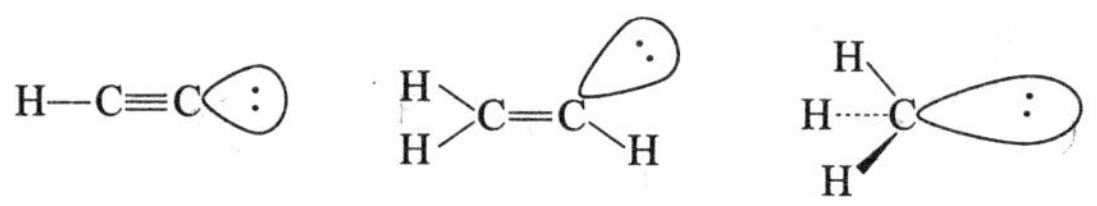

乙炔负离子　　乙烯负离子　　甲基负离子

这些负离子的一对电子处在不同杂化轨道上，电子对处在 s 成分越多的杂化轨道中，就越靠近原子核，受核束缚力越大，负离子就越稳定，它的碱性就越弱，相应酸的酸性就越强。因此酸性强弱次序为：乙炔＞乙烯＞乙烷。

炔钠是一个弱酸强碱盐，其碳负离子是很强的亲核试剂，在有机合成中是非常有用的中间体，若与伯卤代烃反应可生成高级的炔烃，这是制备高级的炔烃的方法。

$$RC{\equiv}CNa + R'X \longrightarrow RC{\equiv}CR'$$

$$NaC{\equiv}CNa + R'X \longrightarrow R'C{\equiv}CR'$$

炔氢也能与重金属（Ag 或 Cu）作用形成不溶于水的金属炔化物。常用试剂为硝酸银的氨溶液或氯化亚铜的氨溶液，该反应灵敏，现象明显可作为末端炔烃的鉴别反应。

$$HC{\equiv}CH + 2[Ag(NH_3)_2]^+ \longrightarrow \underset{\text{白色}}{AgC{\equiv}CAg\downarrow}$$

$$HC{\equiv}CH + 2[Cu(NH_3)_2]^+ \longrightarrow \underset{\text{砖红色}}{CuC{\equiv}CCu\downarrow}$$

这些重金属炔化物易被盐酸、硝酸分解生成原来的炔烃，所以，可作为分离或纯化具有“$-C{\equiv}CH$”结构的炔烃。

重金属炔化物在干燥状态易爆炸，在反应完毕后应及时加入稀硝酸分解处理。

6. 聚合反应

乙炔在不同催化剂作用下，可选择性地聚合成链状或环状化合物。与烯烃不同，它一般不聚合成高聚物。如：

$$HC{\equiv}CH \xrightarrow{Cu_2Cl_2,\,NH_4Cl} \underset{\text{乙烯基乙炔}}{CH_2{=}CH{-}C{\equiv}CH} \xrightarrow{HC{\equiv}CH} \underset{\text{二乙烯基乙炔}}{CH_2{=}C{-}C{\equiv}C{-}CH{=}CH_2}$$

$3HC{\equiv}CH \xrightarrow[500℃]{}$  （苯）

（五）炔烃的制备

1. 乙炔的制备

乙炔是工业上最重要的炔烃，通常用电石水解法制备。

$$3C + CaO \xrightarrow{2200℃} CaC_2 + CO$$

$$CaC_2 + 2H_2O \longrightarrow HC\equiv CH + Ca(OH)_2$$

乙炔的另一个制备方法是由甲烷在高温条件下部分氧化而得。

$$6CH_4 + O_2 \xrightarrow{500℃} 2HC\equiv CH + 2CO + 10H_2$$

乙炔为无色无臭气体，燃烧时温度高达 3000℃以上，称为氧炔焰。广泛用来焊接和切割金属。乙炔是重要的有机合成原料，也是合成许多药物的基本原料之一。乙炔极易受震动、热或火花的作用而发生猛烈爆炸，故在使用和运输时必须注意安全。

2. 其他炔烃的制备

二卤代烷在强碱性条件下脱卤化氢是炔烃的常用制备方法。如：

$$CH_3(CH_2)_7CH(Br)CH_2Br \xrightarrow[\triangle]{NaNH_2} CH_3(CH_2)_7C\equiv CNa \xrightarrow{H_2O} CH_3(CH_2)_7C\equiv CH \quad 54\%$$

$$(CH_3)_3CCH_2CHCl_2 \xrightarrow[\triangle]{NaNH_2} (CH_3)_3CC\equiv CNa \xrightarrow{H_2O} (CH_3)_3CC\equiv CH \quad 50\% \sim 60\%$$

此外，炔钠与伯卤代烃的取代反应也是制备高级炔烃的常用方法。

二、二烯烃

分子中含有两个双键的烯烃称为二烯烃（diene），开链二烯烃的通式为 C_nH_{2n-2}。

（一）二烯烃的分类和命名

根据分子中两个双键的相对位置不同，二烯烃可分为以下三类：

1. 聚集二烯烃（cumulative diene）：两个双键连在同一个碳原子上。
2. 共轭二烯烃（conjugated diene）：两个双键被一个单键隔开（即单、双键交替排列）。
3. 孤立二烯烃（isolated diene）：两个双键被两个或多个单键隔开。

$CH_2=C=CH_2$	$CH_2=CH—CH=CH_2$	$CH_2=CH—(CH_2)_2—CH=CH_2$
丙二烯	1,3-丁二烯	1,5-己二烯
（聚集二烯烃）	（共轭二烯烃）	（孤立二烯烃）

聚集二烯烃比较少见，其结构不稳定，实际应用也不多；孤立二烯烃的结构和性质类似于普通烯烃；共轭二烯烃因两个双键之间相互影响表现出一些特殊的理化性质，本节主要讨论共轭二烯烃。

二烯烃一般采用系统命名法命名，即选择包含两个双键的最长碳链为主链，命名为“某二烯”；编号从靠近双键的一端开始，母体名称前标出两个双键的位次以及取代基的位置和名称。例如：

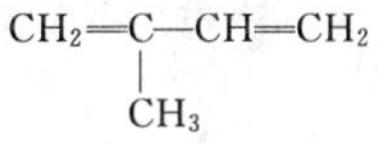

2-甲基-1,3-丁二烯

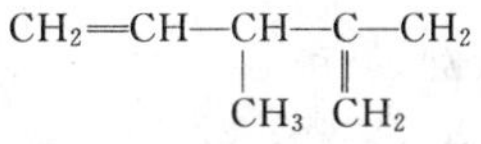

2,3-二甲基-1,4-戊二烯

具有顺反异构体的二烯烃和多烯烃，需要逐个标明其构型。如：

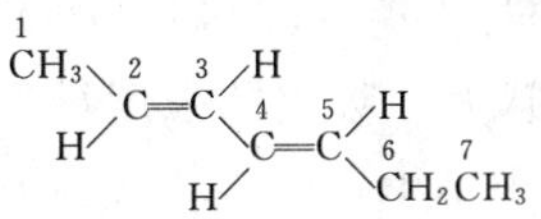

(2*E*,4*E*)-2,4-庚二烯

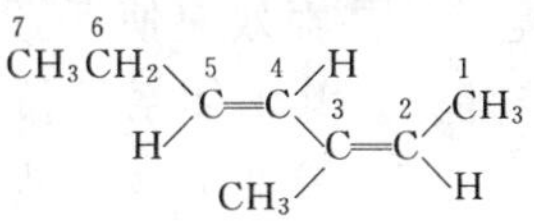

(2*Z*,4*E*)-3-甲基-2,4-庚二烯

围绕共轭双键间的单键旋转，可产生两种构象。在命名时可用S-顺及S-反来表示。如：

S-顺-1,3-丁二烯　　S-反-1,3-丁二烯

名称中"S"取自英语"单键"(single bond)中的第一个字母。应注意它们不是双键的顺反异构，而是围绕单键旋转的构象异构。S-顺表示两个双键位于C_2—C_3单键的同侧，S-反表示两个双键位于C_2—C_3异侧。这两种构象异构体的能量差约为9.6kJ/mol，室温下能量低的S-反式构象占优势，但两种构象异构体不能分离。

(二) 共轭二烯烃的结构

最简单的共轭二烯烃是1,3-丁二烯，近代研究结果表明，它分子中的四个烯碳原子均是sp^2杂化，三个C—Cσ键和六个C—Hσ键都在同一平面上，每个碳原子上各有一个p轨道，它们与该平面垂直。分子中的两个π键是由C_1和C_2的两个p轨道及C_3和C_4的两个p轨道分别侧面重叠形成的。这两个π键靠得很近，在C_2和C_3间也可发生一定程度的重叠，这样使两个π键不是孤立存在，而是相互结合成一个整体，称为π-π共轭体系(conjugation system)，通常也把这个整体称为大π键，见图6-4。

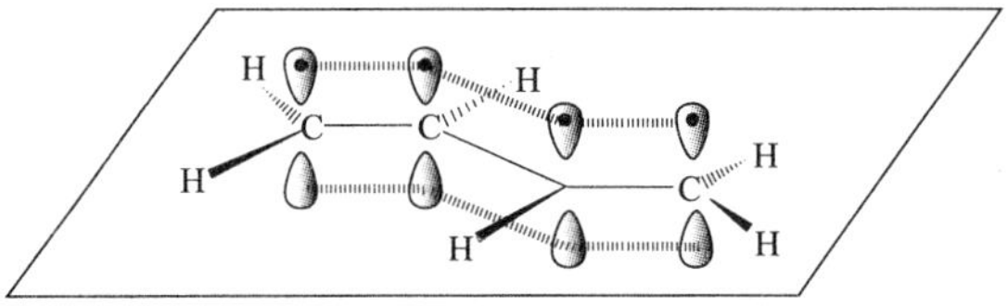

图6-4　1,3-丁二烯分子中的π键

从图6-4可看出，π电子不再局限(定域)在C_1和C_2或C_3和C_4之间，而是在整个分子中运动，即π电子发生了离域(delocation)，每个π电子不只受两个原子核而是受四个核的吸引，分子内能降低。由于电子离域使分子降低的能量叫做离域能(delocalization energy; delocalized energy)，离域能的大小可通过测定分子氢化热来衡量。实验测得1,3-丁二烯的氢化热为239kJ/mol，比1-丁烯的氢化热(126.6kJ/mol)的两倍低14.2kJ/mol，说明了1,3-丁二烯的能量较低，较稳定。同样，1,3-戊二烯的氢化热为226kJ/mol，比1,4-戊二烯的氢化热254kJ/mol低28kJ/mol。这都说明共轭体系能量较低，较稳定。在共轭体系中，由于电子的离域也使得单、双键键长出现平均化趋势，如1,3-丁二烯分子中，C—C键长(146pm)比乙烷的C—C键长(154pm)短；C═C双键键长(137pm)比乙烯分子中C═C(134pm)长。

(三) 共轭二烯烃的性质

1. 吸收紫外光的特征

孤立的双键产生π-π*跃迁一般吸收小于200nm的远紫外区的光，如乙烯的λ_{max}为165nm；双键发生共轭时，共轭效应使跃迁向长波长方向移动(红移)，如1,3-丁二烯的λ_{max}为217nm，在近紫外区。共轭体系越长，红移程度越大，吸收的强度增加越大。如己三烯的λ_{max}为258nm，二甲基辛四烯λ_{max}为296nm，二甲基十六碳六烯λ_{max}为360nm。

共轭体系吸收波长红移和吸收强度增强的原因，是由于共轭体系的成键轨道π_2和反键

轨道 π_3^* 的能量差值要比乙烯的 π-π^* 的能量差值小得多，故实现 π_2-π_3^* 跃迁吸收的能量比 π-π^* 跃迁要小，跃迁时所需要的能量也小，所以 1,3-丁二烯的吸收峰比乙烯吸收峰的波长要长，强度要大。分子中共轭体系越长，π-π^* 跃迁的基态与激发态间的能量差值越小，跃迁时需要的能量也越小，吸收也将发生在波长更长处。

2. 1,2-加成和 1,4-加成反应

共轭二烯烃能与卤素、卤化氢等亲电试剂发生加成，反应可生成两种产物。例如，1,3-丁二烯与溴的加成反应。

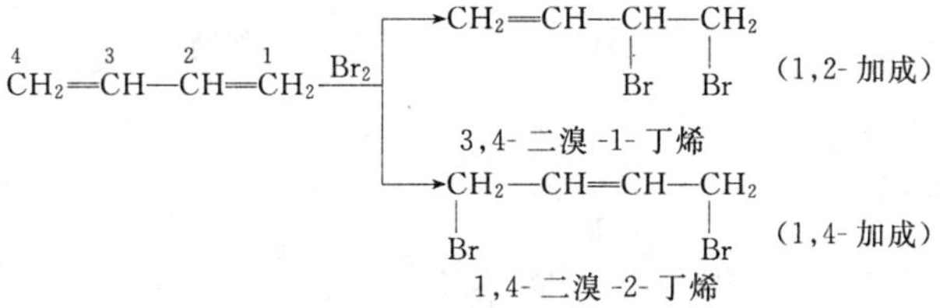

3,4-二溴-1-丁烯的生成是由溴分子加到 1,3-丁二烯的同一个双键上，故称 1,2-加成反应。1,4-二溴-2-丁烯的生成则是 1,3-丁二烯的两个双键打开，溴加到 C_1 和 C_4 上，在 C_2 和 C_3 之间形成一个双键，故称为 1,4-加成反应。1,2-加成和 1,4-加成在反应中同时发生，是共轭烯烃加成的特征。

(1) 反应历程：1,3-丁二烯与亲电试剂的加成是分两步进行的，下面以 1,3-丁二烯与 HCl 加成为例说明。第一步 H^+ 进攻双键碳原子有两种可能（进攻 C_1 或 C_2），分别生成烯丙基碳正离子中间体（Ⅰ）和伯碳正离子中间体（Ⅱ）：

$$\overset{4}{C}H_2=\overset{3}{C}H-\overset{2}{C}H=\overset{1}{C}H_2 + H^+ \longrightarrow \underset{(\text{Ⅰ})}{CH_2=CH-\overset{+}{C}H-CH_3} + \underset{(\text{Ⅱ})}{CH_2=CH-CH_2-\overset{+}{C}H_2}$$

烯丙基碳正离子（Ⅰ）可以通过 p-π 共轭使正电荷分散而稳定（比叔碳正离子还稳定），是主要中间体。在（Ⅰ）式的共轭体系中，由于电子离域出现了交替极化现象，在共轭体系两端的两个碳原子（C_2 和 C_4）上，带有部分正电荷，第二步 Cl^- 若与 C_2 结合得到 1,2-加成产物，若与 C_4 结合得到 1,4-加成产物。

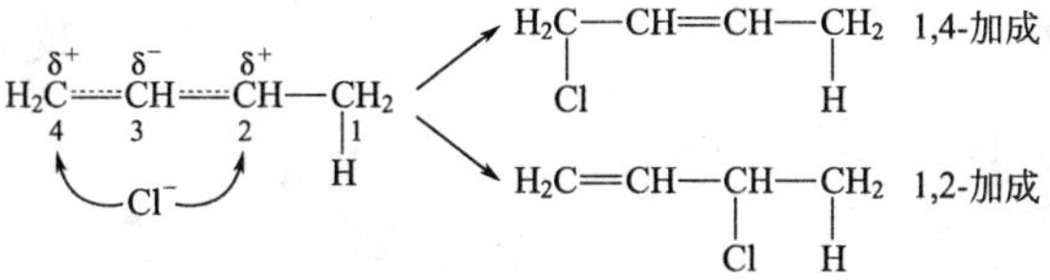

(2) 热力学控制和动力学控制：在反应中产生的 1,2-加成物和 1,4-加成物的比例决定于反应条件（如反应温度、溶剂的极性等），一般低温有利于 1,2-加成，高温有利于 1,4-加成。例如：

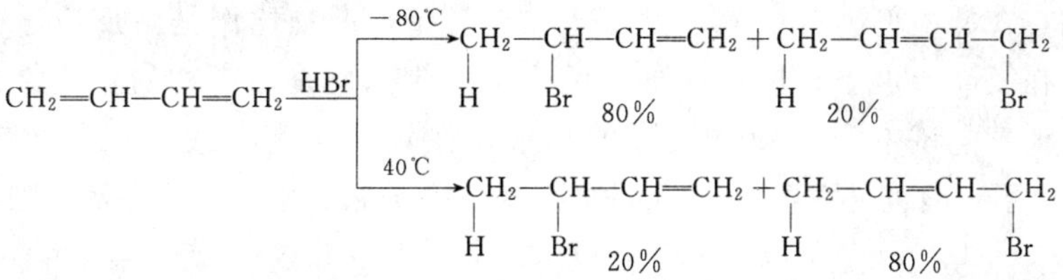

共振论认为1,3-丁二烯与HX加成的第一步生成的碳正离子（Ⅰ）的真实结构是（Ⅲ）和（Ⅳ）共振形成的共振杂化体：

$$\left[\ CH_3-\overset{+}{C}H-CH=CH_2 \longleftrightarrow CH_3-\underset{H}{C}=\underset{H}{C}-\overset{+}{C}H_2\ \right]$$

（Ⅲ）　　　　　　　　（Ⅳ）

（Ⅲ）和（Ⅳ）均是烯丙型碳正离子，但（Ⅲ）是仲碳正离子，（Ⅳ）是伯碳正离子，所以（Ⅲ）比（Ⅳ）稳定，对共振杂化体贡献大，因此 C_2 比 C_4 易接受 Br^- 的进攻。发生1,2-加成所需的活化能小，故反应速率比1,4-加成快（如图6-5所示）。所以，较低温度下，以活化能小的1,2-加成反应为主。

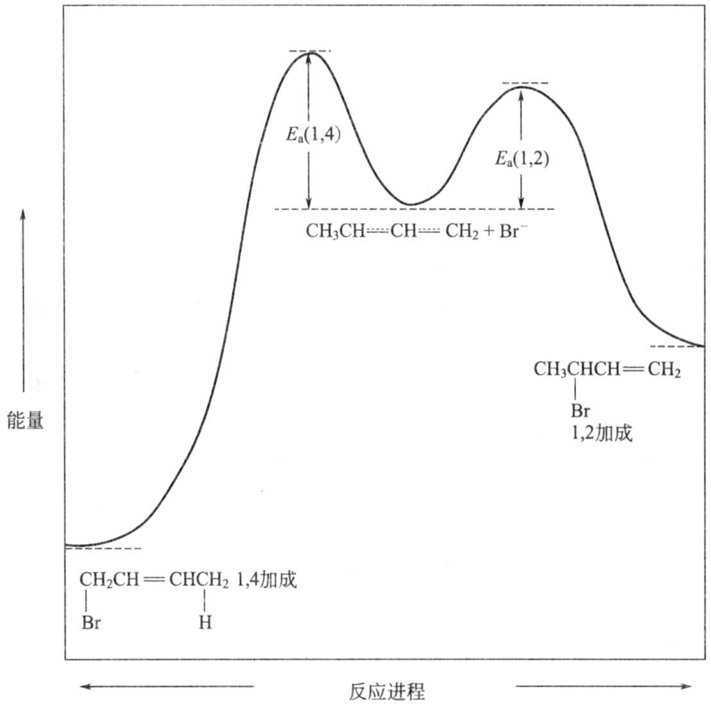

图6-5　1,3-丁二烯的1,2-加成和1,4-加成的势能变化图

由图6-5可以看出1,4-加成比1,2-加成所需要的活化能高，所以1,4-加成需要提供较多的能量。但是，1,4-加成产物的能量比1,2-加成产物的能量低，即1,4-加成产物结构稳定。原因：1,4-加成产物的双键上有两个烷基可以与π键发生超共轭，而1,2-加成产物的双键上只有一个烷基可以与π键发生超共轭。所以在较高温度下以1,4-加成为主。

综上所述，在低温下进行反应，以1,2-加成为主，产物比例是由反应速率决定的，称动力学控制；在较高温度下，以1,4-加成为主，产物比例是由产物的稳定性决定的，称热力学控制。其他亲电试剂和共轭二烯烃的加成，在较高温度下或是在催化剂（如 $FeCl_3$、$ZnCl_2$ 等）作用下一般也是主要生成1,4-加成物。另外1,4-加成物的比例也随溶剂极性的增加而增加。

3. 周环反应

在有机反应中，除共价键均裂的自由基型反应和共价键异裂的离子型反应外，还有一类反应只形成过渡态而不生成任何活性中间体的反应，这类反应称为协同反应（concerted reaction）。其中形成环状过渡态的协同反应，称为周环反应（pericyclic reaction）。

周环反应主要包括电环化反应（electrocyclic reaction）、环加成反应（cycloaddition reaction）及 σ 键迁移反应（sigmatropic reactons）。共轭二烯烃能发生其中的电环化反应和环加成反应。

（1）电环化反应：共轭二烯烃及其他共轭多烯烃在热或光的作用下，可以发生分子内的环合反应。反应中，分子在断裂 π 键的同时，在共轭双键的两端的碳原子相互以 σ 键结合，生成相应的环状化合物。这类反应及其逆反应称为电环化反应。

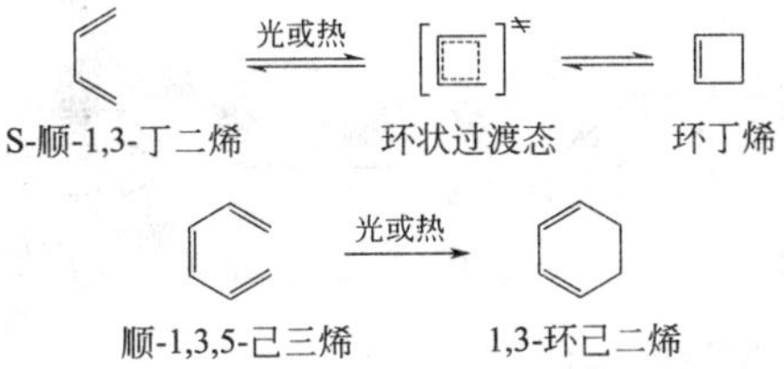

此类反应不经过游离基或碳正离子等活性中间体，而是在 π 键断裂的同时，共轭体系两端的碳原子由 sp^2 杂化逐渐转变为 sp^3 杂化，并相互轴向重叠形成 σ 键，反应经过一个电子离域的环状过渡态，因此称为电环化反应。电环化反应的显著特征是具有高度的立体专一性。如（2*E*,4*E*)-2,4-己二烯在光作用下，环化生成顺-3,4-二甲基环丁烯；在加热条件下则环化生成反-3,4-二甲基环丁烯。但对于（2*Z*,4*E*)-2,4-己二烯，其结果正好相反。这种在不同条件下的立体专一反应可用前线轨道理论解释。

前线轨道理论认为，与原子的价电子相似，分子具有前线轨道。前线轨道有两个，一个是分子轨道中能量最高的已占有电子的分子轨道，通常用 HOMO（highest occupied molecular orbital）表示，另一个是分子轨道中能量最低的未占有电子的分子轨道，通常用 LUMO（lowest unoccupied molecular orbital）表示。能量最高的电子占有轨道（HOMO）上的电子被束缚的松弛，容易被激发到能量最低的空轨道（LUMO）中去，所以，这两个轨道最活泼，对成键起关键性作用，它们处于反应前线，故被称为前线轨道。

应用前线轨道理论解释周环反应遵循的原则：①在反应中，前线轨道的对称性是守恒的，即由原料到产物轨道对称性始终不变，因为只有这样才能用最低的能量形成反应中的过渡态。前线轨道中参与成键的原子轨道位相必须一致才能重叠成键，即轨道对称性允许才可反应。②在单分子反应中，前线轨道只涉及 HOMO。在双分子反应中，前线轨道涉及一个反应物的 HOMO 和另一个反应物的 LUMO。HOMO 有给电子的性质，LUMO 有接受电子的性质。

电环化反应是单分子反应，在反应中起决定作用的分子轨道是共轭多烯的 HOMO。HOMO 的对称性对产物的立体化学起关键作用。在反应时，HOMO 通过顺旋或对旋来实现关环过程。顺旋（conrotatory）是指两个碳碳键键轴向同一个方向旋转；对旋（disrotatory）是指两个碳碳键键轴向相反方向旋转。例如，1,3-丁二烯的电环化反应，在加热条件下，反应在基态时发生，此时的 ψ_2 是 HOMO（见图 6-6），ψ_2 的 C_1 和 C_4 必须进行顺旋才能成环。在光照条件下，反应在激发态时发生，首先 ψ_2 上的一个电子被激发到 ψ_3，此时 ψ_3 是 HOMO，ψ_3 的 C_1 和 C_4 必须进行对旋才能成环。

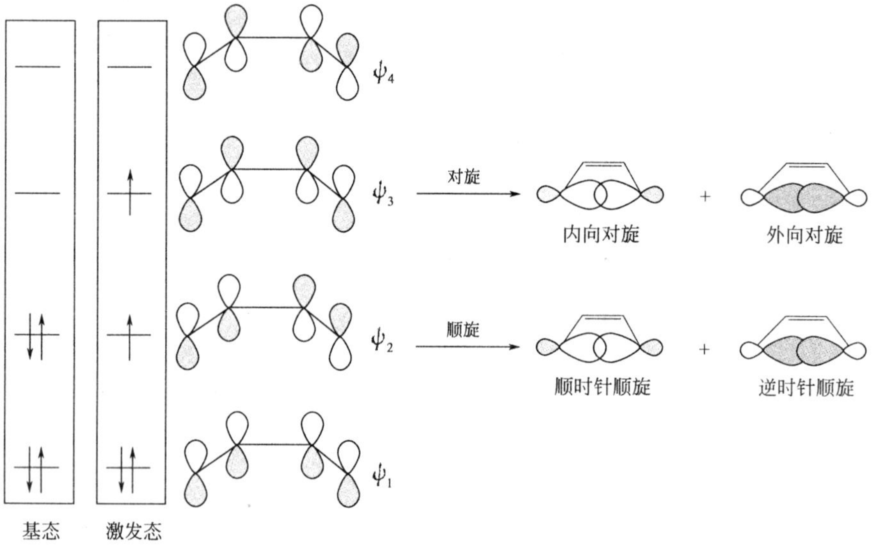

图 6-6　1,3-丁二烯的分子轨道图和电环化反应图

像 1,3-丁二烯这样的 π 电子数为 4*n* 的共轭体系，热电环化反应顺旋允许，对旋是禁阻的；而光电环化反应正好相反，对旋允许，顺旋则是禁阻的。前述的不同顺反异构体的己二烯在加热或光作用下的电环化的反应过程如下：

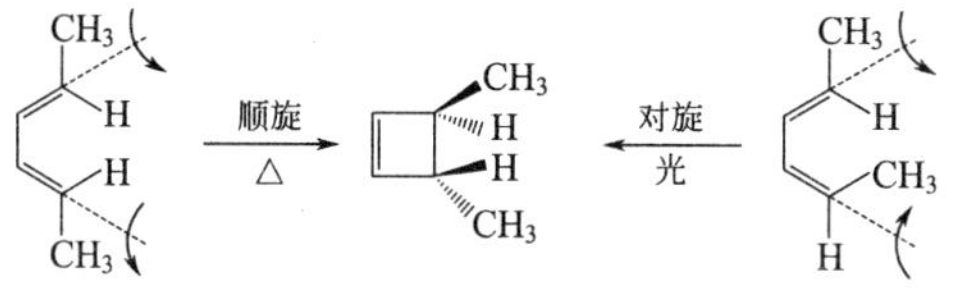

反-3,4-二甲基环丁烯

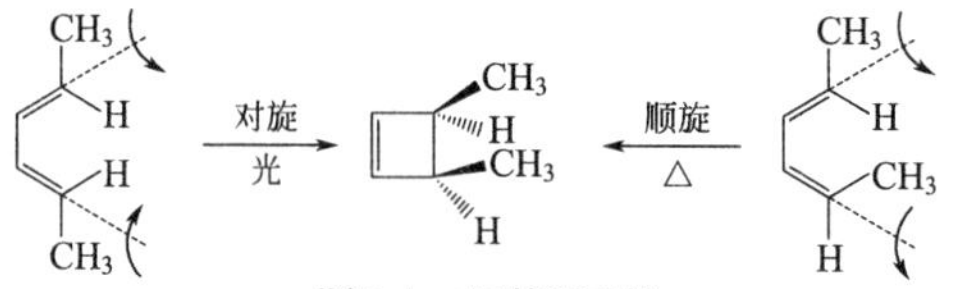

顺-3,4-二甲基环丁烯

(2*E*,4*E*)-2,4-己丁烯　　　　(2*Z*,4*E*)-2,4-己丁烯

对于 π 电子数为 4*n*+2 的共轭烯烃的电环化反应，以 1,3,5-己三烯为例，其 π 分子轨道如图 6-7 所示。该体系的热电环化反应是由基态的 HOMO 前线轨道 ψ_3 控制，对旋允许，顺旋则是禁阻的；而光电环化反应，是由激发态的 HOMO 前线轨道 ψ_4 控制，结果正好相反，顺旋允许，对旋是禁阻的。

π 电子数为 4*n*+2 的共轭烯烃（2*E*,4*Z*,6*E*)-2,4,6-辛三烯在加热条件下对旋生成顺-5,6-二甲基-1,3-环己二烯；在光照条件下则顺旋生成反-5,6-二甲基-1,3-环己二烯。

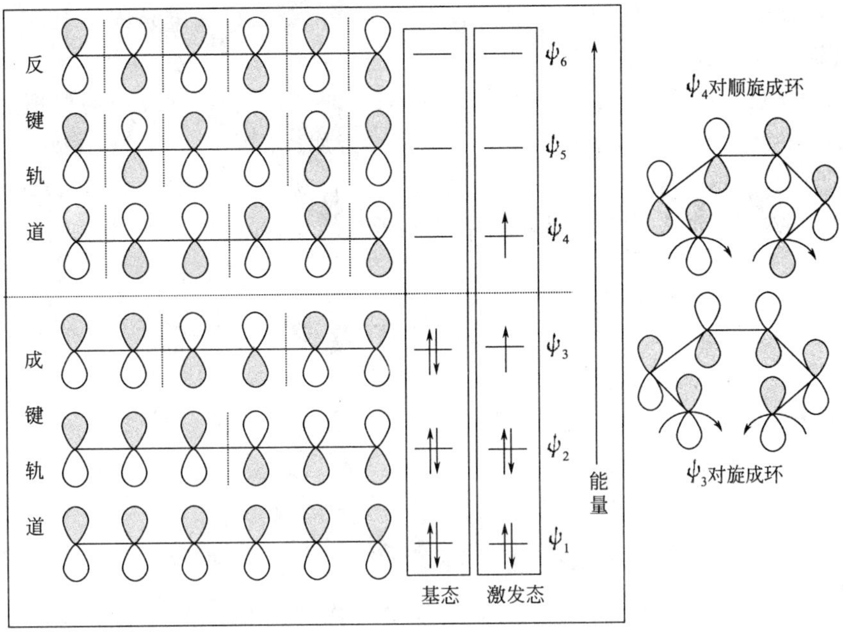

图 6-7 1,3,5-己三烯的分子轨道图以及电环化反应图

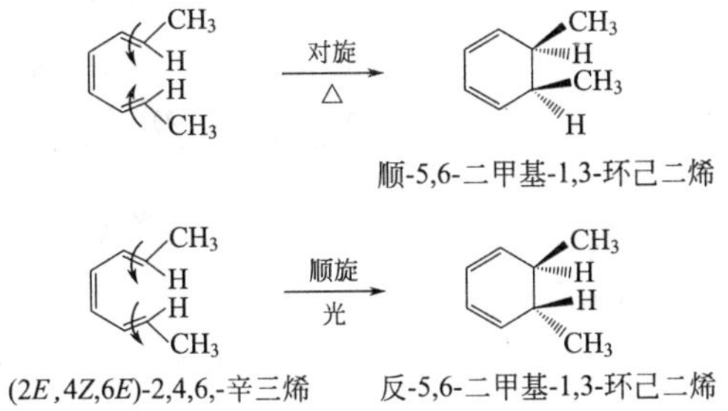

(2) 狄尔斯-阿尔德（Diels-Alder）反应：共轭二烯烃及其衍生物与含有碳碳双键、叁键等不饱和化合物相互作用，生成六元环状化合物的反应，称为双烯合成（diene synthesis）。该反应是德国化学家狄尔斯（Diels）和阿尔德（Alder）在研究 1,3-丁二烯和顺丁烯二酸酐的相互作用时首先发现的，因此这类反应也称为 Diels-Alder 反应。

Diels-Alder 反应是最重要的一类环加成反应（cycloaddition recation）。与电环化反应相似，这种反应也是没有活性中间体生成，而是经过一个环状过渡态一步完成反应，旧键的断裂和新键的形成是同时进行。其中共轭二烯烃及其衍生物称为双烯体（diene），与双烯体进行反应的不饱和化合物称为亲双烯体（dienophile）。

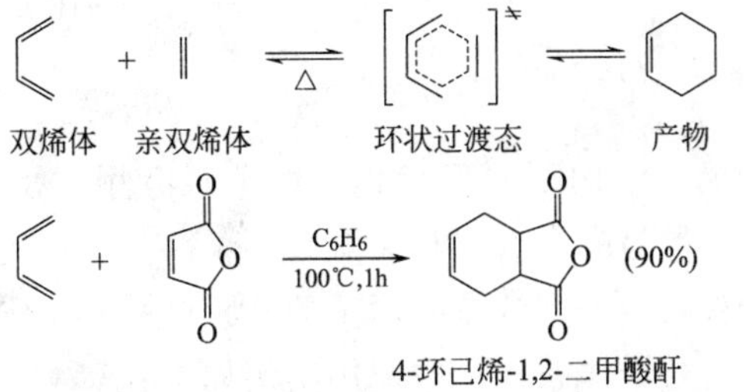

1,3-丁二烯与顺丁烯二酸酐反应生成的 4-环己烯-1,2-二甲酸酐是固体沉淀，常用这一反应区别共轭二烯烃与隔离二烯烃。

Diels-Alder 反应的活性与双烯体及亲双烯体的结构有关。协同反应的机理要求双烯体必须取 *S*-顺式构象，*S*-反式构象不能与亲双烯体进行加成反应。一般 Diels-Alder 反应主要是由双烯体的 HOMO 与亲双烯体的 LUMO 发生作用。反应过程中，电子从双烯体的 HOMO“流入”亲双烯体的 LUMO。因此具有供电子基的双烯体和具有吸电子基的亲双烯体的反应较易进行。例如：

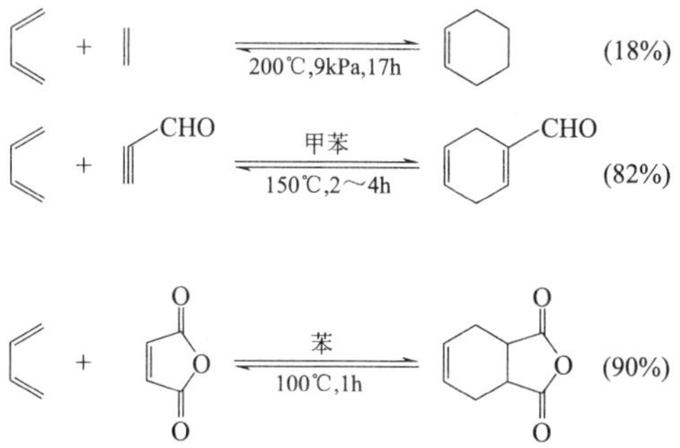

Diels-Alder 反应有很强的区域选择性，当双烯体与亲双烯体均有取代基时，可能产生两种不同的反应产物。实验证明产物以两个取代基处于邻位或对位的占优势。如：

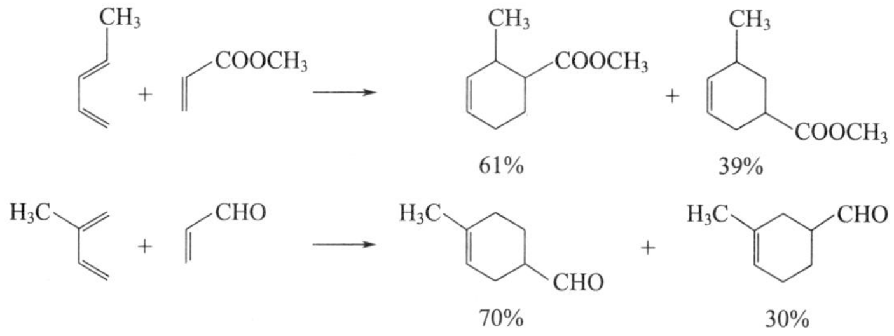

Diels-Alder 反应是立体专一的顺式加成反应，参与反应的亲双烯体在反应过程中顺反关系保持不变，其构型保留在加成产物中，这也进一步佐证了反应是通过协同的方式一步完成的。

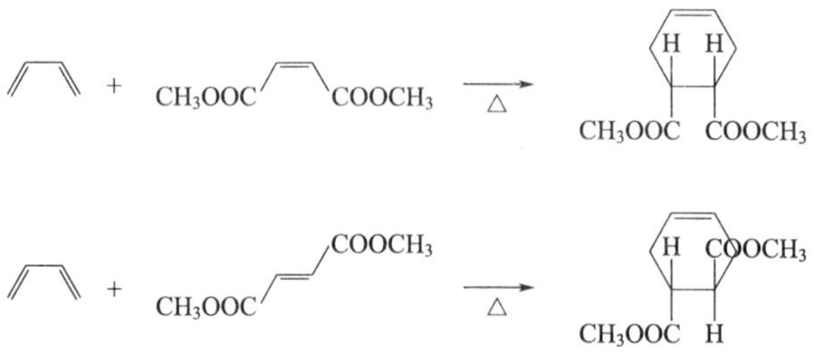

Diels-Alder 反应在合成特定构型的环状化合物上很有用，特别是对结构复杂的天然产物如维生素、胆固醇、斑蝥素等的合成更具有意义。

除含碳的双烯体和亲双烯体外，含有杂原子的共轭体系和不饱和化合物也可发生环加成反应。常见的双烯体系、亲双烯体系和一些应用实例如下：

双烯体：

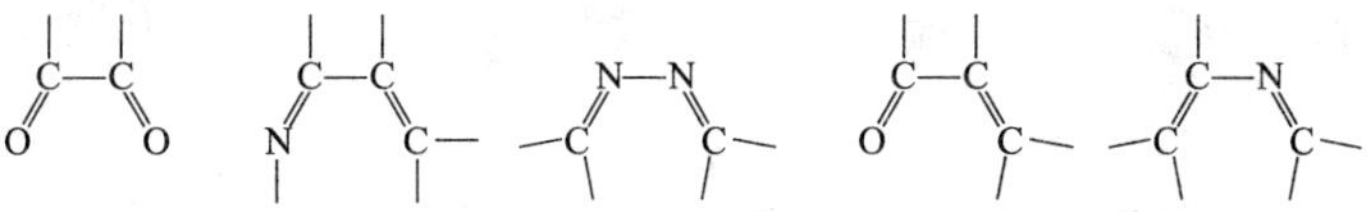

亲双烯体：

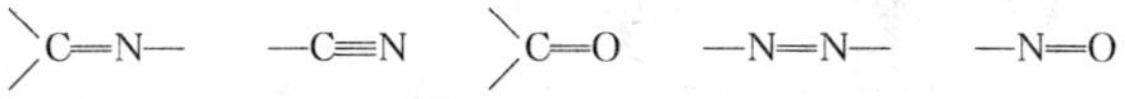

应用实例：

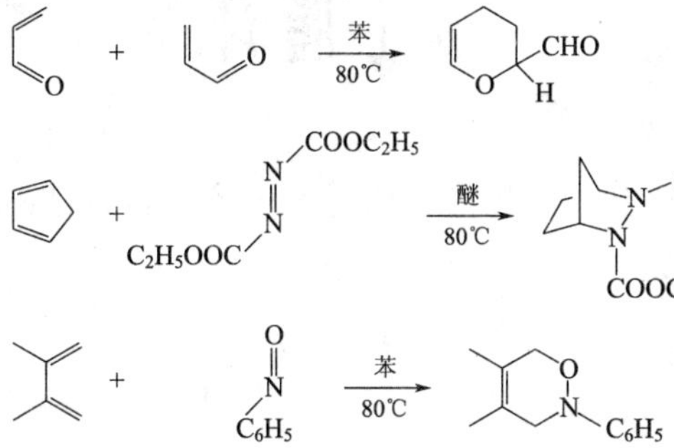

从电环化反应和 Diels-Alder 反应可以看出，周环反应不同于离子型和游离基型反应，其机理是一步完成的协同反应。这些反应具有以下共同特点：①反应过程中，旧键的断裂和新键的形成是相互协同，经过环状过渡状态一步完成的，没有自由基或离子这一类活性中间体生成；②反应不受溶剂的极性和酸、碱催化剂的影响，也不受自由基引发剂或抑制剂的影响；③反应条件一般只需要加热或光照，而且加热或光照所产生的结果也不同；④这类反应具有高度的立体专一性，即一定立体构型的反应物，在一定条件下，只生成特定立体构型的产物。

1956 年美国著名化学家伍德沃德（R. B. Woodward）及量子化学家霍夫曼（R. Hoffmann）携手合作，在总结了大量有机合成经验规律的基础上，特别是在合成维生素 B_{12}的过程中，把分子轨道理论引入周环反应的反应机理的研究，运用前线轨道理论和能级相关理论来分析周环反应，提出了分子轨道对称性守恒（conservation of molecular orbital symmetry）理论。1971 年日本化学家福井谦一（K. Fukui）提出了完整的前线轨道（frontier orbital）理论。由于他们在化学领域的贡献，伍德沃德、霍夫曼和福井谦一先后分别荣获诺贝尔化学奖。

第七章 脂环烃

具有环状结构，性质与链烃相似的烃类，称为脂环烃（ alicyclic hydrocarbon）。脂环烃及其衍生物广泛存在于自然界。

一、脂环烃的分类及命名

（一）脂环烃的分类

1. 根据脂环烃的饱和程度不同分为环烷烃、环烯烃和环炔烃。例如：

环戊烷

环戊烯

环辛炔

2. 根据脂环烃中的碳环数目不同分为单环、双环和多环脂环烃。

单环脂环烃，根据成环碳原子数目不同可再分为小环（3～4 个碳原子）、普通环（5～6 个碳原子）、中环（7～12 个碳原子）和大环（12 个碳原子以上）。例如：

小环脂环烃

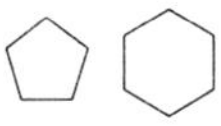
普通环脂环烃

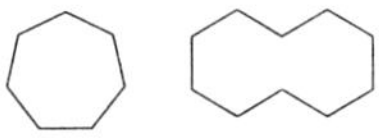
中环脂环烃

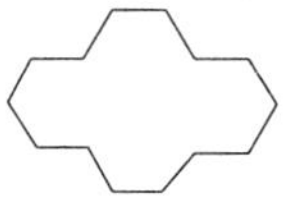
大环脂环烃

在双环和多环脂环烃中，根据分子内两个碳环共用的碳原子数目不同可再分为螺环烃、桥环烃和稠环烃。两个碳环共用一个碳原子的称为螺环烃（spiro hydrocarbon）；两个环共用两个碳原子的称为稠环烃（fused polycyclic hydrocarbon）；两个环共用两个以上碳原子的称为桥环烃（bridged hydrocarbon）。例如：

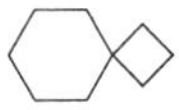
螺环烃

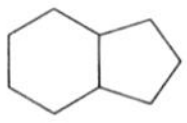
稠环烃

桥环烃

（二）脂环烃的命名

1. 单环脂环烃的命名

单环脂环烃的命名与链烃相似，只需在相应的链烃名称前冠以“环”字，根据成环碳原子数目称为环某烃。若环上带有支链，一般以环为母体，支链为取代基。例如：

环己烷

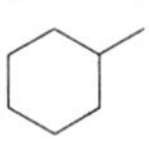
甲基环己烷

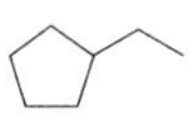
乙基环戊烷

环上有多个取代基时，环碳原子的编号顺序一般从小基团开始，并使其他取代基编号较小。例如：

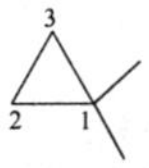
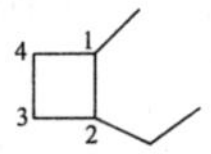
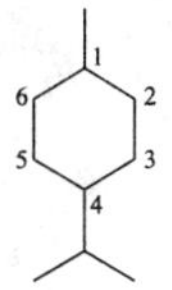

1,1-二甲基环丙烷　1-甲基-2-乙基环丁烷　1-甲基-4-异丙基环己烷

环上有不饱和键时，环碳原子的编号从不饱和碳原子开始，并使取代基编号较小。例如：

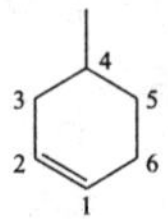
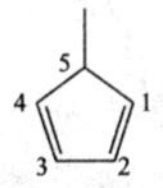
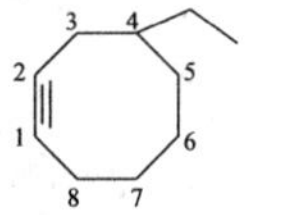

4-甲基环己烯　5-甲基-1,3-环戊二烯　4-乙基-1-环辛炔

环上取代基比较复杂或链长环小时，环可作为取代基来命名。例如：

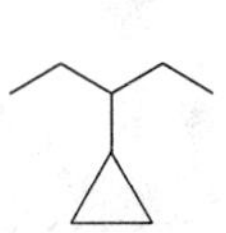
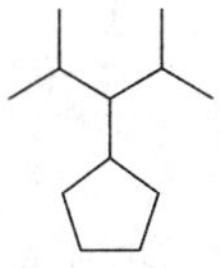

3-环丙基戊烷　2,4-二甲基-3-环戊基戊烷

2. 螺环烃的命名

根据参与成环的碳原子总数称为“螺［　］某烃”，方括号内用阿拉伯数字注明每个环上除螺原子以外的碳原子数，数字由小到大，数字之间用圆点隔开。例如：

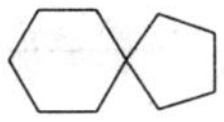
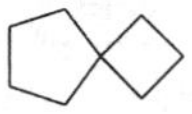

螺［4.5］癸烷　螺［3.4］辛烷

若有双键或取代基时，需对整个环进行编号，编号从小环紧邻螺原子的一个碳原子开始，先编小环，然后通过螺原子再编到大环，并使官能团或取代基编号较小。例如：

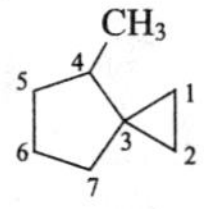
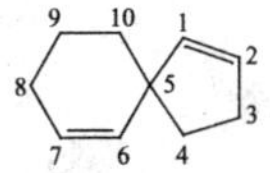

4-甲基螺[2.4]庚烷　螺[4.5]-1,6癸二烯

3. 桥环烃的命名

在桥环烃中，桥碳链交汇点的碳原子称为桥头碳。根据桥环烃所含环的数目数不同可分为二环烃、三环烃等。桥环化合物中环的数目是这样确定的：切断碳碳键使其转变为链烃，在此过程中所需切断的最少次数，即为该桥环化合物的环数目。例如，至少切断两个键才能成为链烃的叫二环烃，至少切断三个键成链烃的叫三环烃。

本章主要介绍二环烃的命名。根据参与成环的碳原子总数称为“二环［　］某烃”，方括号内注明各桥所含碳原子数（桥头碳原子除外），从大到小，数字之间用下角圆点隔开。例如：

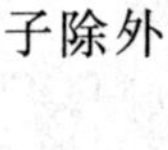

二环[2.2.1]庚烷

二环烃的编号是从一个桥头碳原子开始，沿最长的桥编到另一个桥头碳原子，再沿次长

桥编回到第一个桥头碳原子，最短的桥最后编，并使官能团或取代基的编号较小。例如：

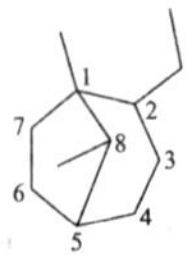

1,8-二甲基-2-乙基二环[3.2.1]辛烷

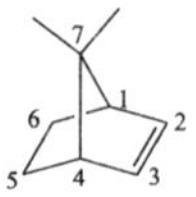

7,7-二甲基二环[2.2.2]-2-庚烯

4. 稠环烃的命名

稠环烃可当作相应芳烃的氢化物来命名，或将其看作桥环烃的特例，按照桥环烃的方法命名。例如：

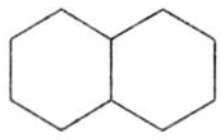

十氢萘或二环[4.4.0]癸烷

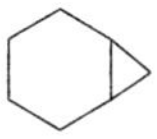

二环[4.1.0]庚烷

二、脂环烃的性质

（一）脂环烃的物理性质

脂环烃难溶于水，比水轻。环烷烃的熔点、沸点和相对密度均比含相同碳原子数的链烃高。其物理性质递变规律与烷烃相似，即随着成环碳原子数的增加，熔点和沸点升高。一般在常温下小环为气体，普通环为液体，中环、大环为固体。常见环烷烃的物理常数见表7-1。

表 7-1　　常见环烷烃的物理常数

名称	分子式	m. p.（℃）	b. p.（℃）	d_4^{20}（液态时）
环丙烷	C_3H_6	−127.6	−32.9	0.720（−79℃）
环丁烷	C_4H_8	−80.0	11.0	0.703（0℃）
环戊烷	C_5H_{10}	−94.0	49.5	0.745
环己烷	C_6H_{12}	6.5	80.8	0.779
环庚烷	C_7H_{14}	−12.0	117.0	0.810
环辛烷	C_8H_{16}	11.5	147.0	0.830

（二）脂环烃的化学性质

普通环、中环和大环脂环烃的化学性质与链烃相似，即环烷烃与烷烃相似，易发生取代反应；环烯烃与烯烃相似，易发生加成、氧化等反应。小环的稳定性差，环容易破裂，可发生与烯烃相似的加成反应而转变成链烃，下面主要讨论环烷烃的化学性质。

1. 加成反应

（1）加氢：在催化剂存在下，环烷烃加氢生成烷烃。

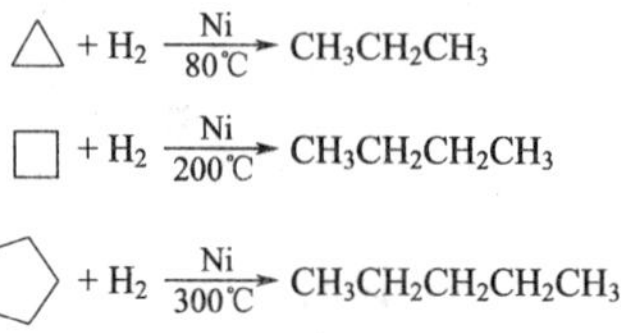

环烷烃加氢反应的活性：环丙烷＞环丁烷＞环戊烷。环己烷及其以上的环烷烃加氢开环

非常困难。

（2）加卤素：小环与烯烃相似，可与卤素发生加成反应而开环。

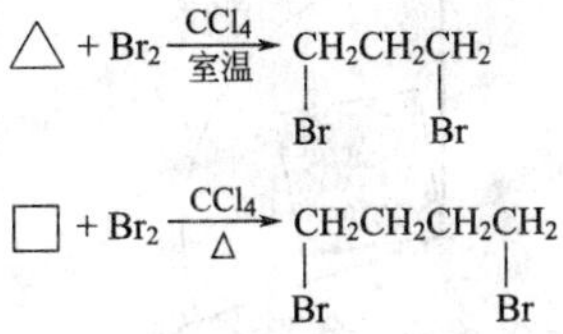

环戊烷及其以上的环烷烃与卤素加成非常困难，随着温度升高可发生自由基取代反应。

（3）加卤化氢：环丙烷及其衍生物在常温下易与卤化氢发生加成反应而开环，开环发生在含氢最多和最少的两个碳原子之间。加成取向遵循马氏规则，氢与含氢最多的碳原子结合，卤素与含氢最少的碳原子结合。

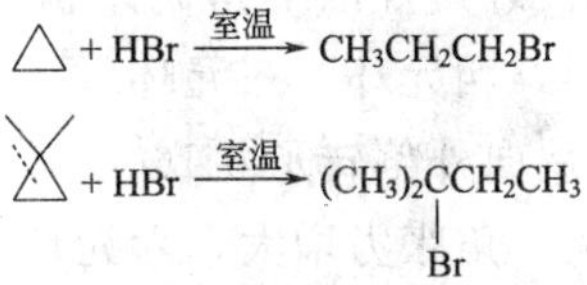

2. 卤代反应

在高温或光照条件下，环烷烃与卤素发生自由基取代反应生成卤代环烷烃。

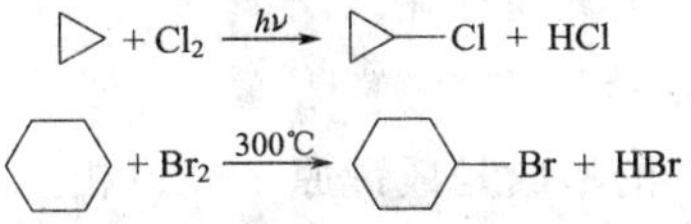

3. 氧化反应

环烷烃与烷烃相似，在室温下不与高锰酸钾水溶液反应，可用于鉴别烯烃与环丙烷及其衍生物。但在高温和催化剂作用下环烷烃也可以被氧化，若在更强烈氧化条件下则发生开环反应。

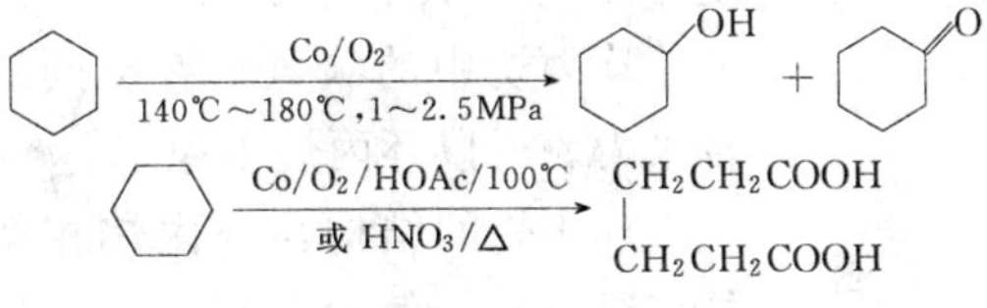

环烯烃的化学性质与烯烃相似，容易被氧化开环。

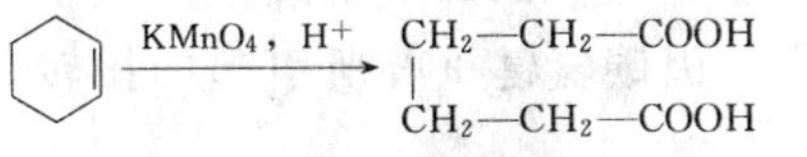

三、环烷烃的稳定性

（一）张力学说

经验说明，环的大小不同，化学稳定性就不同。为解释这一现象，1885 年德国化学家拜耳（Baeyer）提出“张力学说”。他假定成环碳原子都处在同一平面排成正多边形，这就使环烷烃的 C—C—C 键角与饱和碳的正四面体要求的键角 109°28′产生了偏差。如环丙烷向内偏转 (109°28′－60°)/2＝24°44′，环丁烷向内偏转 9°44′，环戊烷向内偏转 0°44′，如图 7-1

所示。

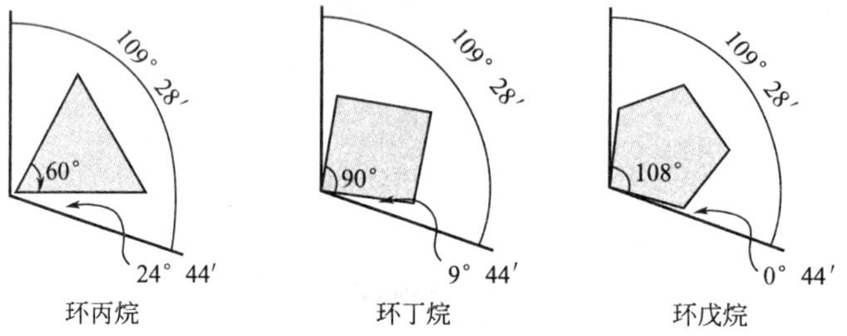

图 7-1 环丙烷、环丁烷和环戊烷的键角偏差

正常键角向内偏转的结果，使环烷烃分子产生了张力，即恢复正常键角的力，也称角张力（angle strain），或称拜耳张力。环烷烃的键角偏差越大，角张力越大，稳定性越差。所以脂环烃的稳定性顺序为：五元环＞四元环＞三元环。

按照拜耳"张力学说"，环己烷向外偏转了 5°16′，大于环戊烷的键角偏差，环己烷应不如环戊烷稳定，并且随着环的增大，角张力增大，六元环以上的环烷烃应越来越不稳定。但事实上环己烷比环戊烷稳定，中环和大环亦比较稳定。造成这种矛盾的原因是由于拜耳把组成环的碳原子视为在同一平面上的错误假设。实际上除环丙烷外，其他环烷烃均可通过环内碳碳单键的旋转，采取非平面的构象而存在。

（二）现代结构理论的解释

现代结构理论认为，共价键的形成是成键原子轨道相互重叠的结果，重叠程度越大，形成的共价键就越稳定。环丙烷分子处于同一平面（"三点共平面"），为正三角形构型，两个碳原子的 sp^3 杂化轨道不可能沿键轴方向重叠，只能偏离一定的角度形成弯曲键，其形状像香蕉，又称香蕉键，如图 7-2 所示。弯曲键使环丙烷分子中原子轨道重叠程度小，键的稳定性差。另外环丙烷中的碳氢键在空间处于重叠式位置，存在扭转张力。所以环丙烷不稳定。

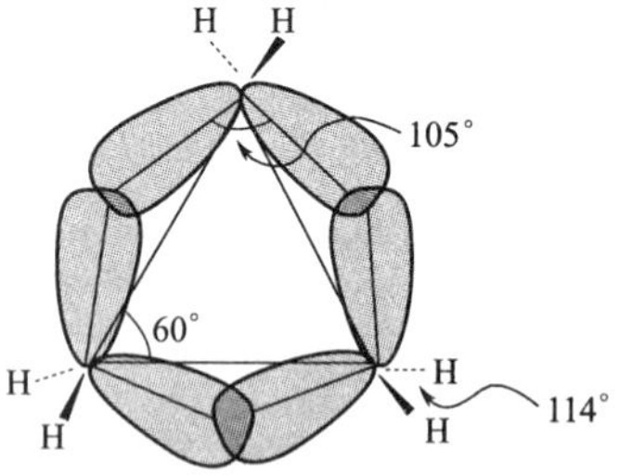

图 7-2 环丙烷原子轨道重叠图

环丁烷的结构与环丙烷相似，分子中原子轨道也不是直线重叠，但弯曲程度不如环丙烷强烈，原子轨道重叠程度增大，键的稳定性增强。环丁烷的四个碳原子不在同一平面，为一种蝶式构象，如图 7-3 所示。环丁烷的环折叠后，因碳氢键重叠所引起的扭转张力有所减小，所以较环丙烷稳定。

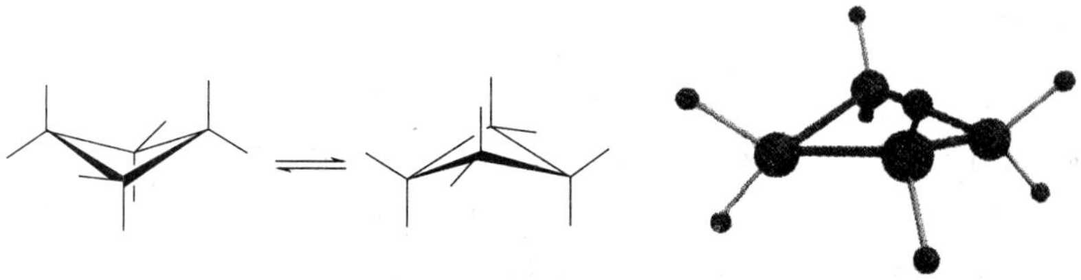

图 7-3 环丁烷的蝶式构象（彩图附后）

环戊烷的碳原子如果在同一平面形成正五边形的结构时几乎没有角张力，但环中所有的碳氢键都是重叠式，有较大的扭转张力，通过环内 C—C 键的旋转，采取非平面半椅式和信封式构象，可使扭转张力降低，因此比平面结构较为稳定，且信封式构象比半椅式构象更稳定。如图 7-4 所示。

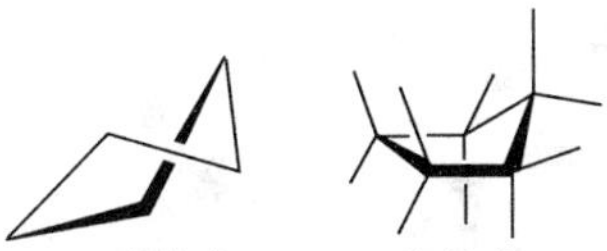

图 7-4 环戊烷的半椅式和信封式构象

环己烷取非平面椅式构象和船式构象，成环碳原子保持了正常键角 109°28′，成键碳原子沿键轴方向重叠，保证了原子轨道最大程度的重叠，形成了稳定的共价键，所以环己烷非常稳定。

另外，环烷烃的燃烧热也提供了环烷烃相对稳定性的依据，常用环烷烃的燃烧热见表 7-2。

表 7-2 **常见环烷烃的燃烧热**（kJ/mol）

名称	成环碳原子数	燃烧热	每个 CH_2 的平均燃烧热
环丙烷	3	2091.3	697.1
环丁烷	4	2744.1	686.2
环戊烷	5	3320.1	664.0
环己烷	6	3951.7	658.6
环庚烷	7	4636.7	662.3
环辛烷	8	5313.9	664.2
环壬烷	9	5981.0	664.4
环癸烷	10	6635.8	663.6
环十五烷	15	9884.7	659.0
开链烷烃			658.6

从表 7-2 可以看出：从三元环到六元环随着环的增大，每个 CH_2 的平均燃烧热值下降。燃烧热高说明分子内能高，内能越高分子越不稳定，所以环烷烃的稳定性顺序为：六元环＞五元环＞四元环＞三元环。从七元环开始，每个 CH_2 的平均燃烧热值趋于恒定，稳定性也相似，是比较稳定的无张力环。

四、脂环烃的立体异构

（一）脂环烃的顺反异构

脂环烃由于环的存在，限制了 C—Cσ 键的自由旋转，环上碳原子所连的原子或基团在空间的排布被固定，和烯烃一样存在顺反异构。两个取代基在环平面同侧的为顺式，在异侧的为反式。例如：

顺-1,2-二甲基环丙烷 反-1,3-环己二醇

（二）环己烷及其衍生物的构象

1. 环己烷的构象

环己烷环上碳原子不在同一平面，保持了碳碳键角为 109°28′，这种无角张力的环己烷的典型构象有椅式构象和船式构象，如图 7-5 所示。

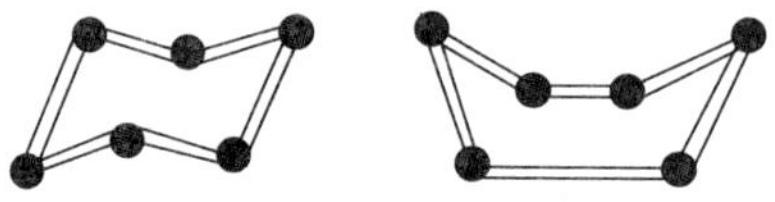

图 7-5　环己烷的构象

环己烷的椅式构象不仅没有角张力，而且所有相邻碳原子上的氢原子都处于邻位交叉式，因而不存在重叠式所引起的扭转张力，此外，环的两个对角上的氢原子距离最大（约 230pm），这些因素导致环己烷的椅式构象高度稳定。环己烷的椅式构象透视式及其纽曼投影式如图 7-6 所示。

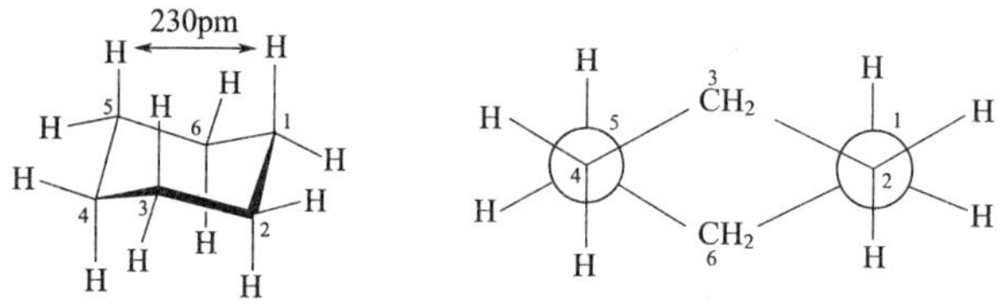

图 7-6　环己烷的椅式构象透视式及其纽曼投影式

环己烷的船式构象中 C_2 和 C_3、C_5 和 C_6 处于全重叠式，有较大的扭转张力。另外，船头（C_1 和 C_4）上两个氢原子相距较近（约 183pm），远小于两个氢原子半径之和（250pm），因而存在由于空间拥挤所引起的斥力，亦称跨环张力，这两种张力的存在使船式构象能量升高，比椅式构象能量高 29.7kJ/mol。所以环己烷的船式构象极不稳定。环己烷的船式构象透视式及其纽曼投影式如图 7-7 所示。

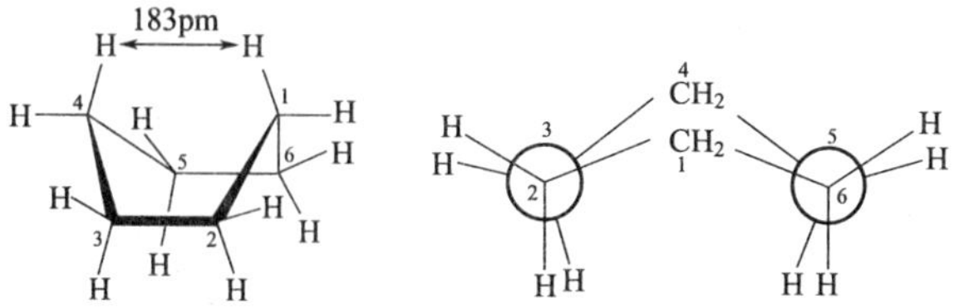

图 7-7　环己烷的船式构象透视式及其纽曼投影式

由此可见，椅式构象是环己烷的优势构象，虽然椅式和船式可以相互转变而处于动态平衡，但在室温条件下 99.9%的环己烷以椅式构象存在。

2. 直立键和平伏键

在环己烷的椅式构象中，C_1、C_3、C_5 在同一环平面上，C_2、C_4、C_6 在另一环平面上，这两个环平面相互平行，其间距约 50pm。穿过环中心并垂直于环平面的轴叫对称轴。据此环己烷中 12 个 C—H 键分为两种类型：一类是 6 个 C—H 键垂直于环平面，即与对称轴平行，称为直立键，也称 a 键（axial bonds），其中 3 个竖直向上，3 个竖直向下，交替排列；另一类是 6 个 C—H 键略与环平面平行，即与对称轴大致垂直，伸出环外，形成角度为（109.5°－90°）≈19.5°的键，称为平伏键，也称 e 键（equatorial bonds），其中 3 个向上，3 个向下，交替排列。如图 7-8 所示。

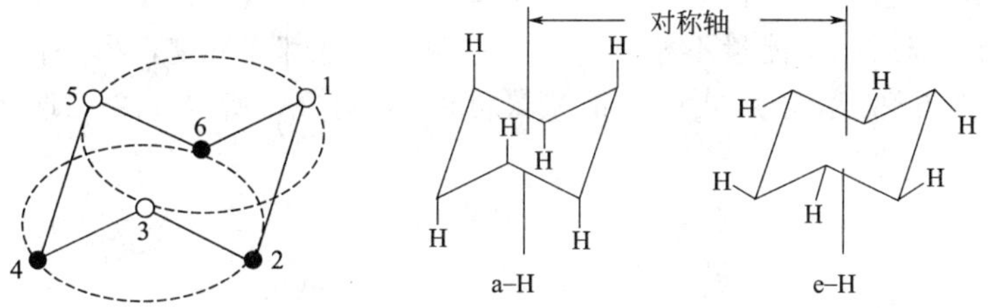

图 7-8 环己烷椅式构象的环平面、对称轴及直立键和平伏键

3. 转环作用

环己烷通过环内碳碳单键的旋转，可以从一种椅式构象转变成另一种椅式构象，称为转环作用。转环时大约需要克服 46kJ/mol 的能垒，室温下分子具有足够的动能克服此能垒，因此转环作用极其迅速。转环后，原来的 a 键变为 e 键，e 键变为 a 键，但其空间的相对位置不变，即向上和向下的取向并不改变。如图 7-9 所示。

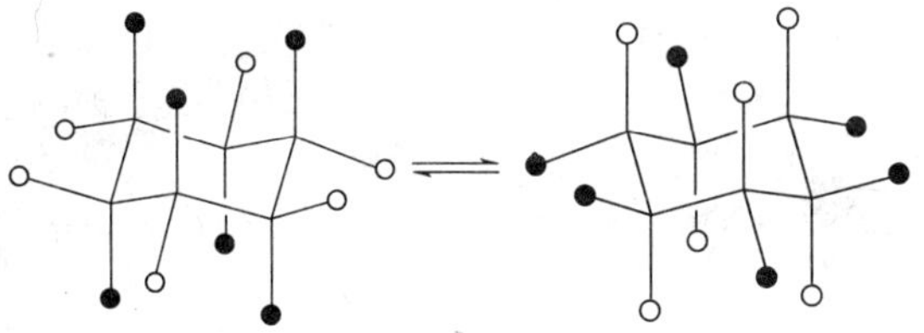

图 7-9 环己烷的两种椅式构象

4. 环己烷衍生物的构象

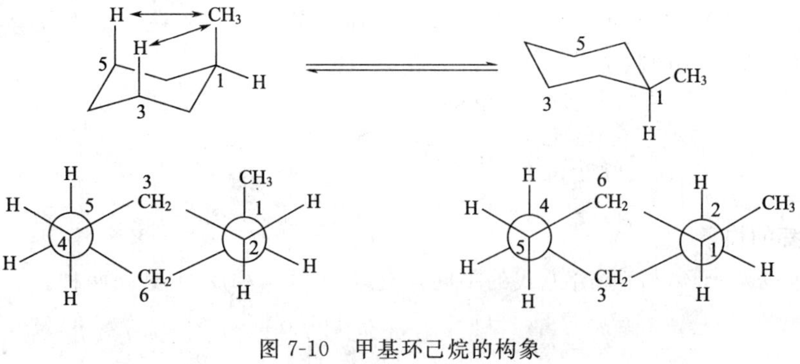

图 7-10 甲基环己烷的构象

一取代环己烷有两种可能构象，取代基在 a 键或在 e 键。一般情况下，以取代基在 e 键的构象占优势。因为取代基在 e 键时，与 3-位 CH_2 成对位交叉式，而取代基在 a 键时，与 3-位 CH_2 成邻位交叉式；同时，处于 a 键的取代基与 3-位及 5-位上的 a 键氢之间由于空间

拥挤所引起的跨环张力较大，分子内能较高。甲基环己烷的两种构象如图 7-10 所示，甲基在 e 键的构象占 95%。随着取代基体积的增大，取代基在 e 键的构象优势更为明显，如叔丁基环己烷中的叔丁基几乎全部位于 e 键。

环己烷分子中有两个或两个以上氢原子被取代时，进行构象分析不仅要考虑取代基在 e 键或在 a 键，还要考虑顺反异构问题。如 1,2-二甲基环己烷有顺式和反式两种异构体，顺式的两种椅式构象均有一个甲基在 e 键，一个甲基在 a 键，它们能量相等，平衡混合物中各占 50%；反式的两种椅式构象能量不相等，一种是两个甲基都在 e 键，另一种是两个甲基都在 a 键，前者为优势构象。由于反式中有能量最低的 ee 构象，所以 1,2-二取代环己烷的反式异构体比顺式异构体稳定。

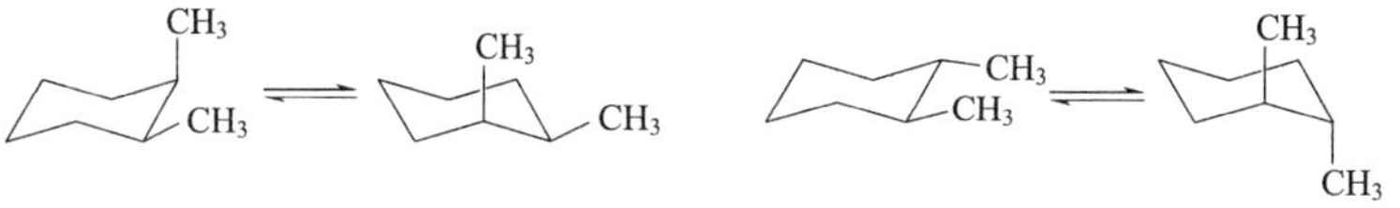

ae构象　ea构象　ee构象(优势构象)　aa构象

顺-1,2-二甲基环己烷　反-1,2-二甲基环己烷

1,3-二取代环己烷顺式异构体有 ee 构象，比反式异构体稳定；1,4-二取代环己烷反式异构体有 ee 构象，比顺式异构体稳定。

ee构象(优势构象)　aa构象　ea构象　ae构象

顺-1,3-二甲基环己烷　反-1,3-二甲基环己烷

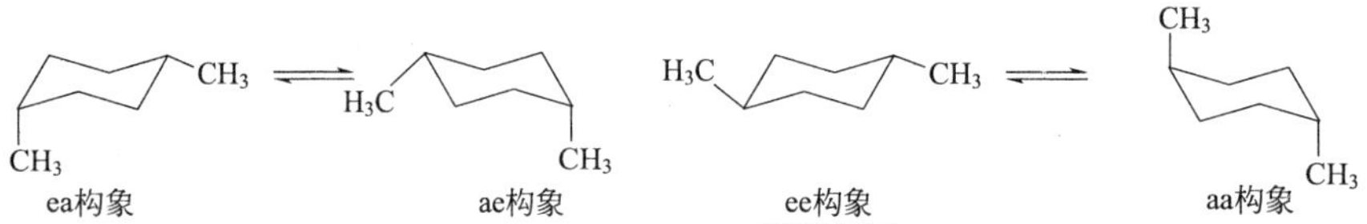

ea构象　ae构象　ee构象(优势构象)　aa构象

顺-1,4-二甲基环己烷　反-1,4-二甲基环己烷

根据构象分析得知：一取代环己烷其取代基在 e 键为优势构象；多取代环己烷以 e 键取代最多的为优势构象；当环上有不同取代基时，体积最大的基团在 e 键为优势构象，如顺-1-甲基-2-叔丁基环己烷中叔丁基位于 e 键为优势构象。

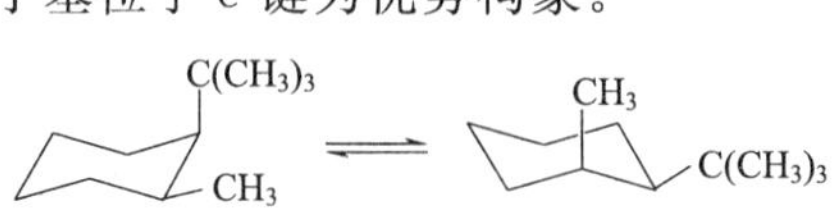

优势对象

5. 十氢萘的构象

十氢萘根据两个环己烷稠合方式的不同，有顺-十氢萘和反-十氢萘两种。

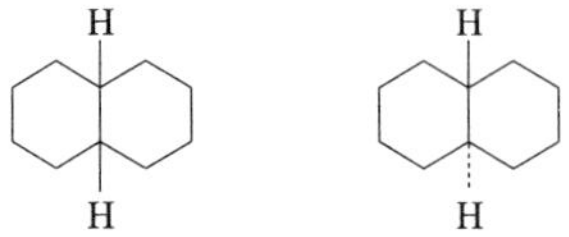

顺-十氢萘　反-十氢萘

十氢萘的构象可以看作是两个环己烷椅式构象的稠合，如图 7-11 所示。反-十氢萘的两

环以 ee 键稠合，而顺-十氢萘的两环以 ea 键稠合，因此，反-十氢萘构象比较稳定。

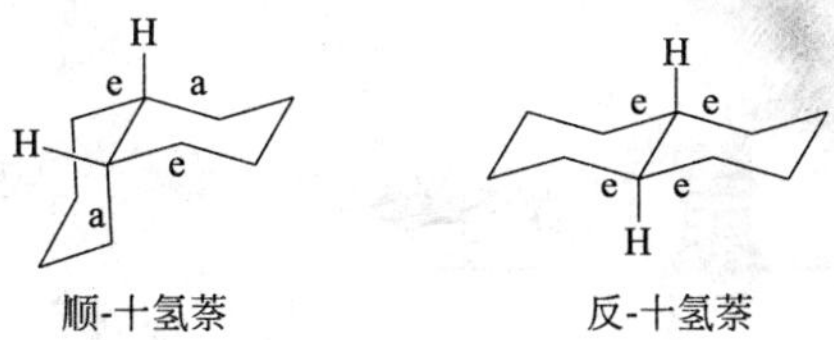

图 7-11 十氢萘的构象

第八章 芳香烃

芳香族碳氢化合物（aromatic hydrocarbons）简称为芳香烃或芳烃。这类化合物大多数含有苯环结构，也有少数不含苯环，但结构和性质与苯相似。因此，根据芳香烃分子中是否含有苯环以及所含苯环的数目，可把芳香烃分为三类。

1. 单环芳烃

分子中只含有一个苯环。例如：

苯

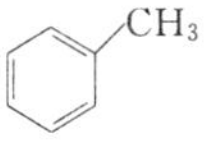

甲苯

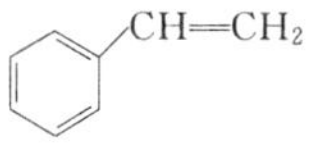

苯乙烯

2. 多环芳烃

分子中含有两个或两个以上的苯环。例如：

联苯

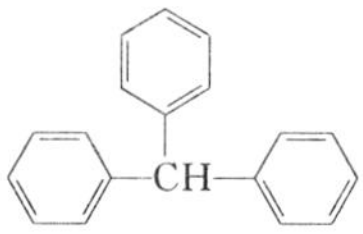

三苯甲烷

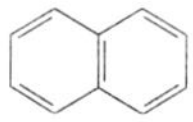

萘

3. 非苯芳烃

分子中不含苯环，但具有芳香族化合物的共同特征。例如：

环戊二烯负离子

环庚三烯正离子

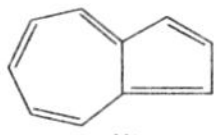

薁

第一节 单环芳烃

一、苯的结构

（一）苯的开库勒（Kekulé）式

苯的分子式 C_6H_6，从碳氢比例来看，高度不饱和，但苯的化学性质与烯烃、炔烃却完全不同。它不易被高锰酸钾氧化，不易发生加成。例如，苯不能使溴的四氯化碳溶液褪色；催化氢化在加压的条件下才能生成环己烷。

$$C_6H_6 + 3H_2 \xrightarrow[\text{加压}]{\text{Ni}}$$ 

但苯容易发生取代反应，例如，苯与溴在催化剂的作用下不发生加成，而得到取代产物。取代时苯环原有的结构不变。

$$C_6H_6 + Br_2 \xrightarrow{FeBr_3} C_6H_5Br + HBr$$

以上反应说明了苯的化学稳定性。苯不易加成，不易氧化，容易取代，且反应过程中能保持苯环的结构不变的一种环的特殊稳定性称为“芳香性”，芳香性是芳香族化合物的共同特性。

苯加氢能生成环已烷，说明苯具有六碳环结构。研究苯的取代反应，发现苯的一元取代产物只有一种，这说明苯分子中的六个碳原子和六个氢原子的地位完全等同，即无论哪个氢被取代都得到相同化合物。根据这些事实，1865 年德国化学家凯库勒提出苯是一个对称的六碳环结构，环上碳原子之间以单键、双键交替排列，每个碳原子上都连有一个氢原子。

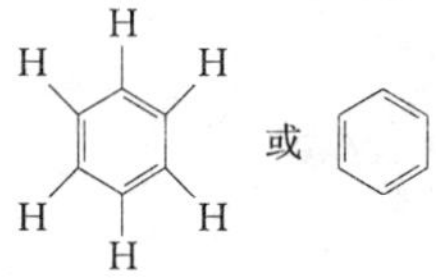

这个式子称为苯的凯库勒式。

凯库勒式的提出，在有机化学的发展史上起了卓越的作用，它成功地解释了苯的一元取代物只有一种；也符合苯氢化时可得到环已烷的事实。但凯库勒式不能说明苯分子中既然有双键，为何还相当稳定；另外，按照凯库勒式，苯的邻位二元取代物应有两种异构体：

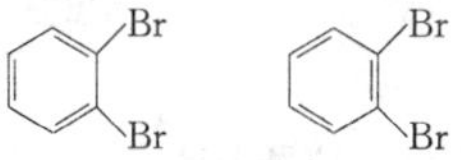

（Ⅰ）　　（Ⅱ）

（Ⅰ）和（Ⅱ）式之间的差别仅在于两个溴原子所连的两个碳原子之间是以单键还是双键相连，而实际上，苯的邻位二元取代物只有一种。关于这个问题，凯库勒假设苯环是下列两种结构式的平衡体系：

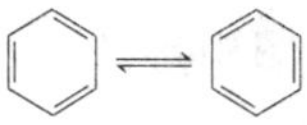

它们之间迅速互变，所以（Ⅰ）式和（Ⅱ）式不能分离，好像只有一种邻位二元取代物。但大量的实验事实证明，这种假设是不存在的。

在凯库勒式中苯分子有交替排列的单键和双键，而单键和双键的键长是不相等的，那么苯分子应是一个不规则的六边形结构，但事实上苯分子中的碳碳键长完全相等，所以凯库勒结构式并不能圆满地表达苯分子的真实结构。

（二）苯分子结构的近代概念

1. 杂化轨道理论对苯分子结构的认识

近代物理方法研究证明，苯分子是平面六边形结构，六个碳原子和六个氢原子都在同一平面上。碳碳键长完全相等，都是 139pm，所有的键角都是 120°。

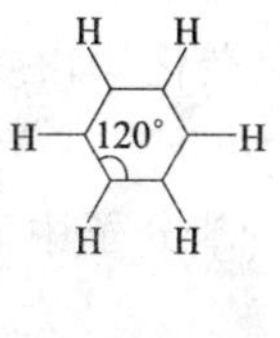

按照杂化轨道理论，苯分子中的碳原子都是 sp^2 杂化，每个碳原子以一个 sp^2 杂化轨道与氢原子的 s 轨道重叠形成 C—Hσ 键；以两个 sp^2 杂化轨道分别与相邻的两个碳形成 C—Cσ 键，由于三个 sp^2 杂化轨道处在同一平面上，相互之间的夹角是 120°，所以，苯分子中所有的原子都在同一平面。此外，每个碳原子上未参加杂化的 p 轨道都垂直于该平面，它们相互平行侧面重叠，这样就形成了一个包括六个碳原子在内的闭合的共轭体系，形成了一个环状的离域大 π 键，π 电子云均匀地分布在环平面的上方和下方，所有碳原子上的 p 轨道重叠程度完全相同，所以碳碳键长完全相等，它比烷烃中碳碳单键键长（154pm）短，比烯烃中碳碳双键键长（134pm）长，键长发生了完全平均化，体系内能降低，所以苯分子非常稳定。显然，苯分子不是凯库勒式表示的那样单、双键交替排列的结构。后来有人采用  表示苯的结构。在目前文献资料中，这两种表示方法都有。本书采用 （或 ）代表苯的结构。

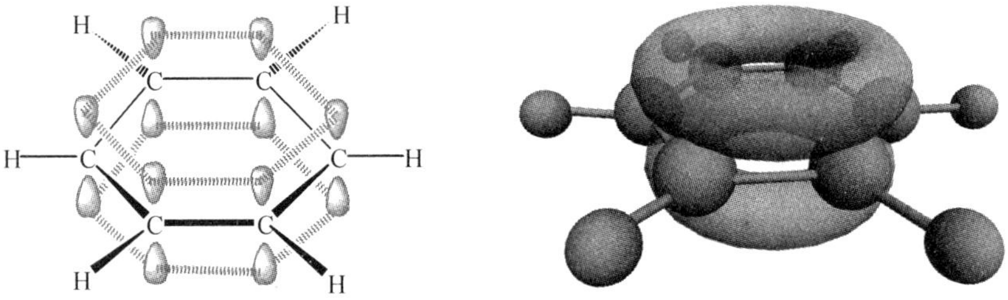

图 8-1　苯分子中 p 轨道和 π 电子云示意图（彩图附后）

2. 分子轨道理论的解释

按照分子轨道理论的观点，苯分子的六个 p 原子轨道可以通过线性组合形成六个分子轨道（如图 8-2）。其中三个是成键轨道，用 ψ_1、ψ_2 和 ψ_3 表示；三个是反键轨道用 ψ_4、ψ_5 和 ψ_6 表示。成键轨道比反键轨道能量低。图中虚线表示节面，节面越多能量越高。在成键轨道中，ψ_1 没有节面，能量最低。ψ_2 和 ψ_3 各有一个节面，它们能量相等（叫做简并轨道），但比 ψ_1 高。在反键轨道中，ψ_4 和 ψ_5 各有二个节面，它们也是能量相等的简并轨道，能量比成键轨道高。ψ_6 有三个节面，能量最高。苯分子在基态时，六个 π 电子分别成三对填充在三个能量低的成键轨道上，能量高的反键轨道上没有电子，所以体系能量低，结构稳定。

3. 共振论对苯分子结构的解释

根据共振论的观点，苯可以用下列两个最稳定的共振结构式表示：

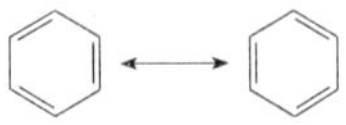

（Ⅰ）　　　（Ⅱ）

因为（Ⅰ）式和（Ⅱ）式结构相似，能量最低，对共振杂化体的贡献最大，所以苯主要是由（Ⅰ）式和（Ⅱ）式共振形成的共振杂化体，或者说（Ⅰ）式和（Ⅱ）式共振得到的共振杂化体最接近于苯的真实结构。

由于（Ⅰ）式和（Ⅱ）式的贡献，使苯分子中的碳-碳键没有单键和双键的区别，所以

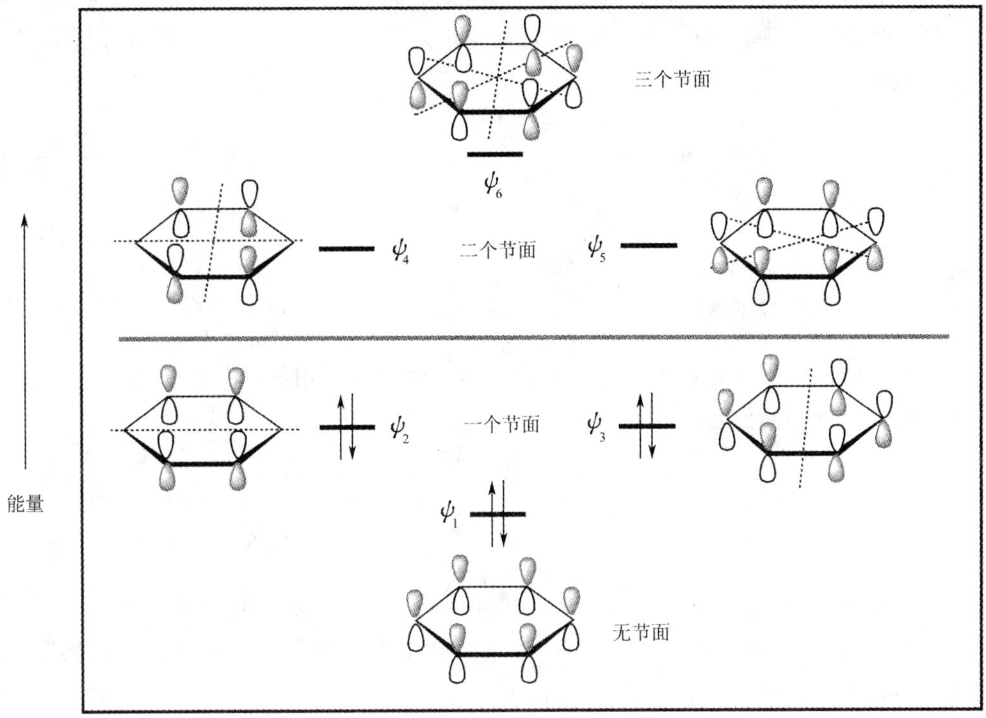

图 8-2 苯的 π 分子轨道能级图

苯的邻位二元取代物只有一种。

按照共振论的观点，结构相似能量相同的共振式不仅是杂化体的主要共振式，而且由此共振而形成的共振杂化体也特别稳定，所以苯的结构很稳定。这可从苯具有低的氢化热值得到证明。例如，环己烯催化氢化形成环己烷，放出 119.5kJ/mol 的热量。

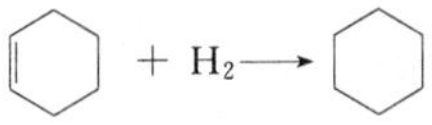

$\Delta H = -119.5\text{kJ/mol}$

如果把苯分子看作有三个双键，其氢化热数值理应是环己烯的三倍（119.5×3=358.5kJ/mol）。而事实上苯加氢生成环己烷所放热量只有 208kJ/mol。

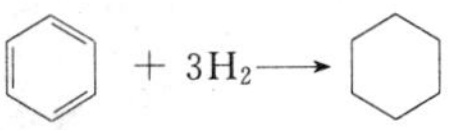

$\Delta H = -208\text{kJ/mol}$

比计算值少 150.5kJ/mol，这个差值叫共振能（resonanceenergy），也叫离域能。共振能越大，化合物越稳定，所以苯具有特殊的稳定性。

二、单环芳烃的异构和命名

苯的一元取代物一般以苯为母体，烷基为取代基。例如：

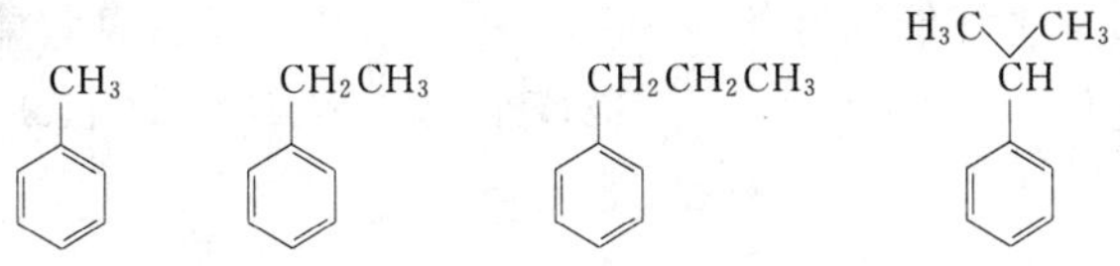

甲苯　　乙苯　　正丙苯　　异丙苯

苯的二元取代物有三种异构体，命名时可用阿拉伯数字或“邻、间、对”字头表示取代基的不同位置。“邻、间、对”的相应英文为 ortho、meta、para，命名中可分别缩写为 *o*-、*m*-、*p*-。例如：

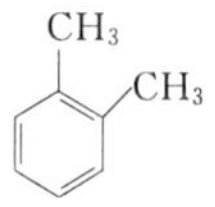

邻二甲苯
（1,2-二甲苯或 *o*-二甲苯）

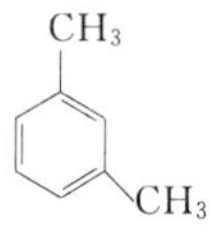

间二甲苯
（1,3-二甲苯或 *m*-二甲苯）

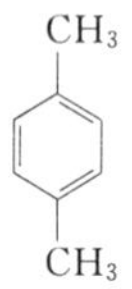

对二甲苯
（1,4-二甲苯或 *p*-二甲苯）

取代基相同的苯的三元取代物有三种异构体，命名时可用阿拉伯数字或“连、偏、均”字头表示取代基的不同位置。例如：

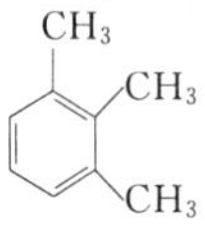

1,2,3-三甲苯（连三甲苯）

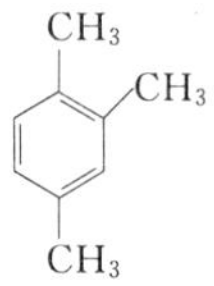

1,2,4-三甲苯（偏三甲苯）

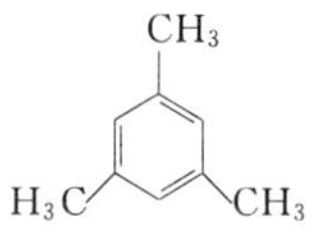

1,3,5-三甲苯（均三甲苯）

IUPAC 命名原则中由于历史的原因，特定甲苯、邻二甲苯、异丙苯、苯乙烯等少数几个芳烃可作为母体来命名其衍生物。例如：

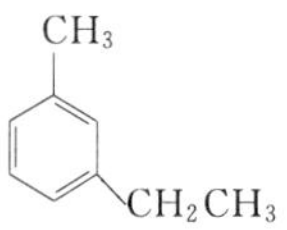

3-乙基甲苯

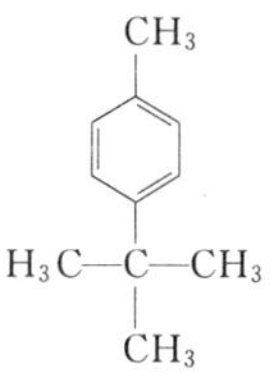

对叔丁基甲苯

当两个烃基相同时，则作为苯的衍生物来命名。例如：

1,4-二乙烯基苯或对二乙烯基苯（不叫对乙烯基苯乙烯）

若苯环上所连的烃基较长、较复杂；或有不饱和基团；或为多苯取代芳烃时，命名以苯环为取代基。例如：

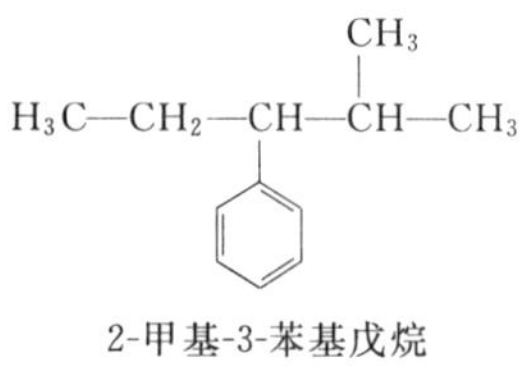

2-甲基-3-苯基戊烷

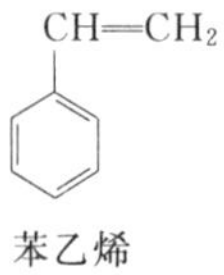

苯乙烯

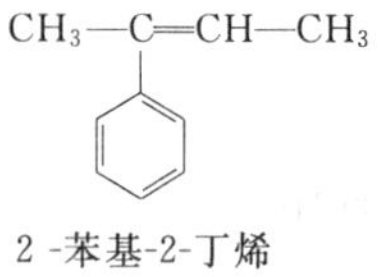

2-苯基-2-丁烯

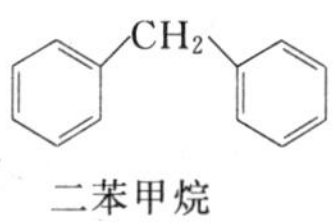

二苯甲烷

若苯环上两个取代基不同时，按下面列出的顺序，先出现的官能团为主官能团，它和苯环一起作为母体，编号从主官能团开始，另一个作为取代基。常见官能团的优先顺序如下：

—COOH > —SO_3H > —COOR > —$CONH_2$ > —CN > —CHO > —COR > —OH > —NH_2 > —OR > —R > —X、—NO_2

例如：

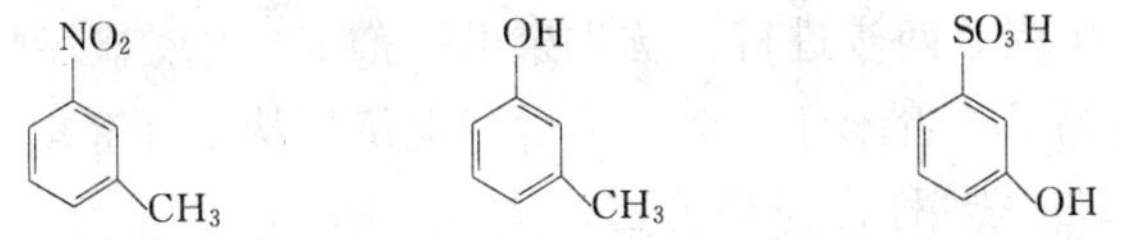

3-硝基甲苯　　3-甲基苯酚　　3-羟基苯磺酸

芳烃芳环上去掉一个氢原子剩下的基团叫芳基，用 Ar—（Aryl 的缩写）表示；苯分子中去掉一个氢原子剩余基团 C_6H_5—叫苯基，用 Ph—（Phenyl 的缩写）表示；甲苯分子中甲基上去掉一个氢原子剩余基团 $C_6H_5CH_2$—叫苯甲基或苄基；甲苯分子中苯环上去掉一个氢原子剩余基团 $CH_3C_6H_4$—叫甲苯基，根据甲基位置不同又分邻、间、对三种类型。

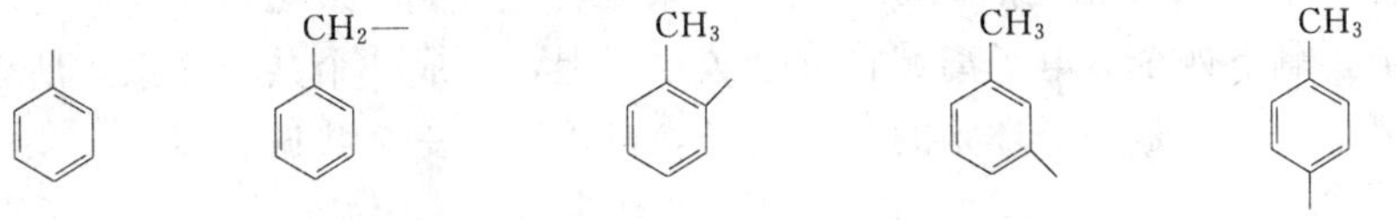

苯基　　苯甲基（苄基）　　邻甲苯基　　间甲苯基　　对甲苯基

三、单环芳烃的物理性质

单环芳烃比重小于 1。不溶于水，易溶于汽油、乙醚、四氯化碳和石油醚等有机溶剂。燃烧时火焰带有较浓的烟。沸点随分子量的增加而升高。熔点除与分子质量有关外，还与结构的对称性有关，通常对位异构体熔点较高。其蒸气有毒，长期吸入会损伤造血系统。

表 8-1　　常见芳香烃的物理常数

化合物	结构简式	m. p.(℃)	b. p.(℃)	d_4^{20}
苯	C_6H_6	5.5	80.1	0.879
甲苯	$C_6H_5CH_3$	−95	111.6	0.867
邻二甲苯	o-$CH_3C_6H_4CH_3$	−25.2	144.4	0.880
间二甲苯	m- $CH_3C_6H_4CH_3$	−47.9	139.1	0.864
对二甲苯	p- $CH_3C_6H_4CH_3$	13.2	138.4	0.861
乙苯	$C_6H_5CH_2CH_3$	−95	136.2	0.867
正丙苯	n-$C_3H_7C_6H_5$	−99.6	159.3	0.862
异丙苯	i-$C_3H_7C_6H_5$	−96	152.4	0.862
苯乙烯	$C_6H_5CH=CH_2$	−33	145.8	0.906

四、单环芳烃的化学性质

苯环是一个平面结构，离域的 π 电子云分布在环平面的上方和下方，它像烯烃中的 π 电子一样，能够对亲电试剂提供电子，但是，苯环是一个较稳定的共轭体系，难以破坏，所以苯环很难进行亲电加成，易于亲电取代。亲电取代是苯环的典型反应。

（一）亲电取代反应

芳烃的重要亲电取代反应有卤代、硝化、磺化以及傅-克烷基化和酰基化反应等。这些反应都是由缺电子的试剂或带正电荷的基团首先进攻苯环上的 π 电子所引发的取代反应，故称亲电取代反应（electrophilic substitution）。

芳烃亲电取代反应历程分两步进行：首先亲电试剂 E^+ 进攻苯环与离域的 π 电子作用形成 π-络合物，π-络合物仍保持着苯环结构。然后亲电试剂从苯环夺取二个电子，与苯环的一个碳原子形成一个 C—Eσ 键，称为 σ-络合物。

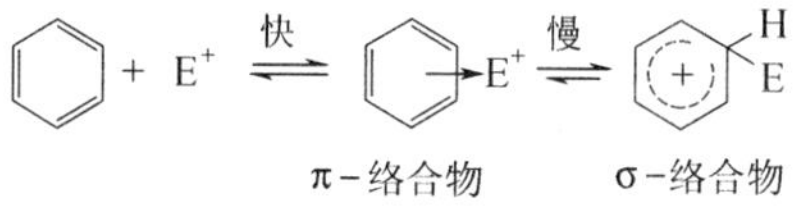

在 σ-络合物中，跟 E 相连的碳原子由 sp^2 杂化转变为 sp^3 杂化，苯环原有的六个 π 电子中给出了两个，剩下四个 π 电子离域在五个碳原子上，形成一个共轭体系，所以 σ-络合物不是原来的苯环结构，它是一个环状的碳正离子，可用以下三个共振式表示：

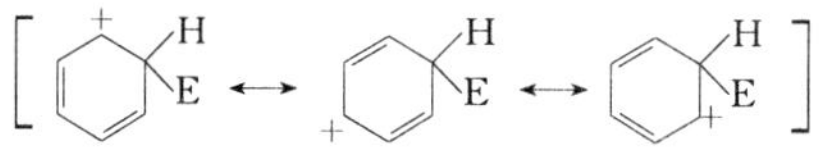

σ-络合物的能量比苯高因而不稳定，它迅速从 sp^3 杂化碳原子上失去一个质子转变为 sp^2 杂化碳原子，又恢复了稳定的苯环结构。

1. 卤代反应

在催化剂（$AlCl_3$、FeX_3、BF_3、$ZnCl_2$ 等路易斯酸）的存在下，苯较容易和氯或溴作用，生成氯苯或溴苯。这类反应称为卤代反应（halogenation）。

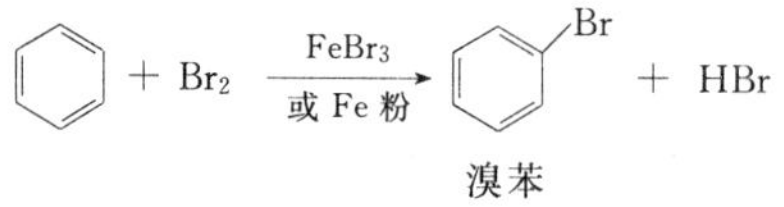

三卤化铁的作用是促使卤素分子极化而异裂，产生的卤素正离子 X^+ 作为亲电试剂进攻苯环，得到卤苯。

$$X_2 + FeX_3 \longrightarrow X^+ + FeX_4^-$$

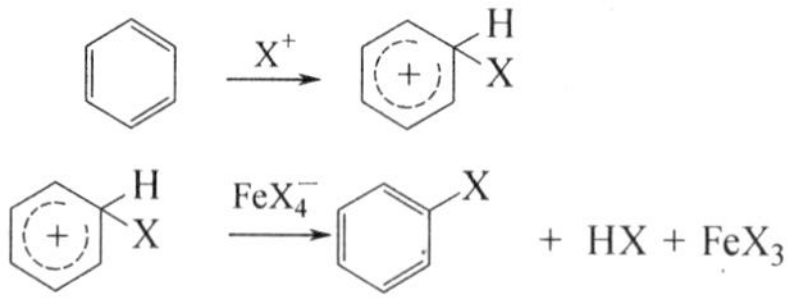

在实际操作中也可用铁粉做催化剂，因为铁和溴反应可生成溴化铁。

用该反应合成氯苯或溴苯时，通常还得到少量的邻位和对位二卤代苯。因此，在剧烈条件下，卤苯继续卤代也主要生成邻、对位取代产物。

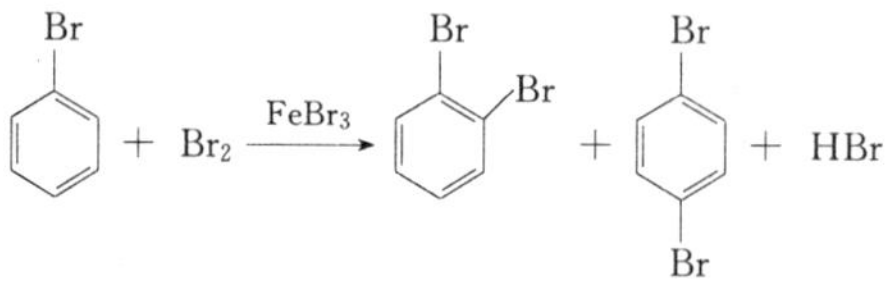

烷基苯也可发生卤代，反应比苯容易。例如甲苯氯代，主要生成邻位和对位取代产物。

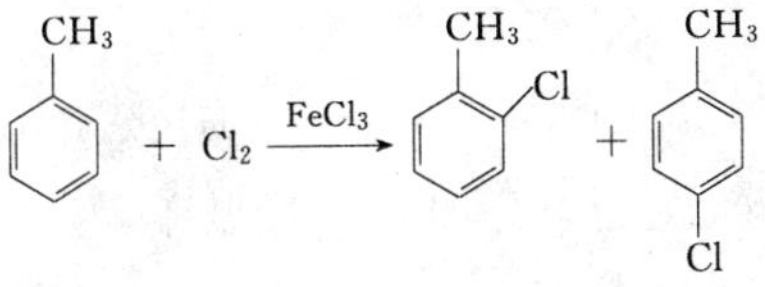

邻氯甲苯　　对氯甲苯

卤素与苯发生取代反应的活性顺序是：氟＞氯＞溴＞碘，氟代反应太激烈，碘代活性小，反应速度慢，并且反应中生成的碘化氢是一个还原剂，使反应可逆，所以氟代和碘代产物不能用此法制备。

烷基苯在光照条件下与卤素作用，发生自由基取代反应，与苯环直接相连的碳原子上的氢被卤素取代。例如：

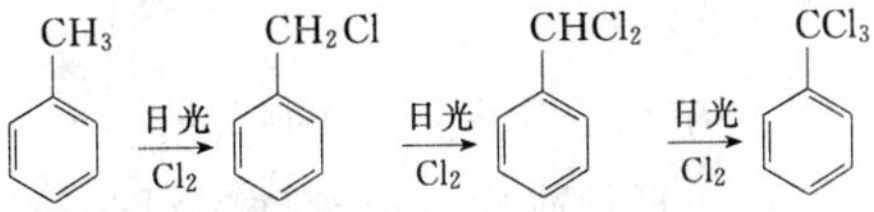

2. 硝化反应

苯与浓硫酸和浓硝酸（也称混酸）共热，苯环上一个氢原子可被硝基（—NO_2）取代，生成硝基苯。这个反应称为硝化反应（nitration）。

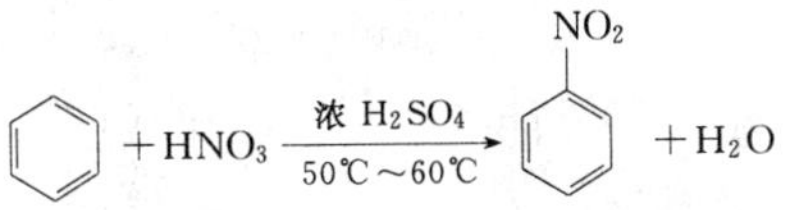

硝基苯不容易继续硝化，提高反应温度并且用发烟硝酸和发烟硫酸做硝化剂，才能在间位引入第二个硝基。

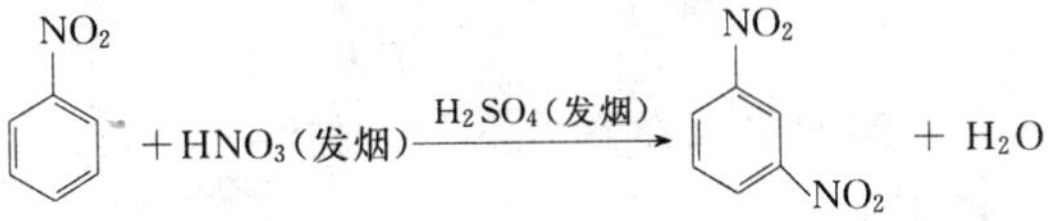

间二硝基苯　93.3%

烷基苯硝化比苯容易，与混酸作用，反应温度 30℃，便可生成邻硝基甲苯和对硝基甲苯。

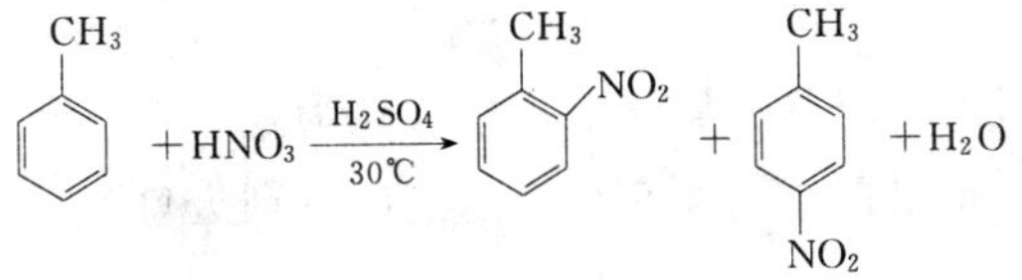

如果硝基甲苯继续硝化，可得到 2,4,6-三硝基甲苯，即炸药 TNT。

硝化反应中的亲电试剂是硝酰正离子（NO_2^+）。硫酸的酸性比硝酸强，硝酸作为碱从硫酸中夺取一个 H^+，形成质子化的硝酸和酸式硫酸根离子，然后质子化的硝酸在硫酸存在下失水，产生硝酰正离子 NO_2^+。

$$HO—NO_2 + HOSO_3H \rightleftharpoons H—\overset{+}{\underset{\mid \atop H}{O}}—NO_2 + HSO_4^-$$

$$H—\overset{+}{\underset{\mid \atop H}{O}}—NO_2 + H_2SO_4 \rightleftharpoons NO_2^+ + H_3O^+ + HSO_4^-$$

上述两反应的总反应式为：

$$2H_2SO_4 + HONO_2 \rightleftharpoons NO_2^+ + H_3O^+ + 2HSO_4^-$$

NO_2^+ 是一个强的亲电试剂，它进攻苯环生成硝基苯。

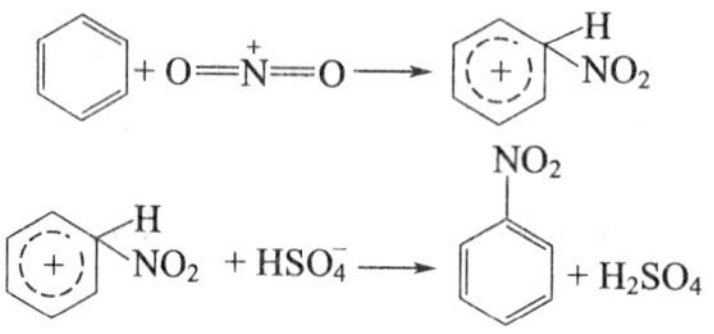

由以上反应可以看出，硝化反应中 NO_2^+ 是有效的亲电试剂，浓硫酸的作用是促使 NO_2^+ 的形成。若只用浓硝酸和苯反应，其速度很慢，因为在浓硝酸中仅存在少量的 NO_2^+。

3. 磺化反应

苯与浓硫酸反应很慢，与发烟硫酸（三氧化硫的硫酸溶液）反应较快，在室温下苯环上的一个氢原子既可被磺酸基（$-SO_3H$）取代生成苯磺酸。这类反应称为磺化反应（sulfonation）。

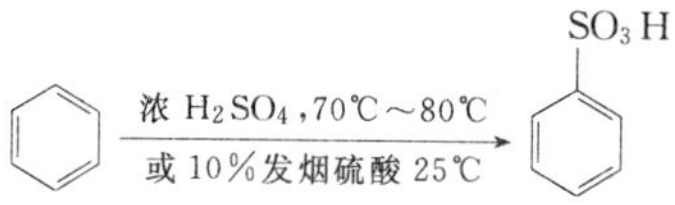

生成的苯磺酸需要在更高温度下才能继续磺化，生成间苯二磺酸。

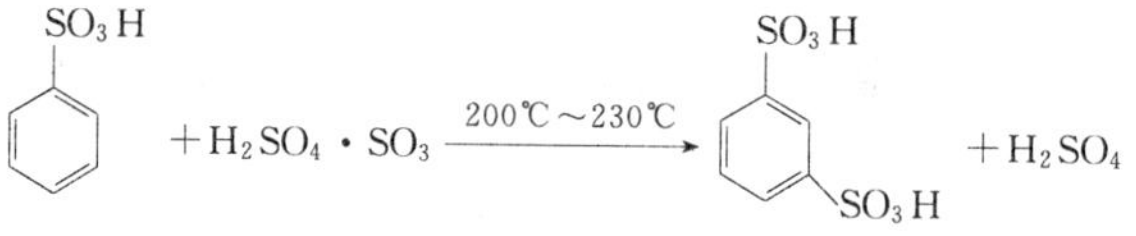

间苯二磺酸

烷基苯的磺化比苯容易，例如甲苯在室温下就可与浓硫酸反应。

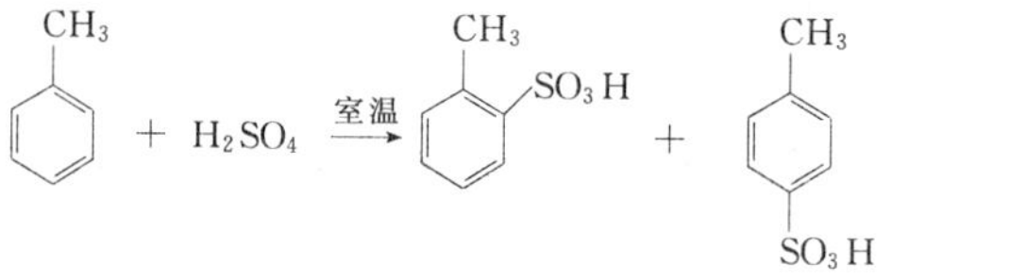

邻甲苯磺酸 32%　　对甲苯磺酸 62%

磺化反应中的亲电试剂可能是三氧化硫（也有认为是 $^+SO_3H$），在三氧化硫分子中，由于极化使硫原子上带部分正电荷，因而它可作为亲电试剂进攻苯环。

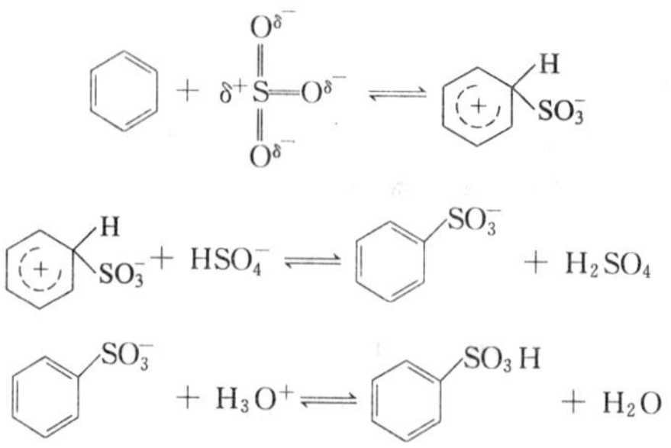

浓硫酸自身也会产生 SO_3。

$$2H_2SO_4 \rightleftharpoons SO_3 + H_3O^+ + HSO_4^-$$

常用的磺化剂除浓硫酸、发烟硫酸外，还有三氧化硫和氯磺酸（$ClSO_3H$）等。例如苯和氯磺酸反应，氯磺酸不过量时生成苯磺酸，氯磺酸过量时则生成苯磺酰氯。

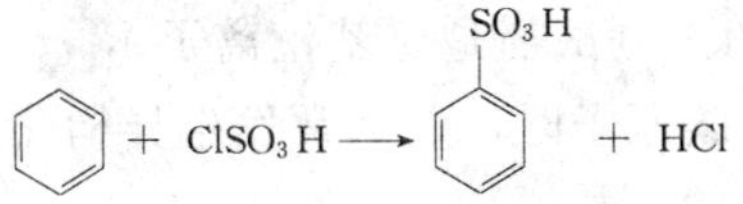

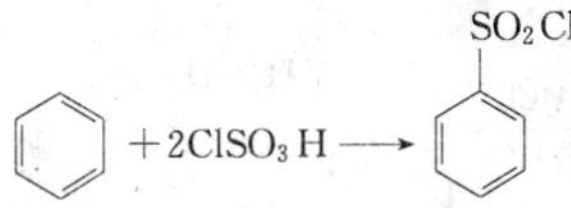

苯磺酰氯

通过该反应在苯环上引入了氯磺酰基（$—SO_2Cl$），称氯磺化反应。

氯磺酰基很活泼，通过它可制取磺酰胺（$ArSO_2NH_2$）和芳磺酸酯（$ArSO_2OR$）等磺酰衍生物。

磺化反应是可逆的。如果将苯磺酸与稀硫酸或盐酸在一定压力下加热，或在磺化所得混合物中通入过热水蒸气，可脱去$—SO_3H$基得到苯，磺化的逆反应也叫水解反应。

在有机合成上，可利用磺酸基暂时占据环上某个位置，使这个位置不被其他基团取代，待反应完毕后，再通过水解脱去$—SO_3H$基。此性质已广泛应用于有机合成。

苯磺酸是强酸，其酸性强度与硫酸相当，它极易溶于水，在难溶于水的芳香族化合物分子中引入$—SO_3H$基，可增加物质的水溶性。

4. 傅-克（Friedel-Crafts）**反应**

在无水三氯化铝等催化剂作用下，芳烃与卤代烷或酰卤反应，苯环上的氢原子可被烷基（R—）或酰基（RCO—）取代，分别称为傅-克烷基化反应（alkylation）和傅-克酰基化反应（acylation）。

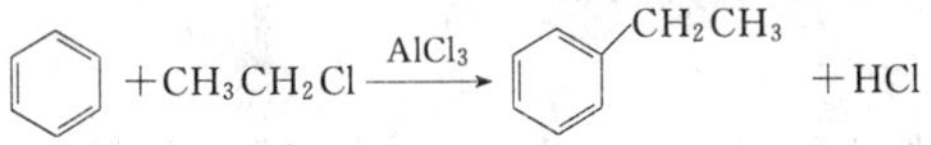

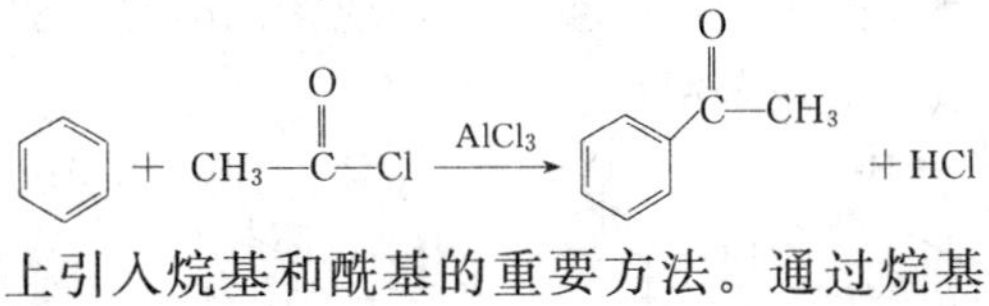

这两个反应是在苯环上引入烷基和酰基的重要方法。通过烷基化反应可制备烷基芳烃，通过酰基化反应可制备芳香酮。

傅-克反应常用的烷基化试剂有卤代烷、烯烃和醇；常用的酰基化试剂有酰卤、酸酐；常用的催化剂有 $AlCl_3$、$FeCl_3$、$SnCl_4$、BF_3、$ZnCl_2$、HF、H_2SO_4 等 Lewis 酸，其中以无水 $AlCl_3$ 活性最高。

催化剂的作用是产生亲电试剂烷基碳正离子和酰基碳正离子。

$$RCl + AlCl_3 \rightleftharpoons R^+ + AlCl_4^-$$

$$ROH + BF_3 \longrightarrow R\overset{+}{O}(H)BF_3^- \rightleftharpoons R^+ + HOBF_3^-$$

$$RCH{=}CH_2 + HF \longrightarrow R\overset{+}{C}HCH_3 + F^-$$

$$RCOCl + AlCl_3 \rightleftharpoons R{-}\overset{+}{C}{=}O + AlCl_4^-$$

$$R{-}\overset{O}{\overset{\|}{C}}{-}O{-}\overset{O}{\overset{\|}{C}}{-}R + AlCl_3 \longrightarrow R{-}\overset{+}{C}{=}O + R\overset{O}{\overset{\|}{C}}O{-}AlCl_3^-$$

难以生成碳正离子的卤代烃不发生傅-克反应，如卤乙烯、卤苯。

烷基化反应和酰基化反应的比较：

(1) 傅-克烷基化反应中的亲电试剂是烷基正离子 R^+，而碳正离子易发生重排，因此当卤代烷含有三个或三个以上碳原子时，烷基常发生异构化。例如，苯与 1-氯丙烷反应主要产物是异丙苯。

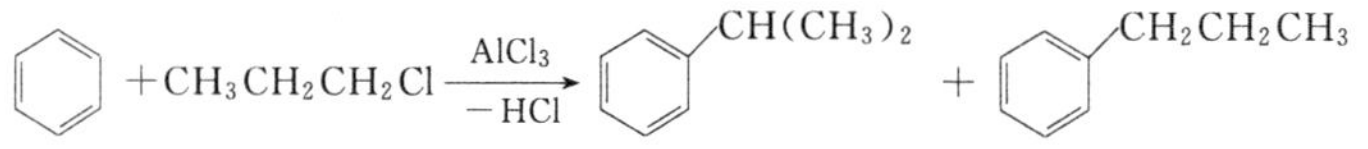

异丙苯 70%　　正丙苯 30%

而酰基化反应不发生异构化。

(2) 在烷基化反应中，当苯环上引入一个烷基后，由于烷基可使苯环电子云密度增加，生成的烷基苯比苯更容易进行亲电取代，所以烷基化反应中容易产生多烷基苯。

苯环上连有强吸电子基时，如$—NO_2$、$—SO_3H$、—CN、—COR 等，它们使苯环上电子云密度降低而不能发生傅-克反应。

(3) 由于碳正离子易发生重排，故不能用傅-克烷基化反应制备直链烷基苯。酰基正离子不发生重排，可先通过傅-克酰基化反应制备芳酮，再用克莱门森（Clemmensen）还原法（Zn-Hg，HCl）将羰基还原为亚甲基（见第十一章“醛、酮的还原反应”），从而可制备直链烷基苯。例如：

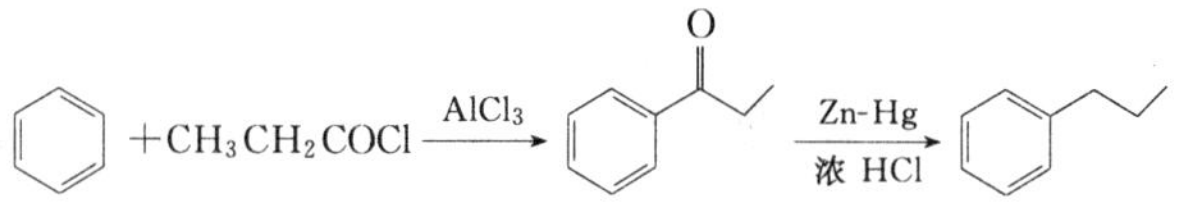

这是在芳环上引入正烷基的重要方法。

（二）氧化反应

常用的氧化剂如酸性高锰酸钾、酸性重铬酸钾或稀硝酸都不能使苯环氧化。烷基苯在这些氧化剂作用下，烷基被氧化生成苯甲酸。例如：

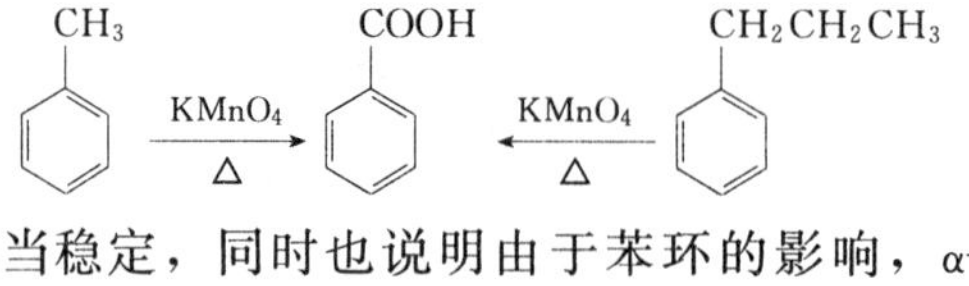

上述反应说明苯环相当稳定，同时也说明由于苯环的影响，α-H（与苯环直接相连的碳原子上的氢原子）活性增加，所以氧化总是发生在 α 位上，导致不论烷基碳链长短如何都氧化为羧基。如果与苯环相连的碳原子上不含 α-H，如叔丁基，则烷基不能被氧化。

在较高温度及特殊催化剂作用下，苯可被空气氧化，苯环破裂生成顺丁烯二酸酐。

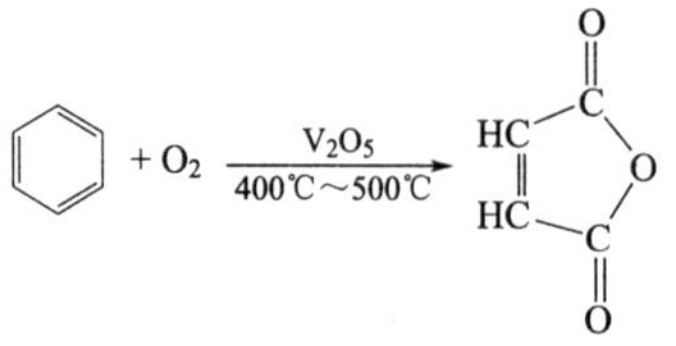

顺丁烯二酸酐

（三）加成反应

芳烃与烯烃、炔烃相比，在一般条件下不发生加成反应，其加成必须在特殊条件下进行。

1. 加氢

苯以镍为催化剂，高温、加压加氢，可生成环己烷。

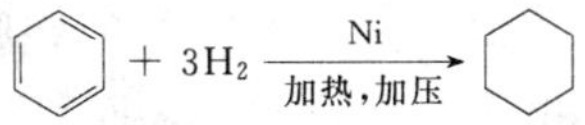

2. 加氯

在紫外光照射下，苯与氯加成生成六氯化苯，即杀虫剂“六六六”。

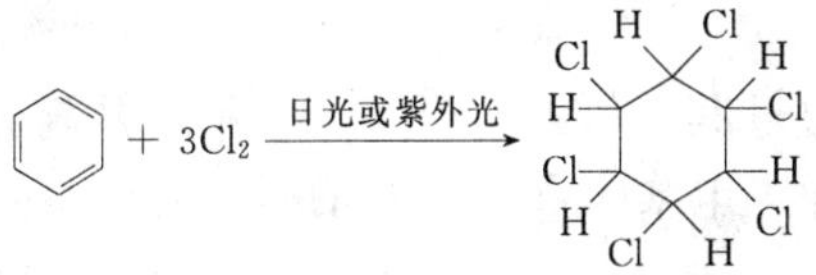

六六六曾经大量使用，由于化学性质稳定，残留毒性大，现已禁止使用。

五、苯环上取代反应的定位规则

在芳烃的亲电取代反应中，甲苯比苯容易硝化，硝基主要进入甲基的邻、对位；硝基苯比苯难硝化，第二个硝基主要进入间位。可见，苯环上原有的取代基对新引入的取代基的位置，以及反应的难易程度起决定性影响，因此将苯环上原有的取代基称为定位基。

（一）定位基的分类

大量的实验事实表明，某些定位基使第二个取代基主要进入其邻位和对位（邻位加对位的产量大于60%），这类定位基称为邻、对位定位基；还有些定位基使第二个取代基主要进入其间位（间位的产量大于40%），这类定位基称为间位定位基。

1. 邻、对位定位基

这类定位基的结构特征是，定位基中与苯环直接相连的原子多数具有未共用电子对。常见的邻、对位定位基及其反应活性（相对苯而言）如下：

强致活基团：$—NR_2$，—NHR，$—NH_2$，—OH

中致活基团：$—OCH_3$（—OR），$—NHCOCH_3$（—NHCOR），$—OCOCH_3$

弱致活基团：—Ph（—Ar），$—CH_3$（—R）

弱致钝基团：—F，—Cl，—Br，—I

这类定位基除卤素外都使苯环活化，使亲电取代较苯容易进行，唯卤素例外，它使苯环钝化，使亲电取代较苯难进行。

2. 间位定位基

这类定位基的结构特征是定位基中与苯环直接相连的原子一般都含有不饱和键（$—CX_3$例外）或带正电荷。常见的间位定位基及其定位效应从强到弱顺序如下：

$—N^+H_3$，$—N^+(CH_3)_3$，$—NO_2$，$—CX_3$，—CN，$—SO_3H$，—CHO，—COR，—COOH，—COOR，$—CONH_2$等。

这类定位基属致钝基团，通常使苯环上亲电取代反应较苯难进行，且排在越前面的定位基，定位效应越强，反应也越难进行。

（二）定位规则的理论解释

在芳烃亲电取代反应的历程中，已知σ-络合物（环状的碳正离子）是芳香烃亲电取代反应的中间体，这步反应速度慢，是决定整个反应速度的步骤。为此必须研究原有取代基在亲电取代反应中对中间体σ-络合物的生成以及稳定性有何影响。如果能使σ-络合物趋向稳定，那么σ-络合物的生成就比较容易，反应所需要的活化能较小，反应速度就比苯快，这种取代基的影响是使苯环活化；反之，则使苯环钝化。下面以甲基、羟基、硝基和氯原子为例，说明两类定位基对苯环的影响及其定位效应。

1. 甲基

甲基与苯环相连时，可通过其诱导效应（＋I）和超共轭效应（＋C）对苯环供电子，使整个苯环的电子云密度增加。甲基的这种供电子性，可使中间体σ-络合物上的正电荷得到分散，电荷越分散体系越稳定，因此，甲基能使苯环活化，甲苯比苯容易进行亲电取代反应。但亲电试剂进攻甲基的邻、对位与进攻间位相比，生成的σ-络合物的稳定性是不同的。

进攻邻位所生成的σ-络合物，从共振观点看，它是（Ⅰ）、（Ⅱ）、（Ⅲ）三种共振结构式共振形成的共振杂化体。

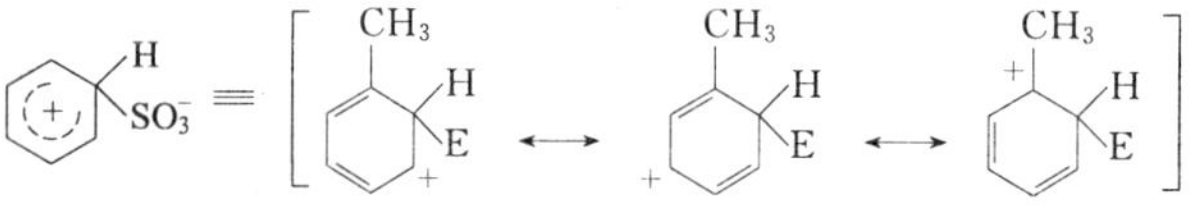

（Ⅰ）　（Ⅱ）　（Ⅲ）特别稳定

在三种共振结构式中，（Ⅲ）是叔碳正离子，并且带正电荷的碳原子直接和甲基相连，尽管甲基的供电子效应可以影响整个苯环，但和甲基直接相连的碳原子上的正电荷能够更好地被中和而分散，因此，这个共振式具有较低的能量，是一个特别稳定的共振式，由于它的贡献，使邻位取代物容易生成。

进攻对位所生成的σ-络合物，可看作是（Ⅳ）、（Ⅴ）和（Ⅵ）三种共振结构式共振形成的共振杂化体。与进攻邻位的情况相似，（Ⅴ）是叔碳正离子，为一特别稳定共振式。由于（Ⅴ）的贡献，使对位取代物也比较容易生成。

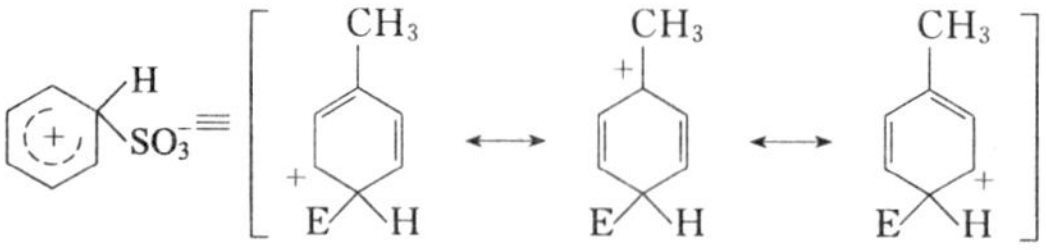

（Ⅳ）　（Ⅴ）特别稳定　（Ⅵ）

进攻间位所生成的σ-络合物，可用（Ⅶ）、（Ⅷ）和（Ⅸ）三种共振式表示，这三种共振式都是仲碳正离子，带正电荷的碳原子都不直接和甲基相连，因而正电荷的分散较差，能量较高，故间位取代物较难生成。

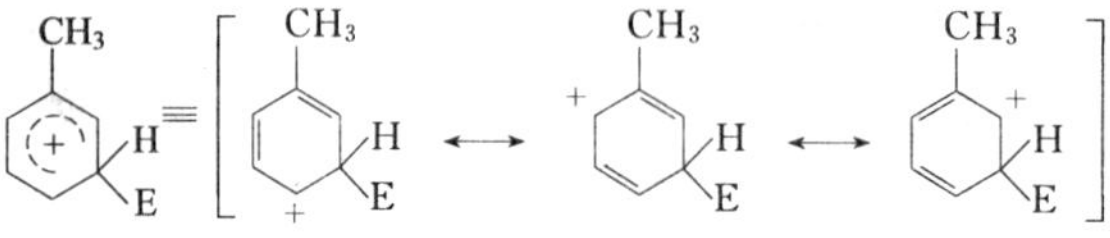

（Ⅶ）　（Ⅷ）　（Ⅸ）

因此，甲苯的邻、对位取代反应所需活化能小，反应速度快，而间位取代反应所需活化能大，反应速度慢，所以甲苯的亲电取代反应主要得到邻、对位产物。苯与甲苯发生亲电取代时，在邻、间、对不同位置上的能量比较如图 8-3 所示。

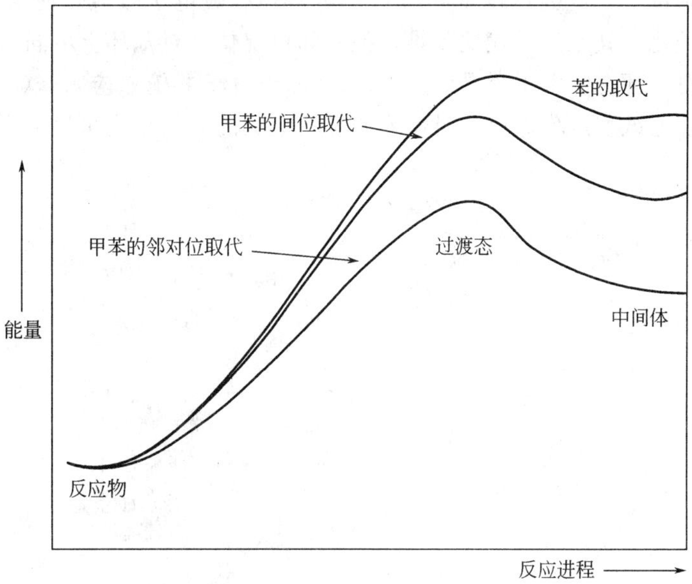

图 8-3 苯与甲苯的亲电取代反应能量曲线图

2. 羟基

羟基与苯环相连时，氧上的未共用电子对和苯环 π 电子云形成 p-π 共轭体系，电子离域的结果使苯环上的电子云密度增大，苯环被活化，亲电取代比苯容易。当亲电试剂进攻酚羟基的邻位、对位或间位时，所生成的 σ-络合物可分别用以下共振式表示：

进攻邻位：

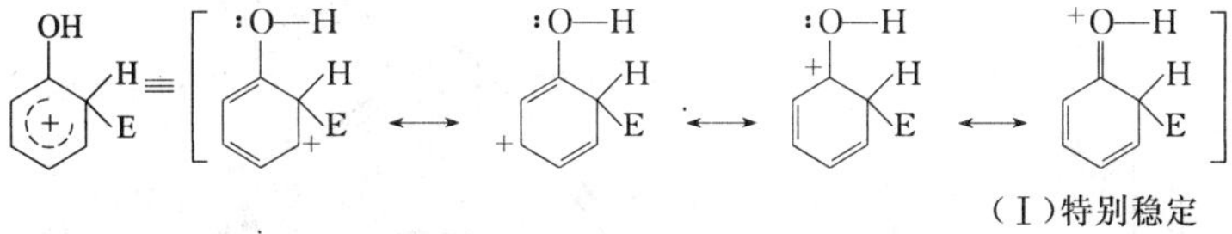

（Ⅰ）特别稳定

进攻对位：

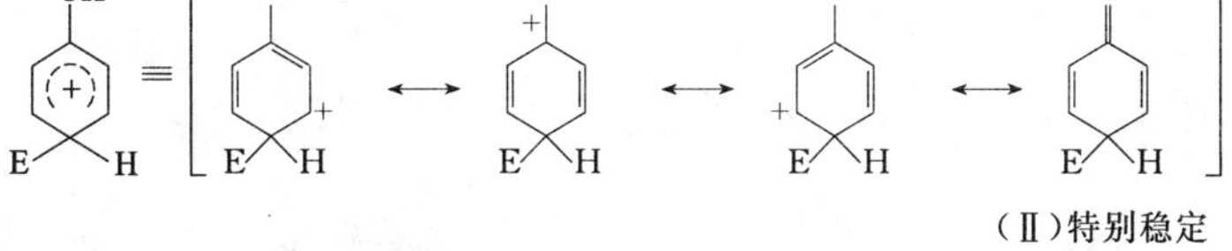

（Ⅱ）特别稳定

进攻间位：

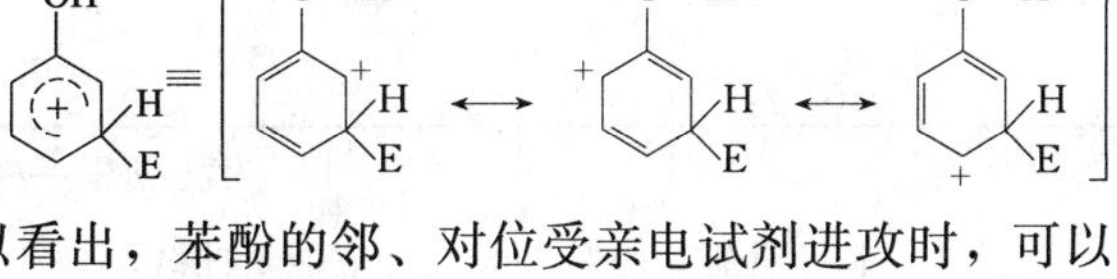

从以上共振式可以看出，苯酚的邻、对位受亲电试剂进攻时，可以生成两个特别稳定的共振式（Ⅰ）和（Ⅱ），在（Ⅰ）和（Ⅱ）中，每个原子（除氢原子外）都有完整的八偶体结构，这样的共振式特别稳定，对杂化体的贡献最大，而进攻间位则得不到这种特别稳定的共振式，所以羟基的存在不仅使亲电反应比苯容易进行，而且反应主要发生在羟基的邻、对位上。

3. 硝基

硝基是间位定位基，这类定位基的特点是对苯环有吸电子效应，使苯环电子云密度降低，因此苯环被钝化，其亲电取代比苯难。但是间位定位基对苯环上不同位置的影响并不相同，例如，硝基对苯环有吸电子诱导效应（－I）和吸电子共轭效应（－C），当硝基苯受亲电试剂进攻时，亲电试剂进攻邻位、对位或间位所形成的 σ-络合物可用下列共振式表示：

进攻邻位：

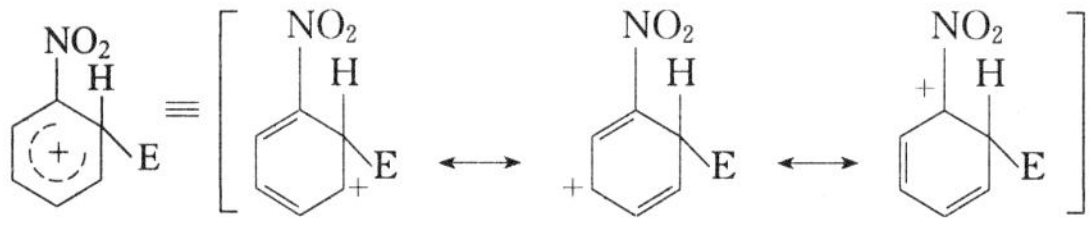

（Ⅰ）　（Ⅱ）　（Ⅲ）特别不稳定

进攻对位：

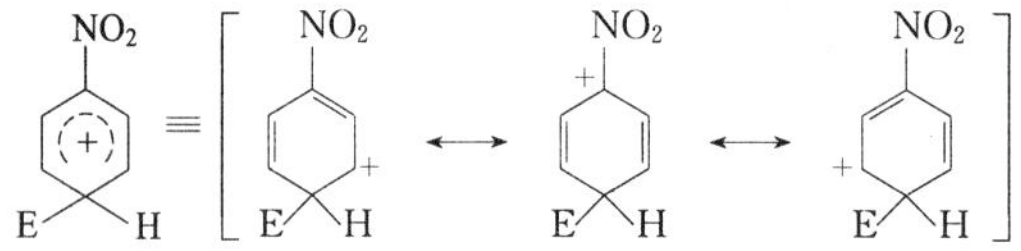

（Ⅳ）　（Ⅴ）特别不稳定　（Ⅵ）

进攻间位：

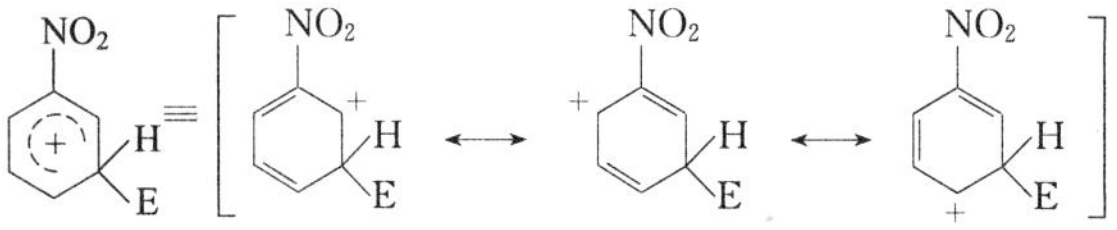

（Ⅶ）　（Ⅷ）　（Ⅸ）

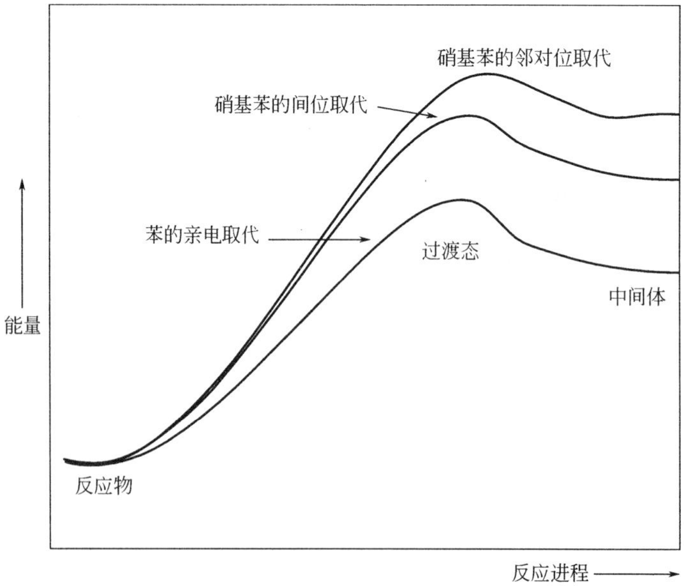

图 8-4　苯与硝基苯的亲电取代反应能量曲线图

在上述共振式中，（Ⅲ）和（Ⅴ）带有正电荷的碳原子都直接和强吸电子的硝基相连，这样使得正电荷更加集中，能量特别高，体系不稳定，故不容易形成。但在亲电试剂进攻间位的共振结构式中，带正电荷的碳原子都不直接和硝基相连，因此进攻硝基间位生成的σ-络合物中间体比进攻邻、对位生成的σ-络合物中间体的能量低，相对稳定。所以，硝基苯的亲电取代主要发生在间位上，并且反应速度比苯慢。如图 8-4 所示。

4. 卤原子

卤原子的定位效应比较特殊，它能使苯环钝化，却又是邻、对位定位基。卤素是强吸电子基，通过吸电子诱导效应可增强中间体σ-络合物的正电性，从而降低σ-络合物的稳定性，使苯环钝化，反应变慢。但另一方面，卤原子上未共用电子对可以和苯环上的大π键发生p-π共轭，使电子云向苯环离域，但是此时的共轭效应（+C）较诱导效应（−I）弱。

当亲电试剂进攻卤原子的对位时，生成的中间体σ-络合物可看作是由四种共振式共振形成的杂化体，其中（Ⅰ）式具有完整的八隅体结构，此式对杂化体贡献大，因此比较稳定，容易形成。

进攻对位：

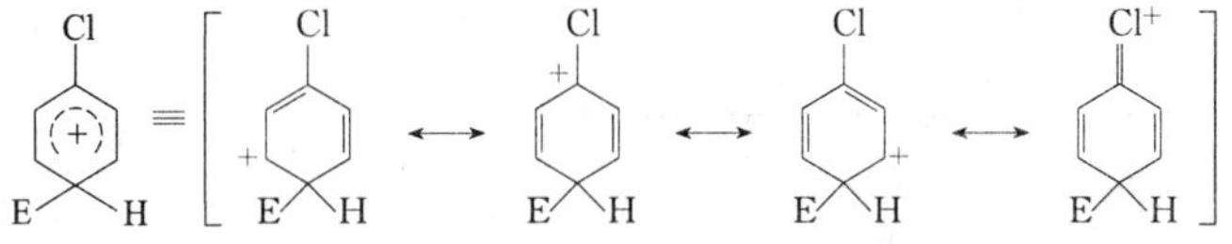

（Ⅰ）比较稳定

进攻邻位时也可以得到一个类似（Ⅰ）式的特别稳定的共振式，但进攻间位则不能得到稳定的共振式。

进攻间位：

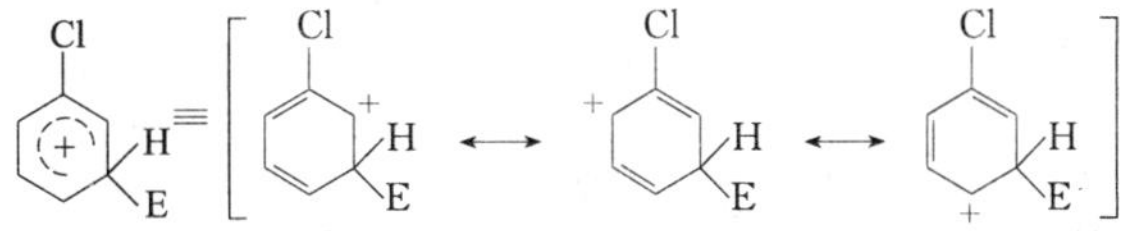

因此进攻邻、对位所形成的中间体σ-络合物比较稳定，容易生成，所以取代反应主要发生在卤原子的邻位和对位上。由此可见，卤原子的较强吸电子诱导效应控制了反应活性，使苯环钝化，使亲电取代比苯难；而定位效应则是由共轭效应所控制，两种效应综合的结果使卤原子成为一个致钝的邻、对位定位基。

卤苯和苯在亲电取代反应时的能量变化如图 8-5 所示。

（三）二元取代苯的定位规则

苯环上已有两个取代基时，第三个取代基进入苯环的位置取决于原有的两个取代基的性质。通常有以下几种情况：

1. 苯环上原有的两个取代基的定位作用一致，则仍按上述规则进行。例如，下列化合物引入第三个取代基时，取代基将进入箭头所示的位置。

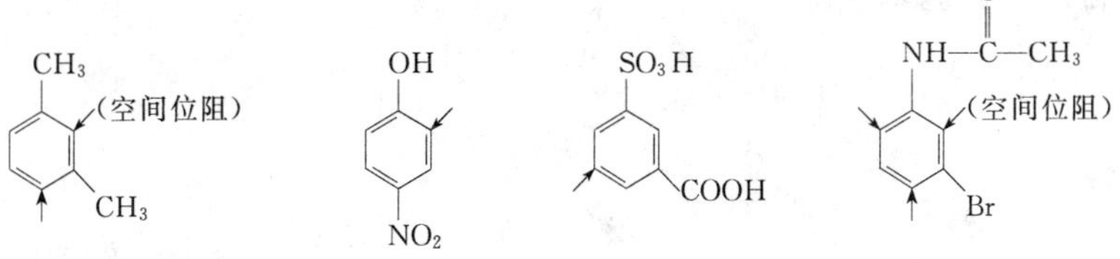

2. 苯环上原有两个取代基为同类定位基，则第三个取代基进入苯环的位置取决于定位

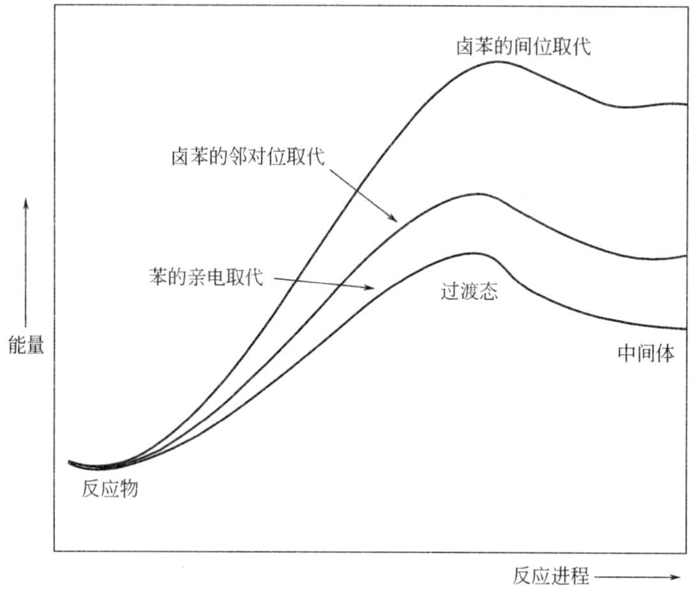

图 8-5 苯与卤苯的亲电取代反应能量曲线图

效应强的定位基。例如，下列化合物引入第三个取代基时，将主要进入箭头所示的位置。

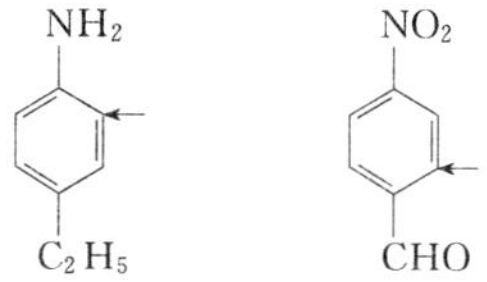

3. 苯环上原有两个取代基为非同类定位基，则第三个取代基进入苯环的位置取决于邻、对位定位基。例如，下列化合物引入第三个取代基时，其进入位置如箭头所示。

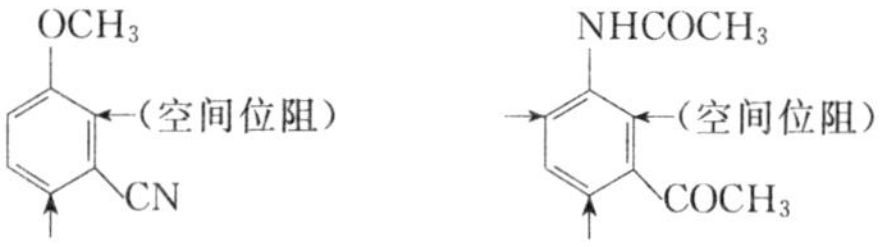

总之，无论是一元取代苯或是二元取代苯，苯环上新引入基团进入的位置主要由原有定位基的性质决定。同时，也受原有取代基的空间效应影响。此外，新引入基团的性质、大小、溶剂、温度、催化剂等条件，也都会影响产物的比例。

（四）定位规则的应用

苯环上亲电取代反应的定位规律不仅可以用来解释某些实验事实，而且可用于指导取代苯的合成，包括预测反应主要产物和合成路线的选择。下面举例加以说明。

1. 由甲苯合成对硝基苯甲酸

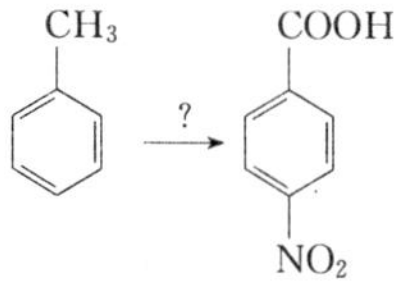

比较原料和产物的结构，显然有两种变化发生：一是—CH_3 被氧化成—COOH；二是

对位引入—NO_2。合成路线有两种可能，先氧化后硝化或先硝化后氧化。究竟选择哪一条合成路线呢？由于产物中两个取代基处于对位，甲基是邻、对位定位基而羧基是间位定位基，所以甲苯必须先硝化后氧化，才能得到预期的产物。反应过程如下：

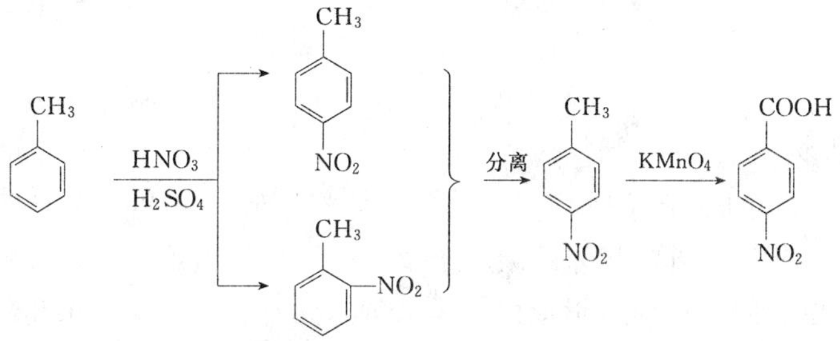

2. 由甲苯合成3-硝基-4-溴苯甲酸

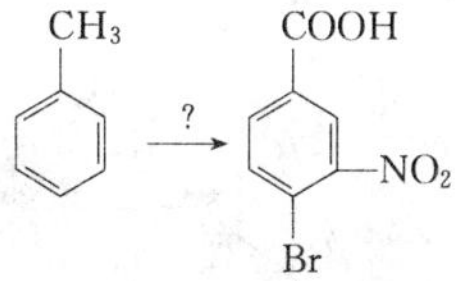

通过比较原料与产物的结构可以看出，需在甲基的对位引入一个—Br，间位引入一个—NO_2，此外，还要将—CH_3 氧化成—COOH。考虑到定位效应，溴需在—CH_3 转变为—COOH之前引入，而—NO_2 则需在—CH_3 转变为—COOH 之后引入。因此，合成路线为：溴化→氧化→硝化。反应过程如下：

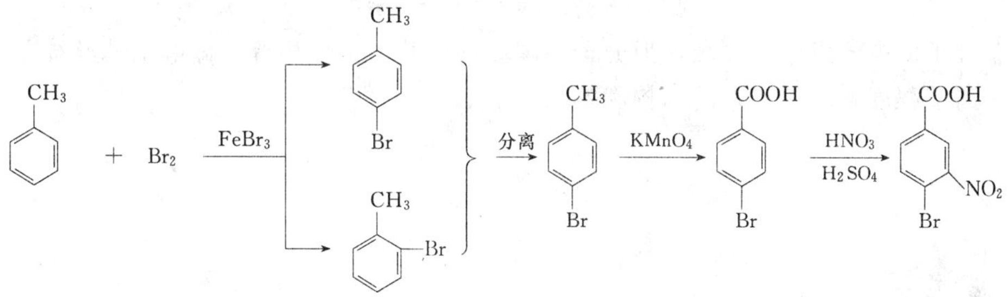

第二节 多环芳烃

由两个或两个以上苯环组成的芳烃称为多环芳烃。在多环芳烃中，根据苯环之间的连接方式不同，可分为以下三类。

(1) 联苯类：苯环之间以单键相连。例如：

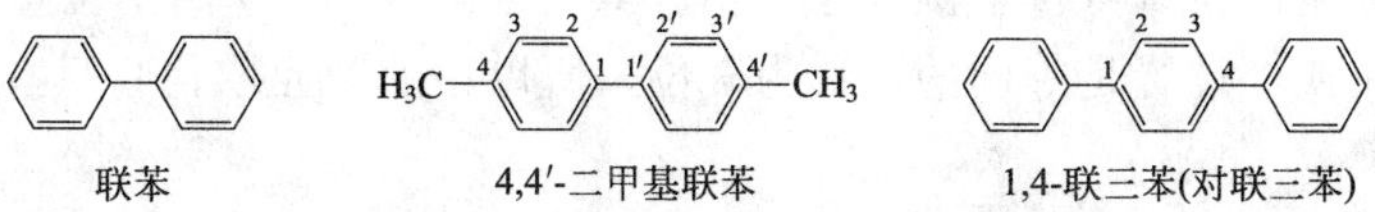

联苯　　4,4′-二甲基联苯　　1,4-联三苯(对联三苯)

(2) 多苯代脂肪烃：脂肪烃分子中的氢原子被两个或多个苯环取代的产物。例如：

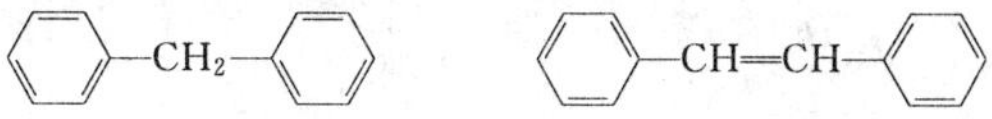

二苯甲烷　　1,2-二苯乙烯

(3) 稠环芳烃：两个或两个以上的苯环彼此共用两个相邻的碳原子稠合而成。例如：

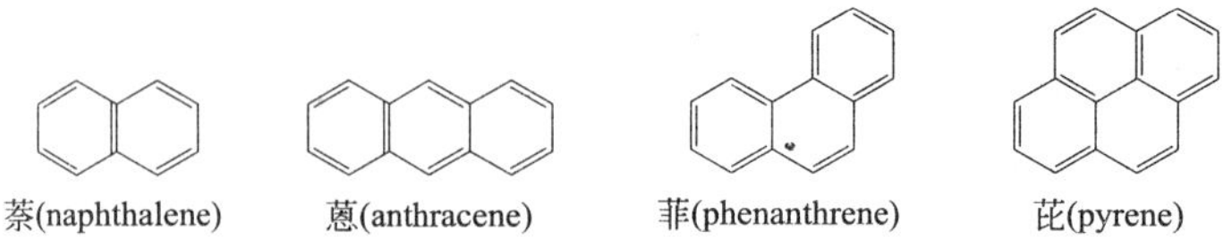

一、萘

（一）萘的结构

萘（naphthalene）的分子式是 $C_{10}H_8$，结构与苯类似，也是一个平面状分子，分子中每个碳原子都以 sp^2 杂化轨道与相邻的碳原子及氢原子的轨道重叠形成 σ 键，分子中所有的碳原子和氢原子都位于同一平面，形成两个稠合的六元环，每个 sp^2 杂化碳原子上还有一个 p 轨道，这些 p 轨道相互平行并垂直于环平面，在苯平面的上下方相互侧面重叠，形成一个闭合的共轭体系。如图 8-6 所示。

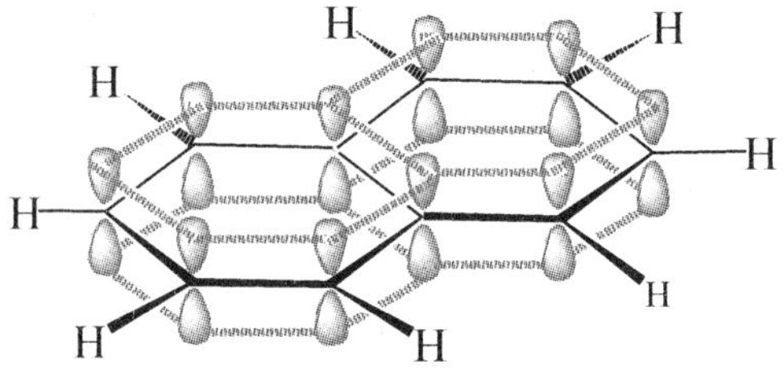

图 8-6　萘的 π 分子轨道示意图

在萘分子中电子发生了离域，但分子中碳碳键长并不完全相等，即电子云没有完全平均化，电子离域程度比苯低。萘的结构和键长表示如下：

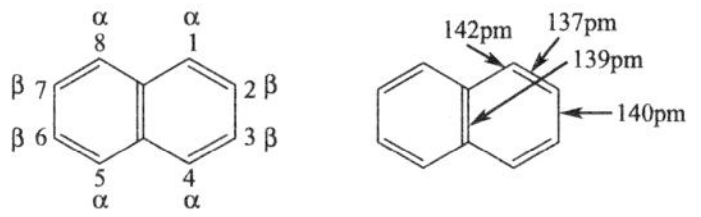

萘的共振能约为 255kJ/mol，比两个单独苯环的共振能（150.5kJ/mol）之和（300kJ/mol）低，这说明萘结构的稳定性比苯差，化学反应活性比苯高，所以萘比苯易发生氧化和加成反应，萘的亲电取代反应也比苯容易。

萘分子结构可用如下共振结构式表示：

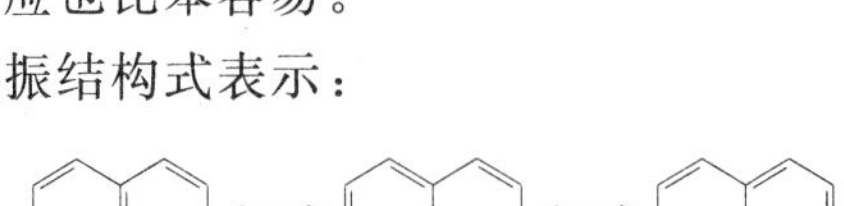

萘分子中碳原子的位置可按上例次序标示。其中 1，4，5，8 四个位置是等同的，称为 α 位；2，3，6，7 四个位置是等同的，称为 β 位，所以萘的一元取代物只有 α 和 β 两种异构体。例如：

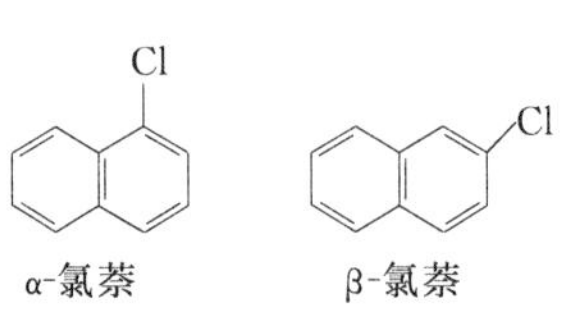

萘的二元取代物的命名与苯相似，如：

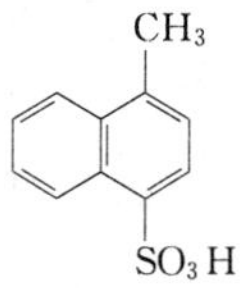
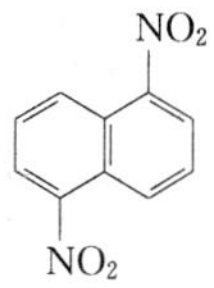

对甲基萘磺酸　　1,5-二硝基萘

（二）萘的性质

萘来自煤焦油，白色晶体，熔点 80.5℃，沸点 218℃，有特殊气味，易升华，不溶于水，易溶于乙醇、乙醚、苯等有机溶剂，是重要的有机化工原料。过去曾用它做卫生球以防衣物虫蛀，因毒性大现已禁止使用。

在亲电取代反应中，萘的 α 位活性大于 β 位，亲电取代反应一般发生在 α 位上，可以用中间体 σ-络合物的稳定性予以解释。从共振的观点看，萘的 α 位和 β 位被取代所形成的中间体 σ-络合物可用下列共振式表示。

取代 α 位：

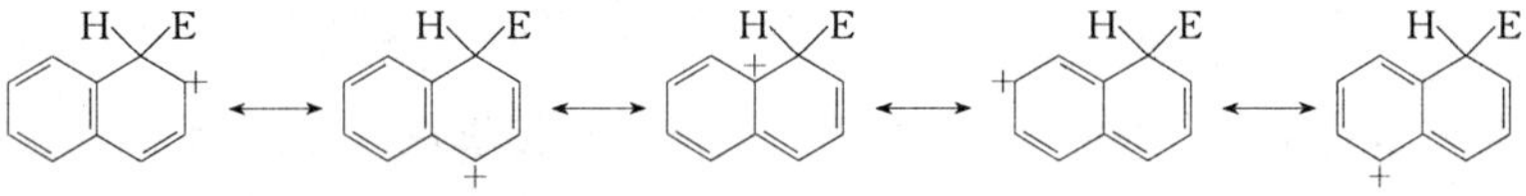

取代 β 位：

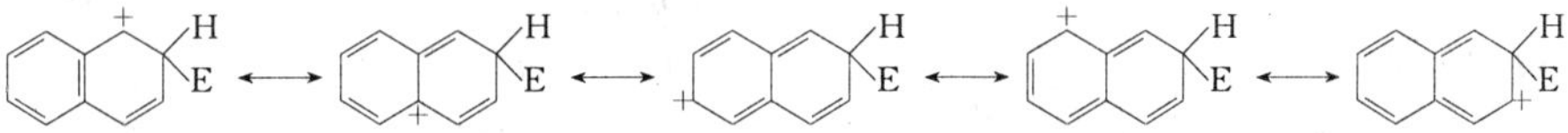

在 α 位取代所形成的共振结构式中，前面两个共振式仍保留有一个完整的苯环结构，它们的能量较低，对共振杂化体的贡献较大；在 β 位取代所形成的共振结构式中，只有第一个共振式保留了一个苯环结构，只有这一个能量较低，贡献较大，其余四个共振式的能量都比较高。所以就整个共振杂化体来说，β 位取代的能量高，中间体 σ-络合物在形成过渡状态时所需活化能也高，因此萘的亲电取代一般发生在 α 位。

1. 亲电取代

（1）卤代：萘与溴在四氯化碳溶液中加热回流，在不加催化剂的情况下，反应即可进行，主要得到 α-溴萘。

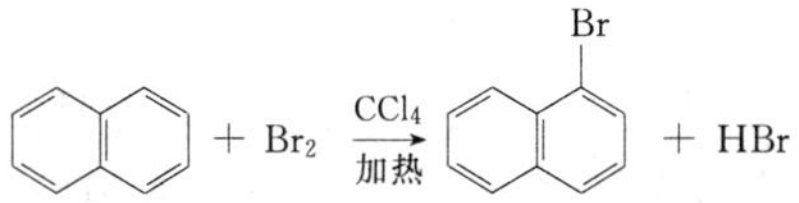

α-溴萘　72%～75%

（2）硝化：萘用混酸硝化，主要得到 α-硝基萘，反应速度比苯的硝化快得多，室温即可进行。

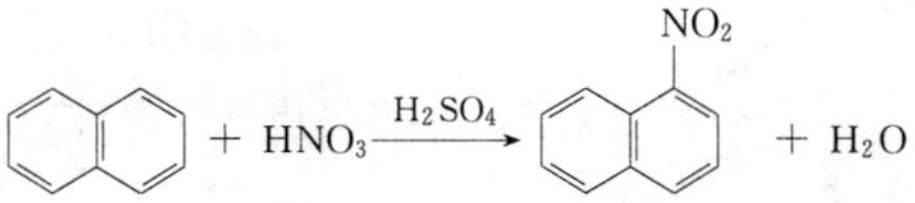

α-硝基萘　79%

α-硝基萘是黄色针状结晶，熔点 61℃，不溶于水，溶于有机溶剂，用于制备 α-萘胺。

（3）磺化：萘与浓硫酸在 80℃以下作用，主要得到 α-萘磺酸；在 165℃作用主要得到 β-萘磺酸。

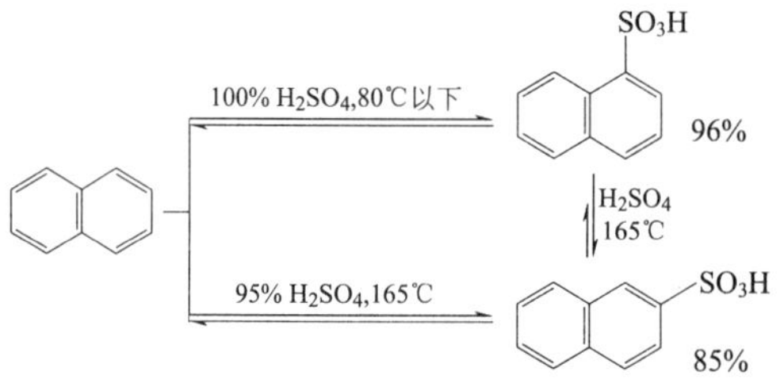

磺化反应是个可逆反应。萘的 α 位活性比 β 位大，所以在低温下磺化主要生成 α-萘磺酸，它的生成速度快，并且低温下脱磺酸基的逆反应也不显著。但磺酸基体积大，当它处在 α 位时，与另一环 α 位上的氢原子距离较近，空间位阻较大，所以 α-萘磺酸虽然低温下容易生成，但结构稳定性差，当温度升高时，其脱磺酸基的逆反应速度加快，转变为萘。在 β-萘磺酸结构中，磺酸基和邻位氢原子之间的距离较远，空间位阻小，所以结构比较稳定。温度升高有利于提供 β 位磺化所需的活化能，使其反应速率加快。由于 β-萘磺酸结构稳定，所以其脱磺酸基的逆反应速度很慢，因此，在高温下 α-萘磺酸可逐渐变为 β-萘磺酸。

一元取代萘再进行取代反应时，第二个基团进入的位置决定于原有取代基的性质、位置以及反应条件。若环上有邻对位定位基，由于它能使与它直接相连的环活化，所以发生“同环取代”。若原取代基在 α 位，则第二个取代基主要进入同环另一 α 位；若原取代基在 β 位，则第二个取代基主要进入同环与它相邻的 α 位。例如：

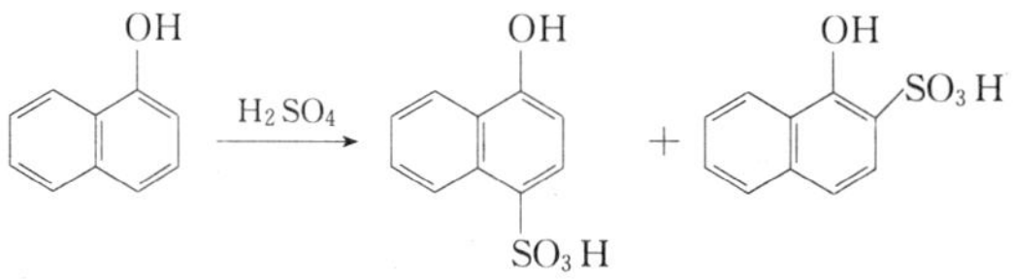

主要产物

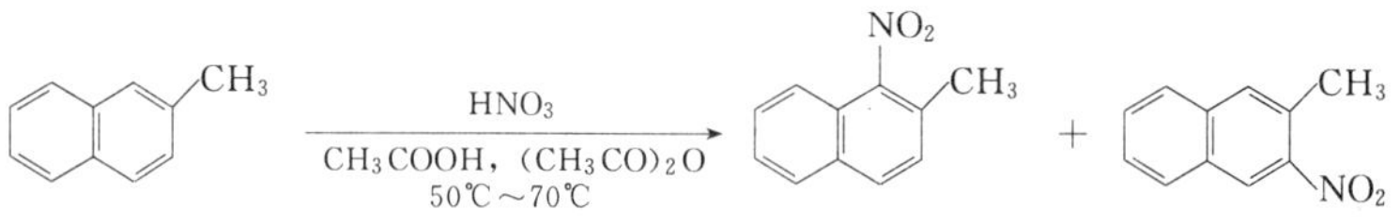

主要产物 (10：1)

若环上有一间位定位基，由于它能使与它直接相连的环钝化，所以发生“异环取代”。不论原有取代基在 α 位还是 β 位，第二个取代基一般进入另一环的 α 位。例如：

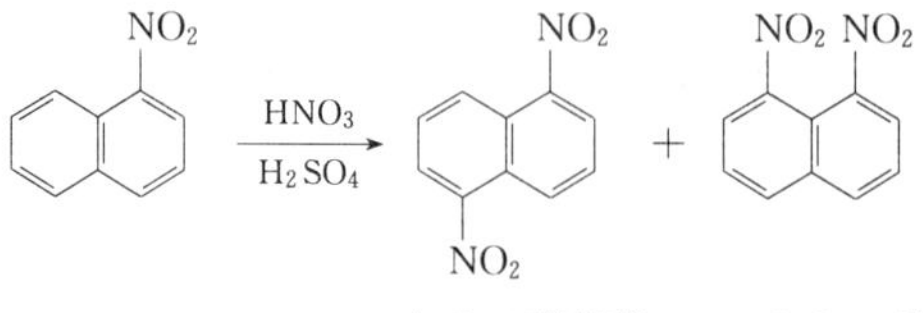

1,5-二硝基萘　　1,8-二硝基萘

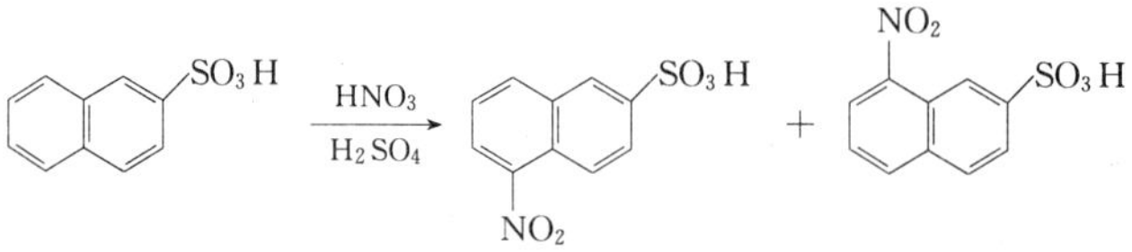

5-硝基-2-萘磺酸　　8-硝基-2-萘磺酸

以上讨论仅为一般原则，实际上影响萘衍生物取代反应定位的因素很多，并不完全符合上述规律。例如：

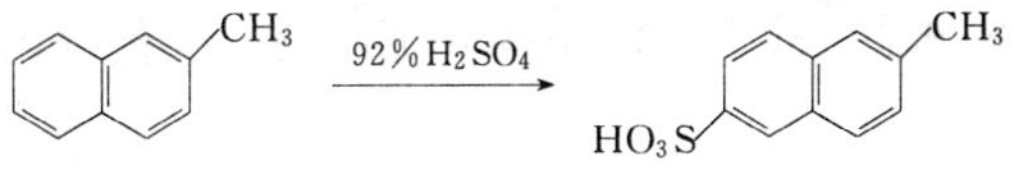

80%

2. 氧化反应

萘比苯容易被氧化，在不同条件下氧化，可得到不同的产物。例如萘在醋酸溶液中用氧化铬进行氧化，其中一个环被氧化成醌，生成 1,4-萘醌（也叫 α-萘醌）。

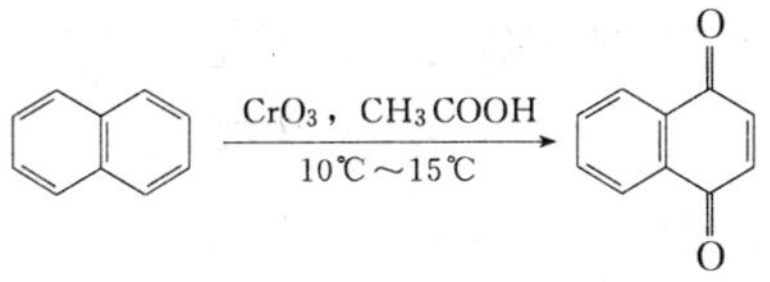

1,4-萘醌(α-萘醌)

在强烈条件下氧化，其中一个环破裂，生成邻苯二甲酸酐。

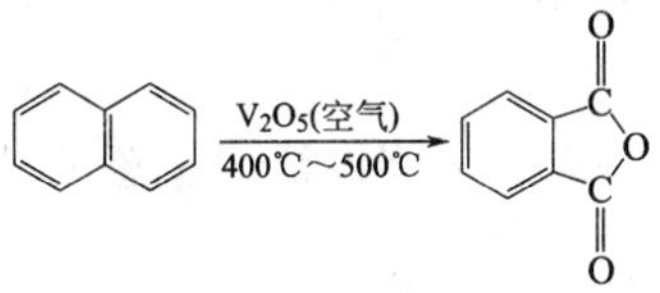

邻苯二甲酸酐是一种重要的化工原料，它是许多合成树脂、增塑剂、染料等的原料。

取代的萘氧化时，哪一个环被氧化，取决于环上取代基的性质。氧化是个失电子过程，因此，电子云密度比较大的环容易被氧化开环。例如：

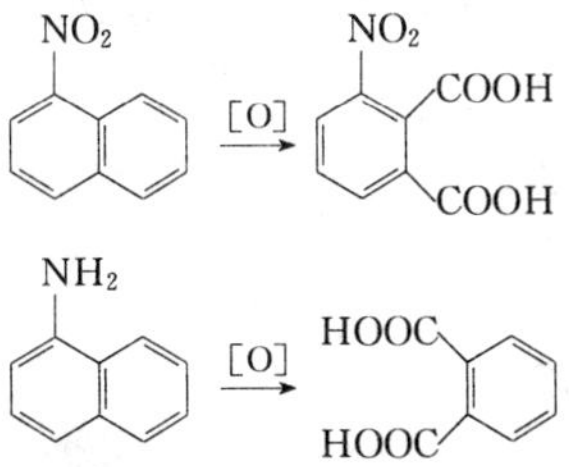

这是因为硝基是吸电子基，使苯环钝化，而氨基是斥电子基，能使苯环活化。

3. 加氢反应

萘比苯容易发生加成反应。萘在乙醇和金属钠的作用下，很容易被还原成 1,4-二氢萘或 1,2,3,4-四氢萘。

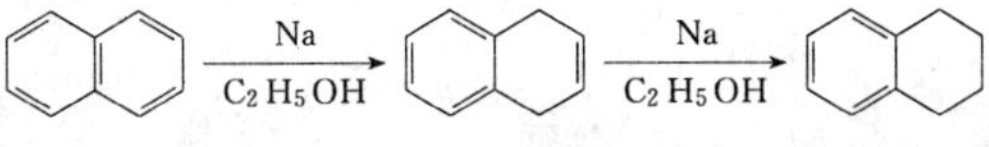

1,4-二氢萘　1,2,3,4-四氢萘（四氢化萘）

若进一步还原，则需要强烈的条件，如在加压条件下，用催化氢化法可直接得到十氢萘。

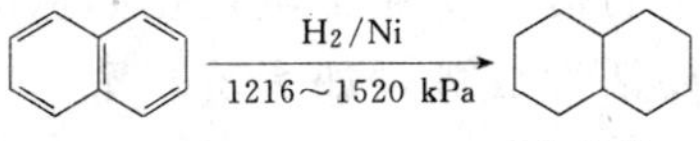

十氢化萘

四氢萘又叫萘满，是沸点 270.2℃的液体，十氢萘又叫萘烷，是沸点 171.7℃的液体。它们都是良好的高沸点溶剂。十氢萘有两种构象异构体，两个环己烷分别以顺式或反式相稠合。顺式沸点 194℃，反式沸点 185℃，电子衍射证明两个环都以椅式构象存在。

二、蒽

（一）蒽的结构

蒽（anthracene）的分子式 $C_{14}H_{10}$，其结构为三个苯环以直线式稠合，分子中每一个碳原子都是 sp^2 杂化，所有的原子在同一平面上，相邻碳原子上的 p 轨道侧面重叠，形成了包括十四个碳原子的 π 分子轨道，蒽分子中的碳碳键长也不完全相等，蒽的结构和键长可表示如下：

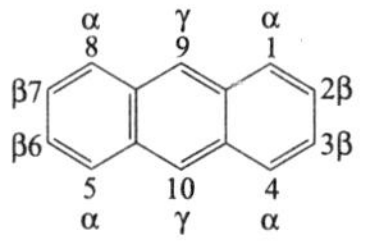

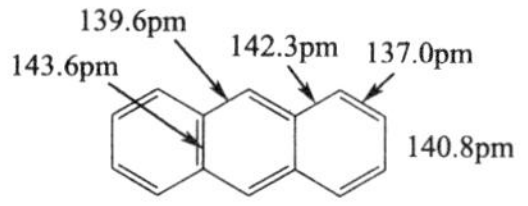

蒽分子中 1,4,5,8 位是等同的，称为 α 位；2,3,6,7 位是等同的，称为 β 位；9,10 位是等同的，称为 γ 位。因此蒽的一元取代物有 α、β、γ 三种异构体。

（二）蒽的性质

蒽比萘更容易发生化学反应，其中 γ 位最活泼。蒽的共振能是 351kJ/mol，将苯、萘、蒽的共振能做一对比：

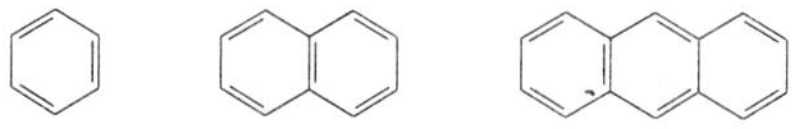

共振能（kJ/mol）	152	255	351
每个环共振能（kJ/mol）	152	128	117

随着分子中稠合环数目的增加，每个环的共振能数值却在逐渐下降，所以稳定性也逐渐降低，而氧化和加成反应越来越容易进行。

蒽催化加氢可生成 9,10-二氢蒽。

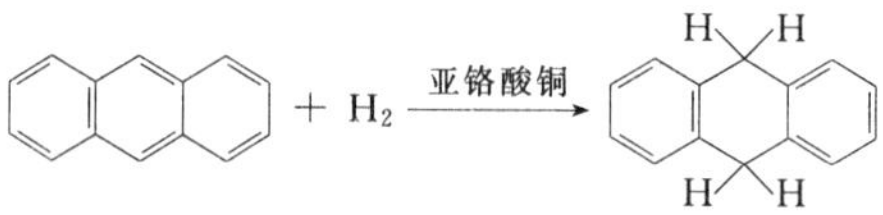

9,10-二氢蒽

用酸性重铬酸钾氧化，可生成 9,10-蒽醌。

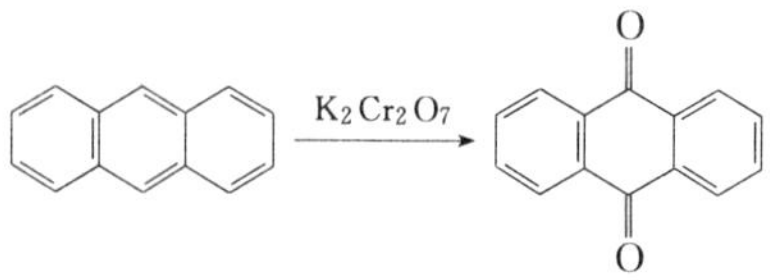

9,10-蒽醌

蒽存在于煤焦油中，为带有淡蓝色荧光的白色片状结晶，熔点 217℃，不溶于水，难溶于乙醇和乙醚，能溶于苯。它的衍生物非常重要，如蒽醌及其衍生物是一类重要的染料中间体，也是某些中药的重要活性成分，如大黄、番泻叶等的有效成分都属于蒽醌类衍生物。

三、菲

菲（phenanthrene）存在于煤焦油中，分子式 $C_{14}H_{10}$。是蒽的同分异构体，菲是由三个苯环以角式稠合而成。其结构和编号如下式所示：

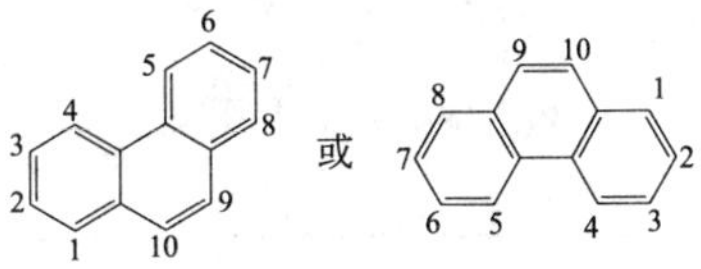

在菲分子中，1,8、2,7、3,6、4,5、9,10 位分别等同，所以菲的一元取代物有五种异构体。

菲的稳定性大于蒽。菲为白色片状结晶，熔点 100℃～101℃，不溶于水，稍溶于乙醇，易溶于苯、乙醚等有机溶剂，溶液呈蓝色荧光。菲的共振能为 381.6kJ/mol，比蒽大，因此菲比蒽稳定。化学反应易发生在 9,10 位。例如，将菲氧化可得 9,10-菲醌。

9,10-菲醌是一种农药，可防止小麦莠病、红薯黑斑病。

菲的某些衍生物具有特殊的生理作用，例如甾醇、生物碱、维生素、性激素等分子中都含有环戊烷（并）多氢菲的结构，如胆甾醇的结构中就含有这种结构。

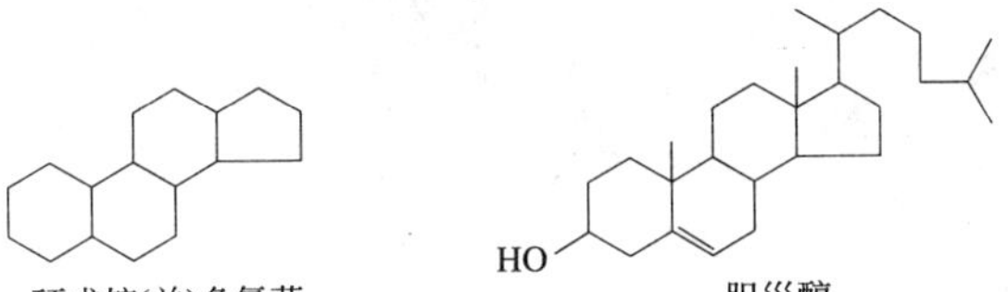

环戊烷(并)多氢菲　　胆甾醇

第三节　非苯芳烃

一、休克尔（E. Hückel）规则

前面讨论的芳烃都含有苯环结构，它们都具有封闭的共轭体系，有较大的共振能，在基态下其 π 电子占据并充满了能量最低的成键轨道（有的也充满非键轨道），因此它们的结构稳定，不易发生加成和氧化，而易于亲电取代反应，即具有不同程度的芳香性。

是不是具有芳香性的化合物一定都含有苯环？1931 年休克尔根据分子轨道理论，对芳香性问题作了解释，他认为芳香性必须具备一定的结构条件，即芳香性分子应是环状的平面共轭体系，其 π 电子数必须为 $4n+2$（n 为自然整数）。这条规则叫休克尔规则（Hückel rule）或休克尔 $4n+2$ 规则。凡是符合休克尔规则的化合物就有芳香性，称为芳香性化合物。

这个规则简明扼要地归纳了大量的化学事实，而且具有科学的量子化学基础。凡符合休克尔规则而具有芳香性，但又不含苯环的烃类化合物就叫做非苯芳烃（nonbenzenoid aromatic hydrocarbon）。非苯芳烃包括一些环多烯和芳香离子。

二、环多烯的分子轨道和休克尔规则

环多烯的通式为C_nH_n。可以认为苯（C_6H_6）就是环多烯的一种。当一个环多烯分子所有的碳原子（n个）处在（或接近）一个平面上时，由于每个碳原子都具有一个与平面垂直的p原子轨道，它们就可以组成n个分子轨道。3～8个碳原子的各种环状共轭多烯烃的π分子轨道能级及其基态π电子构型，可用图8-7表示。

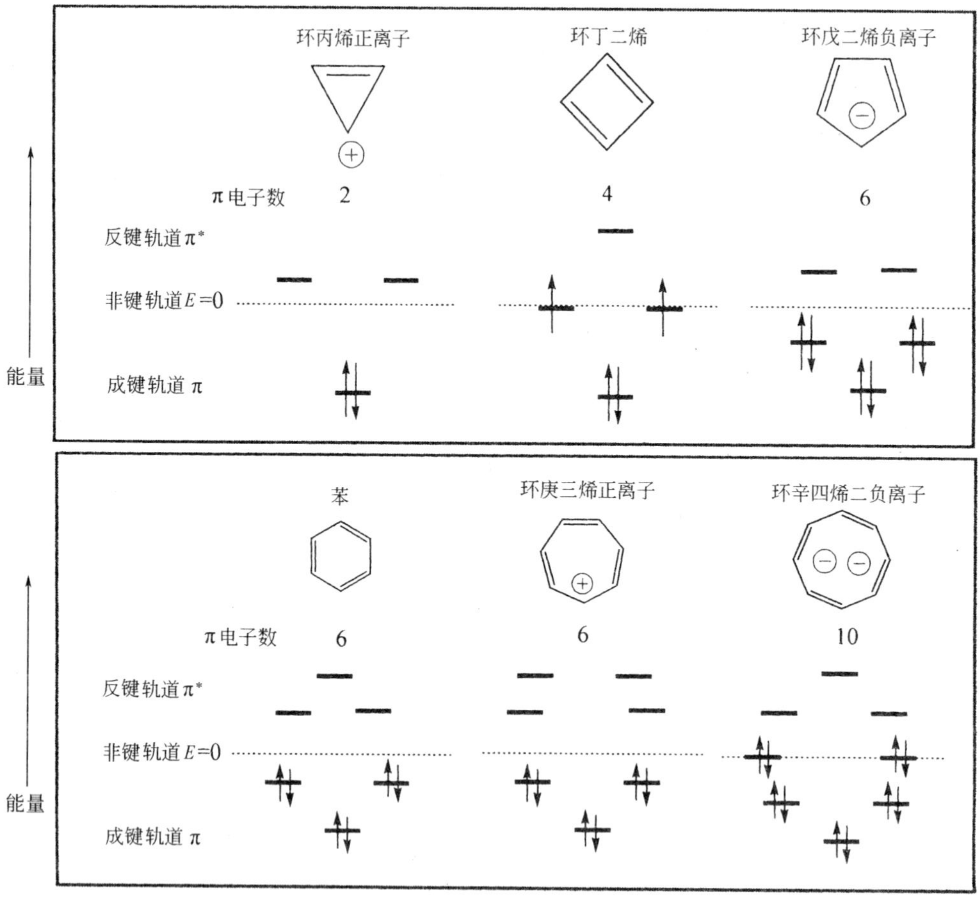

图8-7　环多烯烃（C_nH_n）的π分子轨道能级和基态π电子构型

由图8-7可以看出，当环上的π电子数为2，6，10，…(即$4n+2$）时，π电子正好填满成键轨道（有些也填满非键轨道）。例如，苯具有6个π电子，基态下两个π电子占据能量最低的成键轨道，另4个π电子分占两个简并的成键轨道。又如，环辛四烯二负离子有10个π电子，有一组简并的成键轨道和一组简并的非键轨道，其中6个电子按能量由低到高的次序优先填充在成键轨道中，另4个电子填充在两个简并的非键轨道。当成键轨道和非键轨道全部充满电子时，分子具有与惰性气体相类似的结构，所以体系内能低，结构稳定。因此这些环多烯或环多烯离子的能量都比相应的直链多烯烃低，它们都是相当稳定的。

环丁二烯分子只有4个π电子，不符合$4n+2$规则，所以它没有芳香性。它有一个成键轨道、两个简并的非键轨道和一个反键轨道。基态下 4 个 π 电子中有两个占据成键轨道，另外两个分别占据两个非键轨道，即两个非键轨道是半充满的，所以环丁二烯是一个极不稳定的双自由基。实验证明，环丁二烯只有在极低的温度下才能存在。

环丁二烯的 π 电子数为 4，凡 π 电子数为 $4n$ 的环状平面离域体系，基态下它们的简并轨道都像环丁二烯那样缺少两个电子，具有半充满的电子构型（即双自由基），因此它们的能量都比相应的直链多烯高得多，即它们的稳定性很差，通常将它们叫做反芳香性化合物。

显然，对于芳香族化合物特有的稳定性，仅有离域作用是不够的，分子中还必须有一定的 π 电子数。

环辛四烯分子有 8 个 π 电子，其 π 电子数为 $4n$。它有三个成键轨道、两个非键轨道和三个反键轨道，基态下 8 个 π 电子中有 6 个填满成键轨道，还有两个各占一个简并的非键轨道，所以它也是一个双自由基的电子构型。照此推理，环辛四烯应和环丁二烯一样是个极不稳定的反芳香性化合物。但是，环辛四烯却是一个比较稳定的化合物，它的沸点为 152℃，它不显示一般反芳香性化合物（如环丁二烯）那样高的反应活性，它能发生一般单烯烃所具有的典型反应。经测定，环辛四烯 8 个碳原子不在一个平面上，分子为盆式结构。其中碳碳双键和碳碳单键的键长分别为 134pm 和 148pm，接近于孤立的单、双键键长。它的结构不是平面离域体系，π 电子数也不符合 $4n+2$，所以它不是芳香性化合物，也不是反芳香性化合物，我们称它为非芳香性化合物。

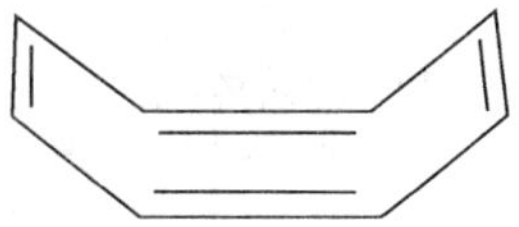

环辛四烯

从上述讨论可知，凡平面的环状离域分子，其 π 电子数符合休克尔 $4n+2$ 的为芳香性化合物；符合 $4n$ 的为反芳香性化合物；而具有 $4n$ 个 π 电子的非平面环多烯分子则为非芳香性化合物。

三、重要的非苯芳烃

（一）环丙烯正离子

环丙烯没有芳香性。从环丙烯 sp^3 杂化碳原子上失去一个氢原子和一个电子后，得到只有两个 π 电子的环丙烯正离子（三个碳原子都是 sp^2 杂化）。经测定，在这个三元环中，碳碳键长都是 140pm，这说明两个 π 电子完全离域而分布在三个 sp^2 杂化碳原子上。它是一个平面离域体系，其 π 电子数符合 $4n+2(n=0)$，故具有芳香性。从图 8-7 可以看出，它有一个成键轨道和两个反键轨道，基态下这两个 π 电子正好填满成键轨道。

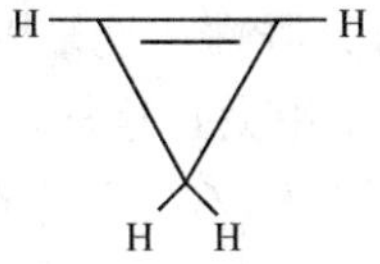

环丙烯

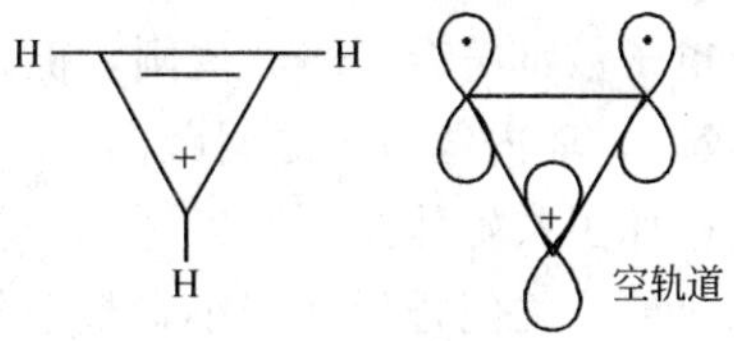

环丙烯正离子

（二）环戊二烯负离子

环戊二烯没有芳香性。从环戊二烯 sp^3 杂化碳原子上失去一个 H^+，则转变为有 6 个 π 电子的环戊二烯负离子。这 6 个 π 电子离域而分布在五个 sp^2 杂化碳原子上，它是一个平面的离域体系。π 电子数符合 $4n+2(n=1)$，所以它具有芳香性。从图 8-7 看，它有三个成键轨道，两个反键轨道，基态下这 6 个 π 电子正好填满三个成键轨道。

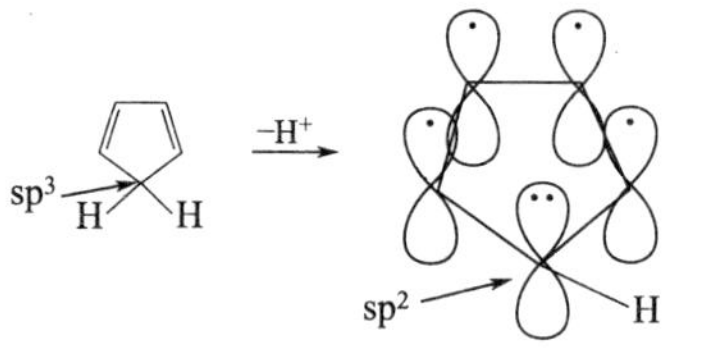

环戊二烯　　环戊二烯负离子

（三）环庚三烯正离子

环庚三烯没有芳香性。但转变为环庚三烯正离子（又称革正离子）后，6 个 π 电子离域而分布在七个 sp^2 杂化碳原子上，其 π 电子数符合 $4n+2(n=1)$，故具有芳香性。从图 8-7 看，它有三个成键轨道和四个反键轨道，基态下这 6 个 π 电子正好填满三个成键轨道。

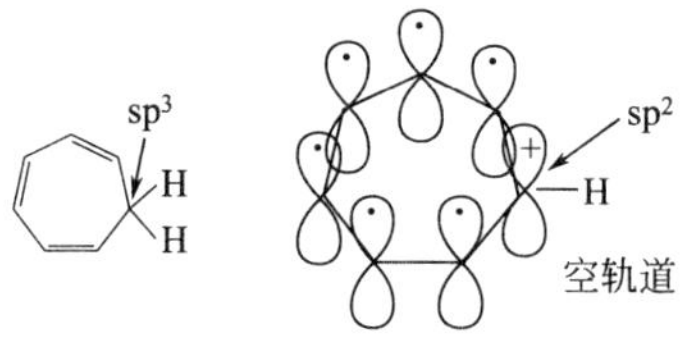

环庚三烯　　环庚三烯正离子

（四）环辛四烯二负离子

环辛四烯没有芳香性。如果环辛四烯得到二个电子转变为环辛四烯二负离子后，分子结构由盆形转变为平面正八边形，有 10 个 π 电子，其 π 电子数符合 $4n+2$，因此具有芳香性。从图 8-7 看，在基态下这 10 个 π 电子正好填满三个成键轨道和两个非键轨道。

（五）轮烯

通常将 $n \geqslant 10$ 的单环共轭多烯（C_nH_n）叫做轮烯。命名时将成环碳原子的数目写在方括号中，如 [10] 轮烯、[14] 轮烯、[18] 轮烯。

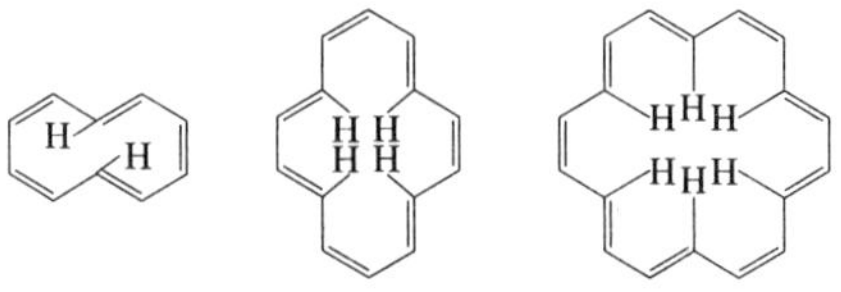

[10]轮烯　　[14]轮烯　　[18]轮烯

上述轮烯的 π 电子数都符合 $4n+2$ 规则，但并不都具有芳香性。这是因为 [10] 轮烯和 [14] 轮烯的环比较小，环内氢原子之间距离近，相互干扰作用大，这样就使环碳原子不能处于同一平面上，破坏了共轭体系，所以 [10] 轮烯和 [14] 轮烯没有芳香性。[18] 轮烯的环比较大，环内氢原子之间排斥作用小，整个分子基本上处于同一平面上，所以 [18] 轮烯有芳香性。

和环辛四烯相似，[16] 轮烯和 [20] 轮烯的 π 电子数也是 $4n$ 个，也是非平面分子，因而都是非芳香性化合物。

第四节 芳烃的来源

一、煤的干馏

煤在炼焦炉里隔绝空气加热到 1000℃～1300℃，除得到焦炭外，还有焦炉煤气和煤焦油，这个过程叫炼焦或煤的干馏。煤焦油是黑褐色的黏稠液体，其中约有一万种以上的有机物，已被鉴定的约有 480 种。根据沸点，可将煤焦油分成若干馏分，各馏分中所含的主要烃类如表 8-2 所示。

表 8-2 煤焦油的分馏产物

馏分	沸点范围(℃)	产率(%)	主要成分
轻油	<180	0.5～1.0	苯、甲苯、二甲苯等
酚油	180～210	2～4	苯酚、甲苯酚、二甲苯酚等
萘油	210～230	9～12	萘类
洗油	230～300	6～9	萘、苊
蒽油	300～360	20～24	蒽、菲
沥青	>360	50～55	沥青、游离碳等

二、石油的芳构化

随着有机合成工业的发展，芳烃的需要量不断增加，从煤的干馏中分离得到的芳烃远远不能满足需要，因此发展了以石油为原料制取芳烃的方法。这个方法主要是将石油中含 6～8 个碳原子的烃类，在铂或钯等催化剂的存在下，于 450℃～500℃进行脱氢、环化和异构化等一系列复杂的化学反应而转变为芳烃。工业上称这一过程为铂重整，在铂重整中所发生的变化叫芳构化。芳构化主要有以下几种反应：

（一）环烷烃的催化脱氢

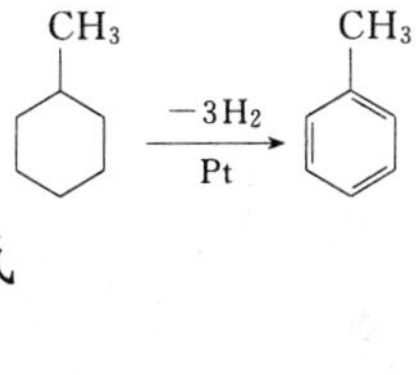

（二）烷烃脱氢环化和再脱氢

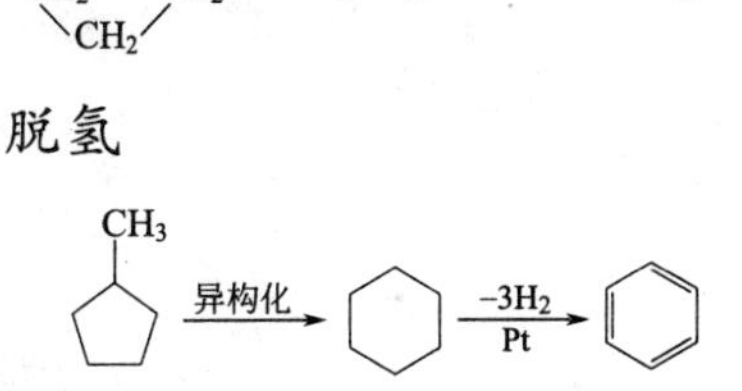

（三）环烷烃异构化和脱氢

三、从石油裂解产品中分离

以石油为原料用裂解法制乙烯、丙烯时，所得副产物中含有芳烃。将副产物分馏可得裂解轻油（裂化汽油）和裂解重油，裂解轻油中所含的芳烃以苯居多，裂解重油中含有烷基萘。

第九章 卤代烃

烃分子中的氢原子被卤素取代后所生成的产物称卤代烃（halohydrocarbon），简称卤烃。卤烃的通式为：RX，R代表烃基，X代表卤素（X＝F、Cl、Br、I），卤烃的官能团为卤原子。

第一节　卤烃的分类和命名

一、分类

1. 根据烃基结构的不同，可将卤烃分为饱和卤代烃、不饱和卤代烃和卤代芳香烃三类。

饱和卤代烃：　CH_3CH_2Cl　　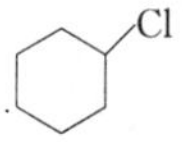　　（卤代烷）

不饱和卤代烃：　$CH_2{=}CHCl$　　$CH_3CH_2C(Cl){=}CH_2$　　（卤代烯烃）

卤代芳香烃：　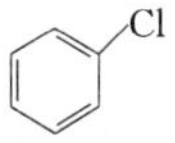　　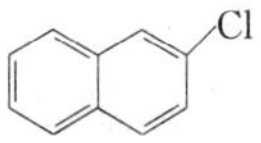　　（卤代芳烃）

2. 根据卤素所连的碳原子的类型不同，可将卤烃分为伯、仲、叔三种卤代烃。

伯卤代烃：　$RCH_2{-}X$　　$CH_3CH_2CH_2Cl$

仲卤代烃：　$(R)(R')CH{-}X$　　$CH_3CHClCH_3$

叔卤代烃：　$(R)(R'')R'{-}CH{-}X$　　$(CH_3)_3CCl$

此外，还可根据分子中所含卤原子的数目不同分为一元卤代烃和多元卤代烃。

一元卤代烃：　CH_3Cl

多元卤代烃：　CH_2Cl_2　　$CHCl_3$　　$ClCH_2CH_2Cl$

二、命名

最常用的卤代烃命名方法有两种：普通命名法和系统命名法。前者常用于烃基结构较简单的卤代烃，后者则适合结构复杂的卤代烃。

(一) 普通命名法

简单卤代烃以相应的烃为母体，称为卤（代）某烃。例如：

$CHCl_3$	CH_3CH_2Cl
三氯甲烷	氯乙烷

具有异构体的卤代烃，可将烃基名称加在卤素名称前面。例如：

$(CH_3)_2CHCH_2Cl$	$(CH_3)_3CCl$	$CH_3CH_2CH_2CH_2Br$
异丁基氯（氯代异丁烷）	叔丁基氯（氯代叔丁烷）	正丁基溴（溴代正丁烷）

(二) 系统命名法

复杂的卤代烃可看成烃的衍生物，以烃为母体，卤素为取代基按系统命名法命名。即：

1. 选含有卤原子的最长碳链为主链，按主链碳原子数称为某烃。
2. 按最低系列原则给主链编号。有重键时，应使不饱和键位次尽可能编号最小。
3. 将卤素的位次、名称、写在某烃名称的前面。
4. 当卤素的位次与支链烃基位次等同时，优先支链烃基编号。
5. 当含有不同的卤素取代基时，按 F、Cl、Br、I 顺序优先排列。

例如：

$CH_2{=}CH{-}CH_2Cl$

3-氯丙烯

$CH_3CH{=}CH{-}CH_2Cl$

1-氯-2-丁烯

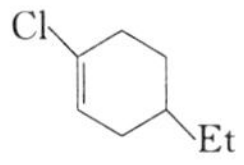

4-乙基-1-氯环己烯

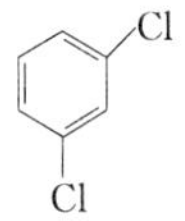

1,3-二氯代苯

$$CH_3\underset{\underset{Cl}{|}}{C}H-\underset{\underset{CH_3}{|}}{C}HCH_2CH_3$$

3-甲基-2-氯戊烷

$$CH_3\underset{\underset{CH_3}{|}}{C}H-\underset{\underset{Cl}{|}}{C}HCH_2CH_3$$

2-甲基-3-氯戊烷

$$CH_3\underset{\underset{Cl}{|}}{C}H-CH_2-\underset{\underset{CH_3}{|}}{C}HCH_3$$

2-甲基-4-氯戊烷

（等同情况 R-优先）

在实际应用中，对于简单卤代烃，常用俗名。例如：

$CHCl_3$	CHI_3	$PhCH_2Cl$
氯仿	碘仿	氯苄

第二节　卤烃的物理性质

一、物理性质

室温下，四个碳以下的氟代烷、两个碳以下的氯代烷以及溴代烷为气体，其他常见的卤烃为液体，十五个碳以上的卤烃为固体。

卤代烃的沸点变化具有规律性。R 相同时，RX＞RH，RCl 最低，RI 最高；X 相同时，其沸点随 R 的增大而增高，同分异构体中，支链愈多沸点愈低。RF 特殊，不少 RF 的沸点与相同 R 的烷烃相近。

卤代烃的密度与 R 的大小和 X 类型有关。R 相同时，RCl 最小，RI 最大；X 相同时，其密度随 R 的增大而减小。大多数卤代烃的密度都大于水，但 RF 和多数一元 RCl 的密度比水小。

多数卤代烃分子难溶于水，而易溶于醇、醚、烃等有机溶剂中。氯代烷和氯代烯对多数有机物有很强的溶解性，而且有高蒸气密度（低挥发性）和理想的低沸点及低可燃性，因此是性能良好的有机溶剂，如 $CHCl_3$，CCl_4，$CHCl{=}CCl_2$ 等。

卤代烃有一定毒性，尤其是对肝脏。氯代烃和碘代烃的蒸气可通过皮肤吸收而对人体造成损害，所以应尽量避免这类化合物与人体的直接接触。

如果将卤代烃放在铜丝上灼烧，会出现绿色的火焰，可作为鉴别卤代烃的简单方法。

卤烃的物理性质见表 9-1。

表 9-1　　常见卤代烃的物理常数

名 称	结构简式	m. p. (℃)	b. p. (℃)	d^{20}
氯甲烷	CH_3Cl	−97.6	−23.76	0.920
溴甲烷	CH_3Br	−93	3.59	1.732
碘甲烷	CH_3I	−66.1	42.5	2.279
氯乙烷	C_2H_5Cl	−138.7	13.1	0.9028
溴乙烷	C_2H_5Br	−119	38.4	1.4612
碘乙烷	C_2H_5I	−111	72.3	1.933
1-氯丙烷	$CH_3CH_2CH_2Cl$	−123	46.4	0.890
1-溴丙烷	$CH_3CH_2CH_2Br$	−110	71.0	1.353
1-碘丙烷	$CH_3CH_2CH_2I$	−101	102.5	1.747
2-氯丙烷	$CH_3CHClCH_3$	−117.6	34.8	0.8590
2-溴丙烷	$CH_3CHBrCH_3$	—	59.4	1.310
2-碘丙烷	CH_3CHICH_3	—	89.5	1.705
氯仿	$CHCl_3$	63.5	61.2	1.4916
溴仿	$CHBr_3$	8.3	149.5	2.8899
碘仿	CHI_3	119	在沸点升华	4.008
氯乙烯	$CH_2{=}CHCl$	−160	−13.9	0.9121
溴乙烯	$CH_2{=}CHBr$	−138	15.8	1.517
3-氯丙烯	$CH_2{=}CHCH_2Cl$	−134.5	45.0	0.9382
3-溴丙烯	$CH_2{=}CHCH_2Br$	−119	70.0	—
3-碘丙烯	$CH_2{=}CHCH_2I$	−99	102.0	1.848
氯苯	C_6H_5Cl	−45	132	1.1064
溴苯	C_6H_5Br	−30.6	155.5	1.499
碘苯	C_6H_5I	−29	188.5	1.832
邻氯甲苯	o-CH_3-C_6H_4Cl	−36	159	1.0817
邻溴甲苯	o-CH_3-C_6H_4Br	−26	182	1.422
邻碘甲苯	o-CH_3-C_6H_4I	—	211	1.697
间氯甲苯	m-CH_3-C_6H_4Cl	−48	162	1.0722
间溴甲苯	m-CH_3-C_6H_4Br	−40	184	1.4099
间碘甲苯	m-CH_3-C_6H_4I	—	204	1.698
对氯甲苯	p-CH_3-C_6H_4Cl	7	162	1.0697
对溴甲苯	p-CH_3-C_6H_4Br	28	184	1.3898
对碘甲苯	p-CH_3-C_6H_4I	35	211.5	—
苄基氯	$C_6H_5CH_2Cl$	−43	179.4	1.100

二、波谱性质

（一）卤烃的 IR 谱

表 9-2　　C—X 伸缩振动吸收峰

化学键	吸收频率(cm^{-1})	化学键	吸收频率(cm^{-1})
C—F	1000～1400(极强)	C—Br	500～700(强)
C—Cl	600～850(强)	C—I	500～600(强)

由所列数据可见，由于溴和碘原子的质量大，C—I 和 C—Br 键的伸缩振动出现在低波段。但很多红外光谱仪在 700cm^{-1} 以下较难显示，因此 C—I 和 C—Br 键在一般红外光谱中难以检出。

（二）卤代烃的 ^{1}H-NMR 谱

由于卤原子的电负性强，与卤原子直接相连的碳或邻近的 β-碳原子上的质子都会受到卤原子的去屏蔽作用。因此，与相应的烷烃相比，化学位移均向低场移动（δ 代表化学位移），且卤素越多，影响越大。

	CH_3F	CH_3Cl	CH_3Br	CH_3I
δ	4.3	3.2	2.2	2.2
	CH_3H	CH_3Cl	CH_2Cl_2	$CHCl_3$
δ	0.23	3.2	5.3	7.3

（三）卤烃的 UV 谱

卤代烷 C—X 基团有 $n \rightarrow \sigma^*$ 跃迁，C—Cl 基团吸收光的波长小于 200nm，即在近紫外区没有吸收，C—Br 和 C—I 基团吸收光的波长大于 200nm，在近紫外区可看到它们的弱吸收。

（四）卤烃的 MS 谱

质谱法对氯代烃和溴代烃的鉴别很有用，因为氯和溴这两种元素的同位素（高两个质量单位 ^{37}Cl 和 ^{81}Br）含量较高，在 M、M+2、M+4 等处出现特征性强度的分子离子峰，峰间距为两个质量单位。如在溴乙烷的质谱中，$m/z=108$ 和 110 处有两个强度相近的峰。

第三节　一卤代烷的化学性质

卤代烷的化学性质因其官能团卤素的存在而引起。在卤代烷分子中，C—X 键是极性共价键，并且键的极性随卤素电负性的增大而增大。例如：

卤烷	CH_3CH_2Cl	CH_3CH_2Br	CH_3CH_2I
偶极矩 μ	2.05D	2.03D	1.91D

此外，C—X 键在化学过程中具有较大的可极化度。可极化度是指共价键在外电场作用下，发生电子云分布的变动而使分子中电子云变形的难易程度。可极化度大的共价键，电子云易于变形，可极化度小的则不易变形。键的可极化度只有在分子进行反应时才能表现出来，因此，它在化学反应中对分子的反应性能起着重要的作用。与 C—C 键的键能（347.3kJ/mol）和 C—H 键的键能（414.2kJ/mol）相比较，C—X 键的键能（217.6kJ/mol）较小，因此卤

代烷的化学性质比较活泼，当试剂与卤代烷作用时，C—X 键很容易异裂而发生一系列的化学反应。卤代烷的反应主要表现为亲核取代反应、消除反应以及与金属的反应。

一、亲核取代反应

当卤代烷与一些亲核试剂（Nu^-）作用时，其分子中的卤原子被其他原子团取代。这种由亲核试剂进攻所引起的取代反应称为亲核取代反应（nucleophilic substitution reaction），用 S_N 表示。

$$\underset{\text{底物}}{R{-}X} + \underset{\text{亲核试剂}}{Nu^-} \longrightarrow \underset{\text{产物}}{R{-}Nu} + \underset{\text{离去基团}}{X^-}$$

Nu^-：OH^-、OR^-、CN^-、NH_2^-、NO_3^-、SH^-、$RC{\equiv}C^-$ 等。

反应后，X^- 从 RX 离去，叫离去基团。例如：

$$CH_3Br + OH^- \longrightarrow CH_3{-}OH + Br^-$$

由于 F 原子半径很小，所以 C—F 键的可极化度很小，通常情况下难以发生 C—F 键断裂形成离去基团 F^-。因此，卤代烷的亲核取代反应通常只有 Cl^-、Br^- 和 I^- 可成为离去基团，并且其反应活性顺序为：RI＞RBr＞RCl

常见的 RX 亲核取代反应见表 9-3。

表 9-3　常见的 RX 亲核取代反应

作用物	亲核试剂	生成物	用途
RX	OH^-	ROH	碱性水解，制醇
	OR^-	ROR′	Williamson 醚合成
	SR'^-	RSR′	硫醚的合成
	CN^-	RCN	腈的合成
	NH_3	RNH_2	伯胺的合成
	X'^-	RX′	卤素互换反应
	$-C{\equiv}CR'$	$R{-}C{\equiv}CR'$	制炔、增长碳链
	$-ONO_2$	$R{-}ONO_2$	硝酸酯、鉴别卤烃

这类反应在药物合成中应用相当广泛。例如，降血糖药苯乙双胍的中间体苯乙腈的合成：

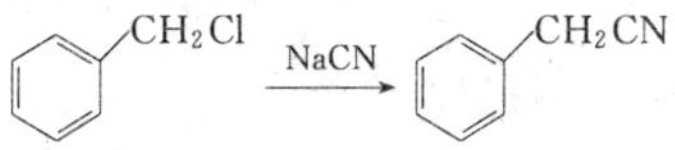

二、消除反应

一卤代烷与 KOH 或 NaOH 的乙醇溶液共热时，脱去 HX 生成烯烃的反应称消除反应（elimination reaction），用 E 表示。这也是在分子中引入重键的重要方法。

$$CH_3{-}\underset{\alpha}{\overset{Br}{\overset{|}{C}H}}{-}\underset{\beta\,|\,H}{CH_2} \xrightarrow[\triangle]{NaOH/EtOH} CH_3{-}CH{=}CH_2 + H_2O + NaBr$$

从卤代烷脱去 HX 时，脱去的是 X 和 β-H，故称为 β-消除。

卤代烷发生消除反应的活性是：叔卤代烷＞仲卤代烷＞伯卤代烷。仲、叔卤代烷脱 HX 时，有可能得到两种不同的消除产物。例如：

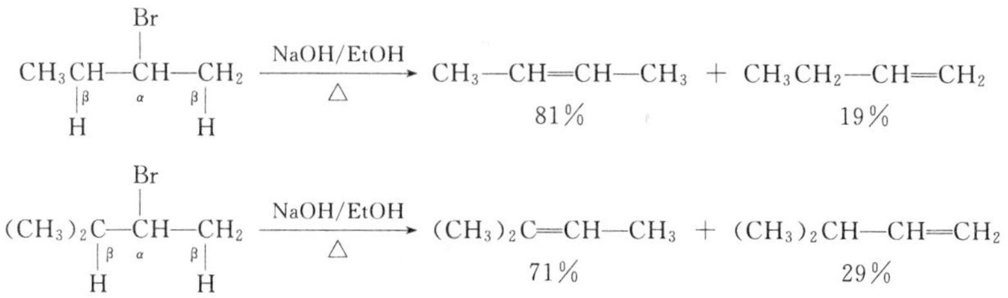

由上可知，卤代烷脱 HX 时，H 来自含 H 较少的那个 C 上，倾向于形成一个结构比较对称、C=C 上侧链较多的烯烃。这个经验规则称为查依采夫（Saytzeff）规则。

三、与金属的反应

（一）有机金属化合物的形成

卤代烃能与金属（M）直接化合，生成具有 C—M 键的有机化合物，称有机金属化合物。第一个金属有机化合物（organometallic compound）是丹麦药剂师蔡斯（W. C. Zeise）1827 年发现的，对有机金属化合物的研究已是当今有机化学中极为活跃的领域。它们在有机合成和药物合成中的重要作用引起人们越来越大的关注，其中有机锂和有机镁应用最多。下列是常见的一些有机金属化合物：

表 9-4　常见的金属有机物

名　称	结构简式	名　称	结构简式	名　称	结构简式
乙基钠	CH_3CH_2Na	乙醇钠	CH_3CH_2ONa	二甲基铜锂	$(CH_3)_2CuLi$
苯基锂	C_6H_5Li	叔丁基锂	$(CH_3)_3CLi$	二乙基镁	$(CH_3CH_2)_2Mg$
三甲基铝	$(CH_3)_3Al$	二丙基镉	$(CH_3CH_2CH_2)_2Cd$	甲基铜	CH_3Cu
二甲基汞	$(CH_3)_2Hg$	二乙基锌	$(CH_3CH_2)_2Zn$	四甲基硅	$(CH_3)_4Si$
四乙基铅	$(CH_3CH_2)_4Pb$	乙基镁溴化物	CH_3CH_2MgBr	甲基汞氯化物	CH_3HgCl

上述有机金属化合物很多可以从卤代烃与金属直接反应获得，例如：

$$CH_3X+2Li \xrightarrow{\text{己烷}} CH_3Li+LiX$$

$$CH_3CH_2Cl+2Na \longrightarrow CH_3CH_2Na+NaCl$$

或由有机金属化合物与无机盐交换反应获得：

$$CH_3Li+CuX \longrightarrow CH_3Cu+LiX$$

$$2CH_3Li+CuX \longrightarrow (CH_3)_2CuLi+LiX$$

有机锂非常活泼，R^-—Li^+ 键具有高度极化性，R^- 为强亲核试剂，遇到空气中的水也会水解，生成相应的烃，如：

$$CH_3Li+H_2O \longrightarrow CH_4+LiOH$$

烃基钠 RNa 一般由 1°RX 制备，可进一步与 RX 作用，生成烃：

$$CH_3CH_2Na+CH_3CH_2Cl \longrightarrow CH_3CH_2CH_2CH_3$$

该反应称为武兹（Wurtz）反应，用于 R—R 型烃的制备，不适合 R—R′型烃的合成。由于 RNa 也是一个碱性很强的有机碱，2°、3°RX 在碱性条件下更易发生消除反应，不宜用于制备相应的烷烃。

（二）格氏试剂

卤代烷在无水乙醚中与金属镁作用，生成有机镁化物，称为格林那试剂（Grignard Reagents），简称格氏试剂。

$$RX + Mg \xrightarrow{\text{无水乙醚}} RMgX$$

例如：

$$CH_3Br + Mg \xrightarrow{\text{无水乙醚}} CH_3MgBr$$

R 可为伯、仲、叔烃基，X 可为碘、溴、氯。R 亦可为芳基，这时 X 仅为碘或溴，氯代芳烃及氯乙烯型卤代烃不够活泼，不易与镁反应，若改用四氢呋喃（THF）作溶剂，也可得到相应的格氏试剂。R 相同时，RX 的活性顺序是：RI＞RBr＞RCl。

例如：

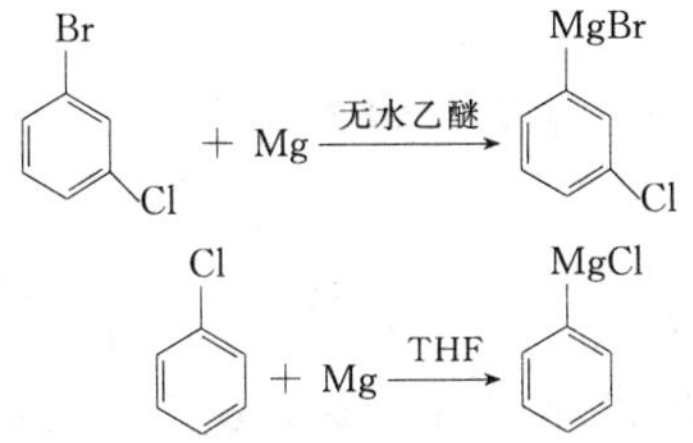

由于 RI 价格较贵，RCl 反应活性最低，所以，实验室常采用反应活性适中的 RBr 来制备格氏试剂。溶剂常用醚类例如乙醚、四氢呋喃等，此外，也可用烃作溶剂。

格氏试剂是非常重要的有机合成试剂。制得的格氏试剂不需分离，直接用于有机合成。利用格氏试剂合成烃、醇、醛、酮、羧酸等一系列有机物的反应，称为格氏反应（Grignard Reaction）。格氏反应常用于以下化合物的合成。

1. 合成烷烃

格氏试剂与含活泼氢（H_2O、ROH、RCOOH、NH_3、RNH_2、R_2NH 等）的化合物反应都生成烷烃：

$$CH_3MgX + \begin{cases} H_2O \\ ROH \\ RCOOH \\ NH_3 \\ NH_2R \\ NHR_2 \end{cases} \longrightarrow CH_4 + \begin{cases} HOMgX \\ ROMgX \\ RCOOMgX \\ H_2NMgX \\ RNHMgX \\ R_2NMgX \end{cases}$$

所以，用于合成格氏试剂的卤代烃分子中不能含有活泼氢，反应体系内必须无水。

2. 合成醇类

与羰基化合物反应合成伯、仲、叔醇：

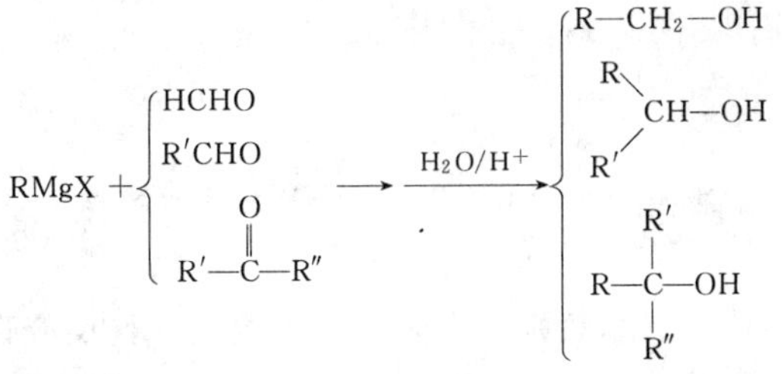

3. 合成羧酸

$$RMgX + CO_2 \longrightarrow RCOOMgX \xrightarrow{H_2O/H^+} RCOOH$$

4. 合成酮

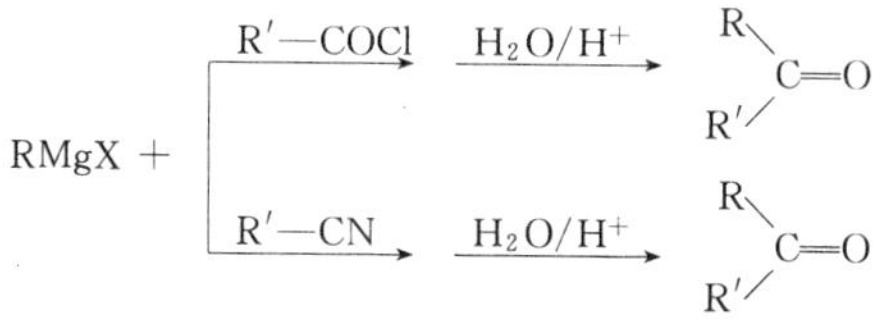

格氏试剂的特征：是功能较多的试剂，可与大多数有机物反应，也可以与无机物反应，试剂和产物的合成在同一容器中进行。

四、还原反应

卤代烃可还原成烃，主要还原方法简介如下：

（一）催化氢化

$$R—X + H_2 \xrightarrow{催化剂} R—H + HX$$

由于反应中断裂的是 C—X 键，并在碳原子和卤原子上各加上一个氢原子，因此也称为氢解。常用的催化剂是 Pd、Ni 等。催化氢化是氢解卤代烃最常用的方法，Pd 为首选催化剂，相比之下，Ni 易受卤离子的毒化，一般需增大用量比，氟离子最易使催化剂中毒，故通常不用催化氢化的方法氢解氟代烃。例如：

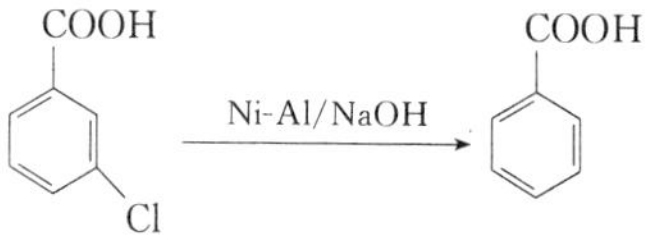

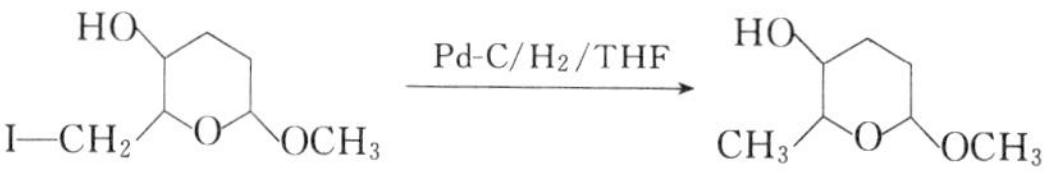

R 相同时，X 的活性顺序为：I＞Br＞Cl＞F。烃基的结构对反应活性也有很大影响，烯丙基型和苯甲基型卤烃更易氢解，如 C—F 键较难氢解，但苯甲基型氟代烃可被氢解。

（二）氢化锂铝（$LiAlH_4$）

$LiAlH_4$ 是提供氢负离子的还原剂，还原性很强，所有卤代烃均可被还原为相应的烃，包括乙烯型卤代烃。X 相同时，各种卤代烷的活性顺序是：

$$1° > 2° > 3°$$

$$n\text{-}C_8H_{17}—Br + LiAlH_4 \xrightarrow[回流，1h]{THF} n\text{-}C_8H_{18} + AlH_3 + LiBr$$

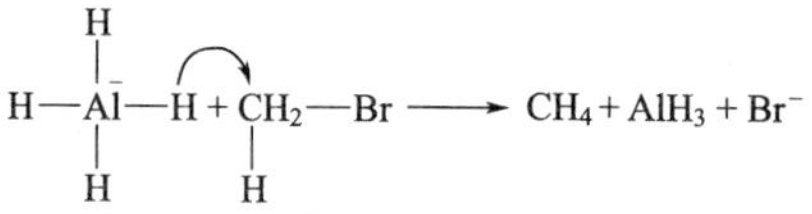

$LiAlH_4$ 是一种白色固体，对水特别敏感，遇水放出氢气，反应很剧烈：

$$LiAlH_4 + H_2O \longrightarrow H_2\uparrow + Al(OH)_3 + LiOH$$

所以 $LiAlH_4$ 只能在无水介质中使用，如 Et_2O、THF、$CH_3—OCH_2CH_2O—CH_3$ 等，贮藏时必须密封防潮，实际操作起来比较困难，而且 $LiAlH_4$ 的还原性极强，卤烃分子中如同时含有其他不饱和基团，也会被还原（但 C=C 保留）。如：

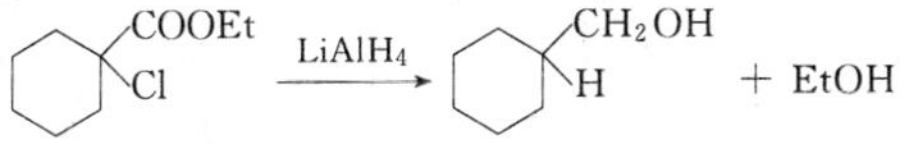

第四节　亲核取代和消除反应的反应历程

一、亲核取代反应历程

（一）亲核取代反应类型

研究卤代烷的碱性水解时发现，卤代烃的亲核取代反应有两种主要类型：

1. 双分子亲核取代反应（S_N2）

卤代烷水解反应的动力学数据表明，CH_3Br 在 80%乙醇水溶液中反应时，反应速度很慢。但加入 NaOH 后，水解速度随之增加。因此，反应速度 v 与 CH_3Br 和 NaOH 的浓度成正比：

$$v=k[CH_3Br][OH^-]$$

式中，k 为速度常数，$[CH_3Br]$ 表示 CH_3Br 的浓度，$[OH^-]$ 表示 OH^- 的浓度。在一定的温度和溶剂中 k 值不变。CH_3Br 的水解遵循二级动力学，由于涉及两种分子的浓度，故称为双分子反应，用 S_N2 表示。

2. 单分子亲核取代反应（S_N1）

观察 $(CH_3)_3CBr$ 的水解反应发现，在 80%乙醇水溶液中反应速度比 CH_3Br 快，但其速度不随 NaOH 的加入而增加。因此，反应速度 v 只与 $(CH_3)_3CBr$ 的浓度成正比：

$$v=k[(CH_3)_3CBr]$$

$(CH_3)_3CBr$ 的水解遵循一级动力学，由于只与 $(CH_3)_3CBr$ 的浓度有关，故称为单分子亲核取代反应，用 S_N1 表示。

（二）双分子亲核取代反应（S_N2）历程

目前认为 CH_3Br 的碱性水解按下列反应历程进行：

$$CH_3Br + OH^- \longrightarrow CH_3—OH + Br^-$$

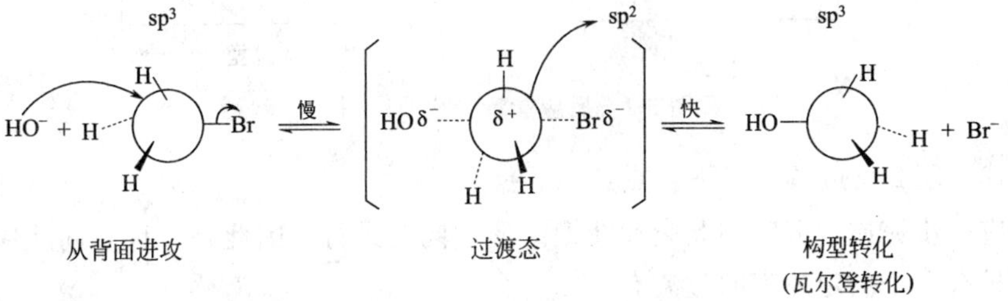

过渡态的轨道状态：

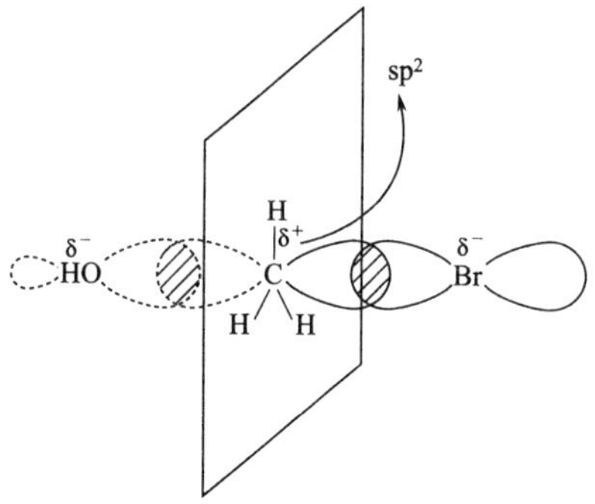

水解产物甲醇中的—OH 不在 Br 原来的位置上，而是在 Br 背面，所得的构型正好相反，这种构型的翻转过程称为瓦尔登（Walden）转化。

整个反应过程是卤代烷和亲核试剂通过过渡态转变为生成物的连续过程，α-C 的杂化形式从 $sp^3 \rightarrow sp^2 \rightarrow sp^3$。由于形成过渡态需要一定的活化能，因而是一个慢反应过程。过渡态一旦形成，很快转变为生成物并释放能量，因此，整个反应的速度取决于过渡态形成的速度。反应速度与 Nu^- 进攻 α-C 时受到的空间位阻有关，空间位阻越小，过渡态越容易形成。由于决定反应速度的一步即形成过渡态的一步涉及两个分子中共价键的变化，所以称为双分子亲核取代反应，称为 S_N2 反应历程。

S_N2 反应速度与卤代烃中烃基及 X 原子的类型有关，X 相同时，不同卤代烃的反应活性顺序为：$CH_3X>1°>2°>3°$。

S_N2 反应过程的能量变化如图 9-1 所示。

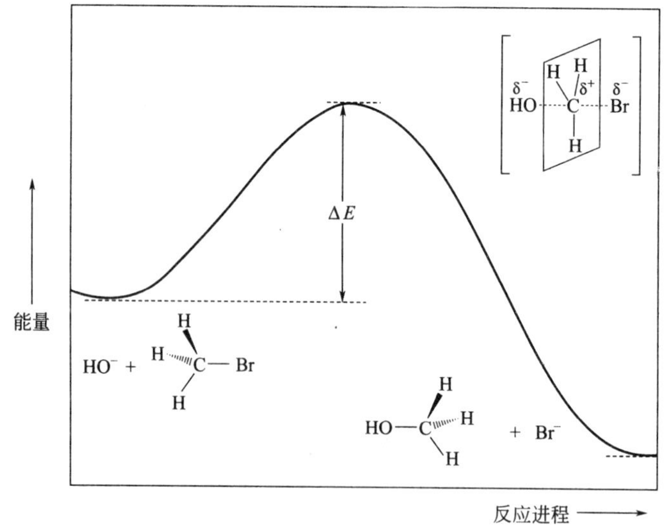

图 9-1 反应能量变化曲线图

综上所述，S_N2 反应具有以下特点：

（1）反应一步完成，旧键的断裂和新键的形成同时进行，因此是一种协同反应，没有活性中间体，只有一个决定速率的过渡态。

（2）反应速度 v 与底物和亲核试剂的浓度有关，为双分子反应历程（动力学特征）。

(3) 反应过程伴随构型的转化（立体化学特征）。

(三) 单分子亲核取代反应（S_N1）历程

1. 由于反应速度只与 $(CH_3)_3CBr$ 的浓度有关，据此提出 S_N1 反应历程分两步进行：

$$(CH_3)_3C—Br + OH^- \longrightarrow (CH_3)_3C—OH + Br^-$$

$$(CH_3)_3C—Br \xrightarrow{慢} (CH_3)_3C^+ + Br^- \quad ①$$

$$(CH_3)_3C^+ + OH^- \xrightarrow{快} (CH_3)_3C—OH \quad ②$$

反应中 α-C 的杂化轨道的变化如下：

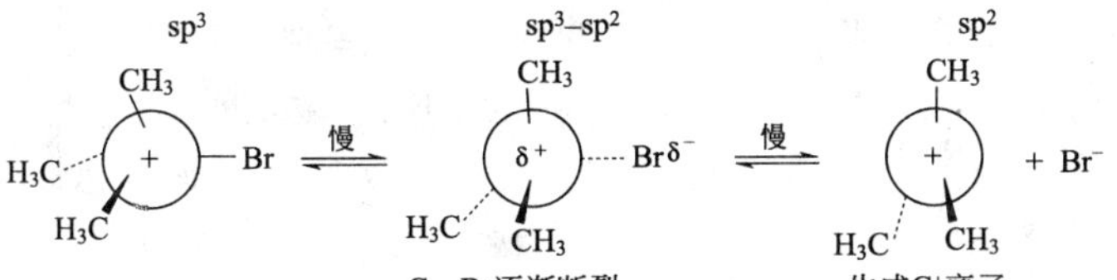

C^+ 离子是一平面结构，OH^- 可从平面的两边进攻 α-C，所以生成构型保持和构型转化两种产物。理论上讲，两种构型产物所占的比例应相同（外消旋化），但实际上构型转化的比例大于构型保持，因为离去基团 Br^- 对 Nu^-（OH^-）的进攻有屏蔽作用，使 OH^- 从离去基团这一面进攻 α-C 的几率减小：

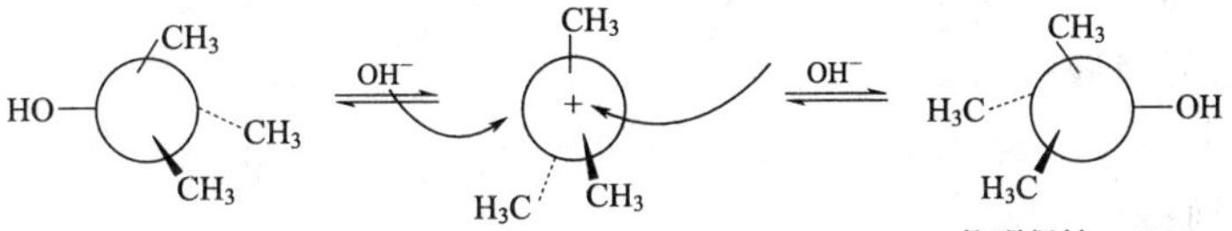

过渡态的轨道状态：

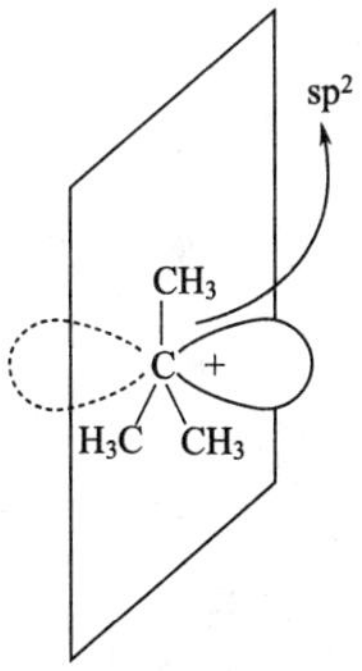

碳正离子

这种现象可用下列式子解释：

$$RX \rightleftharpoons R^+X^- \rightleftharpoons R^+ // X^- \rightleftharpoons R^+ + X^-$$

反应物　紧密离子对　松散离子对　自由离子

松散离子对中的“//”表示溶剂，亲核试剂可在上述底物解离过程中的不同阶段与之反应：

(1) 解离之前，Nu^- 直接从离去基团的背面进攻底物的 α-C，得到构型转化的产物，即发生了瓦尔登转化（但这属于 S_N2 反应历程，已不属于 S_N1 反应历程，而 3°RX 一般不按

S_N2 反应历程发生反应）。

(2) 处在紧密离子对阶段时，由于离去基团的屏蔽作用，Nu^- 不能从离去基团所在的一面进攻 α-C，只能从离去基团的背面与 α-C 结合，得到构型转化的产物。

(3) 处在松散离子对阶段时，Nu^- 可从平面的两边进攻 α-C，但因离去基团对 α-C 仍有一定的屏蔽作用，从正面进攻 α-C 的几率小于背面，所以产物中构型转化的多于构型保持的。

(4) 在自由离子阶段，Nu^- 从正面和背面两边进攻 α-C 的几率相等，产物中构型转化的比例等于构型保持的比例，如产物是对映异构体，此阶段发生外消旋化。

总的结果是 Nu^- 从正面进攻 α-C 的几率小于背面，因此，构型保持产物少于构型转化产物。以上四个阶段 Nu^- 与之反应的结果也可用下图简单地表示为：

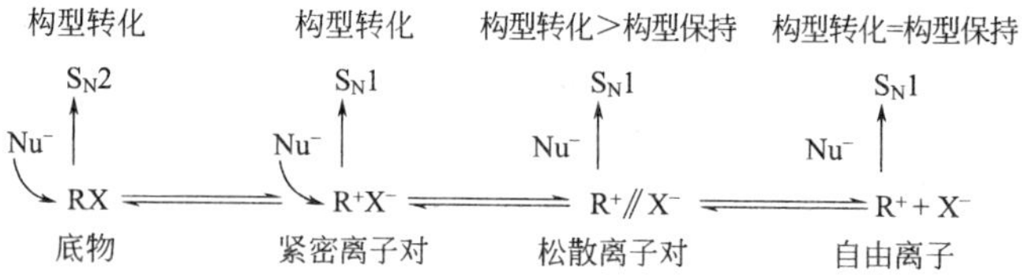

2. S_N1 反应的特点是：

(1) 反应分两步进行，反应速度取决于第一步，即生成碳正离子的一步。

(2) 有活性中间体碳正离子 R^+ 生成，存在碳正离子重排反应。

(3) 反应速度只与底物的浓度有关，为单分子反应历程（动力学特征）。

(4) 有构型保持和构型转化两种产物（外消旋化），但实际上构型保持产物少于构型转化产物（立体化学特征）。

X 相同时，不同卤代烃的 S_N1 反应活性顺序为：3°>2°>1°>CH_3X。

$(CH_3)_3CBr$ S_N1 水解反应过程的能量变化如图 9-2 所示。

二、消除反应历程

卤代烷的亲核取代反应是和消除反应同时发生的，而且相互竞争，故和亲核取代反应类似，消除反应也可按两种不同的历程进行：

(一) 单分子消除反应 (E1)

$$(CH_3)_3C—Br + OH^- \longrightarrow (CH_3)_2C═CH_2 + H_2O + Br^-$$

与 S_N1 相似，由于反应速度也只与 $(CH_3)_3CBr$ 的浓度有关，据此提出 E1 反应历程分两步进行：

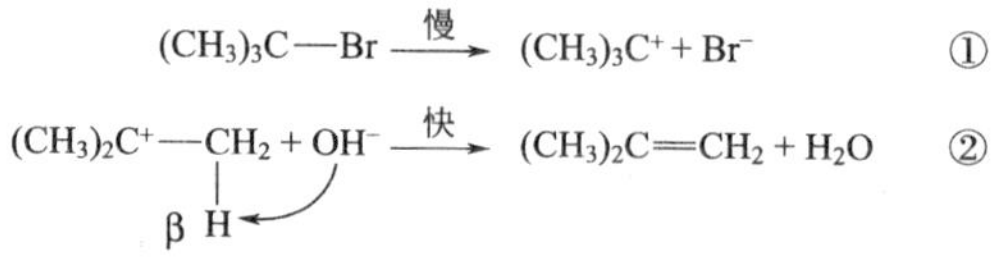

按碳正离子的稳定性，反应产物往往是碳正离子重排后的生成物，例如：

$$(CH_3)_3C—CH_2Cl \xrightarrow{NaOH/EtOH} (CH_3)_2CH═CHCH_3$$

反应历程：$(CH_3)_3C—CH_2Cl \longrightarrow (CH_3)_3C—CH_2^+$

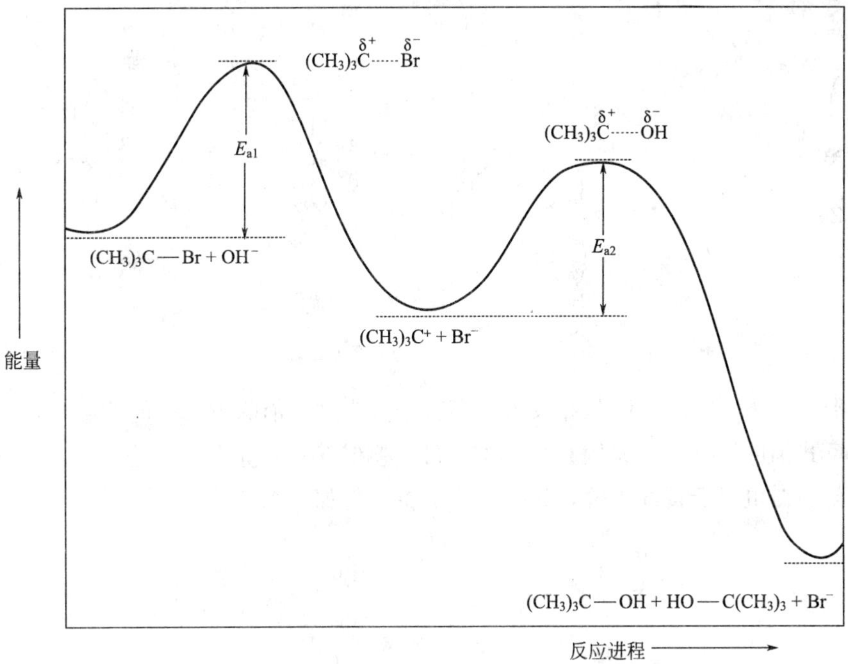

图 9-2 反应能量变化曲线图

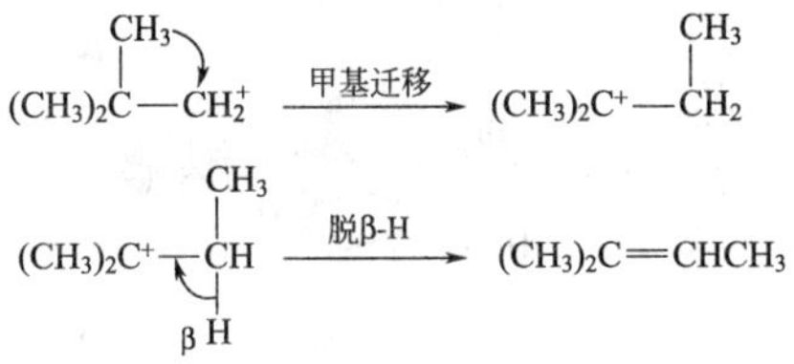

（二）双分子消除反应（E2）

与 S_N2 相似，反应速度与反应物和试剂的浓度成正比。反应也是一步完成，反应经过一个能量较高的过渡态，β-C—H 键的断裂和 α-C—X 键的断裂同时进行，并在 α-C 和 β-C 之间形成 π 键：

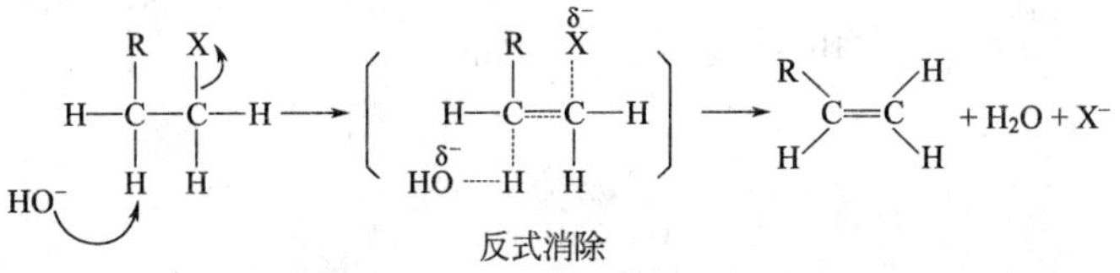

发生 E2 反应时，α-C 和 β-C 原子的轨道变化如下所示：

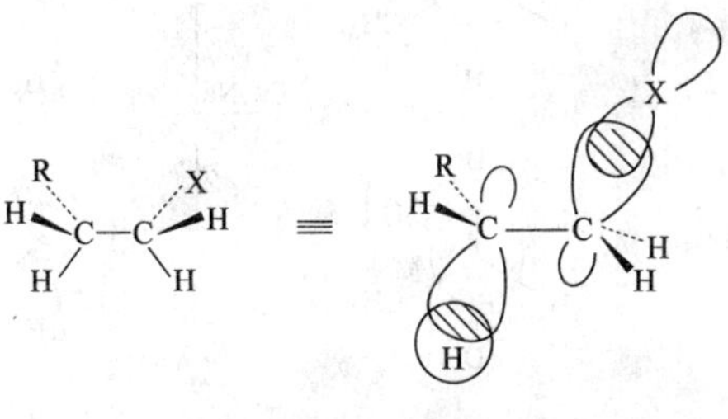

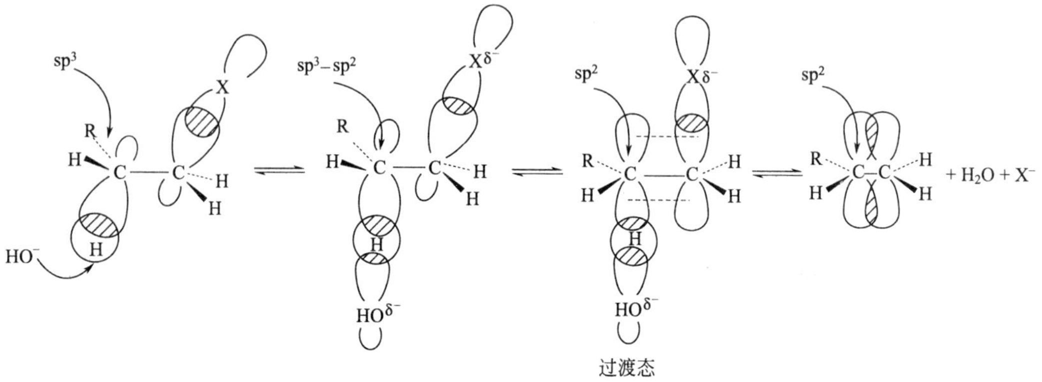

大多数情况下 X^- 和 β-H 从相反方向离去，因为这种消除方式空间位阻小，反应容易发生，称为反式消除。另一个原因是异侧 C—Hσ 键和 C—Xσ 键大瓣电子云在 H^+ 和 X^- 离去过程中可与小瓣电子云逐渐重叠，最后形成 π 键。例如：

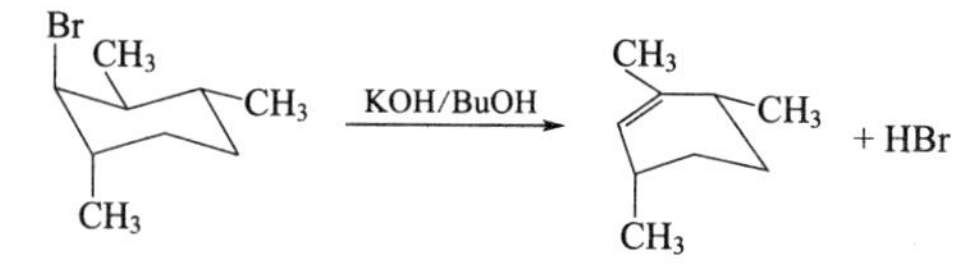

如下式所示，该化合物虽然有两种 β-H，但主要消除的是 Br 异侧的那个 β-H，得到立体选择性产物。

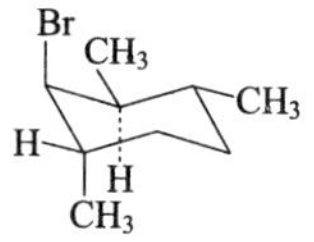

又比如 2-氘代-3-溴丁烷在脱 HBr 时有两种可能，所以有两种构型的产物，以 *E* 构型为主要产物。

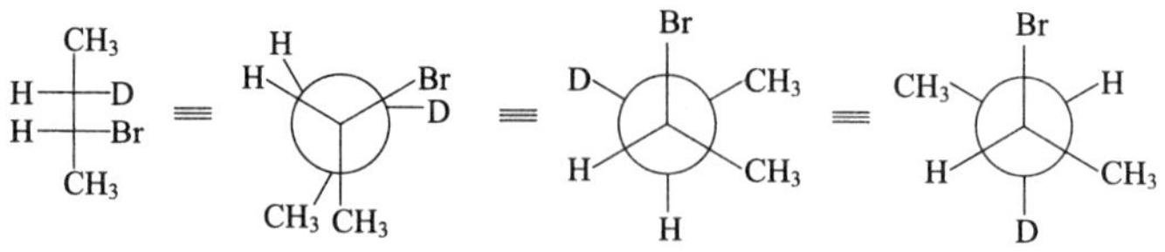

即：

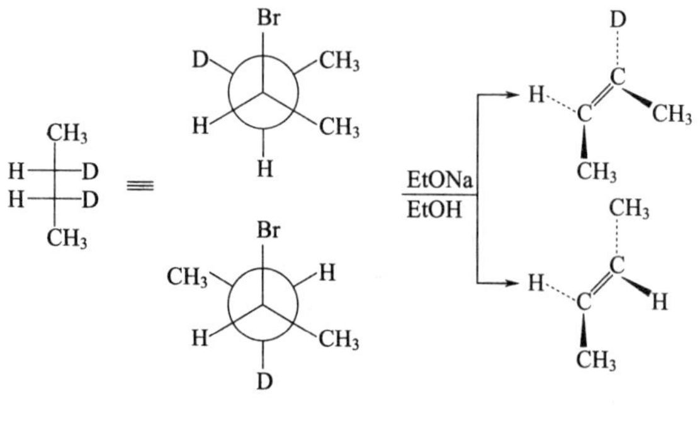

三、亲核取代反应与消除反应的相互竞争

S_N 反应与 E 反应的反应物相同，大多数情况下亲核试剂同时也是碱，并有相同的活性中间体，只是 Nu^-: 和 B^-: 进攻的部位不同。S_N2 与 E2、S_N1 与 E1 互为竞争反应。

（一）S_N2 与 E2

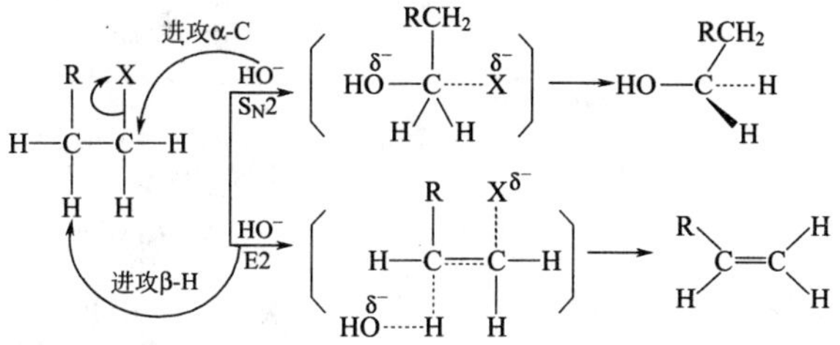

（二）S_N1 与 E1

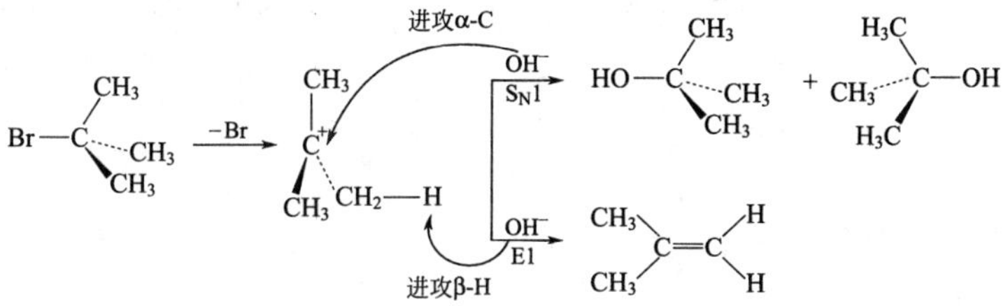

四、影响亲核取代反应和消除反应的因素

卤代烃的亲核取代反应和消除反应是竞争反应，在亲核取代反应发生的同时不可避免地有消除反应发生，反之亦然。反应主要以哪一种方式进行，生成哪一种主要产物与发生反应时反应的底物（反应物）、亲核试剂、溶剂以及温度等因素有关。

（一）底物的影响

卤代烃的亲核反应中心是 α-C 原子，其电子云密度的大小，空间位阻的大小既关系到反应历程的类型，也影响其反应活性。α-C 原子电子云密度越大，形成的 C^+ 越稳定，越有利于 X^- 离去，所以，反应活性与卤代烃的结构有着密切的关系。影响 S_N1 反应活性的主要因素是生成的 C^+ 的稳定性，影响 S_N2 反应活性的主要因素则是试剂进攻 α-C 时的空间位阻。

X 相同时，各种反应的活性次序：

S_N2：活性增加 ←

RX：CH_3X　1°　2°　3°

→ S_N1：活性增加

对于消除反应，不论是 E1 还是 E2，活性顺序是一致的：

RX：1°　2°　3°

→ E1 和 E2 活性增加

3°RX 易发生 E1 反应，原因与 S_N1 类似，取决于中间体 C^+ 的稳定性。3°RX 易发生 E2 的原因是因为 C=C 双键上侧链越多，稳定性越高，稳定的产物易生成，因为产物的结构与

过渡态的结构相似，产物稳定，过渡态的能量也相应较低，反应所需的活化能（Ea）相应较低，反应较易发生。

3°RX 易发生 S_N1 和 E1 反应，但当 β-C 上的侧链增多时，对 E1 更有利，因为 α-C 上的空间位阻增加，对 Nu^-：进攻 α-C 更加不利，相比之下，β-H 比较外露，试剂较易与之结合。一般的规律是：

$$\underset{1°}{RX} + Nu^{-}: \xrightarrow{S_N2\text{ 和 E2}} RNu + \text{烯烃} + X^-$$

$$\underset{2°}{RX} + Nu^{-}: \xrightarrow{S_N2,\ S_N1\text{ 和 E2}} RNu + \text{烯烃} + X^-$$

$$\underset{3°}{RX} + Nu^{-}: \xrightarrow{S_N1,\ \text{E1 和 E2}} RNu + \text{烯烃} + X^-$$

例如，25℃时，不同类型的卤代烷与 NaOEt/EtOH 的反应，卤代烷的级数不同，S_N 和 E 产物所占的比例不同：

$$\underset{1°}{CH_3CH_2Br} \xrightarrow{S_N2} \underset{\sim 100\%}{CH_3CH_2-OCH_2CH_3}$$

$$\underset{2°}{(CH_3)_2CHBr} \xrightarrow{S_N2\text{ 和 E2}} \underset{20\%}{(CH_3)_2CH-OCH_2CH_3} + \underset{80\%}{CH_2=CHCH_3}$$

$$\underset{3°}{(CH_3)_3CBr} \xrightarrow{S_N1,\text{E1 和 E2}} \underset{5\%}{(CH_3)_3C-CH_2CH_3} + \underset{95\%}{CH_2=C(CH_3)_2}$$

以下是 β-C 上的侧链增多对 S_N 和 E 产物（包括各种异构体）所占比例的影响：

主要烯烃及其烯烃异构体%

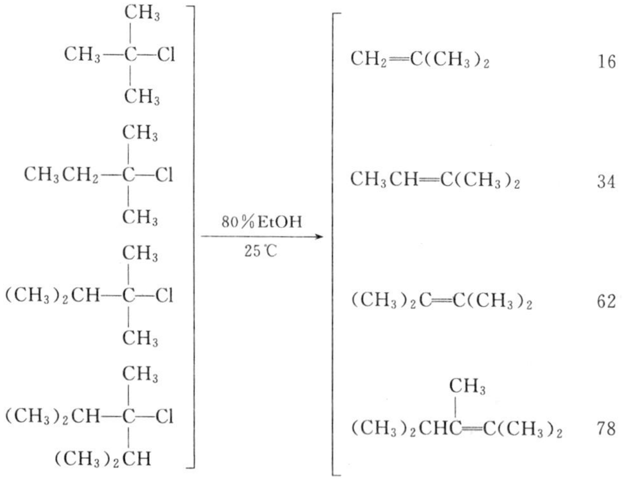

烃基结构对 S_N 和 E 产物相对比例的影响如下所示：

S_N2 比例增大 ←

CH_3X　　RCH_2X　　R_2CHX　　R_3CX

→ E2 比例增大

（二）试剂对 S_N 和 E 的影响

试剂对反应的影响与反应的类型有关。多数情况下，亲核试剂同时具有碱性和亲核性，碱性强的试剂，一般亲核性也强。但有时也不完全一致，因为碱性和亲核性是两个不同的概念，碱性指的是对质子的亲合能力（热力学概念 thermodynamic concept），亲核性则是指碱在过渡态对碳原子的亲合力（动力学概念 dynamical concept）。

同一种元素为反应中心的亲核试剂，其亲核性与碱性的大小是一致的，例如：

亲核性大小顺序：$CH_3O^- > HO^- > PhO^- > CH_3COO^- > NO_3^- > CH_3OH$

共轭酸的 pK_a 值： 15.9 15.7 9.89 4.8 −1.3 −1.7

同周期元素为反应中心的亲核试剂，其亲核性也与碱性的强弱一致，随元素电负性的增加而减弱，因为电负性强的原子对核外电子控制力强，成键时提供电子的能力较弱，例如：

$$HO^- > F^-;(CH_3CH_2)_3P > (CH_3CH_2)_2S;C_6H_5S^- > Cl^-$$

但是同族元素的亲核试剂其亲核性受溶剂的影响较大，在质子溶剂和非质子溶剂中显示不同的亲核能力，例如，在质子溶剂中，各种 X^- 的亲核性与其碱性大小相反：

$$I^- > Br^- > Cl^- > F^-$$

这是因为溶剂化效应不同而引起的，半径大、碱性弱的离子溶剂化效应较小，亲核力强。

但 X^- 在非质子溶剂中，不存在溶剂化效应，所以亲核性与其碱性大小一致：

$$F^- > Cl^- > Br^- > I^-$$

试剂的亲核性强有利于取代反应，亲核性弱则对消除反应有利，而且主要影响 S_N2 反应，因为决定 S_N1 反应速度的一步只涉及底物，与试剂无关。

试剂的碱性强有利于消除反应，碱性弱对亲核取代反应有利。碱性强弱对 E1 影响不大，原因与 S_N 的类似，决定 E1 反应速度的一步只涉及底物，与试剂无关。E2 反应是一步完成的，反应速度同时涉及底物和试剂。所以试剂的浓度增加、亲核性增强对 S_N2 和 E2 都是有利的。

亲核试剂的相对活性如表 9-5 所示：

表 9-5　　亲核试剂的相对活性

亲核试剂	相对活性	亲核试剂	相对活性
CN^-	12,600	R_3N	—
$HS^-(RS^-)$	10,200	Cl^-	102
RO^-	—	CH_3COO^-	52.5
OH^-	1,600	ROH	—
Br^-	775	H_2O	1.00

（三）离去基团的影响

在亲核取代和消除反应中都涉及 C—X 键的断裂，其断裂的难易程度对 S_N 和 E 都有影响，总的来说，C—X 易断裂不论对取代和消除都是有利的，其中对单分子反应（S_N1 和 E1）影响更大，因为 C—X 断裂这一步决定整个反应的速度，如果 C—X 难断裂，反应按 S_N2 和 E2 历程进行的几率就相应增加。

R 相同时，C—X 断裂的活性顺序为：C—I＞C—Br＞C—Cl＞C—F

但是各种 C—X 键的极性大小顺序却与之相反：C—I＜C—Br＜C—Cl＜C—F

通常情况下，极性大的化合物化学活性比较高，可从键能和可极化度两个方面解释这一“反常现象”。C—X 键的平均键能大小顺序为：

	C—I	C—Br	C—Cl	C—F
kJ/mol	217.7	284.6	339.1	485.6

C—I＜C—Br＜C—Cl＜C—F

C—X 键可极化度的大小顺序也是：C—I＞C—Br＞C—Cl＞C—F

在卤素中，碘的电负性最弱，对 C—I 键电子对的束缚力最小，在外界因素（通常为试剂）的影响下，电子云容易变形继而断裂，发生反应。键的极性和可极化度都与电负性有关，但极性是化合物分子在静态下固有的性质，可极化度则是在外界影响下（动态）显示出的性质，当二者的顺序不一致时，化合物的性质主要取决于可极化度，即动态下显示的性质。

（四）溶剂的影响

溶剂分质子性和非质子性两类。分子中含有能形成氢键的氢原子的溶剂称为质子性溶剂，如：H_2O、CH_3OH、C_2H_5OH、CH_3COOH 等，不含这类氢原子的溶剂则称为非质子性溶剂，常用的如：二甲苯、丙酮、DMF、DMSO 等。

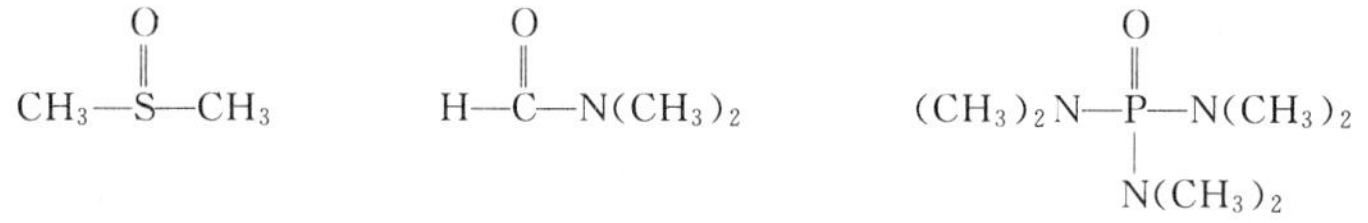

二甲亚砜 DMSO　　N,N-二甲基酰胺 DMF　　六甲基磷酰胺 HMPA

不论是质子性溶剂还是非质子性溶剂，能使正离子溶剂化的溶剂称为授电子溶剂，这类溶剂分子的结构特征是含带有未共用电子对的原子，如，H_2O、C_2H_5OH、DMF、DMSO 等，这类溶剂分子围在正离子周围，其未共用电子对可与正离子形成偶极-离子键，即溶剂化，从而使正离子的稳定性增加。过渡态与反应物一样，哪个极性大，溶剂化效应就愈强。过渡态的溶剂化效应大于反应物的溶剂化效应（$\Delta E_2 > \Delta E_1$）时，反应的活化能降低（$Ea_2 < Ea_1$），反应更容易进行，如图 9-3 所示。与此相反，如果过渡态的溶剂化效应小于反应物的溶剂化效应（$\Delta E_2 < \Delta E_1$），反应的活化能增加（$Ea_2 > Ea_1$），反应更难进行，如图 9-4 所示。

对于亲核取代反应，质子性溶剂的极性增加，有利于 S_N1 反应的进行，而对 S_N2 反应不利。因为 S_N1 反应形成中间体碳正离子 C^+ 时，过渡态的极性比反应物大，溶剂化效应强，有利于反应的发生。而 S_N2 反应中，与反应物相比，过渡态的电荷比较分散，溶剂化效应较弱，不利于反应的发生。如下所示：

S_N1：　$R—X \longrightarrow [R^{\delta+} \cdots\cdots X^{\delta-}] \longrightarrow R^+ + X^-$

　　　极性较小　　极性较大

S_N2：　Nu^-：　$R—X \longrightarrow [Nu^{\delta-} \cdots\cdots R \cdots\cdots {}^{\delta-}X] \longrightarrow R—Nu + X^-$

　　　极性较大　　　　电荷较分散，极性较小

所以，溶剂的极性减弱，对 S_N2 反应有利。例如，苯甲基氯在水中水解，反应按 S_N1 历程进行，若将溶剂换成丙酮，反应则按 S_N2 历程进行。但是 E1 和 S_N1 这对竞争反应的产物比例与溶剂的性质无关，E2 和 S_N2 产物的比例与溶剂的性质有关，溶剂的极性增加，对 S_N2 反应有利，溶剂的极性减弱，对 E2 反应有利，如：

$$RCH_2-\underset{\large Br}{\underset{|}{CH_2}} \xrightarrow{NaOH,\ H_2O} RCH_2CH_2-OH + NaBr$$

$$RCH_2\underset{\large H}{\underset{|}{CH}}-\underset{\large Br}{\underset{|}{CH_2}} \xrightarrow{NaOH,\ EtOH} RCH_2CH{=}CH_2 + NaBr + H_2O$$

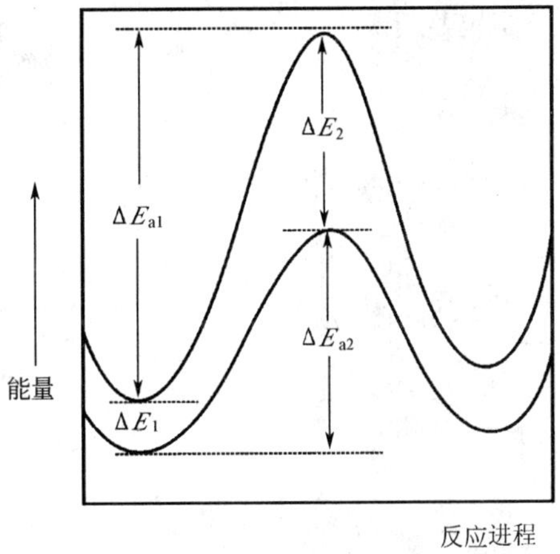

图 9-3 $\Delta E_2 > \Delta E_1$ 时溶剂对活化能的影响

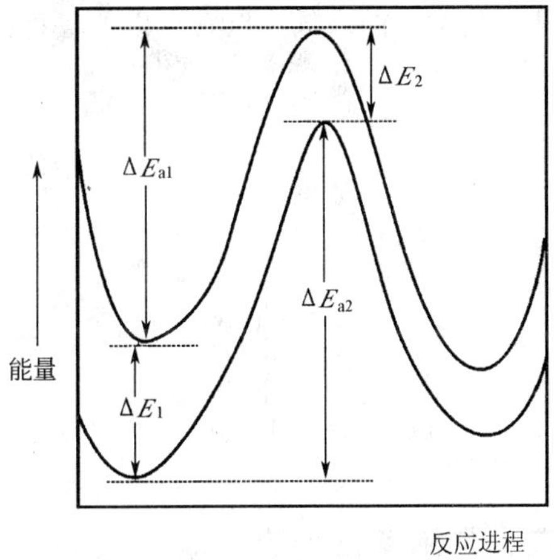

图 9-4 $\Delta E_2 > \Delta E_1$ 时溶剂对活化能的影响

（五）温度的影响

提高温度往往可以增加消除产物的比例，减少亲核取代反应产物的比例，因为在消除反应中，不仅有 C—X 键的断裂，还涉及 β-C—H 的断裂，所以需要的活化能比亲核取代反应大，故高温有利于消除反应，低温有利于亲核取代反应。

实际上，当一个卤代烃分子受到亲核试剂进攻时，究竟哪些因素有利于亲核取代反应，哪些因素有利于消除反应？其大致规律归纳如下（表 9-6）。

表 9-6　对 S_N1，S_N2，E1 和 E2 的有利因素

反应历程	卤烃	亲核试剂		溶剂极性	温度
		强度	浓度		
S_N1	3°RX	弱：H_2O, CH_3COO^-	低	H_2O, CH_3COOH(大)	较低
S_N2	CHX, 1°RX, 3°RX	强：$CN^-, HS^-(RS^-), RO^-$	高	ROH(小)	温和
E1	3°RX	强：RO^-, OH^-, NH_2	低	ROH(小)	较高
E2	2°RX, 3°RX	强：RO^-, OH^-, NH_2^-	高	ROH(小)	较高

第五节　多卤烃的特性

多卤代烃可分成两类：一类是多个 X 原子分别连在不同 C 原子上，其 C—X 键性质与单卤代烃相似；另一类是多个 X 原子连在同一个 C 原子上，其性质比较特殊，随着同 C 原子上 X 原子数的增加，C—X 键活性明显下降。现以常见的各种氯代甲烷为例，讨论多卤代烃的主要化学性质。

一、水解反应

不同氯代烷发生水解反应氯原子的活性次序是：

$$CH_3Cl > CH_2Cl_2 > CHCl_3 > CCl_4$$

从反应温度的高低可以看出以下各种卤代烃的活性相差很大。

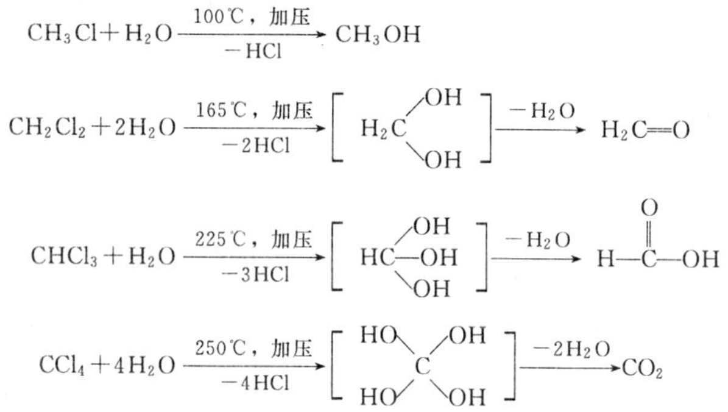

二、与硝酸银反应

通常情况下，$CHCl_3$ 或 CCl_4 与硝酸银醇溶液反应不产生氯化银沉淀。原因可能有两个：一是多个氯原子挤在同一碳原子上，空阻效应使亲核试剂进攻困难；二是由于分子中极性键向量相抵消，降低了活性。这可从它们的偶极矩数值得到说明。

	CH_3Cl	CH_2Cl_2	$CHCl_3$	CCl_4
μ(D)	1.85	1.57	1.05	0

三、氧化反应

卤仿（如 $CHCl_3$），由于分子中三个氯原子的强吸电子效应，使其 C—H 键变得活泼，见光容易被氧化，生成剧毒的光气。因此，氯仿需保存于棕色瓶中，并装满至瓶口密封，也可加入 1%的乙醇，将生成的光气转化为无毒的碳酸二乙酯。

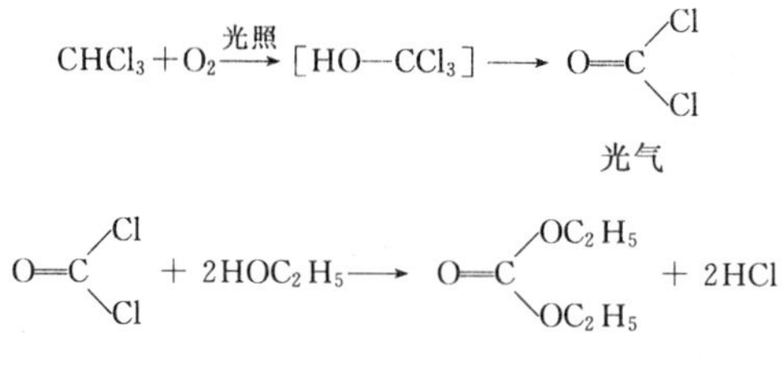

CHI_3 在日光下久置易分解而析出碘。这是由于碘的原子半径大，多个碘连在同一碳上，空间效应使它更容易分解而析出碘。

$$CHI_3 \xrightarrow{光照} I_2 + CO_2 + H_2O$$

第六节 卤烯烃和卤芳烃——双键位置对卤素活泼性的影响

卤代烃分子中卤原子与烃基之间存在相互影响，烃基中 C＝C 对 X 原子活性的影响随二者的相对位置不同而截然不同。

一、分类

根据双键相对位置的不同，可将卤烯烃和卤芳烃分成三种类型：

（一）卤代乙烯型

卤原子直接连在双键上：R—CH＝CH—X

例如：

氯乙烯 $CH_2=CH—Cl$ 氯苯 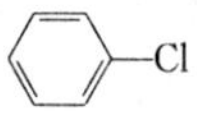

（二）卤代烯丙型

卤原子与双键相隔一个碳原子：R—CH＝CH—CH_2—X

例如：

烯丙基氯 $CH_2=CH—CH_2—Cl$ 苄基氯（氯苄） 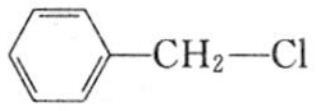

（三）卤代烷型

卤原子与双键相隔两个或多个碳原子：$RCH_2=CH—(CH_2)_n—X(n\geqslant 1)$

例如：

4-氯-1-丁烯 $CH_2=CHCH_2CH_2—Cl$ 4-溴环己烯 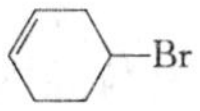

二、结构

（一）卤代乙烯型

卤原子直接连在双键碳原子上，卤原子的一对未共用电子对与双键形成 p-π 共轭，电子离域，键长平均化，分子的内能降低，C、X 原子之间的结合力不仅有 σ 键，还有 π 键，致使 X 原子难于解离，所以很不活泼。氯乙烯分子中的 p-π 共轭效应如图 9-5 所示：

氯乙烯 $CH_2=CH—Cl$ 即：

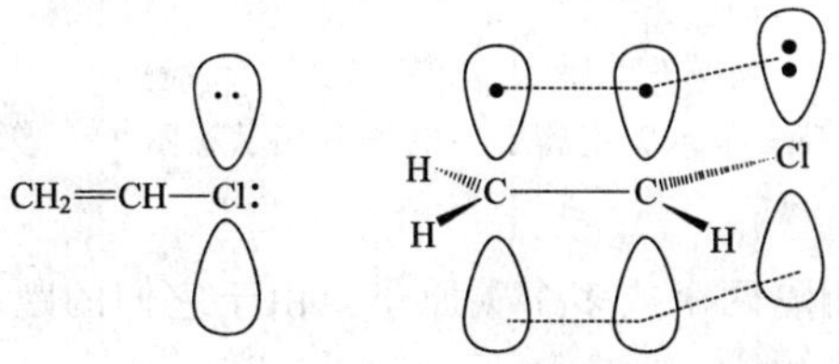

图 9-5 氯乙烯分子中 p-π 共轭示意图

结果是 Cl 原子上的 p 电子向乙烯基方向转移 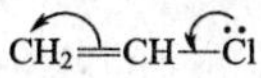

卤代芳烃的情况与氯乙烯相似，如图 9-6 所示：

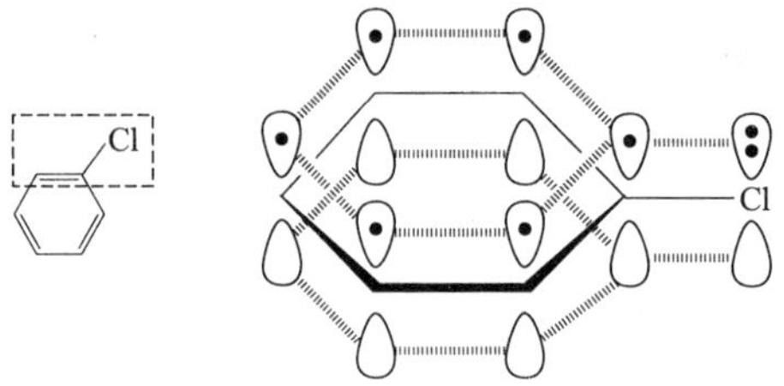

图 9-6 氯苯分子中 p-π 共轭示意图

（二）卤代烯丙型

分子中卤原子与双键相隔一个碳原子，X 原子与 C ═ C 之间不能形成 p-π 共轭，但是 C—X 键异裂后生成的碳正离子存在 p-π 共轭，C ═ C 上的电子云向带正电荷的 C 原子上的 p 轨道转移，使正电荷离域（即正电荷分散），键长平均化，同时使内能降低，故非常稳定。中间体稳定的容易发生反应，所以此类化合物性质十分活泼。

3-氯丙烯 $CH_2{=}CH{-}CH_2{-}Cl$ 氯苄 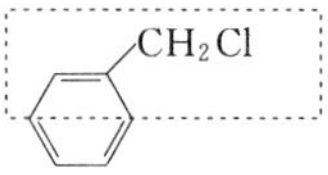

$$CH_2{=}CH{-}CH_2{-}Cl \xrightarrow{-Cl^-} CH_2{=}CH{-}\overset{+}{C}H_2$$

即：

图 9-7 烯丙基碳正离子中电子离域示意图

氯苄的情况与烯丙基氯相似，如图 9-8 所示：

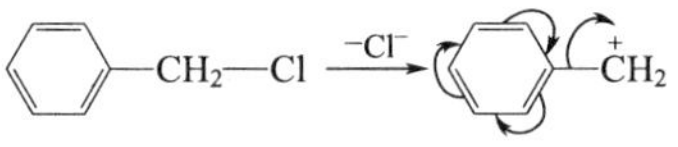

即：

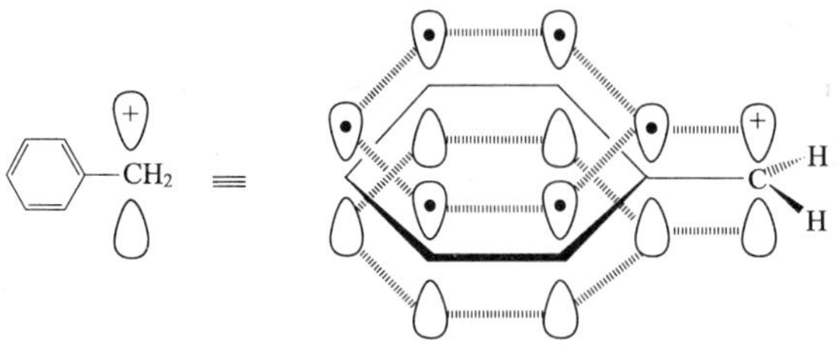

图 9-8 苄基碳正离子中电子离域示意图

（三）卤代烷型

分子中卤原子与双键相隔两个或多个碳原子，由于它们的距离较远，相互影响较小，卤原子的活泼性与卤代烷相类似。

三、性质

综上所述，卤代烃的活性次序为：

$\left|\begin{array}{l}RCH{=}CH{-}CH_2X \\ Ar{-}CH_2X \\ 3^\circ RX\end{array}\right| > \left|2^\circ RX > 1^\circ RX > CH_3X\right| > \left|\begin{array}{c}RCH{=}CH{-}X \\ Ar{-}X\end{array}\right|$

例如，在室温下，苄卤或烯丙基卤与硝酸银的醇溶液作用立即生成卤化银沉淀，它们也易发生水解、醇解和氨解反应。而氯苯在一般条件下不能发生亲核取代反应，除非用非常强的碱才能发生取代反应。

利用硝酸银的醇溶液与卤代烃作用可以区别卤烃的类型。卤代烷型在室温一般不产生卤化银沉淀，要加热才慢慢发生作用；3°RX、苄卤或烯丙基卤代烃在室温下立即产生沉淀；卤代乙烯型虽加热也不产生沉淀。例如：

$Ar{-}CH_2Cl$、$Ar{-}CH_2CH_2Cl$、$Ar{-}Cl$ $\xrightarrow{AgNO_3/EtOH}$ 立即产生沉淀；室温下不反应，加热后产生沉淀；加热也不反应

第七节　卤代烃的制备

卤代烃的制备就是在烃分子中引入卤原子的反应，即卤化反应（halogenation Reaction）。包括氟化、氯化、溴化和碘化反应。其中氯化和溴化较为常用，氟化和碘化由于技术上和经济上等方面的原因，应用范围受到限制，一般采用间接的方法制备。然而，随着含氟药物愈来愈多应用于临床，氟化反应也随之备受关注。

卤代烃的制备可按反应类型分为加成、取代和互换反应三种。

一、加成反应

在不同条件下，卤素或卤化氢与不饱和烃发生加成反应，这是制备卤代烃的主要方法之一（见烯烃、炔烃和小环脂环烃的性质）。

卤代烃也可用环醚来制备。例如：

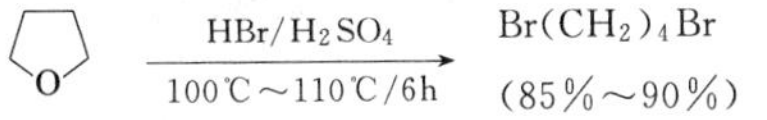

二、取代反应

卤素能与烃、醇、羰基化合物等发生取代反应而得到相应的卤代烃。例如：

$$CH_3CH{=}CH_2 + Cl_2 \xrightarrow{500℃\sim600℃} CH_2{=}CHCH_2Cl$$

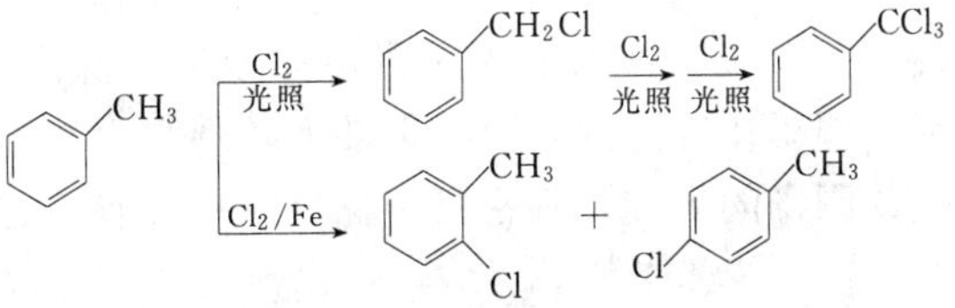

$$R{-}OH + HCl \rightleftharpoons R{-}Cl + H_2O$$

其中由醇制备卤代烃，常用 $SOCl_2$（氯化亚砜，又称亚硫酰氯，b.p. 77℃）作卤化剂合成 RCl，该反应的优点是产率高，易分离，因为副产物均为气体，试剂的沸点也不高，适合

实验室制备和工业生产。

$$R—OH + SOCl_2 \xrightarrow[\triangle]{醚} R—Cl + SO_2\uparrow + HCl\uparrow$$

（溴化亚砜因其不稳定而难得到，故此法不适合相应溴代烃的制备）

使用 $SOCl_2$ 由醇制备氯代烃，在药物及其中间体合成中也被广泛应用，主要用于制备高沸点的氯代烃。如血管扩张药酚苄明（phenoxybenzamine）中间体的合成：

$$Ph—CH_2CH(OH)—CH_3 \xrightarrow[r.t.,\ 3h,\ 回流]{SOCl_2,\ Py,\ C_6H_6,\ H_2O} Ph—CH_2CH(Cl)—CH_3\quad 74\%$$

三、互换反应

卤代烃与无机卤化物之间进行卤原子交换反应，称为芬克尔斯坦（Finkelstein）卤素互换反应，在合成上常常用此类反应制备某些直接用卤化难以得到的碘代烃或氟代烃。

$$RCl \xrightarrow[丙酮]{NaI} RI + NaCl\downarrow$$

例如，地喹氯铵中间体的合成：

$$Cl—(CH_2)_{10}—Cl \xrightarrow[丙酮]{NaI} I—(CH_2)_{10}—I + NaCl\downarrow\quad 100\%$$

因为 NaCl 和 NaBr 不溶于丙酮，所以反应进行完全。各种卤代烃的反应活性为：

$$RX \qquad 1° > 2° > 3°$$

常见氟代烃的制备：

$$CHCl_3 + 2HF \longrightarrow CHClF_2 + 2HCl$$
$$CCl_4 + HF \longrightarrow CCl_3F + 2HCl$$

三氟甲苯的制备，这是合成抗炎药氟芬那酸（flufenamic acid）的中间体，也是减肥药芬氟拉明（fenfluramine）的合成原料：

$$C_6H_5—CCl_3 + SbF_3 \longrightarrow C_6H_5—CF_3$$

SbF_3 是经典的氟化剂，适用于处理同一碳原子上至少含有两个以上卤原子的多卤化物。根据不同条件，可将其中一个或多个其他卤原子置换成氟原子。此类反应在药物合成中应用较多。

第八节　重要的卤代烃

一、氯仿

氯仿（$CHCl_3$）学名三氯甲烷，常温下为无色微甜液体，沸点 61℃，不能燃烧，难溶于水。是重要的有机溶剂。曾用作麻醉剂，因其毒性大，现很少使用。

氯仿见光易氧化，生成剧毒的光气，宜密封于棕色瓶中保存。也可加入 1%乙醇，以除去可能生成的光气。

二、四氯化碳

四氯化碳（CCl_4）是无色液体，沸点 76.8℃，微溶于水，是重要的有机溶剂。不能燃烧，其蒸气比空气重，能使着火物与空气隔离，故用作灭火剂。有愉快的气味，但其蒸气有毒，使用时应防止吸入。

三、四氯乙烯

四氯乙烯（$Cl_2C=CCl_2$）是无色透明易流动的液体，有特殊臭味。沸点 121℃，比水重，微溶于水，溶于乙醇、乙醚等有机溶剂。遇光、湿气、重金属，能分解成剧毒的光气，宜密封于避光容器中保存，也可加入 1%乙醇或 0.002%的麝香草酚作稳定剂。

四、有机氟化物

1. 氟烷

氟烷（$CF_3CHClBr$）学名 1,1,1-三氟-2-氯-2-溴乙烷，是无色透明液体，沸点 49℃～51℃，有焦甜味，不能燃烧。是一种毒性小、麻醉效果比乙醚高 4 倍的麻醉剂，停药后很短时间即可苏醒。氟烷对皮肤和黏膜无刺激作用，对肝肾机能无持续性损害，但对心血管系统有抑制作用，可降低血压。

2. 氟利昂

氟利昂（Freon）是一类含氯、氟的低级卤烃，包括 CCl_3F、CCl_2F_2、$CClF_3$、CF_4 等。以氟利昂-12(Freon-12，CCl_2F_2）最常见。氟利昂无色无臭、无腐蚀性不能燃烧的气体。临床用作局部麻醉剂。沸点 29.8℃，易压缩成液体，解压后立即气化，并吸收大量的热，曾用作冷冻剂。

20 世纪 30 年代在美国杜邦公司问世。几十年内，氟利昂大量用于制冷业。直到 20 世纪 70 年代初才发现，地球上空的臭氧层不断耗减、南极上空臭氧层已被打开一个相当于美国国土面积的大洞、温室效应上升等，都与大量使用氟利昂有直接关系。现在世界各国都明令限期禁用！

3. 四氟乙烯

四氟乙烯（$F_2C=CF_2$）为无色气体，沸点－76℃。以其为单体聚合得到的聚四氟乙烯(Teflon)，具有耐酸、耐碱、耐高温和不溶于任何有机溶剂中的特性，故有“塑料王”之称。因此有许多特殊用途，如作人造血管等医用材料、实验仪器和不粘锅的炊具内衬等。

第十章 醇、酚、醚

醇、酚、醚是烃的含氧衍生物，也可看成水分子中的氢原子被烃基或芳香基取代所形成的化合物。烃分子中的氢被羟基（—OH）取代，生成的化合物叫醇（alcohols）；芳环上的氢被羟基取代，生成的化合物叫酚（phenols）；醇或酚分子中羟基上的氢被烃基取代，生成的化合物叫醚（ethers）。它们的通式可分别表示为：

醇	酚	醚	
R—OH	Ar—OH	R—O—R′ 或	Ar—O—R Ar—O—Ar′

第一节 醇

一、醇的结构、分类和命名

（一）醇的结构

醇（alcohols）的官能团是羟基（—OH）。醇分子中的氧原子为 sp^3 杂化，它以两个 sp^3 杂化轨道分别和碳及氢结合，余下两个 sp^3 杂化轨道被两个未共用电子对所占据。由于氧的电负性较强，所以在醇分子中 C—O 和 O—H 键有较强的极性，对醇的物理性质和化学性质有较大的影响。

（二）醇的分类

1. 根据羟基所连的碳原子的类型分为

伯醇或称一级（1°）醇　RCH_2OH

仲醇或称二级（2°）醇　$R(R')CHOH$

叔醇或称三级（3°）醇　$R(R')(R'')COH$

2. 根据羟基所连的烃基的结构分为

饱和醇　$CH_3CH_2CH_2OH$

不饱和醇　$CH_2{=}CHCH_2OH$

芳醇　$ArCH_2OH$

3. 根据羟基的数目分为

一元醇 CH_3CH_2OH

二元醇 $\underset{|}{CH_2}$—$\underset{|}{CH_2}$（两个 CH_2 上各连一个 OH）

$$\begin{array}{ccc} CH_2 & — & CH_2 \\ | & & | \\ OH & & OH \end{array}$$

多元醇

$$\begin{array}{ccccc} CH_2 & — & CH & — & CH_2 \\ | & & | & & | \\ OH & & OH & & OH \end{array}$$

（三）醇的命名

1. 普通命名法（common names）

适用于结构较简单的醇。其命名方法是：在烃基名称后加上“醇”字，烃基的“基”字可省略。例如：

$CH_3CH_2CH_2OH$	$(CH_3)_2CHOH$	$CH_3CH_2CH_2CH_2OH$
正丙醇	异丙醇	正丁醇
$(CH_3)_2CHCH_2OH$	$CH_3CH_2CH(OH)CH_3$	$(CH_3)_3COH$
异丁醇	仲丁醇	叔丁醇
$CH_3—CH═CHOH$	$CH_2═CHCH_2OH$	$PhCH_2OH$
丙烯醇	烯丙醇	苯甲醇（苄醇）

2. 系统命名法（system names）

选择含羟基的最长碳链为主链，从靠近—OH 端的链端碳原子开始编号，根据主链所含的碳原子数称为某醇，并在“醇”字前面标出—OH 的位次。例如：

$(CH_3)_2CHCH(OH)CH_3$

3-甲基-2-丁醇

$CH_2═CHCH(OH)CH_3$

3-丁烯-2-醇

$$\begin{array}{c} CH_2OH \\ | \\ HOCH_2—C—CH_2OH \\ | \\ CH_2OH \end{array}$$

2,2-二羟甲基-1,3-丙二醇

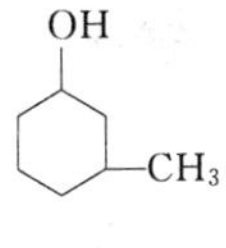

3-甲基环己醇

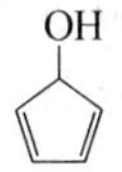

2,4-环戊二烯醇

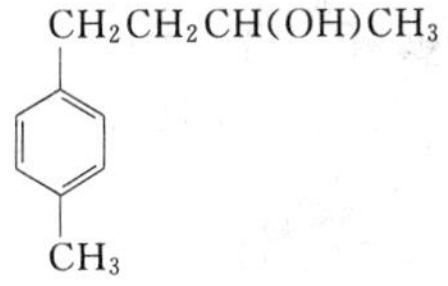

4-对甲苯基-2-丁醇

二、醇的物理性质

低级饱和一元醇为无色透明液体，有特殊气味，醇分子中的—OH 能与水形成氢键，故能与水互溶；十二个碳原子以上的高级醇为蜡状固体，随着烷基的增大，阻碍了醇羟基与水分子形成氢键，故难溶于水。

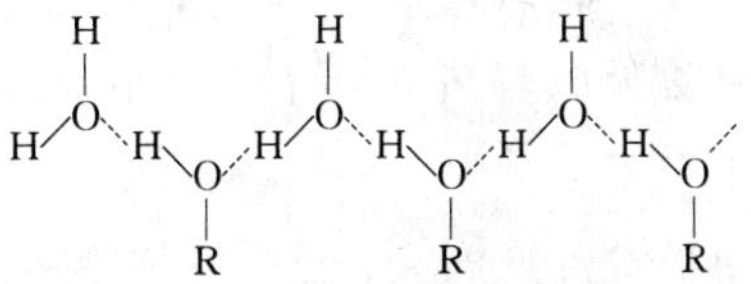

低级醇的沸点都比相应的烷烃高，这是因为液态醇可通过形成分子间氢键而缔合，要使液态醇变为蒸汽（单分子状态），不仅要克服分子间的范德华引力，还要消耗一定的能量破坏氢键，因此沸点较高。

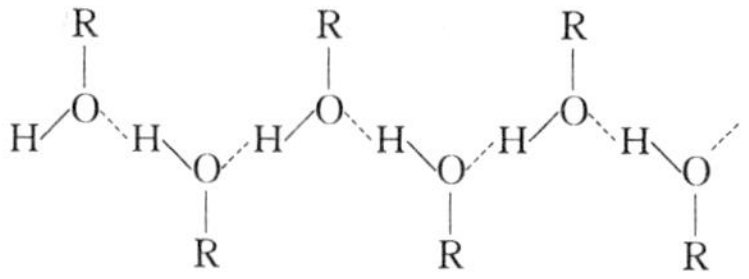

低级醇还能与某些无机盐（$MgCl_2$、$CaCl_2$、$CuSO_4$ 等）形成结晶醇：$CaCl_2 \cdot 4C_2H_5OH$；$MgCl_2 \cdot 6CH_3OH$。因此，上述无机盐不能作为低级醇的干燥剂。醇的物理性质见表 10-1。

表 10-1　　常见醇的物理常数

名称	结构简式	m. p.（℃）	b. p.（℃）	d^{20}	溶解度
甲醇	CH_3OH	−97.8	65.0	0.7914	∞
乙醇	C_2H_5OH	−114.7	78.5	0.7893	∞
正丙醇	$CH_3(CH_2)_2OH$	−126.5	97.4	0.8035	∞
异丙醇	$CH_3CHOHCH_3$	−89.5	82.4	0.7855	∞
正丁醇	$CH_3(CH_2)_3OH$	−89.5	117.3	0.8098	8.0
仲丁醇	$C_2H_5CHOHCH_3$	−114.7	99.5	0.8063	12.5
异丁醇	$(CH_3)_2CHCH_2OH$	−108	107.9	0.8021	11.1
叔丁醇	$(CH_3)_3C$-OH	25.5	82.2	0.7887	∞
正戊醇	$CH_3(CH_2)_4OH$	−79	138	0.8144	2.2
叔戊醇	$C_2H_5(CH_3)_2COH$	−8.4	102	0.8059	∞
2-戊醇	$C_3H_7CHOHCH_3$		119.3	0.8090	4.9
3-戊醇	$C_2H_5CHOHC_2H_5$		115.6	0.8150	5.6
新戊醇	$(CH_3)_3CCH_2OH$	53	114	0.8120	∞
正己醇	$CH_3(CH_2)_5OH$	−51.6	158	0.8082	0.7
环己醇	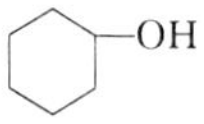	25	161	0.9624	3.6
烯丙醇	$CH_2{=}CHCH_2OH$	−129	97	0.8555	∞
三苯甲醇	$(C_6H_5)_3COH$	164.2	380	1.1994	—
乙二醇	CH_2OHCH_2OH	−11.5	198	1.1088	∞
丙三醇	$(CH_2OH)_2CHOH$	18	290	1.2613	∞

醇的光谱性质如下：

(1) IR：醇的游离羟基的吸收峰（ν_{OH}）出现在 3500～3650cm^{-1} 区域；分子间缔合的羟基吸收峰移向 3200～3000cm^{-1} 区域，产生宽峰；分子内缔合的羟基约位于 3000～3500cm^{-1}。除了羟基的伸缩振动吸收峰外，还有一个醇的碳氧键伸缩振动吸收峰 ν_{CO} 在 1100～1200cm^{-1}处，其中：

一级醇　$\nu_{CO}=1050\sim1085cm^{-1}$

二级醇　$\nu_{CO}=1085\sim1125cm^{-1}$

三级醇　$\nu_{CO}=1125\sim1200cm^{-1}$

(2) ^1H-NMR：醇—OH 质子的化学位移值（δ_H）受氢键的影响而移向低场，而氢键的数量又取决于浓度、温度和溶剂的性质，δ_H 在 0.5～5.5 之间。醇分子中亚甲基质子（—CHOH）的 δ_H 在 3.4～4 之间。由于羟基的存在会使其相连或相近碳上的质子移向低场，此为醇在^{1}H-NMR 谱中的重要特征。

^{13}C-NMR：与醇－OH 相连的碳，δ_C 在 50～80 之间。

（3）MS：在电子轰击质谱图中，醇的 M^+ 峰丰度很小，伯醇和支链多的醇常观察不到 M^+ 峰，这时最大峰为 M－18 或 M－15，并有 M－1 峰出现。

三、醇的化学性质

醇的化学反应表现为由 O—H 键和 C—O 键断裂所引起的反应，此外，醇还可被氧化成氧化态更高的化合物。

（一）氧氢键断裂引起的反应

醇能与活泼金属（钠、钾、镁、铝等）反应，生成金属化合物，并放出氢气和热量。例如：

$$ROH + Na \longrightarrow \underset{\text{醇钠}}{RONa} + 1/2H_2 + Q$$

低级醇反应顺利，高级醇反应较慢，甚至难以反应。醇与金属的反应比水与金属的反应缓和得多，放出的热量也不至于使氢气燃烧。醇分子中烃基越大或醇－OH 所连的碳原子上烃基的数目越多，反应活性越低，即酸性越弱。其原因可用烷氧基负离子溶剂化的难易来说明。

$$ROH + H_2O \rightleftharpoons RO^- + H_3O^+$$

当醇分子在水溶液中解离成 RO^- 和 H_3O^+ 后，生成的正负离子可以发生溶剂化。溶剂化程度愈高，正负离子重新结合成 ROH 和水的可能性就愈小，就愈有利于反应向右进行。实际上溶剂化程度随着烷基的增大、支链的增多而变小，所以，水及各类醇与金属反应的活性顺序为：水＞甲醇＞伯醇＞仲醇＞叔醇，这个顺序与它们的酸性强弱顺序是一致的。

醇钠（sodium alcohols）是白色固体，能溶于醇，遇水迅速分解为醇和 NaOH，所以使用醇钠时必须采用无水操作。

$$RONa + H_2O \rightleftharpoons ROH + NaOH$$

醇钠的化学性质很活泼，它是一种强碱，在有机合成上可作为碱性缩合剂，也常用作分子中引入烷氧基的试剂。

此外，醇还可与镁、铝等活泼金属作用，生成醇镁、醇铝等。反应式如下：

$$2C_2H_5OH + Mg \xrightarrow{\triangle} \underset{\text{乙醇镁}}{(C_2H_5O)_2Mg} + H_2\uparrow$$

$$6(CH_3)_2CHOH + 2Al \xrightarrow{\triangle} \underset{\text{异丙醇铝}}{2Al[OCH(CH_3)_2]_3}$$

（二）碳氧键断裂引起的反应

醇分子中的 C—O 键，在亲核试剂作用下易断裂，发生类似卤代烃的亲核取代反应和消除反应。

1. 取代反应

(1) 与氢卤酸的反应：醇与氢卤酸反应，生成卤代烃和水，反应是可逆的。反应速率取决于 HX 的种类和醇的结构。

$$ROH + HX \rightleftharpoons RX + H_2O$$

X=Cl、Br 或 I

HX 的活性次序为：HI>HBr>HCl；醇的活性次序是：烯丙醇、苄醇>叔醇>仲醇>伯醇。为了提高反应速率，常用无水 $ZnCl_2$ 作为脱水剂，并加热促进反应进行。用浓盐酸与无水 $ZnCl_2$ 配成的试剂称卢卡斯（Lucas）试剂。伯、仲、叔醇与卢卡斯试剂的反应情况如下：

$$(CH_3)_3COH + HCl \xrightarrow[20℃]{ZnCl_2} (CH_3)_3CCl + H_2O$$

立即混浊

$$CH_3CH_2CH(OH)CH_3 + HCl \xrightarrow[20℃]{ZnCl_2} CH_3CH_2CHClCH_3 + H_2O$$

约 5 分钟混浊

$$CH_3CH_2CH_2CH_2OH + HCl \xrightarrow[20℃]{ZnCl_2} CH_3CH_2CH_2CH_2Cl + H_2O$$

数小时后混浊

由于反应生成的卤代烃难溶于盐酸而呈混浊，因此，可根据出现混浊时间的快慢，来区别含 6 个碳原子以下的伯、仲、叔醇。

醇与 HX 的反应是酸催化下的亲核取代反应。醇的结构不同，反应历程不同。一般烯丙型醇和叔醇按 S_N1 历程进行；伯醇按 S_N2 历程进行。可分别表示如下：

S_N1：

$$R_3COH + HX \rightleftharpoons R_3C\overset{+}{O}H_2 + X^-$$

质子化的醇

$$R_3C\overset{+}{O}H_2 \rightleftharpoons R_3\overset{+}{C} + H_2O$$

碳正离子

$$R_3\overset{+}{C} + X^- \rightleftharpoons R_3C—X$$

卤代烷

碳正离子的产生，常会导致碳架重排，有时重排产物占优势。如：

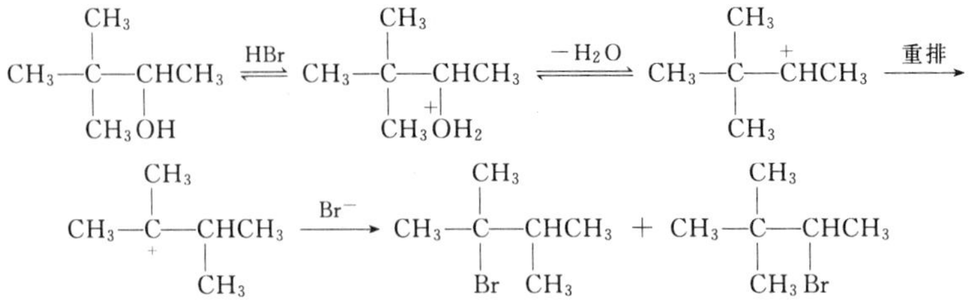

(主) (次)

S_N2：

$$ROH \overset{HX}{\rightleftharpoons} R\overset{+}{O}H_2 + X^- \rightleftharpoons [X\cdots R\cdots OH_2] \rightleftharpoons R—X + H_2O$$

大多数伯醇按 S_N2 历程进行，不发生碳架重排，但 β-碳原子上有侧链的伯醇例外。例如：

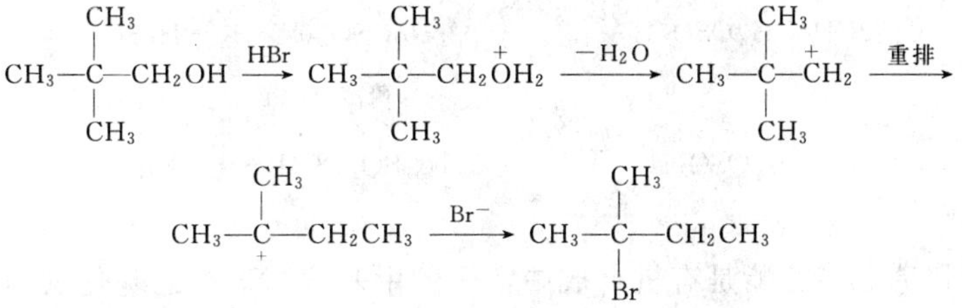

由于叔丁基的存在，使 $(CH_3)_3CCH_2O^+H_2$ 上的 α-C 位阻变大，难以形成 S_N2 历程的过渡态，而按 S_N1 历程进行，所以也发生了碳架重排。

醇与 HX 的反应，可作为制备卤代烷的方法之一，但从合成的观点看，并不十分理想。一方面是因为反应时常会发生重排，而且从一定构型的醇制备卤代烷要涉及 C—O 键断裂，所得卤代烷或是构型转化（S_N2）或是发生外消旋化（S_N1）；另一方面，此反应是可逆的。

（2）与卤化磷的反应：醇与卤化磷反应生成卤代烃，是制备卤代烃的常用方法。

$$3ROH + PX_3 \longrightarrow 3RX + \underset{\text{亚磷酸}}{H_3PO_3}$$

在实际操作中，三溴化磷或三碘化磷常用赤磷与溴或碘作用而产生：

$$2P + 3X_2 \longrightarrow 2PX_3$$

$$X = Br，I$$

醇与 PX_5 可发生类似反应，但与 PCl_5 反应时，副产物磷酸酯较多，不是制备卤代烃的理想方法。

$$ROH + PCl_5 \longrightarrow RCl + POCl_3 + HCl$$

$$3ROH + POCl_3 \longrightarrow \underset{\text{磷酸酯}}{(RO_3)_3PO} + 3HCl$$

（3）醇与亚硫酰氯的反应：将醇转变为卤代烃的最常用的试剂是亚硫酰氯（$SOCl_2$，俗名氯化亚砜）。

$$ROH + SOCl_2 \xrightarrow[\triangle]{\text{乙醚}} RCl + SO_2\uparrow + HCl\uparrow$$

此反应产物中除氯代烃外，其余都是气体，因此，产品较易分离提纯。

醇与 $SOCl_2$ 反应的立体化学特征是：当与—OH 相连的碳原子有手性时，在醚等非极性溶剂中反应产物构型保持不变，在吡啶存在下反应产物构型反转。例如：

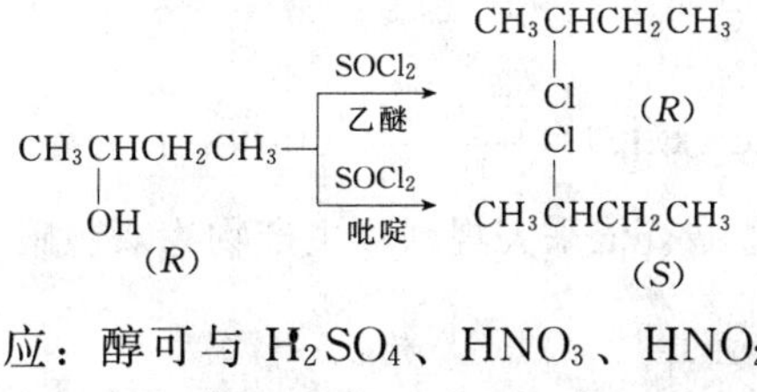

（4）与含氧无机酸的反应：醇可与 H_2SO_4、HNO_3、HNO_2、H_3PO_4 等含氧无机酸反应生成无机酸酯（与有机酸的反应将在第十二章介绍）。这些酯中有的是有机合成中的重要试剂，有的是药物。例如：

$$C_2H_5—OH + H—OSO_3H \rightleftharpoons \underset{\text{硫酸氢乙酯}}{CH_3CH_2OSO_3H} + H_2O$$

$$2CH_3CH_2OSO_3H \xrightarrow{\text{减压蒸馏}} C_2H_5OSO_2OC_2H_5 + H_2SO_4$$

硫酸二乙酯

$$2CH_3OSO_3H \xrightarrow{\text{减压蒸馏}} CH_3OSO_2OCH_3 + H_2SO_4$$

硫酸二甲酯

硫酸二甲酯和硫酸二乙酯是有机合成中常用的甲基化试剂和乙基化试剂。硫酸二甲酯对呼吸器官和皮肤有强烈的刺激作用，使用时应在通风橱中进行。

此外，醇还可与 HNO_3 发生酯化反应。如：

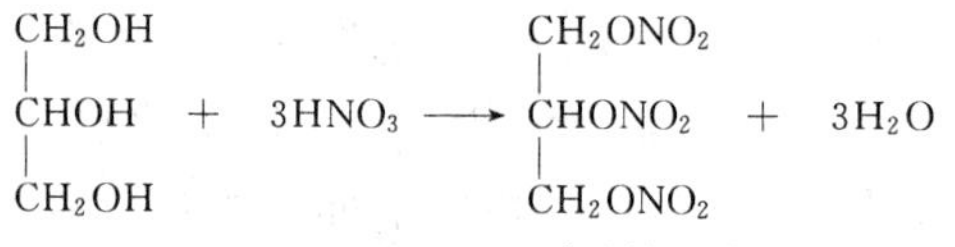

三硝酸甘油酯

同其他的硝酸酯一样，三硝酸甘油酯易爆炸，是一种烈性炸药。同时，也是一种临床上用作扩张血管和缓解心绞痛的药物。

2. 脱水反应

醇在脱水剂浓硫酸、氧化铝等存在下加热可发生脱水反应。分子内脱水生成烯，分子间脱水生成醚。主要以何种方式脱水，与醇的结构及反应条件有关。

（1）分子内脱水生成烯烃：醇在酸催化下，脱去一分子水生成烯的反应，属于β-消除反应。

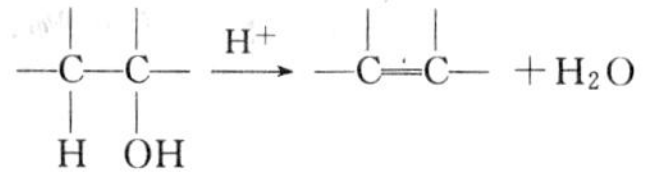

通常反应按 E1 机理进行。

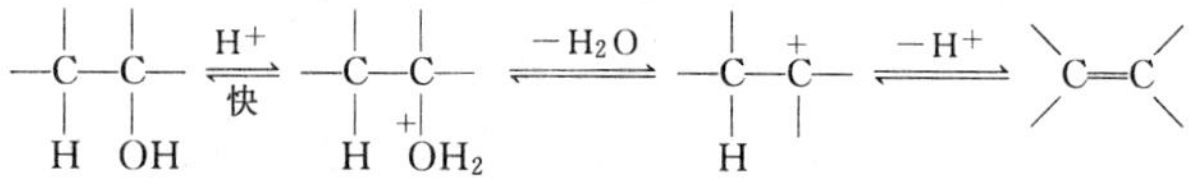

反应的难易程度主要取决于中间体碳正离子的稳定性。因为碳正离子的稳定性是：叔碳正离子＞仲碳正离子＞伯碳正离子，所以醇的脱水活性次序是叔醇＞仲醇＞伯醇。例如：

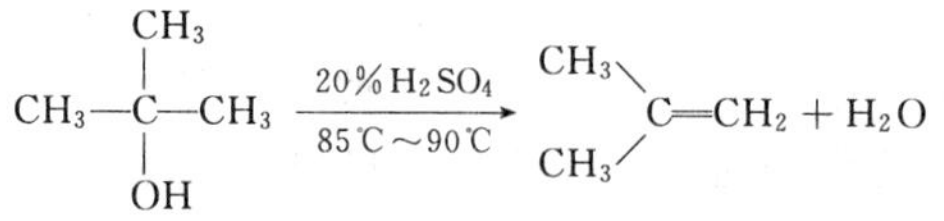

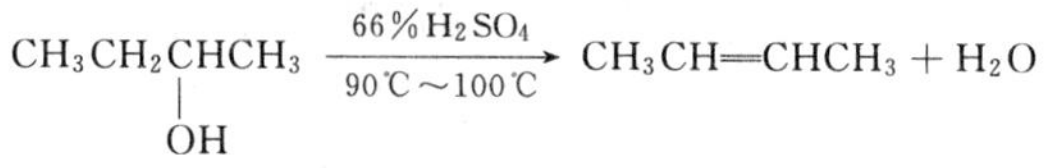

$$CH_3CH_2CH_2CH_2OH \xrightarrow[140℃]{75\%\,H_2SO_4} CH_3CH_2CH{=}CH_2 + H_2O$$

醇的分子内脱水反应，遵循查依采夫规则，主产物为双键碳上连有较多烃基的烯烃，即稳定的烯烃为主产物。

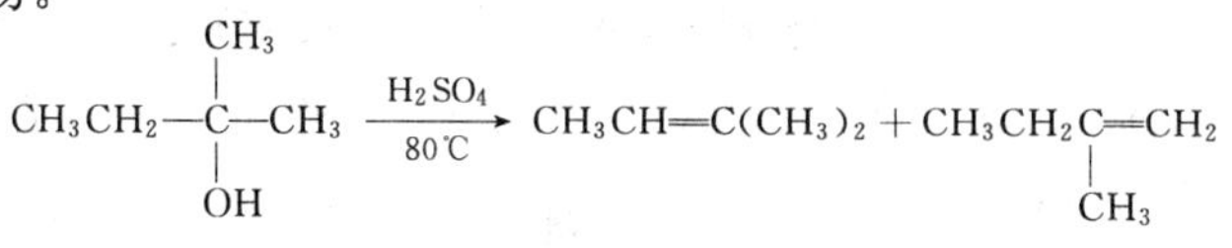

90%　　　　10%

烯丙型、苄型醇脱水时可形成稳定的共轭烯烃，因而反应活性较高。例如：

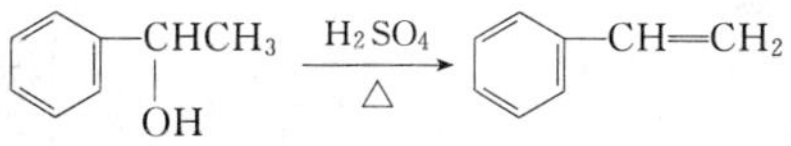

该反应速率很快。

当脱水后的产物有顺、反异构体时，一般以反式为主产物。例如：

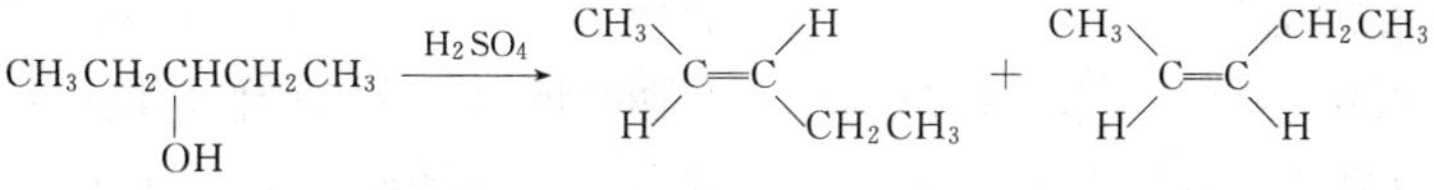

75%　　25%

由于醇的脱水反应经碳正离子中间体而完成，因此，可能有重排产物。例如：

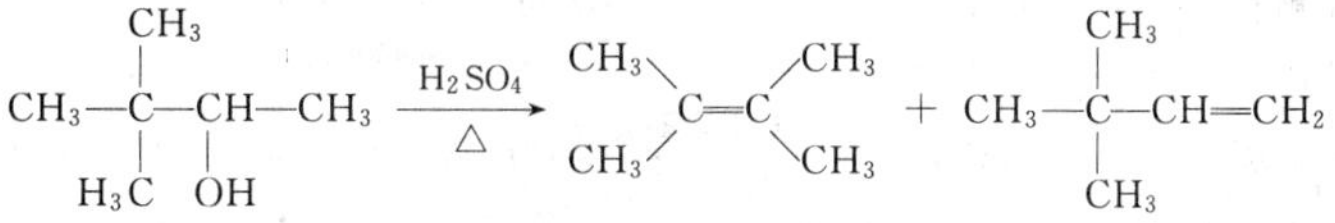

（主）　（次）

醇在 Al_2O_3 催化下脱水，不易发生重排。例如：

$$CH_3CH_2CH_2CH_2OH \xrightarrow[\triangle]{H_2SO_4} CH_3CH{=}CHCH_3\ (主)$$

$$CH_3CH_2CH_2CH_2OH \xrightarrow[\triangle]{Al_2O_3} CH_3CH_2CH{=}CH_2\ (主)$$

(2) 分子间脱水生成醚：如乙醇在酸存在下加热到 140℃，则发生分子间脱水生成乙醚。

$$C_2H_5OH + HOC_2H_5 \xrightarrow[140℃]{H_2SO_4} C_2H_5OC_2H_5 + H_2O$$

温度对脱水反应的方式影响较大。一般在较低温度条件下，有利于分子间脱水成醚；在较高温度条件下，有利于分子内脱水成烯。

醇的分子间脱水反应属亲核取代反应，一般伯醇按 S_N2 历程反应，仲醇的反应历程可能为 S_N1 或 S_N2，而叔醇以消除反应为主。

3. 氧化和脱氢反应

醇可被多种氧化剂氧化。醇的结构不同，氧化剂不同，氧化产物也各异。

(1) 被 $K_2Cr_2O_7$-H_2SO_4 或 $KMnO_4$ 氧化：伯醇首先被氧化成醛，醛比醇更容易被氧化，最后生成羧酸。例如：

$$RCH_2OH \xrightarrow[或\ KMnO_4]{K_2Cr_2O_7\text{-}H_2SO_4} R{-}CHO\ (醛) \xrightarrow[或\ KMnO_4]{K_2Cr_2O_7\text{-}H_2SO_4} RCOOH\ (酸)$$

仲醇被氧化成酮。酮较稳定，在同样条件下不易继续被氧化，但用氧化性更强的氧化剂，在更高的反应的条件下，酮亦可继续被氧化，且发生碳碳键断裂。例如：

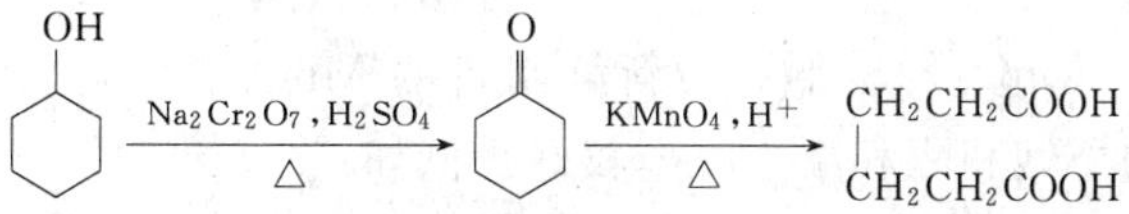

醇的氧化反应，可能与 α-H 有关。叔醇因无 α-H，所以很难被氧化，但用强氧化剂（如：酸性高锰酸钾等），则先脱水成烯，烯再被氧化而发生碳碳键的断裂。例如：

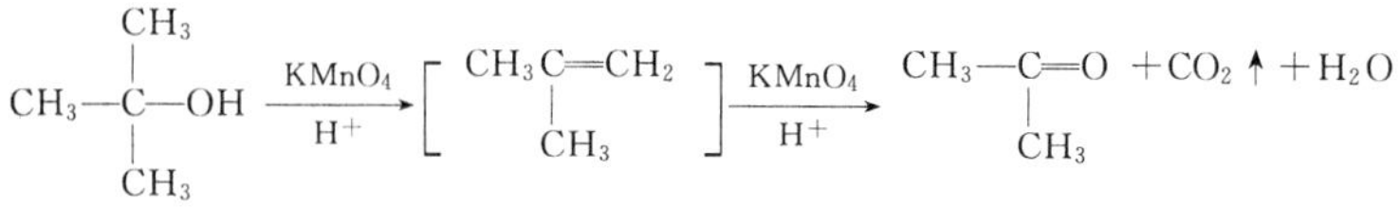

用上述氧化剂氧化醇时，由于反应前后有明显的颜色变化，且叔醇不反应，故可将伯醇、仲醇与叔醇区别开来。

(2) 选择性氧化：醇分子中同时还存在其他可被氧化的基团（如：C═C，C≡C）时，若只要醇—OH 被氧化而其他基团不被氧化，则可采用选择性氧化剂氧化。

① 欧芬脑尔（Oppenauer）氧化：是指在异丙醇铝或叔丁醇铝的存在下，仲醇和丙酮的反应，醇被氧化成酮，丙酮被还原成异丙醇。可用通式表示为：

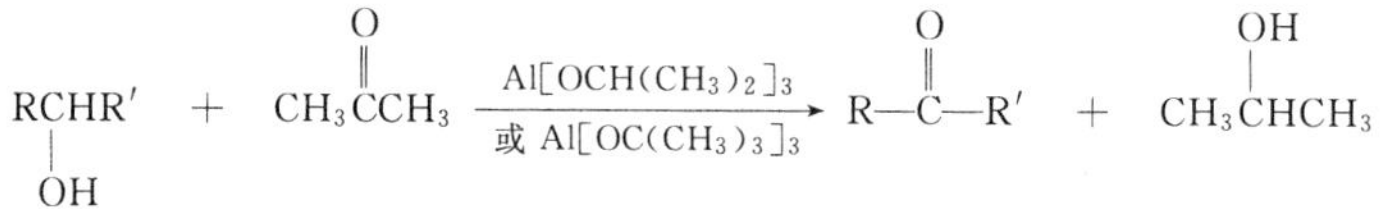

仲醇　　　　　　　　　　　　　　酮

由于醇分子中的不饱和键不受影响，故可用于不饱和酮的制备。例如：

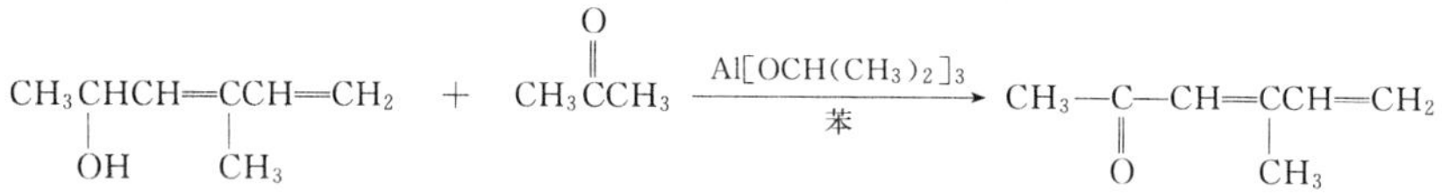

（过量）

② 沙瑞特（Sarrett）试剂：为铬酐和吡啶形成的配合物，可表示为 $CrO_3 \cdot (C_5H_5N)_2$。它可将伯醇氧化成醛，也能将仲醇氧化成酮，不影响分子中的不饱和键。

例如：

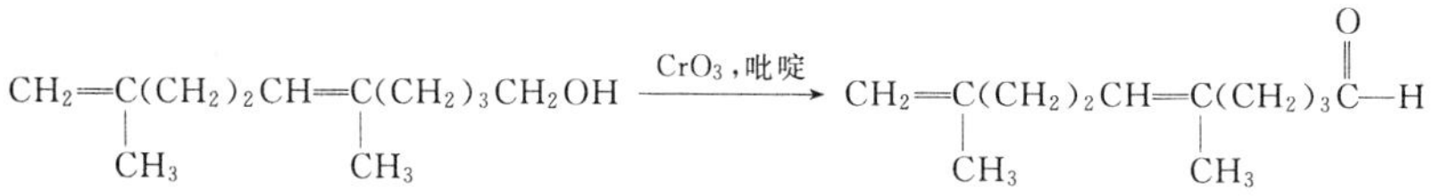

伯醇　　　　　　　　　　　　　　醛

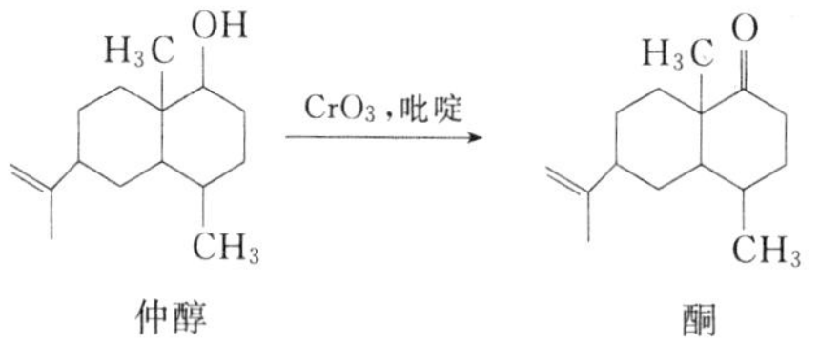

仲醇　　　　　　　　酮

③ 琼斯（Jones）试剂：是 CrO_3 的稀硫酸溶液，可表示为 CrO_3-稀H_2SO_4。反应时，将其滴加到被氧化醇的丙酮溶液中，同样不影响分子中的不饱和键。例如：

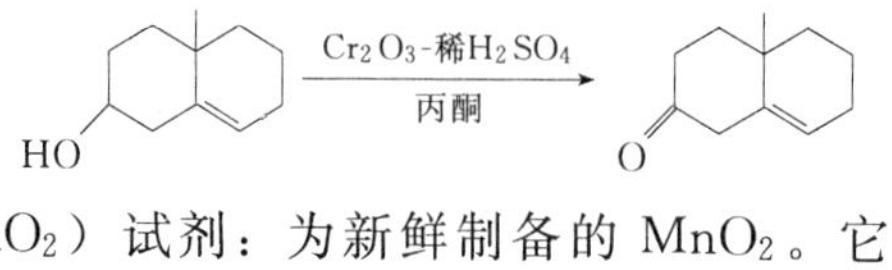

④ 活性二氧化锰（MnO_2）试剂：为新鲜制备的 MnO_2。它可选择性地将烯丙位的伯醇、仲醇氧化成相应的不饱和醛和酮，收率较好。例如：

$$CH_2{=}CH{-}CH_2OH \xrightarrow{活性MnO_2} CH_2{=}CH{-}CHO$$

丙烯醛

醇的氧化是合成醛、酮和羧酸的一种重要方法。

⑤ 醇的脱氢反应：将伯醇或仲醇的蒸气在高温下通过催化剂活性铜（或银、镍等），可发生脱氢反应，分别生成醛或酮。

$$CH_3CH_2OH \xrightleftharpoons{Cu,325℃} CH_3CHO + H_2$$

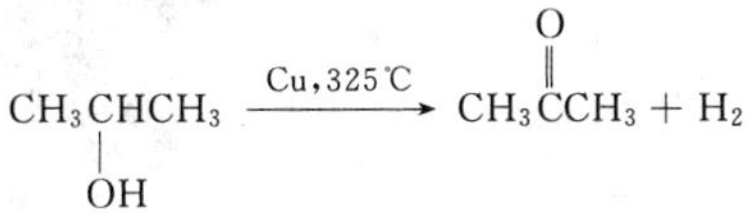

叔醇无 α-H，在一般条件下不发生反应。

4. 二元醇的特殊反应

根据二元醇分子中两个羟基的位置不同，有 1,2-二醇、1,3-二醇和 1,4-二醇等。例如：

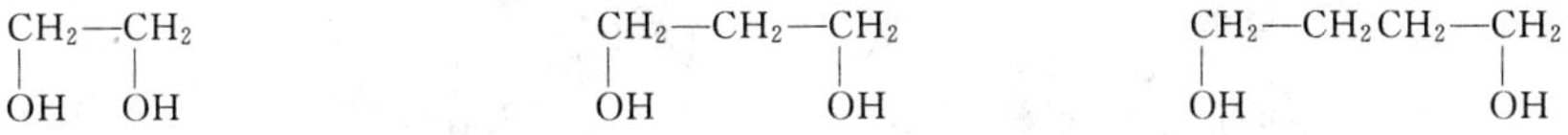

乙二醇（α-二醇，邻二醇）　　1,3-丙二醇（β-二醇）　　1,4-丁二醇（γ-二醇）

二元醇具有一元醇的一般性质，现介绍二元醇的一些特殊性质。

(1) 氧化反应：用高碘酸或四醋酸铅氧化邻二醇，可使两个—OH 之间的碳-碳键断裂，生成两分子羰基化合物。

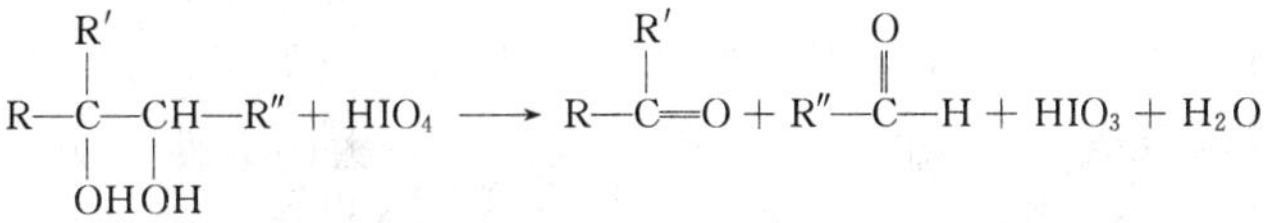

在定性分析时，若加入硝酸银生成白色碘酸银沉淀，就表明该化合物具有邻二醇结构单位。由于反应是定量进行的，每断裂一个邻二醇的碳-碳键，就要消耗一分子高碘酸，因此，根据高碘酸的消耗量及产物的结构、含量可推测邻二醇的结构并测定其含量。

反应可能是通过形成环状高碘酸酯进行的，因此，只有顺式邻二醇才可被高碘酸氧化。

(2) 脱水反应：反应情况与两个羟基的相对位置有关。

两个羟基与同一碳原子相连的二元醇，称偕二醇，很不稳定，容易脱水，生成醛或酮。

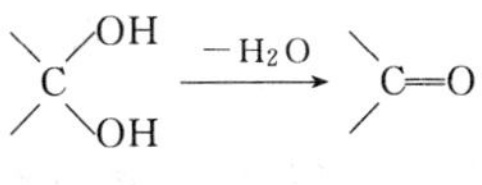

邻二醇脱水，生成醛或酮如乙二醇脱水，生成乙醛。

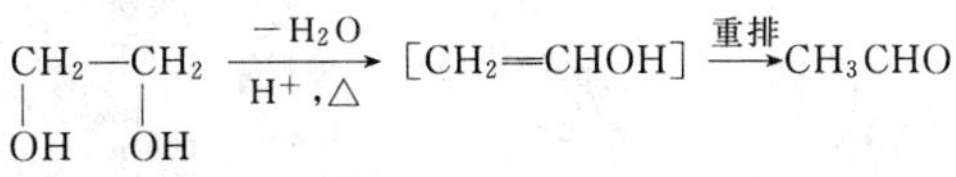

1,4-或 1,5-二醇脱水生成环醚。

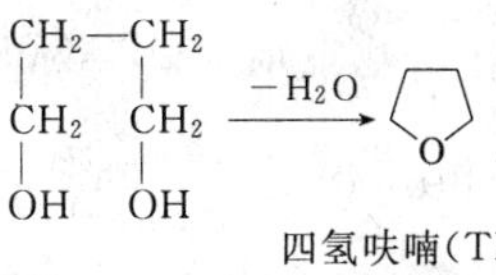

四氢呋喃(THF)

四烃基乙二醇（频哪醇，pinacol）在硫酸存在下，脱水生成频哪酮。

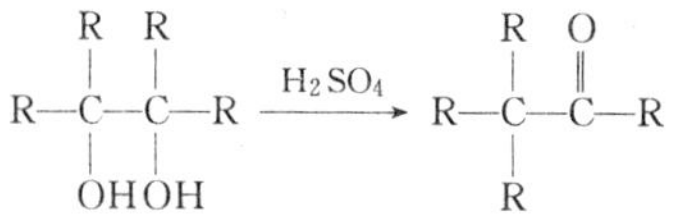

频哪醇　　　　频哪酮

在反应过程中，烃基转移，碳链发生变化，故又称频哪醇重排。其反应历程可能为：

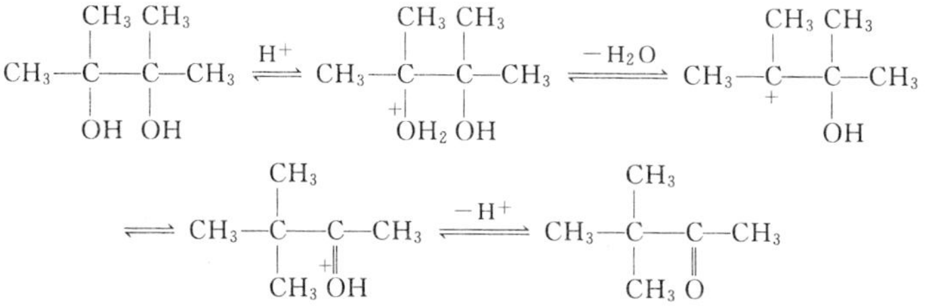

当频哪醇的碳上所连的烃基各不相同时，哪个羟基优先离去，哪个烃基迁移，它们所遵循的一般规律是：①优先形成较稳定的碳正离子；②基团迁移能力是芳基＞烷基＞氢。例如：

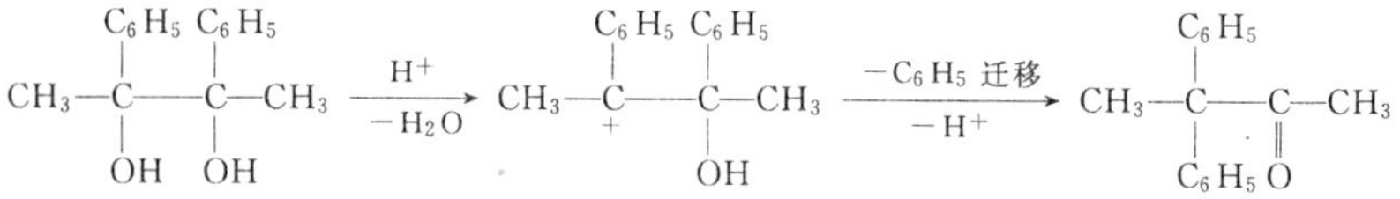

结构不对称的邻二醇的重排应先判定哪个羟基为离去羟基团，哪个基团容易迁移。

(3) 酸性：多元醇随着—OH 的增多，较一元醇有较大的酸性，例如：乙二醇和丙三醇能和氢氧化铜生成蓝色溶液，这个反应可用于鉴别邻二醇。

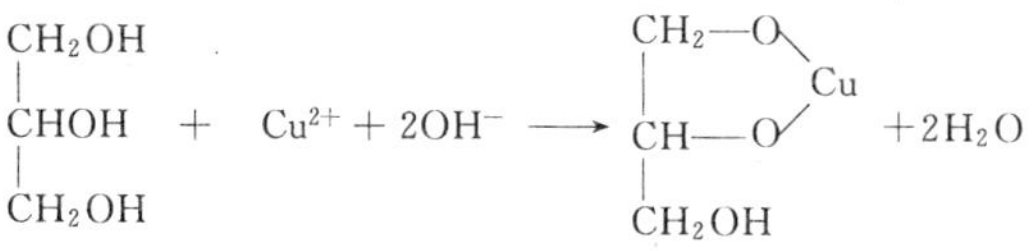

四、醇的制备

醇的制备方法有多种，这里只列举两种主要的方法。

（一）通过格氏试剂合成醇

格氏试剂与醛、酮加成，加成产物水解后得到醇。可用通式表示为：

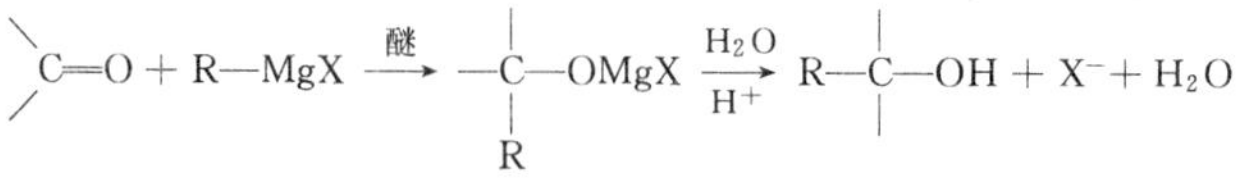

不同的羰基化合物，可以得到不同类型的醇。甲醛与格氏试剂反应，可制备增加一个碳单位的伯醇；与其他醛反应，可制备仲醇；与酮反应，可制备叔醇。

此外，也可用格氏试剂与环氧化合物反应制备醇。例如：

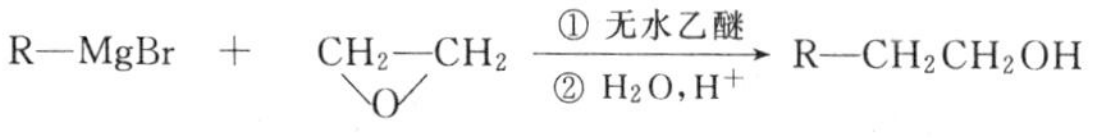

(二) 由醛酮的还原制备

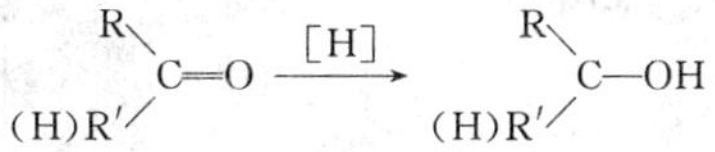

醛还原得到伯醇，酮还原得到仲醇。还原剂可用催化加氢（H_2/Pt）、$LiAlH_4$、$NaBH_4$ 等。除上述方法外，烯烃水合法；烯烃硼氢化、氧化法；卤烃水解法等也可用于醇的制备。

五、个别化合物

(一) 丙三醇

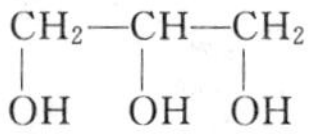

丙三醇俗称甘油。常温下为无色黏稠的液体，b.p. 为 290℃，能与水或乙醇互溶。由于甘油和水之间能形成强的氢键，所以它的吸湿性很强，对皮肤有刺激性，不能直接使用，用于护肤时要按一定比例稀释。在医药上可用作溶剂，如酚甘油、碘甘油等，也可用于治疗便秘。

(二) 甘露醇（己六醇）

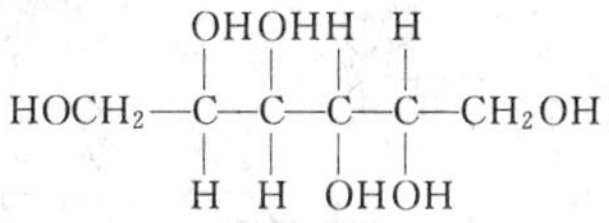

甘露醇为白色结晶性粉末，有甜味。存在于蔬菜、果实及许多植物中。易溶于水，临床上用 20%的溶液以产生血液的高渗作用，使周围组织及脑实质脱水并随尿液排出，以降低颅内压，消除水肿。

(三) 肌醇（环己六醇）

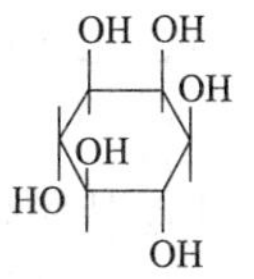

肌醇为白色结晶性粉末，味甜易溶于水。肌醇是某些酵母生长的必须营养素，它参与体内蛋白质的合成，二氧化碳的固定和氨基酸的转移等过程。促进肝及其他组织中的脂肪代谢、降低血脂、可作为肝炎的辅助治疗药物。

(四) 苯甲醇（苄醇）

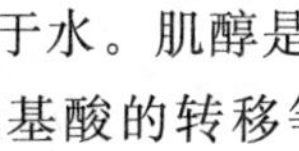

苯甲醇为无色液体，有芳香气味，能溶于水，极易溶于乙醇等有机溶剂。它因有微弱的麻痹作用，常用作注射剂中的止痛剂，如其 20%注射液曾用作青霉素的溶剂，但由于有溶血作用并对肌肉有刺激性，已不用。

此外，许多存在于自然界的较复杂的醇，也已被人工合成，如：

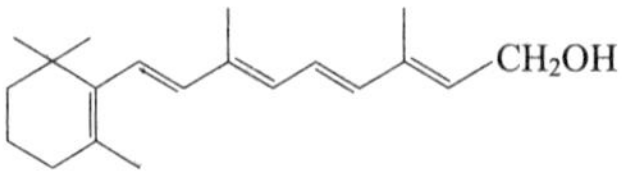

维生素A

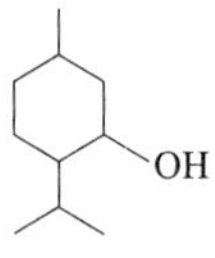

薄荷醇

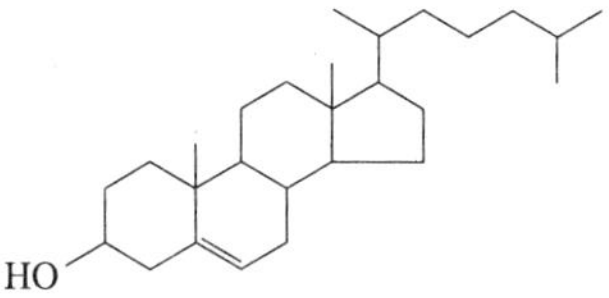

胆固醇

它们都具有重要的生理作用。

第二节 酚

一、酚的结构、分类与命名

（一）酚的结构

羟基直接连接在芳环上的化合物称为酚（phenols），酚的官能团（—OH）称为酚羟基。酚羟基上未共用电子对所在的 p 轨道与芳环的 π 电子轨道构成 p-π 共轭体系，氧的 p 电子向芳环方向转移，使芳环上的电子云密度提高，同时 C—O 键的强度增强，O—H 键强度削弱，酚羟基中氢原子的解离倾向增大，酸性增强。

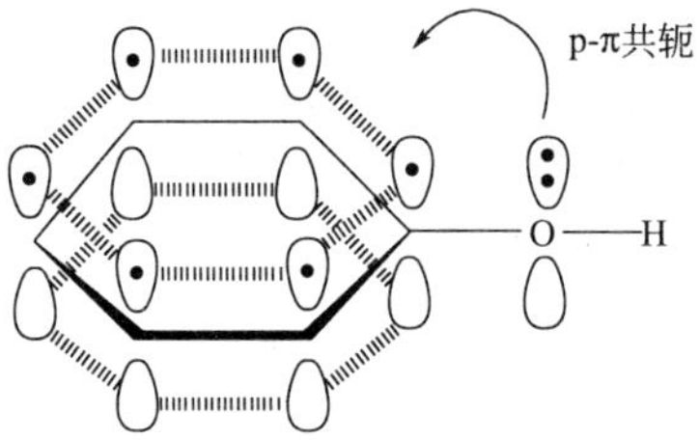

图 10-1 苯酚中的 p-π 共轭示意图

（二）酚的分类与命名

根据分子中酚羟基数目可分为：一元酚、二元酚、多元酚；根据酚羟基所连的芳烃基的类型可分为苯酚、萘酚、蒽酚、菲酚。

酚类化合物命名时，常以酚为母体，其他基团作取代基，例如：

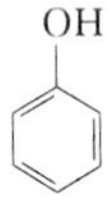

苯酚
（石炭酸）

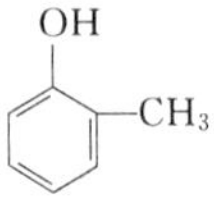

邻甲苯酚
（2-甲基苯酚）

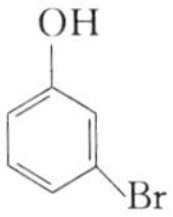

间溴苯酚
（3-溴苯酚）

对硝基苯酚
（4-硝基苯酚）

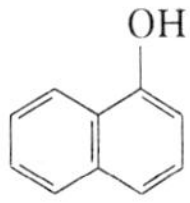

1-萘酚
（α-萘酚）

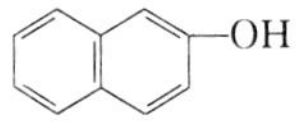

2-萘酚
（β-萘酚）

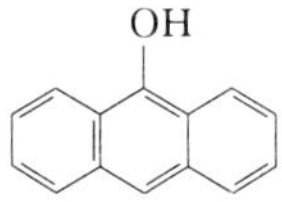

9-蒽酚
（γ-蒽酚）

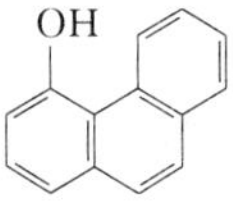

4-菲酚

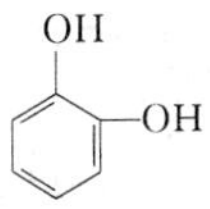

1,2-苯二酚

（邻苯二酚，儿茶酚）

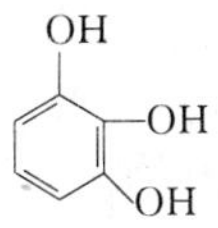

1,2,3-苯三酚

（连苯三酚，没食子酚）

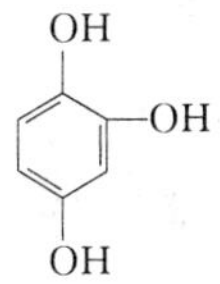

1,2,4-苯三酚

（偏苯三酚）

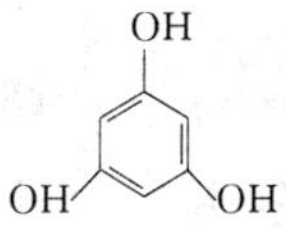

1,3,5-苯三酚

（均苯三酚）

当分子中含有多个官能团时，则根据官能团优先次序确定母体。常见官能团优先次序如下：—COOH，—SO_3H，—CHO，>C=O，—OH，—NH_2，—OR，—C≡C—，>C=C<，—Ar，—R，—X，—NO_2。位次较前的优先选为母体，位次较后的作为取代基。例如：

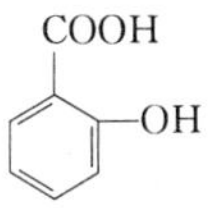

2-羟基苯甲酸

（水杨酸）

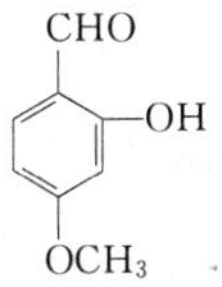

2-羟基-4-甲氧基苯甲醛

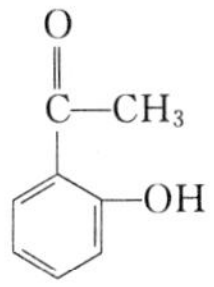

2-羟基苯乙酮

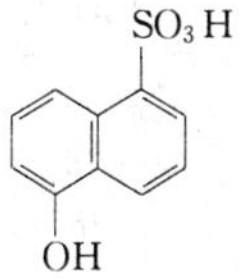

5-羟基-1-萘磺酸

当环上连有较复杂的取代基时，也可将酚羟基当作取代基命名。例如：

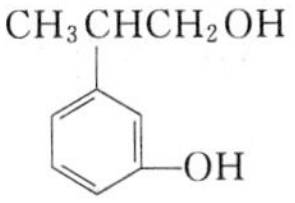

2-间羟基苯基-1-丙醇

2-(3-羟基苯基)-1-丙醇

二、酚的物理性质

酚大多数为晶性固体，少数为液体。由于酚可通过酚羟基形成分子间氢键，使其具有较高的沸点，同时，酚羟基也能与水形成氢键，所以在水中有一定的溶解度。常见酚的物理常数见表 10-2。

表 10-2 **常见酚的物理常数**

名　称	m. p.（℃）	b. p.（℃）	溶解度（25℃）	pK_a（25℃）
苯酚	41	182	9	9.96
邻甲苯酚	31	191	2.5	9.92
间甲苯酚	11	201	2.6	9.90
对甲苯酚	35	202	2.3	9.92
邻硝基苯酚	45	217	0.2	7.21
间硝基苯酚	96	分解	1.4	8.30
对硝基苯酚	114	分解	1.7	7.16
2,4-二硝基苯酚	113	分解	0.6	4.00
2,4,6-三硝基苯酚	122	分解	1.4	0.71

酚的光谱性质如下：

IR：酚羟基的 O—H 键伸缩振动吸收峰（ν_{O-H}）出现在 3200～3600cm^{-1} 区域（强、宽）。酚的碳氧伸缩振动吸收峰（ν_{C-O}）大约出现在 1230cm^{-1} 处。

^{1}H-NMR：酚羟基质子的化学位移 δ_H 在 4～8 之间，随温度、浓度、溶剂性质的不同而不同，若存在分子内氢键，则移向低场，δ_H 在 6～12.5 之间。

^{13}C-NMR：酚羟基对苯环的电子效应是 +C>-I，因此，与羟基直接相连的环上碳原子的化学位移移向低场，δ_C＝154.7，羟基邻、对位碳原子的化学位移移向高场，δ_C 分别为 115.5 和 121.2，间位碳的化学位移变化不大，δ_C＝129.8。

三、酚的化学性质

（一）酚羟基的化学反应

1. 酸性

苯酚能与氢氧化钠等强碱的水溶液作用形成盐，说明其具有酸性。

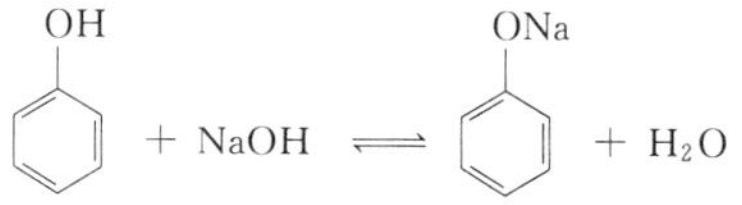

从以下 pK_a 值可以看出，苯酚的酸性比水、醇强，但比碳酸弱。

	H_2CO_3	C_6H_5OH	H_2O	ROH
pK_a	～6.35	10	15.7	16～19

因此，将二氧化碳通入苯酚钠的水溶液，可使苯酚游离出来。

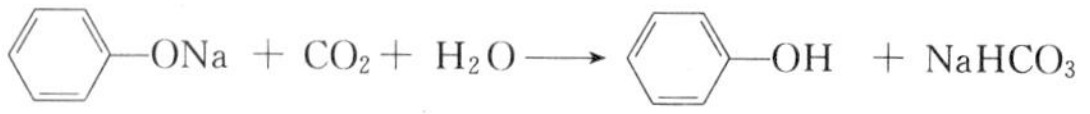

大部分酚类化合物在水中的溶解度有限，但更易溶于碱性溶液，又能被酸从碱液中析出。因此，可利用这一性质分离和纯化酚类化合物。

2. 酚醚的形成与克莱森（Claisen）重排

在酸性条件下，醇分子间可脱水成醚。而酚分子间的脱水反应较困难，反应条件较高。例如：

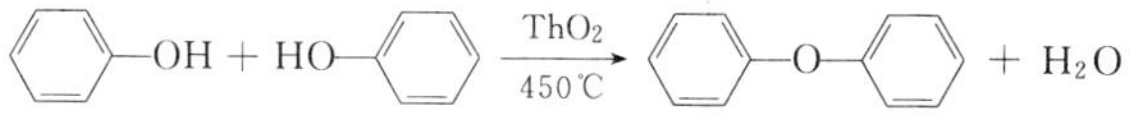

酚钠可与卤烃作用得到酚醚，也能与$(CH_3)_2SO_4$、$(C_2H_5)_2SO_4$ 作用成醚。

$$ArOH \xrightarrow{NaOH} Ar\overset{-}{O}\overset{+}{Na} \xrightarrow{RX} Ar—O—R$$

例如：

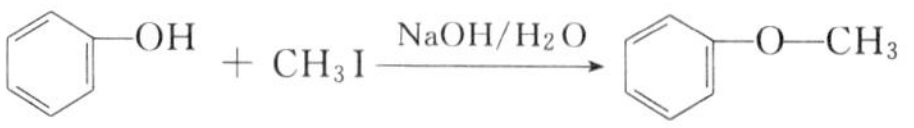

苯甲醚(茴香醚)

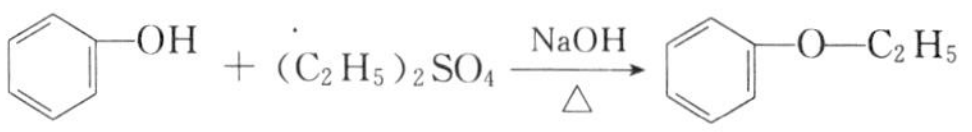

苯乙醚

苯基烯丙基醚

酚的稳定性较差，易被氧化，成醚后稳定性增强，这是保护酚羟基的一种方法。

苯基烯丙基醚在高温下会发生重排，烯丙基转移到酚羟基的邻位，若邻位被占则转移到对位，此反应称 Claisen 重排。

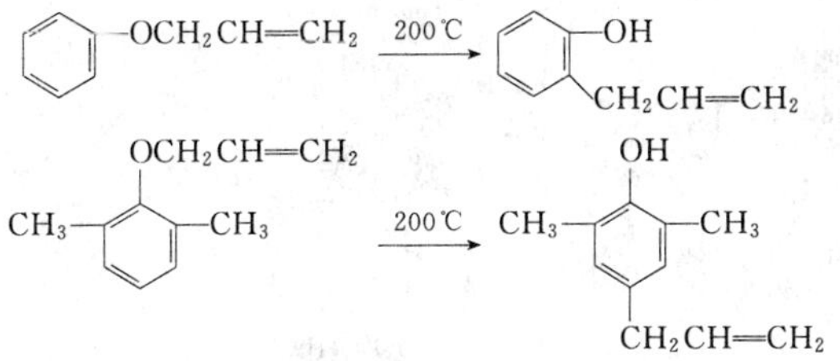

克莱森重排是经过六元环过渡态进行的协同反应。

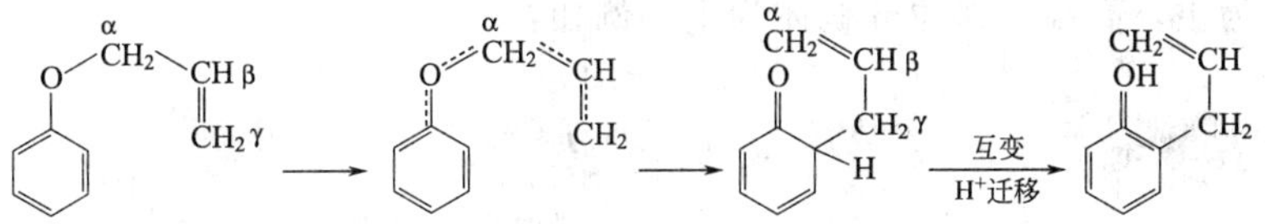

克莱森重排反应的特点是：

（1）重排总是烯丙基中的 γ-碳连到苯环上，即使是取代的烯丙基也是如此。

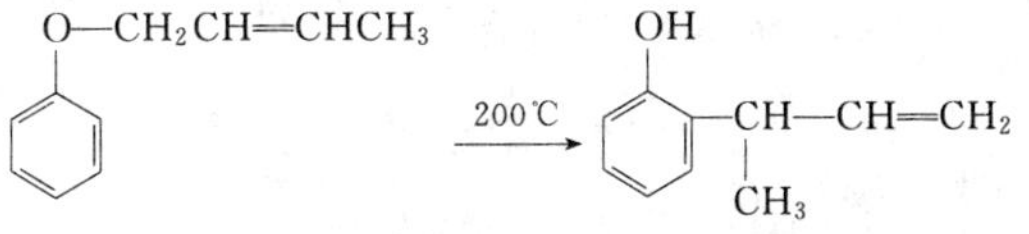

2-(1-甲基-2-烯丙基)苯酚

（2）只有当酚羟基的两个邻位都被占据时，重排才会发生在对位。此时，重排实际上是经历了两次环状过渡态而完成的，即先排在邻位，再重排到对位。

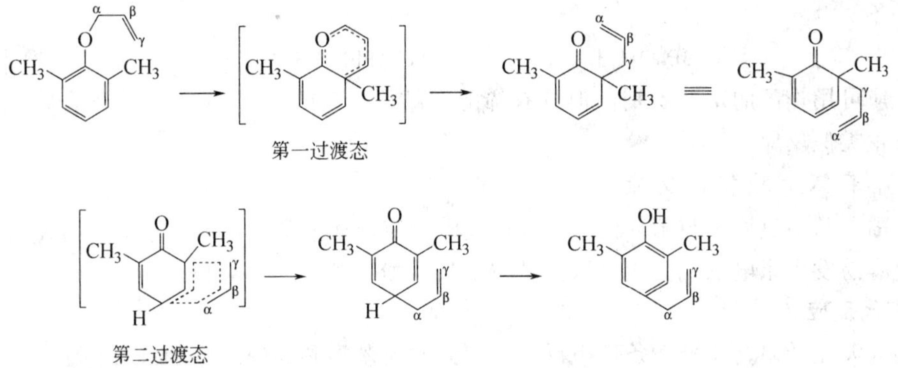

可以看出，经过第二次重排后是原烯丙基中的 α-碳与苯环相连。

（3）当邻、对位都被占据时，重排不会发生。

3. 酚酯的形成与傅瑞斯（K. Fries）**重排**

酚类化合物的成酯反应比醇难。这是因为酚中存在 p-π 共轭效应，降低了氧周围的电子云密度，使其亲核性比醇弱。所以酚不能直接与酸成酯，而要与更活泼的酰氯或酸酐作用才能形成酯。例如：

$$PhOH \xrightarrow[\text{或 } CH_3COCl]{(CH_3CO)_2O} PhO{-}\overset{\overset{\large O}{\|}}{C}{-}CH_3 + CH_3COOH \quad (\text{或 } HCl)$$

酚酯(乙酸苯酯)

生成的酚酯在三氯化铝存在下加热，酰基可重排到羟基的邻位或对位，得到酚酮，此重排称傅瑞斯（K. Fries）重排。

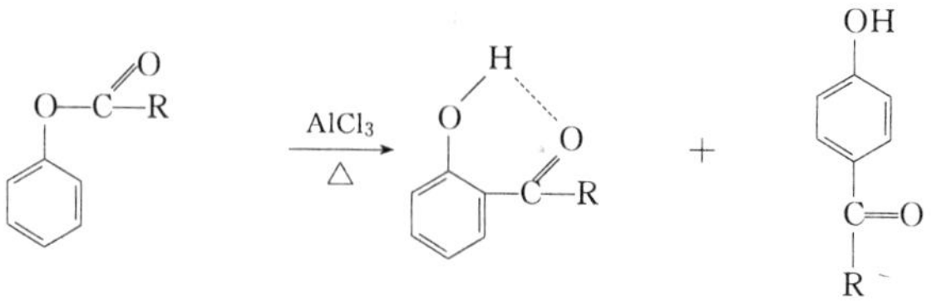

可形成分子内氢键

邻、对位异构体可用水蒸气蒸馏法分离。邻、对位异构体的比例与温度有关，通常低温以对位异构体为主，高温以邻位异构体为主。例如：

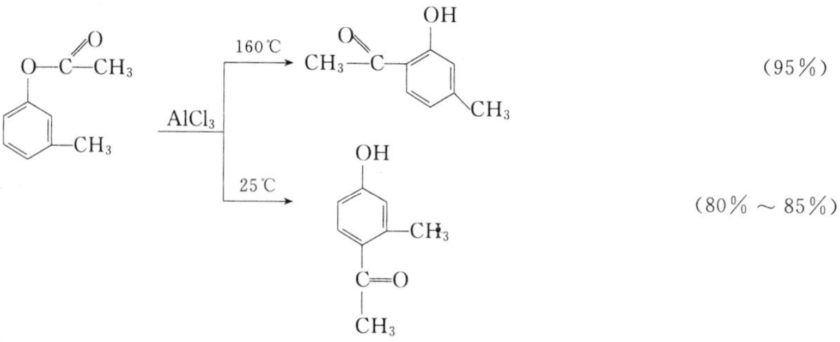

4. 与三氯化铁的显色反应

大多数酚都能与三氯化铁溶液发生显色反应，不同的酚所产生的颜色也有所不同。例如：苯酚、间苯二酚、1,3,5-苯三酚均显蓝紫色；对苯二酚显暗绿色；1,2,3-苯三酚显红棕色。

$$6PhOH + FeCl_3 \longrightarrow H_3[FeO(Ph)_6] + 3HCl$$

此反应可用作酚的定性鉴别，但具有烯醇式结构（—C ═ C—OH）的化合物也能与三氯化铁发生类似反应。

（二）苯环上的取代反应

由于酚羟基中氧原子与苯环的 p-π 共轭效应，使苯环上某些区域电子云密度提高，所以酚比苯更容易发生亲电取代反应，取代基主要进入酚羟基的邻、对位。

1. 卤代反应

苯酚与溴在低温、非极性条件下反应，得到对溴苯酚和邻溴苯酚的混合物。

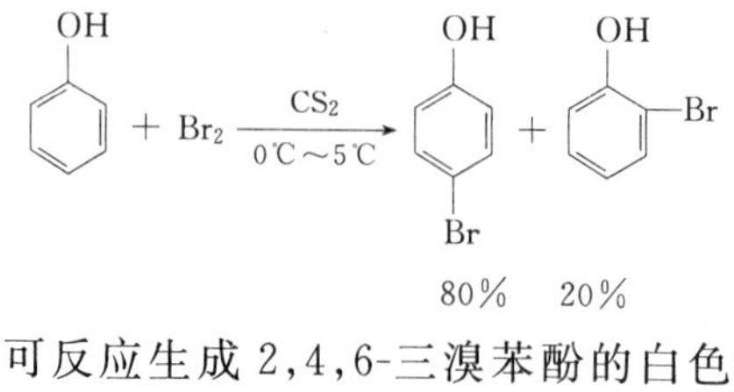

苯酚与溴水在室温下即可反应生成 2,4,6-三溴苯酚的白色沉淀。由于反应灵敏、现象明显、且定量进行，可用于酚类化合物的定性和定量分析。

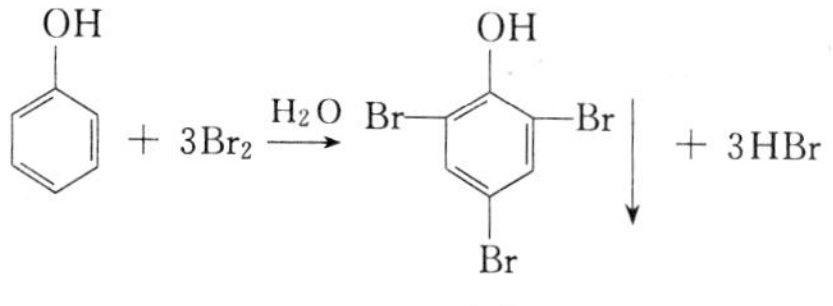

白色

若溴水过量，则生成四溴化合物的沉淀。

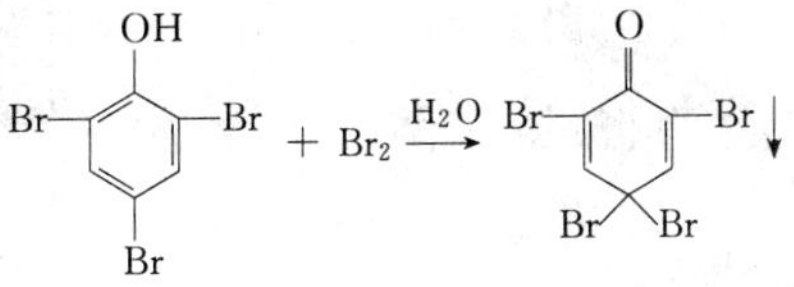

2. 硝化反应

苯酚在室温条件下即可被稀硝酸硝化，生成邻硝基酚和对硝基酚的混合物。

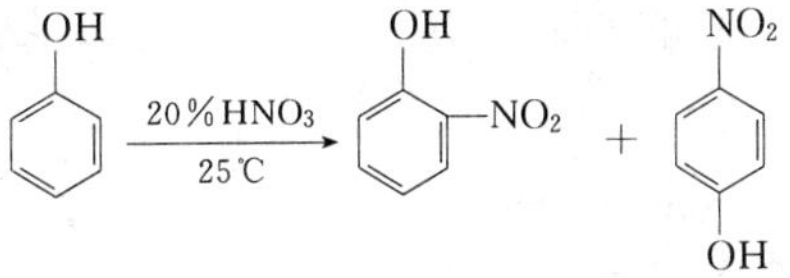

邻硝基苯酚可形成分子内氢键而不再与水形成氢键，故水溶性小，沸点低，挥发性大，可随水蒸气蒸出；而对位异构体可通过分子间氢键形成缔合体，故沸点高，挥发性小，不随水蒸气挥发。二者可用水蒸气蒸馏法分离。

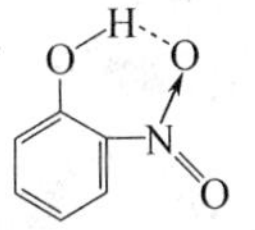

邻硝基酚形成分子内氢键

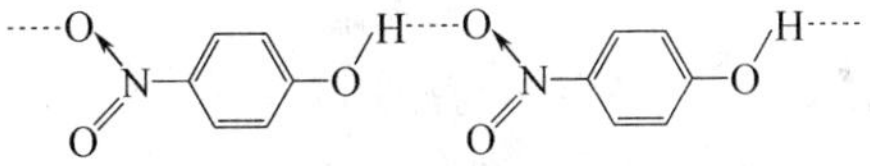

对硝基酚形成分子间氢键

因浓硝酸具有氧化性，所以，只能用间接的方法制备多硝基酚。例如：

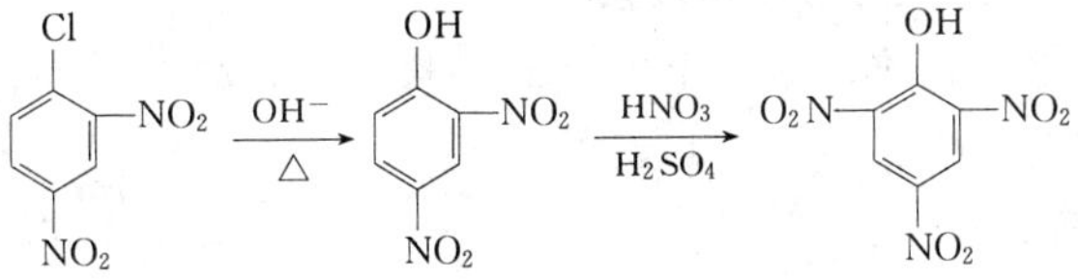

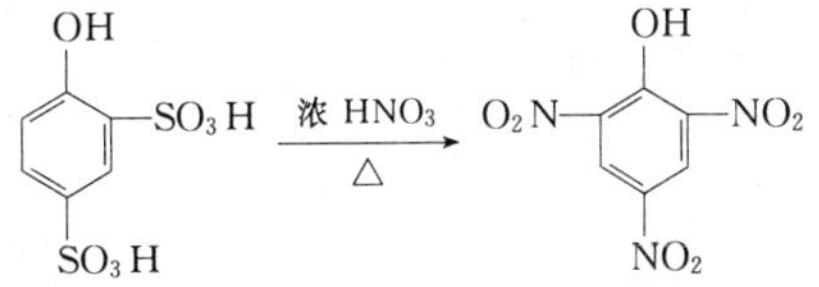

2,4,6-三硝基苯酚

2,4,6-三硝基苯酚又称苦味酸，为黄色晶体，m. p. 123℃，300℃时爆炸。它的 $pK_a=0.25$，酸性与盐酸相当。

3. 磺化反应

苯酚磺化反应的产物与反应的温度密切相关。一般较低温度下（15℃～25℃）主要得到邻位产物；较高温度下（80℃～100℃）主要得到对位产物。

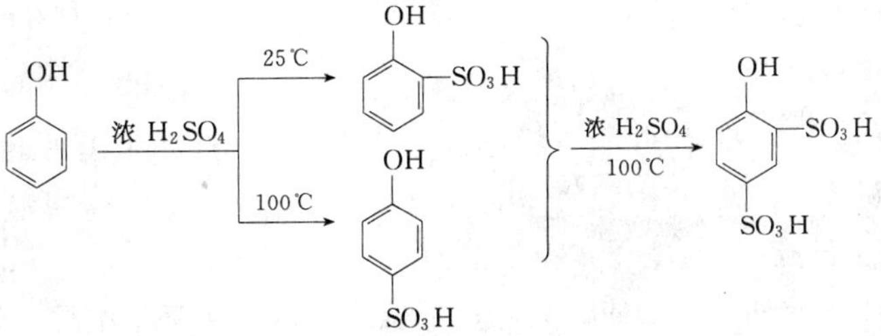

磺酸基的引入降低了环上的电子云密度，使酚不易被氧化。磺化反应是可逆的，产物与

稀酸共热可除去磺酸基，利用这一性质，可对芳环上某位置进行保护。例如：

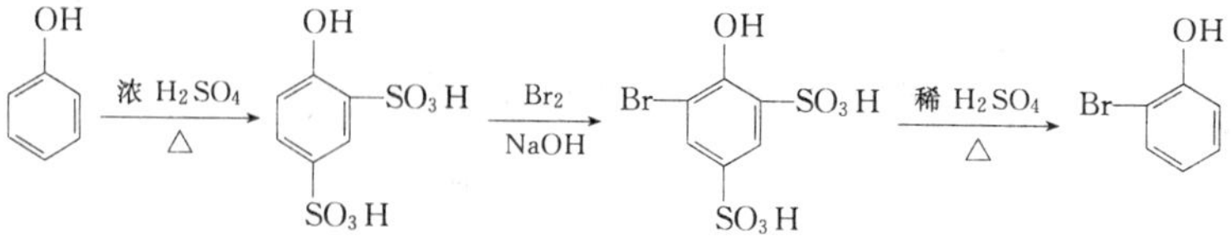

4. 傅-克（Friedel-crafts）反应

酚类化合物的傅-克反应一般不采用 $AlCl_3$ 催化剂，因为 $AlCl_3$ 可与酚羟基形成酚盐（$PhOAlCl_2$）而失去催化活性，影响产率。常选用 BF_3 或质子酸（如 HF、H_3PO_4 等）为催化剂进行反应。

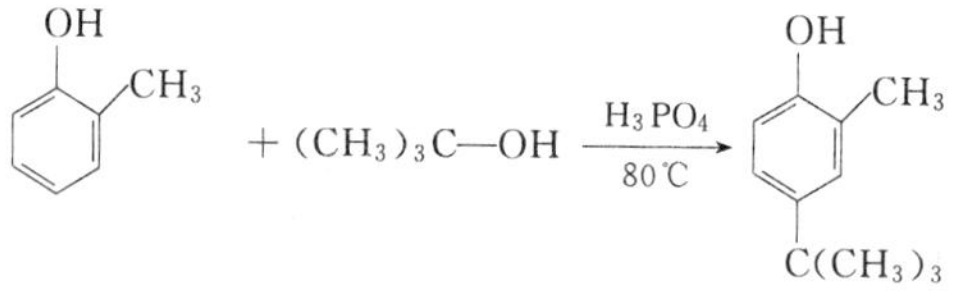

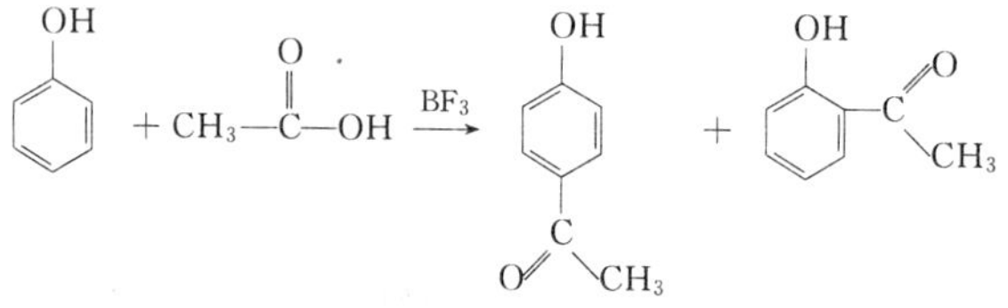

(95%)

5. 瑞穆尔-蒂曼（Reimer-Timann）反应

酚的碱性水溶液与氯仿共热，苯环上的氢被醛基取代，醛基主要进入酚羟基的邻位，邻位已有取代基时，则进入对位。

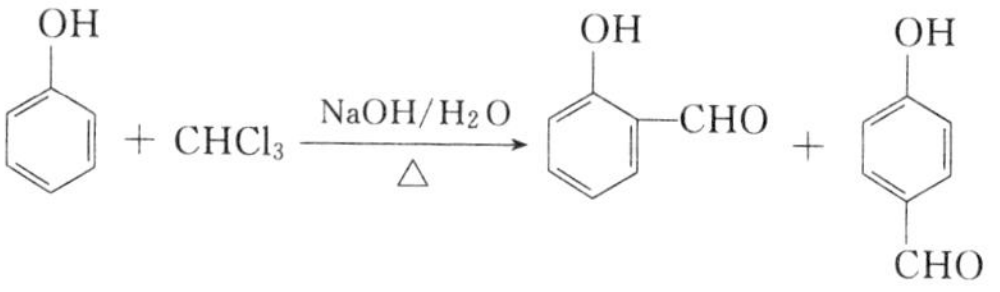

邻羟基苯甲醛（水杨醛）　对羟基苯甲醛

这是工业上生产水杨醛的方法。常用调味品香兰素，也可用瑞穆尔-蒂曼反应合成。

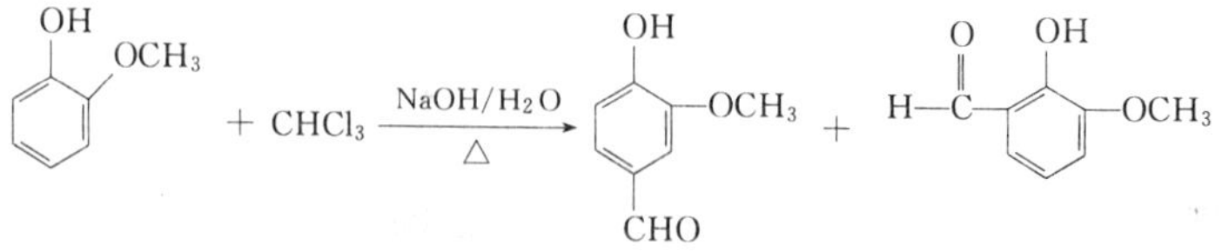

邻甲氧基苯酚（愈创木酚）　香兰素（m. p. 81℃）　邻香兰素（m. p. 45℃）

瑞穆尔-蒂曼反应的收率不高，一般不超过 50%；且苯环上有吸电子基时，对反应不利。

6. 与甲醛的缩合反应

酚与甲醛在酸或碱的催化下反应，先生成邻位或对位的羟基苯甲醇，进一步反应生成二元取代物，二元取代物通过一系列的脱水缩合反应，最后得到酚醛树脂。

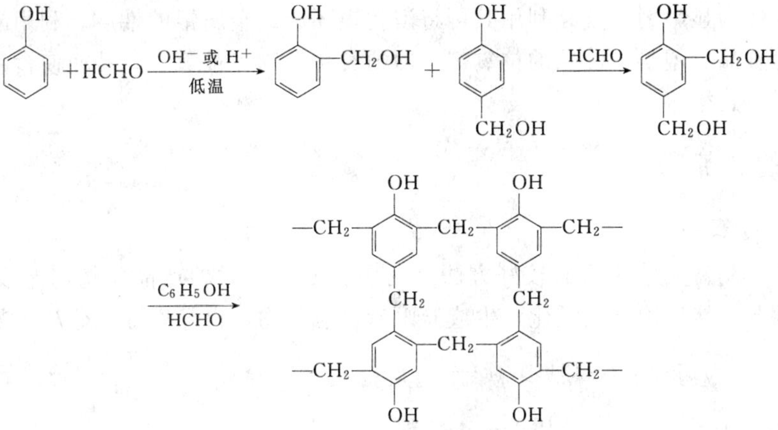

酚醛树脂

酚醛树脂是具有网状结构的大分子聚合物，俗称电木。这种材料具有良好的绝缘性和热塑性，由它制成的增强塑料是空间技术中使用的重要高分子材料。

7. 柯尔柏-施密特（Kolbe-Schmidt）**反应**

苯酚钠与二氧化碳在一定温度和压力下反应，可在苯环上引入羧基。

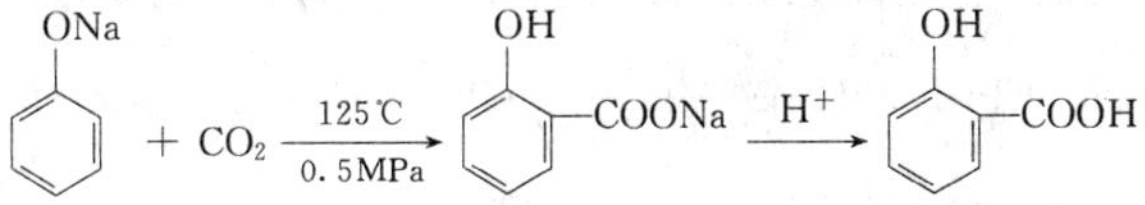

水杨酸

柯尔柏-施密特反应是制备酚酸的重要方法。反应中羧基主要进入邻位，虽然也会有部分对位取代产物，但可用水蒸气蒸馏法将二者分离。

（三）氧化反应

酚类化合物很容易被氧化，不仅能被重铬酸钾等强氧化剂所氧化，甚至空气中的氧也能将其氧化成苯醌，这就是原本无色的酚接触空气后常带有颜色的原因。

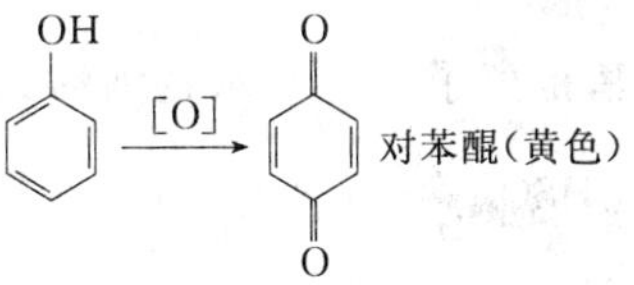

多元酚更容易被氧化。例如：

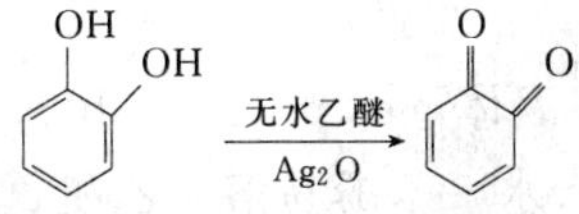

邻苯二酚　　邻苯醌

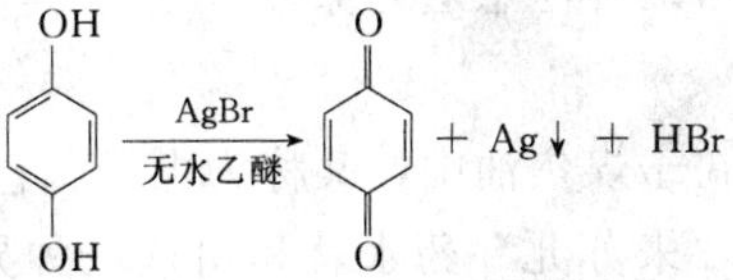

对苯二酚作为显影剂，就是利用其可将溴化银还原成金属银的性质。利用酚易被氧化的特性，可作为食品、塑料、橡胶的抗氧剂，即酚类化合物先被氧化，从而使食品等因氧化而变质的反应得以延缓。

四、酚的制备

（一）异丙苯法

这是工业上制备大量苯酚的较好方法。利用石油裂解时的产品丙烯与苯发生烃基化反应，生产异丙苯，然后用空气氧化，生成异丙苯过氧化物，再经酸催化分解为苯酚和丙酮。

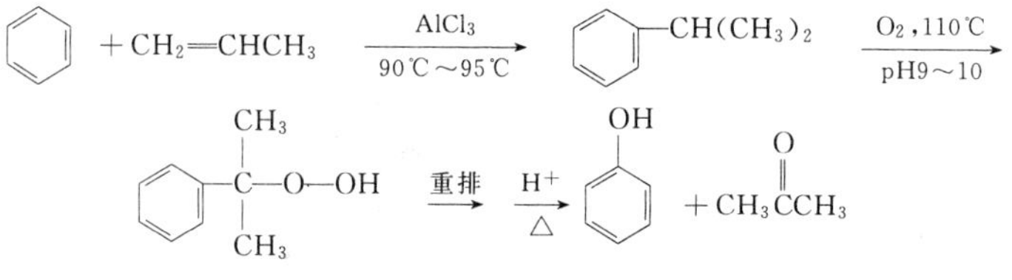

过氧化物

本法仅限于制备苯酚，不能推广制备其他酚。

（二）氯苯水解法

氯苯和氢氧化钠在高温高压下，经铜催化反应，再水解生成苯酚。

$$\text{Ph—Cl} + \text{NaOH} \xrightarrow[300^\circ\text{C}，15\text{MPa}]{\text{Cu}} \text{Ph—ONa} \xrightarrow{H^+} \text{Ph—OH}$$

这是工业上制备苯酚的方法之一。

（三）磺酸盐碱熔法

芳磺酸的钠盐与固体氢氧化钠共熔，磺酸基可被羟基取代得到酚，这是最早的制备酚类化合物的方法。

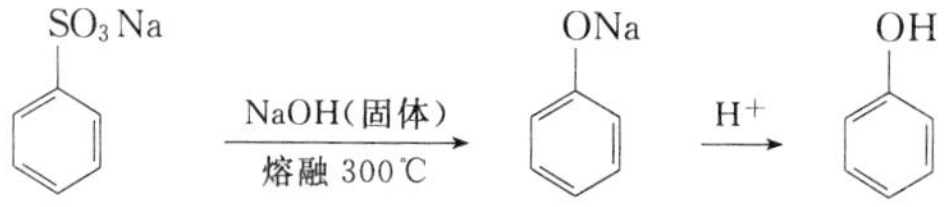

（四）重氮盐水解法

硫酸氢重氮盐受热分解成芳基正离子，再与水在强酸条件下作用生成酚。

$$\text{Ar}\overset{+}{\text{N}}_2\text{HSO}_4 \xrightarrow[H^+]{H_2O} \text{ArOH} + N_2\uparrow + H_2SO_4$$

五、重要的酚

（一）苯酚

苯酚又称石炭酸。是无色结晶固体，m. p. 43℃，b. p. 181℃。在25℃时，100g水可溶解9.3g苯酚，68℃以上可完全溶于水，苯酚易溶于乙醚、乙醇、氯仿、苯等有机溶剂。苯酚有毒，易氧化，应贮于棕色瓶内并注意避光保存。

（二）甲酚

甲酚是甲基酚的简称，存在于煤焦油中，又称为煤酚。它有邻、间、对三种异构体，煤酚有较强的抗菌力，通常用的“来苏儿”药水就是由这三种异构体混合物配制成的50%的肥皂水溶液。可供外用消毒，临用时加水稀释至3%～5%。

（三）苯二酚

苯二酚的三种异构体均为无色结晶。邻苯二酚和间苯二酚易溶于水，对苯二酚在水中的溶解度相对较小。间苯二酚具有抗菌作用，刺激性较小，其2%～10%的油膏和洗剂可用于治疗皮肤病。对苯二酚的还原能力较强，常用作显影剂。

（四）麝香草酚（百里酚）

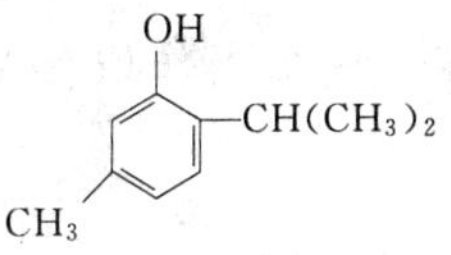

麝香草酚是百里草和麝香草中的香气成分。为无色晶体，微溶于水，m. p. 51℃，在医药上用作防腐剂、消毒剂和驱虫剂。

（五）萘酚

萘酚有α-萘酚和β-萘酚两种异构体。α-萘酚为黄色结晶，m. p. 96℃。β-萘酚为无色片状结晶，m. p. 122℃。α-萘酚与三氯化铁反应生成紫色沉淀，β-萘酚与三氯化铁反应生成绿色沉淀，由此可加以区别。萘酚是制备偶氮染料的重要原料，β-萘酚还可用作杀菌剂和抗氧剂。

第三节 醚

一、醚的结构、分类与命名

（一）醚的结构

醚（ethers）是由氧原子通过两个单键分别与两个烃基结合的分子。醚的官能团为醚键，（—O—）醚键中氧为sp^3杂化（酚醚除外），两个未共用电子对分别处在两个sp^3杂化轨道中，分子为“V”字形，分子中无活泼氢原子，性质较稳定。

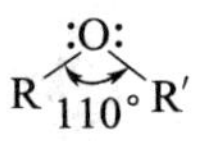

（二）醚的分类

根据醚分子中烃基的结构可分为：

简单醚（simple ether）：两个烃基相同　　R—O—R，Ar—O—Ar

混合醚（mixed ether）：两个烃基不同　　R—O—R′，R—O—Ar

环醚（epoxide）：醚中氧原子在环上

（三）醚的命名

简单醚的命名：先写“二”表示两个相同的烃基，加上烃基名，再加上“醚”字即可。“二”字及“基”字常可省略。例如：

$CH_3—O—CH_3$ (二)甲醚　　$C_2H_5—O—C_2H_5$ (二)乙醚　　$CH_2=CH—O—CH=CH_2$ 二乙烯基醚　　Ph—O—Ph 二苯醚

混合醚的命名，分别写出两个烃基的名称，再加“醚”字即可。一般将较小的烃基或芳烃基放在前面。例如：

$CH_3—O—C_2H_5$ 甲乙醚　　$C_2H_5—O—CH_2CH=CH_2$ 乙基烯丙基醚　　$CH_3—O—Ph$ 苯甲醚（茴香醚）

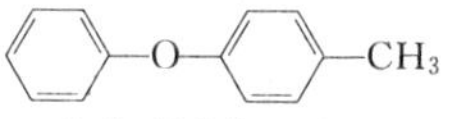

苯基对甲苯基醚

烃基结构比较复杂的醚，也可将烷氧基当作取代基，按烃类或其他类别化合物命名。例如：

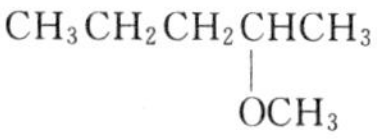

2-甲氧基戊烷

$CH_3O—CH_2CH_2—OC_2H_5$ 1-甲氧基-2-乙氧基乙烷

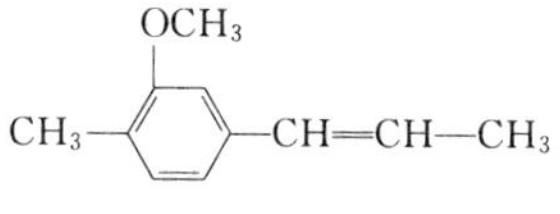

2-甲氧基-4-丙烯基甲苯
或 1-甲基-2-甲氧基-4-丙烯基苯

环醚的命名：可按环氧化合物命名，也常用俗名。含较大环的环醚，习惯上按杂环规则命名。例如：

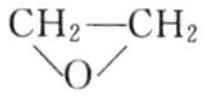

环氧乙烷

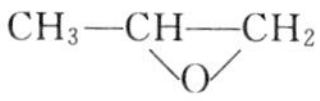

1,2-环氧丙烷

四氢呋喃

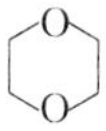

1,4-二氧六环

二、醚的物理性质

多数醚为易挥发、易燃液体。因醚不能形成分子间氢键，故其沸点比同碳数的醇要低得多。但醚分子中的氧仍可与水分子中羟基上的氢形成氢键，故其在水中仍有一定的溶解度。常见醚的物理性质见表 10-3。

表 10-3　　常见醚的物理常数

名称	结构简式	m. p. (℃)	b. p. (℃)	d_4^{20}
甲醚	CH_3OCH_3	−138.5	−23	—
乙醚	$(C_2H_5)_2O$	−116.6	34.5	0.7137
正丙醚	$(CH_3CH_2CH_2)_2O$	−122	90.1	0.7360
异丙醚	$[(CH_3)_2CH]_2O$	−85.9	68	0.7241
正丁醚	$[CH_3(CH_2)_3]_2O$	−95.3	142	0.7689
苯甲醚	Ph—O—CH_3	−37.5	155	0.9961
二苯醚	Ph—O—Ph	26.8	257.9	1.0748
四氢呋喃		−108.5	67	0.8892
1,4-二氧六环	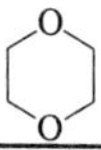	11.8	101	1.0337

醚的光谱特征如下：

IR：简单醚可供鉴定的是在 1050～1150cm^{-1} 区域有强的 $\nu_{as(C-O-C)}$ 吸收峰，而混合醚则有两个吸收峰。

^{1}H-NMR：与氧直接相连的碳上的质子（α-H）化学位移 δ 一般在 3.3～3.9 处；β-H 的信号在 0.8～1.4 处。

三、醚的化学性质

醚是相当不活泼的一类化合物（环醚除外），常温下与许多化学试剂都不发生反应，但在一定条件下，能发生如下化学反应。

（一）鎓盐的形成

由于醚的氧原子上带有未共用电子对，作为一种碱能与热、浓强酸或路易斯酸（如：BF_3、$AlCl_3$ 等）形成鎓盐（oxonium salt）。例如：

$$C_2H_5-O-C_2H_5 \xrightarrow[H_2O]{浓\ H_2SO_4} [C_2H_5-\underset{H}{\overset{+}{O}}-C_2H_5]HSO_4^-$$

鎓盐

$$C_2H_5-O-C_2H_5 + BF_3 \longrightarrow C_2H_5-\underset{\downarrow\atop BF_3}{\overset{+}{O}}-C_2H_5$$

其他含氧化合物如：醇、醛、酮等也有类似的性质。鎓盐很不稳定，遇水立即分解成醚和酸，利用此性质可将醚与烷烃、卤代烷等分离开。

（二）醚键的断裂

醚与浓强酸（如：氢碘酸）共热，醚键发生断裂，生成卤代烃和醇，如果氢卤酸过量，醇将继续转变为卤代烃。如：

$$R-O-R' + HX \xrightarrow{\triangle} RX + R'-OH \xrightarrow{HX} R'X + H_2O$$

氢卤酸使醚键断裂的能力为 HI＞HBr＞HCl。

混合醚断裂时，若两个烃基均为脂肪烃基，一般是较小的烃基先形成卤代烃；若一个为脂肪烃基，而另一个为芳烃基，则脂肪烃基先形成卤代烃。例如：

$$CH_3-O-C_2H_5 \xrightarrow[\triangle]{HI} CH_3I + C_2H_5-OH \xrightarrow[\triangle]{HI} C_2H_5I + H_2O$$

$$Ph-O-CH_3 \xrightarrow[\triangle]{HI} CH_3I + PhOH$$

$$CH_3I + AgNO_3 \xrightarrow{C_2H_5OH} CH_3ONO_2 + AgI\downarrow$$

上述反应是定量进行的，将形成的 CH_3I 蒸出用 $AgNO_3$-乙醇溶液吸收，再称量 AgI 的量，即可推算分子中甲氧基的含量。这个方法称蔡塞尔（S. Zeisel）法，可用于测定某些含有甲氧基的天然产物的结构。

甲基、叔丁基、苄基醚易形成也易被酸分解。有机合成中常用生成醚的方法来保护羟基。

例如：由 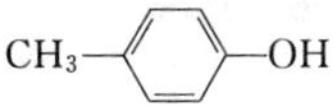 制备 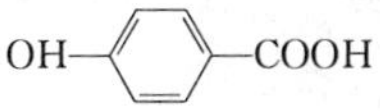 时，就要先保护羟基。

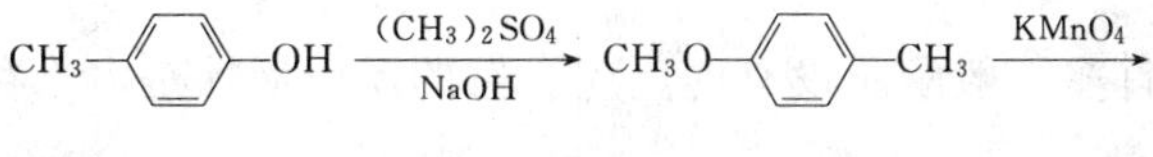

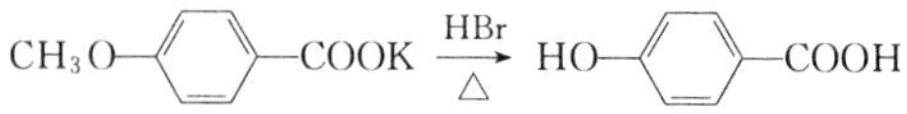

若不先保护羟基，用 $KMnO_4$ 氧化时，羟基也会被氧化而得不到所需的产物。

（三）过氧化物的形成

醚对一般氧化剂是稳定的，但长时间与空气中的氧接触，也会被氧化，形成过氧化物，反应通常发生在 α-C 的 C—H 键上。例如：

$$CH_3CH_2-O-CH_2CH_3 \xrightarrow{O_2} CH_3CH_2-O-\underset{\displaystyle O-O-H}{\underset{|}{C}}HCH_3$$

氢过氧化乙醚

过氧化醚的沸点较高，受热易分解易爆炸，因此醚类化合物应避免暴露于空气中，在蒸馏久贮乙醚前应检查是否含过氧化物。若待查的醚能使湿淀粉-KI 试纸变蓝或能使 $FeSO_4$-KCNS混合液变红，说明醚中含过氧化物。将醚用 $FeSO_4$ 溶液洗涤，可破坏其中的过氧化物。此外，在蒸馏乙醚时不能蒸干，以避免因浓缩使过氧化物浓度增高而引起的爆炸。

四、醚的制备

（一）醇分子间脱水

例如：

$$2C_2H_5OH \xrightarrow[140℃]{H_2SO_4} C_2H_5OC_2H_5 + H_2O$$

此法只适合于用伯醇、仲醇制备简单醚。

（二）威廉森（Williamson）合成法

$$RONa + R'X \longrightarrow R-O-R' + NaX$$

此法既可用于制备混合醚，亦可用于制备简单醚。采用威廉森法制备醚时，为提高产率最好选择伯卤代烃、仲卤代烃，尽量不用乙烯型卤代烃或卤代芳烃。

五、重要的醚

（一）环氧乙烷

环氧乙烷为最简单的环醚，是重要的化工和制药工业原料，b. p. 11℃，一般用钢瓶压缩保存。环氧乙烷可溶于水，酸和醚，可与空气混合形成爆炸性混合物，使用时应注意安全。

1. 环氧乙烷的制备

工业上在催化剂存在下，用空气氧化乙烯可制备环氧乙烷：

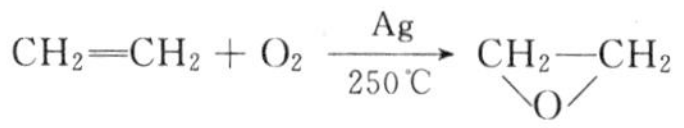

也可用碱处理氯乙醇来制备环氧乙烷：

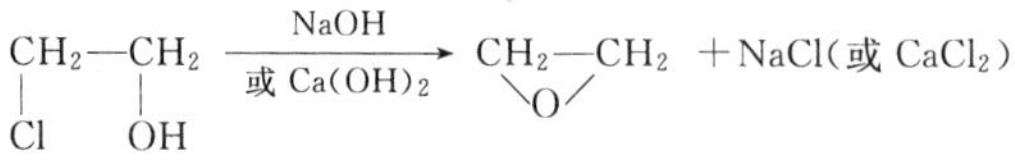

2. 开环反应

环氧乙烷能发生许多一般醚所没有的反应。它的反应活性是由于存在环张力，因此，极易与多种试剂反应而开环，这些开环反应在有机合成中很有用，可以合成多种化合物。例如：

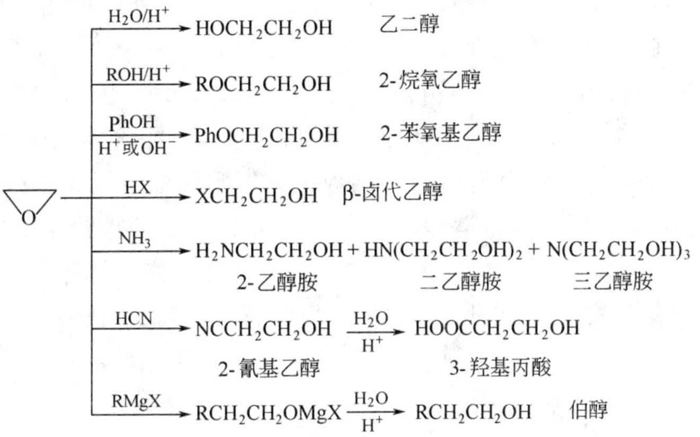

（二）冠醚

冠醚为分子中具有 $-\!(OCH_2CH_2)_n\!-$ 重复单位的大环醚。由于其形状像皇冠，故称冠醚。冠醚类化合物有一定毒性，对皮肤和眼睛有刺激性，使用时要加以注意。

冠醚有其特定的命名法：可表示为 x-冠-y。x 表示环上原子总数，y 表示环上氧原子总数。例如：

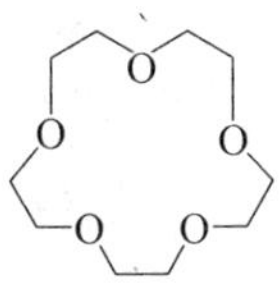

15-冠-5

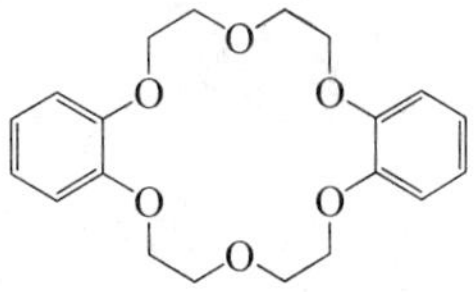

二苯并-18-冠-6

冠醚的一个重要特点是分子中具有空穴。不同的冠醚，分子中空穴的大小不同，可以与不同的金属离子形成配合物。只有与空穴孔径相当的金属离子才能进入空穴而被络合，这种选择性的络合特性可用于金属离子的分离和测定。冠醚还可用作相转移催化剂（phasetrasfer catalyst)。因为它的内层有多个氧原子，可与水形成氢键，有亲水性；而它的外层都是碳和氢原子，有亲脂性。这样，它可将水相中的化合物包在内层带到有机相（即相转移)，从而起到加快非均相有机反应速度的作用。

天然产物中存在一些被称为转运抗生素的物质，它的结构和功能类似于冠醚。例如无活菌素。它能使钾离子转移透入细菌体内，破坏细胞膜内外钾离子浓度的平衡，干扰细胞的正常生理功能，达到抗菌的目的。

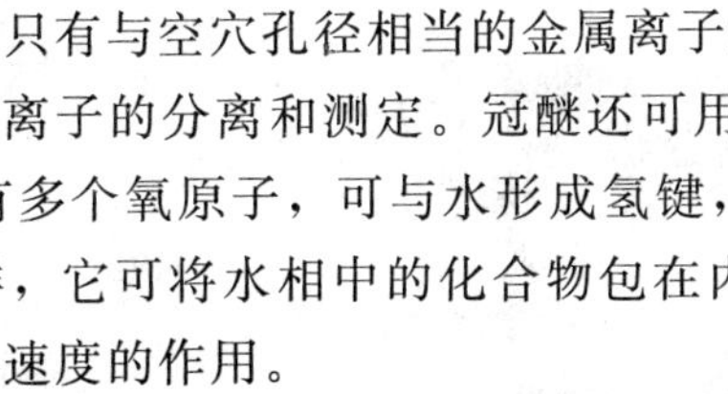

无活菌素

美国化学家 C. J. Gram 将冠醚的化学选择性引入到生物体酶的研究中，提出了“主-客体化学”的新概念。Gram 认为酶的催化反应是酶为主体，与酶作用的特定物质（底物）为客体，只有主客体相互适应才能起催化作用。这种主-客体关系的催化作用概念，对合成具有酶功能的化合物可起指导作用。现在，科学家已经合成了一系列结构更加复杂和具有光学活性的冠醚。这类化合物的最大特点是具有显著的“分子识别”能力，可选择性地与作为客体的底物分子发生配合作用，可辨别客体分子及其对映体。主-客体配合物成为一种酶模型，可以模拟生物体系中酶和底物的某些过程。酶模拟和细胞模拟对深入探讨生命过程有着极为重要的作用。主-客体化学在立体化学和配合作用方面有重要的理论意义，在手性拆分、分子识别、药物设计和合成等方面具有广阔的应用前景。美国化学家 C. J. Gram，C. J. Pednsen 和法国化学家 J. M. Lehn 也因为在冠醚化合物研究方面的突出成就而共同获得 1987 年 Nobel 化学奖。

第四节 硫醇与硫醚

硫和氧为同族元素，因此，有机含硫化合物和有机含氧化合物有相似的性质，分别称作硫醇（thiols）和硫醚（sulfides）。它们是烃的含硫衍生物，也可看成硫化氢的衍生物。用分子通式可分别表示为：

R—SH（硫醇）　　R—S—R′ 或 Ar—S—R、Ar—S—Ar′（硫醚）

一、硫醇

（一）命名

硫醇的命名与醇相似，只需在醇字前加一个“硫”字即可。例如：

CH_3SH 甲硫醇	$(CH_3)_2CHSH$ 异丙硫醇	$CH_3CH_2CH(SH)CH_2CH_3$ 3-戊硫醇
$CH_2=CH—CH_2SH$ 烯丙硫醇	$HSCH_2CH_2SH$ 1,2-乙二硫醇	

（二）硫醇的物理性质

低级硫醇多为易挥发且有特殊臭味的气体或液体。硫醇在空气中的浓度达 10^{-11} g/L 时，即可被人察觉。因此，可作为臭味剂加入有毒或易燃、易爆气体中，以起到预警作用。硫醇的臭味随分子量增大而减小，含九个碳以上的硫醇已无不愉快的气味。

硫醇形成氢键的能力极弱，远不及醇类，所以其沸点及在水中的溶解度比相应的醇低得多。一些硫醇的物理常数见表 10-4。

（三）硫醇的化学性质

硫醇的官能团是巯基（—SH）。

表 10-4 一些硫醇的物理常数

名 称	结构简式	m. p. (℃)	b. p. (℃)
甲硫醇	CH_3SH	−123	6
乙硫醇	CH_3CH_2SH	−144	37
丙硫醇	$CH_3CH_2CH_2SH$	−113	67
异丙硫醇	$(CH_3)_2CHSH$	−131	58
丁硫醇	$CH_3(CH_2)_2CH_2SH$	−116	98

1. 酸性

硫醇与醇一样具有酸性，但硫醇的酸性比相应的醇强得多。例如，C_2H_5SH 的 $pK_a=10.5$ 而 C_2H_5OH 的 $pK_a=17$。其原因可能是由于硫原子半径比氧大，因而较易极化，易离解出氢离子。所以，硫醇能与 NaOH 形成稳定的钠盐而溶解。

$$C_2H_5SH+NaOH \longrightarrow \underset{\text{乙硫醇钠}}{C_2H_5SNa} + H_2O$$

2. 与重金属的反应

硫醇不仅能与碱金属成盐，还能与汞、银、铅、砷、铬、铜等重金属或其氧化物、配合物反应，生成不溶于水的硫醇盐。例如：

$$2C_2H_5SH+HgO \longrightarrow \underset{\text{(白色)}}{(C_2H_5)_2Hg\downarrow} + H_2O$$

$$2C_2H_5SH+(CH_3COO)_2Pb \longrightarrow \underset{\text{(黄色)}}{(C_2H_5)_2Pb\downarrow} + H_2O$$

此类反应不仅可用于鉴定硫醇，更重要的是可作为重金属中毒的解毒剂。所谓重金属中毒，是体内的某些生物功能分子（如：蛋白质、酶）上的巯基与重金属结合，使其变性失活而丧失正常的生理功能。医疗上常用的重金属中毒解毒剂如：2,3-二巯基丙醇，商品名称“巴尔”（British Anti-Lewisite，简写为 BAL），它可以夺取已与机体内蛋白质或酶结合的重金属，形成稳定的配合物随尿液排出，从而达到解毒的目的。其过程示意如下：

活性酶 金属离子 中毒酶

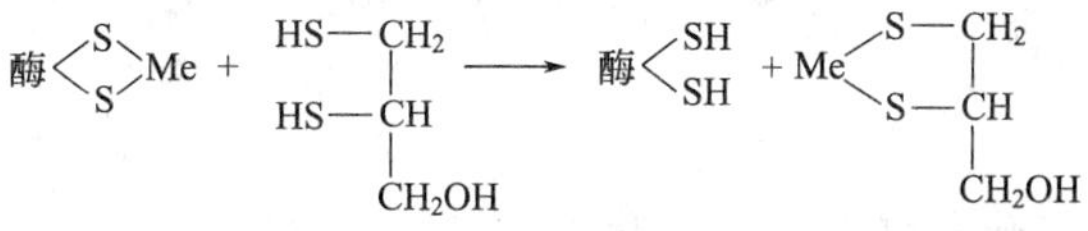

中毒酶 活性酶 由尿排出

3. 氧化反应

硫醇比醇容易氧化，而且与醇不同的是反应常发生在硫原子上。

弱的氧化剂如次碘酸钠、过氧化氢甚至空气中的氧都能将硫醇氧化成二硫化物。

$$2RSH \underset{[H]}{\overset{[O]}{\rightleftharpoons}} \underset{\text{二硫化物}}{R\text{—}S\text{—}S\text{—}R}$$

二硫化物的结构类似于过氧化物，但是它更稳定。分子中的“—S—S—”称二硫键（disulfide bond）。二硫化物在亚硫酸氢钠、锌和醋酸、金属锂和液氨等还原剂的作用下，可还原为硫醇。硫醇与二硫化物间的这种相互转化也是生物体内常见的重要生化反应。

二硫化物可进一步被氧化成较高价的化合物。例如：大蒜素和合成抗菌剂 401、402 均为二硫化合物的氧化物。

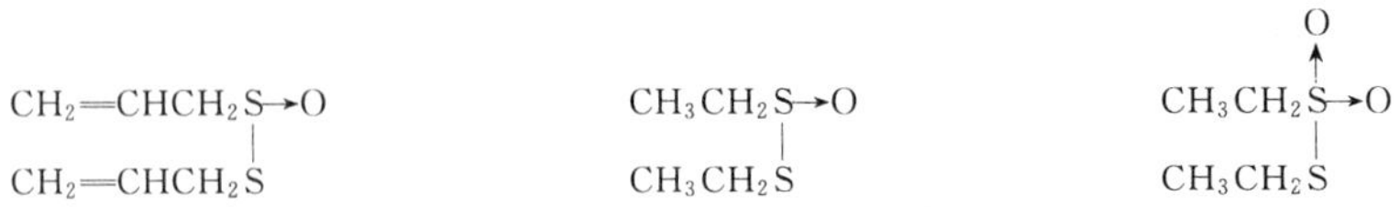

大蒜素（油状液体，有杀菌作用）　乙基蒜素（401 抗菌剂，无色油状液体）　氧化乙基蒜素（402 抗菌剂）

硫醇在强氧化剂如硝酸、高锰酸钾等作用下，可被氧化成磺酸，这也是制备脂肪族磺酸的一种方法。

$$RSH \xrightarrow[H^+]{KMnO_4} RSO_3H$$

二、硫醚

硫醚的官能团是硫醚键（—S—）。

（一）命名

硫醚的命名与醚类似，只需在醚字前加一个“硫”字即可。例如：

CH_3SCH_3	$CH_3SC_2H_5$	$C_6H_5SCH_3$	$ClCH_2CH_2SCH_2CH_2Cl$
（二）甲硫醚	甲乙硫醚	苯甲硫醚	β,β′-二氯乙硫醚（芥子气，糜烂性毒剂）

（二）硫醚的性质

低级硫醚为油状液体，难溶于水，易溶于醇和醚等有机溶剂，具有极不愉快的气味。硫醚的沸点比相应的醚高，性质与醚相似，较稳定，能发生下列反应。

1. 锍盐的生成

硫醚与浓硫酸可形成锍盐，锍盐遇水又可分解为硫醚。

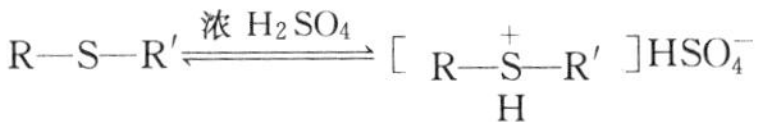

硫醚与卤代烷反应，也能生成锍盐。

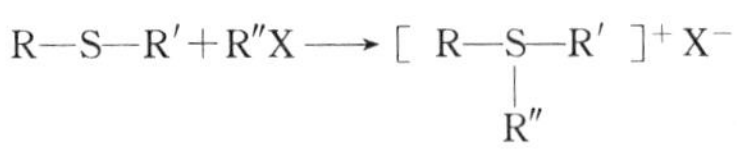

2. 氧化反应

硫醚可被氧化，随氧化条件不同，氧化产物各异。

在缓和条件下，如：室温下用过氧化氢或三氧化铬等氧化，生成亚砜（sulfoxide），亚砜若进一步氧化，则生成砜（sulfone）。

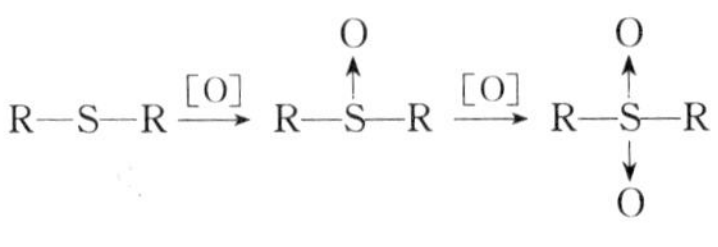

亚砜　　砜

例如：

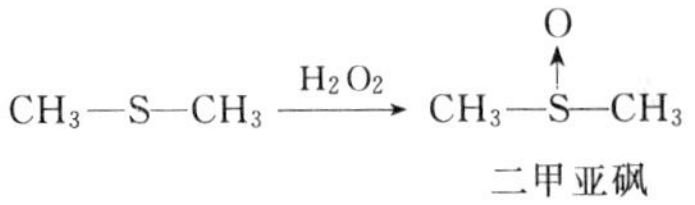

二甲亚砜

若遇强氧化剂（如：发烟硝酸、高锰酸钾等），则直接被氧化成砜。例如：

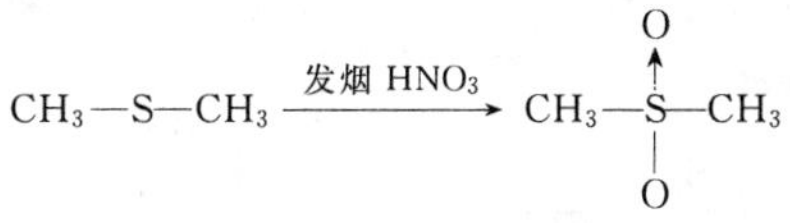

二甲砜

二甲亚砜（dimethyl sulfoxide）简称 DMSO，为无色液体，b. p. 189℃，能与水、乙醇、丙酮、苯、氯仿任意混溶。是非常好的非质子极性溶剂，俗称“万能溶媒”。同时，DMSO 还有很强的穿透能力，可促使药物渗入皮肤，因此可用作透皮吸收药物的促渗剂。

第十一章 醛、酮、醌

碳原子以双键和氧原子相连的官能团称为羰基（>C=O）。醛、酮和醌的分子结构中都含有羰基，所以又总称为羰基化合物。羰基的碳分别和烃基及氢原子相连的化合物称醛(aldehyde)（甲醛例外，其羰基碳与两个氢原子相连），醛的官能团（—CHO）又专称醛基；羰基碳与两个烃基相连的化合物称酮（ketone），酮的羰基有时也专称酮基，烃基可以是烷基、烯基、环烷基或芳基等。

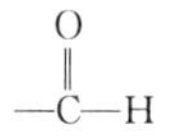
醛基

酮基

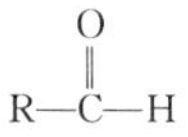
醛(R=H,甲醛)

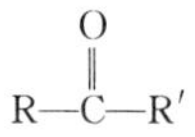
酮(R′也可与R相同)

醌（quinones）是一类不饱和的环己二酮，分子中含烯键和羰基各两个。例如：

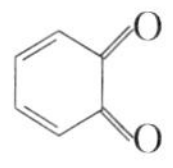
邻苯醌

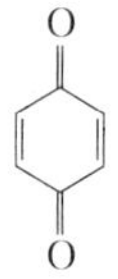
对苯醌

醛、酮和醌广泛分布于自然界中，在生物体内起重要作用。更重要的是含羰基化合物具有较强的反应活性，在有机合成中是极为重要的原料和中间体。

第一节　醛、酮的结构、分类和命名

一、羰基的结构

羰基中的碳原子是 sp^2 杂化，它的三个 sp^2 杂化轨道形成的三个 σ 键在同一平面上，键角 120°（实际上当碳上连有不同基团时，其角度略有出入）。碳原子剩下的一个 p 轨道和氧的一个 p 轨道平行，并垂直于 σ 键所在的平面，两个 p 轨道相互重叠形成 π 键。因此 C═O 双键是由一个 σ 键和一个 π 键组成，如图 11-1 所示。

由于氧原子的电负性大于碳，因此羰基的双键是极性键，电子云偏向氧原子，经近代物理方法实测丙酮的 C—C═O 之间的键角为 121.5°，偶极矩 μ 为 2.85D。这类化合物的许多

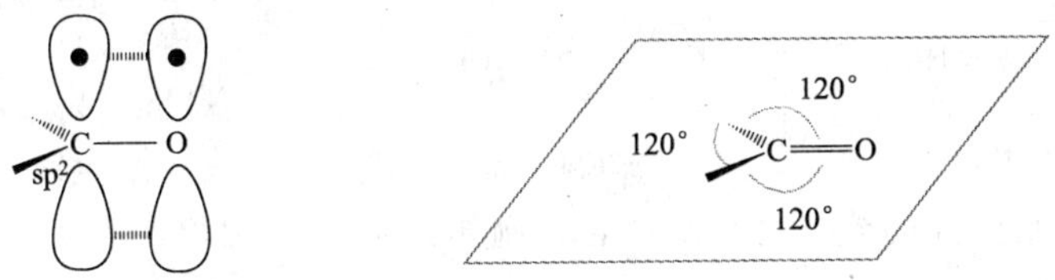

图 11-1 羰基的结构

性质由羰基所引起，所以羰基是醛、酮的官能团。

二、分类

根据烃基结构的不同，醛、酮可分为脂肪醛、酮，芳香醛、酮及脂环酮等。例如：

脂肪醛、酮：$CH_3CH_2—CHO$　　$CH_3—\overset{\overset{O}{\|}}{C}—CH_3$

芳香醛、酮：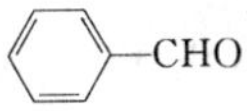　　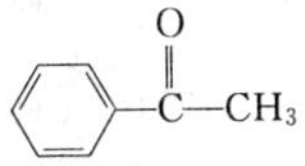

脂环酮：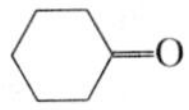

根据烃基的饱和与否，脂肪醛、酮可分为饱和醛、酮与不饱和醛、酮。例如：

饱和醛、酮：$CH_3—CH_2—CH_2—CHO$　　$CH_3—\overset{\overset{O}{\|}}{C}—CH_3$

不饱和醛、酮：$CH_3—CH{=}CH—CHO$　　$CH_3—\overset{\overset{O}{\|}}{C}—CH{=}CH—CH_3$

根据羰基的数目，它们又可分为一元醛、酮与多元醛、酮。

三、命名

醛、酮命名时，简单的常采用普通命名法，结构较复杂的则采用系统命名法。

（一）普通命名法

醛类按分子中碳原子数称某醛。包含支链的醛，支链的位次用希腊字母 α，β，γ……标明。紧接着醛基的碳原子为 α-碳原子，其次的为 β-碳原子……例如：

$CH_3—\overset{\overset{O}{\|}}{C}—H$　　$CH_2{=}CH—\overset{\overset{O}{\|}}{C}—H$

乙醛　　丙烯醛

$CH_3—\overset{\overset{Cl}{|}}{CH}—CHO$　　$CH_3—\overset{\overset{Br}{|}}{C}HCH_2CHO$

α-氯丙醛　　β-溴丁醛

酮类按羰基所连的两个烃基来命名。例如：

$CH_3—\overset{\overset{O}{\|}}{C}—CH_3$　　$CH_3CH_2—\overset{\overset{O}{\|}}{C}—CH_3$　　$CH_3—\overset{\overset{O}{\|}}{C}—CH{=}CH_2$

二甲基酮　　甲乙酮　　甲基乙烯基酮

芳香醛的命名，可将芳基作为取代基，以脂肪醛作母体命名，例如：

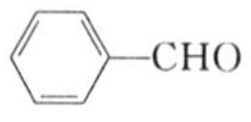

苯(基)甲醛

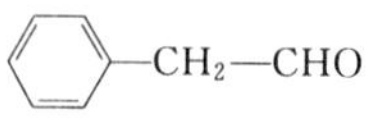

苯(基)乙醛

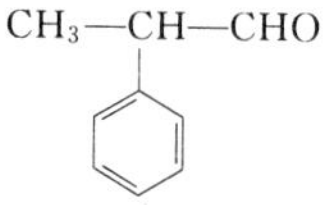

2-苯(基)丙醛

芳香酮可按羰基所连的芳（烃）基命名。例如：

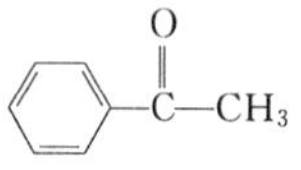

苯(基)甲(基)酮
（习惯名称为苯乙酮）

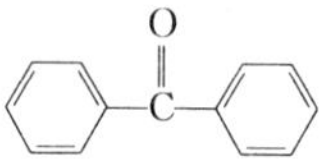

二苯(基)酮
（也称为二苯甲酮）

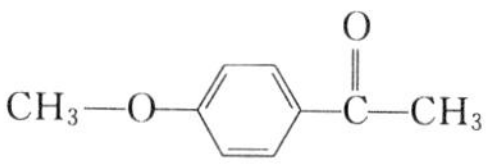

对甲氧苯(基)甲(基)酮
（习惯名称为对甲氧基苯乙酮）

（二）系统命名法

对于结构比较复杂的醛、酮，选择含羰基的最长碳链为主链。醛的编号从羰基的碳原子开始，酮则从离羰基最近一端的碳原子开始编号，表示羰基位次的数字写在名称之前；并将支链名称与位次写在母体名称的前面。

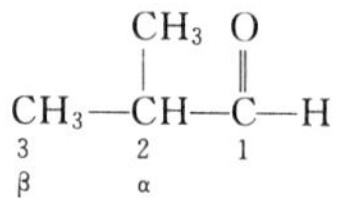

2-甲基丙醛
α-甲基丙醛

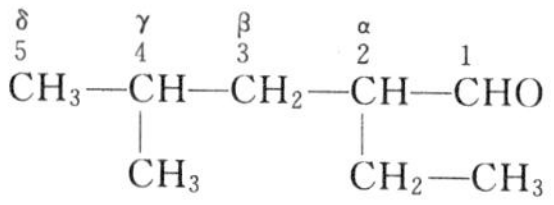

4-甲基-2-乙基戊醛
γ-甲基-α-乙基戊醛

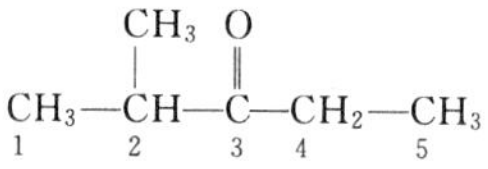

2-甲基-3-戊酮

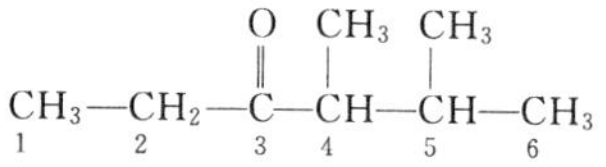

4,5-二甲基-3-己酮

多元醛或酮可选择含羰基最多的最长碳链为主链，编号时使羰基位次数字最小，再以中文数字标明羰基的数目，例如：

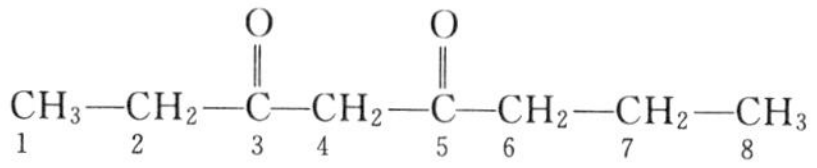

3,5-辛二酮

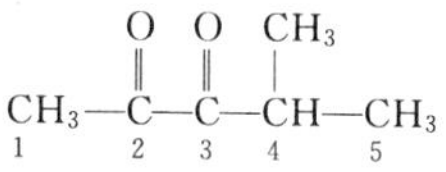

4-甲基-2,3-戊二酮

对于既是酮又是醛的化合物，可看作醛的衍生物，编号从醛基开始命名为某酮醛或某羰基醛，酮羰基的位次写在母体前。例如：

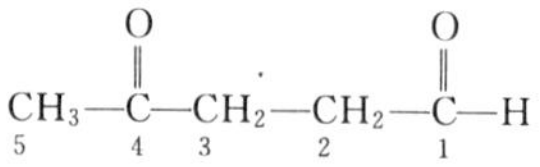

4-戊酮醛或 4-羰基戊醛

不饱和醛酮中羰基的编号应取最小数，例如：

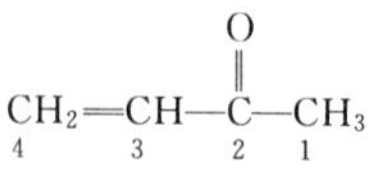

3-丁烯-2-酮

脂环酮的命名与脂肪酮相似，仅在名称前加一个“环”字，编号从羰基碳开始，例如：

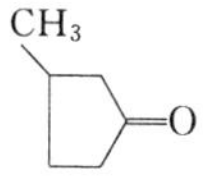

3-甲基环戊酮

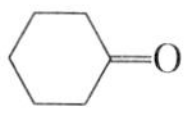

环己酮

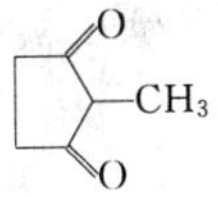

2-甲基-1,3-环戊二酮

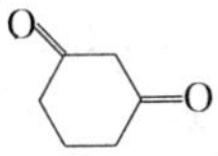

1,3-环己二酮

第二节　醛、酮的物理性质

一、物理性质

甲醛在室温下为气体，市售的福尔马林（Formalin）是其40%的水溶液。其他的醛、酮为液体或固体。一些醛、酮的物理常数见表11-1。

表11-1　　**常见醛、酮的物理常数**

名　称	结构简式	m. p. (℃)	b. p. (℃)	d_4^{20}
甲醛	HCHO	−92	−21	0.815
乙醛	CH_3CHO	−121	20	0.781
丙醛	CH_3CH_2CHO	−81	49	0.807
正丁醛	$CH_3(CH_2)_2CHO$	−99	76	0.817
异丁醛	$(CH_3)_2CHCHO$	−66	61	0.794
正戊醛	$CH_3(CH_2)_3CHO$	−91	103	0.819
正己醛	$CH_3(CH_2)_4CHO$		131	0.834
正庚醛	$CH_3(CH_2)_5CHO$	−42	155	0.850
丙烯醛	$CH_2=CHCHO$	−88	52.5	0.841
苯甲醛	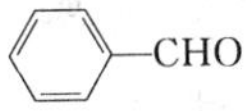	−56	178	1.046
丙酮	$CH_3-\overset{\overset{O}{\|}}{C}-CH_3$	−94	56	0.788
甲乙酮	$CH_3-\overset{\overset{O}{\|}}{C}-CH_2CH_3$	−86	80	0.805
2-戊酮	$CH_3-\overset{\overset{O}{\|}}{C}-CH_2CH_2CH_3$	−78	102	0.812
3-戊酮	$CH_3CH_2-\overset{\overset{O}{\|}}{C}-CH_2CH_3$	−42	101	0.814
2-己酮	$CH_3CH_2-\overset{\overset{O}{\|}}{C}-CH_2CH_2CH_3$	−35	150	0.830
苯乙酮	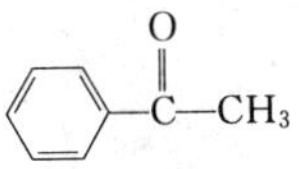	21	202	1.033
二苯酮	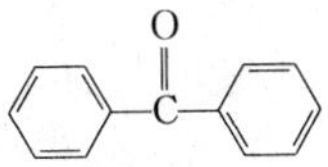	48	306	1.803
环己酮	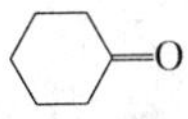	−31	156	0.947

因为羰基的极性，醛和酮是极性化合物，分子间产生偶极-偶极吸引力：

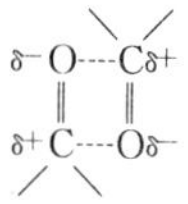

所以醛酮的沸点比分子量相当的烷烃要高。但是，又由于偶极-偶极的静电吸引力没有氢键强，因此醛、酮的沸点比分子量相当的醇要低。例如：

	$CH_3CH_2CH_2CH_3$	CH_3CH_2CHO	CH_3COCH_3	$CH_3CH_2CH_2OH$
分子量	58	58	58	60
沸点（℃）	−0.5	48.8	56.1	97.2

较低级的醛和酮与水互溶，这一方面是因为醛、酮是极性化合物，但主要原因是由于醛和酮与水分子之间形成氢键。

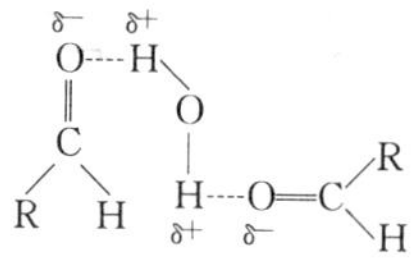

二、波谱特征

（一）红外光谱

在红外光谱中，羰基的伸缩振动 $\nu_{C=O}$ 在 1680～1740cm^{-1} 之间有一强吸收峰，这是鉴别羰基最重要的一个特征峰。醛（RCHO）吸收频率约为 1730cm^{-1}，酮（$R_2C=O$）约为 1715cm^{-1}。同样芳醛（ArCHO）的吸收频率约为 1705cm^{-1}，芳酮（Ar—C(R)=O）约为 1690cm^{-1}。醛的吸收频率都稍高于酮，这是因为酮（>C=O）键的力常数比醛小，故吸收位置比醛低。但一般彼此不易区别，而醛基的 ν_{C-H} 在 2720cm^{-1} 附近有特征吸收峰，可以证明分子中醛基的存在，结合 >C=O 的谱带，可用来区别醛、酮。

各类醛、酮中羰基伸缩振动的吸收位置是：

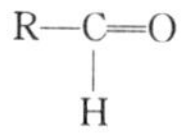
1720～1740cm^{-1}(1725cm^{-1})

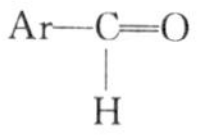
1695～1717cm^{-1}(1700cm^{-1})

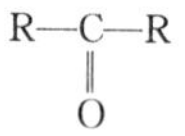
1705～1725cm^{-1}(1710cm^{-1})

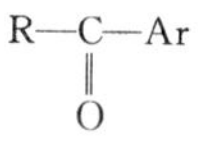
1680～1700cm^{-1}(1690cm^{-1})

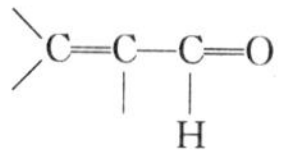
1680～1705cm^{-1}(1685cm^{-1})

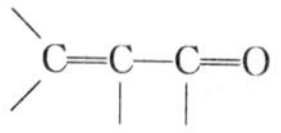
1665～1685cm^{-1}(1675cm^{-1})

环丁酮类 1780cm^{-1}； 环戊酮类 1740cm^{-1}

羰基与烯键共轭时，吸收峰向低波数位移。羰基与苯环共轭时，芳环在 $1600cm^{-1}$ 区域的吸收峰分裂为两个峰，即在 $1580cm^{-1}$ 附近又出现一个新的吸收峰，此为环振动吸收峰。

（二）核磁共振谱

^{1}H-NMR 谱：醛基上的氢质子在远低场处有一个很强的化学位移，约在 δ9～10 处（一般在 9.7 处），这可能是羰基极化后减低了质子的屏蔽效应。这个质子和相邻质子的偶合常数很小，而且它的精细裂峰常与其他裂峰重叠。

^{13}C-NMR 谱：醛羰基碳的化学位移 δ_C 在 190～208 之间，在偏共振去偶谱中为双峰；酮羰基碳的 δ_C 在 200～228 之间。

第三节　醛、酮化学性质

醛、酮与烯烃在结构上有相似之处，它们都含有双键，因此醛、酮能发生一系列加成反应。但羰基（ >C=O ）不像 C＝C 双键，它是强极性基团，在其碳原子上带有部分正电荷，在其氧原子上带有部分负电荷：

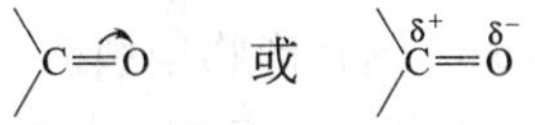

带正电荷的碳比带负电荷的氧更不稳定，即前者具有较大的化学活性，因此发生加成反应时，首先是富电子试剂或亲核试剂（Nu^-）进攻带正电荷的羰基碳，然后，缺电子试剂或亲电试剂（常是 H^+）很快加成到羰基的氧原子上。决定反应速度的是亲核试剂进攻的一步，因此，按这种加成方式进行的反应叫亲核加成反应（nucleophilic addition）。反应过程表示如下：

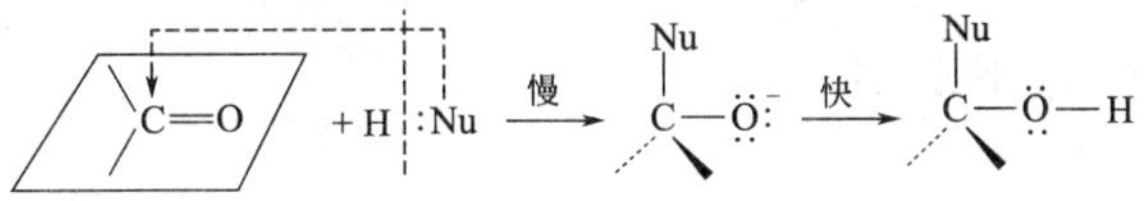

这与烯烃 C＝C 双键上的亲电加成不同。因此，一些与烯烃容易发生亲电加成的亲电试剂（Br_2、HX、HOCl、H_2SO_4）不与醛、酮加成。醛、酮的加成反应大多数是可逆的（除与最强的亲核试剂如 AlH_4^-、RMgX 发生反应外），而烯烃的亲电加成反应一般是不可逆的。

一、亲核加成

从上述亲核加成反应通式上，可以预测醛、酮亲核加成反应的难易，取决于羰基碳原子上所带正电荷的多少。例如醛比酮容易进行亲核加成反应，是因为酮连有两个供电子的烷基，降低了羰基碳上的正电荷密度，它的亲电能力减弱，所以酮羰基碳的亲电能力比醛羰基碳的弱。不同结构的醛、酮进行亲核加成时，按下列顺序由易到难：

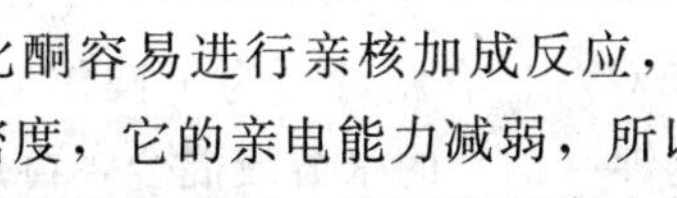

亲核加成反应的难易还与烷基的结构有关，烷基越大或分支越多，羰基的空间位阻越大，亲核试剂愈难以接近，从而影响了反应速度。其易难顺序如下：

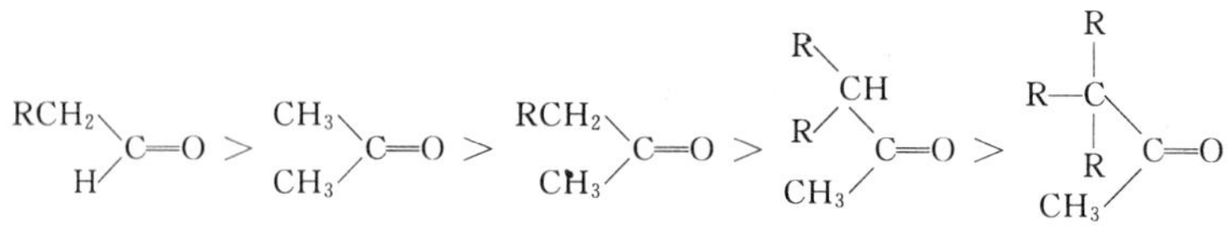

此外，试剂亲核能力的强弱，对反应也有影响，亲核能力愈强，反应愈易进行。亲核试剂的种类很多，通常含有 C、O、S、N 等原子且带负电性的极性试剂。

在醛、酮亲核加成中，还必须考虑到的一个问题是中心碳原子由 sp^2 杂化转变为 sp^3 杂化，产物中心碳原子为四面体立体结构，从而引出立体化学问题。

亲核试剂对 C═O 的亲核加成没有顺式或反式的立体选择性问题，因为对 C═O 的加成产物由于 C—O 键的自由旋转，它们是没有区别的。例如：

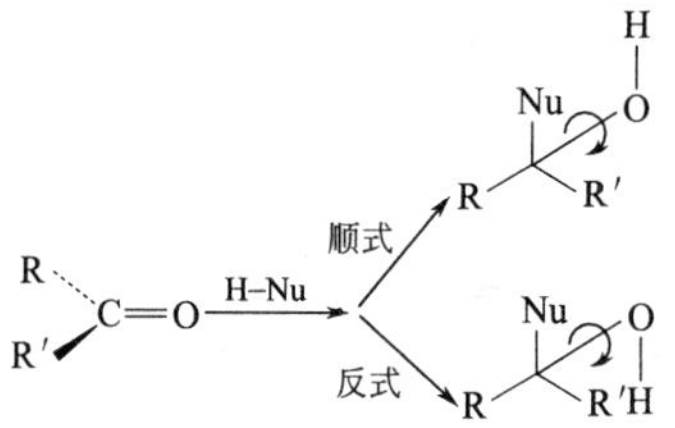

然而，亲核试剂对 RCOR′的加成，则在产物中引入一个手性中心，由于 Nu^- 从羰基平面的上面或下面进攻机会是均等的，因此，其产物总是外消旋的：

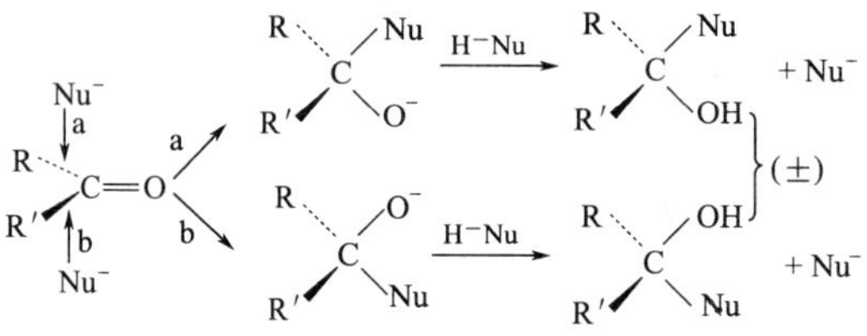

(一) 与含碳亲核试剂加成

1. 与氢氰酸加成

醛及脂肪族甲基酮与氢氰酸加成所产生的氰醇也叫羟（基）腈。其反应式如下：

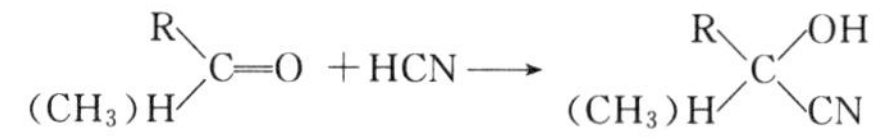

反应在碱性介质中能迅速进行，产率也高。由于氢氰酸为一弱酸，加酸可使起决定性作用的 CN^- 离子浓度降低，反应速度也随之减慢。加成反应历程如下：

$$HCN + OH^- \rightleftharpoons H_2O + CN^-$$

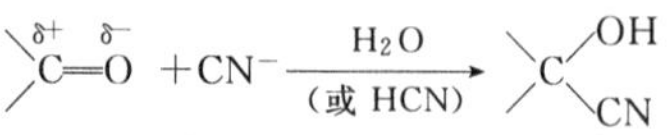

氢氰酸极易挥发（b. p. 26. 5℃）且有剧毒，为了操作的安全，一般不直接用氢氰酸进行反应，通常是将醛、酮和氰化钾（钠）的水溶液混合，再加入无机酸。即使这样，操作仍需在通风橱中进行。例如：

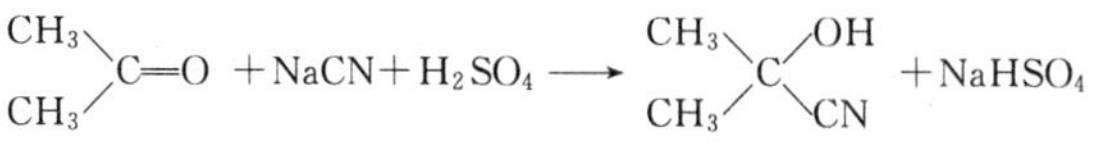

也可将醛、酮制成亚硫酸氢钠加成物，然后再加入等当量的氰化钠进行上述反应，此操

作较为安全。例如：

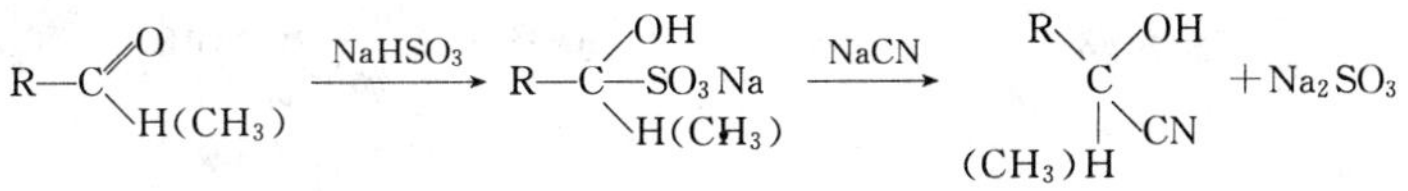

与氢氰酸的加成局限于醛和脂肪族甲基酮和八个碳以下的环酮，其他酮类化合物难发生此反应，主要原因是空间位阻太大。α-羟腈在不同反应条件下可水解转变成α-羟基酸或α,β-不饱和酸，这就是本反应的应用。例如：

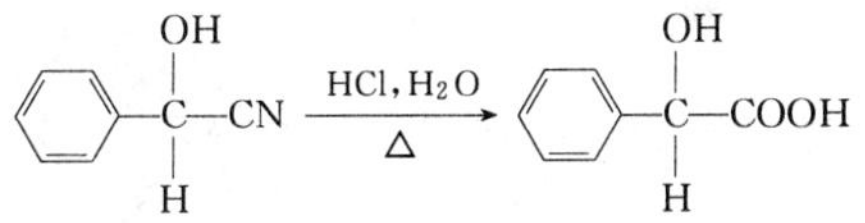

α-羟基酸

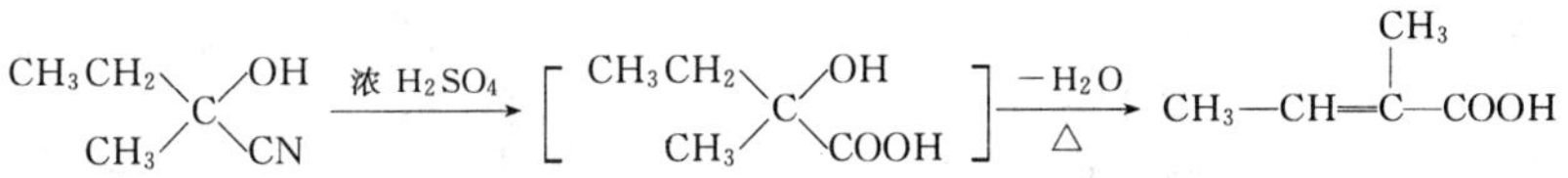

α,β-不饱和酸

2. 与炔化物加成

金属炔化物（$R—C≡C^- M^+$）是一种很强的含碳亲核试剂，它对羰基化合物的加成过程表示如下：

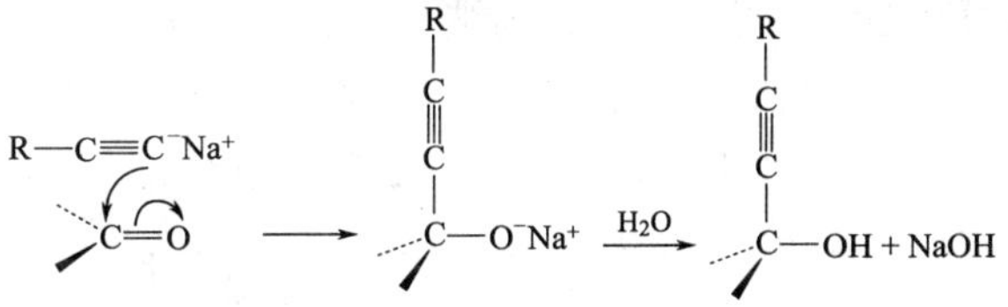

常用的炔化物有炔化锂，炔化钾，炔化钠等。例如，乙炔化钠和环戊酮加成，然后水解，则在羰基碳上引入一个 CH≡C— 基团。

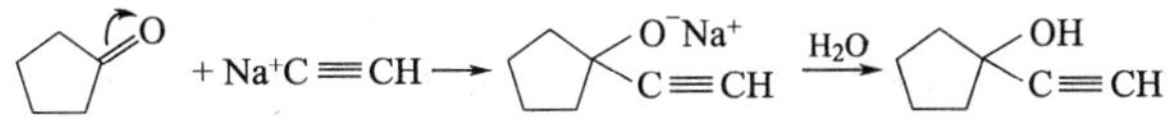

1-乙炔基环戊醇

3. 与格氏试剂加成

格氏试剂 RMgX 与醛、酮的反应是制备各种醇类化合物最重要的方法之一。反应也是通过碳亲核试剂 R^- 进攻羰基带正电荷的碳原子，而羰基氧和正电性基团$^+$MgX 结合，加成产物在酸性水溶液中水解即得到醇：

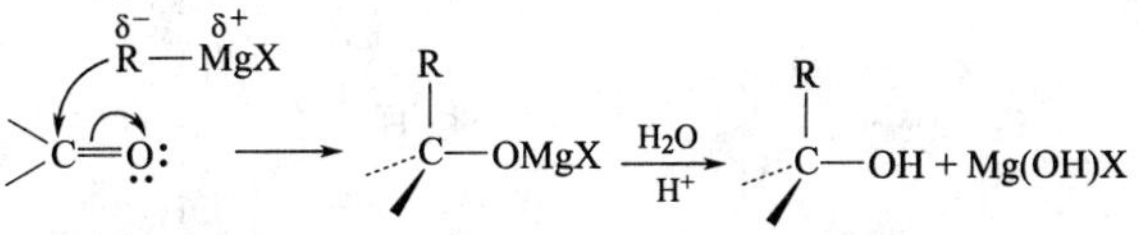

格氏试剂与羰基化合物的加成反应较为重要，首先，通过此反应可以由简单的反应物合成各种复杂的醇。这是因为产生的醇分子中含有新形成的 C—C 键，可以增长反应物的碳链。其次，此反应可用来制备一级、二级或三级醇，例如甲醛与格氏试剂加成，生成一级醇，其他的醛则得到二级醇，而酮与格氏试剂作用则生成三级醇。反应式表示如下：

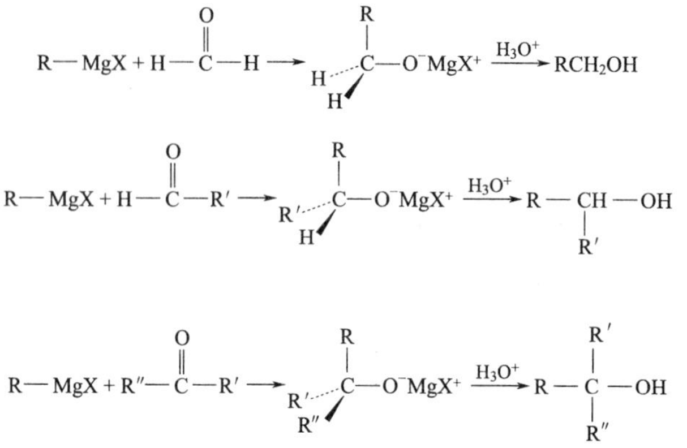

应用实例：

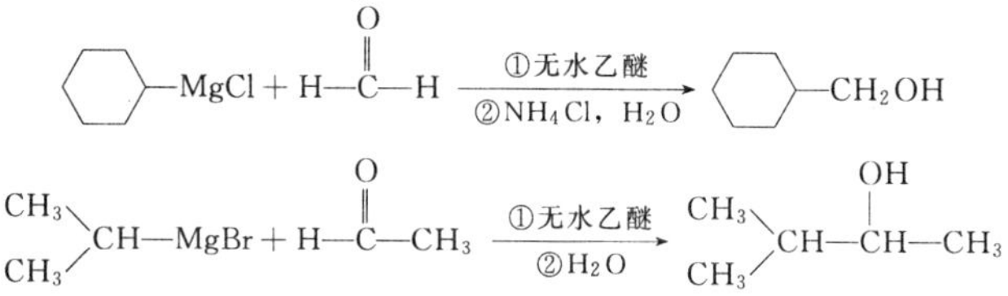

利用格氏试剂进行合成时，试剂或羰基化合物不能有含活泼氢的基团（如 H_2O、—OH、—SH、—NH 等基团），否则格氏试剂被分解。

有机锂化合物比格氏试剂更活泼，与醛酮反应的方式也相似。例如与醛或酮反应，分别得到二级醇或三级醇，其优点是产率较高，而且产物较易分离。

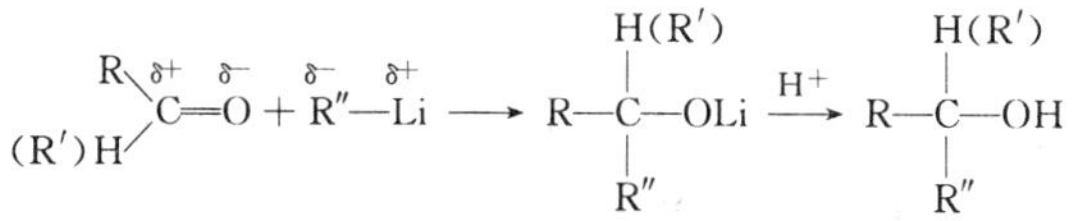

（二）与含硫亲核试剂加成

大多数醛和脂肪族甲基酮都能和亚硫酸氢钠加成，它们与饱和亚硫酸氢钠水溶液混合后，其加成物呈结晶状固体析出。

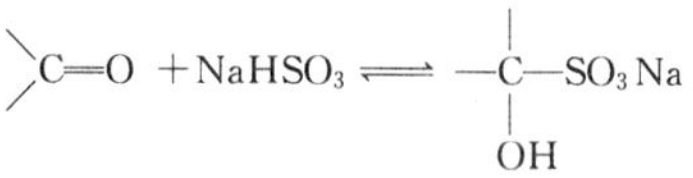

反应是由亚硫酸氢根离子中的硫原子先向羰基碳作亲核进攻，然后 H^+ 结合到羰基氧上：

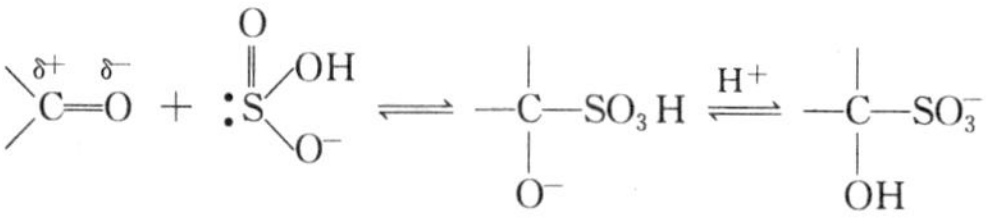

由于硫的强亲核性，上述反应不需加催化剂便可进行。生成的加成物常形成很好的晶体，它们能溶于水，不溶于乙醚，所以利用此性质常可使羰基化合物从其他不溶于水的有机物中分离出来。此外，羰基化合物与亚硫酸氢钠的加成反应是可逆的，若加入酸或碱，可以不断除去存在于体系中的亚硫酸氢钠，结果使反应逆转，加成物分解为原来的羰基化合物，通过此再生处理可得到羰基化合物的纯品，例如：

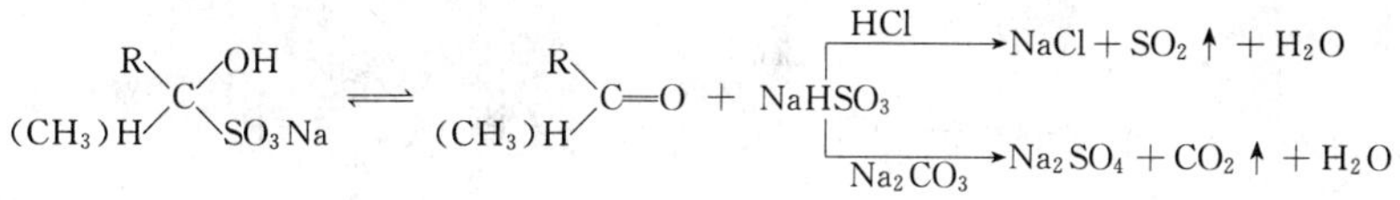

另外，如需除去存在于非羰基化合物中的羰基化合物杂质，也可借助于上述反应的原理，用亚硫酸氢钠水溶液洗涤，以除去羰基化合物，纯化非羰基化合物。

由于空间位阻的原因，本反应只适用于醛、脂肪族甲基酮和八个碳以下的环酮，故可用于上述醛、酮的鉴别，而且生成结晶状固体的时间和速率也因位阻增大而有明显区别。

（三）与含氧亲核试剂加成

水和醇都是含氧的亲核试剂，但其亲核能力远不及碳亲核试剂和硫亲核试剂。

1. 与水加成

醛、酮与水形成的水合物，称之偕二醇（或胞二醇）。

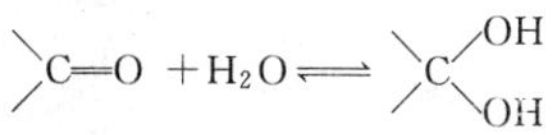

反应是可逆的，在大多数情况下平衡偏向左边。因为偕二醇不稳定。

然而个别的醛，例如甲醛，在水溶液中几乎全部以水合物形式存在。

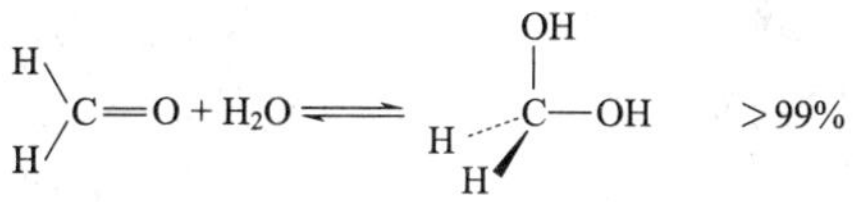

如果羰基与很强的吸电子基团相连（如—COOH、—CHO、—COR、—CCl_3 等），由于羰基碳的亲电性增强，可以形成较稳定的水合物。例如具有催眠作用的水合氯醛就是三氯乙醛的水合物。

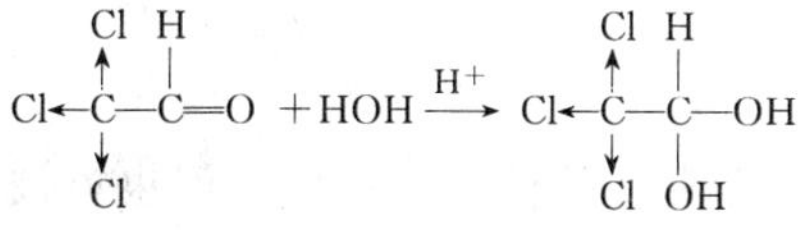

再如，茚三酮是一个不稳定的化合物（分子中三个带正电荷的碳原子连在一起，正电荷相互排斥而不稳定），但与水反应生成水合茚三酮时，电荷间的斥力减小，还能形成分子内氢键，因此平衡偏向水合物一边而使之稳定。

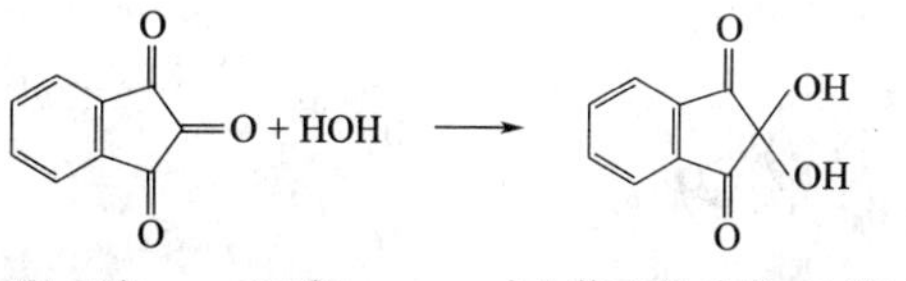

茚三酮，红色，m.p.=255℃　　　水合茚三酮，白色，125℃分解

水合茚三酮广泛用于氨基酸和蛋白质的鉴别。

2. 与醇加成

在干燥氯化氢作用下，醛与等摩尔的醇亲核加成，生成半缩醛，半缩醛分子中的羟基叫半缩醛羟基，比一般的醇羟基活泼，可继续与另一摩尔醇反应，生成缩醛。

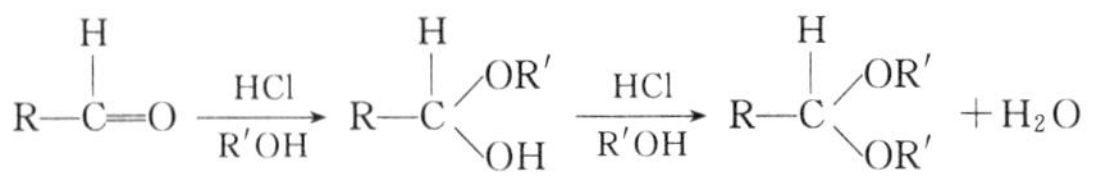

反应历程是羰基氧先和催化剂 H^+ 结合形成盐，增加了羰基碳的亲电性，然后由一分子醇与羰基进行亲核加成，最后失去 H^+ 形成半缩醛。

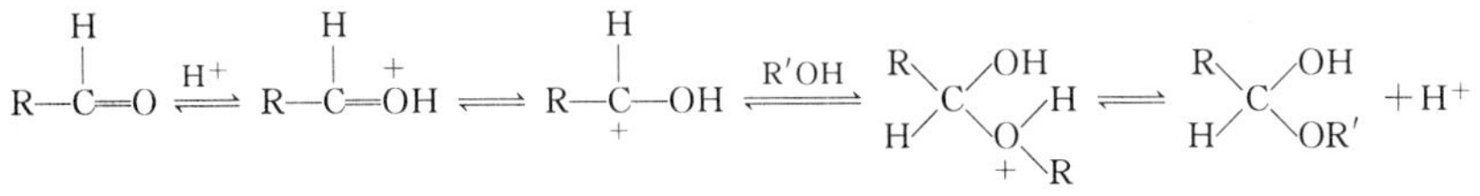

半缩醛不稳定，再与 H^+ 结合形成盐，存在下述平衡：如失去醇就变成原来的醛，如失去水，就形成氧正或碳正离子。

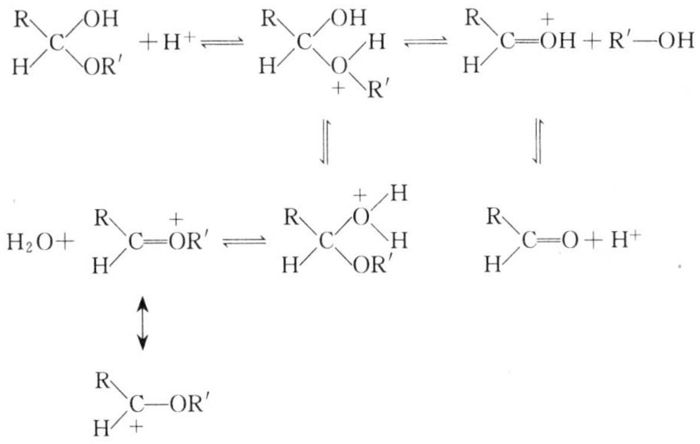

氧正离子中每个原子都具有电子八偶体，比碳正离子稳定，可进一步与另一分子醇作用，失去 H^+ 形成缩醛。

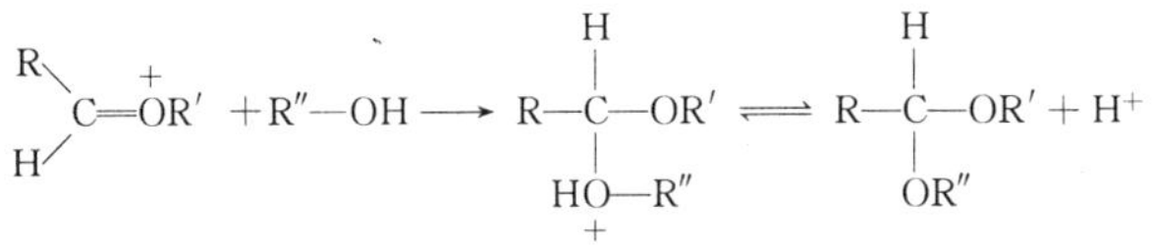

由于上述反应的可逆性，缩醛在酸催化下形成，但也可被酸分解成原来的醛和醇，因此要制备缩醛，必须选择合适的反应条件。

链状半缩醛不太稳定，但通过分子内羟基对醛的加成所形成的环状半缩醛是稳定的，可以把它们分离出来。例如，5-羟基戊醛的环状半缩醛表示如下：

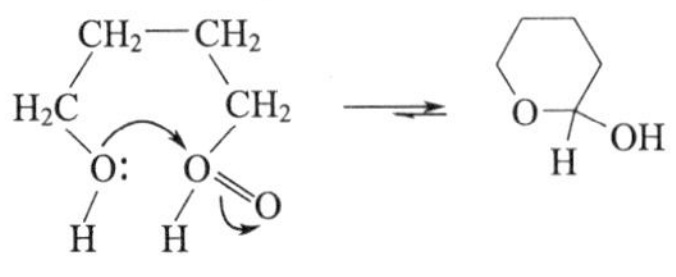

(稳定的半缩醛)

环状半缩醛的稳定性在糖类化学中极为重要，将在第十六章进一步讨论。

从结构上看，缩醛是醚的结构，除了对酸的水溶液比较敏感外，对碱、氧化剂和还原剂都十分稳定的，因此在有机合成中常用来保护醛基。

例如下列反应，醛基与烯键同时被氧化。

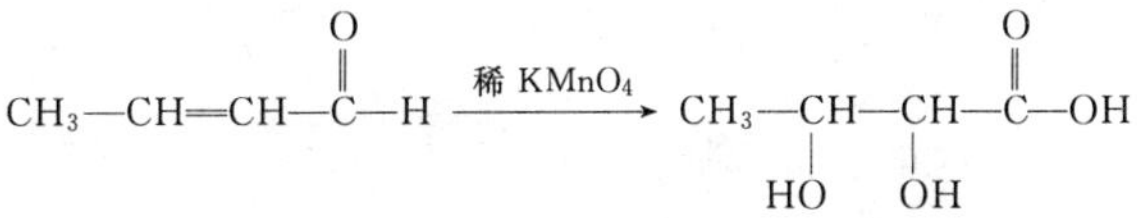

如果先将醛基转化为缩醛将醛基保护起来，然后用 $KMnO_4$ 氧化烯键，最后再以稀酸处理，就可避免醛基被氧化。例如：

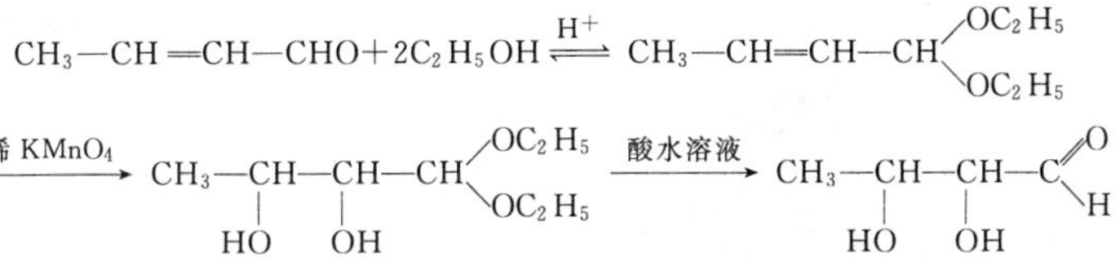

酮在上述条件下很难生成半缩酮和缩酮，因为反应平衡偏向于反应物，反应也极为缓慢。但若采用特殊装置以除去反应产生的水，使平衡移向生成物方向，也可制得缩酮。例如在对甲苯磺酸催化下，用苯或甲苯作带水剂，可使酮的羰基与乙二醇形成环状缩酮：

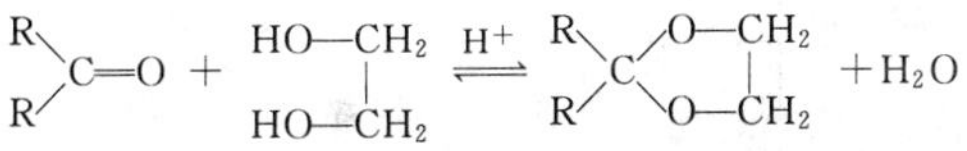

由于缩酮经酸性水解又可恢复成酮，所以在有机合成中也常采用此法来保护酮的羰基。

硫醇比相应的醇具有更强的亲核能力，在室温下酮即可与乙二硫醇反应生成缩硫酮。但缩硫酮很难再复原成酮，因此不能用来保护酮羰基，但能被催化氢解，使羰基间接还原为亚甲基，此性质也常应用于有机合成。

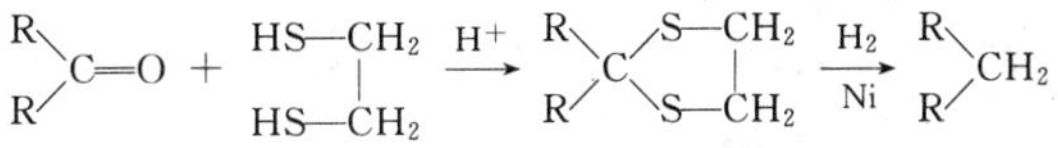

（四）与含氮亲核试剂加成

含氮的亲核试剂，例如氨 NH_3 和取代氨 $NH_2—Y$ 都能和醛、酮的羰基发生亲核加成反应。反应是在酸催化下进行，并且是可逆的。加成历程表示如下：

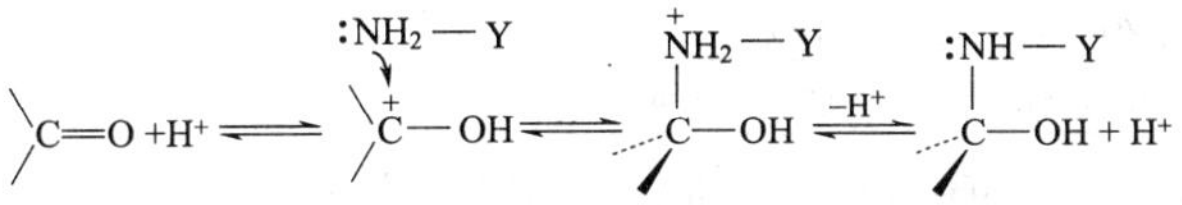

这个最初的加成物——醇胺一般很不稳定（类似于偕二醇结构），很容易失去一分子水，最后产物含有 C＝N 双键。可表示如下：

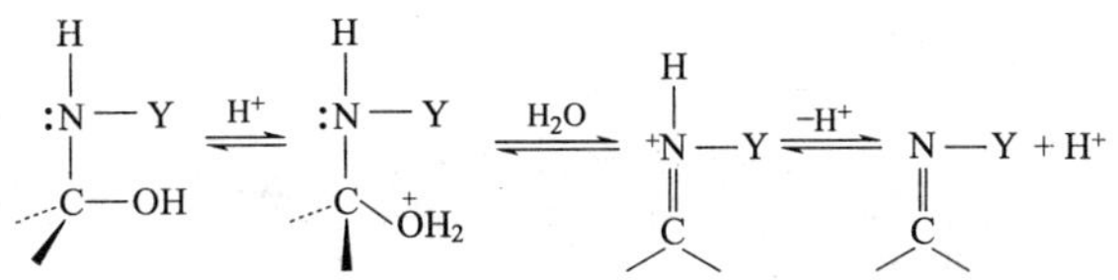

总的反应式可表示为：

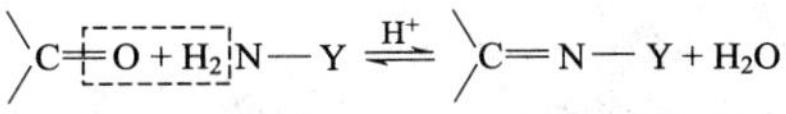

最终结果是 >C=O 键转化为 >C=N—Y 键。反应中使用的弱酸催化剂一般是乙酸，若使用酸性太强的酸，会把亲核的氨基变为不活泼的铵离子，而不利于反应的进行。例如，羟胺与丙酮的反应，实验证明，在 pH＝5 时，反应速度最快。以下是醛、酮与常见氨衍生物的反应：

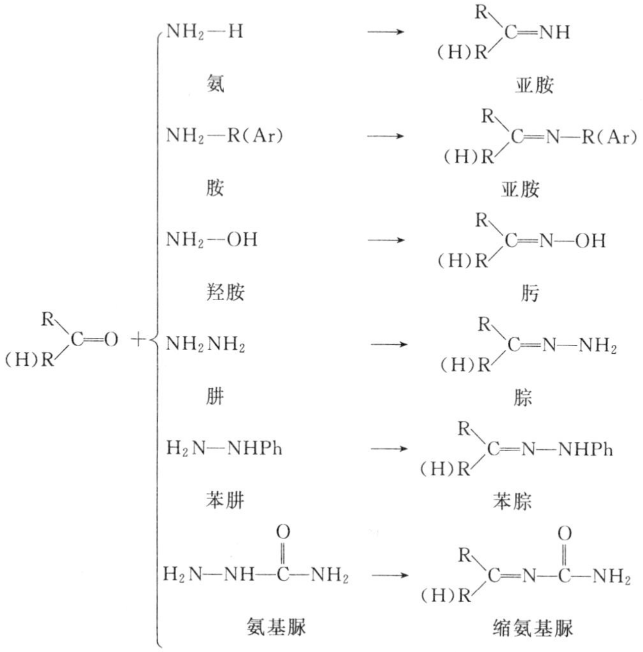

醛、酮和一级胺[NH_2—R(Ar)]的加成物——亚胺，又叫希夫碱（Schiff's base）。一般芳香族亚胺比较稳定，而脂肪族亚胺不稳定。希夫碱是一个有用的试剂，极易被稀酸水解，重新生成醛、酮及一级胺，所以常用来保护醛基。此外，将希夫碱还原，则可得二级胺。因此，是制备二级胺的好方法：

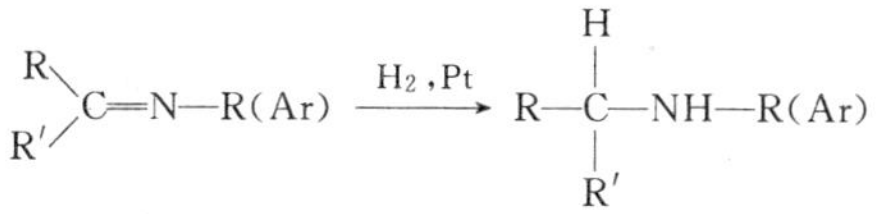

醛、酮和氨本身反应，很难得到稳定的产物。但是，甲醛和 NH_3 的反应是一个例外，它首先生成极不稳定的甲醛氨，然后再脱水聚合，生成一个特殊的笼状化合物，叫做六亚甲基四胺，或称乌洛托品（urotropine），具有尿路消毒作用。

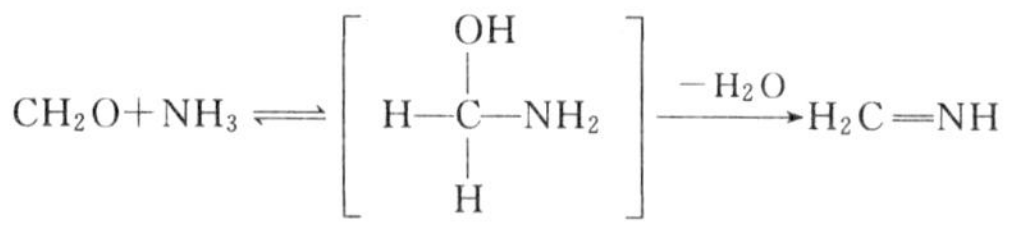

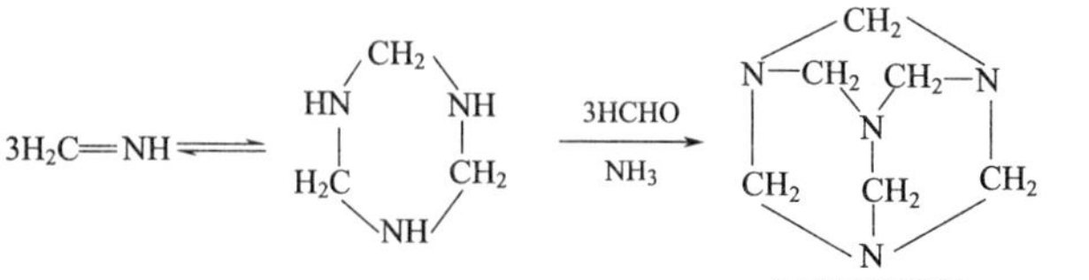

六亚甲基四胺

这种亚胺在人体内生物合成氨基酸以及氨基酸的转化中是一个有用的中间体。

醛、酮和羟胺、肼、苯肼、2,4-二硝基苯肼、氨基脲形成氮衍生物的一系列反应，主要用来鉴别醛和酮。因为所形成的衍生物多半是固体，很容易结晶，并具有一定的熔点。尤其是 2,4-二硝基苯腙，它是橙黄色或红色固体，可用来区别不同的羰基化合物，所以上述这些试剂常用于羰基的鉴别，称为羰基试剂。

二、α-活泼氢的反应

与羰基相邻的碳原子叫 α-碳，它所连接的氢原子叫 α-氢。普通的 C—H 键难断裂，但醛、酮 α-氢比较特殊，容易被强碱除去，即它们具有一定酸性。因为醛、酮的 α-氢被碱除去所形成的碳负离子（共轭碱）的负电荷通过共轭效应可以分散到羰基上去，这样的碳负离子比一般碳负离子（如 $CH_3CH_2^-$）更加稳定。

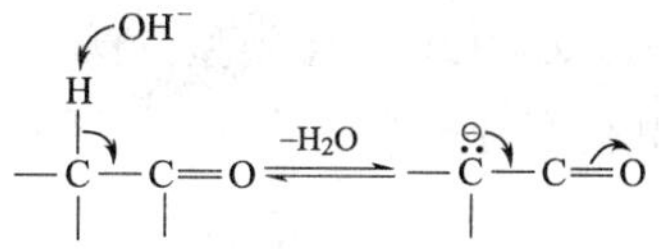

按照共振论的概念，碳负离子与烯醇负离子是两种共振极限式，实际存在的是它们的共振杂化体：

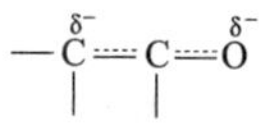

（一）卤代反应

醛、酮在碱催化下，其 α-碳上的氢可以被卤素取代，生成卤代醛（酮）。例如：

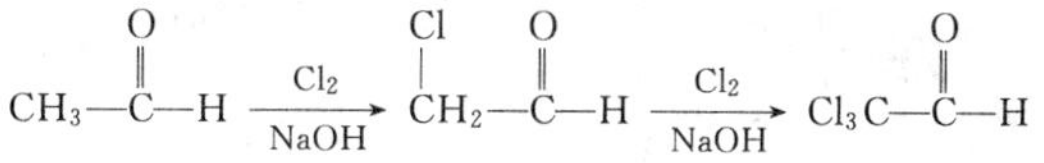

三氯乙醛

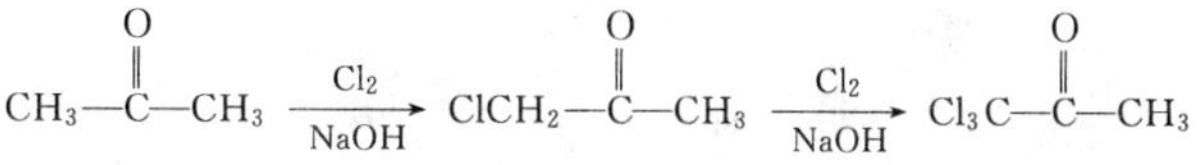

三氯丙酮

其反应历程如下：

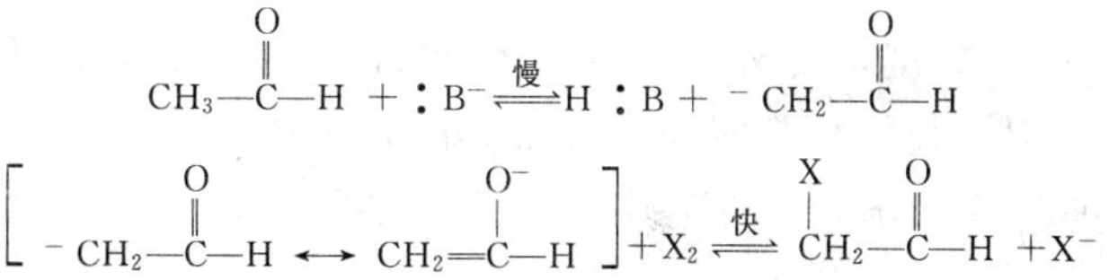

重复上述过程便可得到二氯、三氯乙醛。要指出的是，由于氯原子的吸电子性，氯乙醛上的 α-氢比乙醛的 α-氢更加偏酸性，因此第二个氢更容易与 OH^- 结合而发生氯代。同理，第三个氢比第二个氢更易发生氯代。

由于卤素的强吸电子效应，α-三氯乙醛的羰基碳原子的正电性大大加强，在碱性条件下，容易使 C—C 键断裂，生成三卤甲烷（又称卤仿）和羧酸盐。其反应机理表示如下：

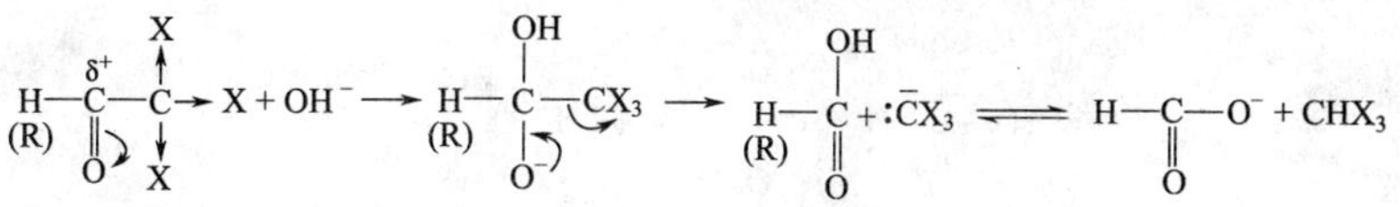

由于反应生成卤仿，所以又称为卤仿反应，总的反应可写为：

$$R-\overset{O}{\overset{\|}{C}}-CH_3 + 3X_2 + 4OH^- \longrightarrow CHX_3 + R-\overset{O}{\overset{\|}{C}}-O^- + 3H_2O + 3X^-$$

最常用的试剂是碘的碱溶液，产物是碘仿（CHI_3）。碘仿是亮黄色的结晶，具有特殊气味，因此又叫碘仿反应（氯仿、溴仿是液体，不易鉴别）。碘仿反应可用于鉴别甲基酮和乙醛。此外，具有 $CH_3-CHOH-R$ 结构的醇，也能被次碘酸钠（I_2+NaOH）氧化为乙醛或甲基酮，也发生碘仿反应。

$$CH_3-\overset{OH}{\overset{|}{C}H}-R \xrightarrow{I_2+NaOH} CH_3-\overset{O}{\overset{\|}{C}}-R$$

所以，碘仿反应还可鉴别 $CH_3-CHOH-R$ 类型的醇。

另外，卤仿反应还可用于由甲基酮合成少一个碳原子的羧酸：

$$R-\overset{O}{\overset{\|}{C}}-CH_3 + 3X_2 + OH^- \xrightarrow{\triangle} RCOONa + CHX_3$$

例如：

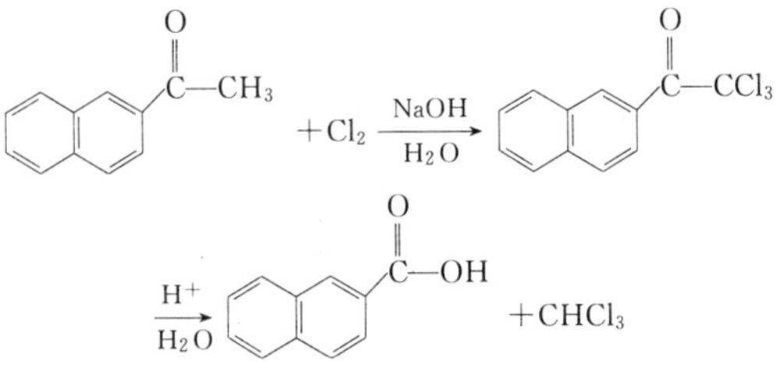

$$CH_3-\underset{CH_3}{\underset{|}{\overset{CH_3}{\overset{|}{C}}}}-CH_2-\overset{O}{\overset{\|}{C}}-CH_3 + Br_2 \xrightarrow[H_2O]{NaOH} CH_3-\underset{CH_3}{\underset{|}{\overset{CH_3}{\overset{|}{C}}}}-CH_2-\overset{O}{\overset{\|}{C}}-CBr_3$$

$$\xrightarrow[H_2O]{H^+} CH_3-\underset{CH_3}{\underset{|}{\overset{CH_3}{\overset{|}{C}}}}-CH_2-\overset{O}{\overset{\|}{C}}-OH + CHBr_3$$

（二）醇醛缩合反应

凡是通过形成新的 C—C 键，使两个或多个分子结合为较大分子的反应（这时可失一些小分子，如 H_2O，也可以不失去）都叫缩合反应。醛在稀碱（或酸）的催化下，形成的碳负离子作为亲核试剂进攻另一分子醛的羰基，加成产物是 β-羟基醛。例如，乙醛在稀碱催化下的反应表示如下：

$$CH_3-\overset{O}{\overset{\|}{C}}-H + \underset{H}{\underset{|}{CH_2}}-\overset{O}{\overset{\|}{C}}-H \xrightarrow[5℃]{10\%NaOH} CH_3-\overset{OH}{\overset{|}{C}H}-CH_2-\overset{O}{\overset{\|}{C}}-H$$

其反应历程是稀碱使醛形成的碳负离子作为亲核试剂去进攻另一分子醛的羰基碳，生成的负氧离子再从水分子取得 H^+ 而产生 β-羟基醛。

$$CH_3-\overset{O}{\overset{\|}{C}}-H + OH^- \underset{}{\overset{慢}{\rightleftharpoons}} {}^-CH_2-\overset{O}{\overset{\|}{C}}-H + H_2O$$

$$CH_3-\overset{O}{\overset{\|}{C}}-H + {}^-CH_2-\overset{O}{\overset{\|}{C}}-H \overset{快}{\rightleftharpoons} CH_3-\overset{O^-}{\overset{|}{C}H}-CH_2-\overset{O}{\overset{\|}{C}}-H$$

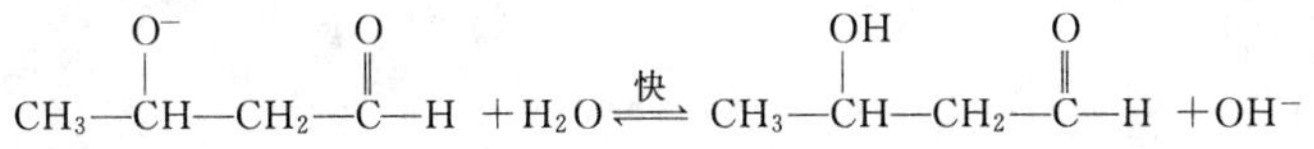

β-羟基醛

产物分子中同时含有羰基和β-羟基，两个官能团可进一步转化成其他产物，如醇醛在加热时（或用稀酸处理），很容易脱水变成α,β-不饱和醛。例如：

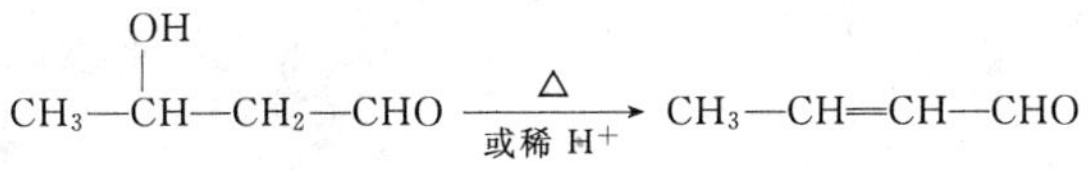

2-丁烯醛(α,β-不饱和醛)

容易发生脱水反应是因为产物中的C═C双键和羰基之间存在共轭，这是一种稳定的结构。

在酸性溶液中，反应按下述历程进行，由烯醇负离子作为亲核试剂进攻另一分子醛的羰基碳：

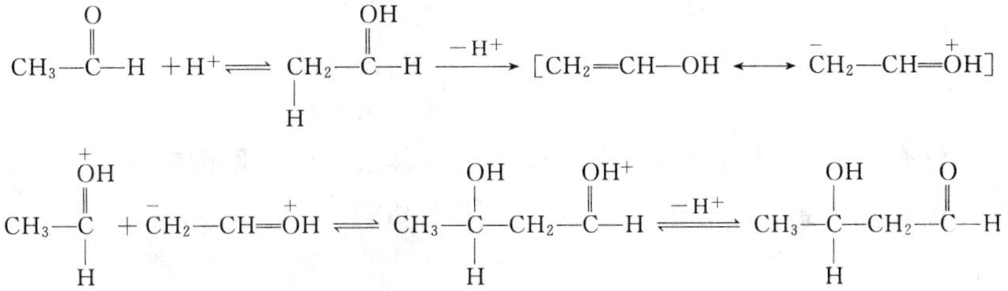

β-羟基醛还可以被氧化成醇酸和酮酸：

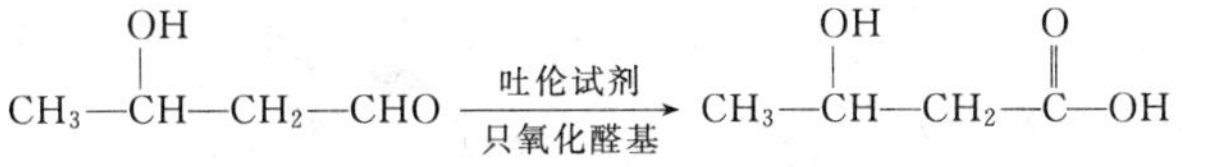

β-羟基丁酸

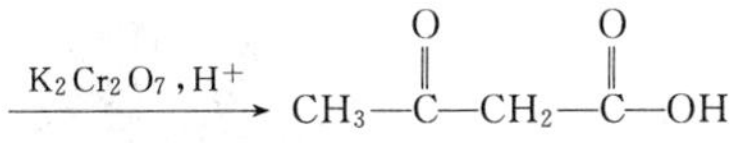

β-羰基丁酸(乙酰乙酸)

同样，α,β-不饱和醛既可被催化氢化为饱和醇，也可被$NaBH_4$还原为α,β-不饱和醇，可见醇醛缩合反应在有机合成中的实际应用是广泛的。

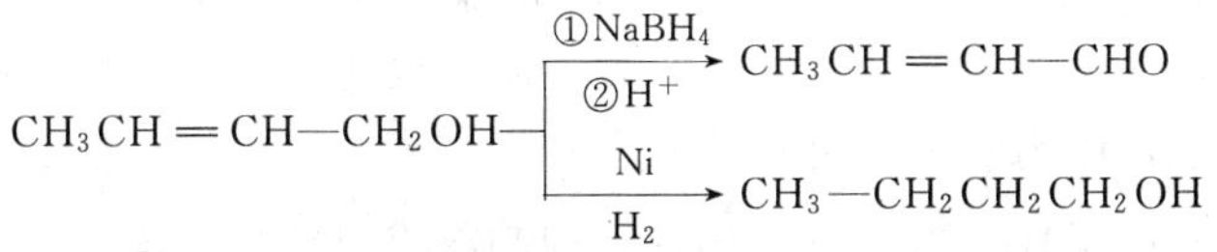

由其他含α-氢的脂肪醛所得的醇醛缩合物，都是在α-碳上连有支链的羟醛或α,β-不饱和醛。例如，由正丁醛生成的相应产物为2-乙基-3-羟基己醛或2-乙基-2-己烯醛。

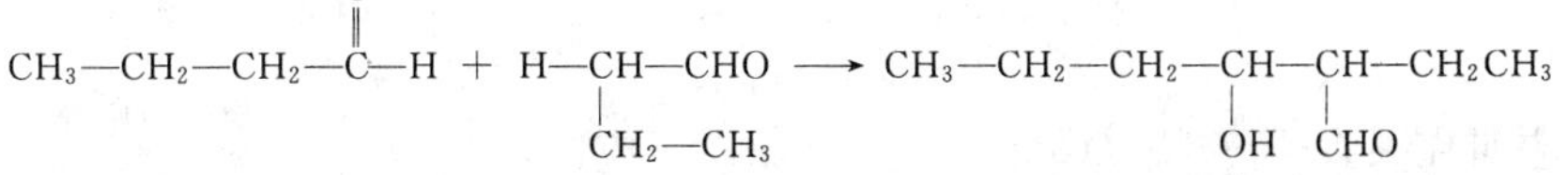

2-乙基-3-羟基己醛

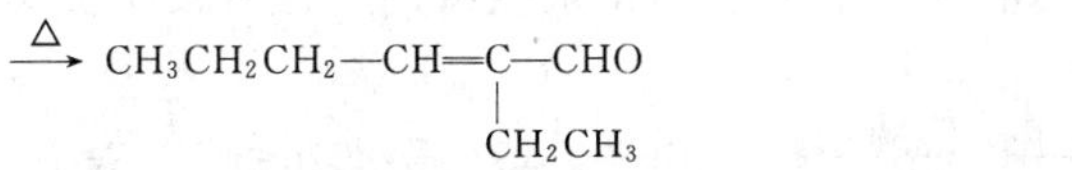

2-乙基-2-己烯醛

如果同一分子内既有羰基（受体），又有烯醇负离子或碳负离子（亲核试剂），便可发生分子内的亲核加成反应。假如能形成五、六元环状化合物，不加催化剂，加温就可在水溶液中完成醇醛缩合。例如：

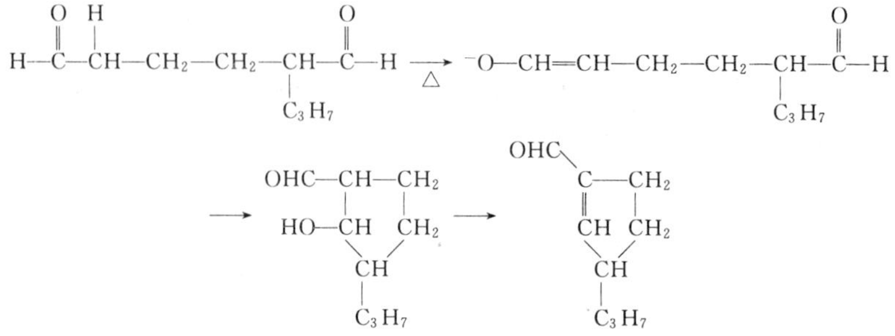

酮在同样的条件下，也可得到β-羟基酮，但反应的平衡是大大偏向于反应物：

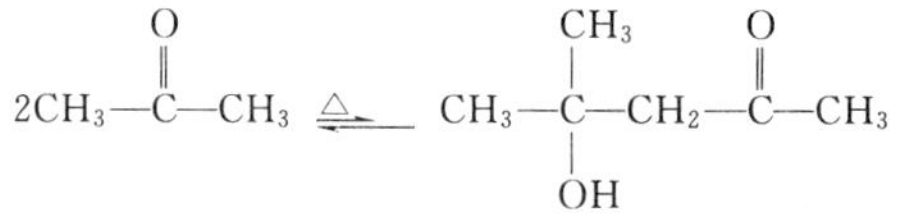

如将生成的缩合产物β-羟基酮不断由平衡体系中移去，则可使丙酮大部分转化为β-羟基酮，后者在少量碘催化下，蒸馏、脱水生成α,β-不饱和酮：

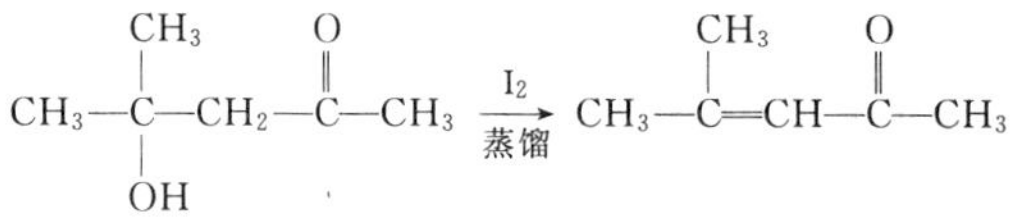

二酮分子内的羟醛缩合是合成环状化合物的重要方法。例如：

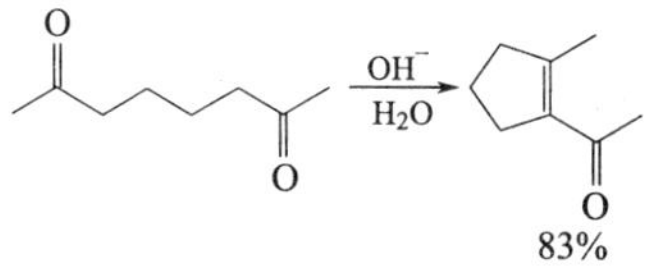

(三) 交叉醇醛（酮）缩合反应

如果醇醛缩合发生在不同的醛或酮之间，且彼此都有α-氢，则可得到四种缩合产物，因而没有制备价值。但是在某些条件下，由醇醛交叉缩合也能得到高产率的单一产物。条件是：一种反应物不含α-氢，因为它不能自相缩合（如甲醛或芳醛）。不含α-氢的反应物先和催化剂混合，然后慢慢地把含有α-氢的羰基化合物加到这个混合物中去。例如：

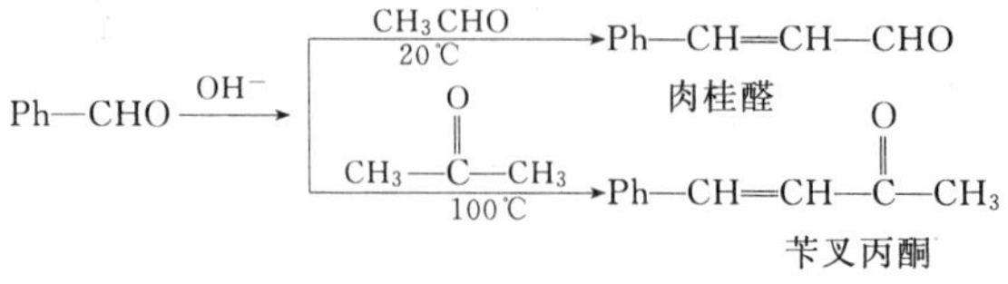

这个反应叫克莱森-斯密特（Claisen-Schmidt）反应。

同理，如以甲醛作受体，其他含α-氢的醛酮作亲核试剂，也可发生交叉缩合反应。

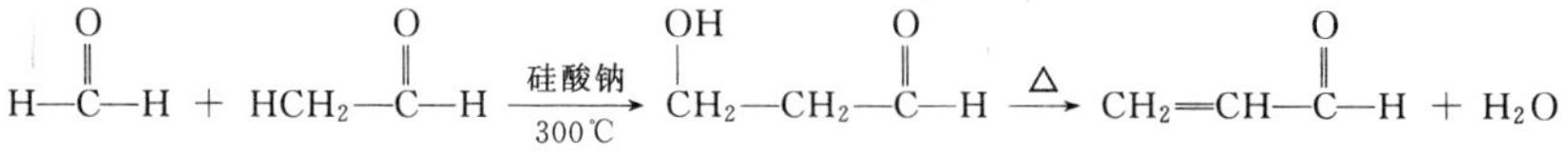

三分子甲醛与乙醛在氧化钙或氢氧化钠作用下，经下列反应生成三羟甲基乙醛。

$$CH_3CHO \xrightarrow{HCHO} HOCH_2CH_2—CHO \xrightarrow{HCHO} (HOCH_2)_2—CH—CHO \xrightarrow{HCHO} (HOCH_2)_3—C—CHO$$

（四）其他碳负离子与羰基的加成反应

1. 与醇醛（酮）缩合有关的反应

有些含碳负离子的亲核试剂，与醛酮的羰基进行加成，然后脱水；其历程与醇醛（酮）缩合反应相似，故总称醇醛（酮）型缩合反应。在这些反应中，碳负离子生成的方式相同，即用氢氧化钠、乙醇钠、醋酸钠或有机胺等碱使含 α-氢的羰基化合物（醛、酮、酸酐或酯）脱去 H^+ 而得。可用通式表达为：

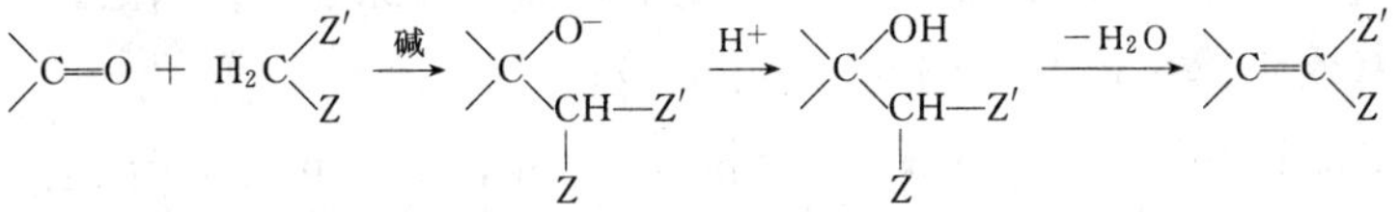

（注：Z、Z′一般为吸电子基）

例如：

（1）柏金（Perkin）缩合反应：芳醛和酸酐在相应羧酸盐存在下反应，最终得到 α,β-不饱和芳香酸：

$$PhCHO + CH_3-\overset{O}{\overset{\|}{C}}-O-\overset{O}{\overset{\|}{C}}-CH_3 \xrightarrow{CH_3COONa} Ph-\overset{OH}{\overset{|}{C}H}-CH_2COOH \xrightarrow{-H_2O} Ph-CH=CHCOOH$$

（2）克脑文盖尔（Knoevenagel）反应：醛、酮在弱碱（胺、吡啶等）催化下与具有活泼 α-氢的化合物进行缩合反应，最终得到 α,β-不饱和化合物：

$$PhCHO + CH_2(COOEt)_2 \xrightarrow{\text{二级胺}} Ph-CH=C(COOEt)_2$$

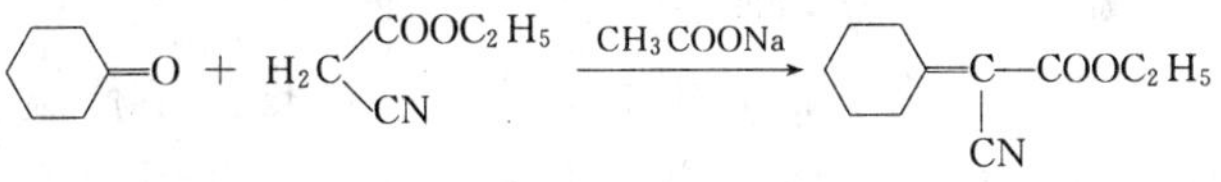

$$PhCHO + CH_3NO_2 \xrightarrow{NaOH} Ph-CH=CHNO_2$$

此外，还有达尔森（Darzens）反应（详见第十三章第三节）。

2. 安息香（Benzoin）缩合反应

苯甲醛在氰离子的催化下加热，发生双分子缩合，生成 α-羟酮（二苯羟乙酮）。二苯羟乙酮又叫安息香，所以该反应又被称为安息香缩合反应：

$$2PhCHO \xrightarrow{CN^-} Ph-\overset{OH}{\overset{|}{C}H}-\overset{O}{\overset{\|}{C}}-Ph$$

安息香

其反应历程如下：

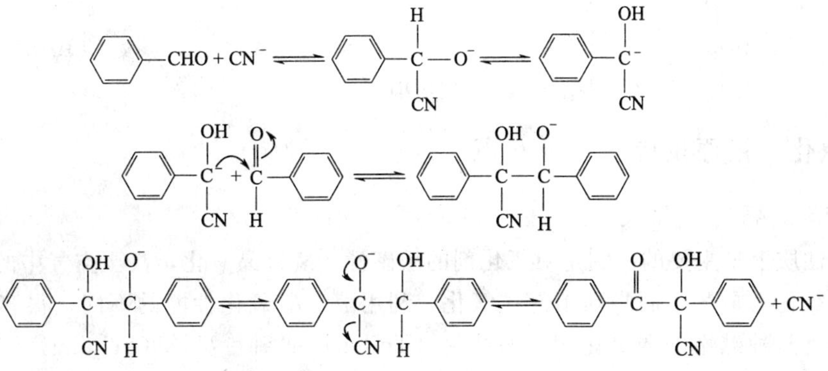

CN⁻是这一反应的特殊催化剂。

3. 维蒂希（Wittig）反应

卤代烷和三苯基膦反应，通过 S_N2 历程得到黄色的结晶季鏻盐：

$$Ph_3P\!:\ + CH_2(CH_3)\!-\!Br \longrightarrow Ph_3\overset{+}{P}CH_2CH_3Br^- \quad \text{溴化乙基三苯基鏻}$$

季鏻盐在强碱（如 n-C_4H_9Li 或 NaH）作用下，除去磷原子 α 位的氢，得到一个中性的磷化物叫鏻内盐（或叫膦叶立德 phosphorus ylide）：

$$Ph_3\overset{+}{P}CH_2CH_3Br^- + n\text{-}C_4H_9Li \xrightarrow{\text{乙醚}} \underset{\text{鏻内盐（ylide）}}{Ph_3\overset{+}{P}-\overset{-}{C}HCH_3} \rightleftharpoons \underset{\text{亚乙基膦烷}}{Ph_3P{=}CHCH_3}$$

鏻内盐作为强烈的亲核试剂与醛、酮迅速反应，直接合成烯烃的反应叫 Wittig 反应。一般表示如下：

$$Ph_3P{=}C\begin{matrix}R\\R'\end{matrix} + \begin{matrix}R''\\R'''\end{matrix}C{=}O \longrightarrow \begin{matrix}R\\R'\end{matrix}C{=}C\begin{matrix}R''\\R'''\end{matrix} + Ph_3P{=}O$$

Wittig 反应历程认为，首先是 Wittig 试剂的碳负离子进攻羰基碳，形成内盐，后者不稳定，往往自动地进行消除 $Ph_3P{=}O$ 而生成产物：

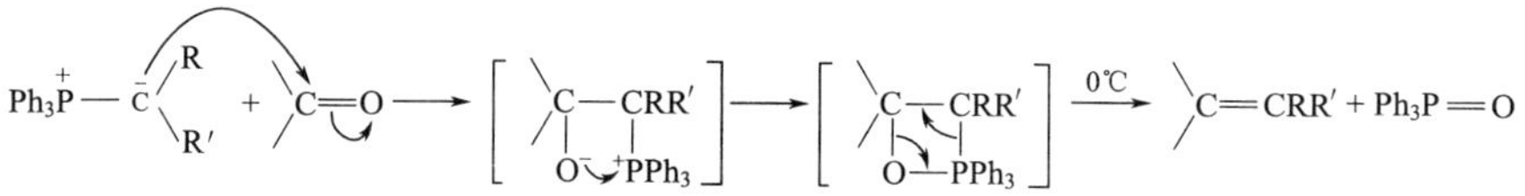

Wittig 反应是合成烯烃的一个非常有用的方法。其优点是条件温和，产率高，而且 C＝C双键的位置是固定的。可以由醛、酮分子中羰基的位置固定下来，控制反应条件并能获得立体选择性的产物（如顺式或反式），不发生重排。因此，应用广泛，尤其在合成环外烯及某些天然产物（如甾体，萜类，维生素 A、D 等）时具有独特的作用。例如：

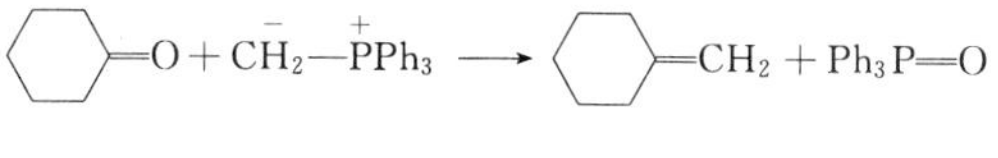

$$Ph_2C{=}O + Ph_3P{=}CH_2 \longrightarrow Ph_2C{=}CH_2 + Ph_3P{=}O$$

$$CH_3-\overset{O}{\overset{\|}{C}}-H + Ph_3P{=}C(CH_3)_2 \longrightarrow CH_3CH{=}C(CH_3)_2 + Ph_3P{=}O$$

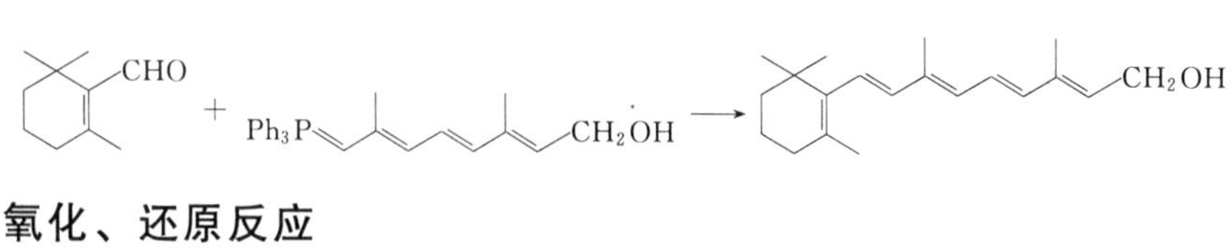

三、氧化、还原反应

（一）醛、酮的氧化反应

醛、酮性质上最主要的区别是对氧化剂的敏感性。醛极易氧化，甚至空气中的氧在室温下都可将其氧化为羧酸，而酮则不易被氧化。利用醛、酮氧化性能的不同，很容易区别它们。常用的有两种碱性的弱氧化剂，叫吐伦（Tollen）试剂和斐林（Fehling）溶液。它们都能把醛氧化成羧酸，而酮不被氧化。

吐伦试剂是银氨络离子 $Ag(NH_3)_2^+$（硝酸银的氨水溶液），它与醛的反应如下：

$$2R-\overset{\overset{\displaystyle O}{\|}}{C}-H + Ag(NH_3)_2^+ + 2OH^- \xrightarrow{\triangle} R-\overset{\overset{\displaystyle O}{\|}}{C}-O^-\ NH_4^+ + 2Ag\downarrow + 3NH_3\uparrow + H_2O$$

反应时，醛被氧化成酸，Ag^+ 离子则被还原为 Ag，形成银镜附在管壁上，因此这种反应又叫银镜反应。

斐林试剂是碱性的铜络离子的溶液，硫酸铜的 Cu^{2+} 离子在碱性酒石酸钾钠中成为深蓝色的络离子溶液。在反应时，Cu^{2+} 离子被还原成暗红色的氧化亚铜沉淀（部分 Cu^{2+} 可能被还原成 Cu，附在玻璃壁上形成铜镜），蓝色消失，而醛则被氧化成酸：

$$R-\overset{\overset{\displaystyle O}{\|}}{C}-H + Cu^{2+}\text{（络离子）} \xrightarrow[\triangle]{NaOH} R-\overset{\overset{\displaystyle O}{\|}}{C}-ONa + \underset{\text{暗红色}}{Cu_2O\downarrow}$$

C ═ C 双键可被 $KMnO_4$ 氧化，但不受吐伦试剂或斐林试剂的影响，因此，不饱和醛可被选择性地氧化为不饱和酸。例如：

$$CH_3-CH=CH-CHO \xrightarrow{Ag^+\text{或}Cu^{2+}} \underset{\text{2-丁烯酸}}{CH_3-CH=CH-COOH}$$

醛与 $KMnO_4$、$K_2Cr_2O_7$-H_2SO_4 等强氧化剂作用，很容易生成羧酸。例如：

$$n\text{-}C_6H_{13}CHO \xrightarrow[H_2SO_4\cdot H_2O]{KMnO_4} n\text{-}C_6H_{13}COOH\text{（78\%）}$$

其氧化过程为：

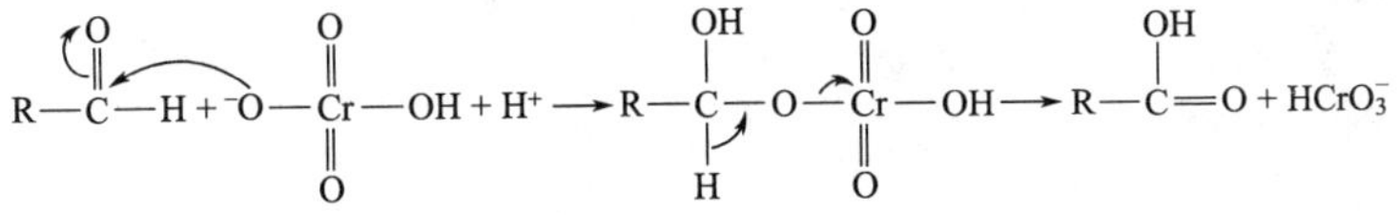

酮虽然不被上述氧化剂氧化，但与强氧化剂（如 $KMnO_4$ 酸性溶液或浓硝酸）作用，发生 C—C 键的断裂，得两分子的酸。其断裂方式与酮的结构有关，一般羰基碳在较小的烷基这边，叫波波夫规律。例如：

$$CH_3-\overset{\overset{\displaystyle O}{\|}}{C}-C_3H_7 \xrightarrow{[O]} CH_3COOH + CH_3CH_2COOH$$

若对环酮（如环己酮）进行氧化，只得单一的产物，有制备价值：

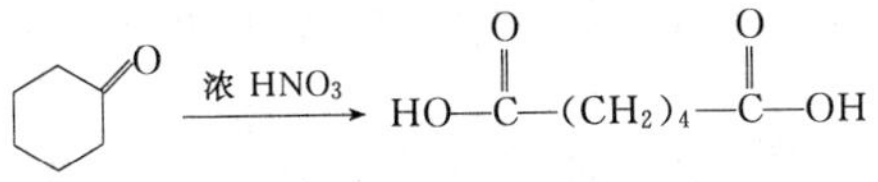

己二酸（制备尼龙-66 的原料）

(二) 醛、酮的还原反应

1. 还原成醇

醛催化加氢生成一级醇，而酮则生成二级醇：

$$R-\overset{\overset{\displaystyle O}{\|}}{C}-H + H_2 \xrightarrow[\triangle,\text{加压}]{Pt} R-CH_2-OH$$

$$R-\overset{O}{\overset{\|}{C}}-R' + H_2 \xrightarrow[\Delta，加压]{Pt} \begin{matrix} R \\ R' \end{matrix}\!\!>CH-OH$$

与烯烃的双键相比，羰基催化氢化的活性是：

醛基>C＝C>酮基

使用化学还原剂，例如氢化锂铝（$LiAlH_4$）、硼氢化钠（$NaBH_4$），同样得到上述结果。但化学还原剂特别是 $NaBH_4$，选择性好，主要还原羰基为醇羟基，一般不影响分子中的 C═C 双键，例如：

$$CH_3-CH=CH-CHO \xrightarrow[②H_2O]{①NaBH_4} CH_3-CH=CH-CH_2OH$$

因为还原反应是通过亲核试剂（H^- 离子）加到羰基碳上实现的。如下式表示：

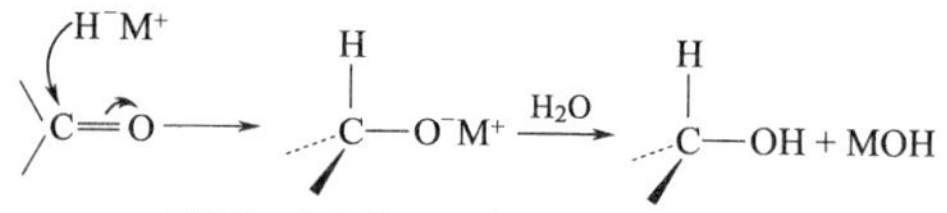

最初加成产物

H^-M^+为金属氢化物简式

金属氢化物不能还原 C＝C 双键，因为一般亲核试剂对 C＝C 键不起作用。

异丙醇铝亦只还原醛、酮中的羰基而不影响其他原子团。

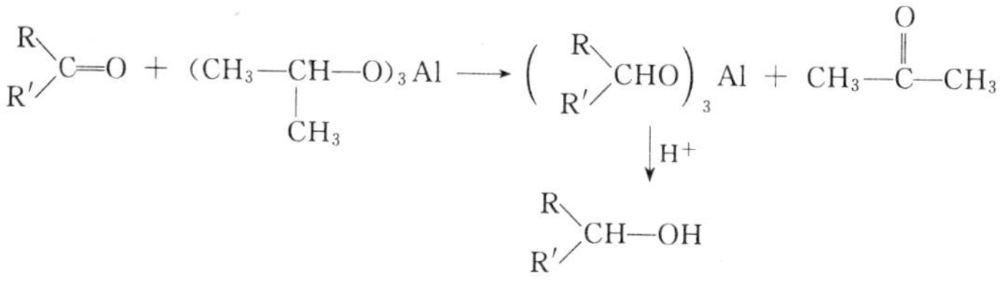

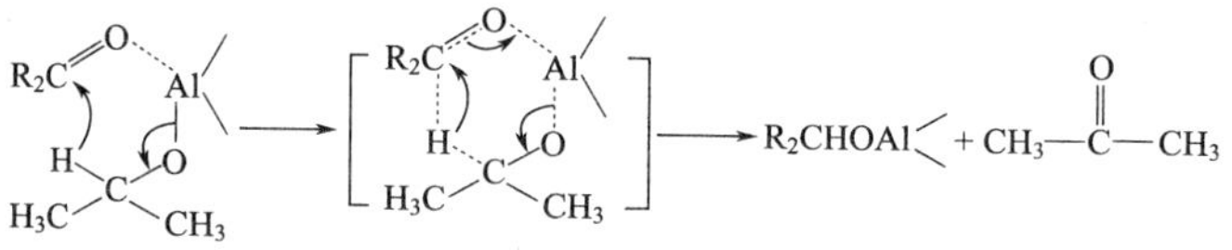

通过六元环过渡态，把 α-H 转移到羰基碳上，同时生成丙酮。此反应叫做梅尔外英-彭多夫（Meerwein-Poundorf）还原反应。其实际过程相当于 Oppenauer 醇氧化的逆反应。

活泼金属（Na、Mg 等）和酸、碱、水、醇等作用可以顺利地将醛还原成一级醇，但是酮在同样条件下，并不完全得到二级醇，而是发生一种所谓“双分子还原”反应。例如，二苯酮用金属钠作催化剂，在液氨中还原生成四苯乙二醇；丙酮在 Mg 作用下，还原为频哪醇。例如：

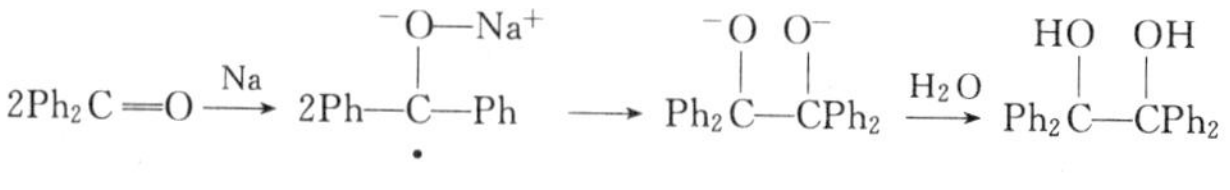

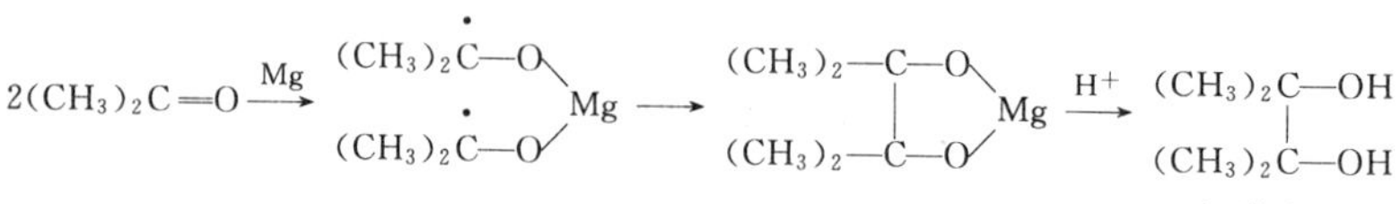

频哪醇

该反应并不是金属和溶剂反应产生 H_2 而进行的还原反应。

2. 还原成亚甲基

一般有两种方法可将羰基还原为亚甲基：克莱门森（Clemmensen）还原法和开息纳尔-武尔夫（Kishner-Wolff）-黄鸣龙法。前者以 Zn-Hg 及浓盐酸为还原剂。

$$R\text{—}CHO \xrightarrow[\text{浓 HCl}]{\text{Zn-Hg}} R\text{—}CH_3 + H_2O$$

例如：

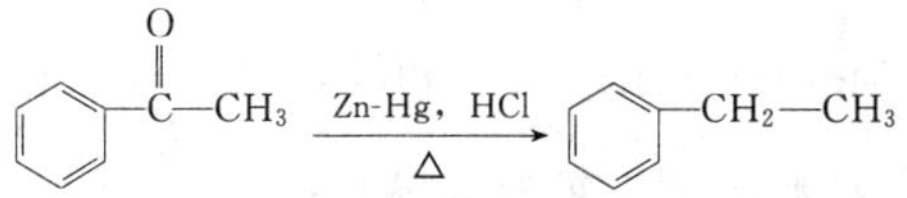

后者是利用醛（酮）与水合肼先生成腙，再和强碱一起加热放出氮气而生成烃类：

$$R_2C{=}O + H_2N\text{—}NH_2 \longrightarrow R_2C{=}N\text{—}NH_2 \xrightarrow[\triangle,\text{加压}]{NaOH} R_2CH_2 + N_2\uparrow$$

例如：

$$Ph\text{—}\overset{O}{\overset{\|}{C}}\text{—}CH_2CH_2CH_3 \xrightarrow[HO\text{—}CH_2\text{—}CH_2\text{—}O\text{—}CH_2\text{—}CH_2\text{—}OH]{H_2N\text{—}NH_2\ (85\%),\ NaOH\ (3mol/L)} Ph\text{—}CH_2\text{—}CH_2CH_2CH_3$$

82%

（三）歧化反应

芳醛及不含 α-H 的脂肪醛与浓碱（50%）共热，发生氧化-还原反应，即一分子醛被氧化为酸，另一分子醛还原为醇，这叫歧化反应，或称为康尼查罗（Cannizzaro）反应。例如：

$$2HCHO + NaOH \xrightarrow{\triangle} CH_3OH + HCOONa$$

$$2PhCHO + NaOH \longrightarrow PhCH_2OH + PhCOONa$$

上面两个反应的实质是羰基的亲核加成，这里包含两个连续的加成反应：

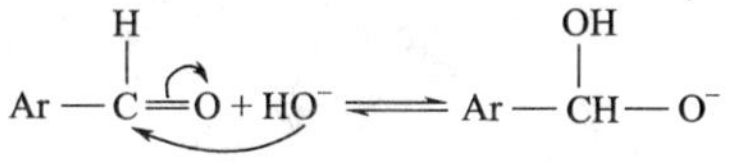

当不同的醛发生歧化反应时，一般甲醛被氧化，其他醛则被还原。例如：

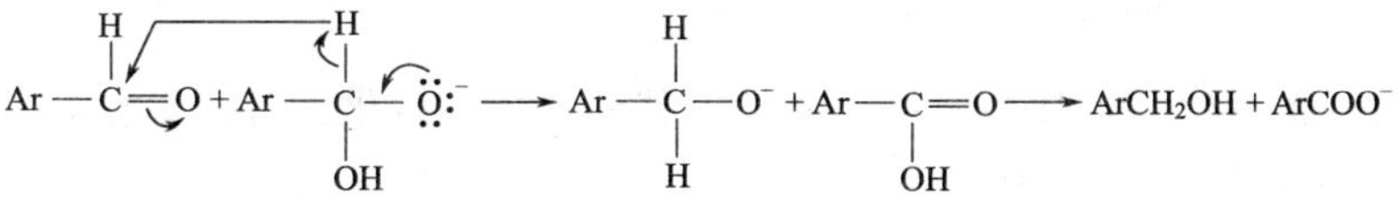

$$HCHO + Ar\text{—}CHO \longrightarrow ArCH_2OH + HCOONa$$

四、其他反应

（一）醛的聚合反应

醛羰基自身加成可聚合成链状或环状化合物。例如三分子醛聚合成环状三聚甲醛或三聚乙醛。

三聚甲醛的熔点 64℃，沸点 114℃～115℃；三聚乙醛沸点 124℃，因此一般多用这种环状三聚体保存甲醛或乙醛。使用时，稍加些硫酸并加热，即可将醛蒸出。

甲醛的水溶液在贮存过程中，容易聚合成链长不等的多聚甲醛白色沉淀物。

$$H_2C{=}O + HOH \longrightarrow HO\text{—}CH_2\text{—}OH \xrightarrow{nH_2C{=}O} HO\text{—}CH_2\text{—}(O\text{—}CH_2)_n\text{—}OH$$

$n \approx 100$

多聚甲醛对热不稳定，在 100℃时很快分解为甲醛，常被用来制备甲醛。

（二）曼尼希（Mannich）反应

具有 α-活泼氢的酮与甲醛及第一胺（或第二胺）的盐酸盐在乙醇溶液中回流，α-氢被氨甲基取代，这样的反应称为曼尼希反应，又称 α-氨甲基反应。

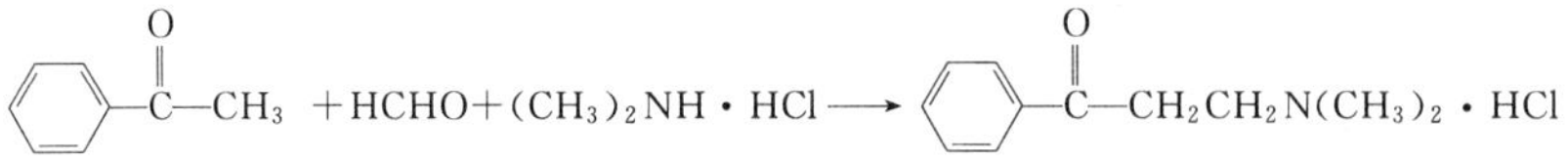

反应在酸性条件下进行，此时酮以烯醇式参与：

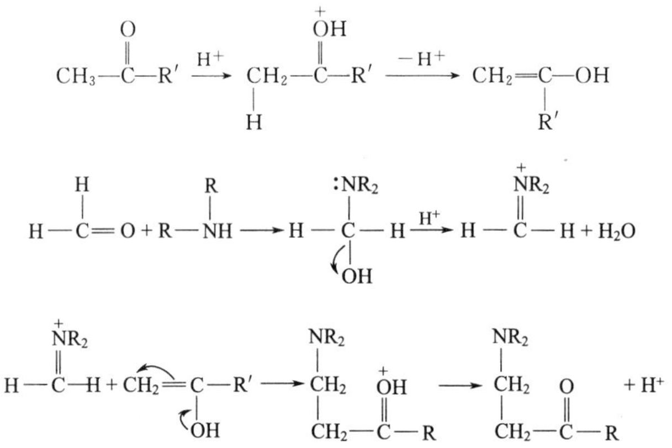

（三）醛的显色反应

品红是一种桃红色的三苯甲烷染料，在其水溶液中通入二氧化硫，生成的亚硫酸可使桃红色退去。品红的亚硫酸无色溶液称为希夫（Schiff）试剂，与醛作用显紫红色，此反应可用于醛的鉴定。

第四节 醛、酮的制备

醛、酮的制备方法，可分为两类，一类由其他官能团转化，另一类在分子中直接引入。

一、烯烃的氧化反应

烯烃经臭氧氧化、还原，生成醛或酮。例如：

$$RCH{=}CH_2 \xrightarrow{O_3, Zn, HOAc} RCHO + H_2C{=}O$$

乙醛在工业上是由乙烯经空气氧化制备：

$$H_2C{=}CH_2 + O_2 \xrightarrow{CuCl_2\text{-}PdCl_2} CH_3CHO$$

烯烃和 CO、H_2 在高压和催化剂$[Co(CO)_4]_2$ 的作用下，可在分子中引入醛基，这个反应相当于向双键加上一个醛基和氢原子，所以叫氢甲酰化法（hydroformylation）：

$$R{-}CH{=}CH_2 \xrightarrow[125℃, 15MPa \sim 30MPa]{CO, H_2, [Co(CO)_4]_2} \underset{（主）}{RCH_2CH_2CHO} + \underset{（次）}{R{-}\underset{\displaystyle CHO}{\underset{|}{CH}}{-}CH_3}$$

二、炔烃的水合反应

例如工业上利用乙炔水合法来制备乙醛：

$$HC\equiv CH + H_2O \xrightarrow[H_2SO_4]{HgSO_4} CH_3CHO$$

炔烃用硼氢化-氧化法也可制得醛、酮。例如：

$$R-C\equiv CH \xrightarrow{B_2H_6} \xrightarrow[OH^-]{H_2O_2} RCH_2CHO$$

三、芳烃的氧化反应

芳烃氧化法是制备芳醛、酮的重要方法，例如：

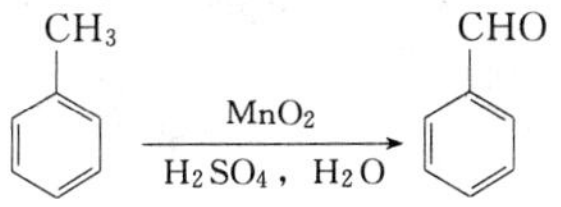

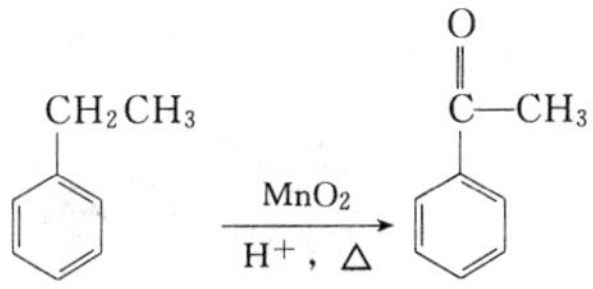

用同碳二卤代物水解，也可以得到醛、酮。例如：

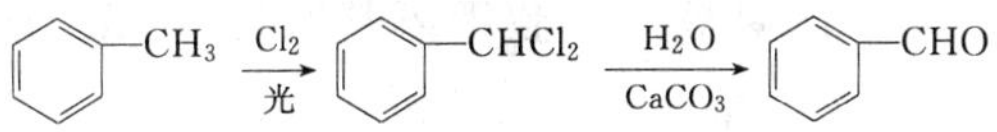

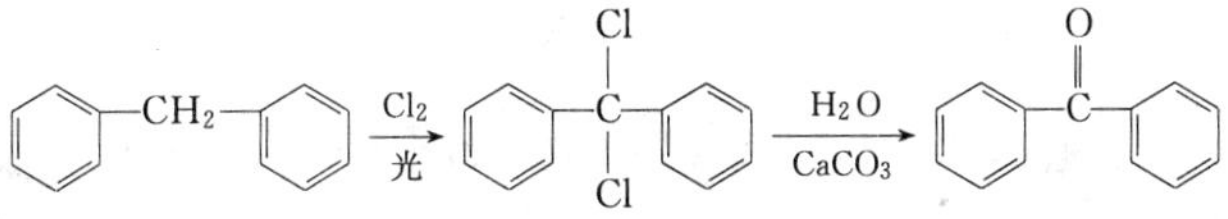

四、醇的氧化或脱氢

由伯醇、仲醇氧化或脱氢可以制备醛或酮。例如：

$$n\text{-}C_4H_9-OH \xrightarrow{CrO_3\text{，吡啶}} n\text{-}CH_3CH_2CH_2-\overset{\overset{\large O}{\|}}{C}-H$$

五、傅瑞德尔-克拉夫兹（Friedel-Crafts）酰基化

它是制备芳酮的重要方法，该反应的优点是不发生重排、产率高：

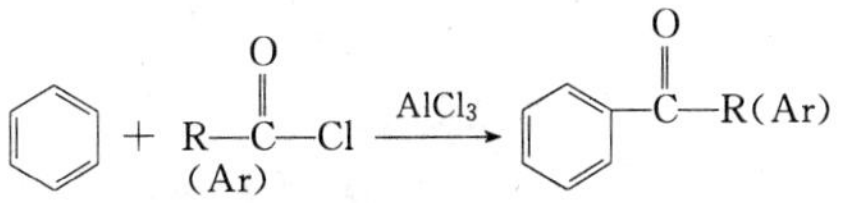

若发生分子内酰基化则可得到环酮。例如：

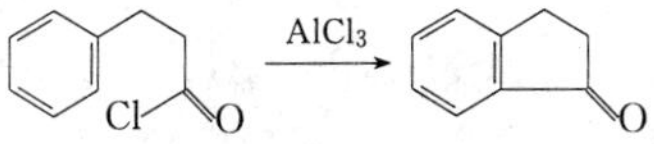

六、盖特曼-科希（Gattermann-Koch）反应

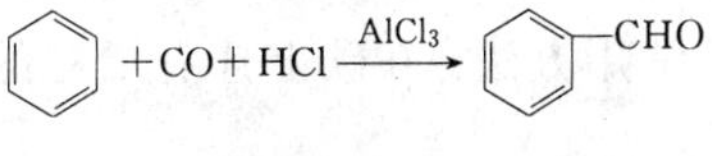

七、瑞穆尔-蒂曼（Reimer-Tiemann）反应

苯酚在 NaOH 存在下和 $CHCl_3$ 作用，生成酚醛：

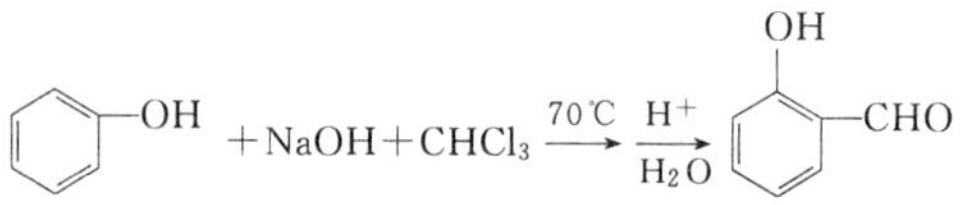

八、羧酸衍生物还原反应

羧酸的衍生物如酰氯、酯、酰胺、腈均可通过各种方法还原成醛或酮。例如：

1. 用活性较低的 Pd 催化剂（如 Pd-$BaSO_4$）进行催化氢化，可使酰氯还原为醛，不会再进一步还原成醇。这种还原法叫罗森德（Rosenmund）还原法。

$$R-\overset{\overset{\displaystyle O}{\|}}{C}-Cl + H_2 \xrightarrow[\text{喹啉+硫}]{Pd/BaSO_4} R-\overset{\overset{\displaystyle O}{\|}}{C}-H$$

2. 将酰氯转化成醛的另一种选择性还原剂三叔丁氧氢化锂铝［$LiAlH(t\text{-}C_4H_9O)_3$］。

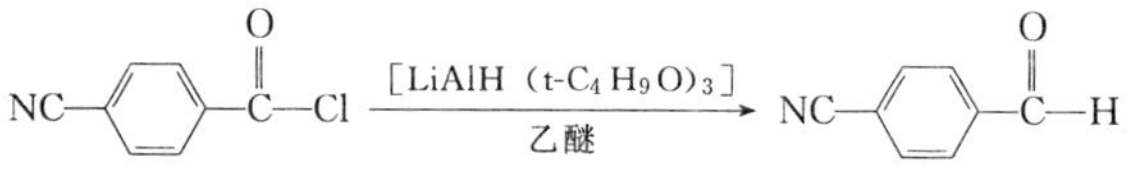

（80%）

$LiAlH_4$ 是强还原剂，其中的氢被三个叔丁氧基取代成 $LiAlH(t\text{-}C_4H_9O)_3$，则还原能力减弱，只能还原酰氯，而与醛、酮和氰基等不反应。

第五节 α,β-不饱和醛、酮

一、概述

醛、酮分子中含有碳碳双键或叁键者称为不饱和醛、酮，其中最重要的是 α,β-不饱和醛、酮。例如：

$CH_2=CH-CHO$

丙烯醛

$CH_3-CH=CH-CHO$

巴豆醛

$CH_3-\underset{\underset{\displaystyle CH_3}{|}}{C}=CH-CH_2-CH_2-\underset{\underset{\displaystyle CH_3}{|}}{C}=CH-CHO$

柠檬醛

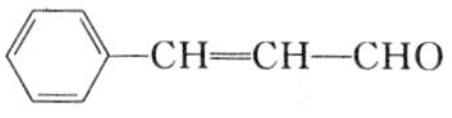

桂皮醛

$(CH_3)_2C=CH-\overset{\overset{\displaystyle O}{\|}}{C}-CH_3$

异丙叉丙酮

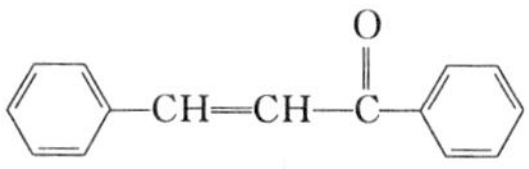

苄叉苯乙酮

根据双键与羰基的相对位置，可分为 α,β-、β,γ-、γ,δ-等不饱和醛、酮。例如：

$CH_3-CH=CH-CHO$

2-丁烯醛（α,β-不饱和醛）

$CH_2=CH-CH_2-CHO$

3-丁烯醛（β,γ-不饱和醛）

羰基化合物经醇醛（酮）缩合后所得的加成产物，脱水后得到 α,β-不饱和醛、酮，这是一种制备 α，β-不饱和醛、酮的常用方法。β-碳上连有烯键的不饱和醇也可选用氧化银或活

性二氧化锰作氧化剂，烯键不受影响而醇被氧化成相应的不饱和醛、酮。例如：

$$CH_2{=}CH{-}CH_2OH \xrightarrow{Ag_2O\ 或\ MnO_2} CH_2{=}CH{-}CHO$$

不饱和醛、酮能够在烯键及羰基两个官能团上发生反应。例如：

$$CH_2{=}CH{-}CHO + Ag_2O \longrightarrow CH_2{=}CH{-}COOH + 2Ag$$

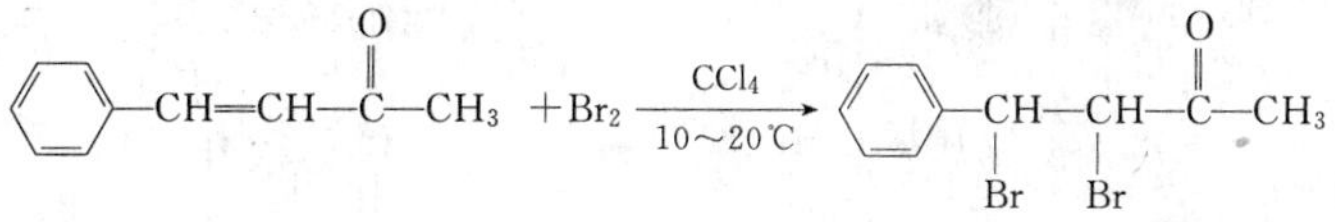

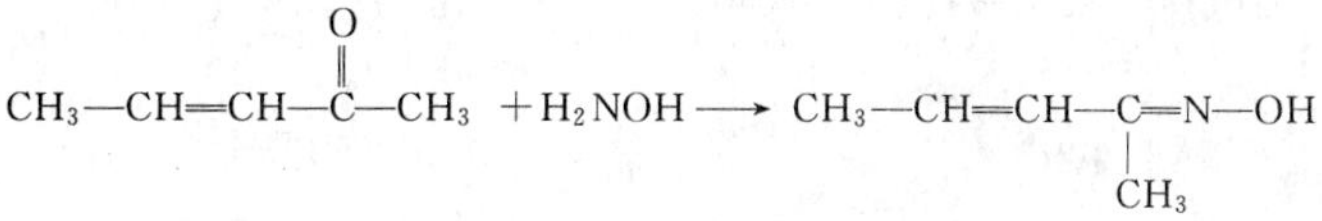

但在 α,β-不饱和醛、酮分子中，烯键与羰基形成了共轭体系，见图 11-2。

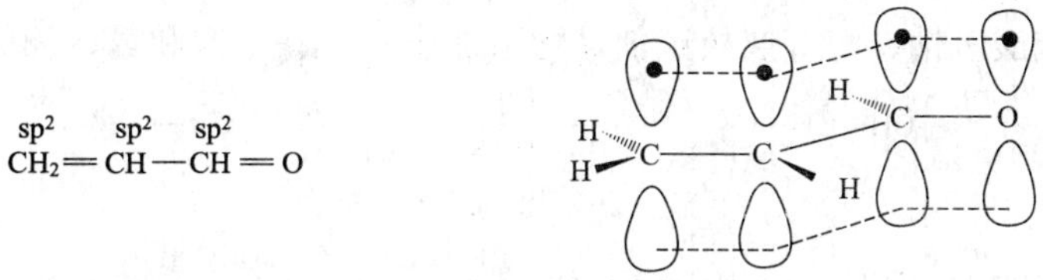

图 11-2 丙烯醛分子中的共轭关系

这种结构上的特殊性，使它们具有一些特殊的化学性质。

二、α,β-不饱和醛、酮的化学性质

（一）亲电加成反应

由于羰基是一强吸电子基团，它的存在不但降低了烯键对亲电加成的活性，而且还能控制加成反应的取向：使氢原子连接到 α-碳原子上，负性基团连到 β-碳原子上。例如：

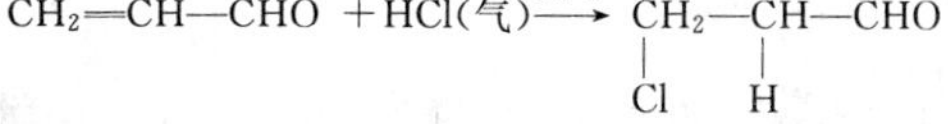

在反应过程中，H^+ 的加成优先发生在共轭体系的一端并产生碳正离子：加到羰基氧的一端将产生碳正离子（Ⅰ），加到 β-碳的一端则产生碳正离子（Ⅱ）。

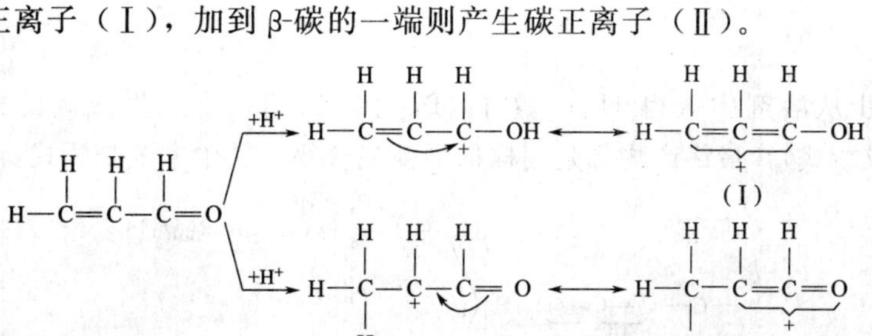

（Ⅰ）是比较稳定的碳正离子，因其正电荷只分布在碳原子上，而不是部分地让强电负性的氧原子来分担，它是实际上存在的中间体。

加成反应的第二步是由 Cl^- 连接到碳正离子（Ⅰ）的 β-碳原子上形成稳定的产物（Ⅲ）。它是

羰基化合物的烯醇式，然后再互变异构成醛式（Ⅳ）。这是因为电子离域导致了1,4-加成反应。

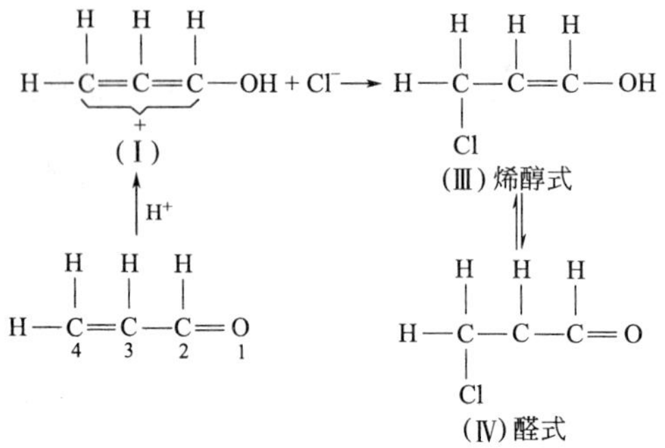

（二）亲核加成反应

羰基的强吸电性能使烯键对亲电子试剂变得钝化，但与亲核试剂却容易发生反应。例如：氢氰酸、亚硫酸氢钠、醇等亲核试剂，均可加成到α,β-不饱和醛、酮的烯键上：

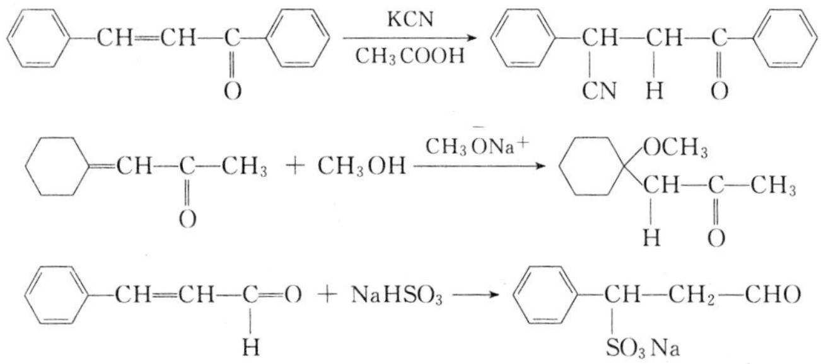

反应按下面的历程进行：电子离域使β-碳原子通过共轭效应带有部分正电荷，故能相当于原来的羰基碳原子，接受亲核试剂 Nu^- 的进攻，生成负离子（Ⅰ）。

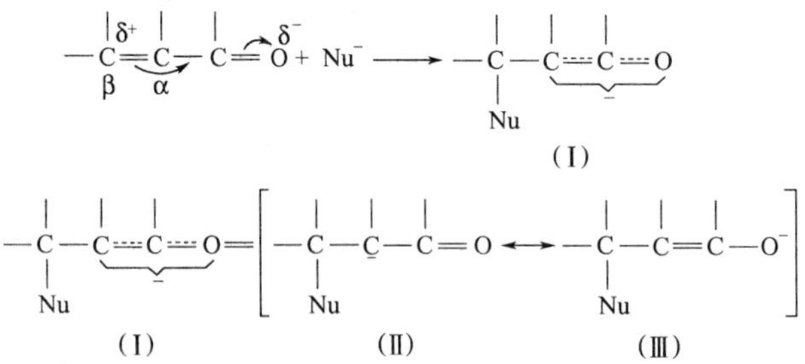

（Ⅲ）进一步从溶剂中取得 H^+。这个 H^+ 可以加到氧上（生成烯醇式），也可以加到α-碳上（生成酮式），最终产物都是同样的平衡混合物，其中主要是酮式。

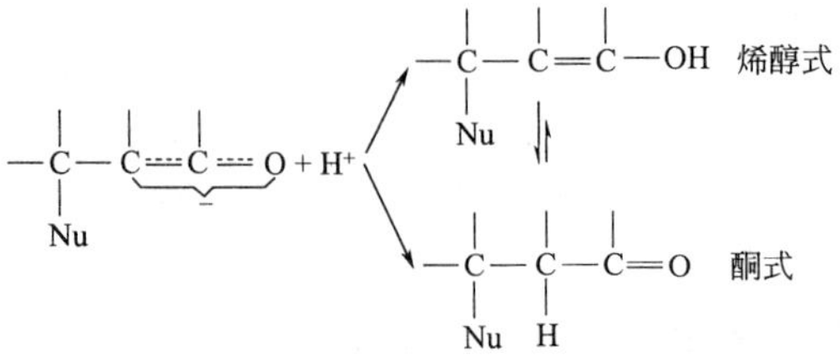

可见，α,β-不饱和醛酮发生亲核加成的原因不仅取决于羰基的吸电子能力，还由于反应过程中形成了稳定的负离子共轭体系（Ⅰ）。

总之，亲核加成与亲电加成都是分两步进行的，其中第一步是决定反应速率的一步，形成一个离子中间体，它的稳定性决定了第二步加成反应的活性与取向。

亲核加成的取向在一般情况下都按共轭体 1,4-加成方式进行，最终产物烯醇式再互变异构成酮式，例如：

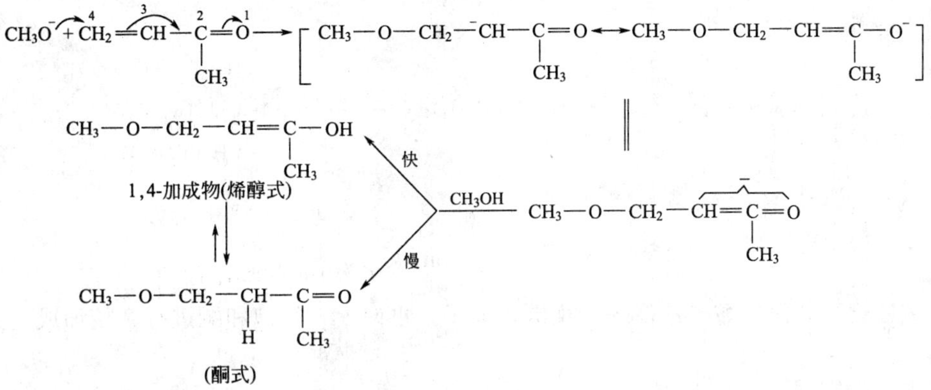

由于空间位阻的关系，羰基所连基团与试剂体积的大小决定产物是以 1,2-加成为主还是 1,4-加成为主。例如：

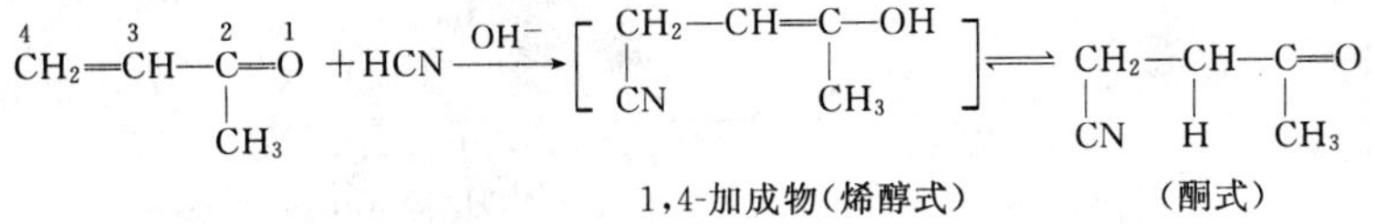

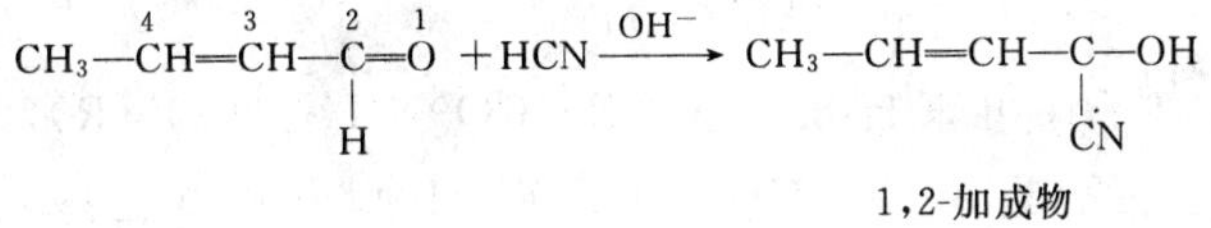

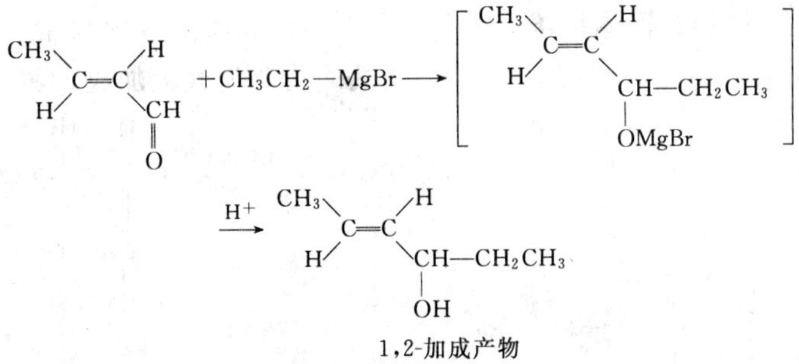

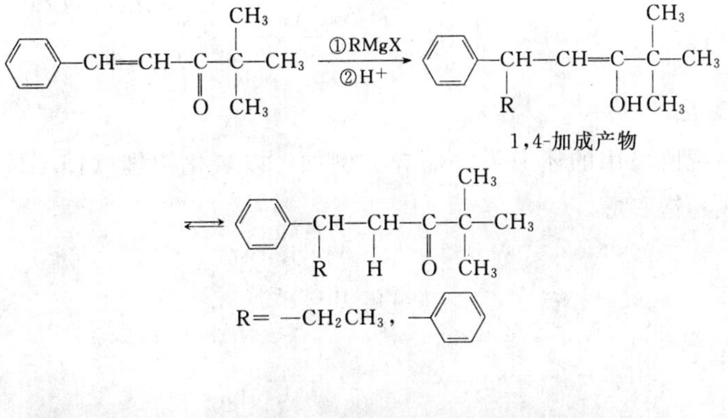

(三) 麦克尔 (Michael) 加成

α,β-不饱和羰基化合物与碳负离子的亲核加成称为麦克尔加成。碳负离子加到共轭体系的β-碳上，导致碳碳键的形成，是有机合成中比较普遍采用的一种方法。例如：

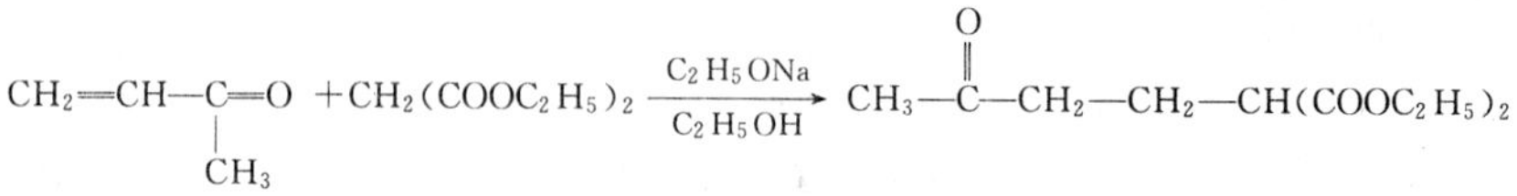

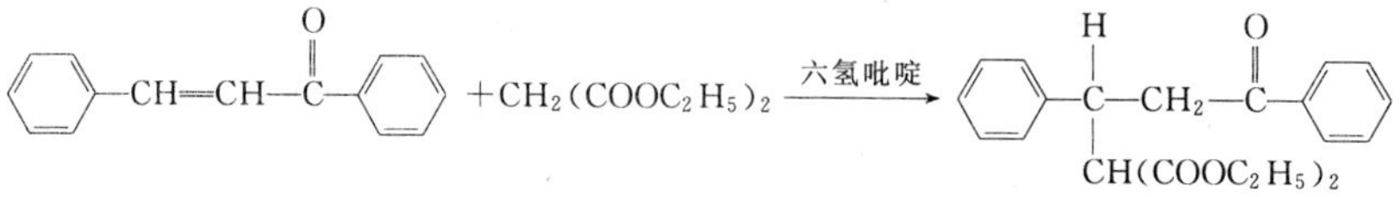

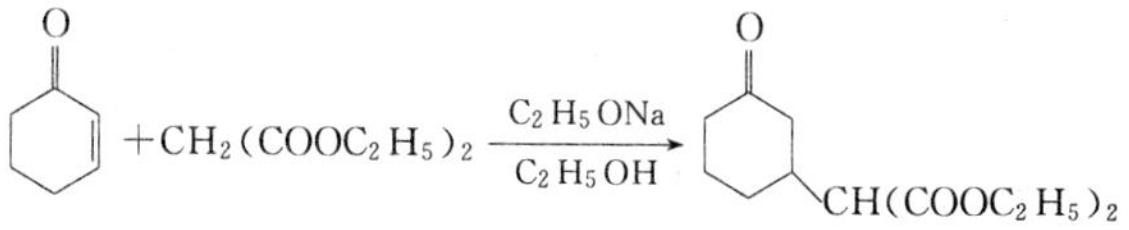

在碱催化下，丙二酸二乙酯先产生碳负离子，再向α,β-不饱和酮进行亲核加成。其历程如下：

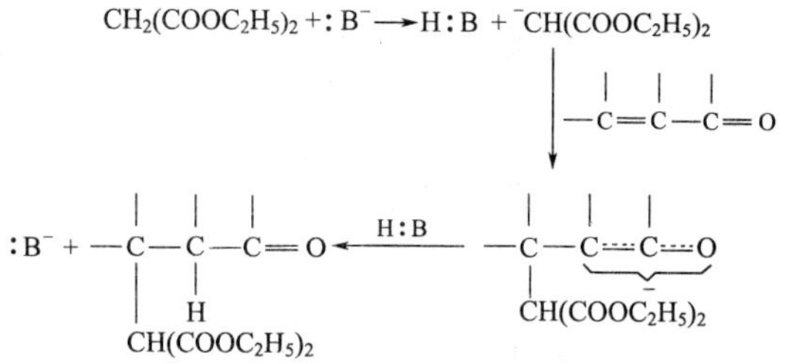

进攻β-碳的碳负离子还可来自β-二酮（R—CO—CH_2—CO—R)、脂肪族硝基化合物（R—CH_2NO_2)、氰乙酸乙酯（CN—CH_2—$COOC_2H_5$）或乙酰乙酸乙酯（CH_3COCH_2—$COOC_2H_5$)。作为受体的共轭体系还可扩大到α,β-不饱和酸酯或丙烯腈（CH_2 ═CH—C≡N）等。此类应用范围很广的亲核加成反应总称为麦克尔型共轭加成。例如：

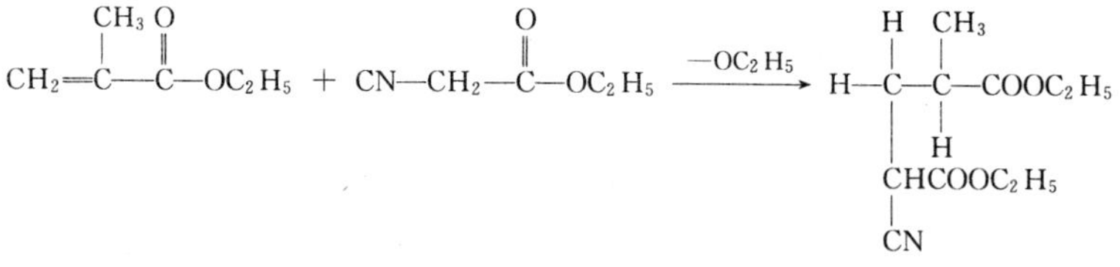

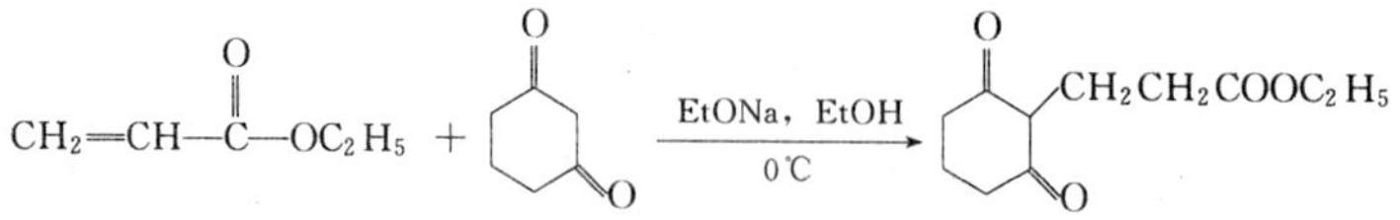

(四) 还原反应

还原反应产物视所采用的还原方法而异。例如：以氢化铝锂（$LiAlH_4$）为还原剂，主要是羰基还原生成不饱和醇。

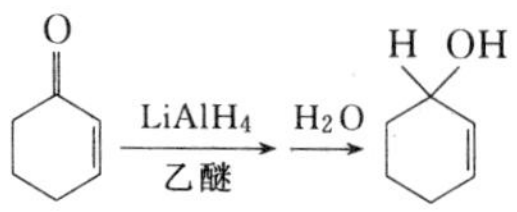

在低温下以锂/氨为还原剂，或用钯/碳催化氢化，主要还原烯键。

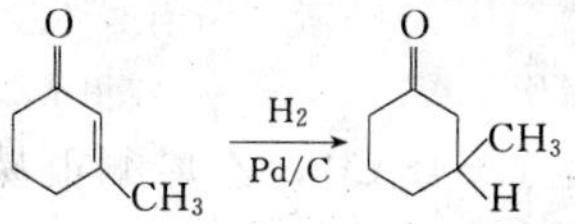

如以硼氢化钠（$NaBH_4$）为还原剂，则主要还原羰基，但也可能产生一部分烯键与羰基同时被还原的产物。

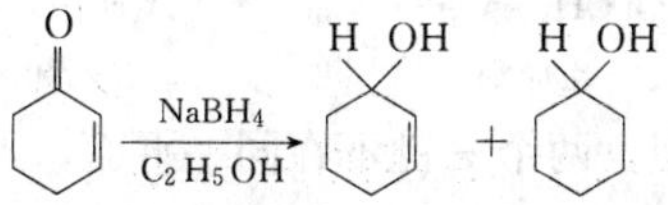

产生饱和醇的原因可解释为：BH_4^- 提供的 H^- 对 α,β-不饱和酮进行亲核性的 1,4-加成形成饱和酮，后者再被 BH_4^- 还原为相应的醇，其反应过程如下：

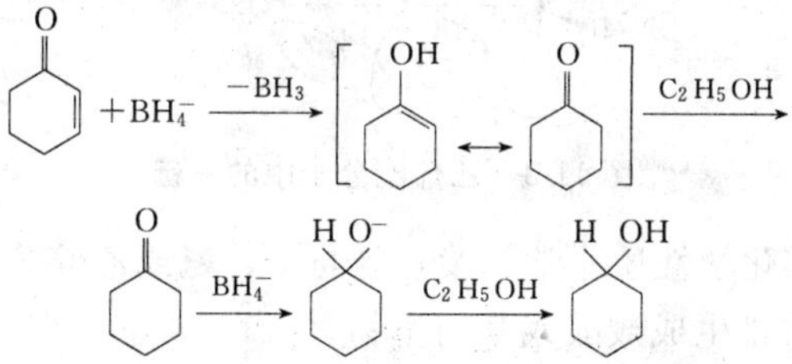

（五）插烯规律

在分子中的羰基与 α-碳之间加入一个或一个以上的乙烯基，随着共轭体系的延长，不但加成反应可在共轭体系的两头发生，而且与共轭体系相连的两个基团（A 和 B），也保持着和没有加入乙烯基时同样的相互影响。例如在下列通式中，n 任取自然整数，A 与 B 的相互影响是一样的。这种称作插烯规律的普遍现象，是由共轭效应导致电子离域而引起。

$$A\text{-}(CH=CH)_n\text{-}B$$

2-丁烯醛中的甲基极为活泼，与乙醛中的甲基很相似，都可在碱催化下形成碳负离子。这是由于在甲基与醛基间插入一个乙烯基（—CH═CH—）后，羰基吸电子的影响可以通过共轭体系传到另一端的甲基上，羰基对氢原子的致活作用并不被削弱，与乙醛中 α-碳上的原子所受的活化影响相同。

$$CH_3—\overset{\displaystyle H}{\overset{|}{C}}=O \xrightarrow{B^-} {}^-CH_3—\overset{\displaystyle H}{\overset{|}{C}}=O + H:B$$

$$CH_3—CH=CH—\overset{\displaystyle H}{\overset{|}{C}}=O \xrightarrow{B^-} {}^-CH_2—CH=CH—\overset{\displaystyle H}{\overset{|}{C}}=O + H:B$$

因此 2-丁烯醛在碱催化下也可作为亲核试剂对另一分子的羰基发生醇醛缩合反应。

$$CH_3—CH=CH—\overset{\displaystyle H}{\overset{|}{C}}=O + CH_3—CH=CH—CHO \xrightarrow{OH^-}$$

$$CH_3—CH=CH—\overset{\displaystyle OH}{\overset{|}{C}H}—CH_2—CH=CH—CHO \xrightarrow{-H_2O}$$

$$CH_3—CH=CH—CH=CH—CH=CH—CHO$$

三、乙烯酮

烯酮是一类具有聚集双键体系的不饱和酮，其中最简单的是乙烯酮。

乙烯酮　　二甲基乙烯酮

乙烯酮是一种有毒的气体（沸点−48℃），乙烯酮很易聚合成二乙烯酮，后者是有刺激性的液体（沸点 127℃），具内酯结构，在高温（550℃～600℃）时可解聚为乙烯酮。

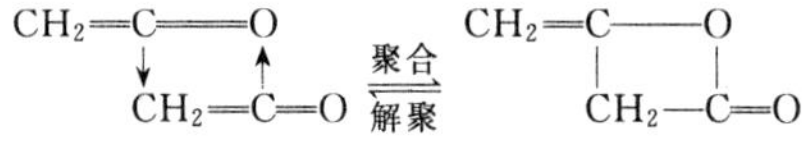

乙烯酮　　二乙烯酮

乙烯酮的结构与丙二烯很相似，两个π键不在同一平面，不能形成共轭体系，见图 11-3。

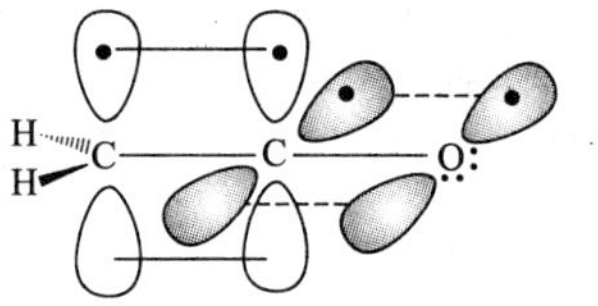

图 11-3　乙烯酮分子中的π键

聚集双键的结构使其化学性质非常活泼，易与水、氨或乙醇等亲核性试剂加成，生成烯醇式中间体，再经 1,3-重排生成羧酸或其衍生物。

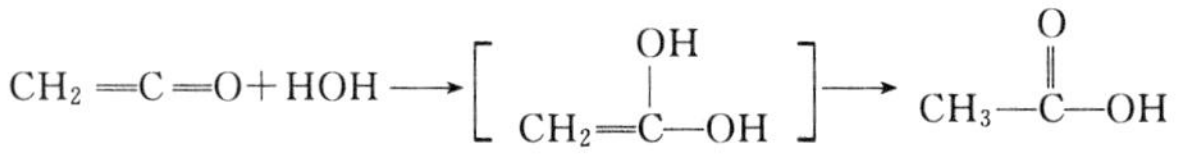

乙酸

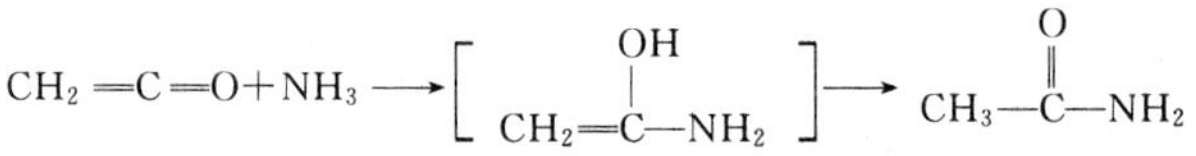

乙酰胺

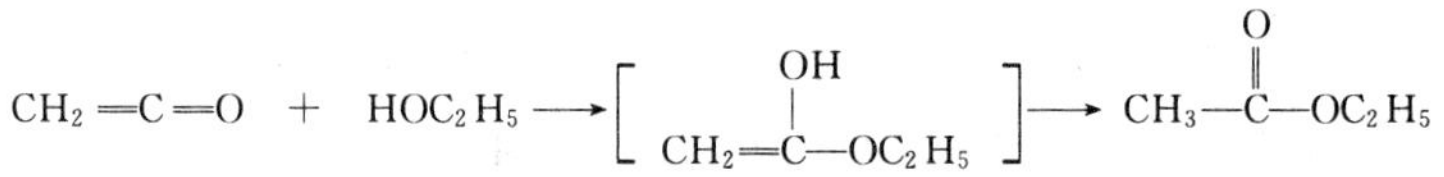

乙酸乙酯

乙烯酮也可与醋酸、盐酸或丙酮作用，分别生成醋酸酐、乙酰氯或异丙烯醇醋酸酯（IPA）。

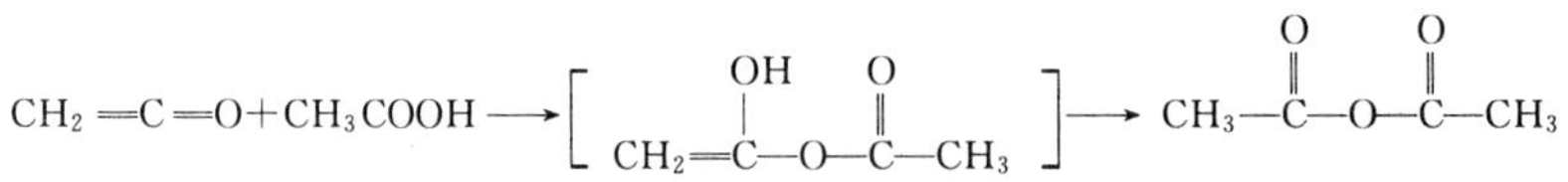

乙酸酐

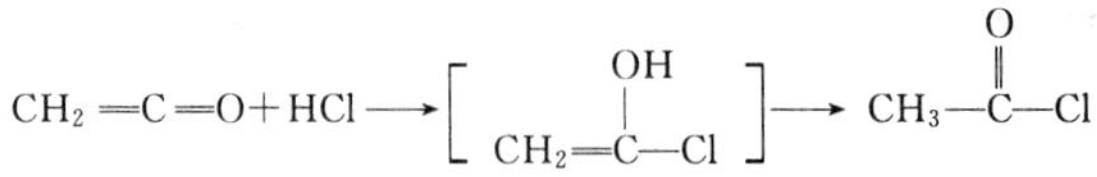

乙酰氯

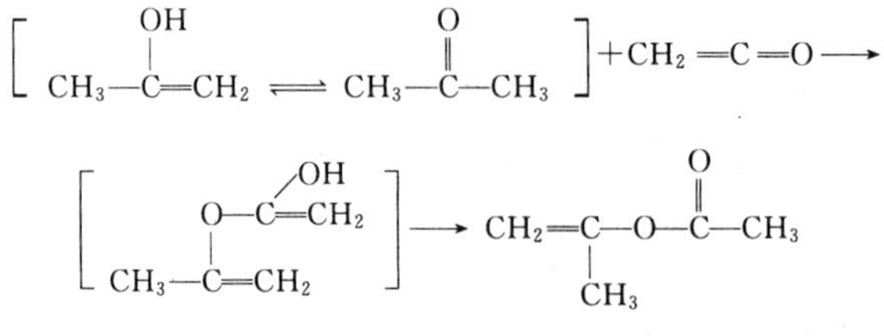

异丙烯醇醋酸酯

二乙烯酮与乙醇作用生成烯醇，再经 1,3-重排可制得乙酰乙酸乙酯。

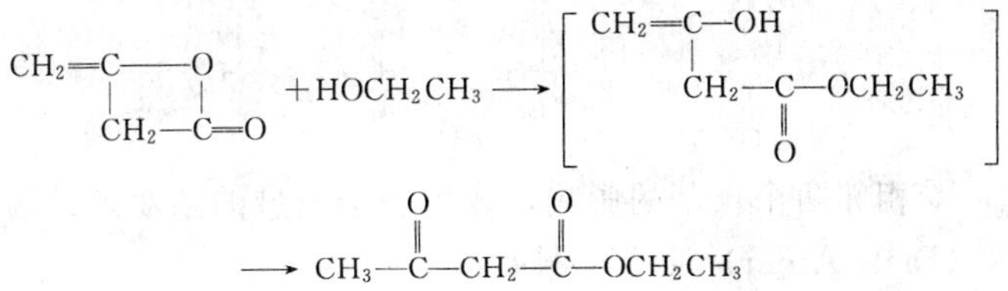

从上述反应结果可见乙烯酮与其他反应物反应的结果是引入 $CH_3—CO—$，所以乙烯酮又称为乙酰化试剂。

第六节　醌类化合物

一、概述

具有共轭环己二烯二酮结构的一类化合物叫做醌（quinones）。醌都是有颜色的化合物，这是因为醌类是具有高度共轭的体系。

醌类可分为苯醌、萘醌、蒽醌和菲醌等。

苯醌有邻位和对位两种异构体（间位不存在）：

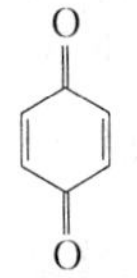

1,4-苯醌(对苯醌)
(黄色结晶，m. p. 115.7℃)

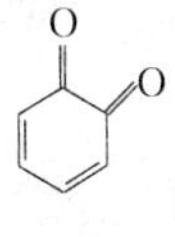

1,2-苯醌(邻苯醌)
(红色结晶，m. p. 60℃，~70℃分解)

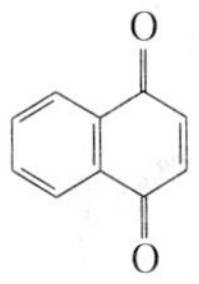

1,4-萘醌(黄色结晶，m. p. 128.5℃)

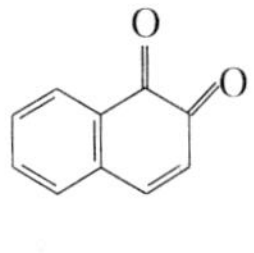

1,2-萘醌(橙黄色结晶，m. p. 146℃)

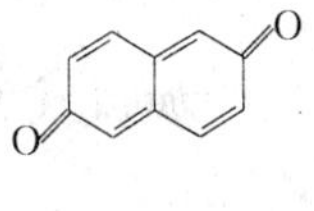

2,6-萘醌(橙色结晶，m. p. 135℃)

蒽醌有三种异构体：

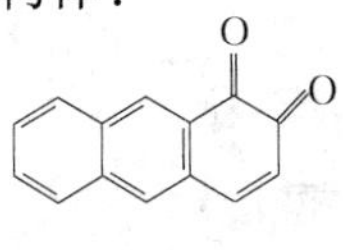

1,2-蒽醌

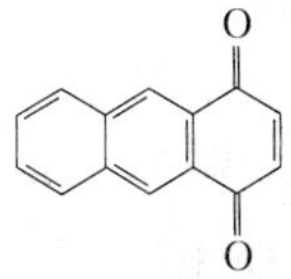

1,4-蒽醌

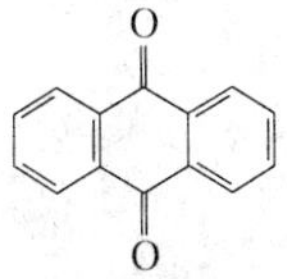

9,10-蒽醌

二、化学性质

由于醌类化合物同时含有烯烃和羰基的结构，因此，可发生亲电加成和亲核加成反应。此外，还可以发生一些醌类化合物的特殊反应。

（一）烯键的特征反应

在醋酸溶液中，溴与烯键加成，生成二溴或四溴化物。

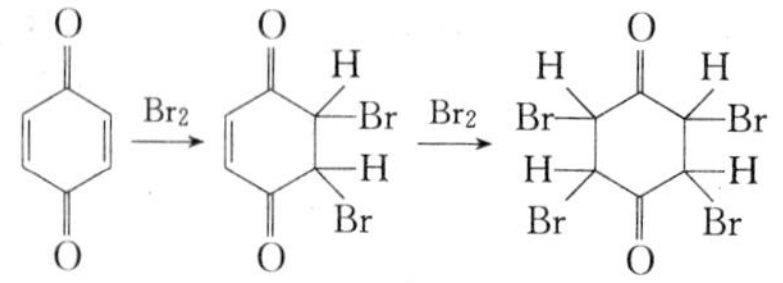

对苯醌的烯键，受相邻两个羰基的影响，成为一个典型的亲双烯试剂，可与共轭二烯烃发生狄尔斯-阿尔达（Diels-Alder）反应，例如：

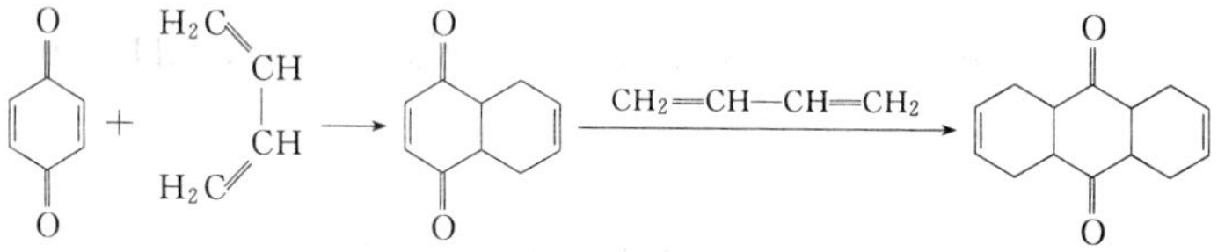

1,4,5,8-四氢-9,10-蒽醌

（二）羰基的特征反应

对苯醌能与二分子羟胺缩合，生成双肟，这也说明了醌类具有二元羰基化合物的特性：

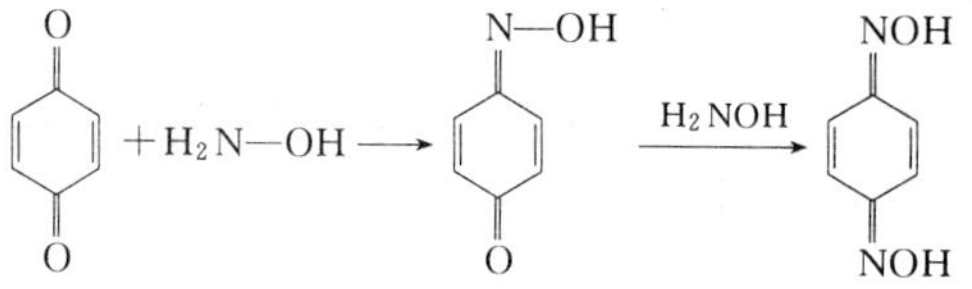

单肟　　双肟

对苯醌与氨基脲缩合，生成双缩氨脲：

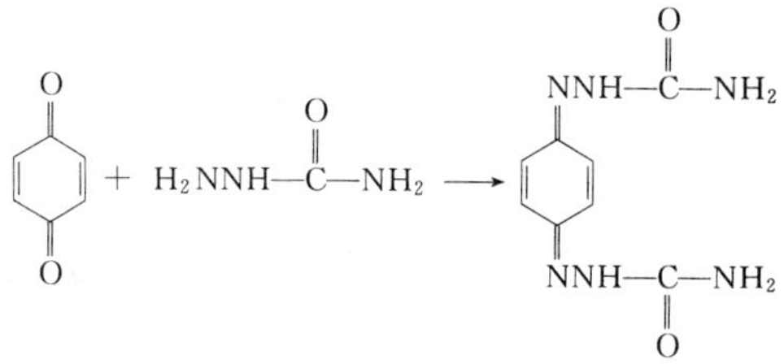

双缩氨脲

（三）1,4-加成反应

1. 与 HCl 加成

对苯醌先与 H^+ 形成锌盐，异构化后的碳正离子与 Cl^- 结合，得到 1,4-加成产物，消除一个 H^+ 后得到 2-氯-1,4-苯二酚。

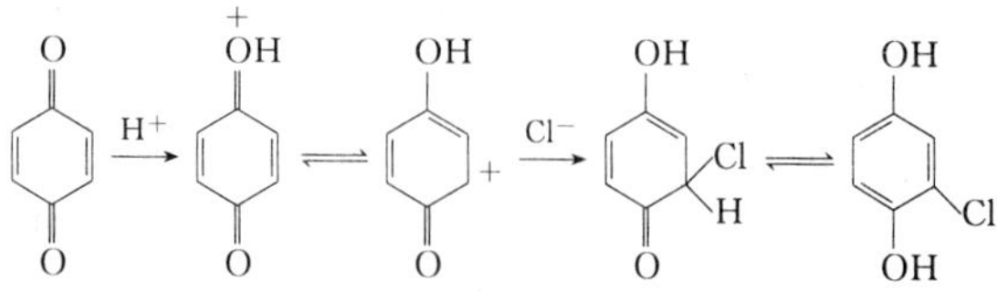

生成物经氧化生成 2-氯-1,4-苯醌，可再和 HCl 进行 1,4-加成，产物再经氧化可生成 2,3-二氯-1,4-苯醌。

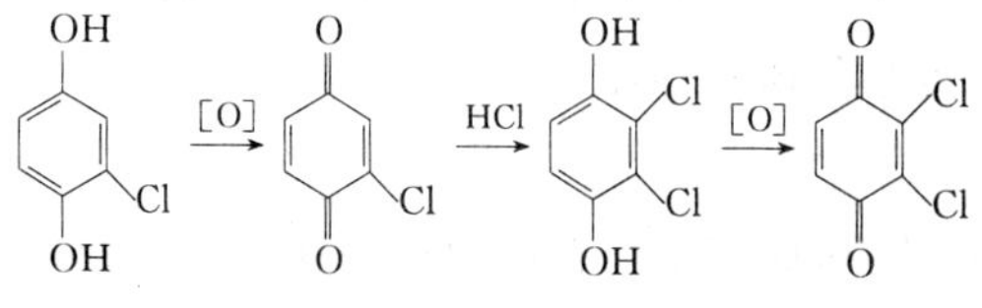

若重复上述二次1,4-加成、氧化反应，便可得到黄色片状晶体2,3,5,6-四氯-1,4-苯醌（简称四氯苯醌）。在有机合成中被广泛用作脱氢剂。

2. 与HCN加成

将氰化钾水溶液滴加到含有硫酸的对苯醌乙醇溶液中，发生如下1,4-加成反应：

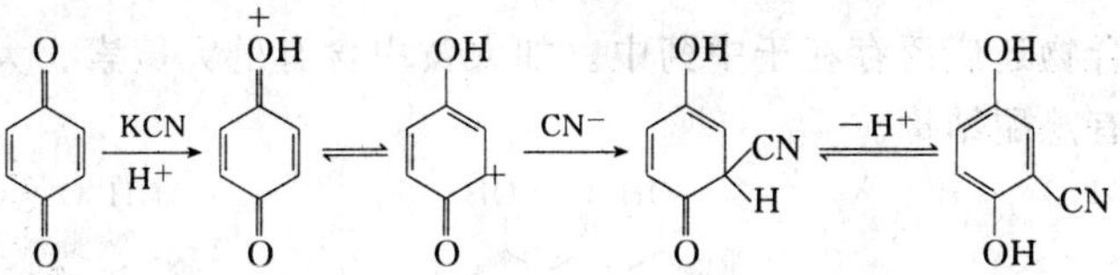

产物2,5-二羟基苯甲腈是合成2,3-二氯-5,6-氰基-1,4-苯醌（简称DDQ）的原料，DDQ也是有机合成中常用的脱氢剂。

（四）1,6-加氢（还原反应）

对苯醌在亚硫酸水溶液中，经1,6-加氢反应被还原为对苯二酚（又称氢醌），是工业上制取对苯二酚的一种方法。

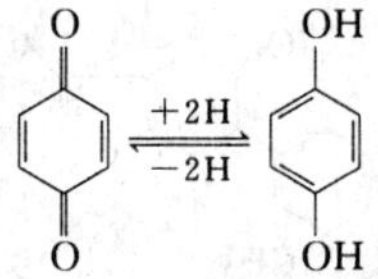

对苯二酚

对苯醌与对苯二酚能形成1∶1难溶于水的分子配合物，是一深绿色带闪光的晶体，叫醌氢醌。这是由于氢醌分子富有π电子，而对苯醌缺少π电子，它们相互作用的结果，使二者形成了受电子配合物（电荷转移配合物）。此外，分子间形成的氢键对配合物的稳定性也有一定作用。

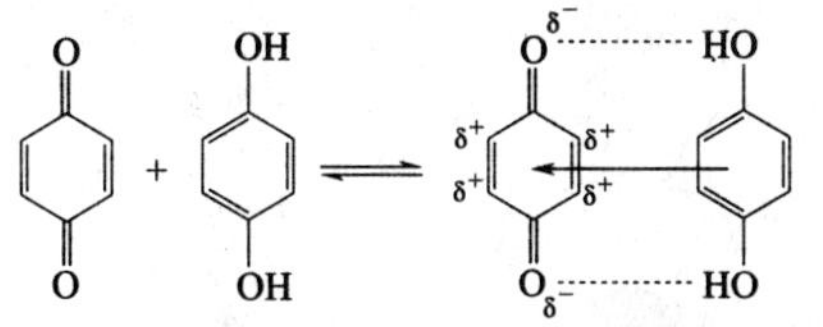

醌氢醌

利用醌-氢醌的氧化-还原性质，可以制成氢醌电极，在分析化学中用来测定H^+离子的浓度。

三、自然界的醌类化合物

自然界中含有许多醌的重要衍生物，如苯醌的衍生物——辅酶Q_{10}，它在生物体内的氧化还原过程中起运输电子的作用。

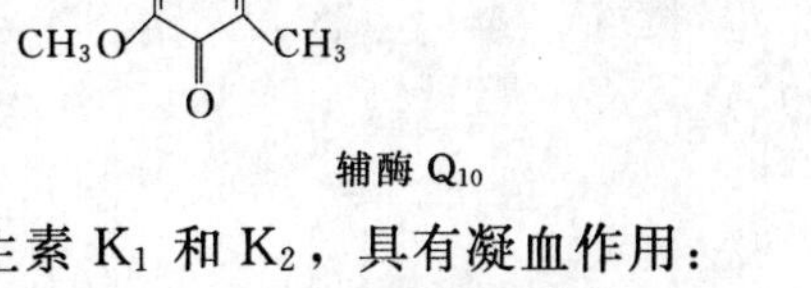

辅酶Q_{10}

α-萘醌的衍生物——维生素K_1和K_2，具有凝血作用：

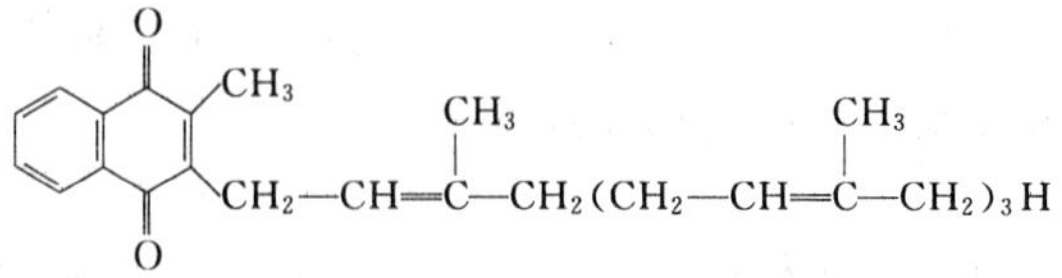

维生素 K_1

此外，醌类化合物还广泛存在于中药中。如大黄中含有的大黄素、大黄酸和大黄酚都属于醌类化合物，含有蒽醌结构。

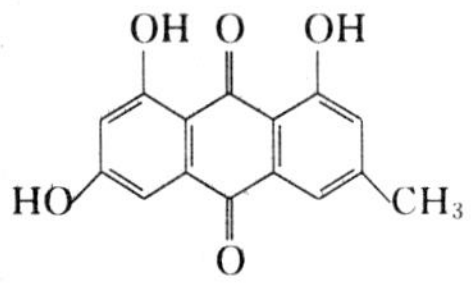

大黄素

（具有抗菌、抗癌作用）

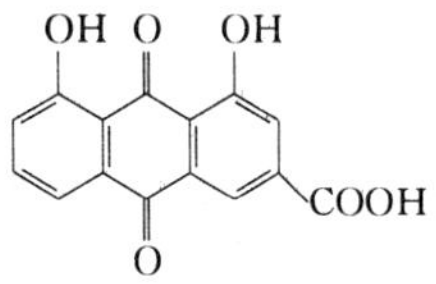

大黄酸

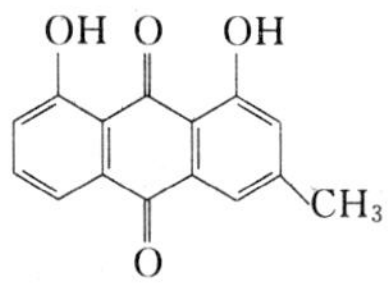

大黄酚

再如，丹参中所含的多种菲醌类化合物，是中药丹参的主要有效成分，如丹参醌ⅡA。

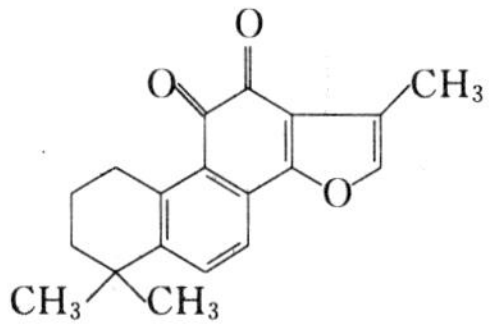

丹参醌ⅡA

（其磺酸钠注射液，可增加冠脉流量，用于治疗冠心病、心肌梗死等）

第十二章 羧酸及羧酸衍生物

第一节 羧 酸

分子中含有羧基(—COOH)的有机化合物叫做羧酸(carboxylic acid)。羧酸的通式可表示为R—COOH(甲酸 R═H)。羧基是羧酸的官能团。

一、羧酸的分类和命名

羧酸的种类繁多，根据分子中与羧基所连接的烃基不同可以分为脂肪酸、脂环酸和芳香酸。如：

$$CH_3-\overset{\overset{\large O}{\|}}{C}-OH$$

乙酸
(脂肪酸)

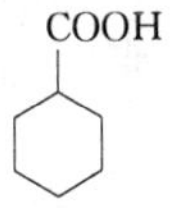

环己基甲酸
(脂环酸)

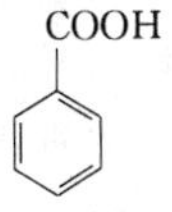

苯甲酸
(芳香酸)

根据烃基是否饱和分为饱和羧酸和不饱和羧酸。如：

CH_3CH_2COOH
丙酸
(饱和酸)

$CH_3(CH_2)_7CH{=}CH(CH_2)_7COOH$
油酸(9-十八碳烯酸)
(不饱和酸)

根据分子中所含羧基的数目又可分为一元酸、二元酸和多元酸等。如：

CH_3CH_2COOH
丙酸
(一元酸)

$HOOC-COOH$
草酸
(二元酸)

$$\begin{array}{c} CH_2COOH \\ | \\ HO-C-COOH \\ | \\ CH_2COOH \end{array}$$

柠檬酸
(多元酸)

许多羧酸是从天然产物中得到的，因此常根据来源命名。例如甲酸(HCOOH)最初是由蒸馏蚂蚁而得到，所以又叫做蚁酸。乙酸是食醋的主要成分(约含5%的乙酸)，所以又叫做醋酸。乙二酸又叫草酸，因为大部分草本植物中都含有乙二酸的盐。其他如柠檬酸、苹果酸、琥珀酸、安息香酸等都是根据它们的最初来源命名。高级一元羧酸是由脂肪中得到的，因此开链的一元羧酸又叫做脂肪酸。

脂肪酸在系统命名时选择分子中含羧基的最长碳链做主链，根据主链上碳原子的数目称为某酸，自羧基开始给主链碳原子编号，侧链与双键的表示方法与烃类化合物相同。例如：

$CH_3CH_2CH_2COOH$

丁酸

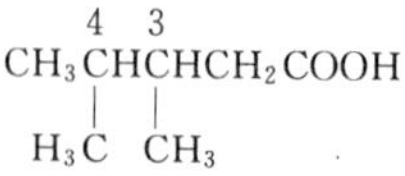

3,4-二甲基戊酸
(β,γ-二甲基戊酸)

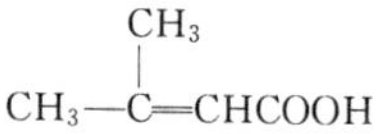

3-甲基-2-丁烯酸
(β-甲基-α-丁烯酸)

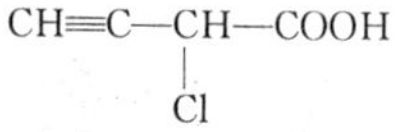

2-氯-3-丁炔酸
(α-氯-β-丁炔酸)

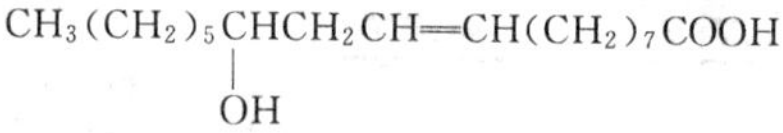

12-羟基-9-十八碳烯酸
(蓖麻醇酸)

羧酸常用希腊字母来标明位次。与羧基直接相连的碳原子为α-碳，其余依次为β、γ、δ……应注意α位相当于第2位，β位相当于第3位，距羧基最远的为ω位。例如，α-丁烯酸就是2-丁烯酸（$CH_3CH{=}CHCOOH$）。另外对于较长碳链的烯酸，常用符号“Δ”表示烯键的位次，把双键碳原子的位次写在“Δ”的右上角。例如，油酸可写为Δ^9-十八碳烯酸。

脂肪族二元羧酸的命名是取分子中含有两个羧基的最长碳链做主链，称为某二酸。例如：

$HOOC—(CH_2)_2—COOH$

丁二酸(琥珀酸)

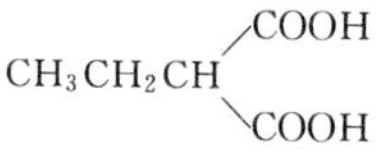

乙基丙二酸

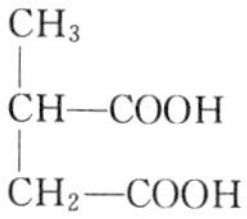

甲基丁二酸

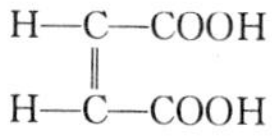

顺丁烯二酸

脂环族羧酸和芳香族羧酸，可看作是脂肪酸的脂环或芳环取代物来命名。例如：

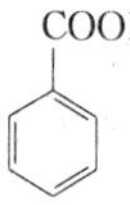

苯甲酸

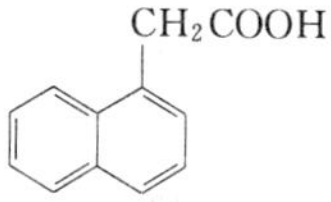

α-萘乙酸

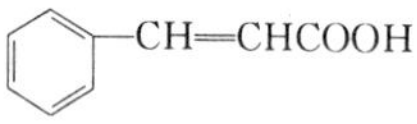

3-苯基丙烯酸(肉桂酸)

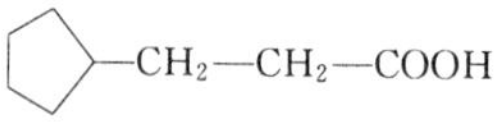

3-环戊基丙酸(β-环戊基丙酸)

二、羧酸的物理性质

饱和一元脂肪酸中，甲酸、乙酸和丙酸具有强烈酸味和刺激性。含有四至九个碳原子直链脂肪酸的是具有腐败恶臭的油状液体，动物的汗液和奶油发酸变坏的气味就是因为存在游离正丁酸的缘故。含十个以上碳原子的高级脂肪酸是蜡状固体，挥发性很低，无气味。多元酸和芳香酸在常温下都是结晶固体。

饱和一元羧酸的沸点随分子量的增加而升高，沸点甚至比分子量相近的醇还高。例如，甲酸与乙醇的分子量相同，但甲酸的沸点为100.7℃，而乙醇的沸点为78.5℃。这是因为羧酸分子间可以形成两个比较稳定的氢键而相互缔合，形成双分子缔合的二聚体。根据电子衍射等方法，测得甲酸分子的二聚体结构如下：

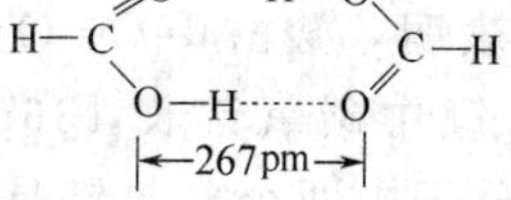

由于氢键的存在，低级羧酸在蒸气中仍以双分子缔合状态存在。

羧酸分子中羧基是亲水基团，与水可以形成氢键。低级羧酸（甲酸、乙酸、丙酸）能与水以任意比例互溶；随分子量的增加，憎水性烃基体积愈来愈大，在水中的溶解度迅速减小，最后与烷烃的溶解度相近。癸酸以上的高级脂肪酸都不溶于水，而溶于有机溶剂。低级二元酸也可溶于水，随碳链的增长，溶解度降低。芳香酸在水中的溶解度甚微。

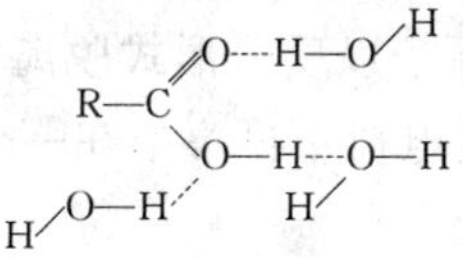

高级脂肪酸具有润滑性。通过对长链的脂肪酸的 X 射线研究，证明了这些分子中碳链按锯齿形排列，两个分子间羧基以氢键缔合，缔合的双分子有规则地一层一层排列，每一层中间是相互缔合的羧基，吸引力很强，而层与层之间是以引力微弱的烃基相毗邻，相互之间容易滑动。

羧酸的波谱特征如下：

红外光谱：羧基的红外光谱反映出 C═O 和—OH 两个结构单元。羧基中 C═O 吸收谱带大约在 $1710 \sim 1760cm^{-1}$ 范围内。精确位置取决于测试时羧酸的物理状态。在纯液态或固态（二聚体），其吸收峰在 $1710cm^{-1}$ 左右，是一宽谱带；—OH 吸收峰在 $2500 \sim 3300cm^{-1}$ 范围内，是一个强的宽谱带。在稀溶液（CCl_4）中，其 C═O 吸收峰在 $1760cm^{-1}$，吸收峰较窄。另外，$1210 \sim 1320cm^{-1}$ 的 C—O 的伸缩振动和约为 $1400cm^{-1}$ 以及约为 $920cm^{-1}$ 处强而宽的 O—H 弯曲振动吸收峰也是羧酸的特征吸收峰。

^1H-NMR 谱：羧酸分子中羧基的质子由于两个氧的诱导作用，屏蔽效应大大降低，化学位移出现在低场。δ_H 在 10～12 之间。α 质子的 δ_H 在 2～2.5 之间。

^{13}C-NMR 谱：羧基碳的化学位移 δ_C 在 165～182 之间，比醛、酮的 $\delta_{C=O}$ 向高场位移约 20～40。

三、羧酸的化学性质

（一）羧基的结构

羧基由羰基(—CO—）和羟基(—OH）构成，从羧酸的结构来看，似乎应表现出羰基和羟基的性质，但实际上，羧基与羰基试剂（如 H_2NOH 等）不发生反应，羧酸的酸性也比醇强得多。

因此，对于羧基的结构必须从羰基和羟基的相互影响来考虑。

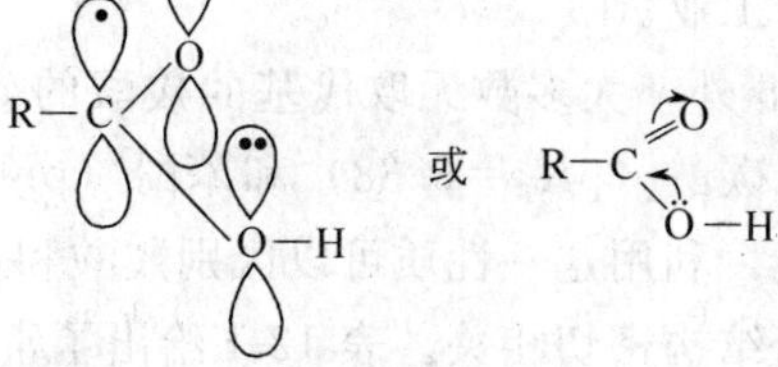

在羧酸分子中，由于 p-π 共轭效应的影响，使得键长趋向平均化。用物理方法测定甲酸中C═O和 C—OH 的键长表明，羧酸中 C═O 键的键长为 123pm，比普通羰基的键长（120pm）略长；C—OH 键中碳氧键长 136pm，比醇分子中的 C—O 单键键长（143pm）短。这既说明羧酸分子中两个碳氧键是不同的，同时也说明羧酸中羰基与羟基之间产生了相互影响，使 C═O 基团失去了典型的羰基性质，—OH 基团上的氧原子的电子云向羰基移动，使氧原子上电子出现的几率降低，O—H 间电子云更靠近氧原子，增加了 O—H 键的极性，有利于—OH 基团中氢原子的离解，使羧酸的酸性比醇强得多。

通过对甲酸钠的 X 射线衍射分析表明，当羧酸离解为羧酸根离子时，碳氧键的键长是均等的，都等于 127pm，这说明氢原子以质子形式脱离羧基同 p-π 共轭作用更完全，键长发生了完全平均化，$—COO^-$ 基团上负电荷不再集中在一个氧原子上，而是产生了电子云的离域分布，负电荷分散于两个氧原子上。

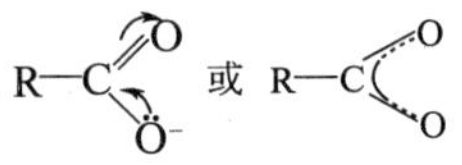

按共振论羧酸根负离子可用下列两共振极限式表示：

共振理论认为相似极限式共振得到的杂化体最稳定。羧酸根负离子的两个极限式相似，其共振杂化能大，比羧酸稳定，因此羧酸易于离解生成更稳定的羧酸根负离子而显示出酸性。

从羧酸的结构来看，它可以发生如下反应：

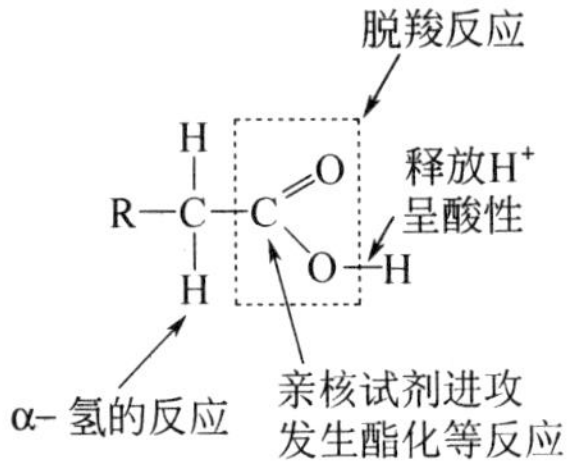

（二）酸性

羧酸是弱酸，能与碱或金属氧化物等反应生成盐和水。

$$RCOOH + NaOH \longrightarrow RCOONa + H_2O$$

$$2RCOOH + CaO \longrightarrow (RCOO)_2Ca + H_2O$$

高级脂肪酸盐，在工业上和生活上均有广泛应用。例如，高级脂肪酸的钠盐和钾盐是肥皂的主要成分，镁盐用于医药工业。

除了甲酸的 pK_a 值为 3.75 外，大多数无取代基的羧酸的 pK_a 值一般在 4.76～5 的范围内。因此，羧酸是弱酸。但比碳酸（$pK_a=6.38$）和苯酚（$pK_a=10$）的酸性强些。羧酸可以和碳酸盐反应，而苯酚不能，利用这一性质可以区别羧酸和苯酚。

羧酸酸性的强弱与其分子结构密切相关。表 12-1 给出了常见羧酸的 pK_a 值。

表 12-1　　　　一些羧酸的物理常数

名　称	结构简式	m. p. (℃)	b. p. (℃)	溶解度	pK_{a1}	pK_{a2}
甲酸(蚁酸)	$HCOOH$	8.4	100.7	∞	3.75	
乙酸(醋酸)	CH_3COOH	16.6	117.9	∞	4.76	
丙酸(初油酸)	CH_3CH_2COOH	−20.8	140.99	∞	4.87	
正丁酸(酪酸)	$CH_3(CH_2)_2COOH$	−4.26	163.5	∞	4.81	
异丁酸	$(CH_3)_2CHCOOH$	−46.1	153.2	2.0	4.85	
戊酸(缬草酸)	$CH_3(CH_2)_3COOH$	−35	186.05	4.47	4.82	
2,2-二甲基丙酸	$(CH_3)_3CCOOH$	−51	174		5.02	
正己酸	$CH_3(CH_2)_4COOH$	−2	205	1.08	4.84	
正辛酸	$CH_3(CH_2)_6COOH$	16.5	239	0.07	4.89	
正癸酸	$CH_3(CH_2)_8COOH$	31.5	270	0.015	4.84	
十六酸(软脂酸)	$CH_3(CH_2)_{14}COOH$	63		不溶		
十八酸(硬脂酸)	$CH_3(CH_2)_{16}COOH$	72	360(分解)	不溶	6.46	
丙烯酸	$CH_2=CHCOOH$	13	141.6		4.26	
3-丁烯酸	$CH_2=CHCH_2COOH$	−89	163		4.35	
3-苯丙烯酸	$C_6H_5CH=CHCOOH$	133			4.44	
乙二酸(草酸)	$HOOC—COOH$	189		8.6	1.27	4.27
丙二酸	$HOOC—CH_2—COOH$	136		73.5	2.85	5.70
丁二酸(琥珀酸)	$HOOC—(CH_2)_2—COOH$	185	235(脱水)	5.8	4.21	5.64
戊二酸	$HOOC—(CH_2)_3—COOH$	97.5		63.9	4.34	5.34
己二酸	$HOOC—(CH_2)_4—COOH$	151		1.5	4.48	5.52
苯甲酸	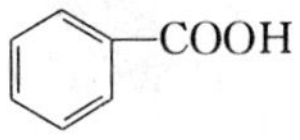	121.7	249	0.34	4.19	
邻羟基苯甲酸(水杨酸)	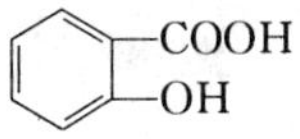	159	211	0.22	3.00	
间甲基苯甲酸	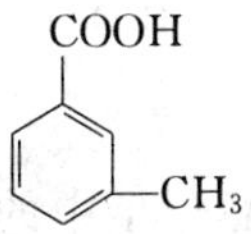	112	263	0.10	4.28	
邻苯二甲酸	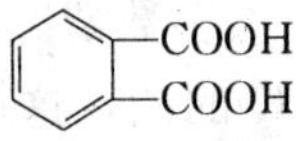	231		0.7	3.82	5.39

二元羧酸分子中有两个羧基，分两步离解：

$$\begin{array}{c}COOH\\|\\(CH_2)_n\\|\\COOH\end{array} \underset{}{\overset{K_{a1}}{\rightleftharpoons}} \begin{array}{c}COO^-\\|\\(CH_2)_n\\|\\COOH\end{array} + H^+ \qquad \begin{array}{c}COO^-\\|\\(CH_2)_n\\|\\COOH\end{array} \overset{K_{a2}}{\rightleftharpoons} \begin{array}{c}COO^-\\|\\(CH_2)_n\\|\\COO^-\end{array} + H^+$$

例如：　草酸 $(COOH)_2$　　$pK_{a1}=1.27$　　$pK_{a2}=4.27$

　　　　丙二酸 $HOOCCH_2COOH$　　$pK_{a1}=2.85$　　$pK_{a2}=5.70$

可见，$K_{a1}>K_{a2}$，这是因为羧基(—COOH) 的作用和卤素类似，也是吸电子基团（−I 效应)，能使另一个羧基的离解增强。但当一个羧基离解后转化成$—COO^-$，它是供电子的取代基（+I效应），使第二个羧基离解比较困难，因此K_{a2}比K_{a1}小得多。若两个羧基相距较远，则K_{a1}与K_{a2}相差不大。例如，戊二酸：$pK_{a1}=4.34$，$pK_{a2}=5.41$。

（三）羧基上羟基的取代反应

羧基上的—OH可以被卤原子(X)、酰氧基(RCOO—)、烷氧基(—OR)以及氨基(—NH_2)等一系列原子或基团取代，生成羧酸的衍生物。

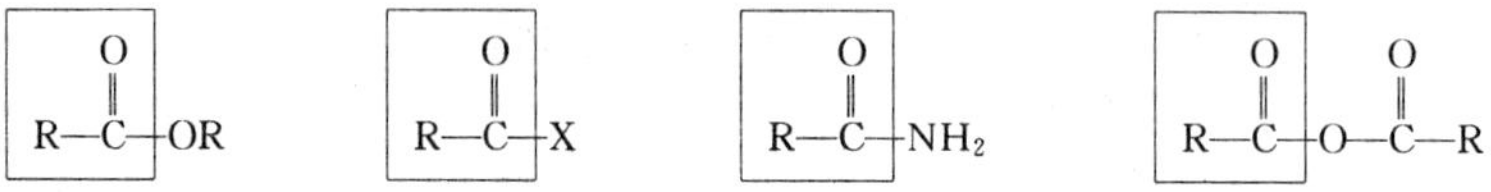

酯　　　酰卤　　　酰胺　　　酸酐

羧酸分子中除去—OH后的剩余部分称为酰基(R—CO—)。

1. 成酯反应

羧酸与醇在酸的催化作用下，加热脱水生成酯，此类反应称为酯化。

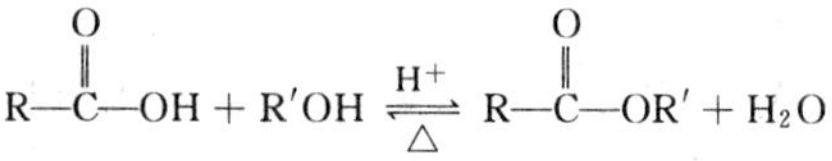

酯化反应是可逆的（逆反应称为水解反应）。酯化反应的速率很慢，如果没有催化剂存在，即使在加热回流的情况下，也需要很长时间才能达到平衡。为了提高酯的产率，使平衡向生成物的方向移动，可采取以下措施：

(1) 增加反应物的浓度：例如，加入过量的醇或酸。在乙醇和乙酸的酯化反应中，当乙酸和乙醇的摩尔比为1∶10时，反应达到平衡后，将有97%的乙酸转化为酯。

(2) 除去反应体系中的生成物：在酯化过程中采用蒸馏等方法，随时将生成的水蒸出除去，使平衡不断向成酯的方向移动，可以提高产率。

从产物的结构来看，酯化反应可能有两种脱水方式：

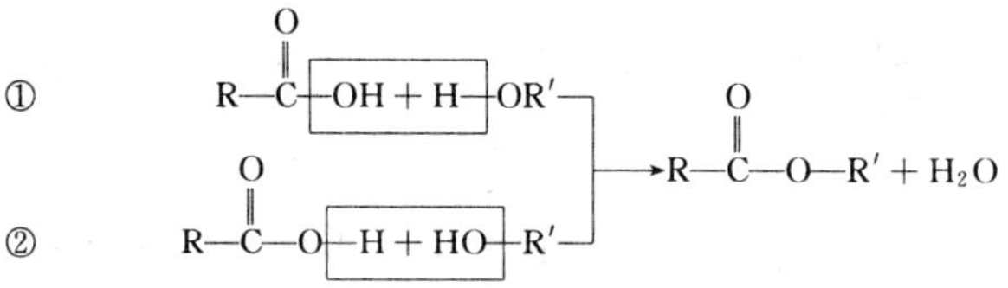

在①中脱去的是羧酸分子中的—OH，而在②中脱去的是醇分子中的—OH。反应到底是按①方式还是按②方式进行呢？同位素追踪法的结果表明，大多数情况下反应是按①方式进行的，例如，用含有^{18}O同位素的醇与酸作用，生成含有^{18}O的酯，这说明脱水时羧酸提供羟基，醇提供氢原子。

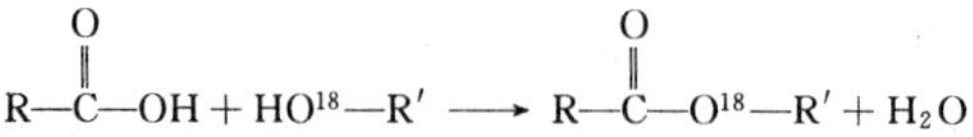

多数酯化反应按如下历程进行：

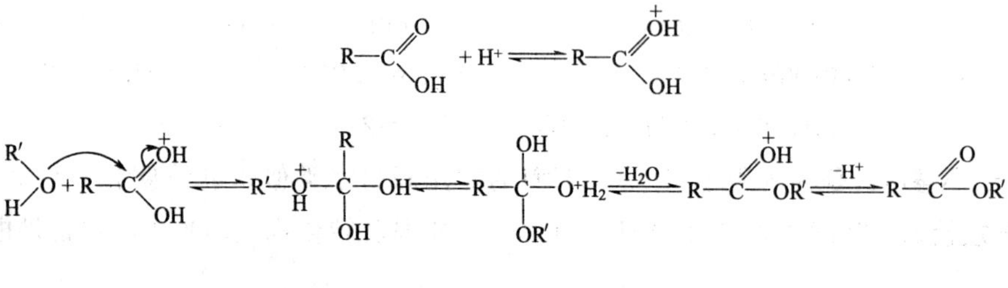

酸的催化作用是羧基质子化形成𬭩盐，使羧基碳原子的正电性增加，有利于亲核试剂——醇（ROH）的进攻，然后失去一分子水，质子离去即得到酯。

决定反应速率的一步与酸和醇的浓度有关，因此属于 S_N2 反应。

酯化反应的速率与羧酸和醇的结构有关。一般说来，羧酸与一级、二级醇的酯化反应按反应历程进行，α-碳原子上没有支链的羧酸与伯醇发生酯化反应的速率最快。羧酸分子中，烃基的结构愈大，酯化反应速率愈慢，这种现象可用空间位阻来解释。因为烃基的支链增多，烃基在空间占据的位置也愈大，以至阻碍了亲核试剂进攻羧基碳原子，影响了酯化反应速率。

叔醇进行酯化时，发生烷氧键断裂，反应按照②方式进行。首先叔醇在酸的催化下生成稳定的碳正离子。

$$R_3C—OH + H^+ \rightleftharpoons R_3C^+ + H_2O$$

碳正离子与羧酸生成𬭩盐，再脱去质子生成酯。

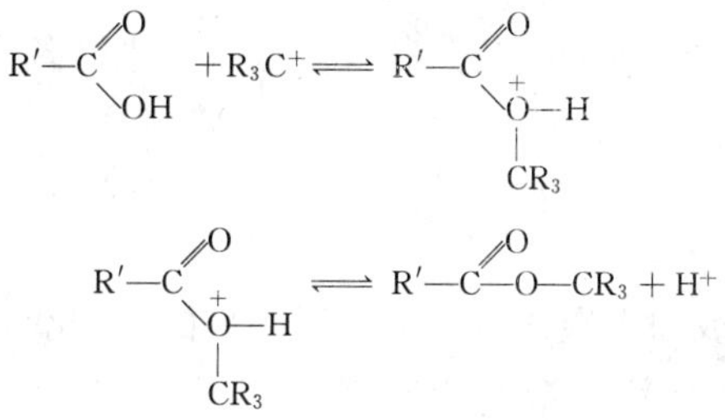

2. 成酰卤反应

羧酸与三卤化磷(PX_3)、五卤化磷(PX_5）或亚硫酰氯($SOCl_2$，二氯亚砜）作用，羧酸分子中的羟基可被卤素取代而生成酰卤。与醇不同，HX 不能使羧酸生成酰卤。

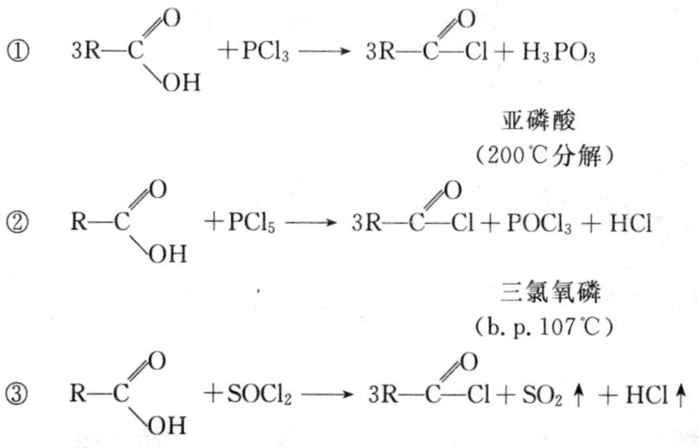

酰氯很活泼，容易水解，因此通常用蒸馏法将产物分离。如制备低沸点酰氯（如乙酰氯，沸点 52℃)，可用①法合成，用蒸馏法可与亚磷酸分离。如制备高沸点酰氯（如苯甲酰氯，沸点 197℃)，则用②法合成，可先蒸去三氯氧磷。亚硫酰氯法副产物是气体，便于产物的分离提纯，对上述两种情况都适用，而且适合在实验室制备和工业生产。

3. 成酸酐反应

羧酸在脱水剂（如五氧化二磷）或加热条件下失水而生成酸酐（甲酸失水生成一氧化

碳）。

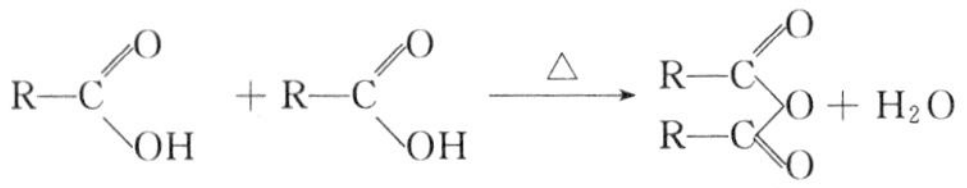

这个反应的产率很低，一般是将羧酸与乙酸酐共热，生成较高级的酸酐。

$$2RCOOH+(CH_3CO)_2O \overset{\triangle}{\rightleftharpoons} (RCO)_2O+2CH_3COOH$$

具有五元环或六元环的酸酐，可由二元羧酸加热，分子内失水而得。例如，邻苯二甲酸酐可由邻苯二甲酸加热得到。

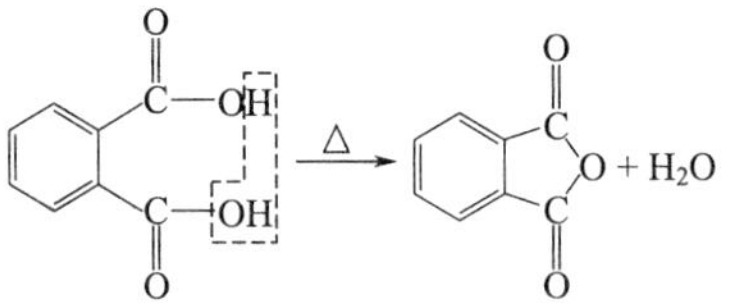

邻苯二甲酸酐

酸酐还可以通过酰卤与羧酸盐共热制备，通常用来制备混合酸酐。

$$RCOONa+R'COCl \xrightarrow{\triangle} R-\overset{O}{\overset{\|}{C}}-O-\overset{O}{\overset{\|}{C}}-R'+NaCl$$

4. 成酰胺反应

向羧酸中通入氨气或加入碳酸铵，可以得到羧酸的铵盐，铵盐受热失水便生成酰胺。

$$CH_3COOH+NH_3 \longrightarrow CH_3COONH_4$$

$$CH_3COONH_4 \xrightarrow{\triangle} CH_3CONH_2+H_2O$$

（四）α-氢原子的取代反应

羧基和羰基一样，能使 α-氢活化。但羧基的致活作用比羰基小得多，这是因为羧基中的羟基与羰基形成 p-π 共轭体系后，羧基碳原子的正电性可从羟基氧原子上的孤对电子得到部分补偿，从而减弱了 α-氢原子的活泼性。羧酸 α-H 的卤代要在光、碘、硫或红磷等催化剂存在下进行。

$$R-CH_2-COOH+Br_2 \xrightarrow{红磷} R-\underset{Br}{\underset{|}{CH}}-COOH$$

若仍存在 α-H 和过量的卤素单质，可进一步发生 α-H 的卤代反应，直至所有的 α-H 都被卤素原子取代。

$$R-\underset{Br}{\underset{|}{CH}}-COOH+Br_2 \xrightarrow{红磷} R-\overset{Br}{\overset{|}{\underset{Br}{\underset{|}{C}}}}-COOH+Br$$

红磷的作用是：首先与 X_2 生成三卤化磷（如溴代时生成 PBr_3），然后三卤化磷再与羧酸作用生成酰卤，由于—CO—X 比—COOH吸电子能力强，酰卤的 α-H 卤代要比羧酸容易得多，α-卤代酰卤再与过量的羧酸反应生成 α-卤代酸。例如羧酸的溴代：

$$P+Br_2 \longrightarrow PBr_3$$

$$R-CH_2-\overset{O}{\overset{\|}{C}}-OH+PBr_3 \longrightarrow R-CH_2-\overset{O}{\overset{\|}{C}}-Br \overset{烯醇化}{\rightleftharpoons} R-CH=\overset{OH}{\overset{|}{C}}-Br$$

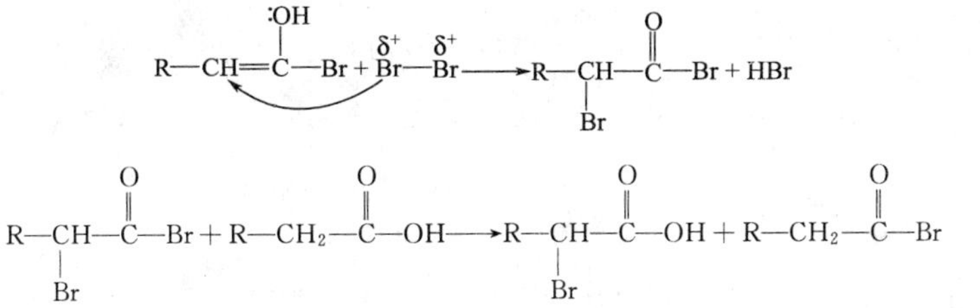

这个总反应称为赫尔-佛尔哈德-泽林斯基（Hell-Volhard-Zelinsky）反应，由于这个反应具有专一性，只在 α 位卤代，并且容易发生，在合成上相当重要。

（五）还原反应

羧基中羰基由于受到羟基的影响，很难被一般的还原剂或催化氢化法还原，但可被强还原剂氢化铝锂（$LiAlH_4$）还原成醇。

$$R-\overset{\overset{\large O}{\|}}{C}-OH \xrightarrow{LiAlH_4} R-CH_2-OH$$

用氢化铝锂还原羧酸，不但产量高，还原条件温和（室温下就能进行），而且还原不饱和羧酸时，不会影响双键，属于选择性还原。

$$CH_2=CHCH_2-COOH \xrightarrow[H^+,H_2O]{LiAlH_4} CH_2=CHCH_2CH_2-OH$$

（六）脱羧反应

羧酸分子脱去羧基放出 CO_2 的反应叫做脱羧反应。一般情况下，羧酸较难脱羧，当一元羧酸的 α-碳原子上有强吸电子基团如硝基、卤素、氰基、羰基等时，使得羧基变得不稳定，当加热到 100℃～200℃时，很容易发生脱羧反应。

$$HOOCCH_2COOH \xrightarrow{\triangle} CH_3COOH + CO_2\uparrow$$

$$CH_3-\overset{\overset{\large O}{\|}}{C}-CH_2COOH \xrightarrow{\triangle} CH_3-\overset{\overset{\large O}{\|}}{C}-CH_3 + CO_2\uparrow$$

脱羧机理如下：

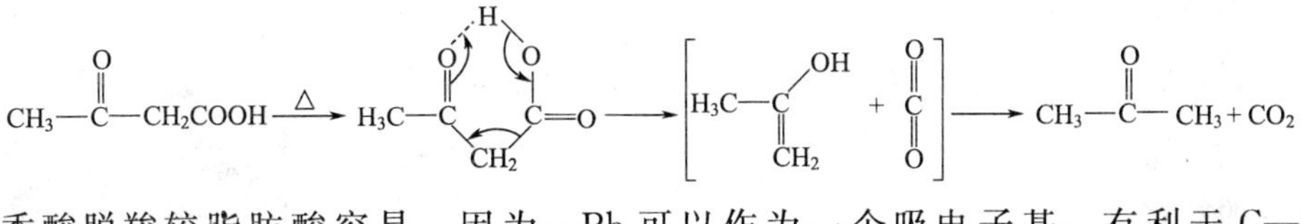

芳香酸脱羧较脂肪酸容易，因为—Ph 可以作为一个吸电子基，有利于 C—C 键的断裂：

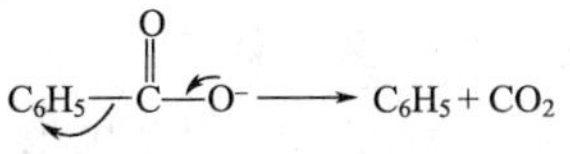

（七）二元酸的热解反应

二元羧酸具有羧酸的通性，但加热时易发生分解，这种特殊的分解反应可分为以下三类：

1. 1,2-和 1,3-二元羧酸受热，脱羧。例如：

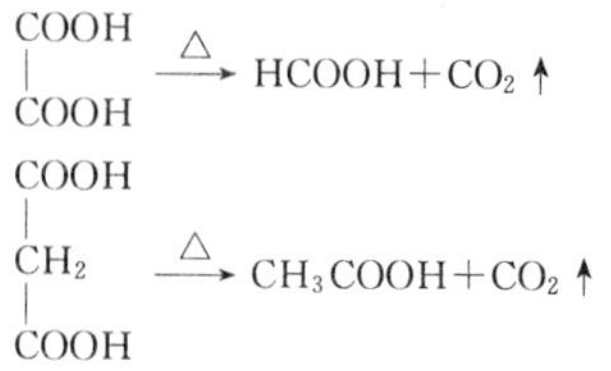

羧基的吸电子效应使得另一个羧基的脱羧反应容易进行。

2. 1,4-和 1,5-二元羧酸受热，脱水。产物为稳定的五元或六元环状酸酐。例如：

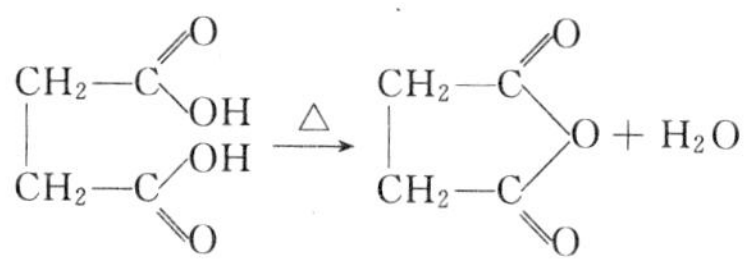

丁二酸　　丁二酸酐

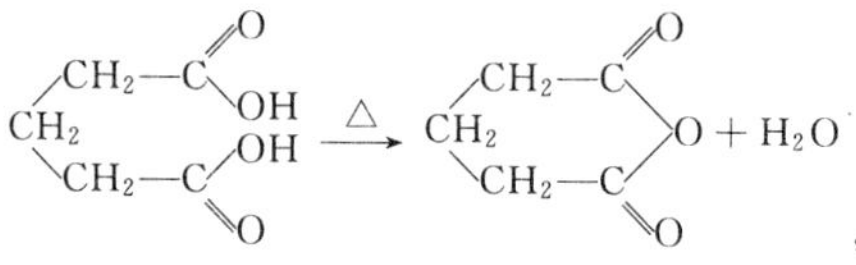

戊二酸　　戊二酸酐

3. 1,6-和 1,7-二元羧酸受热，既脱羧又脱水。产物为环酮。例如：

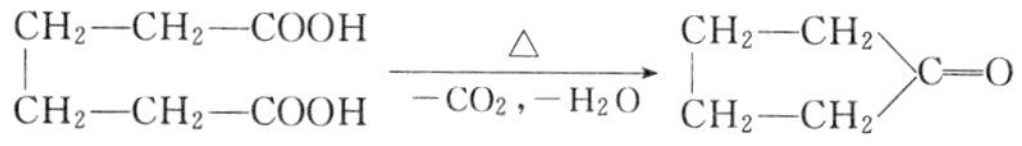

己二酸　　环戊酮

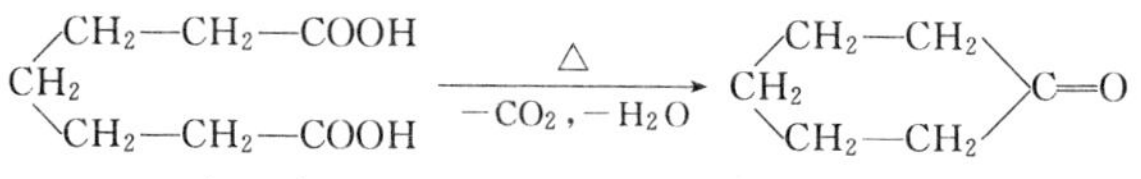

庚二酸　　环己酮

由以上反应可知，反应中有成环可能时，一般形成五元或六元环，称布朗克（Blanc）规则。

四、羧酸的制备

羧酸在工业化生产和实验室中可以通过以下方法制得：

(一) 氧化法

1. 烃的氧化

脂肪烃氧化成脂肪酸，由于产物复杂而意义不大。常用烷基苯氧化制取苯甲酸。

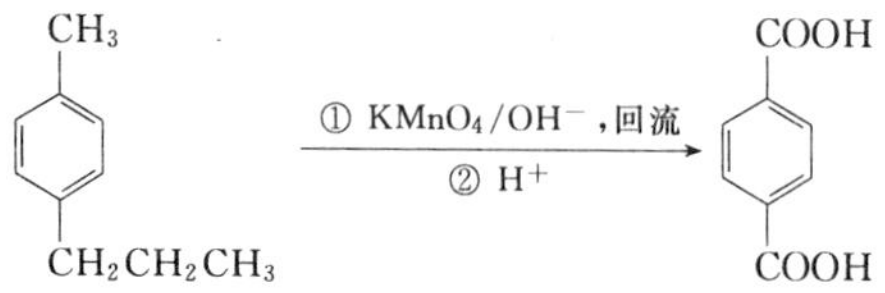

发生以上反应的条件是与芳环连接的碳至少有一个 α-氢。氧化剂通常用高锰酸钾、硝酸、重铬酸钾等。芳环上有羟基、氨基等取代基时，取代基易被氧化。

2. 伯醇或醛的氧化

伯醇或醛氧化可得相应的酸。

$$RCH_2OH \xrightarrow{[O]} RCHO \xrightarrow{[O]} RCOOH$$

常用的氧化剂有：$K_2Cr_2O_7+H_2SO_4$、CrO_3＋冰醋酸、$KMnO_4$、HNO_3 等。

不饱和醇或醛也可以氧化生成相应的羧酸，但须选用适当弱的氧化剂，以防止氧化不饱和键。

$$CH_3CH{=}CHCHO \xrightarrow[{[O]}]{AgNO_3,NH_3} CH_3CH{=}CHCOOH$$

另外，甲基酮（或甲基仲醇）在碱溶液中卤化成三卤甲酮，后者在碱液中很快分解成卤仿和羧酸盐，即醛酮一章中介绍的卤仿反应。这一方法用于合成不饱和酸很成功，未观察到卤素与烯键的竞争反应。此反应的意义在于减少一个碳原子。

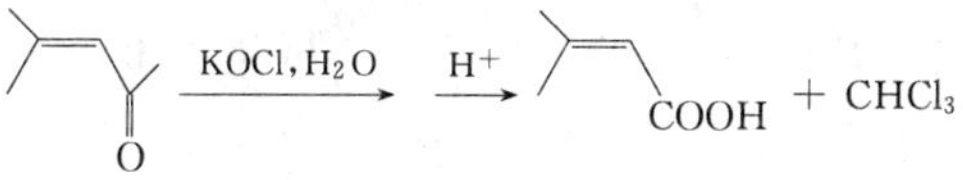

（二）腈的水解

腈由一级或二级卤代烷和氰化钠反应制得。腈类化合物在酸或碱催化下可水解生成羧酸。

$$R{-}X + NaCN \longrightarrow R{-}CN$$

$$R{-}CN + H_2O \xrightarrow{H^+} R{-}COOH$$

$$R{-}CN + H_2O \xrightarrow{OH^-} R{-}COO^-$$

腈水解生成羧酸的反应历程为：

（1）酸催化的反应历程

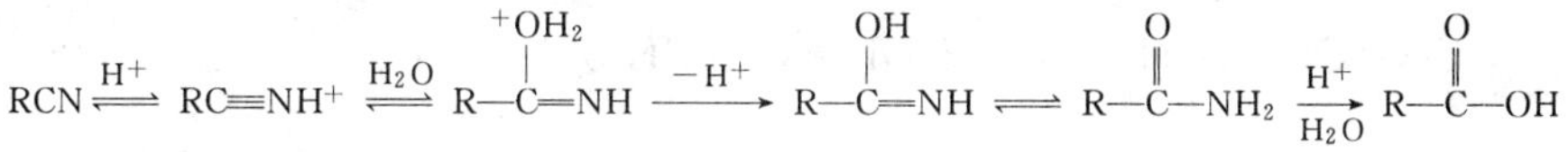

氰基与羰基相似，也能质子化。氰基质子化后，氰基碳原子很容易和水发生亲核加成，然后再消除质子，通过烯醇式重排生成酰胺；酰胺水解得到羧酸。

（2）碱催化反应历程

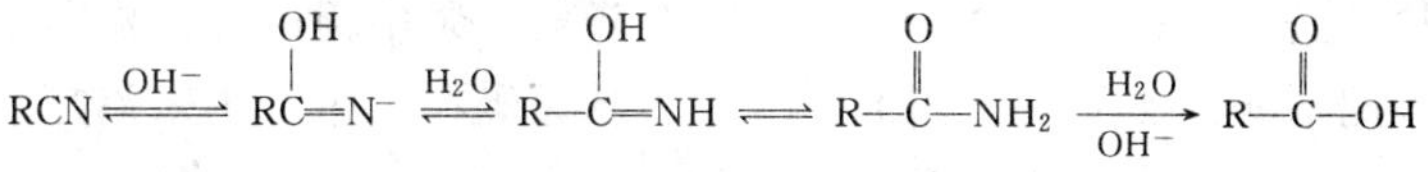

氢氧根离子进攻氰基碳原子，生成负氮离子，然后夺取质子，通过重排生成酰胺，最后水解得到羧酸。

五、重要的羧酸

（一）甲酸

甲酸俗称蚁酸，存在于蜂类、某些蚁类的分泌物中，同时也广泛存在于植物界，如荨麻、松叶中。

甲酸是无色而有强烈刺激性气味的液体，沸点 100.7℃，它的腐蚀性极强，使用时要避免与皮肤接触。

甲酸是最简单的羧酸，它的结构比较特殊，分子中的羧基和氢原子相连。它既具有羧基的结构，同时又具有醛基的结构，因而表现出与它的同系物不同的一些特性。

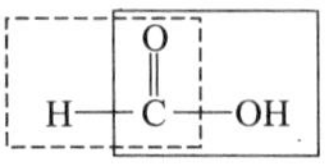

甲酸具有还原性，能发生银镜反应，也能使高锰酸钾溶液褪色；它的酸性明显比其他饱和一元羧酸强。

甲酸在工业上用作还原剂和橡胶的凝聚剂，也用来合成染料及酯类、精制织物和纸张。

（二）乙酸

乙酸俗名醋酸，是食醋的主要成分，普通的醋约含 6%～8%乙酸。乙酸为无色有刺激性气味液体，沸点 118℃，熔点 16.6℃，易冻结成冰状固体，故称为冰醋酸。乙酸能与水以任意比混溶。普通的醋酸是 36%～37%的醋酸的水溶液。

目前工业上采用乙烯或乙炔合成乙醛，乙醛在二氧化锰催化下，用空气或氧气氧化成乙酸的方法来大规模生产乙酸。

$$CaC_2 \xrightarrow{H_2O} HC\equiv CH \xrightarrow{H_2O,\ Hg^{2+}\text{-}H_2SO_4} CH_3CHO \xrightarrow[65℃\sim70℃,\ 0.2\sim0.3MPa]{O_2,\ MnO_2} CH_3COOH$$

乙酸是重要的化工原料，可以合成许多有机物，例如，醋酸纤维、乙酸酐、乙酸酯是染料工业、香料工业、制药业、塑料工业等不可缺少的原料。

（三）高级一元羧酸

它们都以甘油酯的形式存在于动、植物的油脂中，常见的高级饱和一元羧酸和高级不饱和一元羧酸有以下几种：

硬脂酸：$CH_3(CH_2)_{16}COOH$

十八酸

亚油酸：$CH_3(CH_2)_4CH{=}CHCH_2CH{=}CH(CH_2)_7COOH$

十八碳-9,12-二烯酸

花生四烯酸：

$$CH_3(CH_2)_4CH{=}CHCH_2CH{=}CHCH_2CH{=}CHCH_2CH{=}CH(CH_2)_3COOH$$

二十碳四烯酸

硬脂酸的钠盐就是肥皂；亚油酸在人体内具有降低血浆中胆固醇的作用，在医学上可以防治高脂血症，因此，亚油酸的复方制剂益寿宁、脉通等在临床上用来治疗冠心病；花生四烯酸在人体内氧化，环合成前列腺素 PGE_2，反应如下：

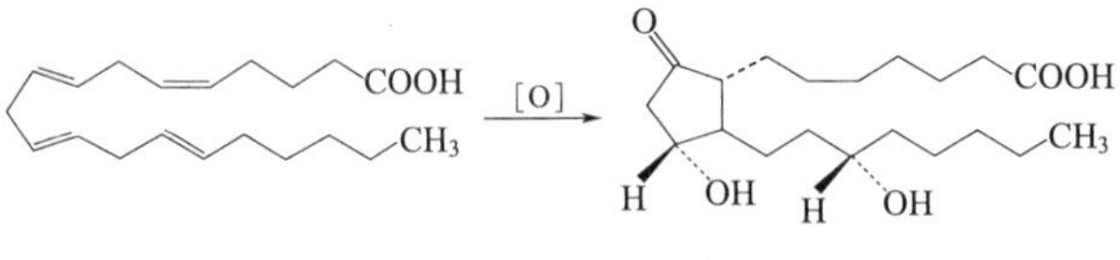

前列腺素 PGE_2

（四）乙二酸

乙二酸俗称草酸，常以钾盐或钙盐的形式存在于多种植物中。草酸是无色结晶。常见的草酸含有两分子的结晶水，当加热到 100℃～105℃会失去结晶水得到无水草酸，熔点为 189.5℃。草酸易溶于水，不溶于乙醚等有机溶剂。

草酸很容易被氧化成二氧化碳和水。在定量分析中常用草酸来标定高锰酸钾溶液。

$$5(COOH)_2+2KMnO_4+3H_2SO_4 \longrightarrow K_2SO_4+2MnSO_4+10CO_2+8H_2O$$

草酸可以与许多金属生成可溶性的配离子，因此草酸可用来除去铁锈或蓝墨水的痕迹。

（五）丁烯二酸

丁烯二酸具有 *Z*（顺），*E*（反）两种异构体：*Z*-丁烯二酸 m. p. 139℃～140℃，燃烧热 1364kJ/mol；*E*-丁烯二酸 m. p. 300℃～302℃，燃烧热 1339kJ/mol。*Z* 式比 *E* 式的燃烧热高 25kJ/mol，说明 *E*-丁烯二酸比 *Z*-丁烯二酸更稳定。

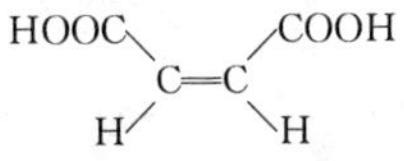

Z-丁烯二酸

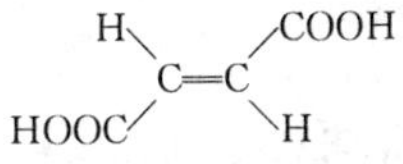

E-丁烯二酸

Z-丁烯二酸和 *E*-丁烯二酸具有不同的物理性质，但它们的化学性质基本相同，只有在与分子空间排列有关的反应中才显出不同。例如：*Z* 式容易脱水生成顺丁烯二酸酐；而 *E* 式只有在较激烈的条件下转变为顺式后，才生成酸酐。

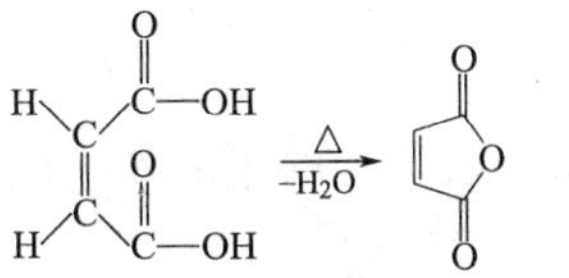

顺丁烯二酸酐的最大用途是合成增强塑料及涂料的重要原料，它在工业上是由苯催化氧化或由石油裂解气中 C_4 馏分氧化而制得的。

（六）苯甲酸

苯甲酸是最简单的芳香酸。苯甲酸与苄醇形成的酯类存在于天然树脂与安息香胶内，所以苯甲酸俗称安息香酸。苯甲酸是白色结晶，熔点 121℃，微溶于水，苯甲酸的酸性比一般脂肪族羧酸的酸性强。工业上制取苯甲酸的方法，是将甲苯催化氧化。

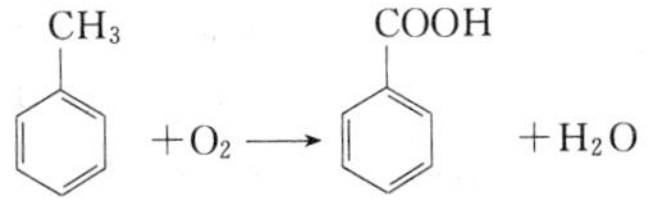

苯甲酸是有机合成的原料，可以制取染料、香料、药物等。其钠盐是温和的防腐剂，可用于药剂或食品的防腐，现因其有毒性，已逐渐被无毒的山梨酸和植酸等取代。

（七）苯二甲酸

苯二甲酸有邻、间和对位三种异构体，其中以邻位和对位在工业上最为重要。

邻苯二甲酸是白色晶体，不溶于水，加热至 231℃就熔融分解，失去一分子水而生成邻苯二甲酸酐。

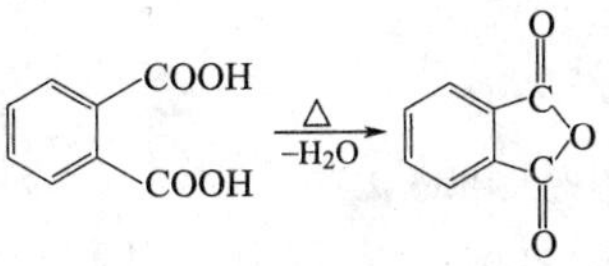

邻苯二甲酸酐（白色结晶，熔点 131℃）

邻苯二甲酸及其酸酐用于制造染料、树脂、药物和增塑剂。如邻苯二甲酸二甲酯（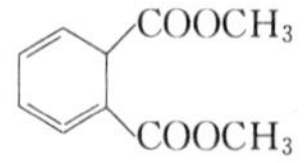）有驱蚊作用，是防蚊油的主要成分。邻苯二甲酸氢钾（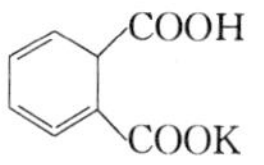）是标定碱标准溶液的基准试剂，常用于无机定量分析。

对苯二甲酸为白色晶体，微溶于水，是合成聚酯树脂（涤纶）的主要原料。

第二节　羧酸衍生物

一、羧酸衍生物的结构、分类和命名

（一）结构和分类

羧酸分子中羧基上的羟基被其他原子或原子团取代后生成的化合物称为羧酸衍生物。本节仅讨论重要的羧酸衍生物——酰卤（acyl halide）、酸酐（acid anhydride）、酯（ester）和酰胺（amide）。

酰卤是羧酸分子中羟基被卤原子取代后的生成物。酰卤的通式为：$R-\overset{O}{\overset{\|}{C}}-X$。

酸酐是两个羧基间脱水后的生成物。羧酸酐的通式为：$R-\overset{O}{\overset{\|}{C}}-O-\overset{O}{\overset{\|}{C}}-R'$。

两个相同的羧酸分子脱水后生成单纯的酸酐（烃基 R 相同），两个不同的羧酸分子脱水后生成混酐（烃基 R 不同）。某些二元羧酸脱水后生成环状的酸酐，如丁二酸酐、邻苯二甲酸酐。

酯分无机酸酯和有机酸酯两类：前者如硫酸氢乙酯、三硝酸甘油酯等，它们均可看作是无机酸和醇之间脱水后的生成物；有机酸酯是羧酸和醇的脱水产物，它的通式为：

$$R-\overset{O}{\overset{\|}{C}}-OR'$$

酰胺是羧酸分子中的羟基被氨基（$-NH_2$）或烃氨基（$-NHR, -NR_2$）取代后的生成物。酰胺的通式为：

$$R\overset{O}{\overset{\|}{C}}-\underset{R''}{\underset{|}{N}}R' \quad \text{（R′、R″可为氢、烯基或其他取代基）}$$

（二）命名

酰卤命名时，将酰基的名称放在前面，卤素的名称放在后面，并将酰基的"基"字省略。

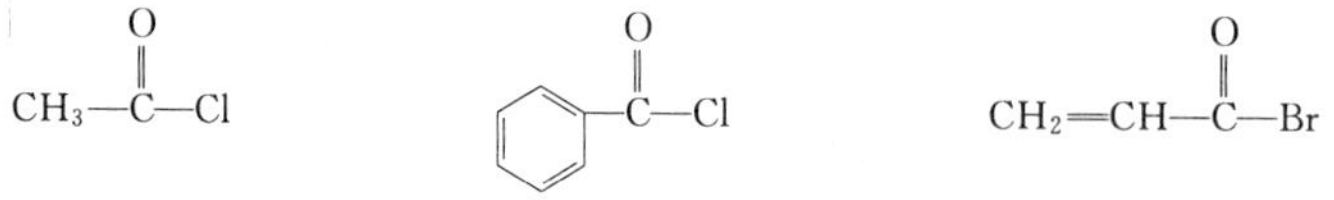

乙酰氯　　　　苯甲酰氯　　　　丙烯酰溴

酰胺的命名法与酰卤相似，如果分子为含有 $-CO-NH-$ 基团的环状结构的酰胺，称为内酰胺。例如：

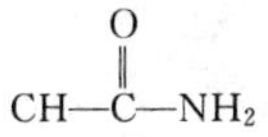
乙酰胺

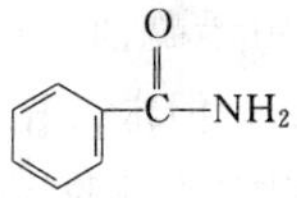
苯甲酰胺

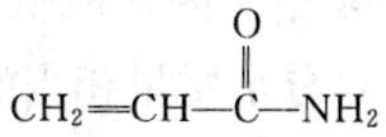
丙烯酰胺

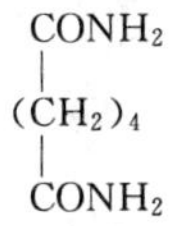
己二酰胺

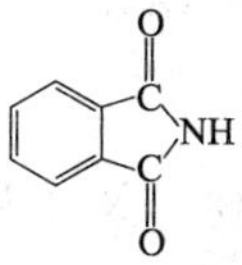
邻苯二甲酰亚胺

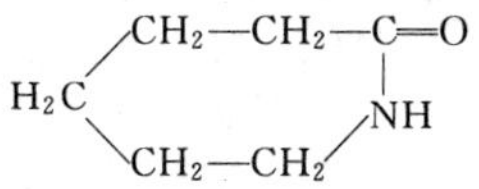
己内酰胺

若氮原子上有取代基，则在名称前面加“*N*-某基”，例如：

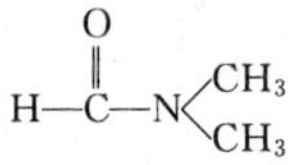
N,*N*-二甲基甲酰胺

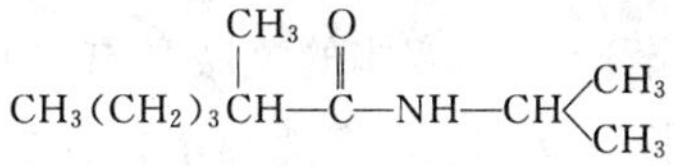
N-异丙基-2-甲基己酰胺

命名酸酐时常将相应的羧酸的名称之后加上“酐”字。

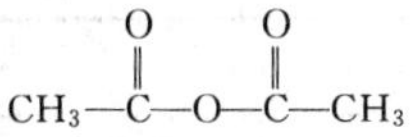
二乙酸酐(乙酐)

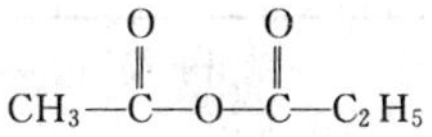
乙丙酸酐(“先小后大”)

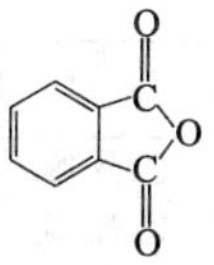
邻苯二甲酸酐

酯是按照它水解后得到的酸和醇来命名而称为某酸某（醇）酯，一般将“醇”字省略。

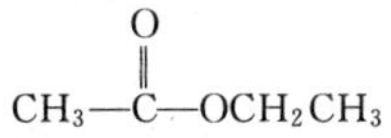
乙酸乙酯

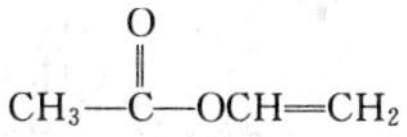
乙酸乙烯酯

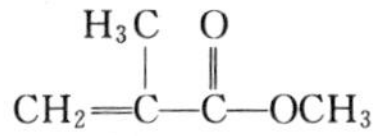
α-甲基丙烯酸甲酯

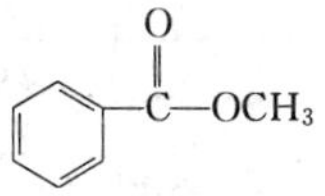
苯甲酸甲酯

命名多元醇的酯时，通常将多元醇的名称放在前面，酸的名称放在后面，称为某醇某酸酯。例如：

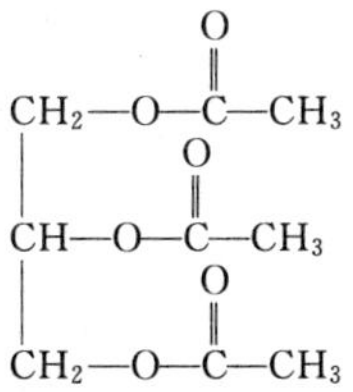
丙三醇三乙酸酯(或甘油三乙酸酯)

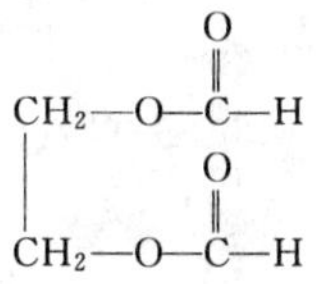
乙二醇二甲酸酯

二、羧酸衍生物的物理性质

低级的酰氯和酸酐都是具有刺激性气味的液体，高级酸酐为固体，没有气味。而低级酯却具有芳香气味，广泛存在于植物的花、果中，例如乙酸异戊酯有香蕉的香味，戊酸异戊酯有苹果香味。十四碳以下的甲酯和乙酯都为液体。油脂是高级脂肪酸的甘油酯，是生命不可缺少的物质。除甲酰胺外，酰胺大部分为是白色结晶固体。

酰卤和酯的沸点较相应的羧酸低，这是由于酰卤和酯分子中没有羟基，不能形成氢键的缘故。酸酐的沸点比相对分子质量相当的羧酸低，但常较相应的羧酸高。酰胺分子之间由于存在氢键，达到高度的缔合作用，使酰胺的沸点比相应的羧酸为高，氨基上的氢原子被烃基取代后，由于缔合程度减小，因而使沸点降低，两个氢原子都被取代时，沸点降低更多。

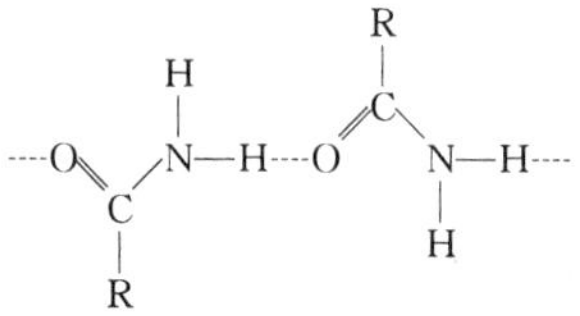

酯在水中的溶解度较小，但能溶于一般的有机溶剂。低级酰胺能溶于水，随着相对分子质量的增大而溶解度逐渐减小。液体的酰胺是有机物及无机物的优良非质子性溶剂，最常用的是 *N*,*N*-二甲基甲酰胺（DMF），它能与水以任意比混溶，不但可以溶解有机物，也可以溶解无机物，是一种性能极为优良的非质子极性溶剂。

表 12-2　　羧酸衍生物的物理常数

类别	名称	结构简式	m. p.（℃）	b. p.（℃）
酰卤	乙酰氟	CH_3COF		20.5
	乙酰氯	CH_3COCl	−112	52
	乙酰溴	CH_3COBr	−96	76.7
	乙酰碘	CH_3COI		108
	丙酰氯	CH_3CH_2COCl	−94	80
	丁酰氯	$CH_3(CH_2)_2COCl$	−89	102
	戊酰氯	$CH_3(CH_2)_3COCl$		120
	苯甲酰氯	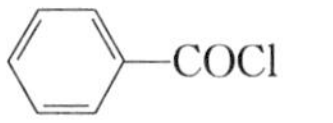	−1	197.2
酸酐	乙酸酐	$(CH_3CO)_2O$	−73	140
	丙酸酐	$(CH_3CH_2CO)_2O$	−45	168
	丁酸酐	$(CH_3CH_2CH_2CO)_2O$	−75	198
	戊酸酐	$(CH_3CH_2CH_2CH_2CO)_2O$		228
	丁二酸酐	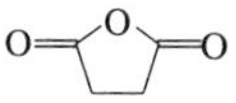	119.6	261
	丁烯二酸酐		53	202
	苯甲酸酐	$(C_6H_5CO)_2O$	42	360
	邻苯二甲酸酐	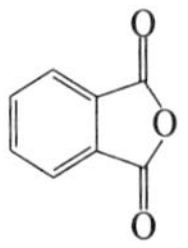	130.8	295
酯	甲酸甲酯	$HCOOCH_3$	−99	32
	甲酸乙酯	$HCOOCH_2CH_3$	−81	54
	乙酸甲酯	CH_3COOCH_3	−98	57
	乙酸乙酯	$CH_3COOCH_2CH_3$	−83	77
	乙酸丙酯	$CH_3COOCH_2CH_2CH_3$	−95	101.7
	乙酸戊酯	$CH_3COO(CH_2)_4CH_3$	−78	147.6

续表

类　别	名　称	结 构 简 式	m. p. (℃)	b. p. (℃)
	乙酸异戊酯	$CH_3COOCH_2CH_2CH(CH_3)_2$		142
酯	甲基丙烯酸甲酯	$CH_2=C(CH_3)COOCH_3$	－50	100
	苯甲酸乙酯	$C_6H_5COOC_2H_5$	－34	213
	苯甲酸苄酯	$C_6H_5COOCH_2C_6H_5$	21	324
	乙酸苄酯	$CH_3COOCH_2C_6H_5$	－52	215
	甲酰胺	$HCONH_2$	2.5	211
	乙酰胺	CH_3CONH_2	81	222
	丙酰胺	$CH_3CH_2CONH_2$	79	222
	丁酰胺	$CH_3CH_2CH_2CONH_2$	116	216
	己酰胺	$CH_3(CH_2)_4CONH_2$	101	255
	十八酰胺	$CH_3(CH_2)_{16}CONH_2$	109	251
酰	苯甲酰胺	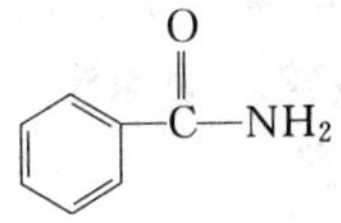	130	290
	N, *N*-二甲基甲酰胺	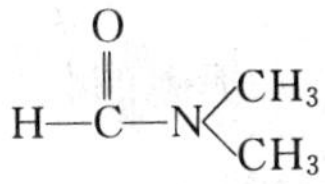	－61	153
胺	丁烯二酰亚胺	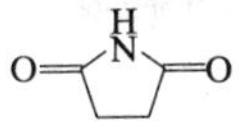	124～126	288
	邻苯二甲酰亚胺	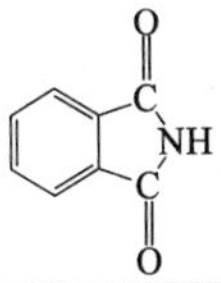	238	升华

醛、酮、羧酸、酰卤、酸酐、酯和酰胺都含有羰基。因此在红外光谱中都显示出强的羰基特征吸收峰。醛、酮的羰基吸收峰在 1680～1740cm^{-1}之间。羧酸衍生物由于连接基团的影响使羰基伸缩振动扩大到 1550～1928cm^{-1}范围内。从诱导效应来说吸电子基团降低了双键的极性，增加羰基的极性，使吸收峰波数增高；而共轭效应，由于供电子作用而使羰基的双键极性降低，使吸收峰向低波数移动。

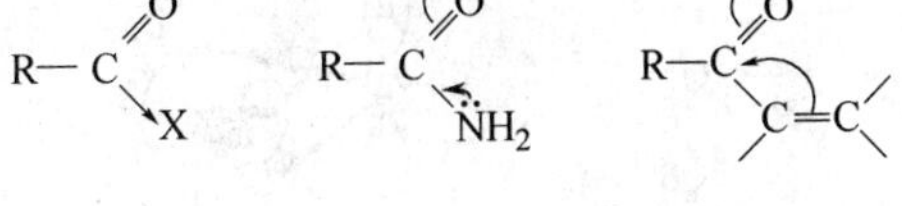

－I 效应使波数升高　　　　＋C 效应使波数降低

当羰基与不饱和键或芳基相连时，由于+C效应，使波数降低。酸酐、酰卤的羰基伸缩振动频率比酮高得多，酯中羰基的伸缩振动频率略高于酮，这是因为氧和卤素的诱导效应强于共轭效应的缘故。而酰胺的羰基伸缩振动频率低于酮，是由于氮原子的电负性较小，吸电子能力较弱，但有较强的p-π共轭的原因。

酸酐的C═O伸缩振动在1800～1750cm^{-1}和1860～1800cm^{-1}，是两个强吸收峰，这两个峰相隔60cm^{-1}左右。值得注意的是，对于线型酸酐，高频峰强于低频峰，而环型酸酐则相反。此外，酸酐在1310～1045cm^{-1}处还有C—O伸缩振动。

酰卤的C═O伸缩振动在1800cm^{-1}区域，如与不饱和基团或芳环共轭，C═O吸收峰下降至1800～1750cm^{-1}左右。

酯的C═O伸缩振动稍高于酮，在1735～1750cm^{-1}，如与芳基相连则降至1715～1730cm^{-1}。酯在1500～1300cm^{-1}区域内有两个强的ν_{C-O}吸收峰，借此可与酮区别开来。酯没有O—H谱带，借此可与羧酸区别。

酰胺的红外光谱中，C═O伸缩振动低于酮的羰基吸收峰，在1650～1690cm^{-1}处；此外，N—H伸缩振动有两个吸收峰，约在3500cm^{-1}和3400cm^{-1}处。同时，由于N—H的弯曲振动在1600cm^{-1}和1640cm^{-1}有两个特征吸收峰。

^{1}H-NMR谱：羧酸衍生物的羰基附近α-碳原子上的质子具有类似的化学位移δ_H在1.1～3之间。酯中烷基上的质子的化学位移较α-碳原子上的质子在高场吸收。δ_H在0.9～1.7之间。酰胺中氮原子上的质子的化学位移δ_H在5～8之间，吸收峰很典型，是宽和矮的峰。

^{13}C-NMR谱：酰氯、酸酐、酯、酰胺的羰基碳的化学位移δ_C在155～185范围内，与羧酸相当。

表12-3 **羧酸衍生物的红外吸收**

化合物		ν_{C-O}	其他主要吸收峰
酸酐	$(RCO)_2O$	双峰：1800～1750cm^{-1}和1860～1800cm^{-1}	ν_{C-O} 1100cm^{-1}
酰卤	RCOF	～1920cm^{-1}	
	RCOCl	1820～1750cm^{-1}	ν_{C-Cl} 1300～900cm^{-1}
酯	RCOOR′	1750～1740cm^{-1}	ν_{C-O} 1300～1100cm^{-1}
酰胺	$RCONH_2$	1690～1650cm^{-1}	ν_{N-H} 3500～3100cm^{-1}

三、羧酸衍生物的化学性质

羧酸衍生物可以看成是羰基与取代基L直接相连的结构：

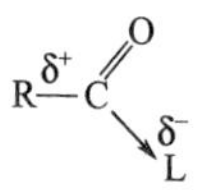

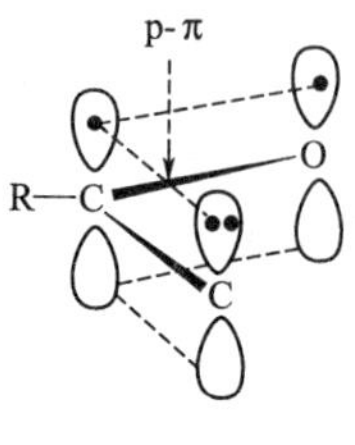

在该结构中，羰基的 π 键与取代基 L 的孤对电子可以形成 p-π 共轭，类似于羧基的结构。羰基碳带 δ^+，易受到亲核试剂的进攻，然后，L 以 L^- 形式离去，发生亲核取代反应，常见的亲核试剂有 H_2O、ROH、NH_3 等。四种羧酸衍生物的亲核取代反应活性顺序大致为：酰卤≈酸酐>酯>酰胺。

（一）水解

酰卤、酸酐、酯和酰胺都能与水发生亲核取代反应，称水解反应，产物为羧酸。

$$R-\overset{\overset{O}{\parallel}}{C}-X + H_2O \longrightarrow R-\overset{\overset{O}{\parallel}}{C}-OH + HX$$

$$R-\overset{\overset{O}{\parallel}}{C}-O-\overset{\overset{O}{\parallel}}{C}-R' + H_2O \longrightarrow R-\overset{\overset{O}{\parallel}}{C}-OH + HO-\overset{\overset{O}{\parallel}}{C}-R'$$

$$RCOOR' + H_2O \underset{\text{酯化}}{\overset{\text{水解}}{\rightleftharpoons}} R-\overset{\overset{O}{\parallel}}{C}-OH + R'-OH$$

$$RCONH_2 + H_2O \longrightarrow R-\overset{\overset{O}{\parallel}}{C}-OH + NH_3$$

羧酸衍生物的水解反应分两步进行，首先是亲核试剂（H_2O）在羰基碳上发生亲核加成，形成一个四面体（中间体），然后再消除一个负离子。总的结果是亲核取代。以酰氯为例，反应历程如下：

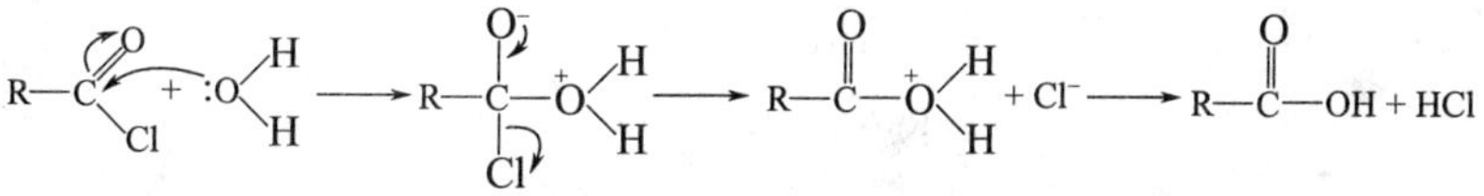

中间体　　　　质子化产物

酰卤的水解速度最快。乙酰氯与水剧烈反应，并放出大量的热。乙酸酐则与热水较易作用。

酯的水解反应是酯化反应的逆反应，在没有催化剂（H^+ 或 OH^-）存在时进行得很慢，酸或碱可以加速水解反应的进行。下面介绍酯的水解历程。

1. 碱催化水解

酯在碱存在下，水解反应变为不可逆，这是由于水解产物与碱作用生成羧酸盐，使反应进行到底。酯的碱性水解反应成为皂化反应。

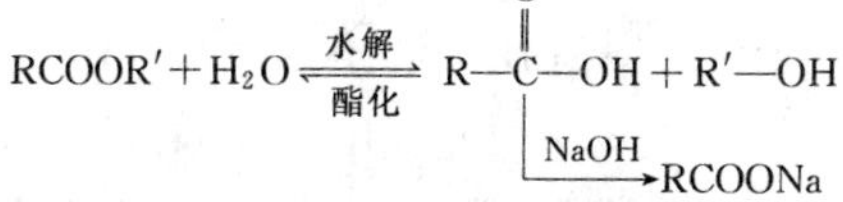

酯的碱性水解是由亲核试剂（OH^-）进攻酯基上带有部分正电荷的碳原子。水解速度依赖于酯的浓度和 OH^- 的浓度。

用含有同位素 ^{18}O 的酯水解证明反应是按酰氧键断裂的方式进行的。

$$C_2H_5-\overset{\overset{O}{\parallel}}{C}-{}^{18}OC_2H_5 + OH^- \longrightarrow C_2H_5-\overset{\overset{O}{\parallel}}{C}-O^- + C_2H_5-{}^{18}OH$$

酯的碱性水解机理可表示为：

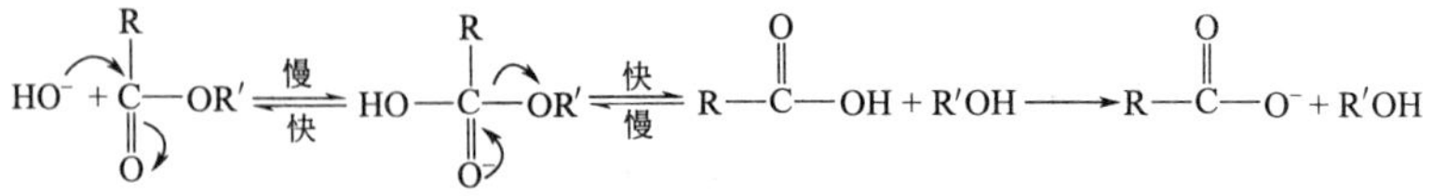

亲核性强的 OH^- 首先进攻羰基碳原子，形成四面体负离子中间体，然后消除 R′O—基团变为羧酸。所以酯的水解反应，表面上是一个羰基碳上的亲核取代反应，实际上是一个加成-消除过程。酯的碱性水解历程称为 $B_{AC}2$(碱催化，酰氧键断裂，双分子历程)。反应的最后一步是不可逆的，因为生成的羧酸根（$RCOO^-$）有较强的 p-π 共轭效应，其碱性比烷氧负离子要弱得多，不可能夺取醇中的质子，从而使反应变为不可逆，得到的产物是羧酸盐。酯的碱性水解可以进行到底，因此，酯的水解常用碱催化。

2. 酸催化水解

在酸性条件下，酯的水解反应为：

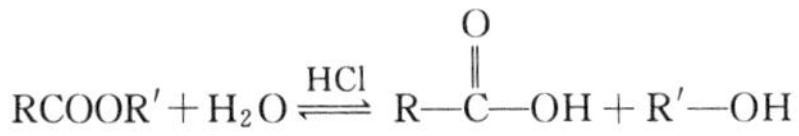

酯的酸性水解绝大多数是双分子反应，并且是酰氧键断裂。这样的历程称为 $A_{AC}2$(酸催化，酰氧键断裂，双分子历程)。水解历程如下：

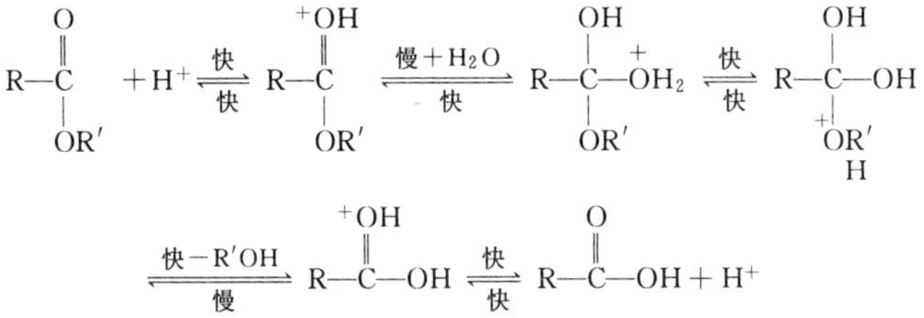

在酸催化下，酯中羰基氧原子质子化，质子化后的羰基碳原子的亲电性增强，使羰基碳原子更容易受到水分子的进攻，形成四面体正离子中间体，再通过质子转移，最后消除醇和质子便得到羧酸。

一些特殊结构的酯水解时也可以是烷氧键断裂。叔丁酯在酸性水解时由于 $(CH_3)_3C^+$ 离子比较容易生成，所以是按烷氧键断裂单分子历程进行的，称为 $A_{Al}1$(酸催化，烷氧键断裂，单分子历程)。

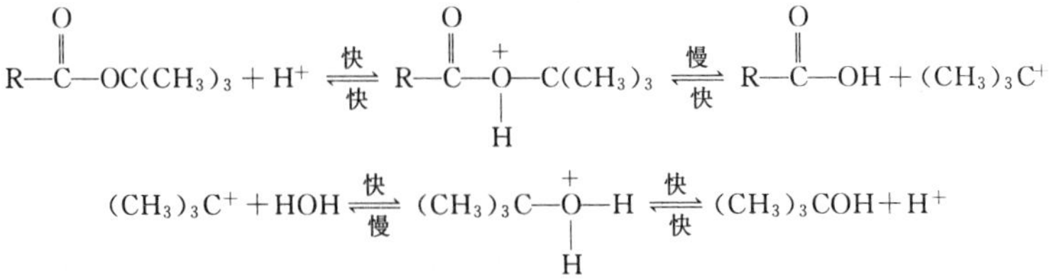

酰胺由于 π 电子沿 O—C—N 键离域，羰基的亲电性明显减弱，所以酰胺的羰基被亲核试剂进攻较酯难。酰胺的水解条件比其他羧酸衍生物的要求高，有空间位阻的酰胺比较难以水解。

（二）醇解

酰卤、酸酐和酯都能与醇发生亲核取代反应，称为醇解，产物为酯。

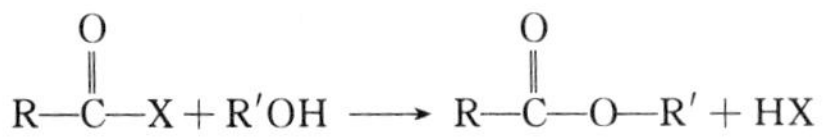

$$R-\overset{O}{\overset{\|}{C}}-O-\overset{O}{\overset{\|}{C}}-R+R'OH \longrightarrow R-\overset{O}{\overset{\|}{C}}-O-R'+R-\overset{O}{\overset{\|}{C}}-OH$$

$$R-\overset{O}{\overset{\|}{C}}-OR+R'OH \longrightarrow R-\overset{O}{\overset{\|}{C}}-O-R'+R-OH$$

酰卤和酸酐可直接与醇作用。一般用其他方法难以制备的酯（例如酚酯不能直接由羧酸和酚反应制备），就可以通过酰卤来制备。

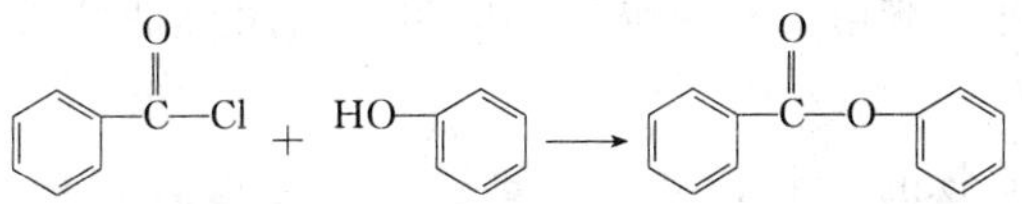

酯的醇解需在酸或醇钠的催化下才能进行，生成新的酯和醇，这种反应称为酯交换反应。酯交换反应也是可逆的。

$$R-\overset{O}{\overset{\|}{C}}-OCH_3+C_2H_5OH \underset{}{\overset{H^+}{\rightleftharpoons}} R-\overset{O}{\overset{\|}{C}}-OC_2H_5+CH_3OH$$

用过量的乙醇可使反应大部分向右进行，相反，若用乙酯和过量的甲醇作用，则可使反应向左进行。在有机合成中，当一个结构复杂的醇与某种羧酸很难直接酯化时，往往先把羧酸制成甲酯或乙酯，然后再与复杂的醇进行酯交换反应，然后将低级醇蒸馏出来，生成所需要的酯。例如，普鲁卡因合成就是利用酯交换方法：

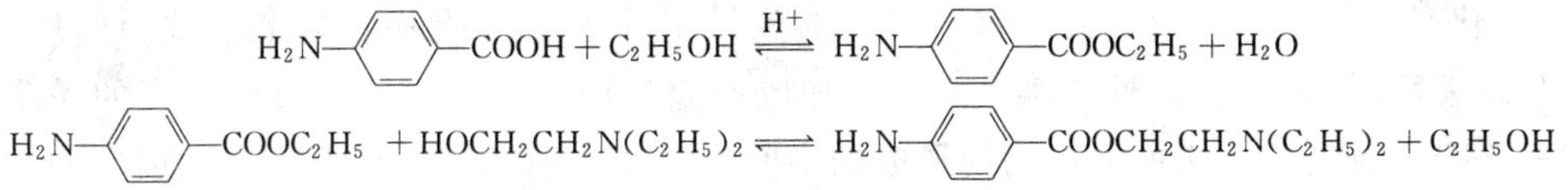

β-二乙胺基乙醇　　　　普鲁卡因

酰胺的醇解比较困难，在醇过量并且有酸催化的条件下才能生成酯。所以酰胺醇解的合成意义更小。

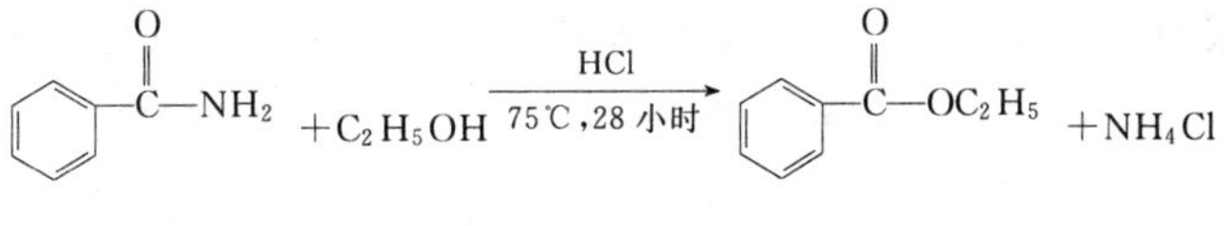

（三）氨解

酰卤、酸酐、酯及酰胺与氨作用，都生成酰胺。

$$R-\overset{O}{\overset{\|}{C}}-X+NH_3 \longrightarrow R-\overset{O}{\overset{\|}{C}}-NH_2+HX$$

$$R-\overset{O}{\overset{\|}{C}}-O-\overset{O}{\overset{\|}{C}}-R+NH_3 \longrightarrow R-\overset{O}{\overset{\|}{C}}-NH_2+R-\overset{O}{\overset{\|}{C}}-OH$$

$$R-\overset{O}{\overset{\|}{C}}-OR'+NH_3 \longrightarrow R-\overset{O}{\overset{\|}{C}}-NH_2+R'OH$$

$$R-\overset{O}{\overset{\|}{C}}-NH_2+CH_3NH_2\cdot HCl \longrightarrow R-\overset{O}{\overset{\|}{C}}-NHCH_3+NH_4Cl$$

酯的氨解不需加入酸碱等催化剂，因为氨本身就是碱，其亲核性比水强，反应在室温条件下即可进行，这是与水解、醇解不同之处，也可用于制备酰胺。有些芳胺的亲核性比较弱，可加入醇钠等强碱，使芳胺变为强亲核性的芳胺负离子，这样就能与酯顺利进行反应。

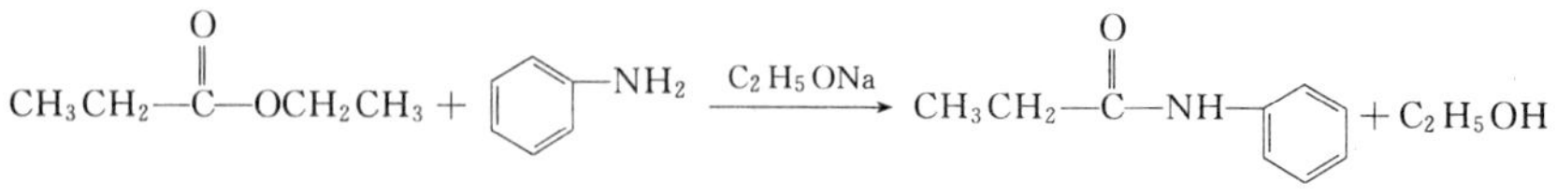

77.2%

（四）羧酸衍生物亲核取代与结构的关系

羧酸衍生物醇解和氨解反应的结果，相当于在这些化合物分子中引入了酰基，这样的反应称为酰化反应。在四种羧酸衍生物，酰卤和酸酐由于反应活性很强，所以，是最常用的酰基化试剂。

酰卤、酸酐、酯、酰胺的水解、醇解、氨解，都是通过亲核加成-消除历程来完成的，羰基碳原子相连接的基团被取代。反应历程可用通式表示如下：

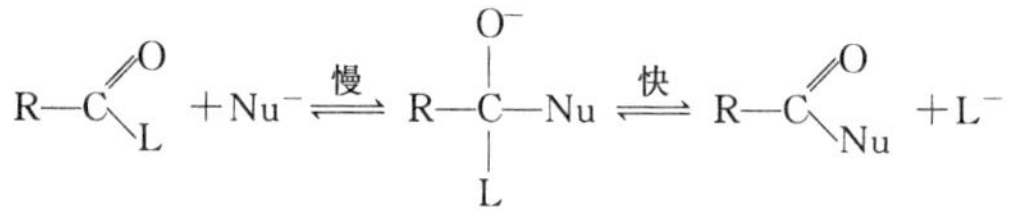

L＝离去基团（X、—OCOR、—OR、—NH_2）

Nu^-＝OH^-、H_2O、NH_3、ROH 等亲核试剂

反应首先是在亲核试剂进攻下羰基碳发生亲核加成，在加成过程中，羰基碳原子由 sp^2 杂化变为 sp^3 杂化形成四面体中间体。然后再失去离去基团 L^-，碳原子的杂化态重新回到 sp^2 杂化态。从整个反应过程来看，反应的难易主要决定于羰基碳与亲核试剂的反应能力，以及离去基团 L^- 的稳定性。第一步亲核加成反应最慢，是决定整个反应速度的一步。如果离去基团的吸电子性能愈强，则使形成的中间体负离子愈稳定，而有利于加成。而第二步消除反应的难易，决定于离去基团离去的难易，这又与离去基团的碱性强弱有关，碱性愈弱，愈稳定，愈容易离去。

若羧酸衍生物的酰基部分相同，则反应活性的差异，主要决定于离去基团的性质。离去基团 L^- 的吸电子诱导效应（－I），会使羰基碳的正电性增加，有利于亲核试剂的加成；离去基团的斥电子共轭效应（＋C），将不利于加成。从下表可以看出各种不同的基团 L 对反应性能的影响。

表 12-4　羧酸衍生物中 L 对反应性能的影响

L	诱导效应（－I）	p-π 共轭效应（＋C）	L^- 的稳定性	反应活性
—Cl 或—OCOR	大	小	大	大
—OR	中	中	中	中
—NR_2	小	大	小	小

对酰氯来说，氯原子具有强的吸电子作用和较弱的 p-π 共轭效应，使羰基碳的正电性加强而易于被亲核试剂进攻，同时 Cl^- 稳定性高易于离去，因此 RCOCl 表现出很高的反应活性。相反，酰胺分子中，氮的吸电子作用较弱，而 p-π 共轭效应较强，以及 NH_2^- 的不稳定性，使酰胺反应能力减弱。因此羧酸衍生物进行羰基碳的亲核取代的能力次序为：

$$\mathrm{R{-}\overset{O}{\overset{\|}{C}}{-}Cl} > \mathrm{R{-}\overset{O}{\overset{\|}{C}}{-}O{-}\overset{O}{\overset{\|}{C}}{-}R'} > \mathrm{R{-}\overset{O}{\overset{\|}{C}}{-}O{-}R'} > \mathrm{R{-}\overset{O}{\overset{\|}{C}}{-}NH_2}$$

（五）还原反应

羧酸衍生物比羧酸容易被还原。

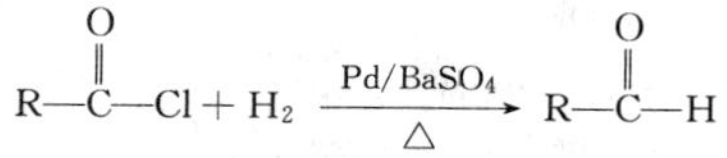

使用活性较低的钯催化剂（Pd-$BaSO_4$）进行催化加氢，可将酰氯还原成醛，这种比较典型的方法叫做罗森孟德（Rosenmund）还原法，具有选择性，如硝基、卤素、酯基不被还原。

酯可用催化加氢还原，在 250℃左右和 10～33MPa 的条件下，用铜铬催化剂使酯类加氢，能达到很高的转化率。

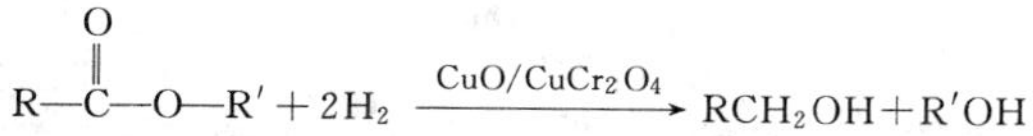

酰胺很不容易还原，用催化加氢法在高温高压下才还原为胺。

若使用强还原剂氢化铝锂（$LiAlH_4$），酰氯、酸酐被还原成伯醇，酰胺被还原为胺。

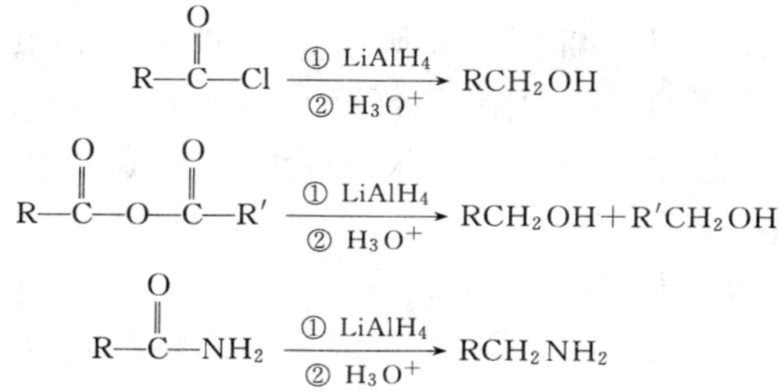

氢化铝锂或金属钠-醇也可以还原酯，而且对 C═C 及 C≡C 无影响，可还原 α,β-不饱和酯。

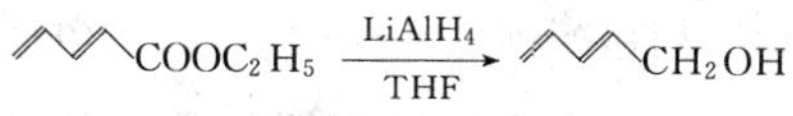

（六）与格氏试剂反应

格氏试剂是一个亲核试剂，羧酸衍生物都能与格氏试剂发生反应。

酰氯与格氏试剂作用生成酮或叔醇。

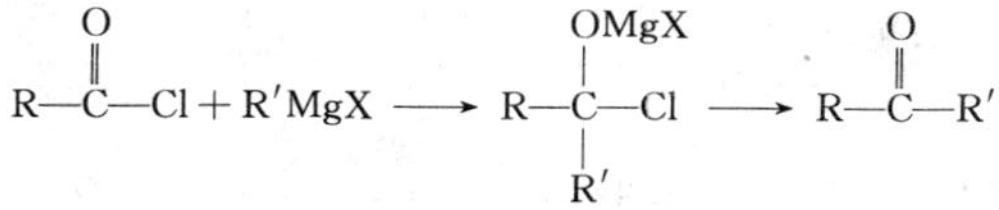

若格氏试剂过量，则很容易和酮继续反应，生成叔醇。

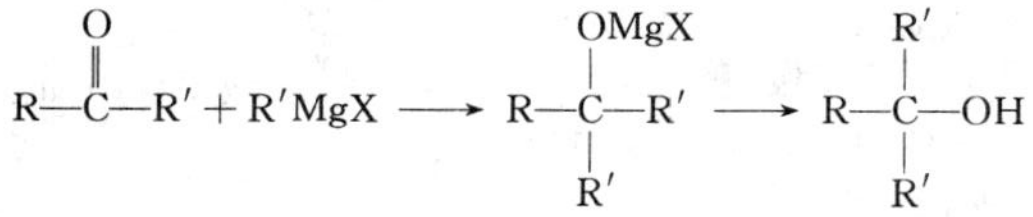

低温下，用 1mol 的格氏试剂，慢慢滴入含有 1mol 酰氯的溶液中，可使反应停留在酮的一步，但产率不高。

酸酐与格氏试剂在室温下也可以得到酮。例如：

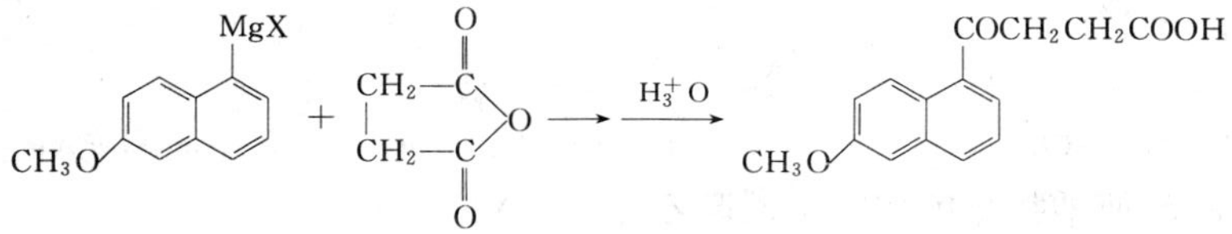

酯与格氏试剂反应生成酮，由于格氏试剂与酮反应比酯还快，反应很难停留在酮阶段，最终产物为叔醇。这是制备叔醇的一个很好的方法，具有合成上的意义。

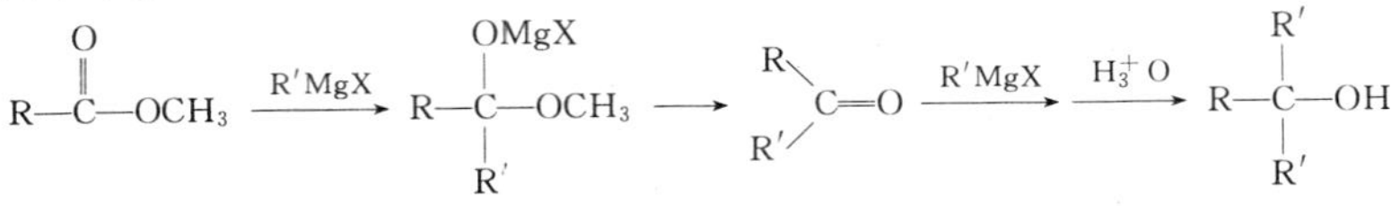

α-或β-碳上取代基多的酯，位阻大，可以停留在生成酮阶段。例如：

$$(CH_3)_3CCOOCH_3 + C_3H_7MgCl \longrightarrow \xrightarrow{H_3^+O} (CH_3)_3C-\overset{O}{\overset{\|}{C}}-C_3H_7$$

内酯则得到叔醇。

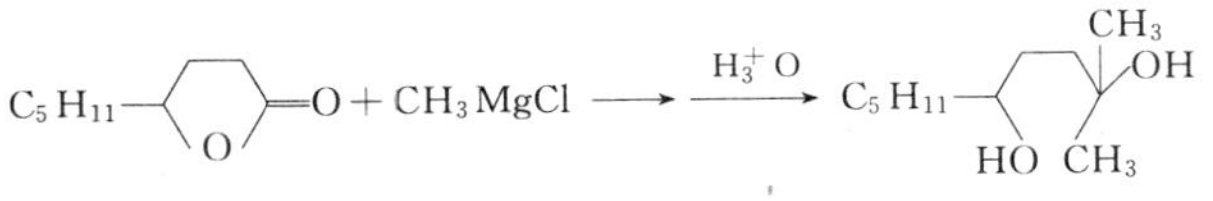

（七）酯缩合反应

与醛、酮的羟醛缩合类似，酯分子 α-碳上的氢被酯基活化，在某些碱性试剂存在下，与另一分子酯反应得到β-酮酯，称为酯缩合反应。例如，乙酸乙酯在醇钠的催化下，发生酯缩合反应，生成乙酰乙酸乙酯。这个反应称为克莱森(Claisen) 缩合反应。

$$CH_3\overset{O}{\overset{\|}{C}}-OC_2H_5 + CH_3\overset{O}{\overset{\|}{C}}-OC_2H_5 \xrightarrow{C_2H_5ONa} CH_3\overset{O}{\overset{\|}{C}}-CH_2\overset{O}{\overset{\|}{C}}-OC_2H_5 + C_2H_5OH$$

反应历程为：首先是强碱($C_2H_5O^-$) 进攻乙酸乙酯的 α-H，形成碳负离子。

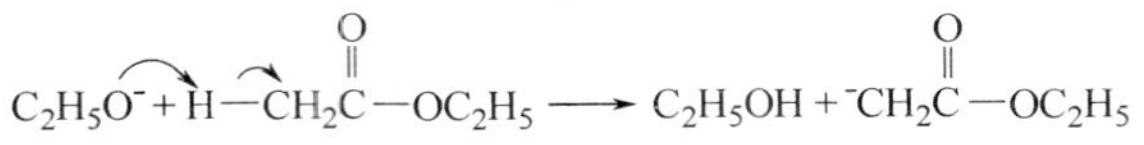

然后强亲核性的碳负离子进攻乙酸乙酯带有部分正电荷的羰基碳原子，发生亲核加成反应，生成一个四面体负离子中间产物。

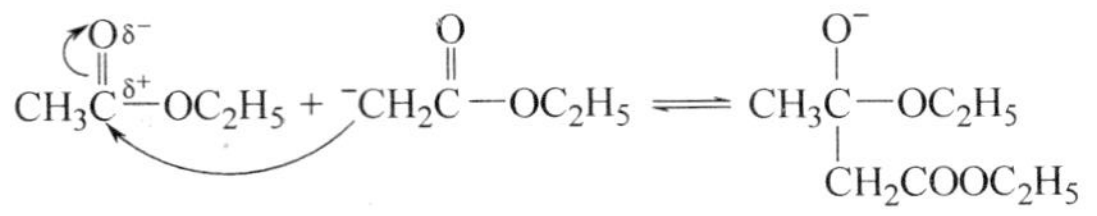

最后，中间产物失去 $C_2H_5O^-$，生成乙酰乙酸乙酯。

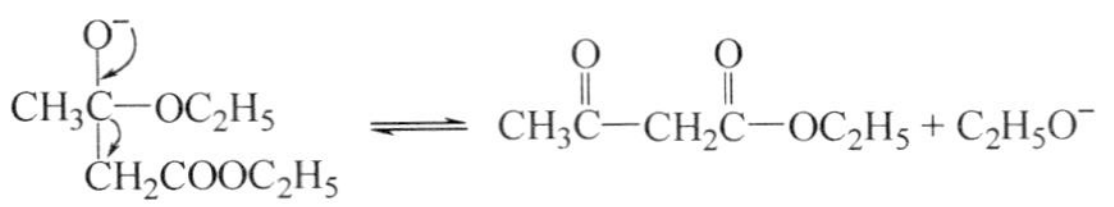

克莱森(Claisen) 缩合反应是可逆的，由于乙酰乙酸乙酯的 α-H 位于羰基和酯基之间，受到两个吸电子基的影响，乙酰乙酸乙酯的 pK_a 值为 11，酸性比乙醇强（乙醇 pK_a 值为 17），$C_2H_5O^-$ 可以夺取乙酰乙酸乙酯中亚甲基上的氢，而使平衡向生成乙酰乙酸乙酯钠盐的方向移动。

$$CH_3\overset{O}{\overset{\|}{C}}-CH_2-\overset{O}{\overset{\|}{C}}-OC_2H_5 + C_2H_5O^- \rightleftharpoons CH_3\overset{O^-}{\overset{|}{C}}=CH-\overset{O}{\overset{\|}{C}}-OC_2H_5 + C_2H_5OH$$

最后加入醋酸使钠盐分解成乙酰乙酸乙酯。

$$[CH_3COCHCOOC_2H_5]^-Na^+ + CH_3COOH \longrightarrow CH_3\overset{O}{\overset{\parallel}{C}}-CH_2\overset{O}{\overset{\parallel}{C}}-OC_2H_5 + CH_3COONa$$

实际上，酯缩合反应相当于一个酯的 α-H 被另一个酯的酰基所取代。凡是含有 α-H 的酯，在强碱条件下都有类似的反应。因此，酯缩合反应本质上是 α-活泼氢的一个反应类型。如果用含有 α-活泼氢的醛或者酮代替一部分酯，用酰氯、酸酐代替另一部分提供酰基的酯，结果发生相同的反应。

$$R-\overset{O}{\overset{\parallel}{C}}-Y \quad + \quad H-\underset{|}{\overset{|}{C}}-\overset{O}{\overset{\parallel}{C}}- \quad \longrightarrow \quad R-\overset{O}{\overset{\parallel}{C}}-\underset{|}{\overset{|}{C}}-\overset{O}{\overset{\parallel}{C}}- \quad + \quad HY$$

酯、酰氯或酸酐（提供酰基）　　酯、醛或酮（提供 α-H）　　β-二羰基化合物

这是广义上的克莱森(Claisen) 缩合反应，用于合成 β-羰基酸酯或 β-二酮类化合物。

当用两种含有 α-H 的酯进行克莱森缩合反应时，理论上可以得到四个产物，由于分离的困难，在有机合成上意义不大。但如果两种酯中，只有一种酯含有 α-H，两者相互缩合就能得到较单一的缩合产物。常用的不含 α-H 的酯有苯甲酸酯、甲酸酯和草酸酯。它们可以向其他具有 α-H 的酯的 α 位引入苯甲酰基、酯基和醛基。例如：

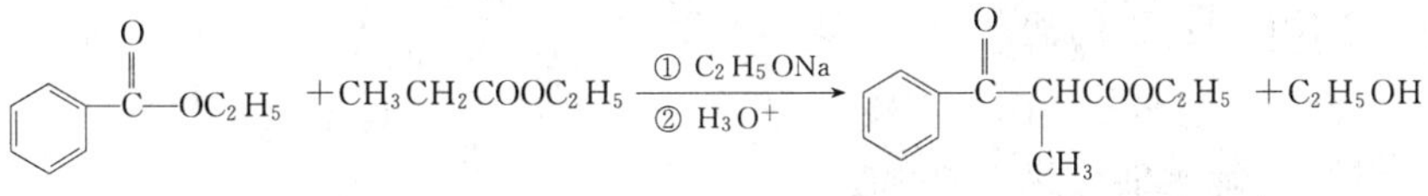

α-苯甲酰丙酸乙酯

$$H-\overset{O}{\overset{\parallel}{C}}-OC_2H_5 + CH_3CH_2COOCH_3 \xrightarrow[\text{② } H_3O^+]{\text{① } C_2H_5ONa} H-\overset{O}{\overset{\parallel}{C}}-\underset{CH_3}{\underset{|}{C}}HCOOCH_3 + C_2H_5OH$$

α-甲酰丙酸甲酯

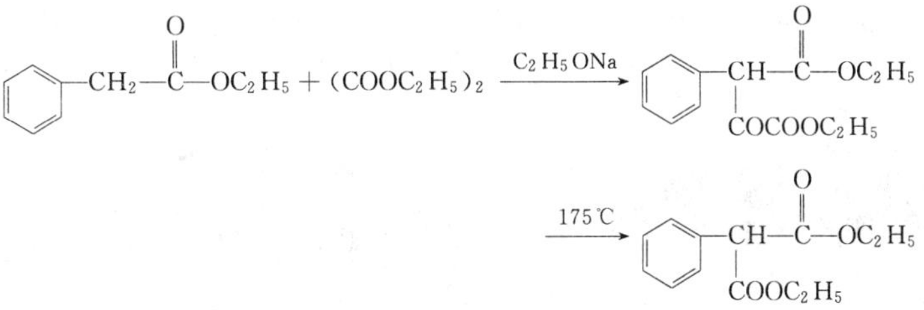

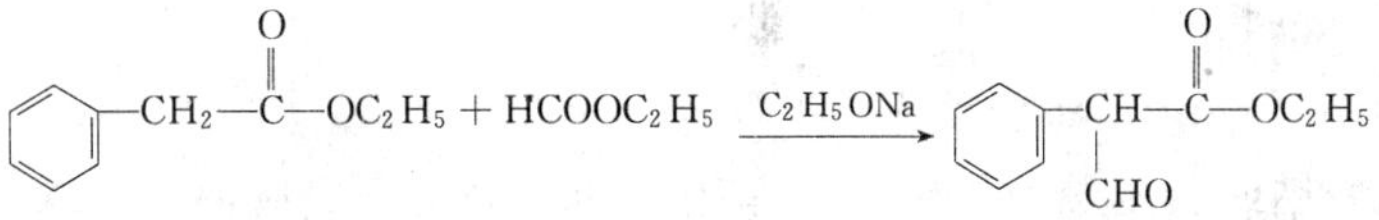

这是在酯的 α 位引入酯基、醛基的重要方法之一。

酮的 α-H 比酯的 α-H 活泼，因此当酮与酯进行缩合时得到 β-羰基酮。

$$CH_3COOC_2H_5 + CH_3-\overset{O}{\overset{\parallel}{C}}-CH_3 \xrightarrow{C_2H_5ONa} CH_3-\overset{O}{\overset{\parallel}{C}}-CH_2-\overset{O}{\overset{\parallel}{C}}-CH_3 + C_2H_5OH$$

酯缩合也可以在分子内进行，形成环状 β-羰基酯，这种环化酯缩合反应称为迪克曼(Dieckman) 反应，是合成五元、六元碳环的一种方法。

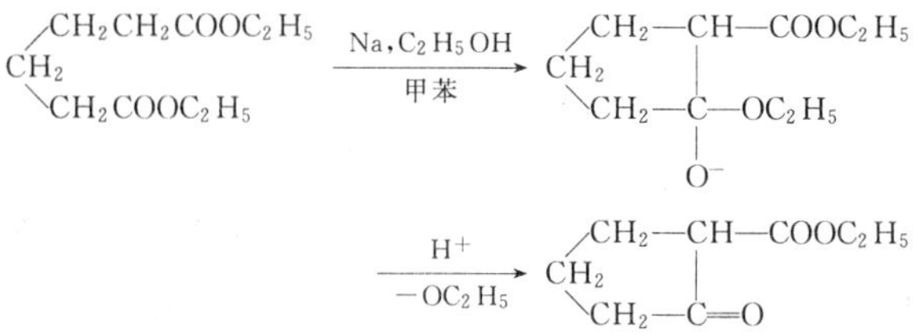

（八）酰胺的特征反应

1. 酰胺的酸碱性

当氨分子中的氢原子被酰基取代后，由于氮原子上的孤对电子与碳氧双键形成 p-π 共轭，使氮原子上的电子云密度降低，减弱了它接受质子的能力，故只显弱碱性，与 Na 作用，放出氢气。另一方面，与氮原子连接的氢原子变得稍为活泼，表现出微弱的酸性。

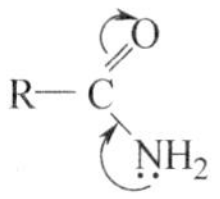

酰胺由于碱性很弱，只能与强酸作用生成盐。例如，将氯化氢气体通入乙酰胺的乙醚溶液中，则生成不溶于乙醚的盐。

$$CH_2CONH_2 + HCl \longrightarrow CH_3CONH_2 \cdot HCl$$

生成的盐不稳定，遇水即分解成乙酰胺和盐酸。

如果氨分子中的第二个氢原子也被酰基取代，则生成酰亚胺化合物。由于受到两个酰基的影响，使得氮原子上剩余的一个氢原子容易以质子的形式与碱结合，因此酰亚胺化合物具有弱酸性，能与强碱的水溶液反应生成盐，例如，邻苯二甲酰亚胺。

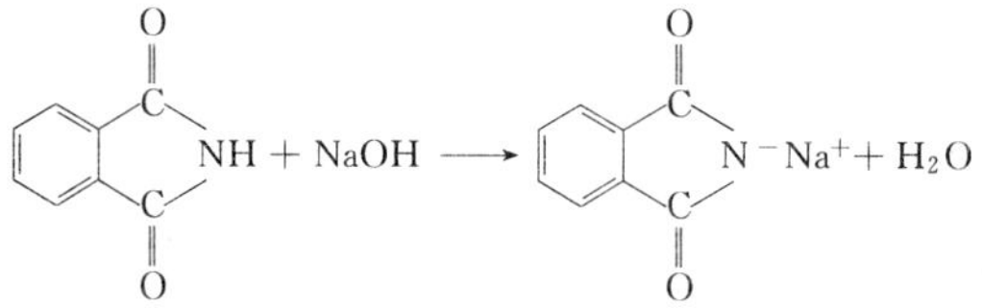

$pK_a = 7.4$

因此，当氨分子中的氢被酰基取代后，其酸碱性变化如下：

$$\xrightarrow{\text{酸性加强，碱性减弱}}$$
$$NH_3 \rightarrow RCONH_2 \rightarrow (RCO)_2NH$$

2. 霍夫曼（Hofmann）降解反应

酰胺与次氯酸钠或次溴酸钠的碱溶液作用时，脱去羰基生成伯胺，这是霍夫曼（1818～1892 年）发现制备胺的一个方法。由于反应结果碳链减少了一个碳原子，所以称为霍夫曼（Hofmann）降解反应。

$$R-\overset{\overset{\large O}{\|}}{C}-NH_2 + NaOX + 2NaOH \longrightarrow R-NH_2 + Na_2CO_3 + NaX + H_2O$$

3. 脱水反应

酰胺与强脱水剂共热或强热则生成腈，常用的脱水剂是五氧化二磷和亚硫酰氯。

$$R-\overset{O}{\overset{\|}{C}}-NH_2 \xrightarrow[\triangle]{P_2O_5} RCN$$

这是实验室合成腈的一种方法。

四、碳酸衍生物

在结构上可以把碳酸看成羟基甲酸，或把它看成是共有一个羰基的二元酸。

碳酸分子中的羟基被其他基团取代后的生成物称为碳酸衍生物。碳酸是二元酸，应有酸性及中性两种衍生物，但是碳及其酸性衍生物都不稳定，易分解成 CO_2。下面介绍几个有代表性的化合物。

（一）碳酰氯

碳酰氯又名光气（phosgene），因为碳酰氯最初由一氧化碳和氯气在日光作用下得到。目前工业上是在活性炭催化下，加热至 200℃制得：

$$CO + Cl_2 \xrightarrow[200℃]{活性炭} Cl_2C{=}O$$

碳酰氯在常温下为气体，沸点 8.3℃，熔点－118℃，易溶于苯及甲苯。碳酰氯是一个在有机合成上有广泛应用的重要试剂，但其毒性很强。

碳酰氯具有酰氯的典型性质，容易发生水解、氨解和醇解。例如，它遇到潮湿的空气，即渐渐水解生成二氧化碳和氯化氢，与氨作用生成尿素。

$$Cl_2C{=}O + H_2O \longrightarrow CO_2 + 2HCl$$

$$Cl_2C{=}O + 2NH_3 \longrightarrow (NH_2)_2C{=}O + 2HCl$$

碳酰氯与等摩尔的醇在低温时作用，生成氯甲酸酯，用过量的醇则得到碳酸酯。

$$COCl_2 + C_2H_5OH \longrightarrow Cl-\underset{\underset{O}{\|}}{C}-OC_2H_5 + HCl$$

氯甲酸乙酯

$$Cl-\underset{\underset{O}{\|}}{C}-OC_2H_5 + C_2H_5OH \longrightarrow (C_2H_5O)_2C{=}O$$

碳酸二乙酯

碳酰氯是一种活泼试剂，是有机合成的重要原料。它和芳烃发生傅氏反应，水解得到芳香酸。若形成的芳酰氯再和一分子的芳烃反应，则生成二芳基酮。

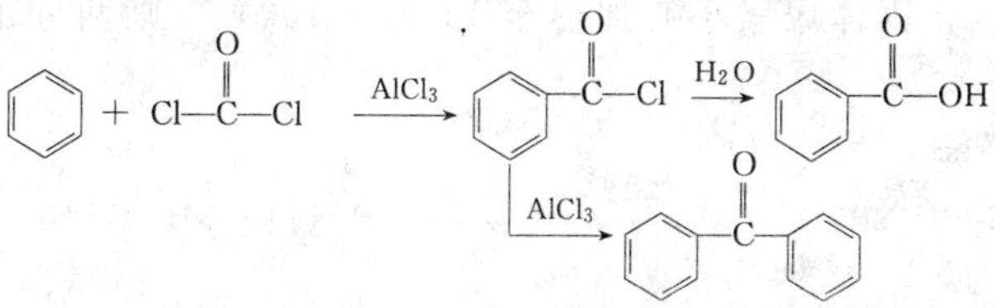

碳酰氯与二元醇反应，能生成五元或六元环状化合物。

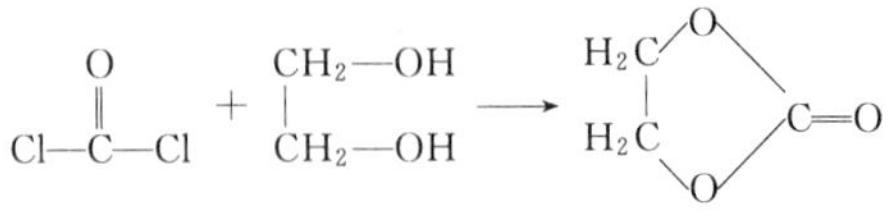

碳酸乙二醇酯

（二）碳酸的酰胺

碳酸能生成两种酰胺。

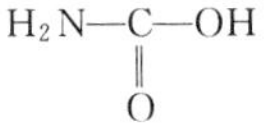

氨基甲酸

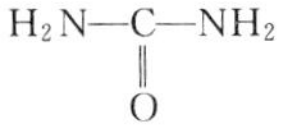

脲(尿素)

1. 脲

脲即尿素，是碳酸的二元酰胺，是碳酸最重要的衍生物。尿素最初在 1773 年从尿中取得，成人每人每天排泄的尿液中约含 30g 尿素。

工业上用二氧化碳和过量的氨在加压（14～20MPa）加热（180℃左右）下生产尿素。

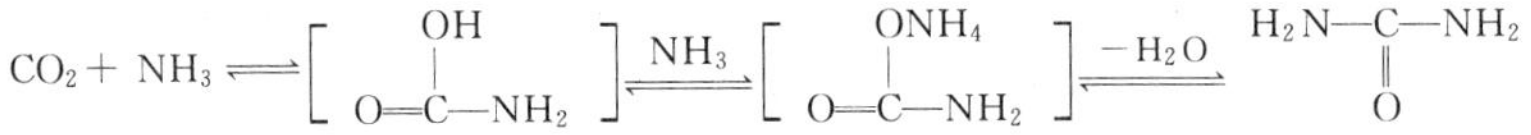

尿素为菱状或针状结晶，熔点 132.7℃，易溶于水及醇而不溶于乙醚。

尿素的化学性质主要有以下几点：

(1) 弱碱性：尿素的碱性比普通酰胺强。它的水溶液不能使石蕊试液变色，只能和强酸反应生成盐。向尿素的水溶液中加入浓硝酸，生成的硝酸脲不溶于浓硝酸，微溶于水。

$$CO(NH_2)_2 + HNO_3 \longrightarrow CO(NH_2)_2 \cdot HNO_3 \downarrow$$

(2) 水解：在酸或碱的影响下，加热时发生水解。

$$CO(NH_2)_2 + H_2O + HCl \xrightarrow{\triangle} CO_2 + 2NH_4Cl$$

$$CO(NH_2)_2 + 2NaOH \xrightarrow{\triangle} 2NH_3 + Na_2CO_3$$

在尿素酶的催化下，能在常温下进行水解，生成 CO_2 与 NH_3。除人尿外，大豆中也含有大量的尿素酶。

$$CO(NH_2)_2 + H_2O \xrightarrow{\text{尿素酶}} CO_2 + 2NH_3$$

尿素在土壤中逐渐水解成铵离子，被植物吸收，成为合成植物体内蛋白质的原料。

(3) 放氮反应：尿素与次卤酸钠溶液作用，放出氮气。这与霍夫曼（Hofmann）降解反应相似。

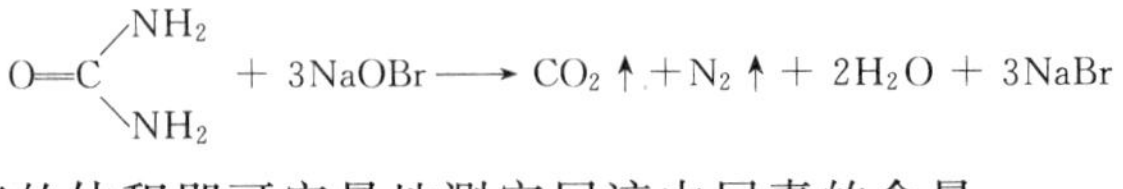

测量所生成的氮气的体积即可定量地测定尿液中尿素的含量。

(4) 缩二脲反应：将固体尿素小心加热至 150℃～160℃，则两分子间脱去一分子氨，生成缩二脲。

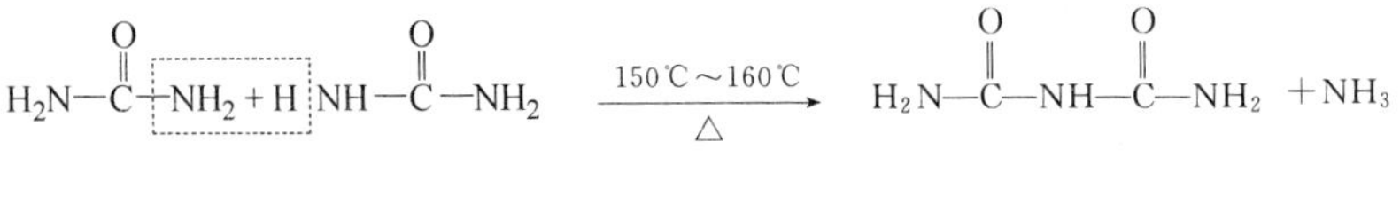

缩二脲在碱性溶液中与硫酸铜溶液作用显紫红色，这个颜色反应称为缩二脲反应。凡是含有一个以上的酰胺键（即肽键：—CO—NH—）的化合物都可以发生该颜色反应。

（5）酰基化：尿素和酰氯、酸酐或酯作用，生成相应的酰脲。例如，尿素与乙酰氯反应可生成乙酰脲或二乙酰脲。

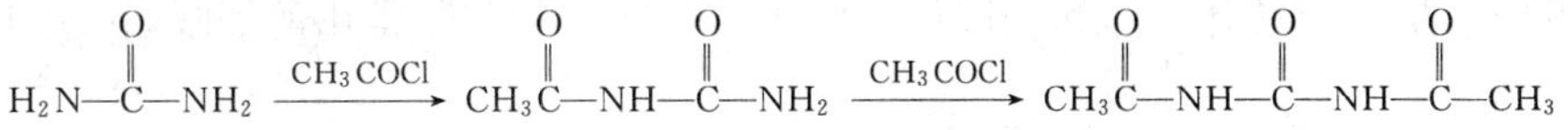

乙酰脲　　二乙酰脲

尿素和丙二酸酯在乙醇钠的催化下，生成环状的丙二酰脲。

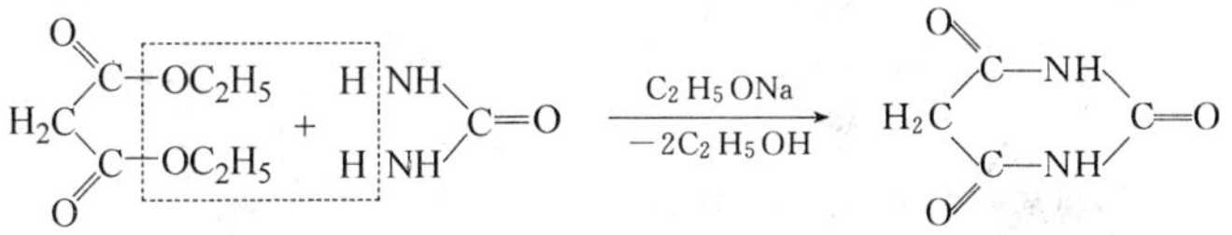

丙二酸酯　　丙二酰脲（巴比妥酸）

丙二酰脲具有比醋酸（pK_a＝4.76）还要强的酸性（pK_a＝3.99），因此又称之为“巴比妥酸”。其亚甲基上的两个氢原子被烃基取代的衍生物是一类常用的镇静安眠药，总称为巴比妥类药物，如二乙基丙二酰脲（巴比妥）、乙基苯基丙二酰脲（苯巴比妥）是两种最常用的安眠药。

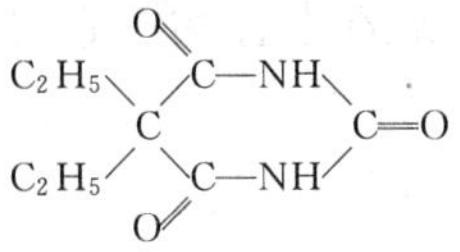

二乙基丙二酰脲（巴比妥）

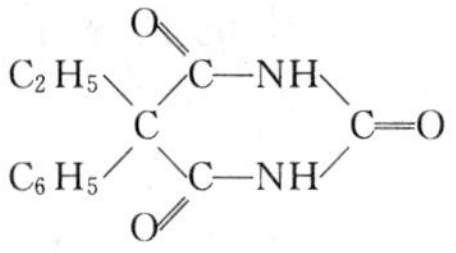

乙基苯基丙二酰脲（苯巴比妥）

2. 氨基甲酸酯

当碳酸分子中两个羟基分别被氨基和烷氧基取代，即得到氨基甲酸酯。

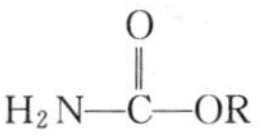

氨基甲酸酯

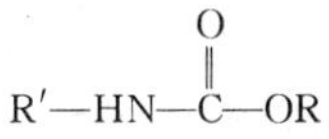

N-取代氨基甲酸酯

氨基甲酸酯不能直接从碳酸制备，是以光气为原料，先部分醇解再氨解，或者先部分氨解再醇解。

方法1：

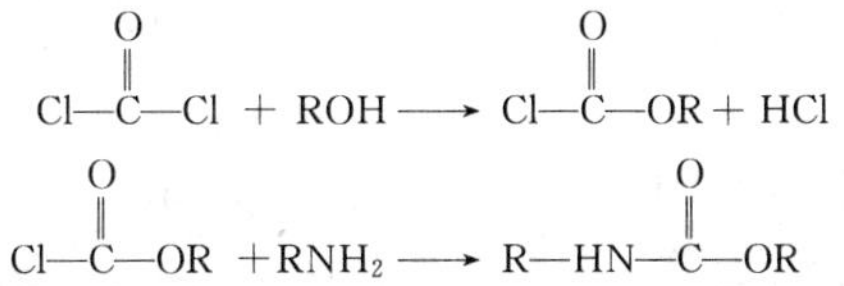

方法2：

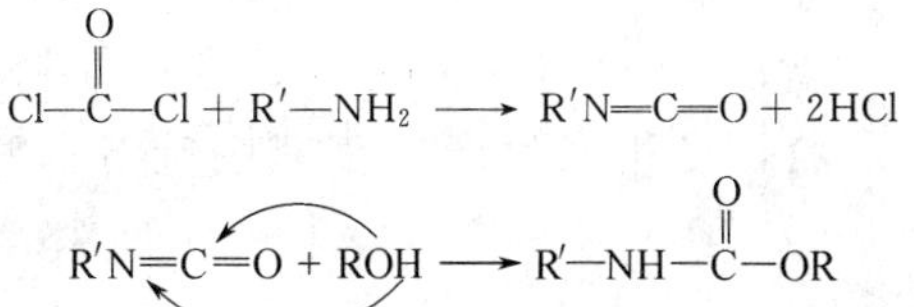

其中R—N═C═O是异氰酸（HNCO）形成的酯，所以称为异氰酸酯。它是一类很活泼

的化合物，遇水立即反应生成氨基甲酸，与醇作用生成氨基甲酸酯，与氨作用生成取代脲，可用于醇和胺类化合物的鉴定。

$$RNCO + H_2O \longrightarrow RNHCOOH$$

$$RNCO + R'NH_2 \longrightarrow RNHCONHR'$$

氨基甲酸酯是一类具有镇静和轻度催眠作用的药物。例如，常用的催眠药——眠尔通的结构如下：

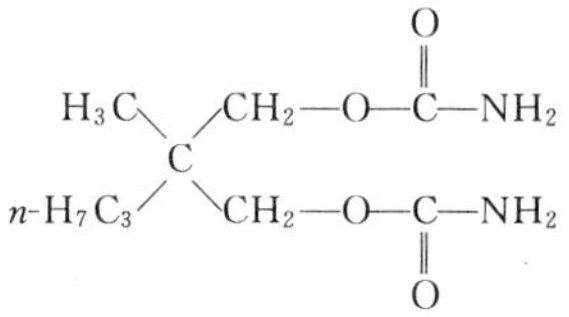

2-甲基-2-丙基-1,3-丙二醇-双-氨基甲酸酯(简称甲丙氨酯)

（三）硫脲和胍

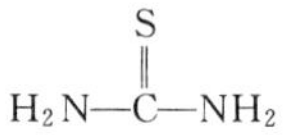

硫脲

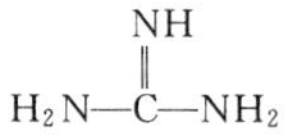

胍

1. 硫脲

硫脲可以看成是脲分子中的氧原子被硫原子取代的化合物。它可通过硫氰酸铵加热制得：

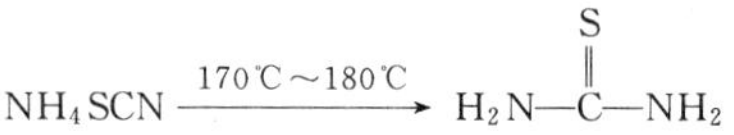

硫脲为白色菱形晶体，熔点 180℃，能溶于水。

硫脲的化学性质与脲相似，能与强酸反应生成盐，但不如脲盐稳定；在酸或碱存在下，硫脲容易发生水解。

硫脲可发生互变异构成为烯醇式的异硫脲。异硫脲的化学性质比较活泼，易生成 *S*-烷基衍生物，也易氧化形成二硫键。

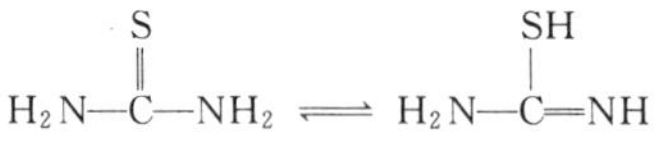

异硫脲

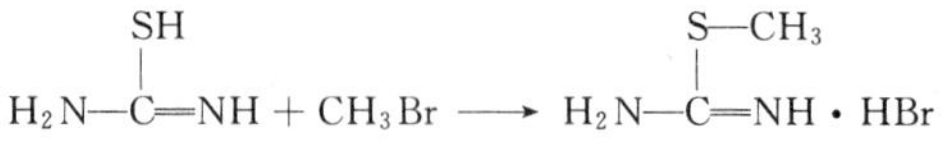

S-甲基异硫脲氢溴酸盐

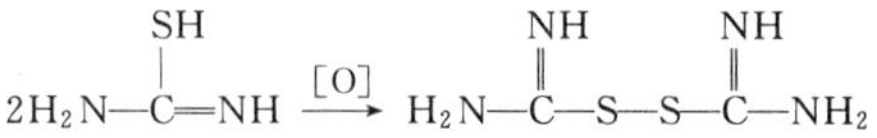

硫脲是一个重要的化工原料，可用来生产甲硫氧嘧啶等药物，在药剂上可用作抗氧化剂。

2. 胍

胍可以看作是脲分子中的氧被亚氨基(＝NH）取代的衍生物，故又称为亚氨基脲。胍分子中氨基上除去一个氢原子后剩余的基团称为胍基；除去一个氨基后的基团称为脒基。

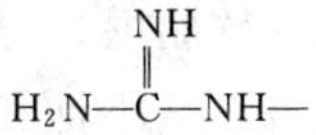
胍基

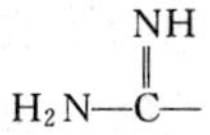
脒基

胍为吸湿性很强的无色结晶，熔点 50℃，易溶于水。

胍是一个有机强碱，碱性与氢氧化钠相当，在空气中能吸收二氧化碳，生成稳定的碳酸胍。

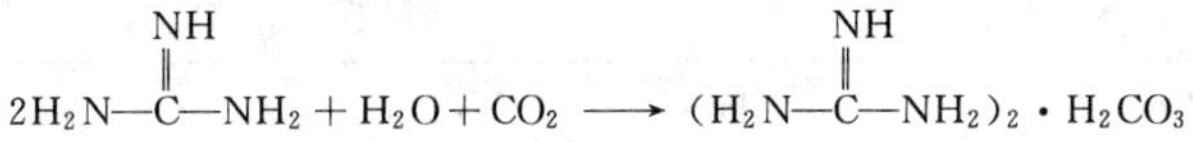

胍的强碱性不仅由于 C═NH 的碱性比 C═O 强，而且主要是接受 H^+ 后能形成稳定的胍阳离子：

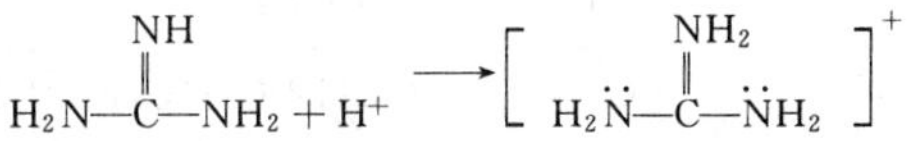
胍阳离子

在胍阳离子中存在着共轭效应，三个氮原子均匀地分布在碳原子周围，三个碳氮键完全平均化（键长均为 118pm），比一般的 C—N(147pm) 和 C═N(128pm) 都短，体系能量降低而稳定。

胍容易水解成脲和氨：

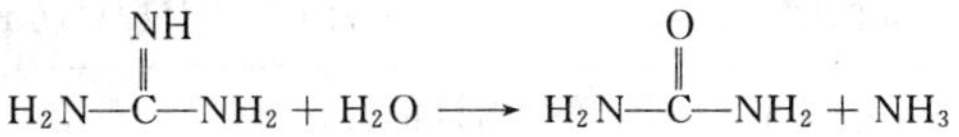

胍的衍生物在生理上很重要，如链霉素、精氨酸、肌酸等分子中都含有胍基。特别是肌酸在动物体内分布很广，其结构为：

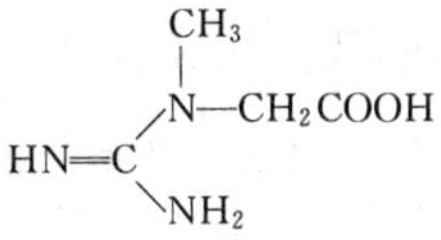
甲基胍乙酸

五、油脂、蜡和表面活性剂

油脂和蜡广泛存在于动、植物中，它们都是直链高级脂肪酸的酯，是生物体维持正常生命活动不可缺少的物质。

（一）油脂

油脂普遍存在于动物的脂肪组织和植物的种子中。习惯上，我们将在室温下呈液态的称为油，呈固态的称为脂。从化学结构上看，油脂是直链高级脂肪酸和甘油生成的酯，其通式为：

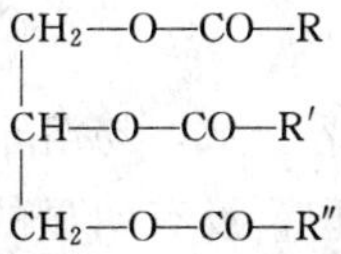

如果 R、R′、R″相同，称为单纯甘油酯，R、R′、R″不同，则称为混合甘油酯。天然的油脂大多为混合甘油酯。

组成甘油酯的脂肪酸的种类很多，但绝大多数都是含有偶数碳原子的直链羧酸，其中有饱和的，也有不饱和的。现已从油脂水解得到的有 C_4～C_{26} 的各种饱和脂肪酸和 C_{10}～C_{24} 的各种不饱和脂肪酸。常见的饱和脂肪酸以十六碳酸（软脂酸）分布最广，几乎所有的油脂中都含有；而在动物脂肪中十八碳酸（硬脂酸）含量最多。不饱和脂肪酸以油酸、亚油酸分布最广。油脂中常见的重要脂肪酸见表 12-5。

表 12-5　几种重要的高级脂肪酸

	名　称	系统命名	结构简式	m. p. (℃)
饱和脂肪酸	月桂酸	十二碳酸	$CH_3(CH_2)_{10}COOH$	44
	肉豆蔻酸	十四碳酸	$CH_3(CH_2)_{12}COOH$	54
	软脂酸	十六碳酸	$CH_3(CH_2)_{14}COOH$	63
	硬脂酸	十八碳酸	$CH_3(CH_2)_{16}COOH$	70
不饱和脂肪酸	油酸	Δ^9-十八碳烯酸	$CH_3(CH_2)_7CH{=}CH(CH_2)_7COOH$	13
	亚油酸	$\Delta^{9,12}$-十八碳二烯酸	$CH_3(CH_2)_4CH{=}CHCH_2CH{=}CH(CH_2)_7COOH$	−5
	蓖麻油酸	12-羟基-Δ^9-十八碳烯酸	$CH_3(CH_2)_5CHOHCH_2CH{=}CH(CH_2)_7COOH$	50
	亚麻油酸	$\Delta^{9,12,15}$-十八碳三烯酸	$CH_3(CH_2CH{=}CH)_3(CH_2)_7COOH$	−11
	桐油酸	$\Delta^{9,11,13}$-十八碳三烯酸	$CH_3(CH_2)_3(CH{=}CH)_3(CH_2)_7COOH$	49
	花生四烯酸	$\Delta^{5,8,11,14}$-二十碳四烯酸	$CH_3(CH_2)_4(CH{=}CHCH_2)_4(CH_2)_2COOH$	−49.5

注：Δ 为希腊字母，与其右上角的数字一同标明烯键的位次。

不饱和脂肪酸的熔点比饱和脂肪酸要低。脂肪酸不饱和度愈高，由它所组成的油脂的熔点也愈低。因此固体的脂含有较多的饱和脂肪酸甘油酯，而液态的油则含有较多的不饱和脂肪酸甘油酯。不饱和脂肪酸的C═C键多数为顺式构型。一些常见的油脂见表 12-6。

表 12-6　一些常见油脂的性能及其高级脂肪酸的含量

油脂名称	皂化值	碘　值	软脂酸%	硬脂酸%	油　酸%	亚油酸%	其　他%
大豆油	189～194	124～136	6～10	2～4	21～29	50～59	
花生油	185～195	84～100	6～9	2～6	50～70	13～26	
棉籽油	191～196	103～115	19～24	1～2	23～33	40～48	
蓖麻油	176～187	81～90	0～2	—	0～9	3～7	蓖麻油酸 80～92
桐　油	190～197	160～180	—	2～6	4～16	0～1	桐油酸 74～91
亚麻油	189～196	170～204	4～7	2～5	9～38	3～43	亚麻油酸 25～58
猪　油	193～203	46～66	28～30	12～18	41～48	6～7	
牛　油	193～200	31～47	24～32	14～32	35～48	2～4	

1. 油脂的性质

油脂的密度在 0.9～0.98 之间，不溶于水，易溶于乙醚、汽油、苯、石油醚、四氯化碳及热乙醇等有机溶剂。油脂一般为混合物，没有明显的沸点和熔点。

油脂的化学性质与其主要成分脂肪酸甘油酯的结构密切相关，重要的化学性质为水解、加成、氧化等反应。

（1）水解：像羧酸酯一样，油脂在酸、碱或酶的催化下，易水解，生成甘油和羧酸（或羧酸盐）。例如，油脂在硫酸存在下与水共沸，则水解生成甘油和高级脂肪酸。

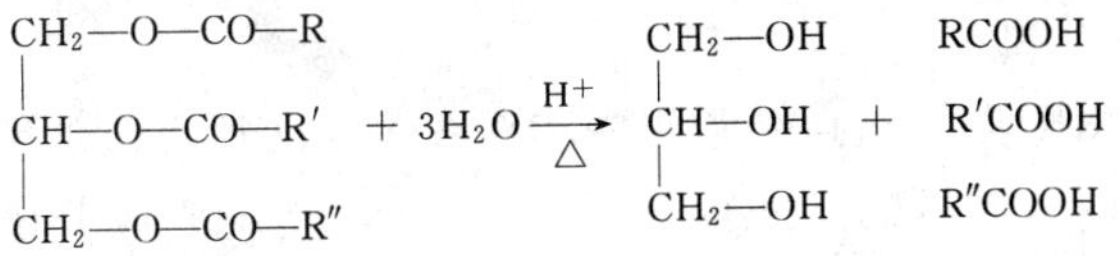

这是工业上制取高级脂肪酸和甘油的重要方法。

当油脂在碱性条件下（NaOH 或 KOH）进行水解时，得到甘油和高级脂肪酸钠（或钾盐）的混合物。高级脂肪酸盐就是肥皂，所以油脂的碱性水解叫做皂化反应。

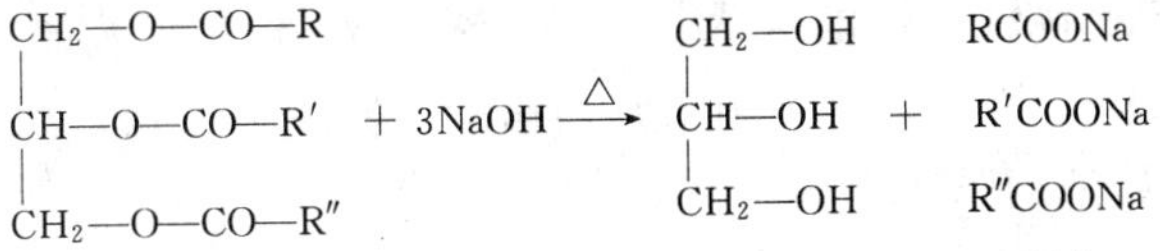

肥皂

油脂在人体内消化时，在脂肪酶的催化作用下，也可以水解。

（2）加成：油脂的羧酸部分有的含有不饱和键，可以发生加成反应。下列两个加成反应最重要。

① 氢化：含有不饱和脂肪酸的油脂以镍为催化剂，在 110℃～190℃，催化加氢后可以转化为饱和程度较高的固态或半固态的脂。这种加氢后的油脂，称为氢化油或硬化油。

② 加碘：不饱和脂肪酸甘油酯的碳碳双键可以和碘发生加成反应。工业上将 100g 油脂所吸收的碘的质量（以 g 计）称为碘值。碘值是油脂的重要参数。碘值愈大，表示油脂的不饱和程度愈高。

（3）干性：某些油（如桐油）涂成薄层，在空气中逐渐变成有韧性的固态薄膜。油的这种结膜特性称为干性（或干化）。

油的干化是一个很复杂的过程，主要是一系列氧化、聚合反应的结果。实践证明，油的干性强弱（即干结成膜的快慢）和油分子中所含双键的数目及双键的结构体系有关：含双键数目多的，结膜快；有共轭双键结构体系的比孤立双键结构体系的结膜快。成膜是由于双键聚合的结果。根据碘值的大小可分为干性油（碘值大于 130）、半干性油（碘值为 100～130）和不干性油（碘值小于 100）三大类。

油漆用油以干性油和半干性油为主，而桐油是最好的干性油。

（4）酸败：油脂在空气中长期储存，逐渐变质，产生异味、异臭，这种变化称为酸败。引起油脂酸败的主要原因是由于空气中的氧气、水以及细菌的作用，使油脂的不饱和键被氧化、分解，产生具有特殊气味的低级醛、酮、羧酸等。因此贮存油脂时，应保存在干燥、避光的密闭容器中。

油脂酸败后有游离脂肪酸产生。油脂中脂肪酸的含量可用氢氧化钾中和进行测定。中和 1g 油脂中游离脂肪酸所需氢氧化钾的质量（以 mg 计），称为酸值。一般情况下，酸值大于 6 的油脂不宜食用。

2. 油脂的用途

油脂和蛋白质、碳水化合物一样，是动、植物体的重要成分，也是人类生命活动所必需的营养物质。油脂通过氧化可以供给人类生命过程所需要的热能。1g 脂肪在人体内氧化时，可以放出 39.3kJ 的热能，比 1g 蛋白质和 1g 碳水化合物所放出热能的总和还多。

此外，油脂还可以用来制造肥皂、油漆、润滑油等等。

（二）蜡

蜡广泛分布于动、植物界，是高级脂肪酸和高级一元醇所形成的酯。

在工业上使用较多的有巴西蜡（来自巴西棕榈叶），其主要成分是 $C_{25}H_{51}COOC_{30}H_{61}$。重要的动物蜡有蜂蜡，又称为“黄蜡”，其主要成分是 $C_{15}H_{31}COOC_{30}H_{61}$，制药工业上用作软膏的基质和制蜡丸；鲸蜡的主要成分是 $C_{25}H_{51}COOC_{16}H_{33}$。虫蜡是我国西南特产，由寄生在女贞树及木蜡树上的白蜡虫分泌物加工而成，其主要成分是 $C_{25}H_{51}COOC_{26}H_{53}$。

蜡都是具有低熔点的固体，不溶于水，可溶于有机溶剂。在人体内不能被脂肪酶所水解，因此蜡没有营养价值。蜡在工业上用来制作蜡纸、软膏、蜡模、化妆品等。

（三）肥皂和表面活性剂

1. 肥皂

肥皂是高级脂肪酸的钠盐或钾盐。日常所用的肥皂是高级脂肪酸的钠盐；高级脂肪酸的钾盐称为钾肥皂，质软，多用作洗发水。

肥皂为什么能去污？

高级脂肪酸钠（或钾盐）结构上一头是羧基，具有极性，称为亲水基；另一头是链状的、非极性的烃基，称为憎水基（亲油基）。

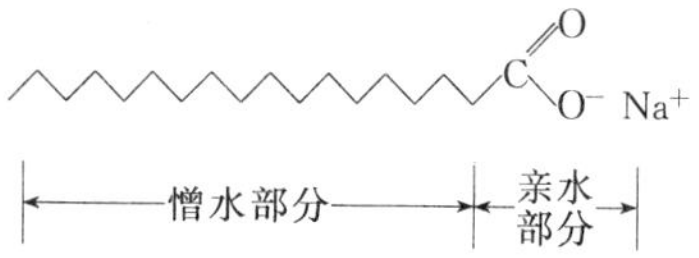

当肥皂溶于水后，亲水的羧基倾向于进入水中，而憎水的烃基则被排斥在水的外面。在水面的脂肪酸钠分子其亲水部分插入水中，憎水部分则伸向水表面外，形成定向排列，从而削弱了水表面上水分子间的吸引力，所以肥皂具有强烈降低水表面张力的性质，是一种表面活性剂。当水中肥皂的浓度逐渐增大时，水表面上的肥皂分子逐渐增多，形成单分子层。继续增大肥皂的浓度，由于水表面已被占满，溶液内肥皂分子上的憎水烃基依靠范德华力聚集在一起，而亲水的羧基则包在外边，形成胶体大小的聚集粒子，称为胶束（图 12-1）。胶束外面带有相同的电荷，使得它们之间有一定的排斥力，使胶束稳定。如果遇到油污，肥皂的憎水部分（亲油基）就会进入油滴内，而亲水部分伸向油滴外的水中，形成稳定的乳浊液。

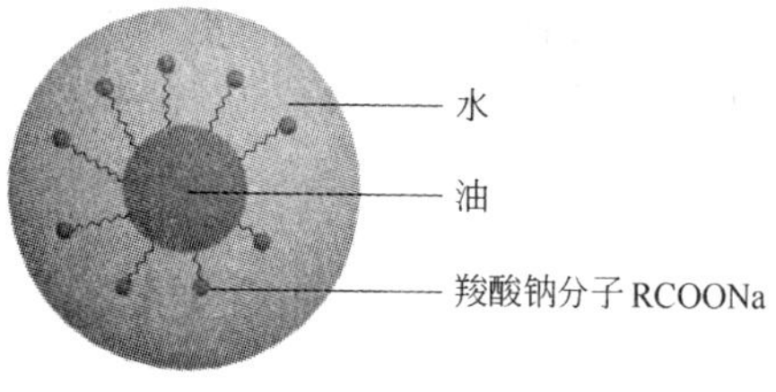

图 12-1 胶束示意图（彩图附后）

由于降低了水的表面张力，使油质较易被润湿。油污在机械揉搓和水的冲刷下与附着物（如纤维）逐渐脱离，分散成细小的乳浊液滴进入水中，随水漂流而去。这就是肥皂去污的原理（图 12-2）。

肥皂具有优良的洗涤作用，但也有一些缺点。例如，肥皂不宜在硬水或酸性水中使用。因为在硬水中使用时，生成难溶于水的脂肪酸镁和脂肪酸钙，而在酸性水中肥皂会游离出难溶于水的脂肪酸，去污能力大大降低。用人工合成的具有表面活性作用的表面活性剂来代替

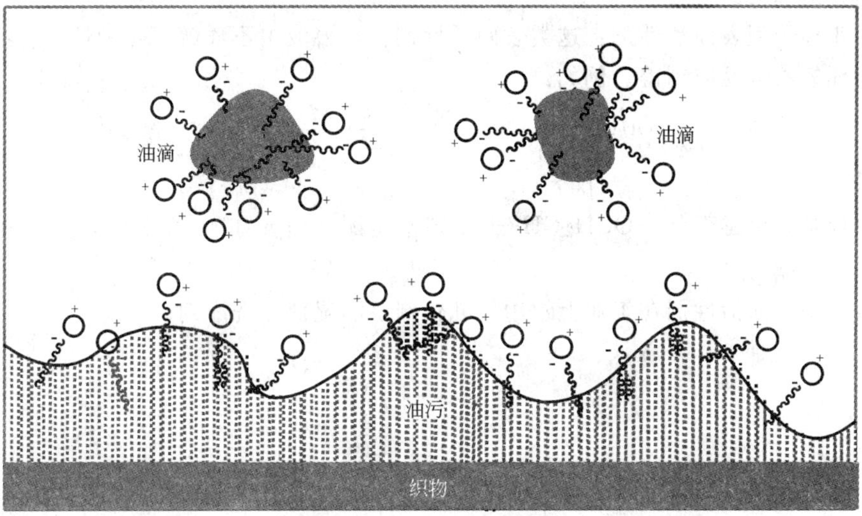

图 12-2　肥皂去污原理示意图

肥皂，基本上克服了上述缺点。

2. 表面活性剂

表面活性剂是能显著降低液体表面张力的物质。在结构上与肥皂分子相类似——同时具有亲水基团（如—COOH、$—SO_3H$、—OH、$—OSO_3H$、$—NH_2$）和憎水基团（一般为含十个碳原子以上的直链烷烃）。根据其用途不同，可分为洗涤剂、乳化剂、润湿剂、杀菌剂、起泡剂等。按照其分子结构的特点，表面活性剂分为阴离子型、阳离子型和非离子型三大类。

（1）阴离子表面活性剂：是目前应用最广泛的合成洗涤剂。像肥皂分子一样，是具有表面活性作用的阴离子，其中一端是憎水的烃基，另一端是亲水基团。这类洗涤剂中，最常见的是烷基硫酸盐、烷基苯基磺酸盐等。

表 12-7　　几种类型的阴离子洗涤剂

洗　涤　剂	憎水基团　　亲水基团	洗　涤　剂	憎水基团　　亲水基团
肥皂 烷基硫酸酯盐	$R—COO^- Na^+$ $R—O—SO_3^- Na^+$	烷基苯基磺酸盐	$R—C_6H_4—SO_3^- Na^+$

烃基含碳原子数一般在 C_{12}左右为好，过大使油溶性太强，水溶性相应减弱；太小又使油溶性减弱，水溶性增强，都直接影响洗涤剂的去污效果。

现在国内外使用最广泛的洗涤剂是十二烷基苯磺酸钠，一般是以煤油（180℃～280℃的馏分）或丙烯的四聚体（丙烯聚合时的副产物）为原料，经过氯化、烷基化、磺化、中和等工序而制得。

（2）阳离子表面活性剂：它与阴离子表面活性剂相反，溶于水时起作用的有效部分是阳离子。属于这一类的主要是季铵盐，其中必定含一个长链烷基。

阳离子表面活性剂去污能力较差，但它们都具有杀灭细菌和霉菌的能力，所以一般多用作杀菌剂和消毒剂。

(3) 非离子型表面活性剂：这类表面活性剂在水溶液中不离解，是中性化合物。它可由醇或酚与环氧乙烷反应制得。例如：

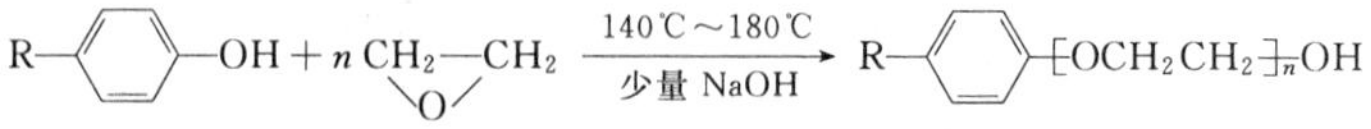

($R=C_8\sim C_{12}$, $n=6\sim12$)

其中羟基和聚醚部分$\left[OCH_2CH_2\right]_n$是亲水基团。当 n 在 10 左右时，是一种很好的乳化剂。

非离子型表面活性剂在工业上常用作乳化剂、润湿剂、洗涤剂。

第十三章 取代羧酸

第一节　取代羧酸的结构、分类和命名

一、结构和分类

羧酸分子中烃基上的氢原子被其他原子或基团取代生成的化合物叫做取代羧酸。取代羧酸按取代基的种类分为卤代酸、羟基酸、羰基酸（氧代酸）和氨基酸等。例如：

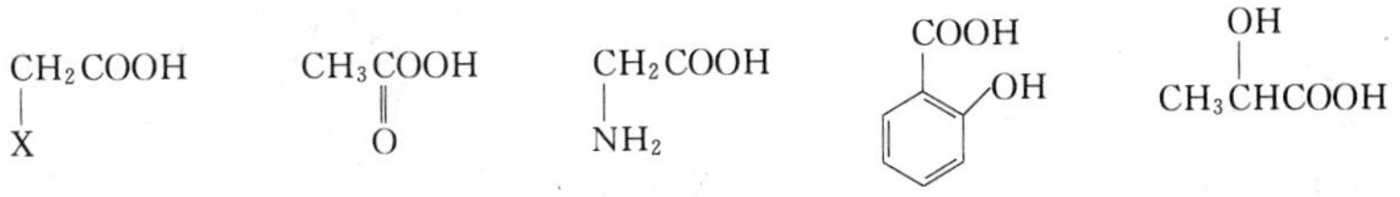

卤代酸　　羰基酸　　氨基酸　　酚酸　　羟基酸

取代酸是同时具有两种或两种以上官能团的化合物，属于复合官能团化合物。它们不仅具有羧基和其他官能团的一些化学性质，并且还有这些官能团之间相互作用和相互影响而产生的一些特殊性质。这也说明了分子中各基团不是孤立的，在一定的化学结构中相互联系、相互影响。

二、命名

取代羧酸的命名以羧酸为母体，分子中的卤素、羟基、氨基、羰基等官能团作为取代基。取代基在分子主链上的位置以阿拉伯数字或希腊字母表示，取代基在羧酸碳链末端碳原子上的可用 ω-表示。有些取代酸是天然产物，具有根据来源命名的俗名。

卤代酸：

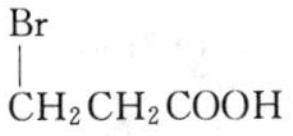

3-溴代丙酸（β-溴丙酸）

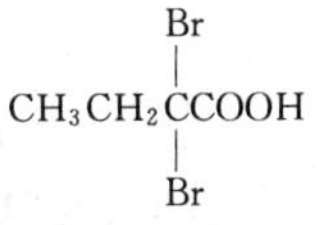

2,2-二溴丁酸（α,α-二溴丁酸）

$ClCH_2CH_2CH_2COOH$

γ-氯丁酸（ω-氯丁酸）

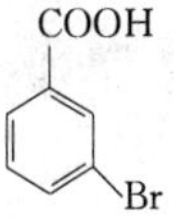

间溴苯甲酸（3-溴苯甲酸）

羟基酸：

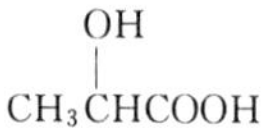

α-羟基丙酸（2-羟基丙酸）

（俗名：乳酸）

δ-羟基戊酸（ω-羟基戊酸）

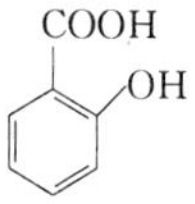

2-羟基苯甲酸（邻羟基苯甲酸）

（俗名：水杨酸）

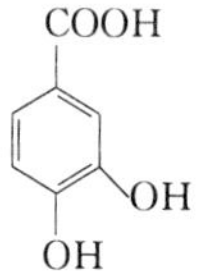

3,4-二羟基苯甲酸

（俗名：原儿茶酸）

在脂肪族取代二元羧酸中，碳链用希腊字母编号时，可以从两端开始，同时进行，直到相遇为止。例如：

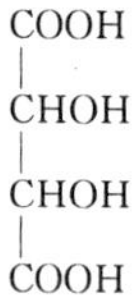

2,3-二羟基丁二酸

或 α,α′-二羟基丁二酸

（俗名：酒石酸）

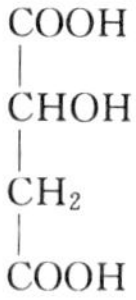

2-羟基丁二酸

或 α-羟基丁二酸

（俗名：苹果酸）

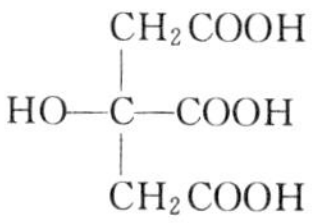

3-羟基-3-羧基戊二酸

（俗名：枸橼酸、柠檬酸）

羰基酸：

羰基酸命名时取含羰基和羧基的最长碳链为主链，称为某醛酸或某酮酸，或者称为氧代某酸。例如：

乙醛酸（氧代乙酸）

丙醛酸（3-氧代丙酸）

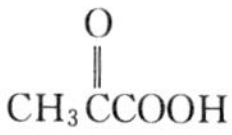

丙酮酸（2-氧代丙酸）

或 α-酮基丙酸

3-丁酮酸(3-氧代丁酸)

或 乙酰乙酸

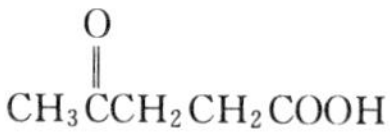

4-戊酮酸(γ-戊酮酸)

或 4-氧代戊酸

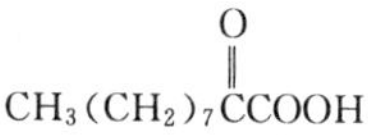

2-癸酮酸(α-癸酮酸)

或 2-氧代癸酸

氨基酸：

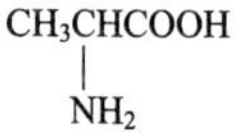

α-氨基丙酸(丙氨酸)

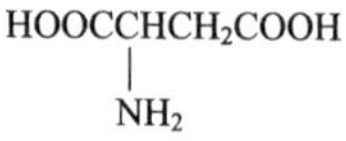

α-氨基丁二酸(天门冬氨酸)

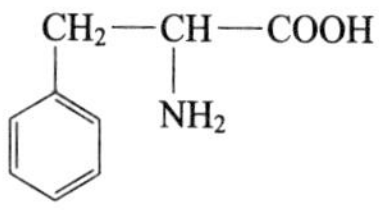

α-氨基-β-苯基丙酸(苯丙氨酸)

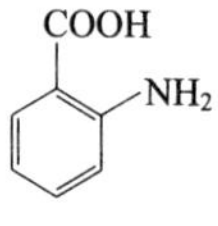

邻氨基苯甲酸

第二节 取代基对酸性的影响

取代羧酸的酸性强弱与其分子结构密切相关。在取代羧酸分子中与羧基直接或间接相连的取代基，对羧酸的酸性都有不同程度的影响。但总的说来，若分子中含有降低羧基中羟基氧原子的电子云密度，从而增强氧氢键极性，使羧酸负离子稳定性增强的因素，则酸性增强；反之，则酸性减弱。

从卤代羧酸的酸性可以归纳出这种原子间的相互影响（见表 13-1）。

表 13-1 **几种卤代酸的 pK_a 值**

名 称	结构简式	pK_a	名 称	结构简式	pK_a
乙　酸	CH_3COOH	4.76	三氯乙酸	$Cl_3CHCOOH$	0.66
一氟乙酸	FCH_2COOH	2.57	丁　酸	$CH_3CH_2CH_2COOH$	4.82
一氯乙酸	$ClCH_2COOH$	2.87	α-氯丁酸	$CH_3CH_2CHClCOOH$	2.86
一溴乙酸	$BrCH_2COOH$	2.90	β-氯丁酸	$CH_3CHClCH_2COOH$	4.41
一碘乙酸	ICH_2COOH	3.16	γ-氯丁酸	$ClCH_2CH_2CH_2COOH$	4.70
二氯乙酸	$Cl_2CHCOOH$	1.25			

1. 卤素的位置。羧酸分子中的 α-碳原子上的氢原子被取代后，则酸性明显增强，而 β, γ-碳原子上的氢原子被卤素取代后，酸性虽有所增强，但与没有取代的羧酸相比较，差别不太大，主要是因为诱导效应在碳链上传递时，随着距离的增大而很快减弱或消失。

2. 卤素的数目。由于诱导效应的加和性，同一碳原子上，卤素的数目越多，吸电子的诱导效应就越强，酸性就越强。

3. 卤素的种类。卤素不同，其电负性大小不同，诱导效应的影响不同，导致酸性强度不同。氟代酸的酸性最强，氯代酸和溴代酸次之，碘代酸最弱。即各种卤素原子对酸性影响的大小次序为 F＞Cl＞Br＞I。

在饱和一元取代羧酸分子中，烃基上的氢原子被卤素、氰基、硝基等电负性大的基团取代后，由于这些基团具有吸电子诱导效应（－I），通过碳链上的传递，使羧基上 O—H 键的电子云更靠近氧原子，氢容易以质子的形式脱去。同时，也使形成的羧基负离子的负电荷更为分散，稳定性增加，酸性也增强。取代基的电负性愈强，吸电子诱导效应愈强；取代基的数目愈多，对羧酸的酸性影响愈大。

羧基直接与芳香环相连的取代芳香酸，由于苯环与羧基形成共轭体系，苯环上的取代基对羧基的影响和在饱和碳链中传递的情况有所不同。苯环上的取代基对芳香酸酸性的影响，除了取代基的结构因素外，还随着取代基与羧基的相对位置不同而变化。

共轭效应常与诱导效应同时存在，反映出来的物质性质是两种影响共同作用的结果，这可由下列化合物的 pK_a 值看出（见表 13-2）。

表 13-2　　对位和间位取代苯甲酸的 pK_a 值

基团	间位	对位	基团	间位	对位
$—NH_2$	4.36	4.86	—Cl	3.83	3.97
—OH	4.10	4.57	—Br	3.85	4.18
$—OCH_3$	4.08	4.47	—I	3.85	4.02
—H	4.20	4.20	—CN	3.64	3.54
$—N^+(CH_3)_3$	3.32	3.38	$—NO_2$	3.50	3.42
—F	3.86	4.84			

当对位取代基为—CN、$—NO_2$ 时，诱导效应和共轭效应都是吸电子的，—I 和—C 效应一致，所以使取代苯甲酸的酸性明显增强。当苯甲酸的对位取代基为—OH、$—OCH_3$、$—NH_2$ 时，诱导效应为－I 效应，共轭效应（p-π 共轭）是＋C 效应，由于＋C 效应与－I 效应的不一致，＋C 效应大于－I 效应，两种效应的综合结果，使取代苯甲酸的酸性减弱。当对位取代基为—Cl、—Br、—I 时，则－I 效应大于＋C 效应，结果使羧基的酸性增强。例如：

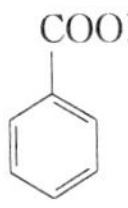

$pK_a=4.17$

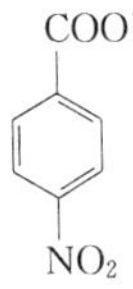

$pK_a=3.42$

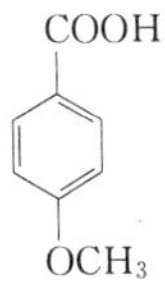

$pK_a=4.47$

对硝基苯甲酸的酸性比对甲氧基苯甲酸强些，这是由于苯甲酸的对位连有硝基或甲氧基时，因距离羧基较远，诱导效应很弱，主要为共轭效应。结果硝基的－C 效应使羧酸的酸性增强，而甲氧基的＋C 效应使羧酸的酸性减弱。

当取代基处在间位时，取代基对羧基的共轭效应受到阻碍，共轭效应作用较小，对羧基的电子效应主要表现为诱导效应，但因取代基与羧基之间隔了三个碳原子，影响随之减弱。

例如，间甲氧基苯甲酸的酸性比对甲氧基苯甲酸强：

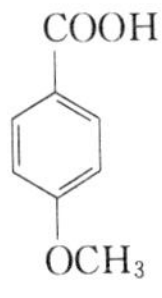

$pK_a=4.47$

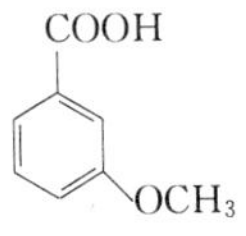

$pK_a=4.08$

对邻位取代基来说，共轭效应和诱导效应都发挥作用，同时由于取代基团之间的距离很近，还要考虑空间立体效应，情况要复杂一些。一般说来，邻位取代的苯甲酸，除氨基以外，不论是—X、$—CH_3$、—OH 或 $—NO_2$ 等，其酸性都比间位或对位取代的苯甲酸强。例如：邻、间、对位的硝基苯甲酸，pK_a 值分别为：

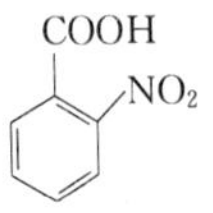

$pK_a=2.21$

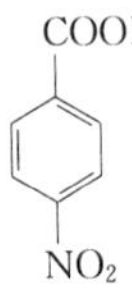

$pK_a=3.42$

$pK_a=3.50$

其中，邻位异构体的酸性最强。这是因为在苯甲酸分子中羧基与苯环在同一平面上，形成共轭体系。当取代基位于羧基邻位时，由于取代基占据一定的空间，在一定程度上排挤了羧基，使它偏离苯环的平面，这就削弱了苯环与羧基的共轭作用，并减少了苯环的π键电子云向羧基偏移，从而使羧基氢原子更易离解；同时由于离解后羧酸根负离子上带负电荷的氧原子与硝基上显正电性的氮原子在空间相互作用，使羧酸根负离子更为稳定。因此，邻硝基苯甲酸比间位或对位硝基苯甲酸酸性强。

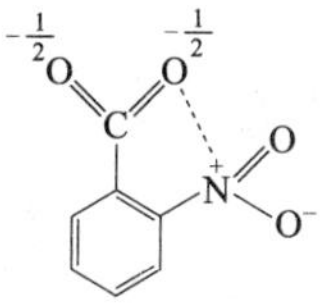

邻位上的取代基所占的空间愈大，影响也愈大。同时电性效应也仍显示作用，吸电性愈强的取代基，使酸性增强愈多。

一般有吸电子基团会增强酸性，但在某些情况却有例外。例如：化合物（Ⅰ）和（Ⅱ），按一般诱导效应与酸性的关系判断，较强的酸性应是具有吸电子氯的酸，即化合物（Ⅱ），但实际结果却相反，这是场效应影响所致。

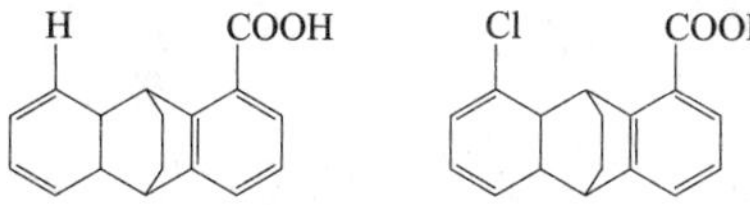

(Ⅰ)　　(Ⅱ)

pK_a　6.04　　6.25

极性键电场影响，除了通过碳链传递，还可以通过空间或溶剂分子传递。这种影响方式称为场效应，也是诱导效应的一种形式。一个带电粒子（包括极性共价键和极性分子）在其周围空间都存在静电场，在这个静电场中的任意一个带电体都要受到其静电力的作用，这就是场效应的本质。例如：丙二酸的羧酸根负离子对另一端的羧基除有诱导效应外，还存在场效应。这两个效应都使氢原子不易离解，因而使丙二酸的 K_{a2} 远远小于 K_{a1}。

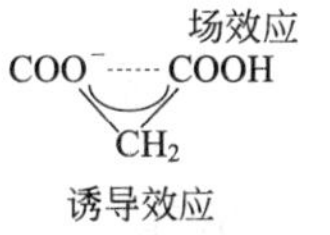

又如，邻卤代苯丙炔酸：

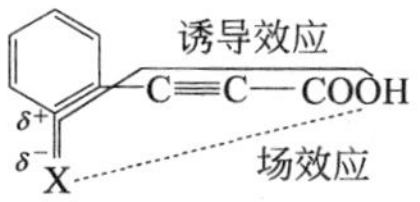

卤素的－I效应使酸性增强，而C—X偶极的场效应将使酸性减弱（即卤原子的负电荷阻止了羧基氢原子以质子形式离解）。邻卤代苯丙炔酸的酸性比卤原子在间位及对位的酸性弱，这显然是由于场效应所致。

场效应的大小与距离的平方成反比，距离愈远，作用愈小。

第三节　卤代酸

羧酸烃基上的氢被卤素取代所成的化合物称卤代酸。它们并不存在于自然界，通常都由人工合成。这类化合物主要用于有机合成原料或中间体。

一、性质

卤代酸分子中含有羧基和卤素，所以卤代酸具有羧酸和卤烃的一般反应，还由于卤素和羧基在分子内的相互影响，表现出一些特有的性质。

（一）酸性

卤原子的存在使卤代酸的酸性比相应的羧酸强。酸性的强弱与卤原子取代的位置、卤原子的种类和数目有关。详见本章第二节。

（二）与碱的反应

卤代酸与碱的反应与卤原子和羧基的相对位置有关。

1. α-卤代酸

α-卤代酸与水或稀碱溶液共煮，水解成羟基酸。其水解能力大于单纯的卤烷。

$$\mathrm{CH_3\underset{}{CH}(Cl)COOH \xrightarrow[\triangle]{H_2O} CH_3CH(OH)COOH + HCl}$$

2. β-卤代酸

β-卤代酸与氢氧化钠水溶液反应，大多数情况下失去一分子卤化氢，而产生 α,β-不饱和羧酸。

$$\mathrm{CH_2(Cl)CH(H)COOH + NaOH \longrightarrow CH_2{=}CHCOOH + NaCl + H_2O}$$

这是因为在 β-卤代酸中 α-氢原子受两个吸电子基的影响而变得比较活泼，容易进行消除反应，形成的 C═C 可与羧基共轭，形成较稳定的 α,β-不饱和酸。

3. γ-与 δ-卤代酸

γ-卤代酸与水或碳酸钠溶液一起共煮时，生成不稳定的 γ-或 δ-羟基酸，γ-或 δ-羟基酸中的羧基和羟基立即发生分子内的酯化作用，生成稳定的五元环或六元环内酯。

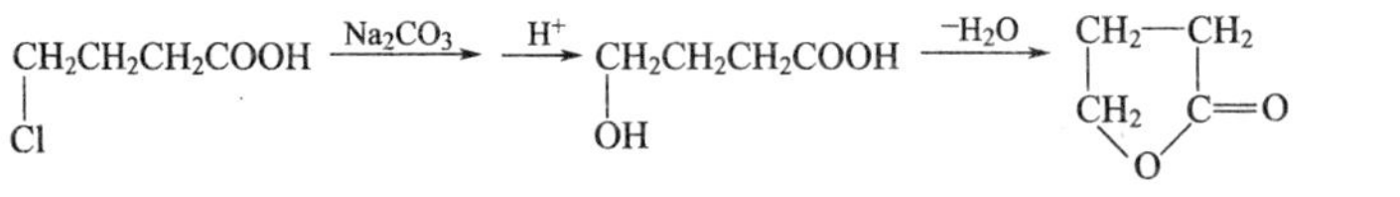

γ-羟基丁酸　　γ-丁内酯(1,4-丁内酯)

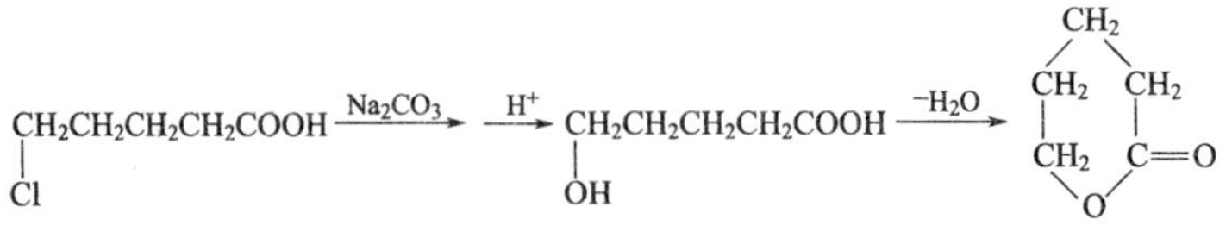

δ-羟基戊酸　　δ-戊内酯(1,5-戊内酯)

（三）达尔森（Darzens）反应

含有 α-氢原子的 α-卤代酸酯在碱作用下形成的碳负离子（一般用醇钠或钠氨），与醛、酮加成，形成氧负离子中间体，该氧负离子迅速按 S_N2 反应历程将邻近的卤原子取代，生成α,β-环氧羧酸酯，该反应称为 Darzens 反应。

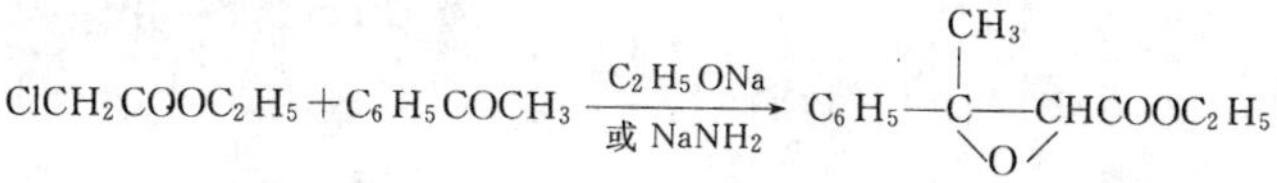

反应历程为：

$$ClCH_2COOC_2H_5 + C_2H_5ONa \rightleftharpoons {}^{-}\!:CHClCOOC_2H_5 + C_2H_5OH$$

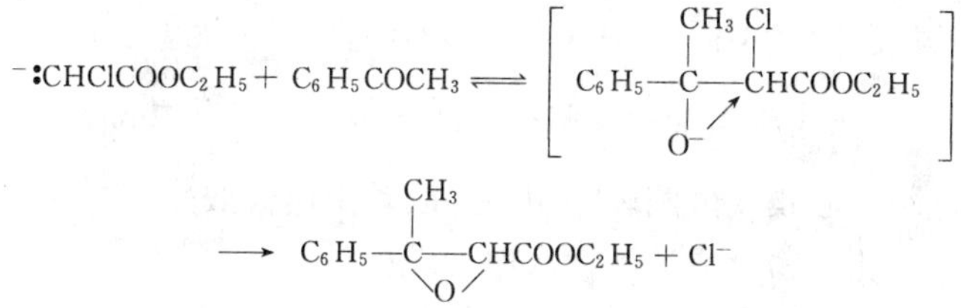

3-苯基-2,3-环氧丁酸乙酯或β-苯基-α,β-环氧丁酸乙酯

反应生成的α,β-环氧丁酸乙酯经皂化便得α,β-环氧酸盐，然后再酸化加热可脱去二氧化碳生成比原有反应物醛、酮多一个碳原子的醛、酮。

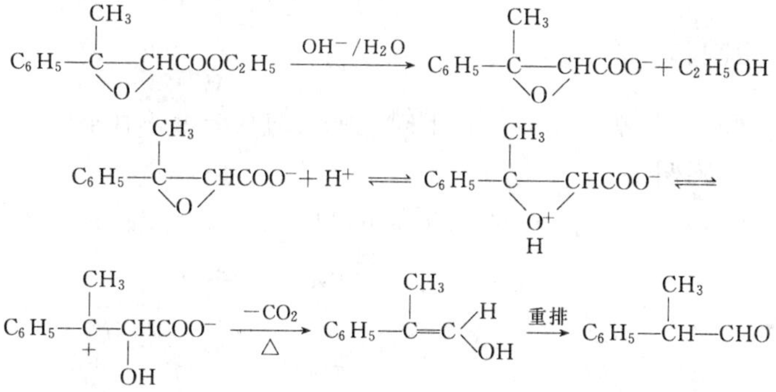

例如：在生产维生素A时，用β-紫罗兰酮和氯乙酸甲酯进行该反应，得到一个十四碳醛。

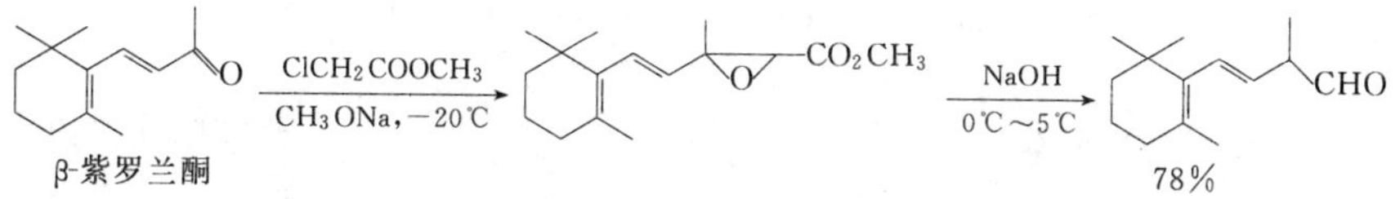

（四）雷福尔马斯基（Reformatsky）反应

α-卤代酸酯在锌粉作用下与羰基化合物（醛、酮）发生反应，产物经水解后生成β-羟基酸酯的反应称为雷福尔马斯基反应。反应是通过有机锌化合物进行的，例如：

$$BrCH_2COOC_2H_5 + Zn \xrightarrow{\text{乙醚}} BrZnCH_2COOC_2H_5$$

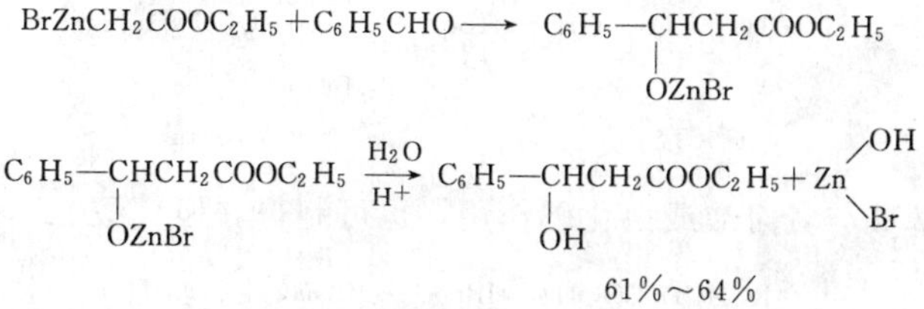

61%～64%

有机锌化合物没有格氏试剂活泼，比较稳定，只能与醛、酮发生反应，与酯反应缓慢（格氏试剂与酯反应很快）。因此反应试剂锌不能用镁代替。

$$C_6H_5COCH_3+BrCH_2COOC_2H_5 \xrightarrow{Zn} C_6H_5-\underset{OH}{\overset{CH_3}{\overset{|}{\underset{|}{C}}}}-CH_2COOC_2H_5$$

β-羟基酸酯经过水解得到β-羟基酸，如果β-羟基酸酯的α-碳原子上具有氢原子，则在较高温度或有脱水剂存在下脱水而变成α,β-不饱和酸酯，均可用于制备。

在雷福尔马斯基反应中，不同的α-卤代酸酯的活性次序为：

碘代酸酯＞溴代酸酯＞氯代酸酯＞氟代酸酯

因氟和氯代酸酯活性小，而碘代酸酯较难制备，故常用溴代酸酯。

有机锌试剂与羰基化合物反应的活性次序为：

醛＞酮＞酯

雷福尔马斯基反应的溶剂为经钠丝处理过的绝对无水有机溶剂，最常用的溶剂有乙醚、苯、甲苯、二甲苯等。最适宜的反应温度为90℃～105℃（回流条件下进行）。

二、卤代酸的制备

卤代酸中由于卤素和羧基的相对位置不同，它们的制法也各有不同。

（一）α-卤代酸的制备

脂肪族羧酸在少量红磷（或卤代磷）存在下可以直接溴化或氯化，生成α-卤代酸。

$$RCH_2COOH + Br_2 \xrightarrow{PBr_3} \underset{\text{α-溴代酸}}{\underset{Br}{\underset{|}{RCHCOOH}}} + HBr$$

α-碳的氢原子可以逐步被取代，如α-碳原子无氢原子时，便不能发生反应。

α-碘代酸一般不能用直接的碘化法制备，但可以由碘化钾与α-氯代酸或α-溴代酸发生置换反应制得：

$$\underset{Cl}{\underset{|}{RCHCOOH}} + KI \longrightarrow \underset{I}{\underset{|}{RCHCOOH}} + KCl$$

（二）β-卤代酸的制备

β-卤代酸可用α,β-不饱和酸和卤化氢发生加成反应而制得。加成时，卤原子总是加在β-碳原子上。

$$\underset{\text{α,β-不饱和酸}}{RCH=CHCOOH} + HX \longrightarrow \underset{\text{β-卤代酸}}{\underset{X}{\underset{|}{RCHCH_2COOH}}}$$

$$\underset{\text{丙烯酸}}{CH_2=CHCOOH} + HBr \longrightarrow \underset{\text{β-溴代丙酸}}{\underset{Br}{\underset{|}{CH_2CH_2COOH}}}$$

另外，用β-羟基酸与氢卤酸或卤化磷作用，也可制得β-卤代酸。

$$\underset{\text{β-羟基酸}}{\underset{OH}{\underset{|}{RCHCH_2COOH}}} + HBr \longrightarrow \underset{\text{β-卤代酸}}{\underset{Br}{\underset{|}{RCHCH_2COOH}}}$$

（三）γ,δ-卤代酸的制备

γ,δ-或卤素离羧基更远的卤代酸，可由相应的二元酸单酯在硝酸银的作用下转化成单酯银盐，再和溴加热反应，经脱羧、卤化，水解则生成相应类型的卤代酸。例如：δ-卤代酸可以由己二酸单甲酯制得。

$$CH_3OOC(CH_2)_4COOH \xrightarrow[KOH]{AgNO_3} CH_3OOC(CH_2)_4COOAg$$

$$\xrightarrow[CCl_4]{Br_2} \underset{(65\%\sim68\%)}{CH_3OOC(CH_2)_3CH_2Br} \xrightarrow[H_2O]{H^+} \underset{\delta\text{-溴戊酸}}{HOOC(CH_2)_3CH_2Br}$$

三、个别化合物

（一）氟乙酸

氟乙酸（FCH_2COOH）工业上由一氧化碳与甲醛及氟化氢作用而制得：

$$CO + HCHO + HF \xrightarrow[75.994kPa]{160℃} \underset{\displaystyle F}{\overset{}{CH_2COOH}}$$

氟乙酸对哺乳动物的毒性很强，它的钠盐可用作杀鼠剂和扑灭其他啮齿动物的药剂。

（二）三氯乙酸

三氯乙酸（Cl_3CCOOH）为无色结晶，熔点 57.5℃，易潮解，具有强腐蚀性，极易溶于水、乙醇、乙醚。可由三氯乙醛经硝酸氧化制取：

$$CCl_3CHO \xrightarrow[[O]]{HNO_3} CCl_3COOH$$

三氯乙酸和水共煮时，失去二氧化碳而生成氯仿：

$$CCl_3COOH + H_2O \xrightarrow[\triangle]{} CO_2 + CHCl_3$$

三氯乙酸可以作除锈剂，在医药上用作腐蚀剂，其 20%溶液可用于治疗疣。

第四节 羟基酸

羧酸分子中，烃基上的氢原子被羟基取代而生成的化合物，叫羟基酸。依羟基的结构，又可分为醇酸和酚酸。

一、醇酸

（一）性质

醇酸一般为固体或糖浆状黏稠液体。在水中的溶解度比相应的羧酸大，低级的醇酸易溶于水，难溶于有机溶剂，挥发性较低。此外，许多醇酸都具有旋光性。

醇酸具有醇和酸的典型化学性质，但由于两个官能团的相互影响而具有一些特殊性质。

1. 酸性

醇酸分子中，羟基是一个吸电子基，可通过诱导效应使羧基的离解度增加，酸性增强。醇酸的酸性与分子中羟基的数目、羟基与羧基的相对位置有关，分子中羟基越多、羟基距离羧基越近，酸性就越强。

2. 氧化反应

醇酸中羟基可以被氧化生成醛酸或酮酸。特别是 α-羟基酸中的羟基比醇中的羟基更易被氧化。

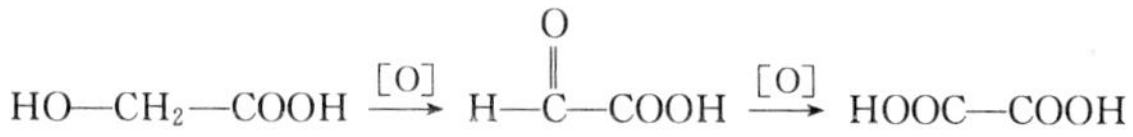

羟基乙酸　　乙醛酸　　乙二酸

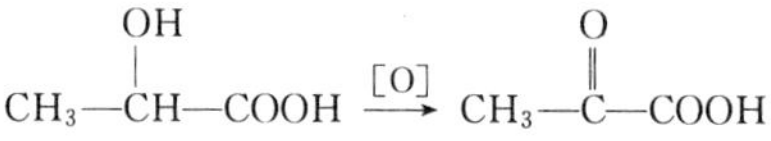

丙酮酸

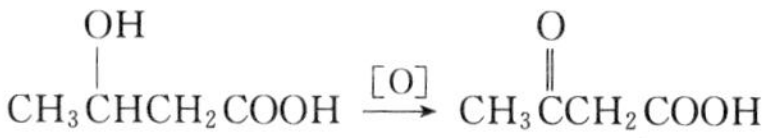

β-羟基丁酸　　β-丁酮酸

生成的 α-和 β-酮酸不稳定，容易脱羧生成醛或酮。

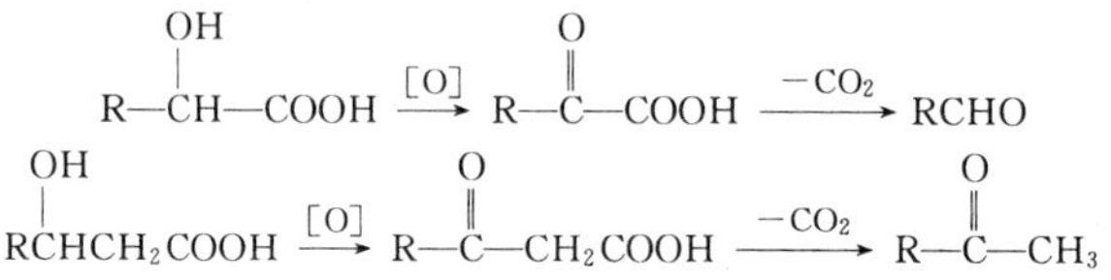

3. 脱水反应

醇酸受热后能发生脱水反应，随着羧基和羟基的相对位置的不同而生成不同的产物。

α-醇酸受热时发生两个分子间脱水，生成六元环的交酯。

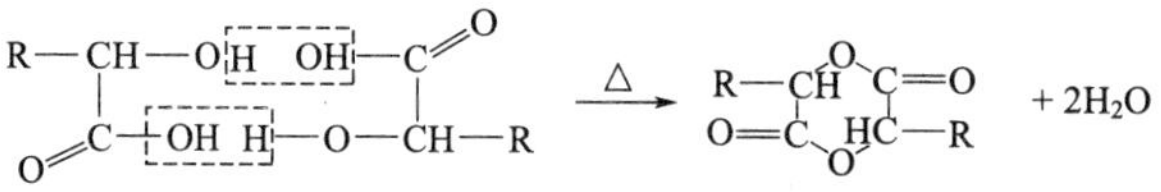

交酯

交酯多为结晶物质，和其他酯类一样，与酸或碱溶液共热时，容易发生水解又变成原来的醇酸：

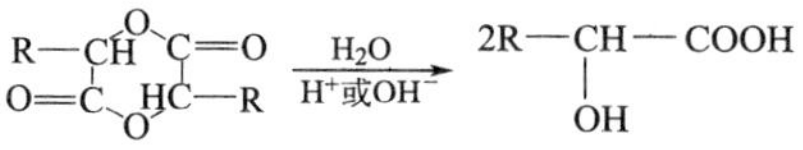

β-醇酸受热时，非常容易发生分子内脱水反应，生成 α,β-不饱和酸。

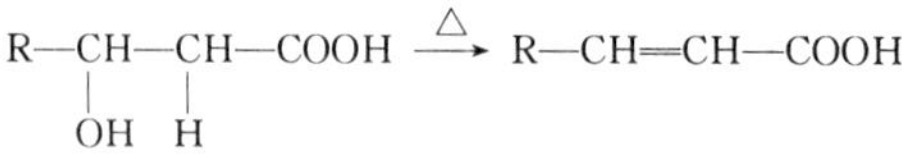

γ-醇酸或 δ-醇酸容易发生分子内脱水，形成环状内酯。

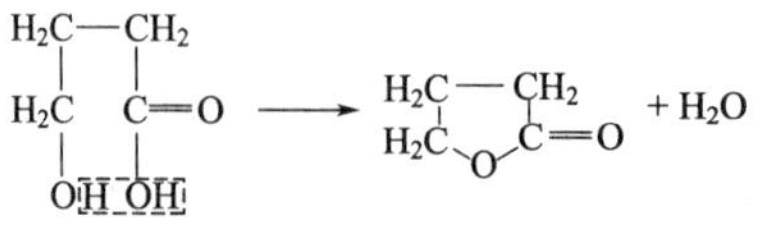

γ-丁内酯

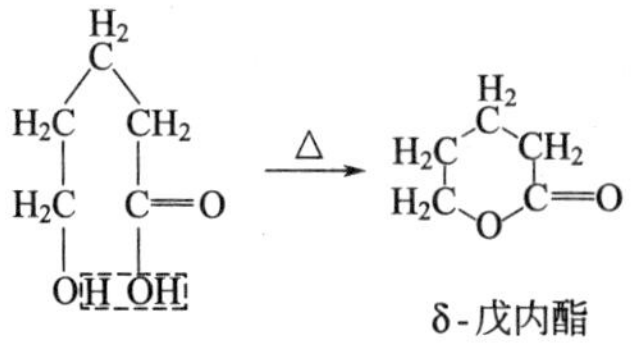

δ-戊内酯

一般情况下，γ-醇酸在室温即可反应；而 δ-醇酸则需要在加热条件下方可进行。形成的内酯对酸较稳定，但是，在碱性条件下易水解开环。如：

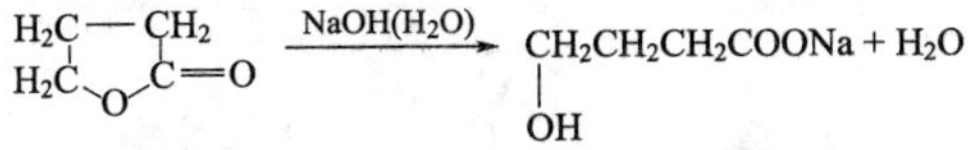

一些中药的有效成分中常含有内酯的结构。例如中药木香及川芎中含有的有效成分木香内酯和川芎内酯：

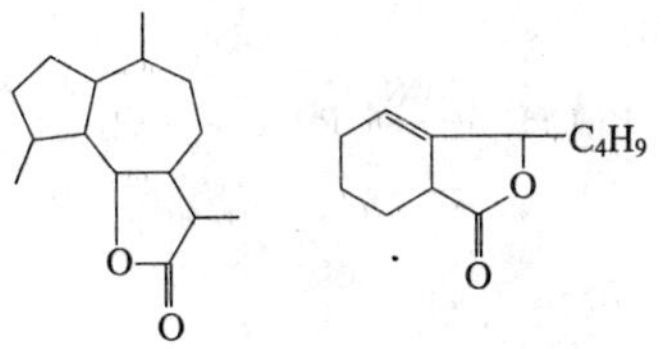

4. 分解反应

α-醇酸与稀硫酸或酸性高锰酸钾溶液加热，分解为醛（酮）和甲酸：

$$\underset{\displaystyle OH}{R-\underset{|}{C}HCOOH} \xrightarrow[\triangle]{\text{稀 } H_2SO_4} RCHO + HCOOH$$

$$\underset{\displaystyle OH}{R-\underset{|}{C}HCOOH} \xrightarrow[H^+]{KMnO_4} RCHO + CO_2 + H_2O$$

用浓硫酸处理，则分解为醛（酮）、一氧化碳及水。

$$\underset{\displaystyle OH}{R_2\underset{|}{C}-COOH} \xrightarrow[\triangle]{\text{浓 } H_2SO_4} R-\underset{\displaystyle O}{\underset{\|}{C}}-R + CO + H_2O$$

此反应在有机合成上可用来使羧酸降解，也可用于区别 α-醇酸和其他类型的醇酸。

（二）醇酸的制备

1. 卤代酸水解

卤代酸水解得相应的醇酸，但只有 α-卤代酸水解生成 α-羟基酸，产率较高。例如：

$$\underset{\displaystyle Cl}{\underset{|}{C}H_2COOH} + H_2O \xrightarrow{\triangle} \underset{\displaystyle OH}{\underset{|}{C}H_2COOH} + HCl$$

α-羟基乙酸

β-、γ-、δ-等卤代酸水解后，主要产物往往不是羟基酸，因此这个方法只适宜于制取 α-羟基酸。

2. 羟基腈水解

醛或酮与氢氰酸发生加成反应，生成的羟基腈，再经水解，就得 α-羟基酸。

$$RCHO + HCN \longrightarrow R-\overset{\displaystyle OH}{\underset{\displaystyle H}{\overset{|}{\underset{|}{C}}}}-CN \xrightarrow[H^+]{H_2O} R-\overset{\displaystyle OH}{\underset{\displaystyle H}{\overset{|}{\underset{|}{C}}}}-COOH$$

α-羟基酸

$$R-\overset{\displaystyle O}{\overset{\|}{C}}-R + HCN \longrightarrow R-\overset{\displaystyle OH}{\underset{\displaystyle R}{\overset{|}{\underset{|}{C}}}}-CN \xrightarrow[H^+]{H_2O} R-\overset{\displaystyle OH}{\underset{\displaystyle R}{\overset{|}{\underset{|}{C}}}}-COOH$$

α-羟基酸

芳香族羟基酸也可由羟基腈制得。例如：

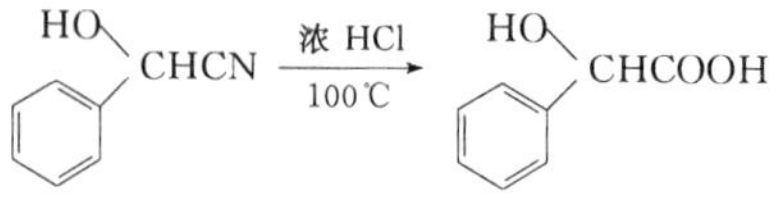

α-羟基苯乙酸

用烯烃与次氯酸加成后再与氰化钾作用制得β-羟基腈，β-羟基腈经水解得到了β-羟基酸。

$$RCH{=}CH_2 \xrightarrow{HClO} R{-}\underset{}{\overset{OH}{\overset{|}{C}}}H{-}\overset{Cl}{\overset{|}{C}}H_2 \xrightarrow{KCN} R{-}\overset{OH}{\overset{|}{C}}H{-}CH_2CN \xrightarrow[H^+]{H_2O} R{-}\overset{OH}{\overset{|}{C}}H{-}CH_2COOH$$

β-羟基酸

3. 雷福尔马斯基反应

由α-卤代酸酯与醛通过雷福尔马斯基反应，得到β-羟基酸酯，酯再经水解，也可用来制β-羟基酸（详见本章第三节）。

（三）个别化合物

1. 乳酸

乳酸（$CH_3\overset{OH}{\overset{|}{C}}HCOOH$）化学名称为α-羟基丙酸，最初从酸乳中得到，所以俗名叫乳酸。也存在于动物的肌肉中，在剧烈活动后乳酸含量增加，因此感觉肌肉酸胀。乳酸在工业上是由糖经乳酸菌发酵而制得。

$$C_6H_{12}O_6 \xrightarrow[35℃\sim45℃]{乳酸菌} 2CH_3\overset{OH}{\overset{|}{C}}H{-}COOH$$

乳酸是无色黏稠液体，溶于水、乙醇和乙醚中，但不溶于氯仿和油脂，吸湿性强。乳酸具有旋光性。由酸牛奶得到的乳酸是外消旋的，由糖发酵制得的乳酸是左旋的，而肌肉中的乳酸是右旋的。

乳酸有消毒防腐作用，它的蒸气用于空气消毒。

2. 苹果酸

苹果酸（$HOOCCH_2CHOHCOOH$）化学名称为α-羟基丁二酸，广泛存在于植物中，尤其是在未成熟的苹果中含量最多，所以称为苹果酸。其他果实如山楂、杨梅、葡萄、番茄等都含有苹果酸。

苹果酸受热后，易脱水生成丁烯二酸：

$$\begin{array}{l} H{-}CH{-}COOH \\ \quad\ \ | \\ HO{-}CH{-}COOH \end{array} \xrightarrow{\triangle} \begin{array}{l} CH{-}COOH \\ \| \\ CH{-}COOH \end{array} + H_2O$$

天然苹果酸为左旋体，熔点100℃，合成的苹果酸熔点为133℃，无旋光性。苹果酸的钠盐为白色粉末，易溶于水。用于制药及食品工业，也可作为食盐的代用品。

3. 枸橼酸

枸橼酸（$\begin{array}{l} \quad\quad\ \ CH_2{-}COOH \\ \quad\quad\quad | \\ OH{-}C{-}COOH \\ \quad\quad\quad | \\ \quad\quad\ \ CH_2{-}COOH \end{array}$）化学名称为3-羟基-3-羧基戊二酸，存在于柑橘、山楂、乌

梅等的果实中，尤以柠檬中含量最多，约占6%～10%，因此俗名又叫柠檬酸。枸橼酸为无色结晶或结晶性粉末，无臭、味酸，易溶于水和醇，内服有清凉解渴作用，常用作调味剂、清凉剂，用来配制汽水和酸性饮料。

枸橼酸的钾盐（$C_6H_5O_7K \cdot 6H_2O$）为白色结晶，易溶于水，用作祛痰剂和利尿剂。

枸橼酸的钠盐（$C_6H_5O_7Na \cdot 2H_2O$）也是白色易溶于水的结晶，有防止血液凝固的作用。

枸橼酸的铁铵盐为易溶于水的棕红色固体，常用作贫血患者的补血药。

二、酚酸

酚酸多以盐、酯或苷的形式存在于自然界中。比较重要的酚酸化合物是水杨酸和五倍子酸。

（一）性质

酚酸为结晶固体，具有酚和芳酸的一般性质。例如，加入三氯化铁溶液时能显色（酚的特性），羧基和醇作用成酯（羧酸的特性）等。

当酚酸中的羟基与羧基处于邻位或对位时，受热容易脱羧，这是它们的一个特性。例如：

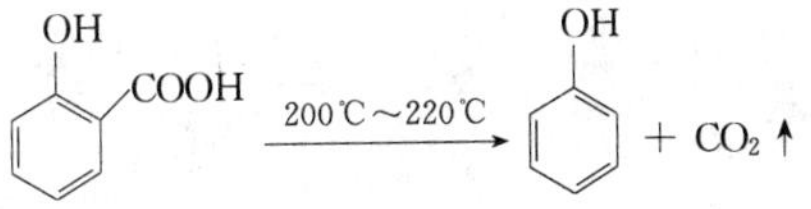

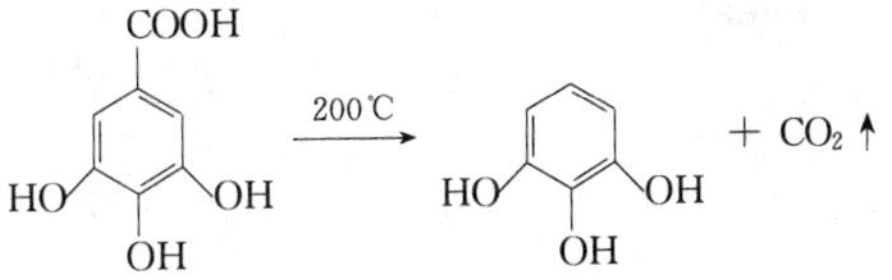

（二）制备

许多酚酸是从天然产物中提取出来的。合成酚酸一般采用柯尔贝-施密特（Kolbe-Schmidt）反应，此法是将干燥的苯酚钠与二氧化碳在405～709kPa和120℃～140℃的条件下作用，得到水杨酸钠，再经酸化，即可得水杨酸。

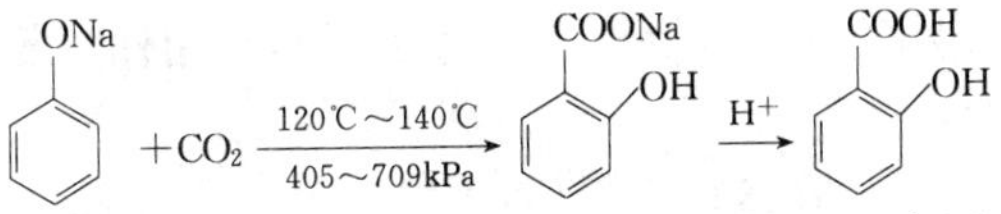

产物中含有少量对位异构体。如果反应温度在140℃以上，或用酚的钾盐为原料，则主要是对羟基苯甲酸：

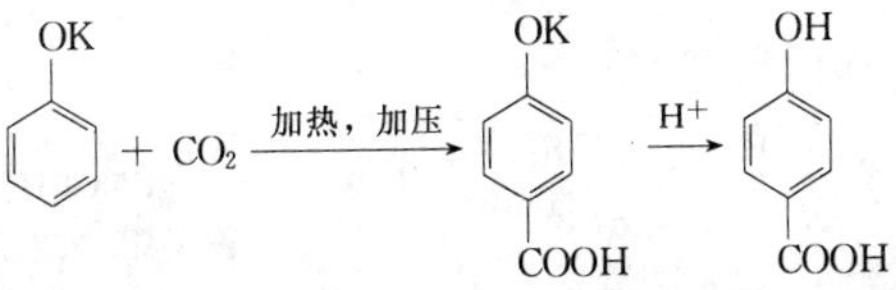

其他的酚酸也可以用上述方法制备，只是反应的难易和条件有所不同。

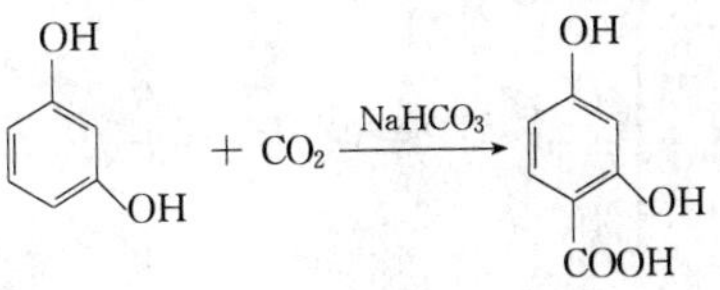

2,4-二羟基苯甲酸

（三）个别化合物

1. 水杨酸及其衍生物

（1）水杨酸 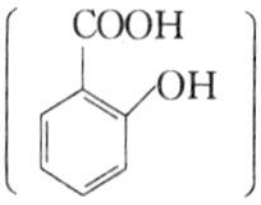：为白色晶体，熔点 159℃，能溶于水、乙醇和乙醚，加热可升华，并能随水蒸气一同挥发，但加热到它的熔点以上时，脱羧而变成苯酚。

水杨酸分子中含有羟基和羧基，因此它具有酚和羧酸的一般性质，例如酚羟基可成盐、酰化，容易氧化，遇三氯化铁溶液产生紫色；羧基可以形成各种羧酸衍生物。

水杨酸是合成药物、染料、香料的原料。同时具有杀菌、解热镇痛和抗风湿作用，由于它对胃肠有刺激作用，不能内服，只作外用治疗某些皮肤病。

（2）乙酰水杨酸 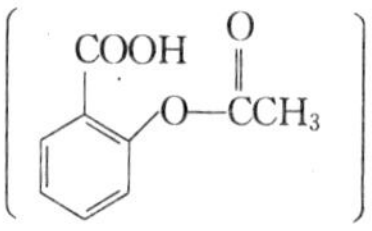：俗称阿司匹林，为白色结晶，熔点 135℃，味微酸，无臭，难溶于水，溶于乙醇、乙醚、氯仿。在干燥空气中稳定，但在湿空气中易水解为水杨酸和醋酸，所以应密闭在干燥处贮存。水解后产生水杨酸，可以与三氯化铁溶液作用呈紫色，常用此法检查阿司匹林中游离水杨酸的存在。

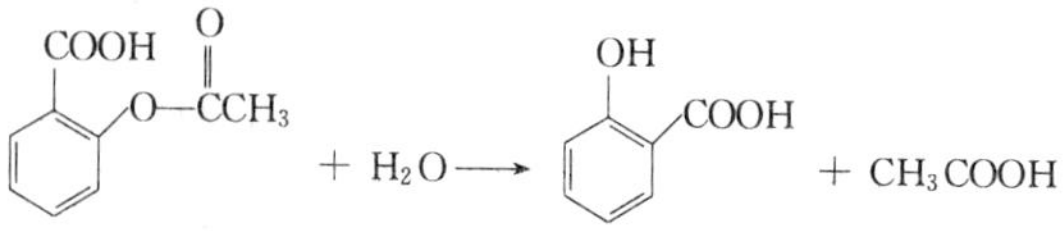

乙酰水杨酸可由水杨酸与乙酐在乙酸中加热到 80℃进行酰化而制得：

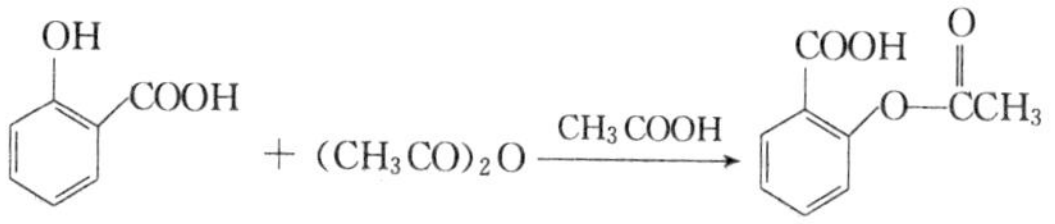

阿司匹林有退热、镇痛和抗风湿痛的作用，而且对胃的刺激作用小，故常用于治疗发烧、头痛、关节痛、活动性风湿病等。与非那西丁、咖啡因等合用称为复方阿司匹林，简称 APC。

（3）水杨酸甲酯 ：是冬绿油的主要成分，为无色或淡黄色具有香味的油状液体，沸点为 223.3℃，微溶于水。可用水杨酸直接酯化而得。

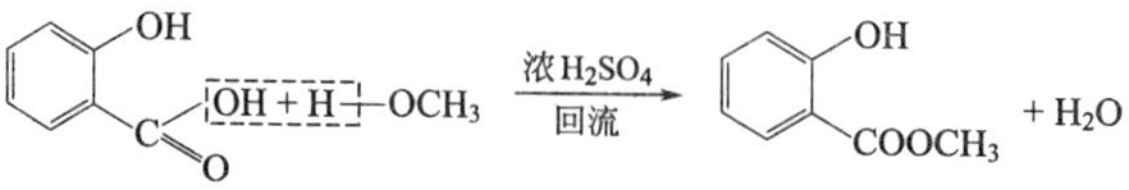

外用为局部镇痛剂或抗风湿药物。

（4）对氨基水杨酸 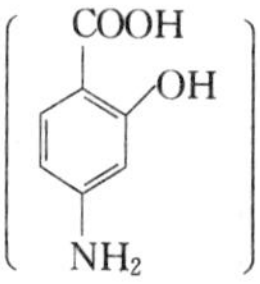：简称 PAS，为白色粉末，熔点 146℃～147℃，微溶于水，能溶于乙醇，是一种抗结核病药物。PAS 呈酸性，能和碱作用生成盐，它与碳酸氢钠作用生成

对氨基水杨酸钠简称 PAS-Na：

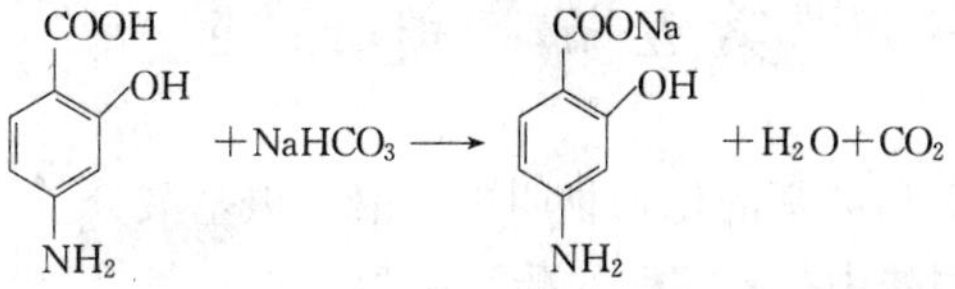

PAS-Na 为白色和淡黄色结晶粉末，微溶于乙醇，易溶于水。

PAS-Na 的水溶性大，刺激性小，故常作为注射剂使用。PAS-Na 用于治疗各种结核病，对肠结核、胃结核以及渗透性肺结核的效果较好。

PAS 和 PAS-Na 的水溶液都不稳定，遇光、热或露置在空气中颜色变深，颜色变深后，不能供药用。

2. 对羟基苯甲酸

对羟基苯甲酸（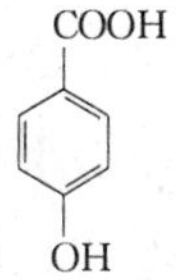）是一种优良的防腐剂，商品名称尼泊金（Nipagin）。它有抑制细菌、真菌和酶的作用，毒性较小。因此广泛用于食品和药品的防腐剂。常用的尼泊金类防腐剂有以下几种：

学　名	结构式	商品名称
对羟基苯甲酸甲酯	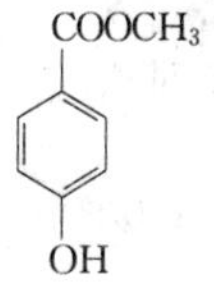	尼泊金或尼泊金 M
对羟基苯甲酸乙酯	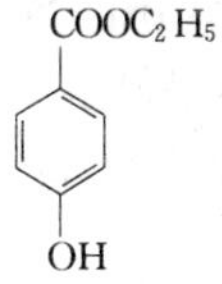	尼泊金 A
对羟基苯甲酸丙酯	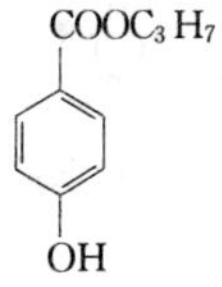	尼泊索（Nipasol）

尼泊金类防腐剂在酸性溶液中比在碱性溶液中效果好。对羟基苯甲酸甲酯、乙酯、丙酯合并使用，可因协同作用，而增加效果。

3. 香豆酸

香豆酸（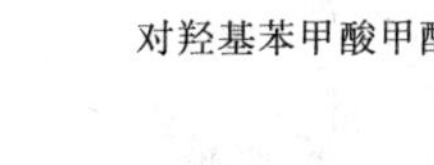）化学名称为 *p*-羟基桂皮酸（*p*-hydroxy cinnamic acid），分布极广。主要存在于番荔科植物刺果番荔枝（Annona muricata）；茄科马铃薯（Solanum tuberosum）浆果等植物中。具有抑菌，抗真菌和抗肝毒活性。动物实验证明，本品还具有降低血脂和抑制肿瘤生长的作用。

第五节 羰基酸

在分子中同时含有羧基和羰基的化合物叫羰基酸。羰基酸分子中羰基是醛基的叫醛酸，是酮基的叫酮酸。在醛酸和酮酸中，β-酮酸的酯类最为重要。

一、α-羰基酸

丙酮酸是最简单的α-羰基酸。因最早从酒石酸制得，故俗称焦性酒石酸。它是动植物体内碳水化合物和蛋白质代谢的中间产物，因此也是生化过程重要的中间产物。乳酸氧化可制得丙酮酸。

$$CH_3\underset{\underset{OH}{|}}{C}HCOOH \xrightarrow{[O]} CH_3\underset{\underset{O}{\|}}{C}COOH$$

丙酮酸是无色、有刺激性臭味的液体，沸点105℃（分解），易溶于水、乙醇和醚，除有一般羧酸和酮的典型性质外，还具有α-酮酸的特殊性质。在一定条件下，丙酮酸可以脱羧或脱去一氧化碳（即脱羰）分别生成乙醛或乙酸。和稀硫酸共热发生脱羧作用，得到乙醛和二氧化碳。

$$CH_3\overset{\overset{O}{\|}}{C}\text{—}COOH \xrightarrow[\triangle]{\text{稀 } H_2SO_4} CH_3CHO + CO_2$$

但是与浓硫酸共热则发生脱羰作用，得到乙酸和一氧化碳。

$$CH_3\overset{\overset{O}{\|}}{C}\text{—}COOH \xrightarrow[\triangle]{\text{浓 } H_2SO_4} CH_3COOH + CO$$

这是因为α-酮酸中羰基和羧基直接相连，由于氧原子具有较强的电负性，使得羰基和羧基碳原子间的电子云密度较低，这使碳碳键容易断裂，所以丙酮酸可脱羧或脱羰。

丙酮酸极易被氧化，使用弱氧化剂（如Fe^{2+}与H_2O_2）也能使丙酮酸氧化分解成乙酸，并放出二氧化碳。

$$CH_3\overset{\overset{O}{\|}}{C}\text{—}COOH \xrightarrow[Fe^{2+},\ H_2O_2]{[O]} CH_3COOH + CO_2$$

在同样的条件下，酮和羧酸都难以发生上述反应，这是α-酮酸的特有反应。

二、β-羰基酸

β-丁酮酸（$CH_3\text{—}\overset{\overset{O}{\|}}{C}\text{—}CH_2COOH$）又叫乙酰乙酸，是最简单的β-酮酸。乙酰乙酸为无色黏稠的液体。由于羰基和羧基的相互影响，β-丁酮酸很不稳定，受热时容易脱羧生成丙酮。这是β-酮酸共同具有的一种反应。

$$CH_3\overset{\overset{O}{\|}}{C}CH_2COOH \xrightarrow{\triangle} CH_3\text{—}\overset{\overset{O}{\|}}{C}\text{—}CH_3 + CO_2$$

$$R\text{—}\overset{\overset{O}{\|}}{C}\text{—}CH_2COOH \xrightarrow{\triangle} R\text{—}\overset{\overset{O}{\|}}{C}\text{—}CH_3 + CO_2$$

β-丁酮酸被还原则生成β-羟基丁酸：

$$CH_3COCH_2COOH \xrightarrow{[H]} CH_3CH(OH)CH_2COOH$$

丙酮、β-丁酮酸和β-羟基丁酸统称为酮体。酮体存在于糖尿病患者的小便和血液中，并能引起患者的昏迷和死亡。临床上对于进入昏迷状态的糖尿病患者，除检查小便中含葡萄糖外，还需要检查是否有酮体的存在。

三、乙酰乙酸乙酯

乙酰乙酸乙酯（$CH_3\overset{O}{\overset{\|}{C}}—CH_2\overset{O}{\overset{\|}{C}}—OC_2H_5$）又叫3-丁酮酸乙酯，简称三乙酯。它是一种具有清香气的无色透明液体，熔点45℃，沸点181℃，稍溶于水，易溶于乙醇、乙醚、氯仿等有机溶剂。

（一）制备

1. 二乙烯酮与醇作用

二乙烯酮（乙烯酮二聚体）与乙醇作用生成的烯醇，经1,3-重排而制得乙酰乙酸乙酯：

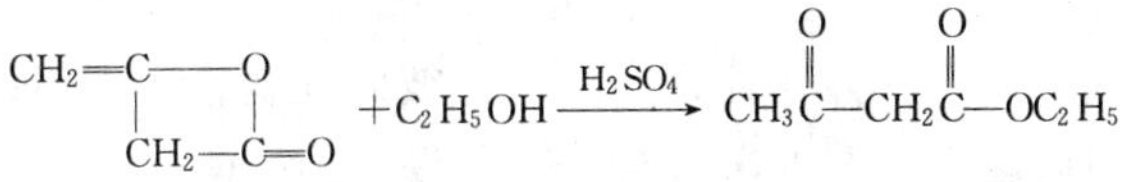

反应历程可能如下：

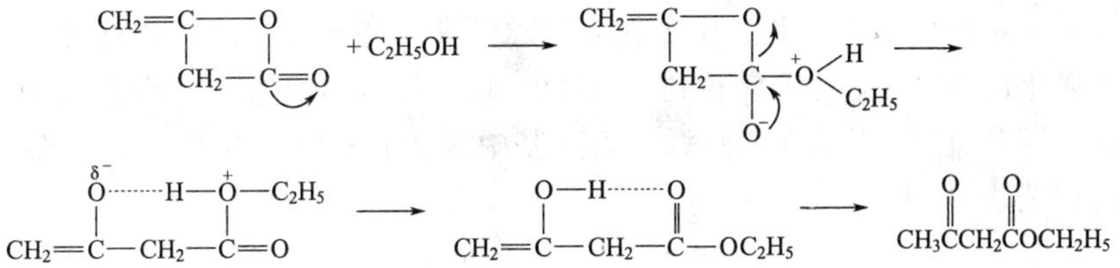

2. 克莱森（Claisen）酯缩合反应

乙酸乙酯在乙醇钠或金属钠等碱性试剂的作用下，发生酯缩合反应，生成乙酰乙酸乙酯。

$$CH_3\overset{O}{\overset{\|}{C}}-OCH_2CH_3 + CH_3\overset{O}{\overset{\|}{C}}-OCH_2CH_3 \xrightleftharpoons{C_2H_5ONa} CH_3\overset{O}{\overset{\|}{C}}CH_2\overset{O}{\overset{\|}{C}}OC_2H_5 + CH_3CH_2OH$$

（二）乙酰乙酸乙酯的酸性和互变异构现象

1. 活泼亚甲基上α-氢的酸性

乙酰乙酸乙酯及β-二羰基化合物中的亚甲基，由于受两个羰基的影响，使得α-氢原子的酸性比一般的醛、酮、酯的酸性强。其产生的原因是失去α-氢形成的负碳离子，其负电荷可以分散到两个羰基氧上，使其稳定性比一般的醛、酮、酯形成的负碳离子更加稳定。乙酰乙酸乙酯失去α-氢的负离子可用三个共振式表示：

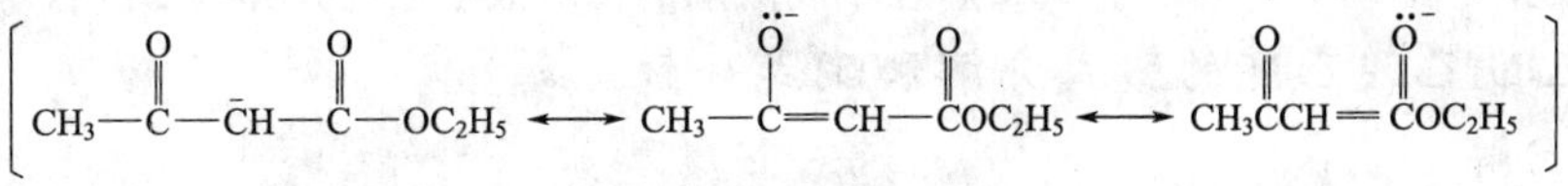

而乙酸乙酯负离子和丙酮负离子都只有两个共振式：

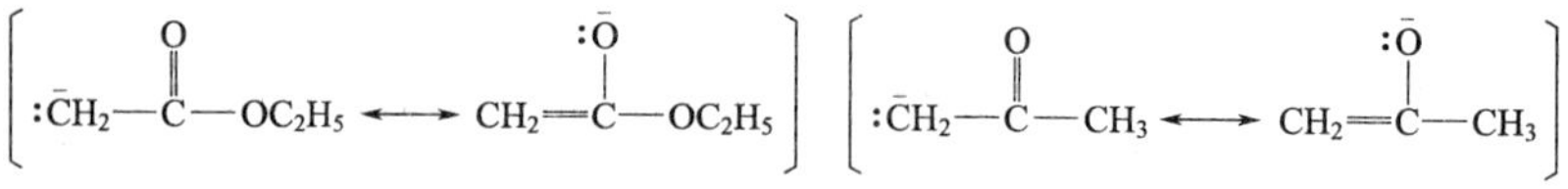

所以，乙酰乙酸乙酯负离子比乙酸乙酯、丙酮形成的负离子稳定，即负电荷分得更散。故乙酰乙酸乙酯的酸性比醛、酮、酯的强。β-二酮类化合物中的亚甲基又称为活泼亚甲基。

2. 乙酰乙酸乙酯的互变异构

在通常情况下，乙酰乙酸乙酯显示双重反应性能，如加入羰基试剂 2,4-二硝基苯肼溶液，可生成橙色的苯腙沉淀，表明含有酮式结构；加入溴的四氯化碳溶液，可使溴的颜色消失，说明分子中有碳碳双键存在；可以与金属钠反应放出氢气，生成钠的衍生物，这说明分子中含有活泼氢；与乙酰氯作用生成酯，说明分子中有醇羟基；乙酰乙酸乙酯还能与三氯化铁水溶液作用呈紫红色，说明分子中具有烯醇式结构。根据上述实验事实，说明乙酰乙酸乙酯分子中不仅有酮式结构，也存在烯醇式结构，它是一个平衡混合物。

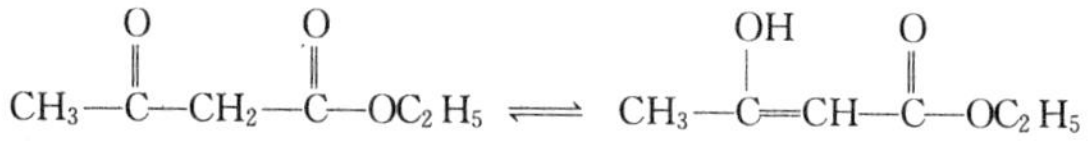

酮式（93%）　　　　烯醇式（7%）

凡是两种或两种以上的异构体可以互相转变并以动态平衡而存在的现象就称为互变异构现象（tautomerism）。

乙酰乙酸乙酯的酮式和烯醇式异构体在室温时，彼此互变很快，不能分离，但在低温时互变速度很慢，因此可以用低温冷冻的方法进行分离，得到纯的酮式和烯醇式化合物。

乙酰乙酸乙酯的酮式和烯醇式异构体的互变平衡，是由于在两个羰基的影响下，活泼亚甲基上的氢原子被一定程度的质子化，质子在 α-碳原子和羰基氧原子之间进行可逆的重排所导致。活泼亚甲基上的氢原子，主要转移到乙酰基的氧原子上，而不能转移到羧基中羰基的氧原子上。这是因为羰基氧原子的电负性更强，而羧基中羰基上氧原子由于 O—C—O 之间形成共轭而使电负性减弱。

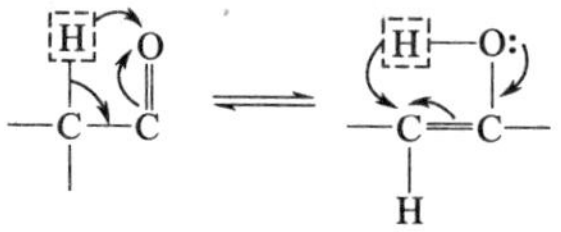

乙酰乙酸乙酯的烯醇式含量较高，一方面是由于通过分子内氢键形成一个较稳定的六元环，另一方面烯醇式中的碳氧双键与碳碳双键形成一个较大的共轭体系，发生电子的离域，从而降低了分子的能量，使得烯醇式的稳定性增大，到达动态平衡时烯醇式的含量增加。

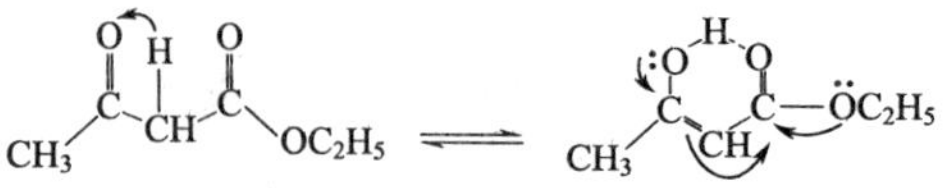

乙酰乙酸乙酯在达到平衡状态的混合物中，其烯醇式异构体含量随溶剂、浓度、温度等条件差异而有所不同。在水或其他含质子的极性溶剂中，烯醇式的含量较少；而在非极性溶剂中，烯醇式的含量较多。表 13-3 中列出了 18℃时在不同溶剂的稀溶液中烯醇式异构体的含量。

（三）乙酰乙酸乙酯的酸式分解和酮式分解

1. 酸式分解

乙酰乙酸乙酯在浓碱（40%）作用下加热，α-和 β-碳原子之间的键发生断裂，生成两分

表 13-3　　乙酰乙酸乙酯烯醇式异构体在各种溶剂中的百分含量

溶剂	烯醇式含量(%)	溶剂	烯醇式含量(%)
水	0.4	戊醇	13.3
乙酸	6.0	乙醚	27.1
甲醇	6.9	二硫化碳	32.4
乙醇	12.0	正己烷	46.4

子羧酸盐，经酸化后得羧酸。这种反应称为酸式分解。

$$CH_3-\overset{\overset{O}{\|}}{C}\,\vdots\,CH_2-\overset{\overset{O}{\|}}{C}\,\vdots\,OC_2H_5 \xrightarrow[\text{酸式分解}]{40\%NaOH} 2CH_3-\overset{\overset{O}{\|}}{C}-ONa+C_2H_5OH$$

$$2CH_3-\overset{\overset{O}{\|}}{C}-ONa \xrightarrow{H^+} CH_3COOH$$

2. 酮式分解

乙酰乙酸乙酯在稀碱（5%）存在下加热，则酯基水解，生成乙酰乙酸钠。加酸酸化，生成乙酰乙酸。乙酰乙酸不稳定，在加热下立即脱羧生成酮，这种反应称为酮式分解。

$$CH_3-\overset{\overset{O}{\|}}{C}-CH_2-\overset{\overset{O}{\|}}{C}-OC_2H_5 \xrightarrow[\text{水解}]{5\%NaOH} CH_3-\overset{\overset{O}{\|}}{C}-CH_2COONa \xrightarrow[\text{②}-CO_2,\ \triangle]{\text{①}H^+} CH_3-\overset{\overset{O}{\|}}{C}-CH_3$$

（四）α-亚甲基上的取代反应

乙酰乙酸乙酯分子中活泼亚甲基上的氢原子因受相邻两个羰基的影响，特别活泼，也就是说活泼亚甲基上的氢原子具有较强的酸性，容易以质子的形式离去。所以乙酰乙酸乙酯在乙醇钠或金属钠的作用下，活泼亚甲基上的氢原子可以被钠取代生成乙酰乙酸乙酯的钠盐，这个盐可以和卤代烷发生取代反应，生成烷基取代的乙酰乙酸乙酯。酰卤、α-卤代酮、卤代酸酯也可以和乙酰乙酸乙酯亚甲基上的氢发生类似卤代烷的反应，生成 α-酰基乙酰乙酸乙酯。这些 α-亚甲基上的取代反应产物再通过酮式分解和酸式分解可制备各种结构的酮和羧酸。

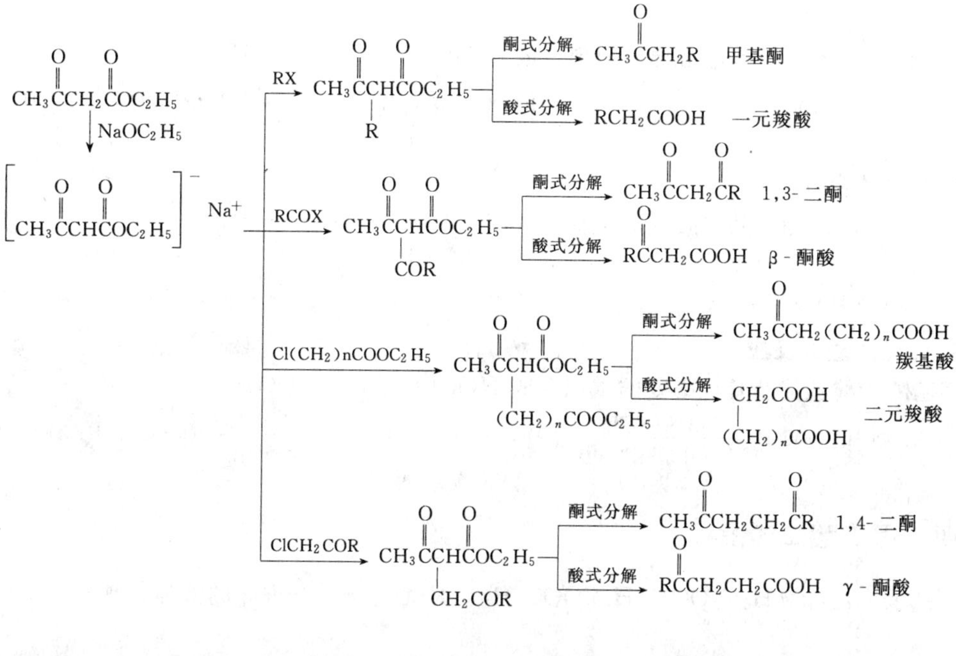

（五）乙酰乙酸乙酯在合成上的应用

由于乙酰乙酸乙酯在结构上的特点，使它成为有机合成上的重要试剂。在有机合成中，首先与金属钠或乙醇钠反应，亚甲基上的氢被钠取代生成钠盐，此盐作为亲核试剂可以与卤代烃或酰卤反应，将烃基或酰基引入到乙酰乙酸乙酯分子中，再经过酮式分解或酸式分解就可以得到不同的酸或酮。常以此法来制备：甲基酮、二酮、一元或二元羧酸、酮酸或环状化合物，故称乙酰乙酸乙酯合成法。

1. 甲基酮的合成

用乙酰乙酸乙酯及其他必要的试剂合成 $CH_3COCH(CH_3)CH_2CH_2CH_3$ 。

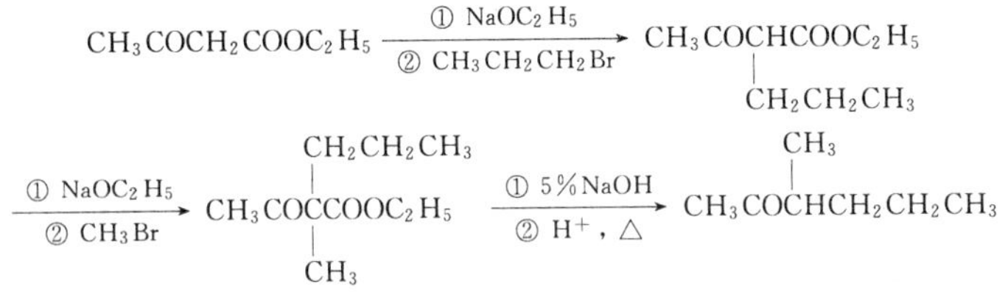

2. 羧酸的合成

用乙酰乙酸乙酯及其他必要的试剂合成 $CH_3CH_2CH_2CH(CH_3)COOH$ 。

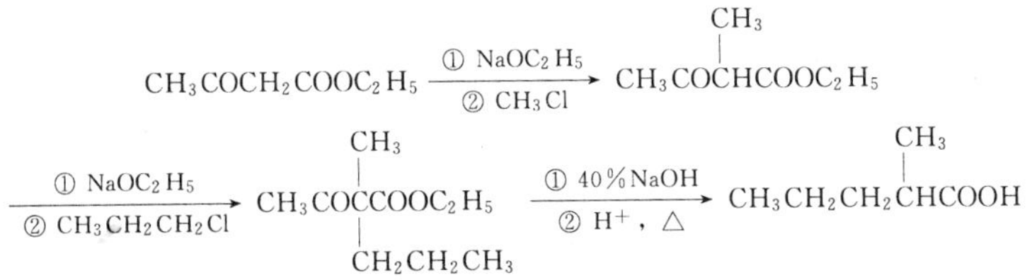

用乙酰乙酸乙酯合成羧酸时，在酸式分解过程中常伴有酮式产物生成，产率不高，所以，制备羧酸时一般采用丙二酸二乙酯合成法。

3. 酮酸的合成

用乙酰乙酸乙酯及其他必要的试剂合成 $CH_3COCH_2CH_2COOH$。

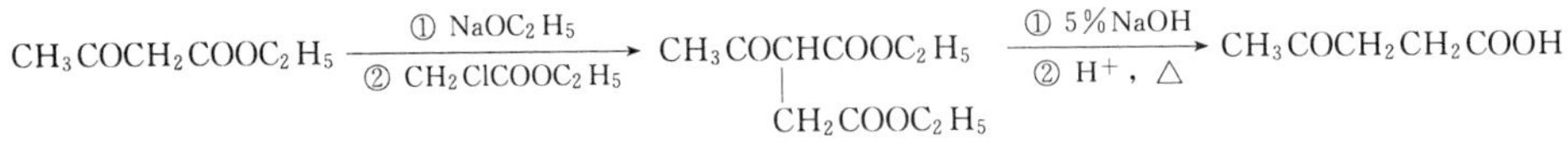

4. 二酮的合成

用乙酰乙酸乙酯及其他必要的试剂合成 $CH_3COCH_2CH_2COCH_3$

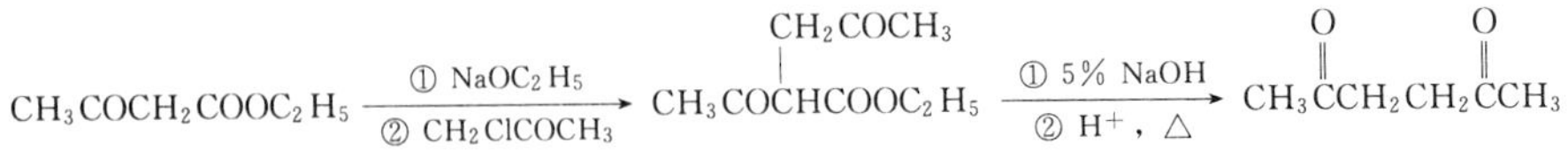

5. 二元羧酸的反应

用乙酰乙酸乙酯及其他必要的试剂合成 $HOOCCH_2CH_2COOH$。

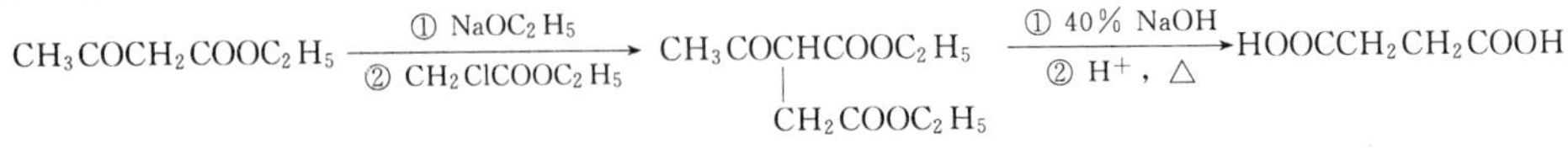

四、丙二酸二乙酯

丙二酸二乙酯（$H_5C_2OOCCH_2COOC_2H_5$）是无色、具有香味的液体，沸点 199℃，微溶于水，溶于乙醇、乙醚、氯仿及苯等有机溶剂，在有机合成中应用很广，与乙酰乙酸乙酯具有同等重要性。

（一）制备

丙二酸二乙酯是一个二元羧酸的酯，是由氯乙酸的钠盐氰解后再水解酯化而制得：

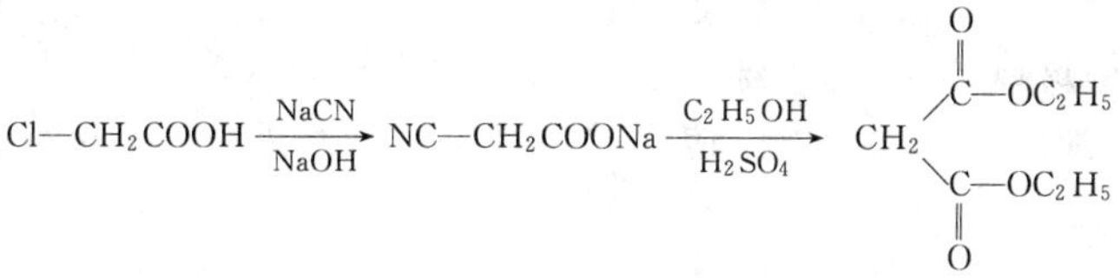

NC—CH_2COONa 的酯化历程如下：

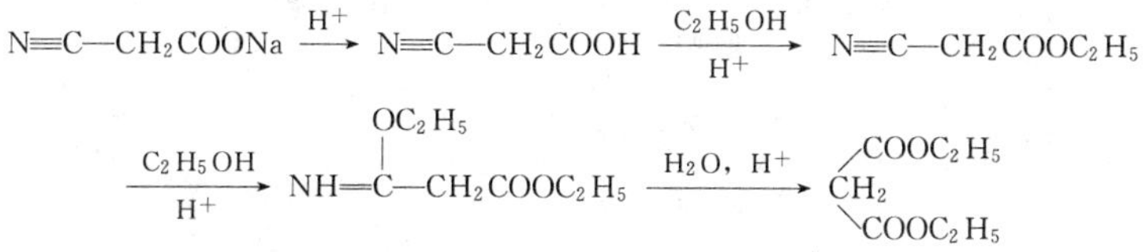

（二）性质

丙二酸二乙酯中亚甲基上的氢由于受两个酯基的影响呈酸性，非常活泼，与醇钠反应时生成钠盐。该钠盐也能进行烷基化和酰基化反应。

烷基化：

烷基丙二酸二乙酯

一烷基取代后的丙二酸二乙酯中还有一个活泼氢原子，还可继续被取代：

二烷基丙二酸二乙酯

烷基化反应中，伯卤烷最好，叔卤烷易发生消除反应而生成烯烃，乙烯卤和芳卤烃不能反应。

酰基化：

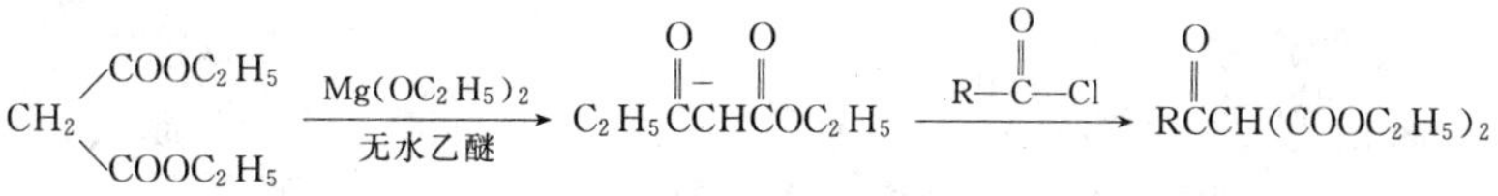

酰基丙二酸二乙酯

（三）丙二酸二乙酯在合成上的应用

丙二酸二乙酯与乙酰乙酸乙酯相似，含有活泼亚甲基，能与活泼卤化物作用，则活泼亚甲基上的氢被烃基或其他基团取代，在有机合成上具有重要意义，又专称丙二酸酯合成法。

1. 与卤代烷的反应

丙二酸酯的 α-氢很易被烷基取代，产物经水解酸化后，加热容易脱羧生成相应的羧酸。此反应常用于合成羧酸。

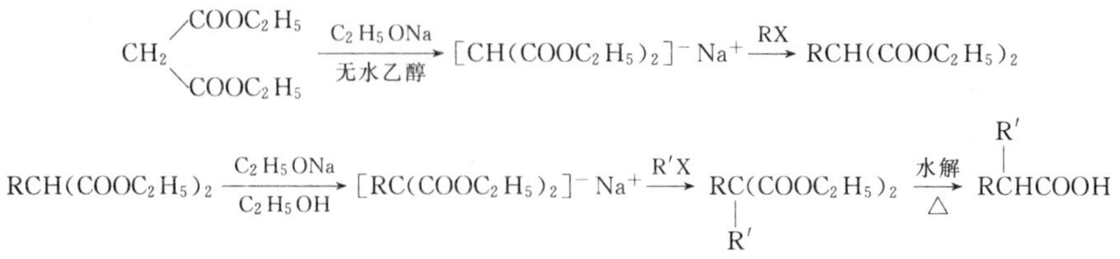

2. 与二卤代烷的反应

(1) 一分子丙二酸酯与二卤代烷反应生成环烷烃的衍生物。可用于合成环烷基甲酸、卤代烷基甲酸等化合物。

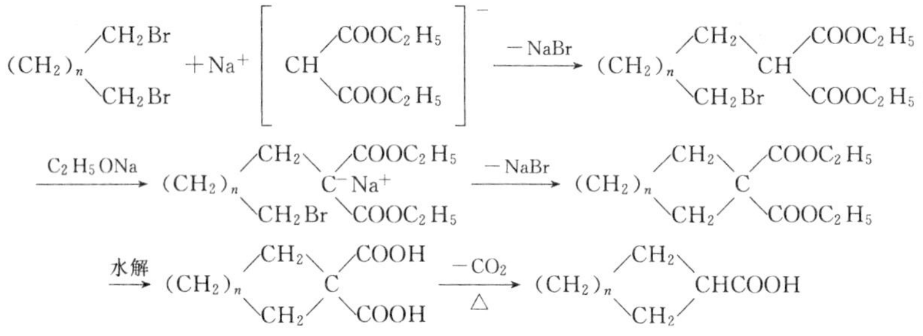

(2) 二分子丙二酸酯与二卤代烷反应，二者摩尔比为 2∶1 时，主要生成四元羧酸酯，四元羧酸酯经水解酸化可得到二元羧酸。可用于二元羧酸类化合物的合成。

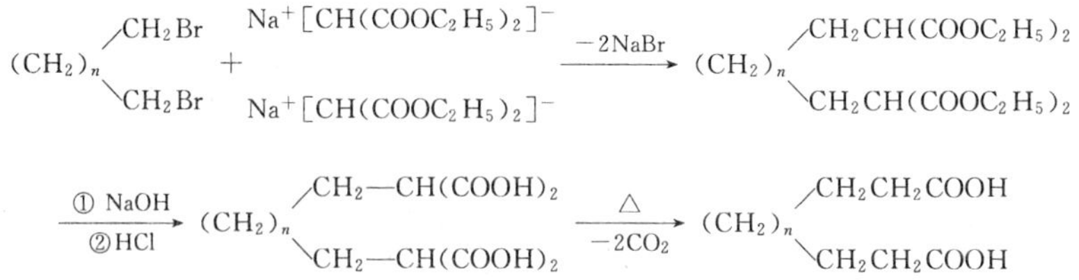

3. 与碘分子反应

碘作为温和的氧化剂，与丙二酸酯负离子反应，生成四元羧酸酯，再经水解脱羧，生成二元羧酸。用于合成丁二酸及其衍生物。

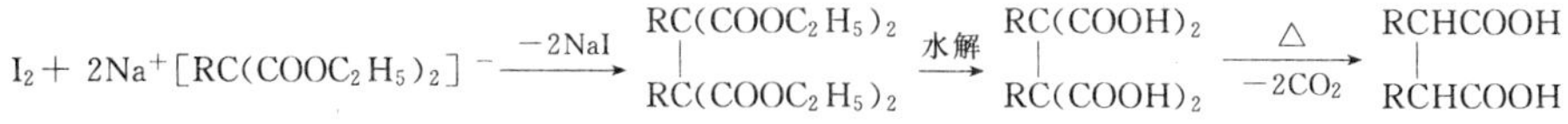

式中 R 为 H 或烷基。

4. 与卤代酸酯的反应

卤代酸酯与卤代烷一样含有活泼的卤原子，卤原子易被丙二酸酯的负离子取代，产物经水解酸化即得二元羧酸。用于合成二元羧酸及其衍生物。

$$ROOC(CH_2)_nX + Na^+[CH(COOC_2H_5)_2]^- \xrightarrow{-NaX} ROOC(CH_2)_nCH(COOC_2H_5)_2$$

$$\xrightarrow[\triangle]{\text{水解}} HOOC(CH_2)_nCH_2COOH$$

5. 与酰卤的反应

酰卤非常活泼，与丙二酸酯负离子反应生成的产物水解并脱羧便得 β-酮酸，β-酮酸受热脱羧即生成甲基酮或其衍生物。用于合成 β-羰基酸和酮类化合物。

$$R'COX + Na^+[CR(COOC_2H_5)_2]^- \xrightarrow{-NaX} R'COCR(COOC_2H_5)_2$$

$$\xrightarrow[\triangle]{\text{水解}} \xrightarrow[\triangle]{-CO_2} R'COCHRCOOH \xrightarrow[\triangle]{-CO_2} R'COCH_2R$$

式中 R 为 H 或烷基。

6. 与卤醚的反应

卤醚与丙二酸酯负离子反应生成的产物水解并脱羧便得烷氧基羧酸。用于合成烷氧基羧酸类化合物。

$$CH_3OCH_2X + Na^+[CH(COOC_2H_5)_2]^- \xrightarrow{-NaX} CH_3OCH_2CH(COOC_2H_5)_2$$

$$\xrightarrow[\triangle]{\text{水解}} \xrightarrow[\triangle]{-CO_2} CH_3OCH_2CH_2COOH$$

7. 与羰基化合物的反应

丙二酸酯负离子作为亲核试剂进攻羰基化合物中的羰基，发生亲核加成或亲核加成-消除反应，生成 α,β-不饱和酸酯，水解后即得 α,β-不饱和酸。用于合成 α,β-不饱和酸类化合物。

$$RCHO + Na^+[CH(COOC_2H_5)_2]^- \xrightarrow[-H_2O]{NH_3} RCH{=}C(COOC_2H_5)_2 \xrightarrow[\triangle]{\text{水解}} RCH{=}CHCOOH$$

8. 与 α,β-不饱和酸酯的反应

由于受酯基吸电子效应的影响，α,β-不饱和酸酯的碳碳双键上 β-碳原子的电子云密度降低，可接受丙二酸酯负离子的进攻而发生亲核加成反应，加成产物经水解脱羧便得到戊二酸的衍生物。可用于合成戊二酸的衍生物。

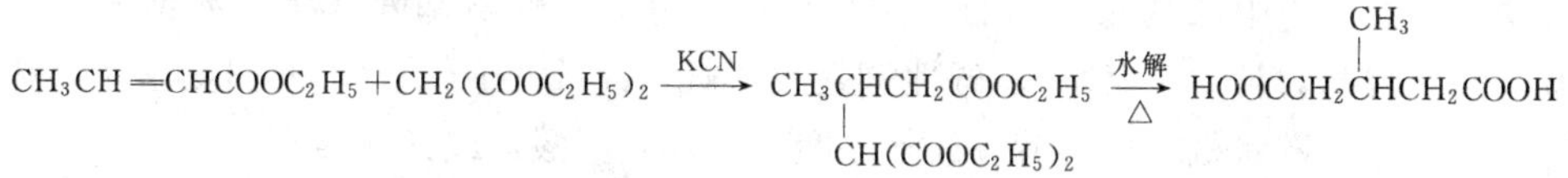

丙二酸酯合成法举例：

(1) 由丙二酸二乙酯及其他必要的试剂合成 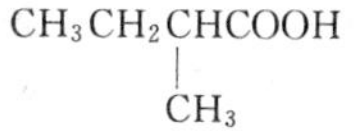 。

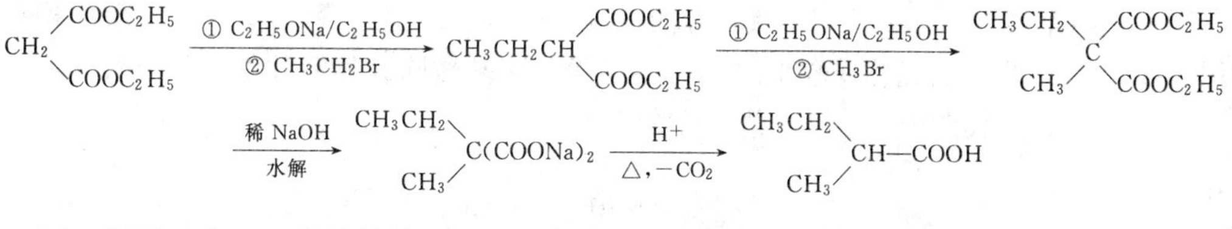

(2) 由丙二酸二乙酯及其他必要的试剂合成 $HOOCCH_2CH_2COOH$。

$$(H_5C_2OOC)_2CH_2 \xrightarrow[\text{② } CH_2BrCOOC_2H_5]{\text{① } C_2H_5ONa} (H_5C_2OOC)_2CHCH_2COOC_2H_5$$

$$\xrightarrow[\text{② } H^+,\triangle]{\text{① 稀 NaOH}} HOOCCH_2CH_2COOH$$

(3) 由丙二酸二乙酯及其他必要的试剂合成 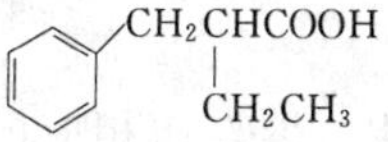 。

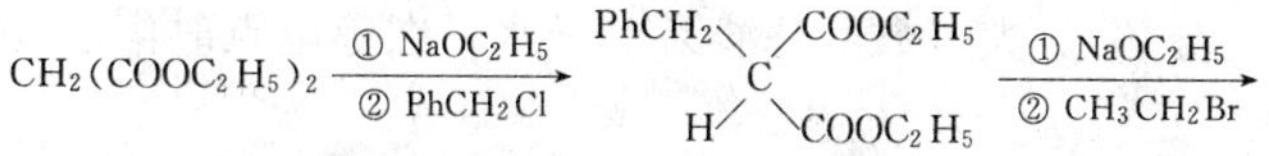

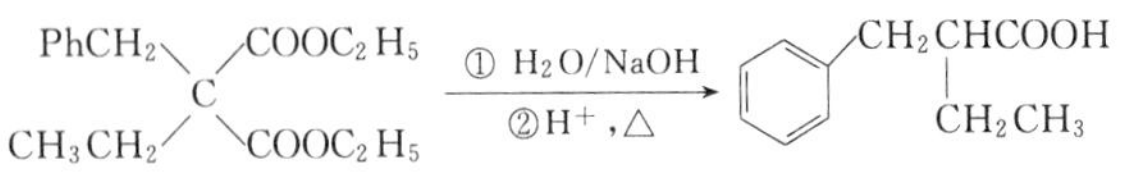

（4）由丙二酸二乙酯及其他必要的试剂合成 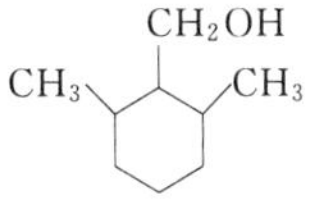 。

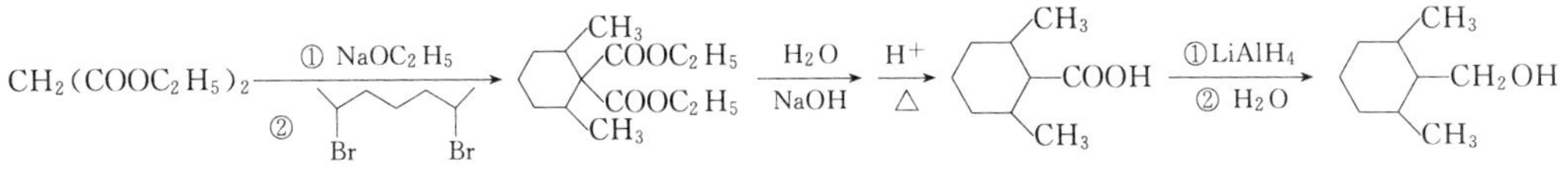

第六节　氨基酸

分子中含有氨基和羧基的化合物叫做氨基酸。目前发现的天然氨基酸约有300种，构成蛋白质的氨基酸约有30余种，常见的有20余种，其中有八种动物自身不能合成，必须从食物中获取，缺乏时会引起疾病，它们被称为必需氨基酸。

一、氨基酸的分类和结构

根据氨基酸分子中氨基和羧基的相对位置，可分为α-氨基酸、β-氨基酸……例如：

α-氨基丙酸　　β-氨基丁酸

根据氨基酸分子中氨基和羧基的相对数目可以分为中性氨基酸（氨基数目等于羧基）、酸性氨基酸（羧基数目大于氨基）、碱性氨基酸（氨基数目大于羧基）；根据氨基酸烃基部分的不同，可以分为链状氨基酸、芳香族氨基酸、杂环氨基酸，或其他类别。

构成蛋白质的20余种常见氨基酸中除脯氨酸外，都是α-氨基酸，其结构可用通式表示：

这些α-氨基酸中除甘氨酸外，都含有手性碳原子，因此有两种构型，氨基酸的构型一般用D/L标记。蛋白质经酶或酸水解后，得到的α-氨基酸除甘氨酸外都有旋光性，并且都是L-型（某些细菌代谢中产生极少量D-氨基酸）。

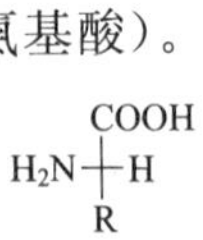

L-氨基酸

其差别仅在于R不同而已。存在于蛋白质中的氨基酸的结构、名称、缩写符号等列表于表13-4，其中用星号标出的是人体必需氨基酸。

二、氨基酸的性质

α-氨基酸多是白色晶体，熔点比相应的羧酸或胺类为高，一般为200℃～300℃（许多氨基酸在接近熔点时分解）。大多数氨基酸易溶于水，在等电点时溶解度最小，难溶于非极性溶剂。

表 13-4　　多数蛋白质水解生成的氨基酸

R 的结构	氨基酸的名称	缩　写	等电点(pI)
R 为中性基团			
$-H$	甘氨酸	Gly(甘)	5.97
$-CH_3$	丙氨酸	Ala(丙)	6.00
$-CH(CH_3)_2$	缬氨酸*	Val(缬)	5.96
$-CH_2CH(CH_3)_2$	亮氨酸*	Ieu(亮)	6.02
$-CH(CH_3)CH_2CH_3$	异亮氨酸*	Ile(异亮)	5.98
$-CH_2C_6H_5$	苯丙氨酸*	Phe(苯丙)	5.48
$-CH_2CONH_2$	天门冬酰胺	Asn	2.77
$-CH_2CH_2CONH_2$	谷酰胺	Gln	5.65
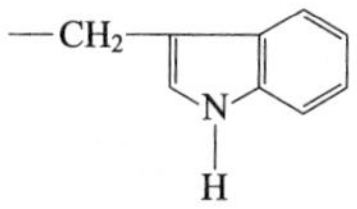	色氨酸*	Try(色)	5.89
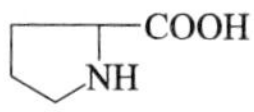	脯氨酸	Pro(脯)	6.30
R 含有羟基			
$-CH_2OH$	丝氨酸	Ser(丝)	5.68
$-CH(OH)CH_3$	苏氨酸	Thr(苏)	5.6
$-p\text{-}CH_2C_6H_4OH$	酪氨酸	Tyr(酪)	5.66
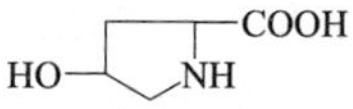	羟脯氨酸	Hyp(羟脯)	5.83
R 含硫			
$-CH_2SH$	半胱氨酸	Cys(半胱)	5.07
$-CH_2S-SCH_2-$	胱氨酸	Cys-Cys	4.60
$-CH_2CH_2SCH_3$	蛋氨酸*	Met(蛋)	5.74
R 含有羧基			
$-CH_2COOH$	天冬氨酸	Asp(天冬)	2.77
$-CH_2CH_2COOH$	谷氨酸	Glu(谷)	3.22
R 含有碱性基团			
$-CH_2CH_2CH_2CH_2NH_2$	赖氨酸*	Tys(赖)	9.74
$-CH_2CH_2CH_2NHC(=NH)NH_2$	精氨酸*	Arg(精)	10.76
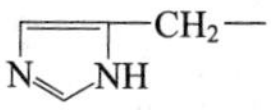	组氨酸	His(组)	7.59

氨基酸分子中同时含有氨基和羧基，因此分别具有氨基和羧基的典型性质；同时，由于氨基与羧基之间相互影响及分子中 R-基团的某些特殊结构，又显示出一些特殊的性质。

(一) 两性和等电点

氨基酸为两性化合物，既能与酸生成盐，又能与碱生成盐：

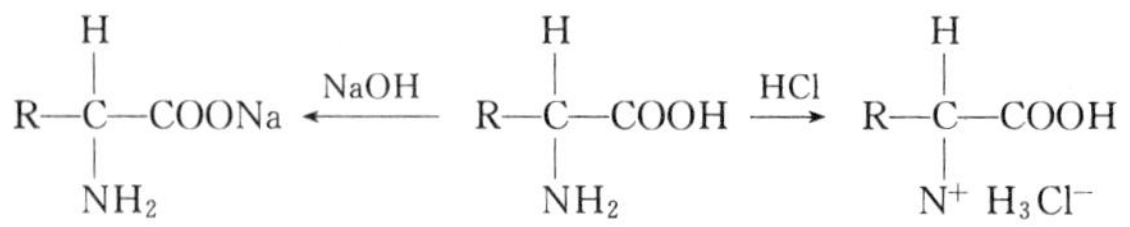

而且同一分子内的氨基和羧基还可在分子内形成内盐。氨基酸内盐分子是既带有正电荷又带有负电荷的离子，称为两性离子或偶极离子。

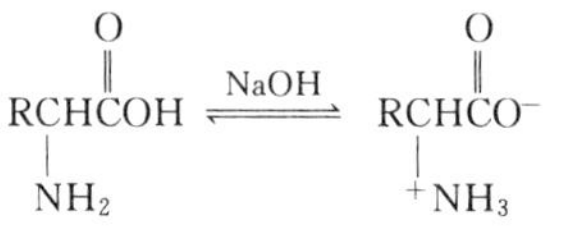

内盐（偶极离子）

这是氨基酸具有高熔点、难溶于非极性溶剂、酸碱常数低等的原因。

水溶液中，氨基酸存在以下电离平衡：

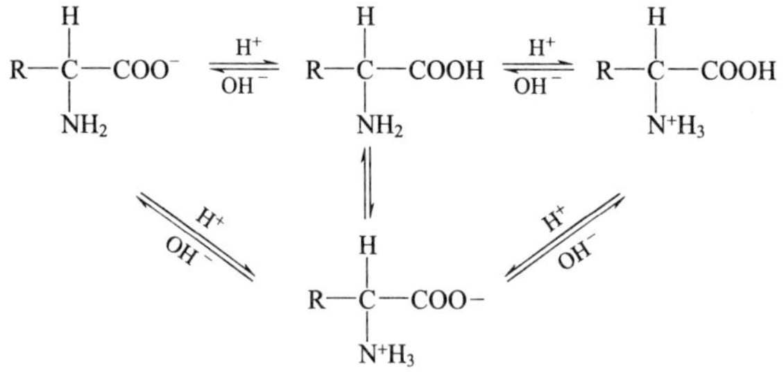

上式表明，氨基酸在溶液中的存在形式与溶液的 pH 值有关，加入碱可使氨基酸主要以负离子存在，加入酸可使氨基酸主要以正离子存在。在这两种情况下，氨基酸离子都能在电场中移动。当溶液的 pH 值调至某一特定值时，氨基和羧基的电离程度可以相等，氨基酸主要以两性离子存在，在电场中不向任一电极移动，这时候溶液的 pH 值称为该氨基酸的等电点，以 pI 表示。因此，当溶液 pH＝pI 时，氨基酸为两性离子，pH＞pI 时，氨基酸为负离子，pH＜pI 时，氨基酸为正离子。中性氨基酸的等电点为弱酸性，在 pH＝5～6.3，酸性氨基酸的等电点在 pH＝2.8～3.2，碱性氨基酸的等电点在 pH＝7.6～10.8。

（二）氨基酸的受热反应

两分子的 α-氨基酸在适当条件下加热，一个分子中的氨基可以与另一分子的羧基相互作用失去两分子的水，生成交酰胺——二酮吡嗪。

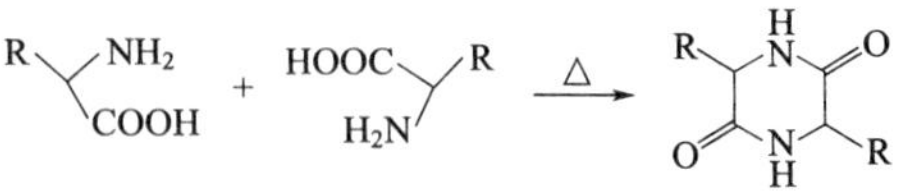

当加热时，两分子 α-氨基酸也可脱去一分子水生成酰胺键 $-\overset{\overset{\displaystyle O}{\|}}{C}-NH$ ，称为二肽。

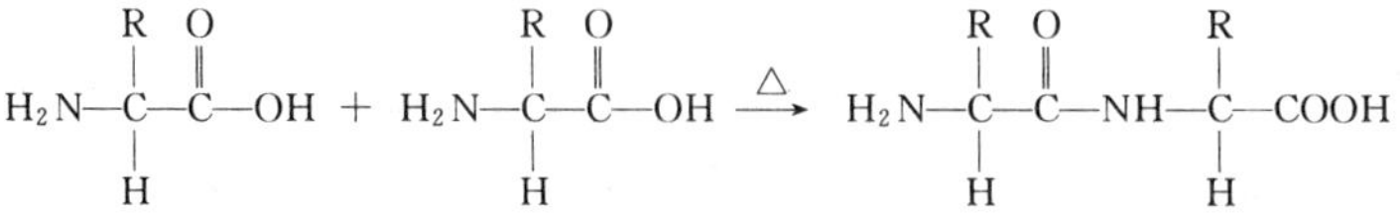

但二酮吡嗪更易生成，所以是主要产物。如果将二酮吡嗪用酸短时处理或加碱振摇，即可转化为二肽。

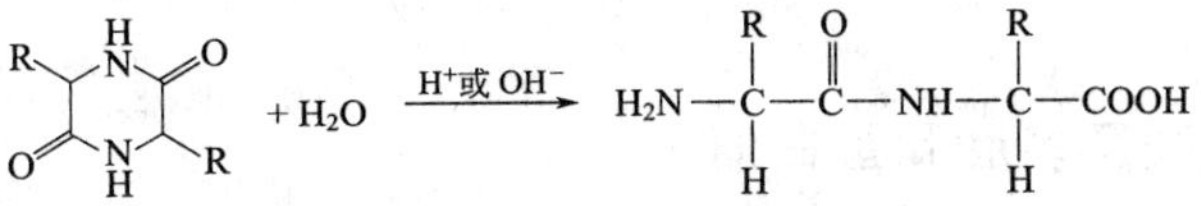

由氨基酸通过酰胺键连接而成的化合物叫肽，肽分子中的酰胺键叫肽键。

β-氨基酸受热时失去一分子氨而生成 α,β-不饱和羧酸。

$$\underset{\displaystyle NH_2}{RCH}CH_2COOH \xrightarrow{\triangle} RCH{=}CHCOOH + NH_3\uparrow$$

γ-及 δ-氨基酸受热得到内酰胺。

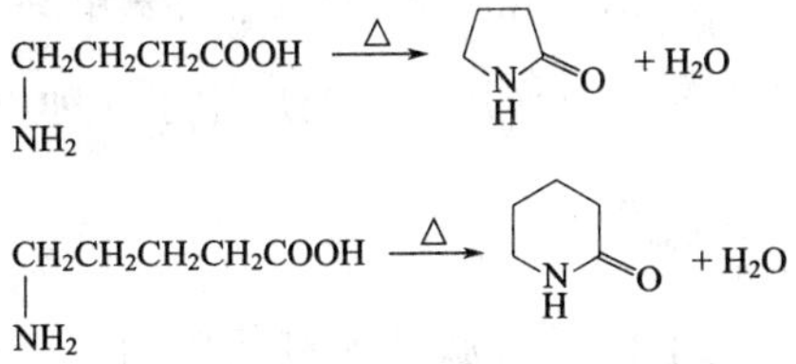

（三）与水合茚三酮的反应

α-氨基酸与水合茚三酮在碱性溶液中加热，反应经过氧化、脱氢、脱羧作用，生成醛、二氧化碳和一种蓝紫色的化合物。

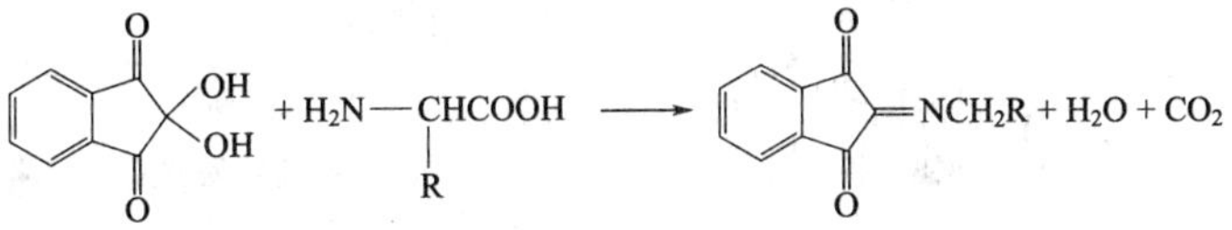

水合茚三酮

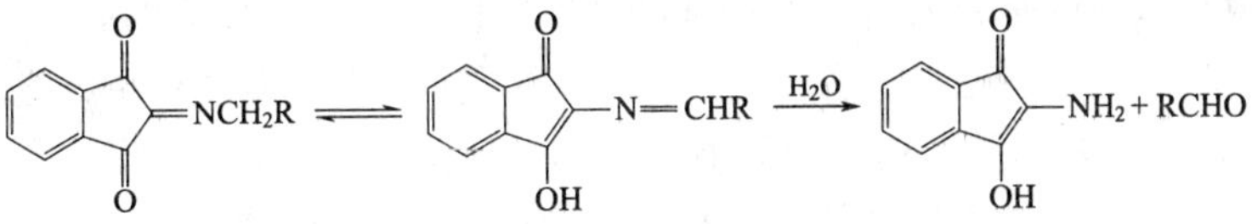

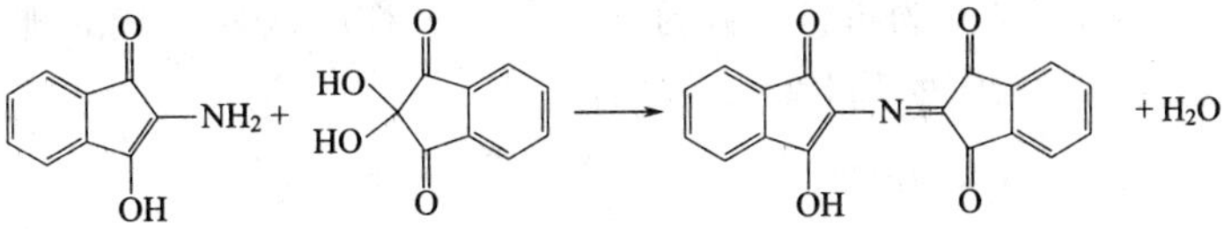

蓝紫色

该反应快速、灵敏，常用于 α-氨基酸的鉴别以及比色测定、薄层分析时的显色反应。β-氨基酸、γ-氨基酸及 δ-氨基酸等无此反应。

（四）与亚硝酸的反应

除脯氨酸、羟脯氨酸外，所有含游离氨基的氨基酸都能与亚硝酸作用生成羟基酸，并放出氮气。

$$H_2N{-}\underset{\displaystyle R}{CH}COOH + HNO_2 \longrightarrow HO{-}\underset{\displaystyle R}{CH}COOH + N_2 + H_2O$$

此反应快速且定量放出氮气。测定放出的氮气的量便可计算氨基酸、蛋白质分子中伯氨的含量。

三、常见氨基酸及多肽和蛋白质

（一）常见氨基酸

除前面提到过的由蛋白质水解所得的 α-氨基酸外，还有在医药上常用的氨基酸——止血氨基酸，是一类结构比较简单的内止血药。例如：

止血芳酸（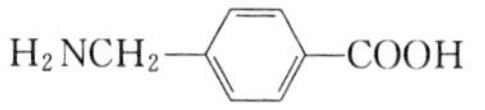）：化学名为对羧基苄胺或对-氨甲基苯甲酸。

止血环酸（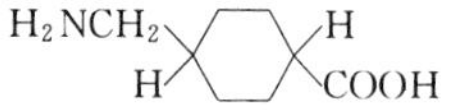）：化学名为反式-对氨甲基环己烷羧酸。

它们能抑制纤维蛋白溶解而起止血作用，主要应用于各种内外科出血和月经过多等。

（二）多肽和蛋白质

1. 多肽

由两个或两个以上 α-氨基酸单位通过肽键连接而成的化合物称为多肽。天然多肽是由不同氨基酸组成的。多肽又可根据分子中氨基酸的数目进行分类，分子中含有两个氨基酸分子的肽称为二肽，分子中含有三个氨基酸分子的肽称为三肽，依此类推。

最简单的肽是由两分子氨基酸形成的二肽。例如由甘氨酸和丙氨酸形成的二肽，但因为它们发生脱水反应的氨基和羧基来源于不同的分子，所以有下面两种不同的结构：

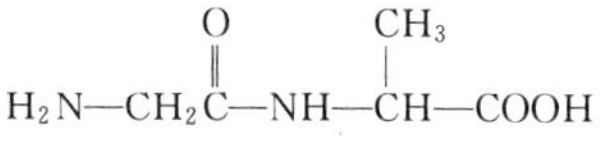
（Ⅰ）甘氨酰丙氨酸

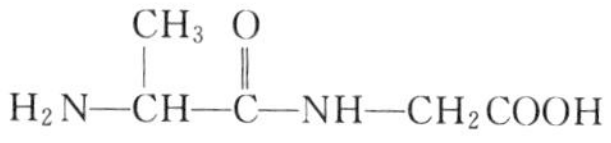
（Ⅱ）丙氨酰甘氨酸

它们在结构上的区别主要是（Ⅰ）中的肽键是由甘氨酸的羧基和丙氨酸的氨基脱水形成的，而（Ⅱ）中的肽键则是由丙氨酸的羧基和甘氨酸的氨基脱水形成的。

在肽链中，具有游离氨基的一端称为 N-端（N-T），另一端含有游离羧基，称为 C-端（C-T），链中的每一个氨基酸结构称为某氨基酸的“残基”。书写时习惯上将 N-端写在左边，C-端写在右边，氨基酸的排列顺序就是指从 N-端到 C-端的排列顺序。

多肽的命名以 C-端的氨基酸为母体，在母体氨基酸名称前依氨基酸的排列顺序从 N-端开始依次加上氨基酸残基的相应酰基名称。例如：

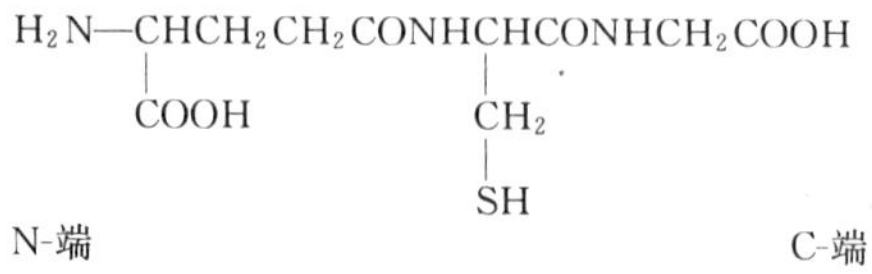

γ-谷氨酰半胱氨酰甘氨酸

随着肽链增长，结构式的书写及命名将很复杂，为了简化，一般将氨基酸的外文或中文缩写名从 N-端到 C-端排出氨基酸残基相应的外文或中文缩写名，残基之间加上“-”或“·”或“→”（箭头从酰基指向氨基）或 N-端另外加上“H”、C-端附加“OH”来表示肽的构造。例如：上述三肽的构造式可写为：

γ-Glu-Cy(SH)-GLy(简称为谷-半-甘)

多肽的合成，表面看来就只是肽键（酰胺键）的形成，而实际上其中间的问题却非常复杂。因为用来合成多肽的方法必须满足许多严格的要求，例如：必须满足多肽中氨基酸的排列顺序，在合成过程中采取缓和条件以避免氨基酸发生外消旋化等，所以为了合成需要的肽键，必须使氨基酸分子只以氨基或羧基参加反应，变为活泼的“单官能团”化合物。合成多肽的必要程序为：①保护氨基酸或小肽的氨基，并活化羧基；②保护羧基，提供氨基并形成肽；③除去保护基。重复以上程序可按要求得到长肽链。

在药物中，某些抗生素和激素属于多肽类化合物，如用于绿脓杆菌感染的多黏菌素B和E，用于临床引产的催产素和外科休克及尿崩症的升压素等。

2．蛋白质

多肽与蛋白质都是以α-氨基酸为组成单位，它们之间没有严格的区别，一般以50个氨基酸分子以下者或分子量小于10000者统称为多肽，超过者则为蛋白质。

蛋白质种类繁多，目前只能根据蛋白质的形状、溶解性及化学组成粗略分类。根据形状可分为球状蛋白质（如卵清蛋白）和纤维蛋白质（如角蛋白）；根据化学组成又可分简单蛋白质和结合蛋白质。与多肽相比蛋白质具有更长的肽链，结构更为复杂，通常分为一级结构、二级结构、三级结构和四级结构四种层次。蛋白质的一级结构是指组成蛋白质分子的氨基酸残基排列顺序；蛋白质的二级、三级、四级结构又统称为蛋白质的空间结构或高级结构，指的是蛋白质分子中原子和基团在三维空间的排列和分布。

蛋白质是由氨基酸组成的高分子化合物，其理化性质一般与氨基酸相似，如两性电离及等电点和显色反应等。但也有一部分理化性质与氨基酸不同，如胶体性、沉淀和变性等。

（1）两性和等电点：蛋白质和氨基酸一样，也是两性物质（在肽链中有C-端的COOH，N-端的NH_2），有它们的等电点。不同的蛋白质其等电点也不相同。在等电点时，蛋白质的溶解度最小，利用蛋白质的等电点可以沉淀分离不同等电点的蛋白质。

（2）胶体性质：蛋白质是大分子化合物，其分子大小一般在1～100nm之间，在胶体分散相质点范围，所以蛋白质分散在水中，其水溶液具有胶体溶液的一般特性。例如具有丁铎尔（Tyndall）现象，布朗（Brown）运动，不能透过半透膜以及较强的吸附作用等。

（3）蛋白质的沉淀：蛋白质溶液的稳定性是有条件的、相对的。如果改变相对稳定的条件，例如除去蛋白质外层的水膜或者电荷，蛋白质分子就会凝集而沉淀。蛋白质的沉淀分为可逆沉淀和不可逆沉淀。可逆沉淀是指蛋白质分子的内部结构仅发生了微小改变或基本保持不变，仍然保持原有的生理活性。只要消除了沉淀的因素，已沉淀的蛋白质又会重新溶解。不可逆沉淀是指蛋白质在沉淀时，空间构象发生了很大的变化或被破坏，失去了原有的生物活性，即使消除了沉淀因素也不能重新溶解，称为不可逆沉淀。

（4）蛋白质的变性：由于物理或化学因素的影响，蛋白质分子的内部结构发生了变化，导致理化性质改变，生理活性丧失，称为蛋白质的变性。变性后的蛋白质称为变性蛋白质。

引起蛋白质变性的因素很多，物理因素有加热、高压、剧烈振荡、超声波、紫外线或X-射线照射等，化学因素有强酸、强碱、重金属离子、生物碱试剂和有机溶剂等。蛋白质的变性一方面是维持具有复杂而精细空间结构的蛋白质的副键被破坏，原有的空间结构被改变，疏水基外露；另一方面是由于蛋白质分子中的某些活泼基团如—NH_2、—COOH、—OH等与化学试剂发生了反应。

蛋白质的变性分为可逆变性和不可逆变性，若仅改变了蛋白质的三级结构，可能只引起可逆变性；若破坏了二级结构，则会引起不可逆变性。但是，蛋白质的变性不会引起它的一级结构改变。

蛋白质的变性作用对工农业生产、科学研究都具有十分广泛的意义。例如通常采用加热、紫外线照射、利用酒精、杀菌剂等杀菌消毒，其结果就是使细菌体内的蛋白质变性。菌种、生物制剂的失效，种子失去发芽能力等均与蛋白质的变性有关。

第十四章 含氮有机化合物

组成有机化合物的元素除了碳、氢之外，还含有氮原子的有机化合物称为含氮有机化合物。主要包括硝基化合物、胺类、重氮和偶氮化合物。

第一节 硝基化合物

一、硝基化合物的分类、命名和结构

烃（R—H）分子中的氢原子被硝基（$—NO_2$）取代后所形成的化合物（$R—NO_2$）称为硝基化合物（nitro compound），硝基化合物的官能团为硝基。

根据硝基所连接的烃基类型，可分为脂肪族硝基化合物和芳香族硝基化合物；根据与硝基所连接烃基上的碳原子的类型可分为伯、仲、叔硝基化合物；根据分子中所含有的硝基数目可分为一元、二元和多元硝基化合物。

硝基化合物可看成烃类的衍生物，以烃为母体，硝基为取代基命名。例如：

$CH_3CH_2NO_2$

硝基乙烷

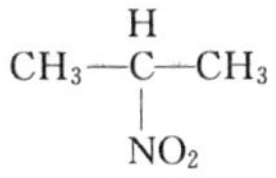

2-硝基丙烷

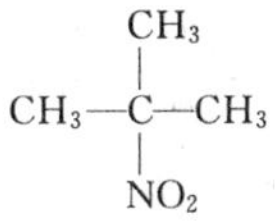

2-甲基-2-硝基丙烷

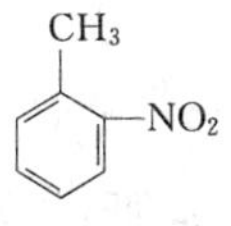

2-硝基甲苯

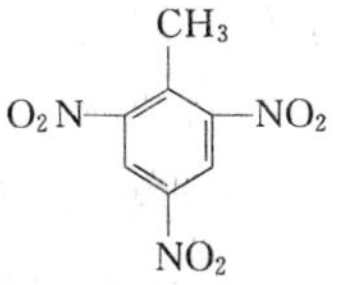

2,4,6-三硝基甲苯

（TNT，最常用的军用炸药）

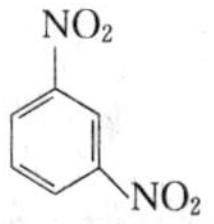

1,3-二硝基苯

硝基化合物可用以下结构表示：

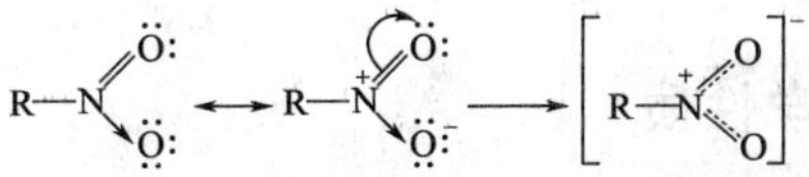

硝基化合物分子中正负电荷重心偏移，从而使分子具有较大的极性；硝基氮原子带正电荷使硝基成为一个强的吸电子基。

二、硝基化合物的物理性质

硝基化合物分子中含有强极性的硝基，所以一般都具有较大的偶极矩，其沸点和熔点明显高于相应的烃类，也高于相应的卤烃。脂肪族硝基化合物一般为无色液体。芳香族硝基化合物除了单环一硝基化合物为高沸点的液体外，其他多为淡黄色固体。硝基化合物不溶于水，但能与大多数有机物互溶，并能溶解大多数无机盐（形成络合物），故液体硝基化合物常用作某些有机反应（如傅-克反应）的溶剂。硝基化合物大多具有特殊气味，个别有香味，可用作香料（如人造麝香），但大多硝基化合物具有毒性，使用时要注意防护。多硝基化合物不稳定，遇光、热或振动易爆炸分解，可用作炸药（如三硝基甲苯）。常见硝基化合物的物理常数见表 14-1。

表 14-1 常见硝基化合物的物理常数

名　称	结构简式	m.p.(℃)	b.p.(℃)	d_4^{20}
硝基甲烷	CH_3NO_2	−28.5	100.8	1.381
硝基乙烷	$C_2H_5NO_2$	−50	115	1.004
1-硝基丙烷	$CH_3(CH_2)_2NO_2$	−108	131.5	1.0221
2-硝基丙烷	$(CH_3)_2CHNO_2$	−93	120.3	1.024(0℃)
硝基苯	$C_6H_5NO_2$	5.7	210.8	1.203
邻二硝基苯	1,2-$C_6H_4(NO_2)_2$	118	319(744mmHg)	1.565(17℃)
间二硝基苯	1,3-$C_6H_4(NO_2)_2$	89.8	303(770mmHg)	1.571(0℃)
对二硝基苯	1,4-$C_6H_4(NO_2)_2$	174	299(777mmHg)	1.625
1,3,5-三硝基苯	1,3,5-$C_6H_3(NO_2)_3$	122	分解	1.688
邻硝基甲苯	1,2-$CH_3C_6H_4NO_2$	−9.3(α),−4(β)	222	1.163
间硝基甲苯	1,3-$CH_3C_6H_4NO_2$	16	231	1.157
对硝基甲苯	1,4-$CH_3C_6H_4NO_2$	52	238.5	1.286
2,4-二硝基甲苯	2,4-$CH_3C_6H_3(NO_2)_2$	70	300	1.521(15℃)
α-硝基甲苯	α-$C_6H_5CH_2NO_2$	61	300.4	1.32

硝基化合物的光谱性质：

IR：硝基在红外光谱中有对称伸缩振动和不对称伸缩振动两个强吸收带，分别出现在 1370cm^{-1}和 1560cm^{-1}附近。例如脂肪族 1°和 2°硝基化合物的 N—O 伸缩振动吸收带在 1565～1545cm^{-1} 和 1385～1360cm^{-1}；3°硝基化合物在 1545～1530cm^{-1} 和 1360～1340cm^{-1}；芳香硝基化合物的 N—O 伸缩振动吸收带在 1550～1500cm^{-1} 和 1365～1290cm^{-1}，若硝基的邻位或对位有供电子基，不对称振动吸收带向低波数方向移动。

^{1}H-NMR：与硝基直接相连的亚甲基由于受到硝基强吸电子的影响，信号出现在较低磁场，一般 δ_H 在 4.28～4.34 之间，随着与硝基相对距离的拉大，信号逐步向较高磁场移动。

三、硝基化合物的化学性质

（一）脂肪族硝基化合物 α-H 的活泼性

脂肪族 1°、2°硝基化合物，由于分子中硝基的强吸电子作用使 α-C 原子上的 H 原子表现出一定的活泼性，使 α-H 酸性增强，容易发生 α-H 的反应。

1. 互变异构和酸性

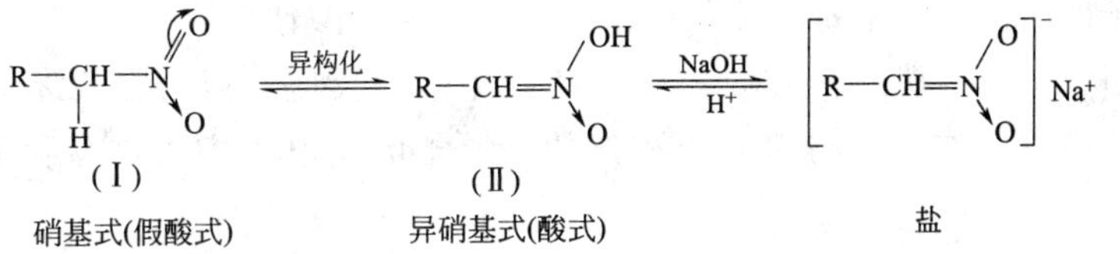

α-H 易转移到硝基的双键 O 原子上，而使（Ⅰ）式互变异构成（Ⅱ）式；（Ⅱ）式 N 上连接的—OH 氢原子具有酸性，能与碱成盐，故含有 α-H 的脂肪族硝基化合物能缓慢地［由（Ⅰ）式异构化成（Ⅱ）式需要时间］溶解于 NaOH 溶液形成盐。

以上反应为可逆反应，形成的盐经酸化后又可回复为原来的硝基化合物，可利用这一性质分离和提纯含有 α-H 的脂肪族硝基化合物。

2. 与羰基化合物缩合

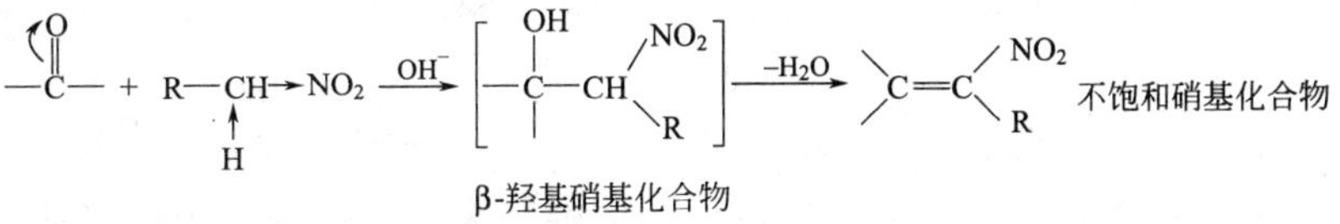

硝基化合物的 α-H 被碱夺取后，形成碳负离子进攻羰基碳原子，并与羰基进行亲核加成反应生成 β-羟基硝基化合物。β-羟基硝基化合物不稳定，受热脱水生成不饱和硝基化合物。

（二）硝基对芳环影响

1. 硝基对芳环的钝化作用

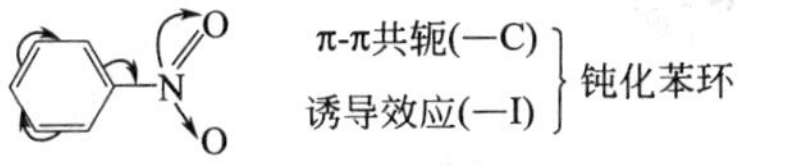

硝基对芳环的吸电子诱导效应（—I）及 π-π 共轭效应（—C）都使芳环上的电子云密度下降，故硝基对芳环起钝化作用，邻、对位比间位表现更为明显，间位的电子云密度比邻对位高，所以芳香族硝基化合物的亲电取代反应发生在间位，硝基为间位定位基：

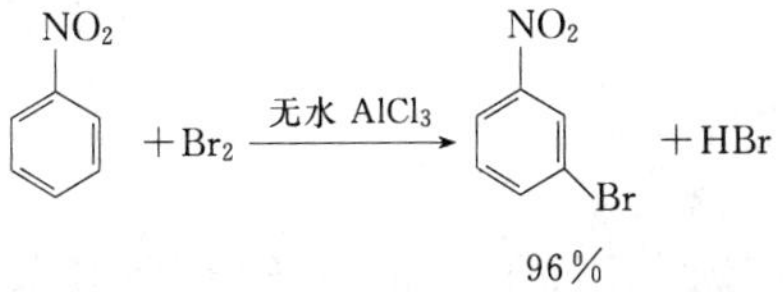

硝基对芳环的钝化作用使硝基苯不能发生傅-克反应。

芳香族硝基化合物芳环上可发生亲核取代反应，在硝基的邻、对位进行取代。例如：

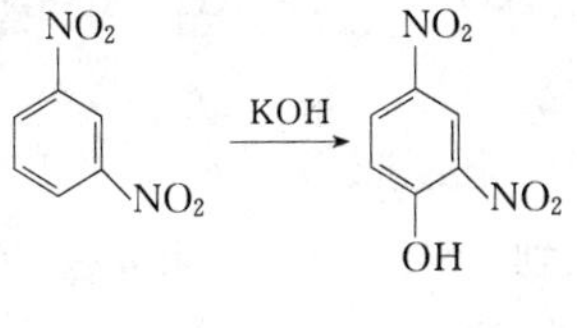

2. 硝基对芳环上取代基的活化作用

芳环上硝基的强吸电子作用使连接于芳环上的其他取代基表现出一定的活泼性，如增强了芳环上卤原子的活泼性、甲基氢原子的活性、酚羟基的酸性等。

卤代苯中卤原子的活泼性很差，一般不能发生水解反应，但若在氯苯邻、对位引入硝基，由于硝基的吸电子作用，与卤原子相连的碳原子的正电性增大，有利于亲核试剂的进攻，从而能够发生水解反应。

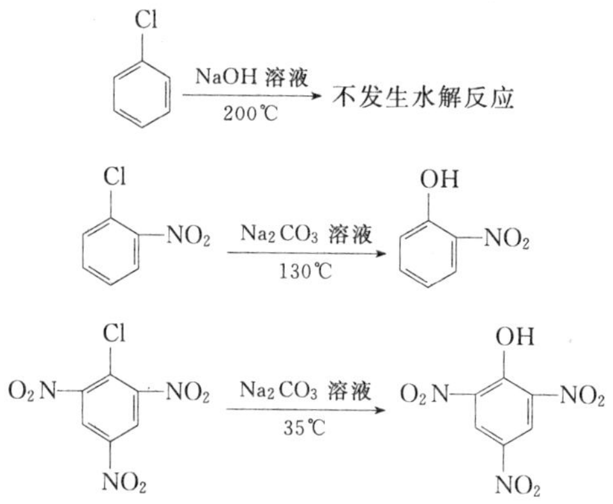

硝基的吸电子作用使芳环甲基上的氢原子活性增大，在碱的作用下形成活泼的碳负离子，与羰基化合物发生加成、缩合反应（类似于羟醛缩合反应）。

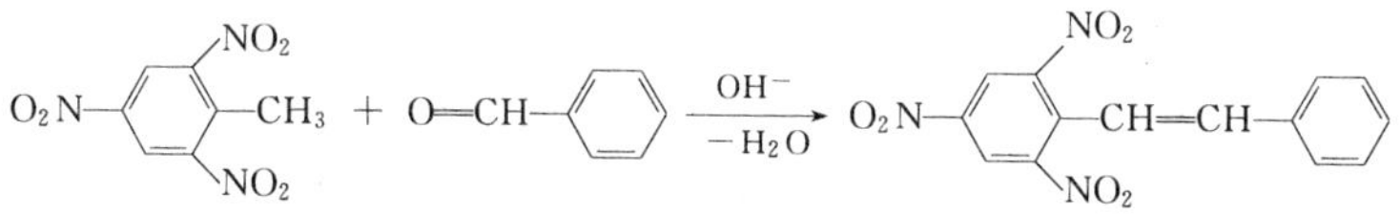

硝基的吸电子作用也增强了芳环上酚羟基的酸性。邻、对位硝基对羟基酸性的影响比间位显著，苯环上引入的硝基越多，酚羟基酸性增强也越大。

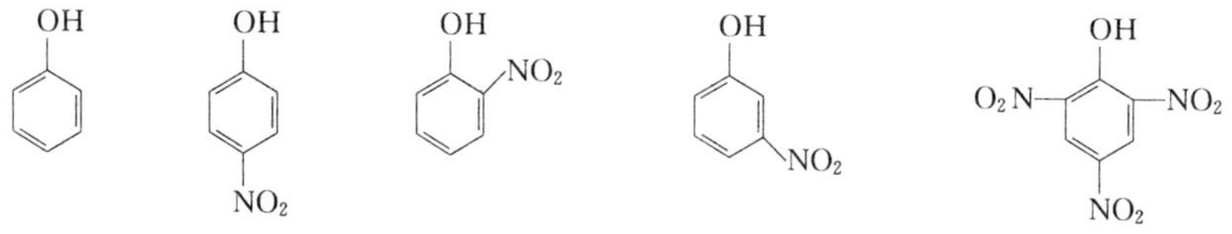

pK_a 10.00 7.16 7.21 8.00 0.80

（三）硝基的还原反应

1. 脂肪族硝基化合物

脂肪族硝基化合物在强还原条件下（常用还原剂：Fe、Sn、Zn＋HCl、$SnCl_2$＋HCl、H_2/Ni）硝基还原成伯氨基。

$$R—NO_2 \xrightarrow{[H]} R—NH_2 \quad 伯胺$$

2. 芳香族硝基化合物

芳香族硝基化合物在不同的条件下还原得到不同的产物。如硝基苯在酸性、中性介质中发生单分子还原，还原强度不同得到产物不同。

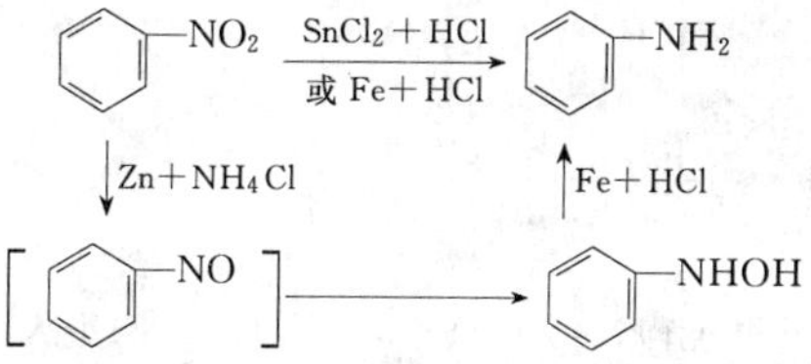

亚硝基苯　　　　　　　　*N*-羟基苯胺

在碱性介质中发生双分子还原（反应发生在两个分子之间），生成 *N*-氧化偶氮苯。

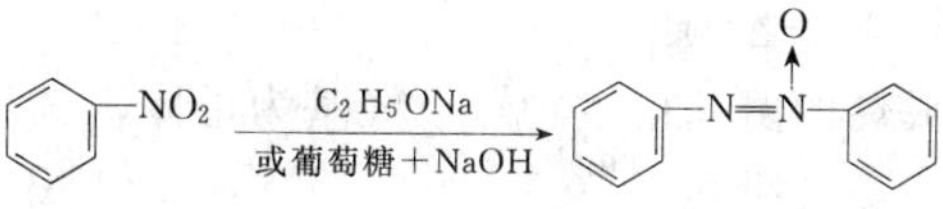

N-氧化偶氮苯

N-氧化偶氮苯可能是由硝基苯还原过程中产生的亚硝基苯与 *N*-羟基苯胺在碱作用下缩合而成。

硝基苯在不同介质中还原生成的各种中间体，在酸性或中性介质中用较强的还原剂还原，最终都得到苯胺。

第二节　胺　　类

一、胺的分类和命名

胺类（amines）是指氨分子中的氢原子被烃基取代后所形成的一类化合物，可看成氨的烃基衍生物。胺类化合物与生命活动有着密切的关系，构成生命的基本物质——蛋白质，是含有氨基的一类高分子化合物。一些胺的衍生物具有生理活性，可用作药物，许多中药的有效成分及合成药物分子中含有氨基或取代氨基。

根据胺分子中氮原子所连接的烃基数目不同，可将胺类分为伯胺（1°胺）、仲胺（2°胺）、叔胺（3°胺）和季铵（包括季铵盐与季铵碱）。它们的通式为：

RNH_2	R_2NH	R_3N	$R_4N^+X^-$	$R_4N^+OH^-$
伯胺	仲胺	叔胺	季铵盐	季铵碱

根据胺分子中氮原子所连接的烃基类型不同，可将胺分为脂肪胺和芳香胺。例如：

$CH_3CH_2NH_2$

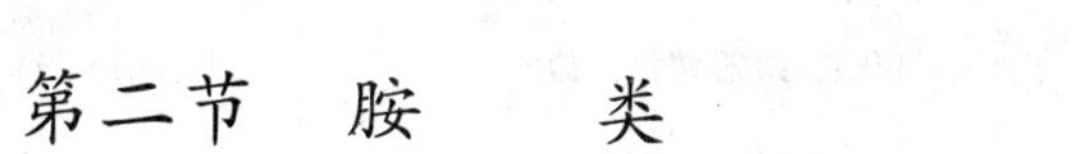

脂肪胺　　脂肪胺　　芳香胺　　芳香胺

根据胺分子中所含氨基数目的多少，可将胺分为一元、二元和多元胺。例如：

$CH_3CH_2CH_2NH_2$	$H_2NCH_2CH_2NH_2$	$H_2NCH_2CH(NH_2)CH_2NH_2$
一元胺	二元胺	多元胺

胺的命名：对结构较简单的脂肪胺，以胺为母体，烃基为取代基称为“某胺”。例如：

CH_3NH_2	$(CH_3)_2NH$	$(CH_3)_3N$	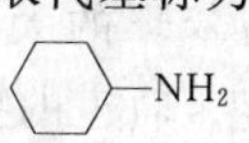
甲胺	二甲胺	三甲胺	环己胺

芳胺命名则以苯胺为母体，将取代基的位次及名称放在母体名称前面。例如：

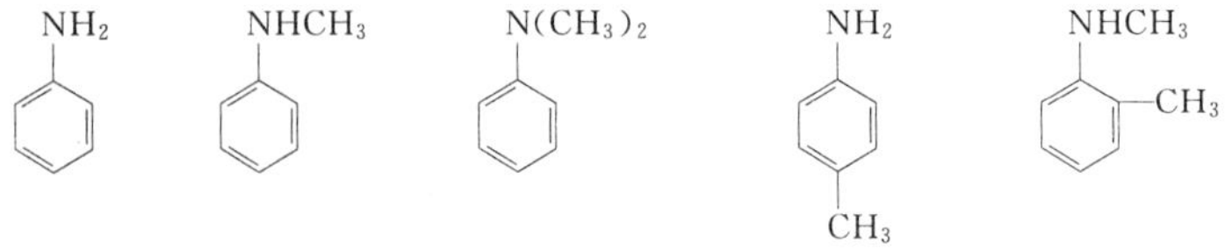

苯胺　　N-甲基苯胺　　N,N-二甲基苯胺　　对甲基苯胺　　邻甲基苯甲胺

多元胺可根据所含烃基名称及氨基数目进行命名，例如：

$H_2NCH_2CH_2NH_2$　　$H_2N(CH_2)_6NH_2$

乙二胺　　己二胺

结构较复杂的胺可看成烃的氨基衍生物，以烃基为母体，氨基为取代基命名。例如：

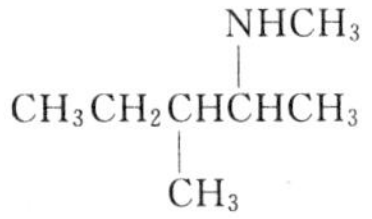

2-甲氨基-3-甲基戊烷

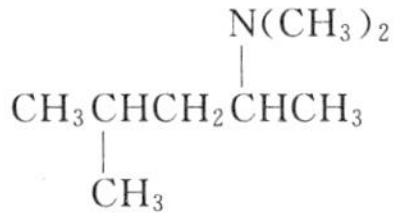

2-(N,N-二甲氨基)-4-甲基戊烷

铵盐和季铵化合物可看成铵的衍生物命名，称为“某化某铵”或“某铵某盐”。例如：

$CH_3CH_2\overset{+}{N}H_3Cl^-$　　$(CH_3)_3\overset{+}{N}HNO_3^-$

氯化乙铵(乙铵盐酸盐)　　三甲基硝酸铵(三甲胺硝酸盐)

$(CH_3)_4\overset{+}{N}OH^-$　　$(C_2H_5)_4\overset{+}{N}I^-$

四甲基氢氧化铵(氢氧化四甲铵)　　碘化四乙铵(四乙基碘化铵)

二、胺的结构

(一) 氨和脂肪胺的分子结构

胺可看成氨的烃基衍生物，因此有机胺分子的结构与氨分子的结构类似，氮原子以不等性的 sp^3 杂化轨道成键，其中三个 sp^3 杂化轨道与氢原子的 s 轨道或烃基碳原子的 sp^3 杂化轨道相互重叠形成三个 σ 键，而另一个 sp^3 杂化轨道占有一对电子，起到类似于第四个基团的作用，整个分子成棱锥形结构，分子中三个 σ 键之间的键角约为 109°（见图 14-1）。

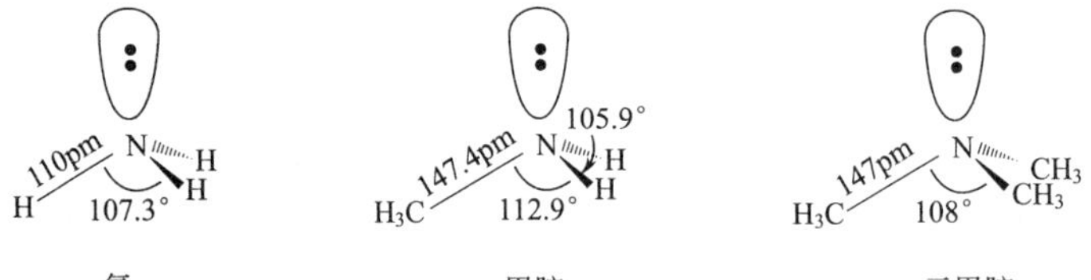

氨　　甲胺　　三甲胺

图 14-1　氨和脂肪胺的分子结构

(二) 芳胺的结构

苯胺分子中，氮原子仍以不等性的 sp^3 杂化轨道成键，未共有电子对所占据的轨道具有较多的 p 轨道成分（以便与苯环的大 π 轨道尽可能形成共轭），但仍保留一定 s 轨道的特征（未共有电子对占据 s 成分的轨道较稳定）。

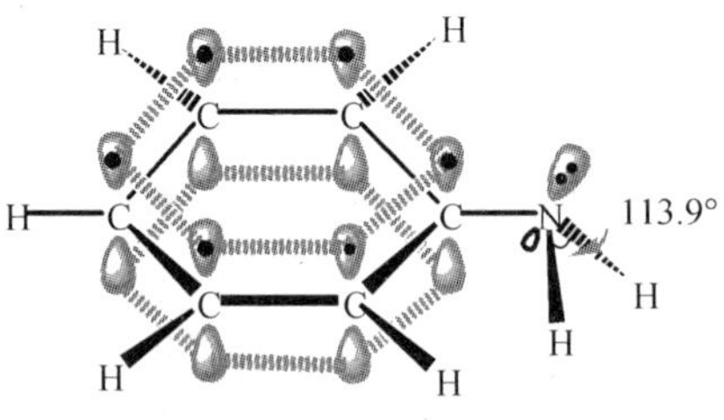

图 14-2　苯胺的分子结构

因此苯胺分子中氮原子仍为棱锥形构型，但

H—N—H 键角较大，约 113.9°，H—N—H 所处的平面与苯环平面的交叉角为 39.4°（见图 14-2）。

（三）手性氮原子

1. 胺分子的氮

当氮上连接的三个基团不同时，氮原子为手性氮原子，理论上应存在两个对映体。例如：

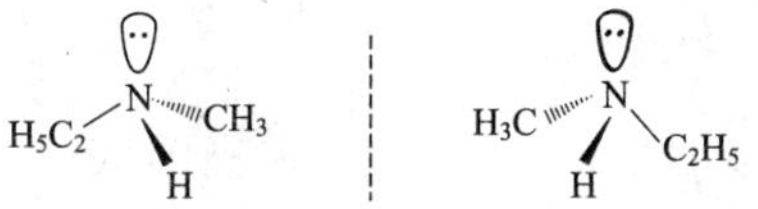

但由于两者相互之间转化的能量很低（25.1kJ/mol），在室温下通过分子的热运动就足以克服这种能量差而使两种构型很快地相互转化（10^3～10^5 次/秒），所以它们的对映体通常无法分离开来。

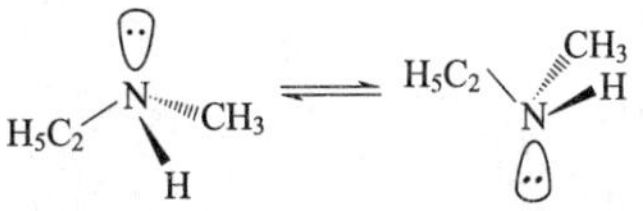

胺分子对映体相互之间的转化，就像一把雨伞在大风中由里向外翻转一样，称为“伞效应”。

2. 季铵盐的氮

季铵盐中的氮为 sp^3 杂化，所以季铵为四面体结构，当氮上所连接的四个基团不同时，存在对映体。例如甲基乙基烯丙基苯基铵离子存在如下两种对映体：

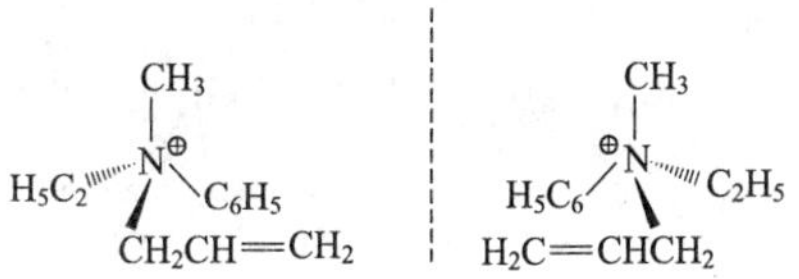

三、胺的物理性质

（一）脂肪胺

低级脂肪胺中的甲胺、二甲胺、三甲胺和乙胺等是气体，其余低级胺是易挥发的液体，十二胺以上为固体。低级胺的气味与氨相似，三甲胺有鱼腥味。1,4-丁二胺称腐肉胺，1,5-戊二胺称尸胺，均具有恶臭味且有毒。

具有 N—H 键的伯胺、仲胺分子间能形成氢键缔合，故其沸点比分子量相近的烷烃高，但形成氢键强度不如醇，沸点比相应的醇低，叔胺不含 N—H 键而不能形成分子间氢键，其沸点与分子量相近的烷烃相近。对碳原子数相同的胺，沸点按伯胺、仲胺、叔胺顺序依次降低（空间位阻对分子间作用力的影响）。

低级胺均能溶于水（与水形成氢键），但随分子量的升高，水溶性下降；高级胺不溶于水。胺的水溶性比醇大（胺与水分子之间产生氢键缔合的能力强于胺分子之间的缔合）。

（二）芳胺

芳胺为无色、高沸点的液体或低熔点的固体，固体的苯胺取代物中，以对位异构体的熔点最高。芳胺一般难溶于水，易溶于有机溶剂。芳胺能随水蒸气挥发，可用水蒸气蒸馏法分离和提纯。芳胺有特殊气味，且毒性很大，液体芳胺能透过皮肤被吸收，β-萘胺及联苯胺具有强烈的致癌作用。常见胺的物理常数见表 14-2。

表 14-2　　常见胺的物理常数

名　称	结构简式	m. p. (℃)	b. p. (℃)	pK_a (20℃～25℃)
氨	NH_3	−77.7	−33	9.3
甲胺	CH_3NH_2	−92.5	−6.5	10.6
二甲胺	$(CH_3)_2NH$	−96.0	7.4	10.7
三甲胺	$(CH_3)_3N$	−124.0	2.9	9.8
乙胺	$CH_3CH_2NH_2$	−80.6	16.6	10.7
二乙胺	$(CH_3CH_2)_2NH$	−50	55.5	11.1
三乙胺	$(CH_3CH_2)_3N$	−115	89.5	10.6
乙二胺	$H_2NCH_2CH_2NH_2$	8.5	117	10.0,7.0
苯胺	$C_6H_5NH_2$	−6	184	4.6
N-甲基苯胺	$C_6H_5NHCH_3$	−57	194	4.8
N,*N*-二甲基苯胺	$C_6H_5N(CH_3)_2$	2.0	193	5.1
邻甲基苯胺	*o*-$CH_3C_6H_4NH_2$	24.4	197	4.4
间甲基苯胺	*m*-$CH_3C_6H_4NH_2$	31.5	203	4.7
对甲基苯胺	*p*-$CH_3C_6H_4NH_2$	44	200	5.1
苯甲胺(苄胺)	$C_6H_5CH_2NH_2$		184.5	9.4
邻硝基苯胺	*o*-$NO_2C_6H_4NH_2$	71.5	284	0.3
间硝基苯胺	*m*-$NO_2C_6H_4NH_2$	114	305	2.4
对硝基苯胺	*p*-$NO_2C_6H_4NH_2$	148	331.7	1.1
邻苯二胺	*o*-$C_6H_4(NH_2)_2$	103	257	4.5,1.3
间苯二胺	*m*-$C_6H_4(NH_2)_2$	63	284	4.7,2.6
对苯二胺	*p*-$C_6H_4(NH_2)_2$	140	267	5.1,3.3
二苯胺	$(C_6H_5)_2NH$	54	302	1.0
α-萘胺	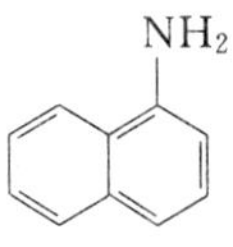	49	301	3.9
β-萘胺	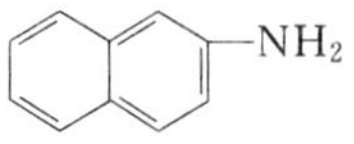	112	306	4.1

（三）胺的光谱性质

IR：胺的 N—H 伸缩振动区在 3500～3300cm^{-1}，1°胺有双峰，2°胺有单峰，3°胺由于没有 N—H 键，故在该波段没有吸收。1°胺在 1650～1590cm^{-1}有强的 N—H 面内弯曲振动吸收峰，而 2°胺在 1650～1550cm^{-1}的峰很弱，只可用作参考。

^{1}H-NMR：胺分子中直接与 N 原子相连的质子化学位移较大，不容易鉴定。α-C 上的 H 受 N 原子的影响，化学位移向低场移动，δ 通常在 2.7。β-C 上的 H 受 N 影响较小，δ 通常在 1.1～1.7 之间。

四、胺的化学性质

（一）碱性

胺分子中氮原子的一个 sp^3 杂化轨道上有一对未共用电子对，具有接受质子或提供电子对的能力，因此胺具有碱性。

$$R\ddot{N}H_2 + HX \longrightarrow R\overset{+}{N}H_3X^-$$

水溶液中，胺与水分子中的 H^+ 结合形成铵正离子，同时离解出 OH^- 而呈现出弱碱性：

$$R\ddot{N}H_2 + H_2O \rightleftharpoons \underset{\text{铵正离子}}{R\overset{+}{N}H_3} + OH^-$$

1. 胺碱性强度的表示方法

胺在水溶液中的离解程度，可用离解常数 K_b 表示：

$$K_b = \frac{[R\overset{+}{N}H_3][OH^-]}{[RNH_2]}$$

从上式可看出，$[OH^-]$ 越大，K_b 越大，即 pK_b 越小，水溶液中胺的碱性就越强，故可用 pK_b 来表示胺的碱性强弱。

$$pK_a + pK_b = 14.00(25℃) \qquad pK_a = 14.00 - pK_b$$

因此，pK_b 越小，则 pK_a 越大，所以常用 pK_a 的大小来表示胺的碱性强弱程度，pK_a 越大，胺的碱性越强。

从表 14-2 可看出，水溶液中胺的碱性顺序为：

$$(CH_3)_2NH > CH_3NH_2 > (CH_3)_3N > NH_3$$

pK_a　10.7　10.6　9.8　9.3

2. 影响胺碱性的因素

从水溶液中胺的离解反应式可以看出，如果铵正离子越稳定，它就越容易形成，胺分子也就越易离解，胺的碱性就越强。所以可从胺分子在水溶液中所形成的铵正离子的稳定性大小来讨论胺的碱性。

(1) 脂肪胺的碱性：脂肪胺与 H^+ 所形成铵正离子的稳定性可从电性效应、溶剂化效应及立体效应等几种因素分析。

① 从电性效应看，铵正离子的氮原子上所连接的烃基越多，对氮原子的供电子作用越强，铵正离子正电荷的分散程度越大，稳定性越高。铵正离子稳定性顺序为：

$$R_3NH^+ > R_2NH_2^+ > RNH_3^+ > NH_4^+$$

② 从溶剂化效应看，铵正离子上氮原子所连接的氢原子越多，水溶液中铵正离子与水分子形成氢键的能力越强，铵正离子溶剂化程度越大，正电荷通过溶剂化效应分散程度也越大，稳定性越高。

伯、仲、叔胺与质子所形成的铵正离子在水溶液中与水分子形成氢键情况：

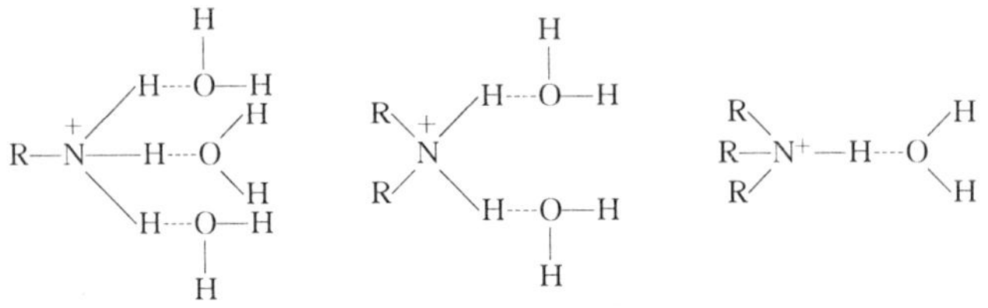

就溶剂化效应而言，水溶液中铵正离子的稳定性顺序为：

$$NH_4^+ > RNH_3^+ > R_2NH_2^+ > R_3NH^+$$

显然，溶剂化效应对水溶液中铵正离子稳定性的影响结果与烃基对氮原子供电子作用所产生的结果刚好相反。

③ 从立体效应看，胺分子中氮原子上所连接的烃基越多、越大，烃基对氮上未共用电子对的屏蔽作用也越大，从而不利于胺与质子的结合，胺分子对应的铵正离子稳定性越差。铵正离子的稳定性顺序为：

$$NH_4^+ > RNH_3^+ > R_2NH_2^+ > R_3NH^+$$

综合考虑以上各种因素的影响，水溶液中铵正离子的稳定性顺序为：

$$R_2NH_2^+ > RNH_3^+ > R_3NH^+ > NH_4^+$$

因此，水溶液中胺的碱性顺序为：

$$R_2NH > RNH_2 > R_3N > NH_3$$

在气相下测定胺的碱性，则不存在溶剂化效应的影响，只存在烃基的电性效应，故气相中胺的碱性顺序为：

$$R_3N > R_2NH > RNH_2 > NH_3$$

（2）芳胺的碱性：水溶液中芳胺的碱性顺序为：

	NH_3	$PhNH_2$	Ph_2NH	Ph_3N
pK_a	9.3	4.6	1.0	近中性

芳胺在水溶液中的碱性比氨弱，过去一直认为是由于氮原子上的未共用电子对和苯环共轭，氮原子上的电子对离域到苯环，从而使氮原子的电子云密度减少，降低了与质子结合的能力，芳胺的碱性随之减弱。近来认为芳胺在水溶液中的碱性主要由溶剂化效应所决定，NH_4^+ 的溶剂化程度大，$PhNH_3^+$、$Ph_2NH_2^+$、Ph_3NH^+ 的溶剂化效应依次减弱。水溶液中铵正离子的稳定性顺序为：

$$NH_4^+ > PhNH_3^+ > Ph_2NH_2^+ > Ph_3NH^+$$

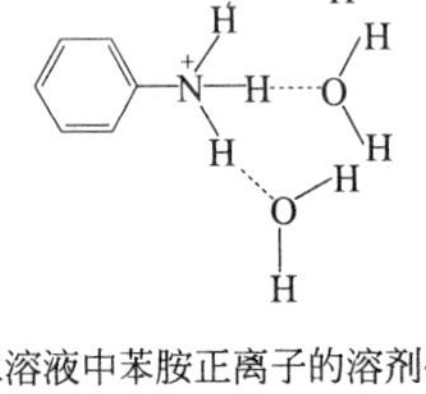

水溶液中苯胺正离子的溶剂化效应

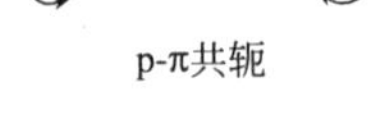

二苯胺正离子的电性效应

在气相中，铵正离子的稳定性主要取决于电性效应的影响，铵正离子的氮原子上所连接的芳基越多，通过 p-π 共轭效应芳基对带正电荷的氮原子的供电子作用越大，铵正离子正电荷的分散程度越大，稳定性越高。不同芳胺的铵正离子在气相中的稳定性顺序为：

$$Ph_3NH^+ > Ph_2NH_2^+ > PhNH_3^+ > NH_4^+$$

气相中芳胺的碱性强度顺序为：

$$Ph_3N > Ph_2NH > PhNH_2 > NH_3$$

(3) 取代芳胺的碱性：取代芳胺的碱性强弱，取决于取代基的性质及在芳环上所处的位置。一般来说，氨基的对位有斥电子基时，其碱性略增；取代基为吸电子基时，其碱性减弱。例如：

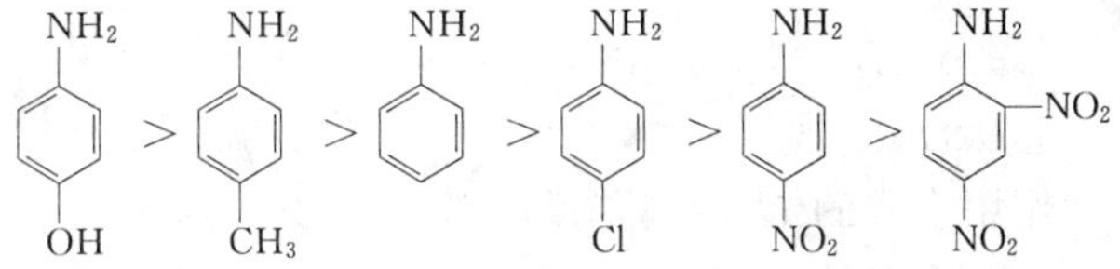

pK_a　5.50　5.08　4.62　4.00　1.00　0.08

3. 铵盐的形成

胺具有碱性，在乙醚溶液中与强酸作用形成稳定的盐，铵盐遇强碱又游离出胺。

$$RNH_2 + HX \xrightarrow{\text{乙醚}} \underset{\text{铵盐}}{R\overset{+}{N}H_3X^-}\downarrow \xrightarrow{NaOH} RNH_2$$

可利用胺的这一性质提纯胺类化合物。同时铵盐为离子型化合物，在水中溶解度较大，所以也常用酸性水溶液来提取胺类化合物。

由于芳胺的碱性较弱，只有苯胺与二苯胺才能与强酸成盐。

(二) 烃基化反应

胺类化合物分子中氮原子上存在一对未共用电子，所以胺具有亲核性，可作为亲核试剂与卤代烃发生 S_N2 反应，生成仲胺、叔胺和铵盐的混合物。

$$RNH_2 + RX \longrightarrow R_2\overset{+}{N}H_2X^- \xrightarrow{RNH_2} R_2NH + R\overset{+}{N}H_3X^-$$

$$R_2NH + RX \longrightarrow R_3\overset{+}{N}HX^- \xrightarrow{RNH_2} R_3N + R\overset{+}{N}H_3X^-$$

$$R_3N + RX \longrightarrow R_4\overset{+}{N}X^-$$

反应混合物用强碱处理，铵盐转化成相应的胺，结果得到伯、仲、叔胺的混合物。通过调节原料的配比以及控制反应温度、时间等其他条件，可以得到主要为某一种胺的产物。

(三) 酰化反应

1. 碳酰化反应

氮原子上具有氢原子的伯胺和仲胺可作为亲核试剂，进攻酰卤、酸酐和酯分子中缺电子的酰基碳原子而发生酰化反应生成酰胺。叔胺因氮原子上没有氢原子，不能发生此反应。

$$RNH_2 + \underset{\substack{\text{酰化剂}\\(\text{酰卤、酸酐、酯})}}{R'-\overset{\overset{\displaystyle O}{\|}}{C}-X} \longrightarrow \underset{\text{酰胺}}{R'-\overset{\overset{\displaystyle O}{\|}}{C}-NHR} + HX$$

酰化能力：酰卤>酸酐>酯（苯胺不被酯酰化）。

生成的酰胺一般都为晶体，具有明确的熔点，并且在酸或碱的作用下又可水解回原来的胺，故可用于鉴别、分离提纯胺类化合物或在合成上对$-NH_2$进行保护。

2. 磺酰化反应

伯胺和仲胺还能与苯磺酰氯作用，生成相应的苯磺酰胺，这一反应称为兴斯堡（Hinsberg）反应，叔胺与苯磺酰氯不能发生兴斯堡反应。

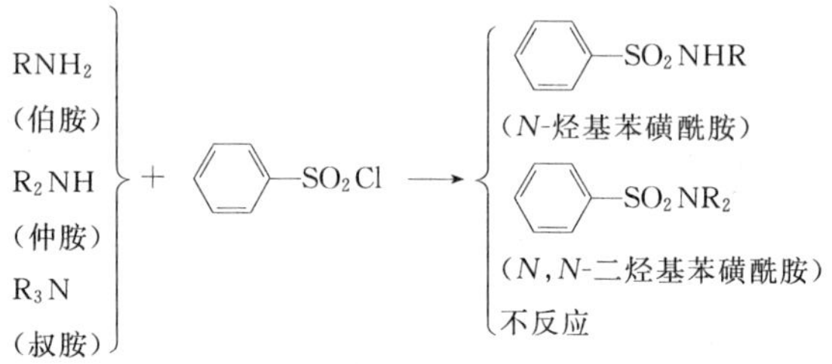

伯胺与苯磺酰氯作用生成的 *N*-烃基苯磺酰胺氮原子上的氢原子由于受到磺酰基及氮原子吸电子作用的影响呈现出酸性，可与氢氧化钠成盐而溶解在氢氧化钠溶液中。仲胺与苯磺酰氯作用生成的 *N*,*N*-二烃基苯磺酰胺氮原子上没有氢原子，不溶于氢氧化钠溶液。

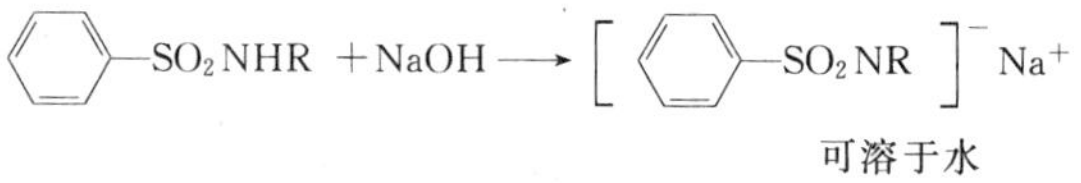

伯胺和仲胺与苯磺酰氯作用，生成的苯磺酰胺在酸或碱的催化作用下可水解生成原来的胺。因此，兴斯堡反应既可用于鉴别伯、仲、叔胺，又可用于分离或提纯伯、仲、叔胺的混合物。另外，苯磺酰胺为固体，有固定的熔点，也可将胺转化为相应的苯磺酰胺，通过测定相应苯磺酰胺的熔点来鉴别原来的胺。

（四）与亚硝酸反应

伯、仲、叔胺都能与亚硝酸反应，但它们各自反应的现象及结果不同。脂肪胺及芳胺与亚硝酸反应的情况也存在差异。

1. 伯胺

脂肪伯胺与亚硝酸反应生成极不稳定的重氮盐，随后立即分解放出氮气及生成醇、卤烃、烯烃等多种产物。

$$RNH_2+NaNO_2+HX \longrightarrow \underset{\text{极不稳定}}{[R-\overset{+}{N}\equiv N:X^-]} \longrightarrow R^+ + X^- + N_2\uparrow$$

$R^+ \longrightarrow$ 醇、卤烃、烯烃、碳正离子重排

芳伯胺与亚硝酸在低温下反应生成较为稳定的重氮盐，受热后（5℃以上）重氮盐分解放出氮气。

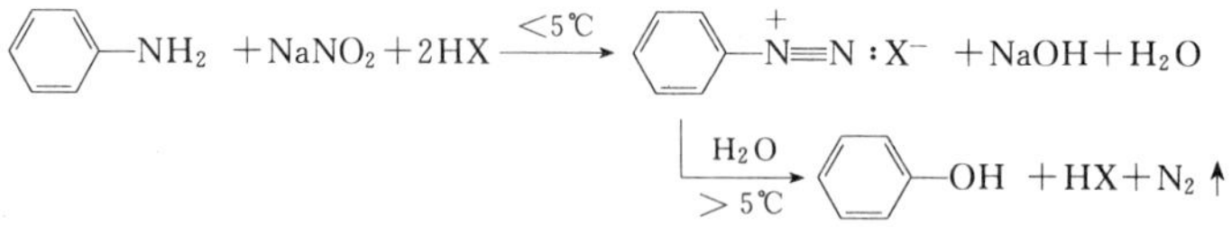

2. 仲胺

脂肪仲胺与亚硝酸反应生成黄色油状或固体状的 *N*-亚硝基胺。

$$R_2NH+HNO_2 \xrightleftharpoons[H^+,\ \triangle]{} R_2N-N=O+H_2O$$

芳仲胺与亚硝酸反应生成 *N*-亚硝基化合物，产物在酸性介质中发生重排，生成对亚硝

基化合物，对硝基化合物用碱中和后又回复为 N-亚硝基化合物。这一过程呈现出颜色的变化，例如：

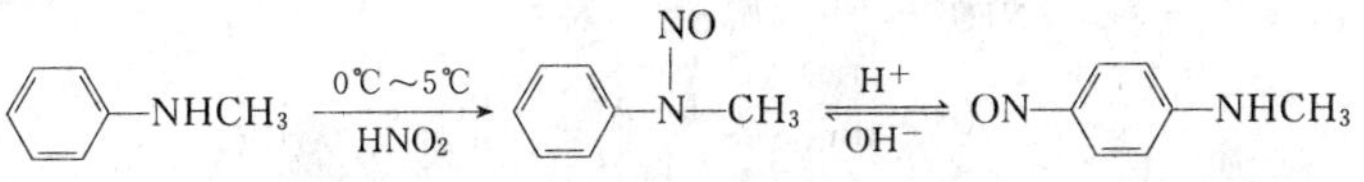

m. p. 15℃（黄色） m. p. 118℃（蓝绿色）

N-甲基-*N*-亚硝基苯胺 对亚硝基-*N*-甲基苯胺

3. 叔胺

脂肪叔胺与亚硝酸作用生成不稳定的亚硝酸盐而溶解。

$$R_3N + HNO_2 \rightleftharpoons R_3\overset{+}{N}HNO_2^-$$

芳叔胺与亚硝酸反应生成对位亚硝基化合物，这一过程同样存在颜色变化，例如：

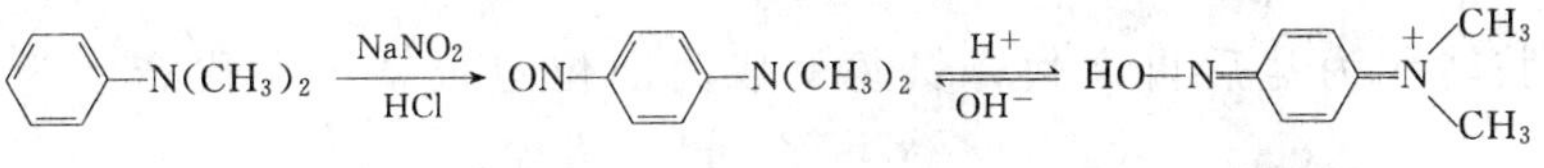

对亚硝基-*N*,*N*-二甲苯胺 （橘黄色）

m. p. 86℃（翠绿色）

当对位被其他基团占据时则生成邻位亚硝基化合物。

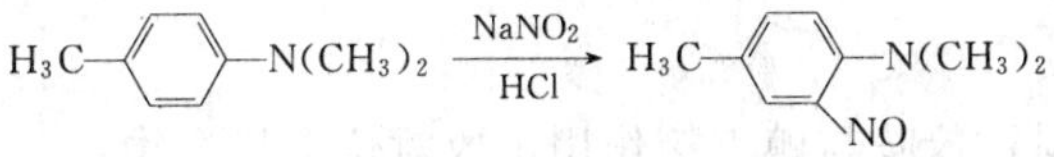

利用不同类型胺与亚硝酸反应的现象和结果的不同，可区别脂肪族及芳香族伯、仲、叔胺。

（五）芳胺的特性

1. 氧化反应

芳伯胺、芳仲胺对氧化剂特别敏感，很容易发生氧化。纯净的苯胺是无色的，但在空气中放置后很快被氧化变成黄色然后再变成红棕色。芳胺氧化得到的主要产物取决于氧化剂的性质和反应的条件。例如：

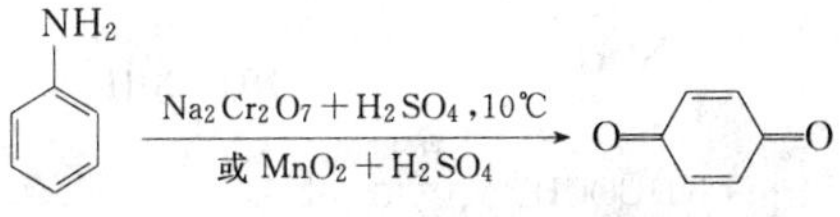

对苯醌（黄色）

环上有吸电子基的芳伯胺，用三氟过氧乙酸氧化生成相应的硝基化合物。例如：

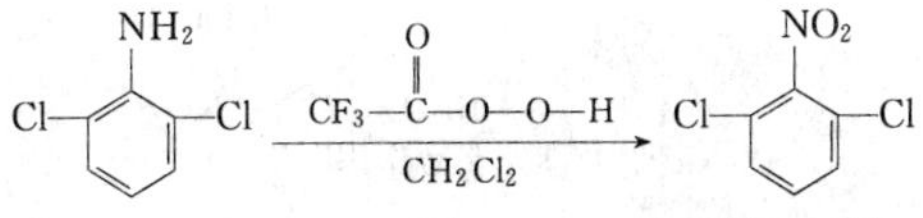

89%～92%

N,*N*-二烷基芳胺（芳叔胺）和芳胺盐对氧化剂不那么敏感，常将芳胺转化成盐储存。

2. 苯环上的亲电取代

氨基连接于芳环上，氮原子上的未共用电子对通过与芳环形成 p-π 共轭作用而加大了芳环的电子云密度，从而使苯环上的亲电取代反应活性增大。因此，芳胺的亲电取代非常容易进行，氨基为强的邻、对位定位基。

（1）卤代：芳胺与卤素极易发生卤代反应，反应很难停留在一元取代的阶段。例如苯胺与溴水反应立即生成三溴苯胺的白色沉淀，反应定量完成，可用于苯胺的定量和定性分析。

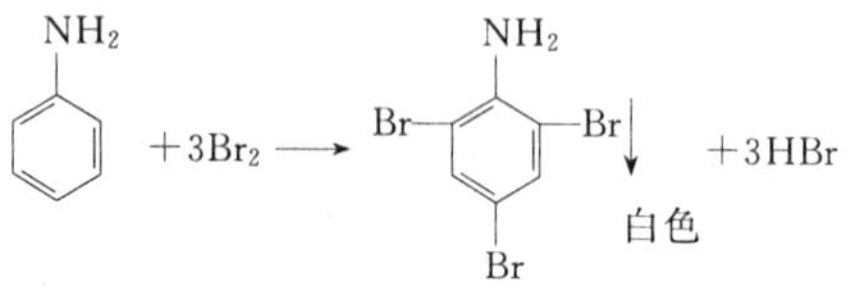

若用酰化剂先将氨基酰化，降低芳环活性后再进行卤代，则可得到一卤代产物。例如：

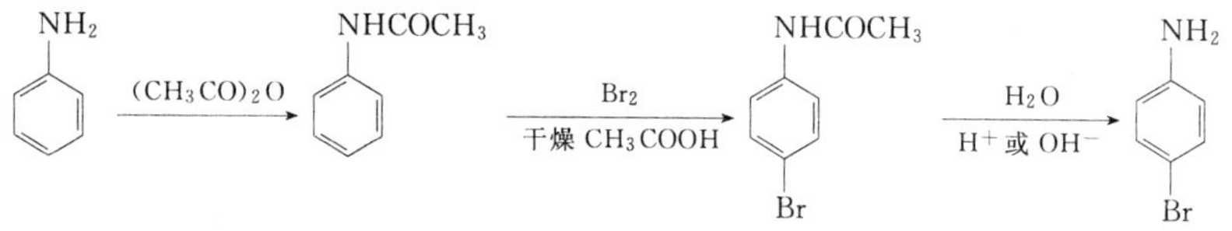

若将芳胺转化为盐后再卤代，氨基就成为间位定位基，卤代产物为间位取代物。例如：

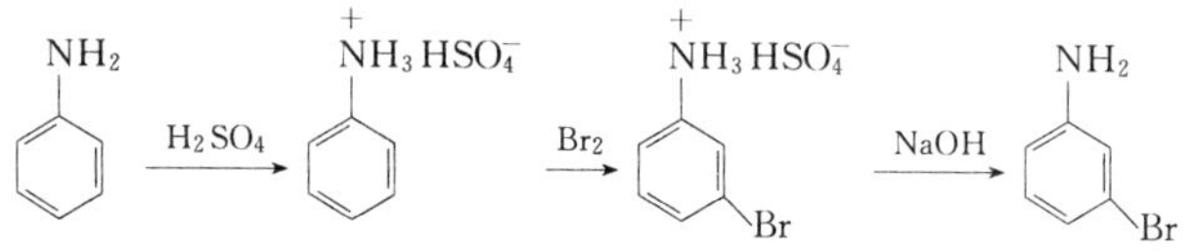

由于碘的亲电性很弱，苯胺与碘直接作用生成对位取代产物：

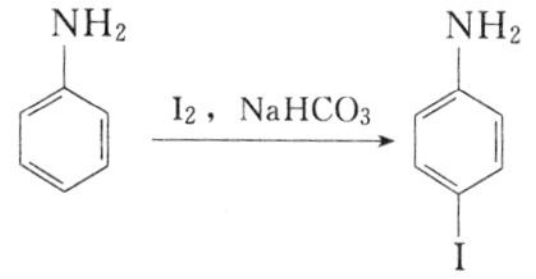

（2）硝化：由于芳胺对氧化剂极其敏感，硝化剂硝酸又具有很强的氧化性，因此芳胺硝化时应先将氨基酰化或转化成盐来保护氨基。例如将苯胺转化成乙酰苯胺后，若在乙酸中用硝酸进行硝化，得到的主要为对位取代物；若在乙酸酐中用硝酸进行硝化，得到的主要为邻位取代物。

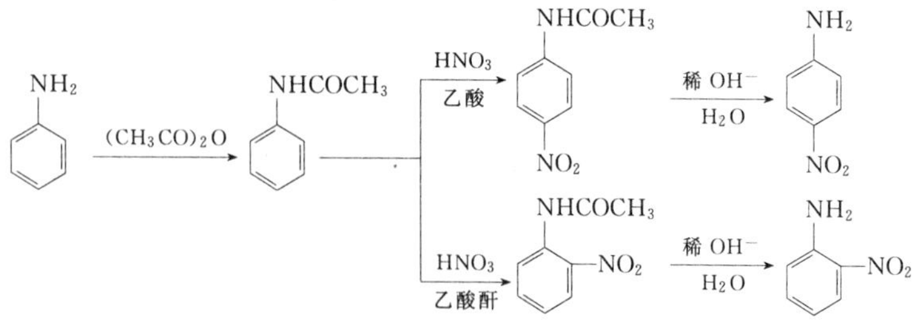

若将苯胺转化为盐后再进行硝化，则得到的主要为间位取代物。例如：

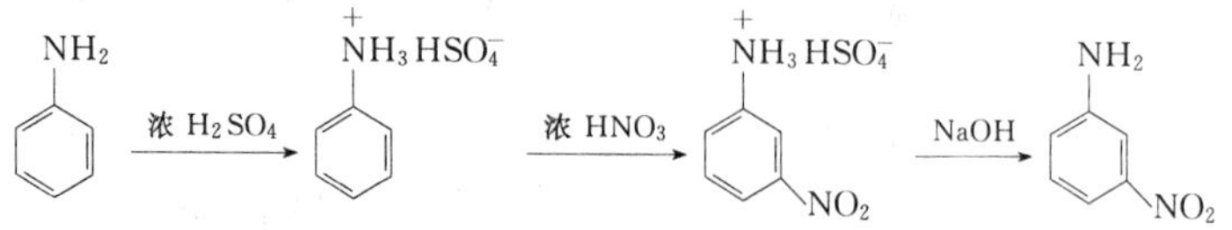

（3）磺化：苯胺在室温下与发烟硫酸磺化生成邻、间、对位氨基苯磺酸混合物，当温度为 180℃时，与浓硫酸共热则生成对位产物。

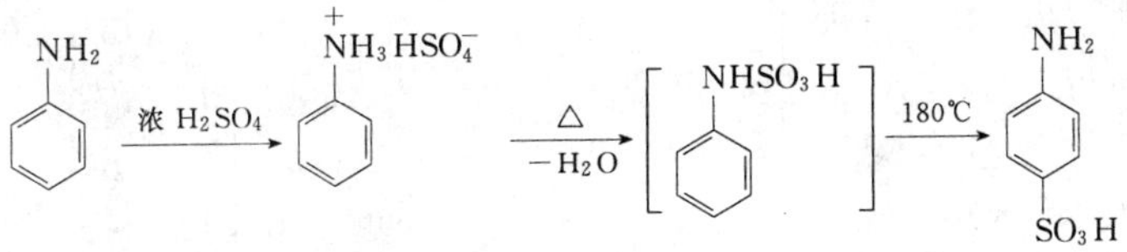

对氨基苯磺酸的酰胺称为磺胺，其衍生物是一类具有消炎作用的药物，称为磺胺药物。

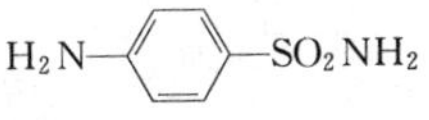

磺胺

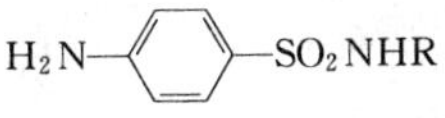

磺胺药物

（六）伯胺的特殊反应

1. 与醛类的缩合

伯胺能与醛类脱水缩合生成希夫碱（Schiff base）：

$$RNH_2 + O{=}CHR' \xrightarrow[-H_2O]{\triangle} RN{=}CHR'$$

N-取代亚胺（希夫碱）

当R、R′为脂肪烃基时，希夫碱不稳定，容易发生聚合；R、R′为芳香烃基时一般较稳定，形成的希夫碱往往呈现出一定的颜色。例如：

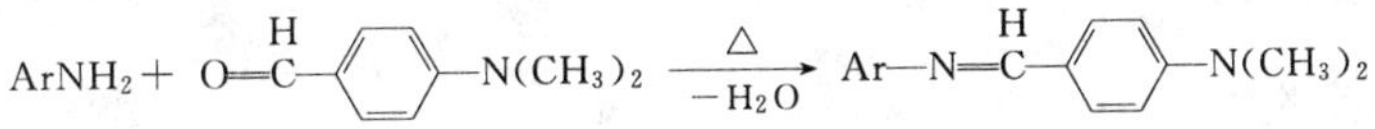

芳伯胺　对二甲氨基苯甲醛　有色物质

对二甲氨基苯甲醛常用作含氨基药物薄层层析的显色剂。

2. 成异腈反应

伯胺与氯仿和氢氧化钾的醇溶液共热，生成具有恶臭味的异腈，因此常用于鉴别伯胺或氯仿。异腈有毒，可用稀酸使其水解而破坏。

$$R{-}NH_2 + CHCl_3 + 3KOH \xrightarrow{\triangle} R{-}N{\equiv}C + 3KCl + 3H_2O$$

异腈(胩)

$$R{-}N{\equiv}C + 2H_2O \xrightarrow[\triangle]{HCl} R{-}NH_2 + HCOOH$$

（七）季铵化合物

季铵化合物包括季铵盐和季铵碱，它们都是离子型化合物，其正离子部分（R_4N^+）可看成铵正离子（NH_4^+）中的四个氢原子被烃基取代后而形成的。

1. 季铵盐

季铵盐（$R_4N^+X^-$）可看成$NH_4^+X^-$中的四个氢原子被烃基取代而成的衍生物，它可由叔胺与卤代烷作用而成。

$$R_3N + RX \longrightarrow R_4N^+X^-$$

季铵盐为离子形化合物，一般为白色晶体，熔点较高。易溶于水，不溶于乙醚等非极性有机溶剂。具有长链烃基的季铵盐为表面活性剂，有杀菌作用，可用作消毒剂，如新洁尔灭、杜灭芬等就是一类具有去油污、无刺激性的消毒防腐剂，临床上多用于皮肤、黏膜、创面、器皿的消毒。一些中药的有效成分也含有季铵盐的结构。

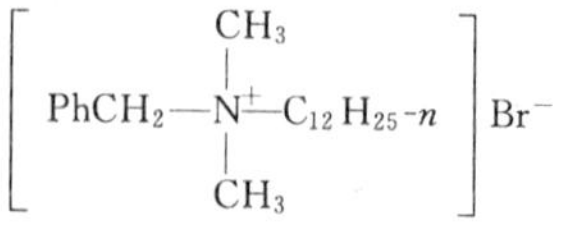

溴化二甲基十二烷基苄基铵(新洁尔灭)

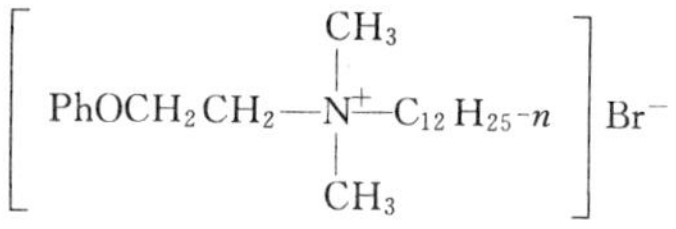

溴化二甲基十二烷基-(2-苯氧乙基)铵(杜灭芬)

季铵盐受热可分解为叔胺和卤代烷：

$$R_4\overset{+}{N}X^- \xrightarrow{\triangle} R_3N + RX$$

季铵盐与强碱作用则形成季铵碱：

$$R_4\overset{+}{N}X^- + KOH \rightleftharpoons R_4\overset{+}{N}OH^- + KCl$$

具有α-活泼氢的季铵盐在强碱作用下，α-活泼氢以质子的形式脱落形成碳负离子，烃基从氮原子上转移到相邻的碳负离子上形成叔胺，这一反应称为史蒂文斯重排(Stevens rearrangement)反应。

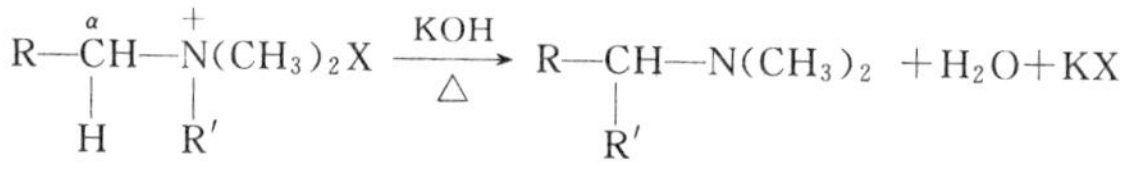

$R=C_6H_5CO—,C_6H_5—$等(能使α-H容易被碱移去，一般为吸电子基)

$R'=C_6H_5CH_2,CH_2═CH—CH_2—$等(一般为斥电子基)

发生史蒂文斯重排反应后转移基团R′的构型保持不变。

2. 季铵碱

季铵碱（$R_4N^+OH^-$）是一种强碱，其强度与氢氧化钠相当。季铵碱一般由氢氧化银和季铵盐的水溶液作用而制得。

$$R_4\overset{+}{N}I^- + AgOH \longrightarrow R_4\overset{+}{N}OH^- + AgI\downarrow$$

季铵碱受热易发生分解反应，生成叔胺和醇。例如：

$$(CH_3)_4\overset{+}{N}OH^- \xrightarrow{\triangle} (CH_3)_3N + CH_3OH$$

以上反应可看成是OH^-作为亲核试剂进攻受带正电荷的氮原子诱导而带正电的甲基碳原子发生的S_N2反应：

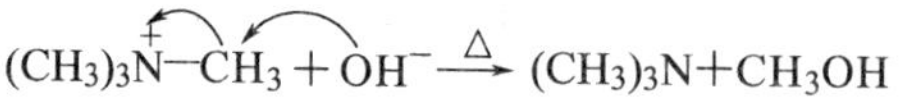

含有β-H原子的季铵碱加热至100℃～200℃时，OH^-进攻并夺取β-H，同时C—N键断裂发生消除反应，生成烯烃和叔胺，这一反应称为霍夫曼消除（Hofmann elimination）反应。例如：

$$(CH_3)_3\overset{+}{N}CH_2\overset{\beta}{C}H_3OH^- \xrightarrow{\triangle} (CH_3)_3N + CH_2═CH_2 + H_2O$$

季铵碱　　　叔胺　　　烯烃

当季铵碱裂解成烯烃的消除方向有选择余地时，则反应的主要产物为双键碳上带有较少烷基的烯烃（与查依采夫规则相反），这一规律称为霍夫曼消除规则。例如：

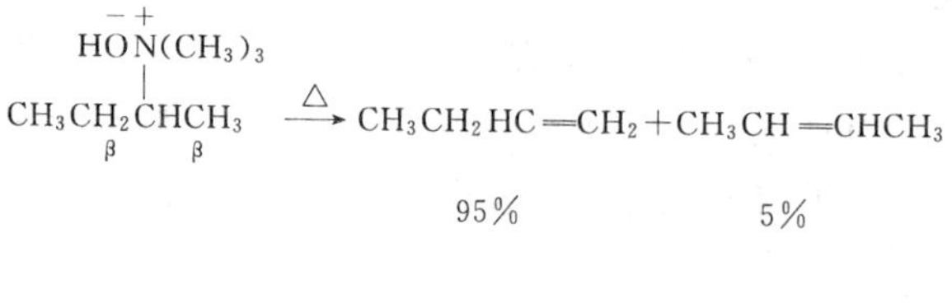

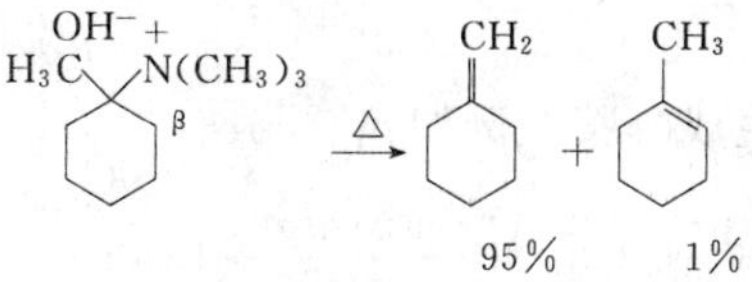

利用霍夫曼消除反应，对一个未知胺，可用过量的碘甲烷与之作用生成季铵盐，然后转化成季铵碱，再进行热分解，从反应过程中消耗碘甲烷的摩尔数可推知原来胺的级数，再由所得烯烃的结构，可推测出原来胺的结构。例如：

$$RCH_2CH_2NH_2 \xrightarrow{3CH_3I} RCH_2CH_2\overset{+}{N}(CH_3)_3I^- \xrightarrow{AgOH}$$

$$RCH_2CH_2\overset{+}{N}(CH_3)_3OH^- \xrightarrow{\triangle} RCH{=}CH_2 + N(CH_3)_3 + H_2O$$

这种用过量的碘甲烷与胺作用生成季铵盐，然后转化为季铵碱，最后消除生成烯烃的反应称为霍夫曼彻底甲基化（Hofmann exhaustive methylation）反应。

环状胺需经过多次霍夫曼彻底甲基化反应才能形成烯烃。例如，毒芹的活性成分毒芹碱（$C_8H_{17}N$）需经过两次霍夫曼降解反应最终得到1,4-辛二烯。

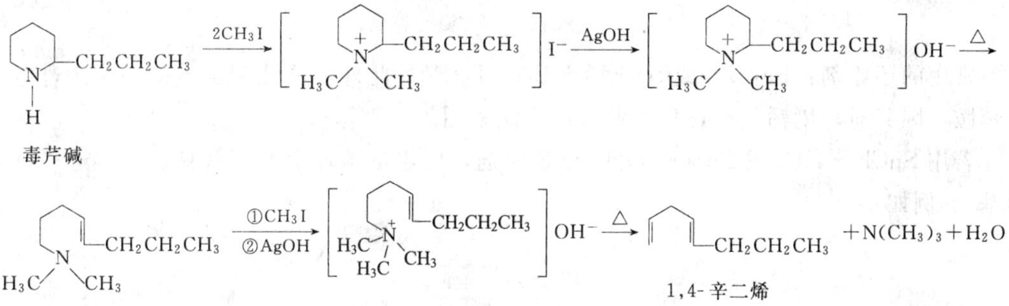

五、胺的制备方法

胺广泛存在于自然界，可从许多天然产物中分离得到胺类化合物（如生物碱类等），但大多胺类化合物常用化学方法合成得到。

（一）氨的烃基化

1. 卤代烷与氨的取代

$$NH_3 + RX \longrightarrow R\overset{+}{N}H_3\overset{-}{X} \xrightarrow{NH_3} RNH_2 + \overset{+}{N}H_4\overset{-}{X}$$

$$RNH_2 + RX \longrightarrow R_2\overset{+}{N}H_2\overset{-}{X} \xrightarrow{NH_3} R_2NH + \overset{+}{N}H_4\overset{-}{X}$$

$$R_2NH + RX \longrightarrow R_3\overset{+}{N}H\overset{-}{X} \xrightarrow{NH_3} R_3N + \overset{+}{N}H_4\overset{-}{X}$$

$$R_3N + RX \longrightarrow R_4\overset{+}{N}\overset{-}{X}$$

卤代烷与氨进行取代反应得到伯、仲、叔三种胺与季铵盐的混合物。调节原料的配比以及控制反应温度、时间等其他条件，可以得到主要为某一种胺的产物。

2. 卤代芳烃与氨的取代

利用卤代芳烃在特殊条件下与氨发生取代反应可以制备芳胺。

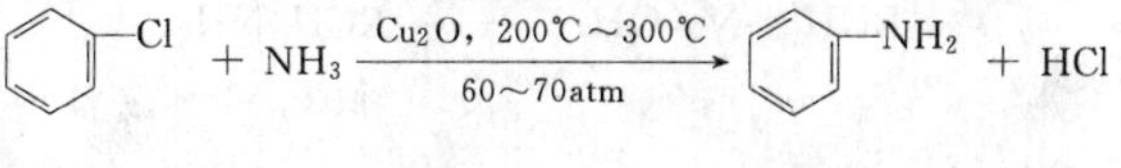

3. 环氧烷与氨反应

环氧烷烃极易与氨反应生成醇胺。例如：

$$\underset{\diagdown O \diagup}{CH_2—CH_2} + NH_3 \xrightarrow{0℃\sim100℃} \underset{\text{乙醇胺(1°)}}{HOCH_2CH_2NH_2}$$

$$\underset{\diagdown O \diagup}{CH_2—CH_2} + NH_2CH_2CH_2OH \longrightarrow \underset{\text{二乙醇胺(2°)}}{(HOCH_2CH_2)_2NH}$$

$$\underset{\diagdown O \diagup}{CH_2—CH_2} + (HOCH_2CH_2)_2NH \longrightarrow \underset{\text{三乙醇胺(3°)}}{(HOCH_2CH_2)_3N}$$

（二）含氮化合物的还原

1. 硝基化合物还原

常用芳香族硝基化合物还原法制备芳胺，例如：

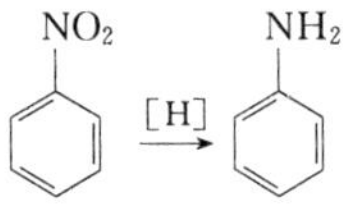

常用的还原剂：Fe，Zn 或 Sn＋稀 HCl；H_2/Pd。此外，活性铜也可用于将硝基苯还原成苯胺，因其对环境污染小，现工业上已广泛采用。

若用 $SnCl_2$＋HCl 或 $FeSO_4/OH^-$ 作还原剂，可避免苯环上的醛基被还原（选择性还原硝基）。例如：

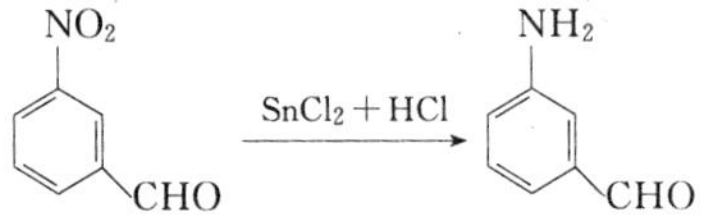

若用 $SnCl_2$＋HCl ［或 Na_2S_X，NH_4SH，$(NH_4)_2S$，$(NH_4)_2S_X$ 等硫化物］作还原剂，则苯环上若有多个硝基，只有一个硝基被还原成氨基（部分还原）。例如：

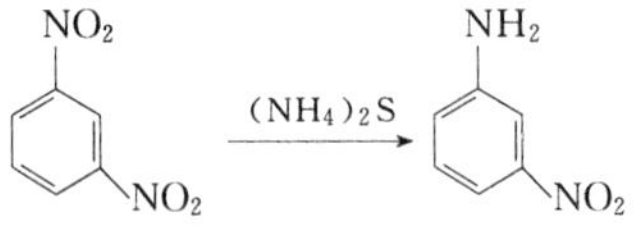

多硝基苯的部分还原反应在有机合成上具有重要的意义。

2. 腈还原

$$R—C\equiv N \xrightarrow{[H]} RCH_2NH_2$$

$$Ar—C\equiv N \xrightarrow{[H]} ArCH_2NH_2$$

若用 H_2/Ni，Na/C_2H_5OH 作还原剂还原，会产生少量仲胺、叔胺。用 $LiAlH_4$ 还原，则可制得纯度高的伯胺。

3. 肟还原

$$RCH=N—OH \xrightarrow{LiAlH_4} \underset{\text{伯胺}}{RCH_2NH_2}$$

4. 亚胺（希夫碱）还原

$$RCHO \xrightarrow[-H_2O]{NH_3} [RCH{=}NH] \xrightarrow{H_2/Ni} RCH_2NH_2$$

亚胺　　　　伯胺

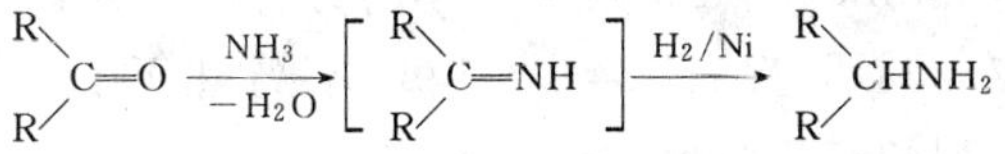

亚胺　　　　仲胺

5. 酰胺还原

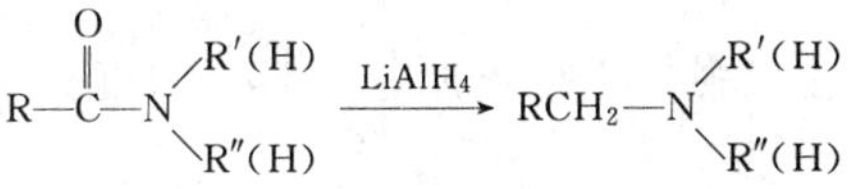

伯、仲、叔胺

（三）伯胺的特殊制法

1. 盖布瑞尔（Gabreil）合成法

用邻苯二甲酰亚胺与卤代烷进行烷基化后再进行水解，是制备纯伯胺的一种方法。

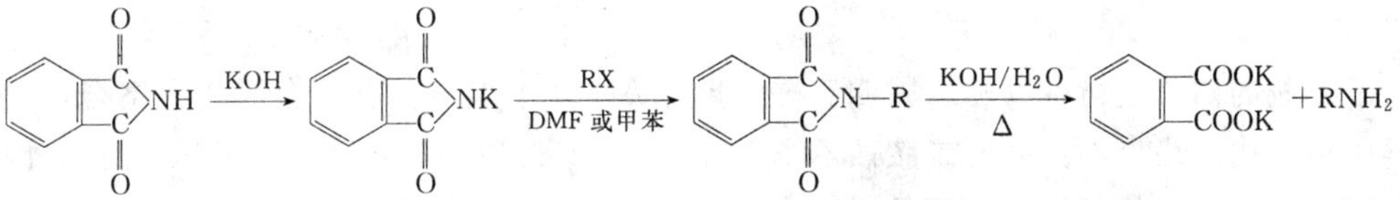

若生成的N-烷基邻苯二甲酰亚胺较难水解时，可用肼作试剂使伯胺游离出来。

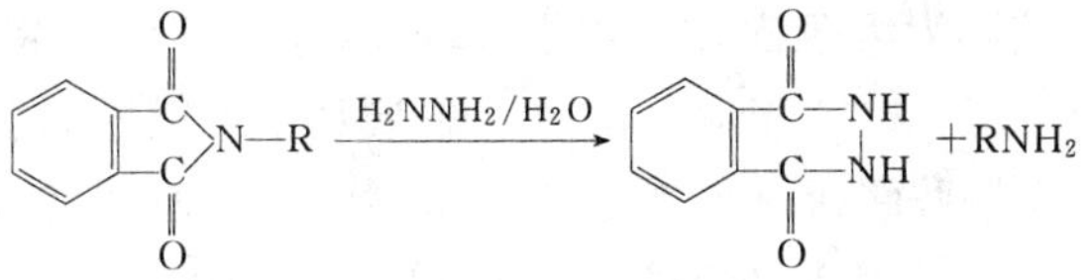

2. 霍夫曼降解（Hofmann degradation）反应

酰胺与次卤酸钠作用发生降解反应，脱去羰基后生成比原来酰胺少一个碳原子的伯胺，利用这一反应制备伯胺得到的产物纯度较高，收率较好。

$$R{-}\overset{O}{\overset{\|}{C}}{-}NH_2 + NaOX + 2NaOH \longrightarrow RNH_2 + Na_2CO_3 + NaX + H_2O$$

酰胺　　　　伯胺

六、胺的个别化合物

（一）甲胺

甲胺包括一甲胺、二甲胺和三甲胺三种化合物，其中，一甲胺常简称甲胺。三者均为无色液体，有氨的气味，三甲胺还带鱼腥味，易溶于水，溶于乙醇、乙醚等，能吸收空气中的水分。甲胺蒸气与空气混合可形成混合性爆炸物。一甲胺的熔点为−93.5℃，沸点−6.3℃；二甲胺的熔点为−93℃，沸点7.4℃；三甲胺的熔点为−117.2℃，沸点2.9℃。三者均呈碱性，可与酸成盐。

甲胺都是蛋白质分解时的产物，可从天然物中发现。如三甲胺可从甜菜碱和胆碱中分解得到。工业上由甲醇与氨反应可制得三者的混合物。同时，它们又都是重要的有机化工原料，可用于制药等。

甲胺对皮肤、黏膜有刺激作用，工作场所最高容许浓度为10ppm。

（二）苯胺

苯胺又称“阿尼林（aniline）油”，是最简单的芳香胺。无色油状液体，但露置于空气中渐被氧化成棕色。熔点−6℃，沸点184℃～186℃，加热至370℃分解。易溶于有机溶剂，微溶于水。苯胺表现出典型的芳香胺性质。

工业上可由硝基苯还原或氯苯的氨基化得到。同时，苯胺还是一种重要的化工原料，可用于药物合成（主要是磺胺类）等。

苯胺对血液和神经的毒性很强，工作场所最高容许浓度为5ppm。

（三）乙二胺

乙二胺又称1,2-二氨基乙烷，是最简单的二胺。为无色透明黏液，有氨气味。熔点11℃，沸点117.3℃。溶于水和乙醇。具有强碱性。同时，也能刺激皮肤和黏膜，引起过敏。

$H_2N-CH_2CH_2-NH_2$

乙二胺

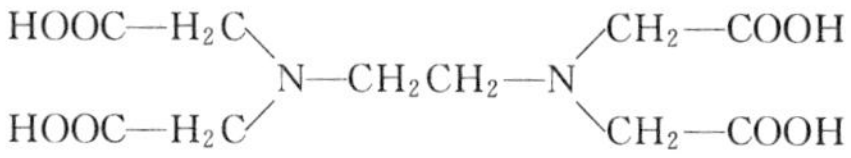

乙二胺四乙酸

乙二胺的四乙酸衍生物乙二胺四乙酸（EDTA）几乎能与所有的金属离子络合，是分析化学中最常用的络合剂。而乙二胺四乙酸二钠（Na_2EDTA）是蛇毒的特效解毒药，因为它可与蛋白质络合，使蛇毒失去活性。

（四）己二胺

己二胺即1,6-己二胺，为无色固体，熔点42℃。易溶于水，微溶于苯或乙醇。在空气中易变色并吸收水分及二氧化碳。工业上由己二酸与氨作用或丙烯腈电解偶联而成己二腈，再经氢化合成，是生产聚酰胺纤维（如锦纶66、锦纶610或称尼龙66、尼龙610）的单体。

$H_2N-CH_2CH_2CH_2CH_2CH_2CH_2-NH_2$

己二胺

（五）金刚烷胺

金刚烷胺是金刚烷的氨基衍生物，结构式如下：

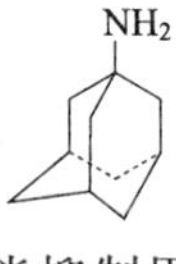

金刚烷胺为伯胺，是一种抗病毒药，能抑制甲型流感病毒。

第三节　重氮盐及其性质

一、重氮盐的制备

（一）重氮化反应（diazotization reaction）

芳伯胺在低温及强酸性条件下与亚硝酸作用生成重氮盐（diazonium salt）的反应称为重氮化反应。由于亚硝酸不稳定，实际应用时，是将亚硝酸盐与酸反应生成亚硝酸，接着与芳胺立即反应生成重氮盐。

$$ArNH_2 + NaNO_2 + 2HX \longrightarrow Ar\overset{+}{N_2}X^- + NaX + H_2O$$

重氮盐

（二）反应条件

重氮盐在温度过高时易发生分解反应或其他反应，因此重氮化反应一定要在低温下进行，一般在0℃～5℃，个别较稳定的重氮盐可在40℃～60℃。为避免芳胺与生成的重氮盐发生偶合反应，必须加入过量的强酸（盐酸或硫酸），一般酸与芳胺的摩尔比为2.25～2.5∶1。另外，为避免生成的重氮盐发生分解，亚硝酸盐也不能过量。

（三）制备方法

实际操作中，将芳伯胺溶于过量的稀酸中，然后在冷却下慢慢滴加冷却的亚硝酸盐，不断搅拌至反应完全即得到重氮盐溶液。由于重氮盐在水溶液中较稳定，所以得到的重氮盐溶液无须分离可直接用于合成其他化合物。

二、苯重氮盐的结构

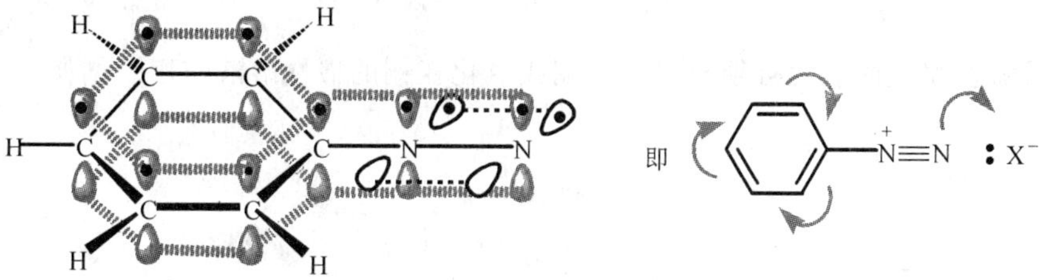

图14-3　苯重氮盐的结构

重氮盐为离子型化合物。中心N原子以sp杂化轨道成键，C—N—N为σ键构成的直线型结构，N≡N键由一个σ键和两个π键所构成；N≡N键上π轨道与苯环大π轨道形成共轭体系而分散N原子的正电荷，而形成稳定的重氮阳离子。

三、重氮盐的性质

重氮盐为白色晶体，能溶于水，不溶于有机溶剂。重氮盐在稀溶液中能完全电离出重氮阳离子。重氮盐不稳定，对热、振动较敏感，易发生爆炸，在水溶液中较稳定，制备后可直接应用于其他反应。

芳香重氮盐的化学性质非常活泼，与带正电荷的重氮基直接相连的芳环碳原子易接受亲核试剂的进攻发生亲核取代反应，重氮基以氮气放出，称为放氮反应。而重氮基的叁键可被还原剂所还原。重氮阳离子还可作为亲电试剂与酚或芳胺发生偶合反应。重氮盐发生还原反应或偶合反应的产物中还保留有氮原子，称为留氮反应。重氮盐的主要反应见图14-4。

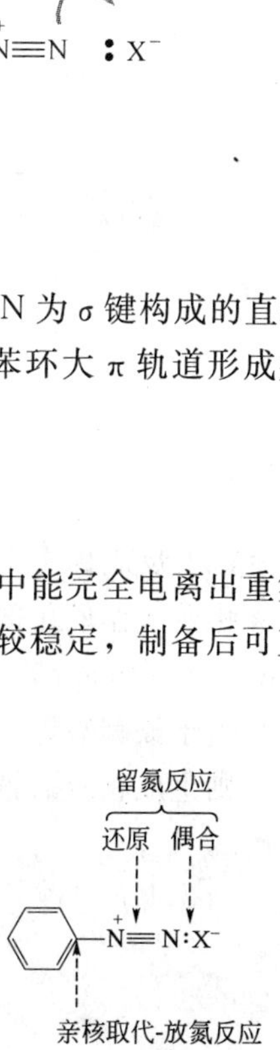

图14-4　重氮盐的主要反应

（一）放氮反应（取代反应）

重氮盐中的重氮基易被羟基、卤素、氰基、硝基、氢原子等基团所取代，放出氮气并生成相应的芳香族化合物。

1. 被羟基取代

重氮盐与酸液共热，生成酚并放出氮气。

$$ArN_2HSO_4 + H_2O \xrightarrow[\triangle]{H^+} ArOH + N_2\uparrow + H_2SO_4$$

若用重氮盐酸盐会生成副产物氯苯，所以制备酚时必须用重氮硫酸盐。这一反应可用于制备特殊结构的酚。例如：

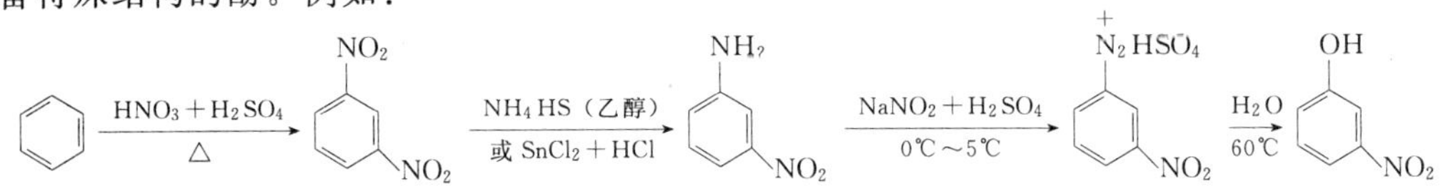

2. 被卤素取代

芳香重氮盐中的重氮基很容易被碘取代，直接将碘化钾与重氮盐共热，就能得到收率良好的碘代物。

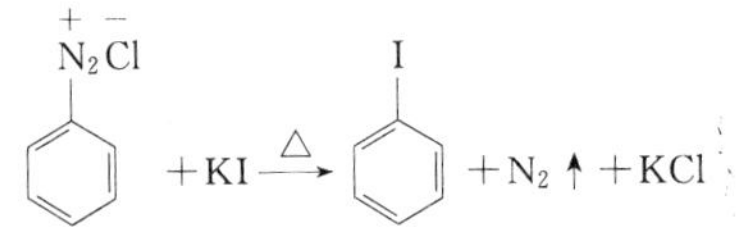

芳香重氮盐溴代或氯代必须与溴化亚铜或氯化亚铜的酸性溶液作用。例如：

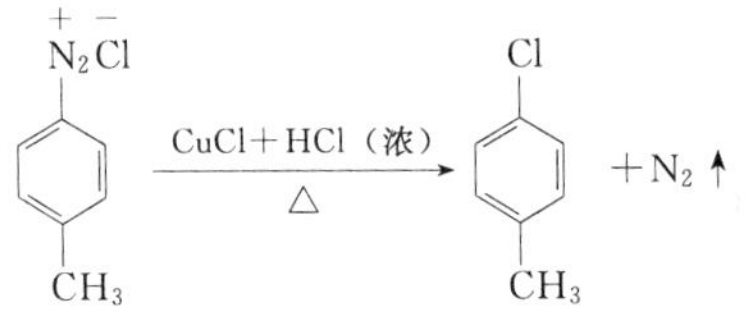

(89%～95%)

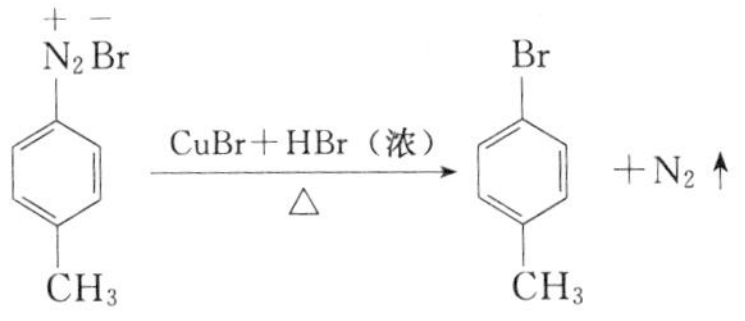

(70%～79%)

以上反应称为桑得迈尔（Sandmeyer）反应。盖特曼（Gattermann）改用精制的铜粉代替卤化亚铜作催化剂，所用铜粉的量很少，操作更为方便，称为桑得迈尔-盖特曼（Sandmeyer -Gattermann）反应。

由于氟硼酸重氮盐不溶于水，可将干燥或溶于惰性溶剂中的氟硼酸重氮盐缓慢加热分解，则生成相应的氟化物，称为希曼（G. Schiemann）反应。例如：

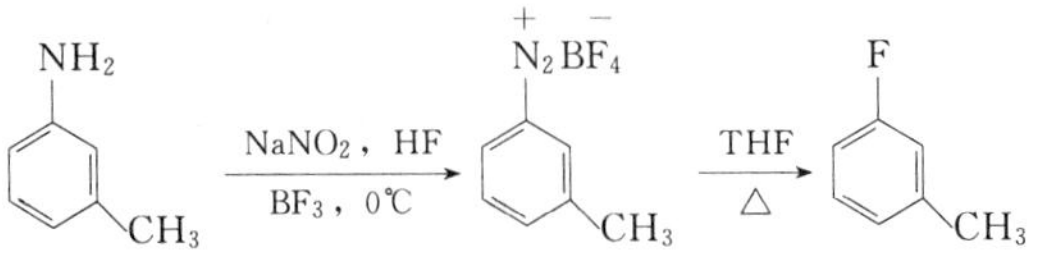

76%～84%

(不溶于水)

该反应也可用六氟磷酸重氮盐加热分解来获得氟化物。例如：

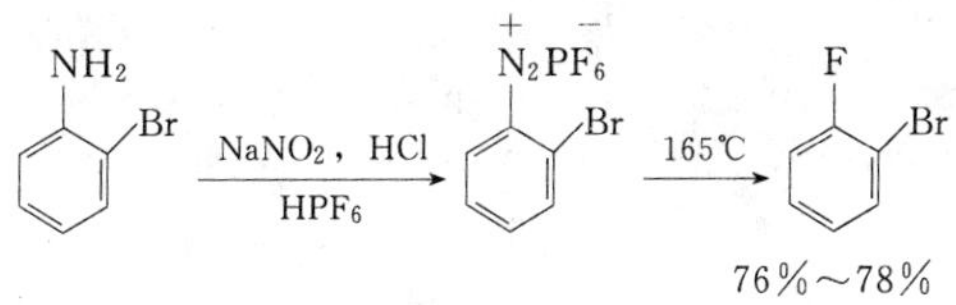

3. 被氰基取代

芳香重氮盐与氰化亚铜和氰化钾的混合物在中性溶液反应，重氮基则被氰基所取代。例如：

这一反应也称为 Sandmeyer 反应。若用精制的铜粉代替氰化铜，则称为 Sandmeyer-Gattermann 反应。

由于—CN 能还原成—CH_2NH_2，水解后可生成—COOH。所以以上反应提供了由—NH_2转化为—CH_2NH_2 以及由—NH_2 转化为—COOH 的方法。

4. 被硝基取代

芳香重氮盐用精制的铜粉作催化剂时，与亚硝酸盐作用，重氮基则被硝基所取代。例如：

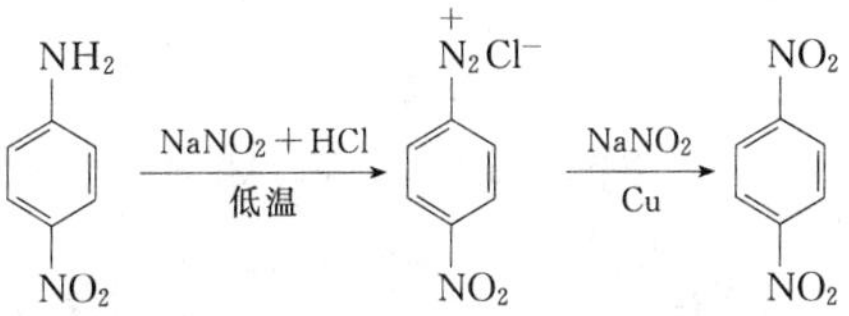

以上反应提供了由—NH_2 转化为—NO_2 的方法。

5. 被氢原子取代

重氮盐与次磷酸水溶液、乙醇、甲醛等还原剂作用，则重氮基被氢原子所取代。

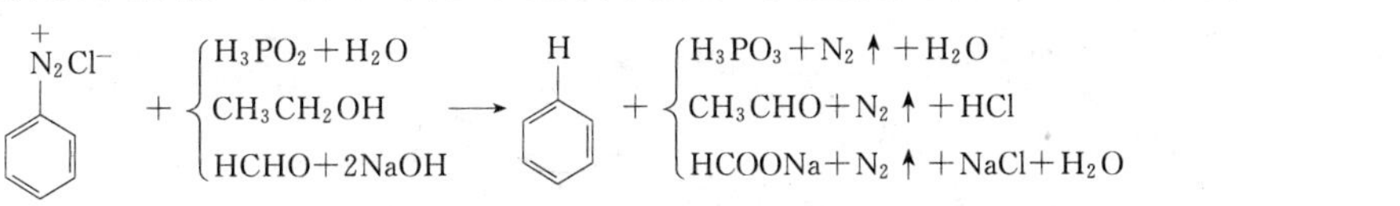

这一反应提供了一个从芳环上脱去—NH_2 或—NO_2 的方法。由于有这一方法，所以合成上往往可利用—NH_2 的定位作用，在芳环上先引入一个—NH_2 起到特定的定位效应，待反应完成后再利用这一反应将原来引入的—NH_2 脱掉。例如：

(1)

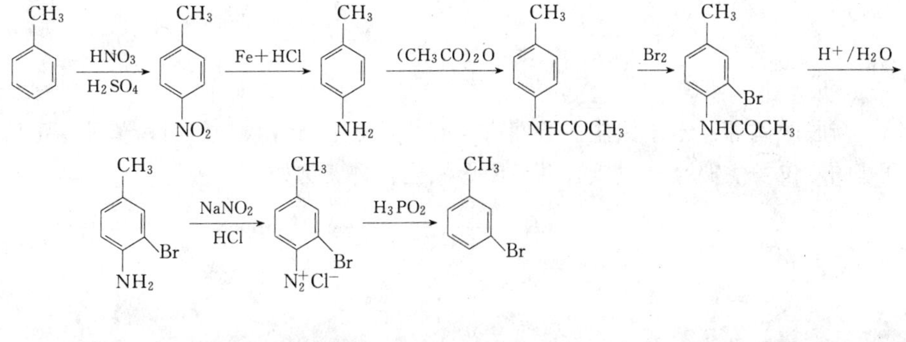

(2) 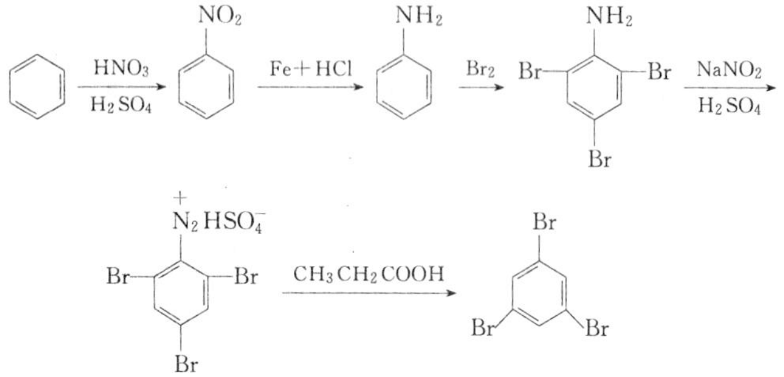

(二) 留氮反应

1. 还原反应

芳香重氮盐用还原剂还原生成苯肼盐，苯肼盐用碱中和得到苯肼。

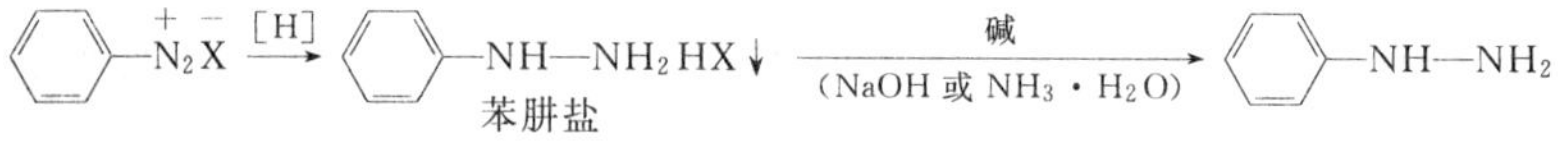

以上反应常用的还原剂有：$SnCl_2$ + HCl；Sn + HCl；Zn + HCl(或 CH_3COOH)；Na_2SO_3；$(NH_4)_2SO_3$；$NaHSO_3$ 等。

苯肼的熔点-4℃，常温下为无色液体，沸点 241℃，有毒，空气中易氧化成深色液体。苯肼难溶于水，有强碱性，易形成稳定的盐，可将苯肼转化为盐而保存。苯肼为合成吡唑酮类解热镇痛药的原料，也用作鉴别试剂。

2. 偶合反应

重氮正离子可作为亲电试剂进攻有较大活性的酚或芳胺的芳环（因重氮正离子的亲电性较弱），与酚或芳胺发生亲电取代反应生成有颜色的偶氮化合物。这一反应称为偶合反应，也称为偶联反应（coupling reaction）。

(1) 与酚的偶合：苯重氮盐在弱碱性条件下与苯酚偶合生成对羟基偶氮苯。

反应在弱碱性条件下进行，是由于酚与碱形成了芳环上电子云密度比酚更大的苯氧负离子，有利于重氮正离子进攻苯酚的芳环。

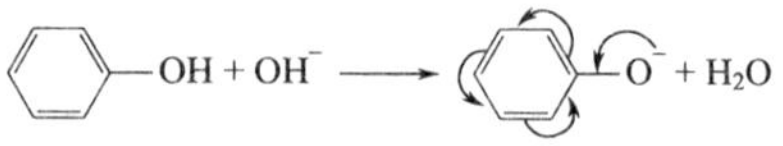

重氮正离子一般进攻酚羟基的对位，在对位被占据时，则进攻酚羟基的邻位。例如：

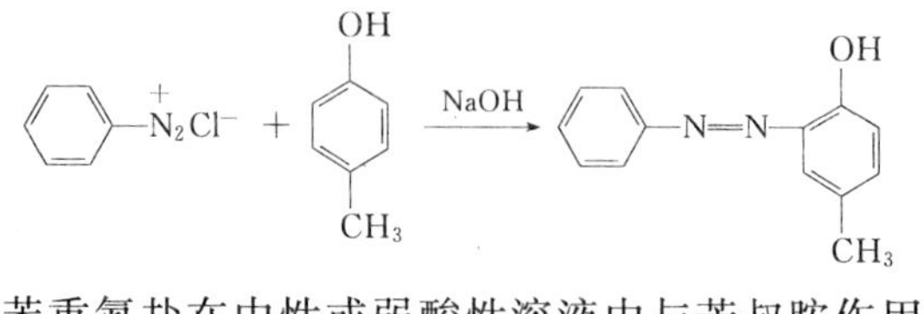

(2) 与胺的偶合：苯重氮盐在中性或弱酸性溶液中与芳叔胺作用，苯重氮正离子进攻芳叔胺氨基的对位发生偶合，生成有颜色的偶氮化合物。例如：

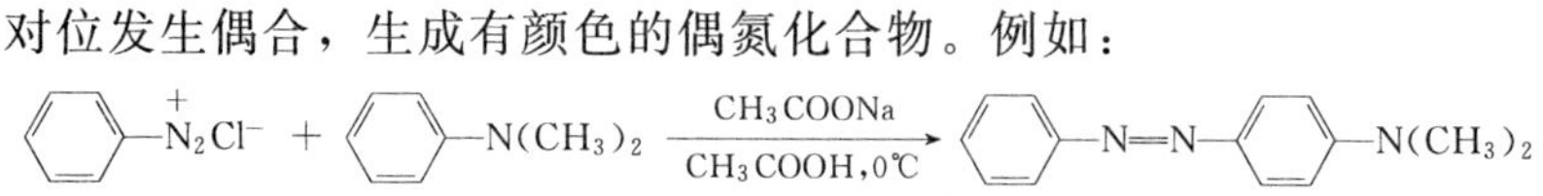

对二甲氨基偶氮苯(黄色)

在相同条件下，苯重氮盐与芳伯胺或芳仲胺作用，重氮正离子进攻芳胺氨基上的氮原子，生成重氮氨基化合物：

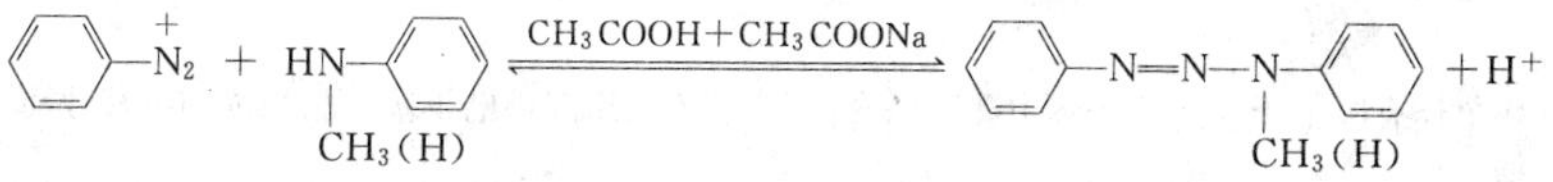

重氮氨基苯(黄色)

以上反应可逆，且反应后有氢离子产生，因此反应在强酸性条件下很难正向进行。

偶合反应产物重氮氨基苯在酸性介质中（HCl 或 $C_6H_5NH_3^+Cl^-$）加热发生异构化，氨基转移到偶氮基的对位生成对氨基偶氮苯。

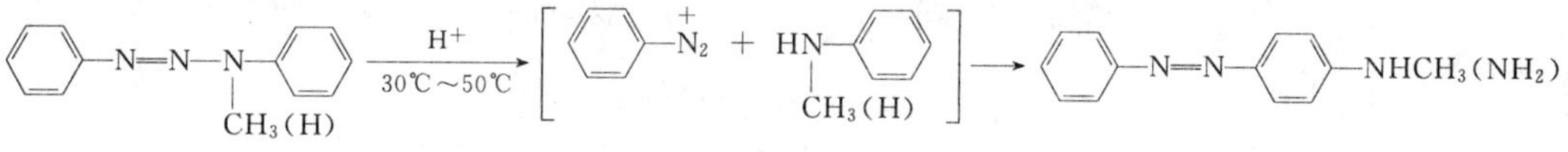

（黄色）

（3）偶合反应历程：

重氮组分

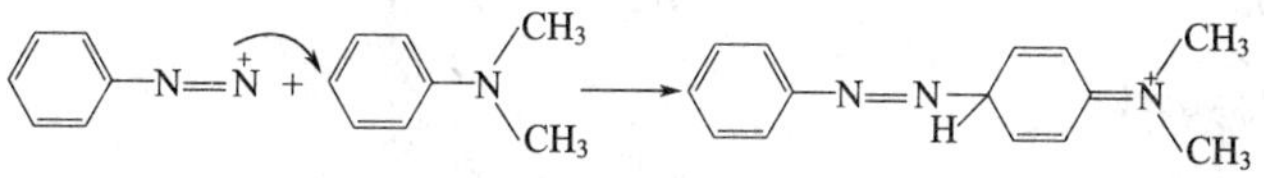

偶合组分(偶合剂)

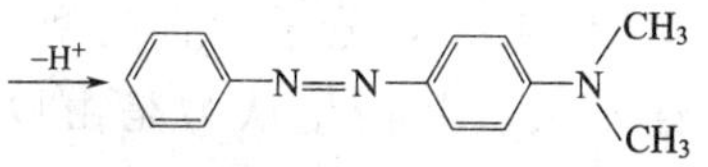

在偶合反应中，重氮盐称为重氮组分，酚或芳胺称为偶合组分（或偶合剂）。由于重氮组分的体积较大，加上偶合组分的酚羟基或氨基的电性效应，使得偶合反应一般在羟基或氨基的对位发生，只有当对位被占据时，才在邻位发生。即使邻、对位均被占也不会在间位发生。

（4）影响偶合反应的因素：影响重氮盐偶合反应的因素包括反应物的结构（内因）和反应介质（外因），由于偶合反应从本质看是重氮正离子（重氮组分）与芳胺或酚（偶合组分）进行的亲电取代反应，离子为亲电试剂，芳胺或酚的芳环为活性中心，一切有利于增加重氮组分亲电能力及有利于加大偶合组分芳环活性的因素都有利于偶合反应的进行。另外，反应介质的酸碱性也影响到偶合反应的进行。影响偶合反应的主要因素归纳如下：

- 反应物结构
  - 重氮组分
    - 芳环上重氮基的邻、对位有吸电子基——反应活性增大
    - 芳环上重氮基的邻、对位有供电子基——反应活性降低
  - 偶合组分
    - 电子效应——增大芳环上电子云密度反应活性增大
    - 空间效应——芳环上基团数目增加、体积增大，反应活性降低
- 反应介质（酸碱性）
  - 重氮盐与酚——偏碱性
  - 重氮盐与芳胺——弱酸性、中性
  - 重氮盐与胺酚——不同 pH 值，发生偶合位置不同（选择性偶合）

例如以下重氮阳离子：

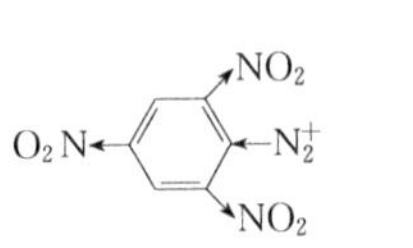

环上连有吸电子基，稀溶液中即可偶合

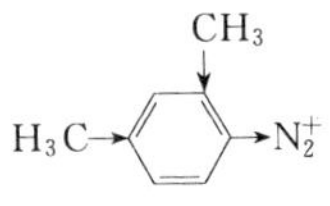

环上连有供电子基，相当浓的溶液才可偶合

又如，胺酚在不同的介质中发生偶合的位置不同。在弱酸性介质中，重氮正离子主要进攻氨基的邻位；在弱碱性介质中，重氮正离子主要进攻羟基的邻位：

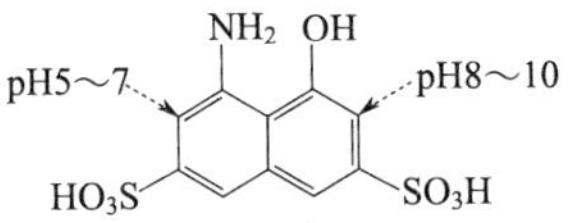

胺酚

第四节　重氮甲烷和碳烯

一、重氮甲烷

（一）重氮甲烷的结构

重氮甲烷（diazomethane）是最简单也是最重要的脂肪重氮化合物，其分子式为 CH_2N_2，结构却较为特别（见图 14-5），分子为直线型，但没有一个结构式能满意地表示它的结构，由于分子的极性不大，共振论认为是由以下两个共振杂化式所构成的杂化体。

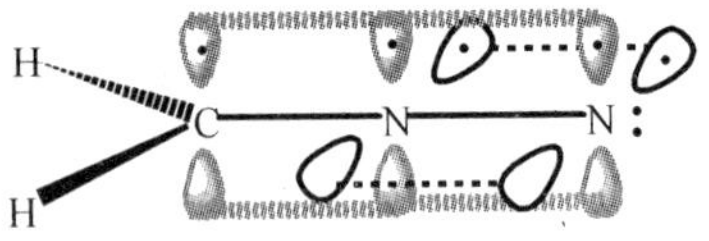

$$H_2C=\overset{+}{N}=\overset{-}{N} \longleftrightarrow H_2\overset{-}{C}-\overset{+}{N}\equiv N$$

重氮甲烷的共振杂化体

图 14-5　重氮甲烷的结构

（二）重氮甲烷的制备

1. 亚硝基甲基脲的碱解

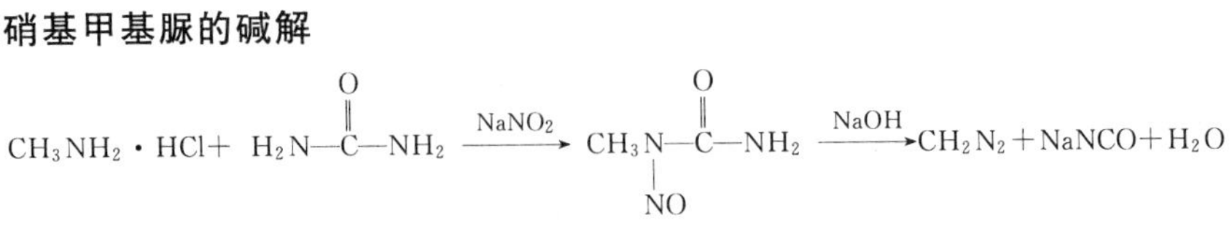

2. *N*-亚硝基-对-甲基苯磺酰甲胺的碱解

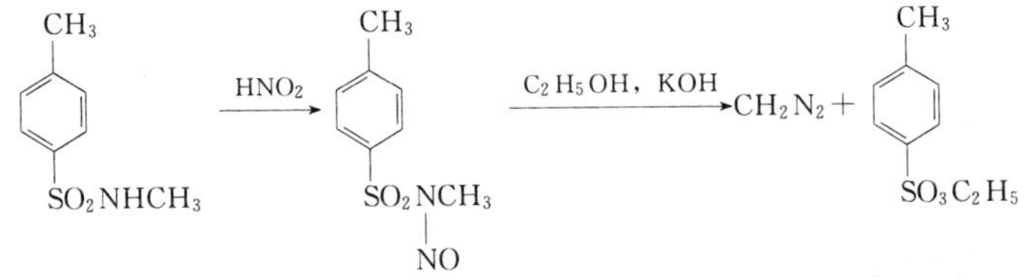

（三）重氮甲烷的性质

重氮甲烷是一种易液化的黄色有毒气体，熔点为－145℃，沸点为－23℃。有爆炸性。可溶于乙醚，在乙醚液中稳定，一般用其乙醚液进行反应。

1. 与含酸性氢原子的化合物反应

重氮甲烷为一种良好的甲基化试剂，与含有酸性氢原子的化合物反应，氢原子转化为甲基。

$$\left.\begin{array}{l}RCOOH\\ArOH\\ROH\end{array}\right\}+CH_2N_2\longrightarrow\left\{\begin{array}{l}RCOOCH_3\\ArOCH_3\\ROCH_3\end{array}\right.+N_2\uparrow$$

2. 与醛、酮反应

重氮甲烷与醛反应生成甲基酮，与酮反应生成多一个碳原子的酮，增长了碳链。

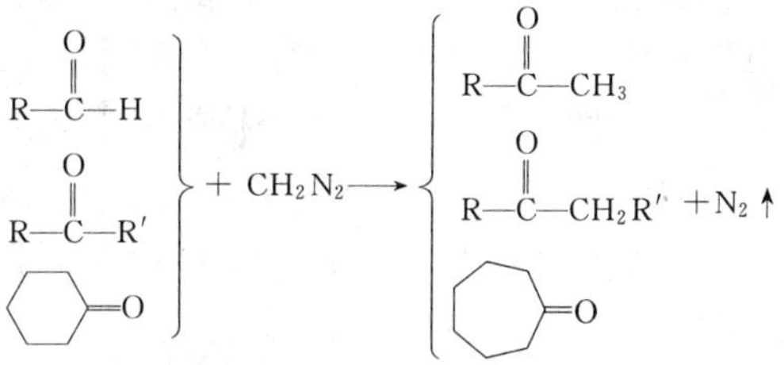

重氮甲烷的这一反应在合成上可用于环酮的扩环。

3. 与碳碳不饱和键加成

重氮甲烷与碳碳不饱和键加成生成吡唑类化合物。例如：

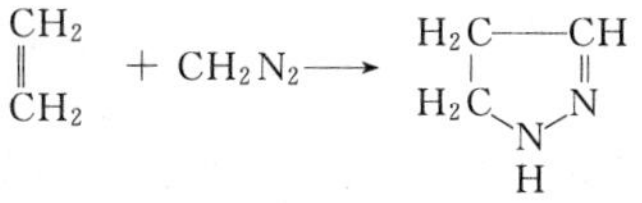

4,5-二氢吡唑

4. 与酰氯作用

重氮甲烷与酰氯作用，发生 Wolff 重排生成增加一个碳原子的羧酸：

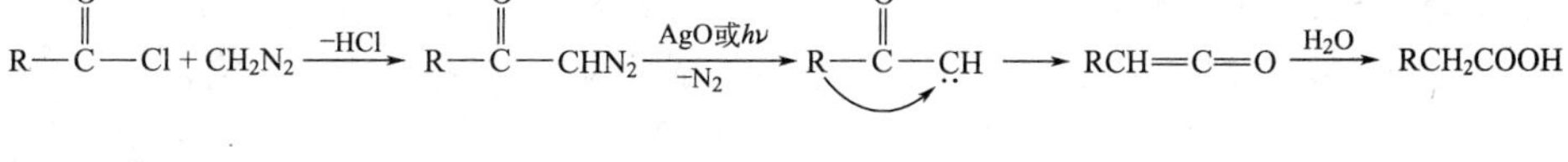

5. 形成卡宾

重氮甲烷受光或热作用分解成一种活泼的反应中间体卡宾：

二、卡宾（碳烯）

卡宾（Carbene）又称亚甲基或碳烯，其通式为 R_2C：。最简单的卡宾为 H_2C：，称卡宾、亚甲基或碳烯。卡宾的衍生物有 Cl_2C：，称为二氯卡宾或二氯碳烯。

（一）卡宾的形成

1. 碳烯的形成

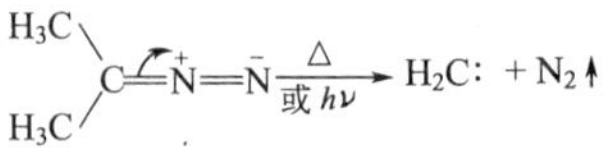

$$CH_2N_2 \xrightarrow[\text{或 } h\nu]{\triangle} H_2C: + N_2\uparrow$$

$$H_2C{=}C{=}O \xrightarrow{h\nu} H_2C: + CO\uparrow$$

2. 二氯碳烯的形成

$$HCCl_3 \xrightarrow[-H^+]{OH^-} :\bar{C}Cl_3 \xrightarrow{-Cl^-} :CCl_2$$

（二）卡宾的形态

卡宾是一种极活泼的有机反应中间体，呈中性，只能在反应中短暂存在（约1秒），它的结构是由一个碳和两个氢连接组成的，碳原子上有两个孤对电子。

卡宾有两种不同的形态，一种称为单线态，两个未成键电子占据一个原子轨道，自旋相反，能量较高，常用 $CH_2\uparrow\downarrow$ 表示；另一种称三线态，两个未成键电子分别占据不同的原子轨道，自旋相同，能量较低，常用 $\uparrow CH_2\downarrow$ 表示（见图 14-6）。

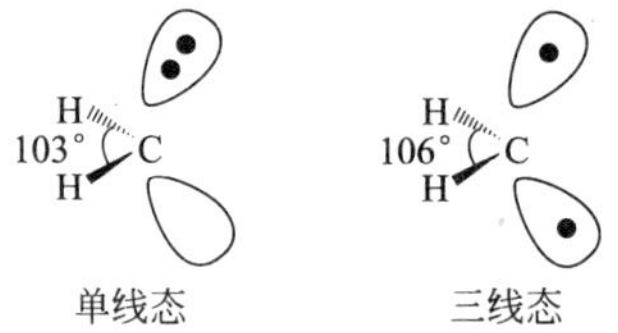

图 14-6　卡宾的形态

两种不同形态卡宾的能量差为 46kJ/mol，液态中一般易生成单线态的卡宾，而气态中易生成三线态的卡宾，单线态卡宾衰变后生成较稳定的三线态卡宾。

$$\text{单线态} \xrightarrow{\text{衰变}} \text{三线态} + 46\text{kJ/mol}$$

（三）卡宾的反应

1. 与不饱和链烃的加成

卡宾可作为亲电试剂与烯烃、炔烃发生亲电加成反应，形成三元碳环化合物。

$$CH_2N_2 \longrightarrow H_2C: + N_2\uparrow$$

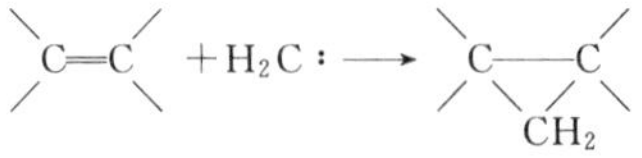

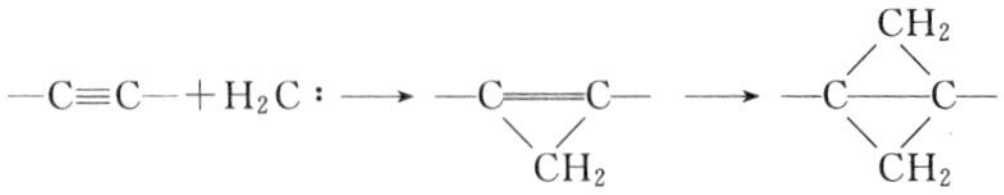

两种不同卡宾与不饱和链烃进行加成反应的最显著特征是加成反应的立体择向性不同。单线态卡宾与不饱和链烃进行顺式加成；其加成与成环同时进行（来不及旋转）。例如：

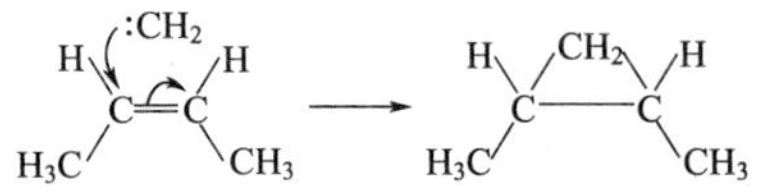

三线态卡宾与不饱和链烃的加成为非立体择向性，反应后得到混合加成产物。例如：

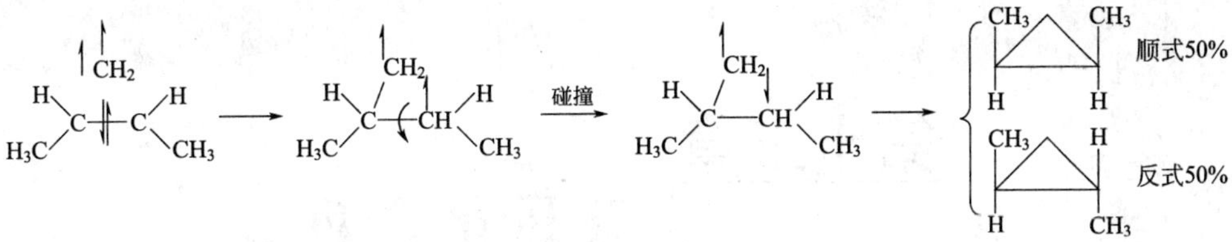

卤代碳烯也能与烯烃发生顺式加成，但反应活性不如碳烯。

$$HCCl_3 \xrightarrow[\text{或 } C_6H_5CH_2N(C_2H_5)Cl,50\%NaOH]{C_2H_5OK} :CCl_2$$

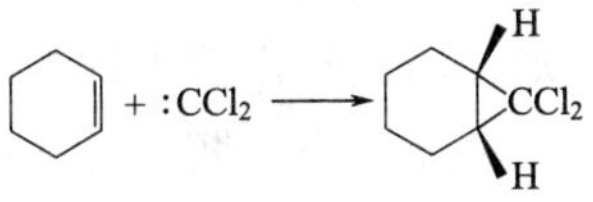

顺式加成
(79%)

7,7-二氯双环[4.1.0]庚烷

卡宾还可与苯加成，形成环庚三烯类化合物：

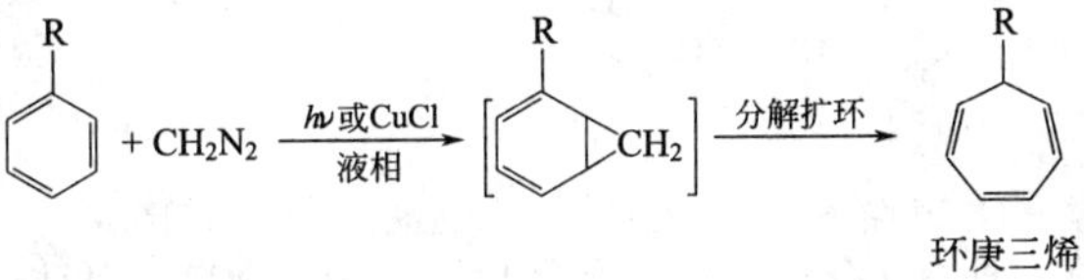

(85%)

环庚三烯

2. 插入反应

碳烯可发生插入反应，反应结果亚甲基插入碳-杂键（C—H、C—X、C—O 键），但不能插入 C—C 键；卤代碳烯的活性较碳烯低，不能发生插入反应。

$$-\overset{|}{\underset{|}{C}}-H + CH_2N_2 \xrightarrow{h\nu} -\overset{|}{\underset{|}{C}}-CH_3 + N_2\uparrow$$

$$CCl_4 + 4CH_2N_2 \xrightarrow{h\nu} C(CH_2Cl)_4 + 4N_2\uparrow$$

$$H_3C-\overset{OH}{\overset{|}{C}H}-CH_3 \xrightarrow{:CH_2} H_3C-\overset{OH}{\overset{|}{\underset{\underset{CH_3}{|}}{C}}}-CH_3 + H_3C-\overset{OCH_3}{\overset{|}{C}H}-CH_3 + H_3C-\overset{OH}{\overset{|}{C}H}-CH_2-CH_3$$

第十五章 杂环化合物

所谓杂环化合物（hetero cyclic compounds），是指环上含有杂原子的环状化合物。这里所说的杂原子，是指除碳原子外的其他原子，最常见有 O、S、N 等。在大多数杂环化合物中，因杂原子参与共轭，满足休克尔规则，而表现出芳香性，因此，一般所说的杂环多是指“芳香性杂环”。前面学过的环醚、内酯、交酯、内酰胺、环状酸酐等，虽然也是含有杂原子的环状结构，但没有芳香性，通常也不列入杂环化合物中。

环醚

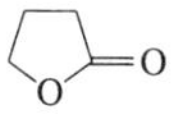

内酯

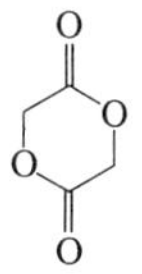

交酯

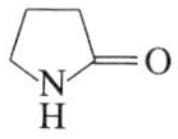

内酰胺

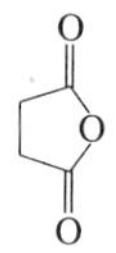

环状酸酐

在目前已注册的约 2000 万种有机化合物中，杂环化合物接近一半。而且，与生物医药有关的重要化合物多为杂环化合物，最常见的有核酸（如：尿嘧啶）、生物碱（如：咖啡因）等。此外，人工合成的杂环化合物，结构各异，用途多样，可用作药物（如：异烟肼）、杀虫剂、除草剂、染料等。所以，杂环化合物不论在有机化学研究，还是药物研究方面，都具有举足轻重的作用。

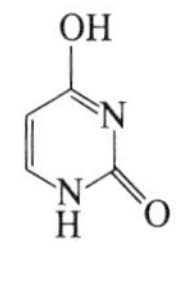

尿嘧啶(U)

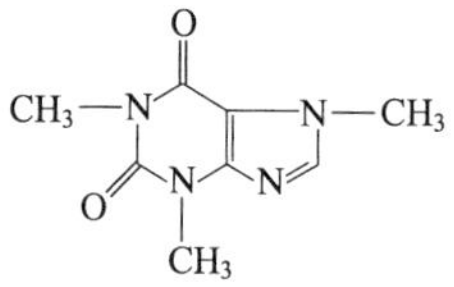

咖啡因
(咖啡碱，1,3,7-三甲基黄嘌呤)

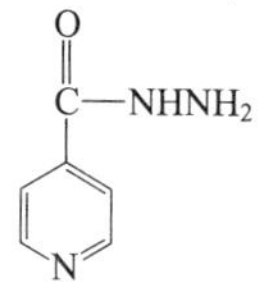

异烟酰肼(雷米封，抗结核药)

第一节 杂环化合物分类与命名

一、分类

杂环化合物的分类方法，主要有三种。

1. 依环的个数分为：单环和稠环。单环依环的大小又可分为：五元环、六元环和七元环等；也可以依环上杂原子数目不同继续再分。单环再稠合则成稠环：与苯稠合称苯稠杂环，与另一杂环稠合称稠杂环。

2. 依环上杂原子种类分为：含氧杂环、含氮杂环和含硫杂环等。

3. 芳香杂环可依环上 π 电子云密度不同分为：多 π 芳杂环和缺 π 芳杂环（详见下述各节）。

在这三种分类方法中，以第一种最常见。

二、命名与编号

（一）基本杂环母核的命名与编号

基本杂环母核都有特定的名称，其名称在中国化学会制定的《有机化学命名原则》（1980 年版）中详尽地列出。这些名称系由外文音译而得，在其同音字左边附加口字旁，成一新的化学用字。如“呋喃”即 furan 的音译（见表 15-1）。

表 15-1 常见基本杂环母核的结构、名称及编号*

分类			基本杂环母核的结构与名称及编号
单环	五元环	一个杂原子	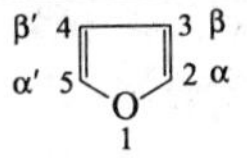 呋喃 furan 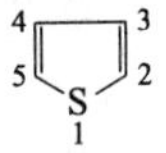 噻吩 thiophene 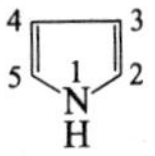 吡咯 pyrrole
		两个杂原子	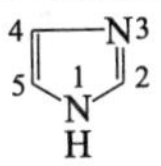 咪唑 imidazole 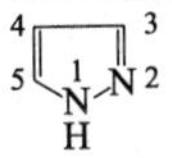 吡唑 pyrazole 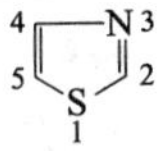 噻唑 thiazole 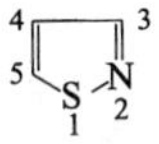 异噻唑 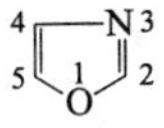 噁唑 oxazole 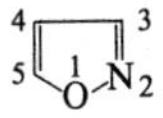 异噁唑 isoxazole
	六元环	一个杂原子	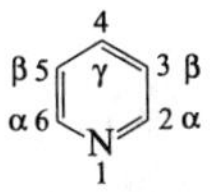 吡啶 pyridine 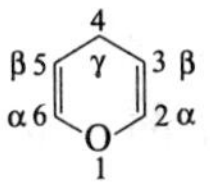 吡喃 pyran(e)
		两个杂原子	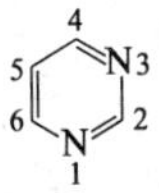 嘧啶 pyrimidine 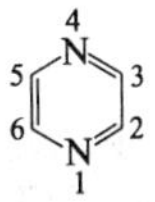 吡嗪 pyrazine 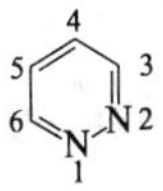 哒嗪 pyridazine
稠环	苯稠杂环		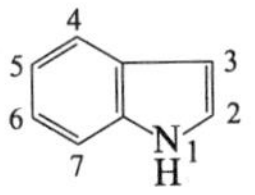 吲哚 indole 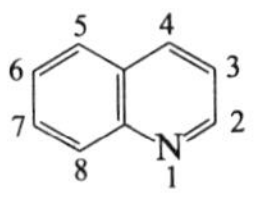 喹啉 quinoline 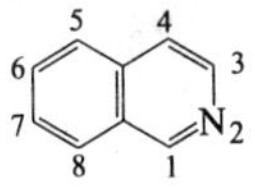 异喹啉 isoquinoline 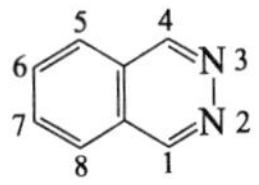 酞嗪 phthalazine 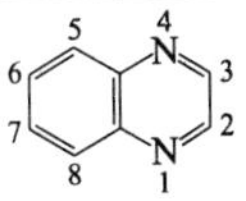 喹喔啉 quinoxaline 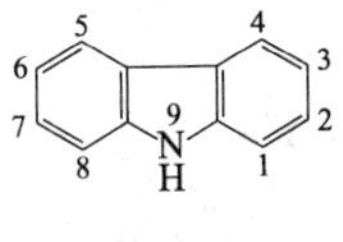 咔唑 carbazole 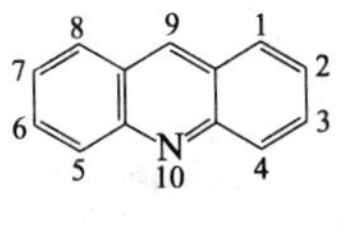 吖啶 acridine 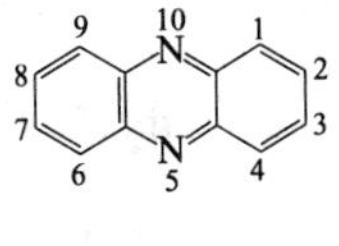 吩嗪 phenazine 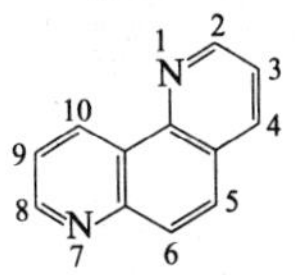 菲咯啉 phenanthroline
	稠杂环		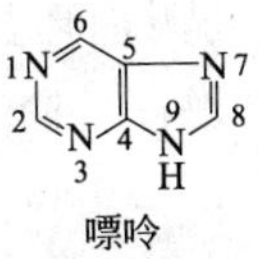 嘌呤 purine 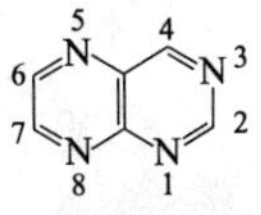 蝶啶 pteridine 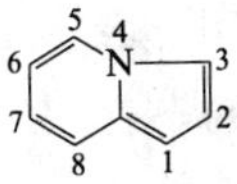 吲嗪 indolizine 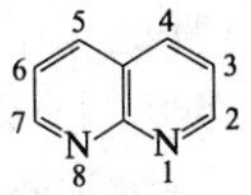 萘啶 naphthyridine

* 表 15-1 所列的基本杂环母核仅是其中一部分，还有相当一部分未列入表中，可参见《有机化学命名原则》（1980 年版）。

基本杂环母核的编号大多有特定的规律：①环上只有一个杂原子时，杂原子编为1号，如呋喃。②环上有多个相同的杂原子时，有取代基（或H原子）的杂原子优先编为1号，再依“最低系列”法顺时针（或逆时针）编号，如吡唑。③环上有多个不同的杂原子时，依O→S→NH→N的顺序，优先编为1号，再依“最低系列”法顺时针（或逆时针）编号，如噻唑。④编号亦可采用α、β标识：杂原子的邻位为α位，次为β位、γ位……如呋喃。⑤稠杂环一般根据相应芳环的编号方式编号。

当然，也有不遵循上述规则的特例，如：嘌呤（见表15-1）。

杂环化合物同其他化合物一样，有时也存在同分异构现象。这是由所连的H原子发生了迁移所致，这样的H原子称为标记氢。为了区别这些异构体，通常要指出标记氢的位置。如：

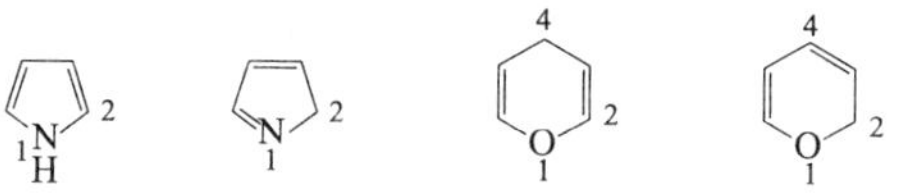

吡咯（1*H*-吡咯）　2*H*-吡咯　吡喃（4*H*-吡喃）　2*H*-吡喃

（二）组合杂环的命名与编号

实际上，许许多多的杂环化合物，其结构并不符合基本杂环母核，可以看成是由这些基本杂环母核组合而成的“组合杂环”。如：

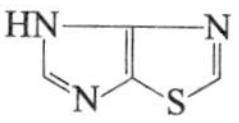

1. 组合杂环的命名方法

（1）将该杂环分成基本环和附加环：先确定其中一个环为基本环，则另一个环为附加环。如Ⅰ式：

（Ⅰ）

（2）对基本环和附加环编号：附加环用1、2、3等依次编号，方法同前；基本环用a、b、c等依次给边编号。如：

（3）命名：写成“附加环并［1,2,3-a,b,c］基本环”格式。如Ⅰ式，则可以写成：咪唑并［5,4-d］噻唑。式中，“d”表示基本环噻唑用d边与附加环稠合；“5,4-”表示附加环咪唑在5,4之间的边与基本环稠合，依基本环c→d→e的顺序，附加环的顺序为5→4，所以此处写成“5,4-”。而不是咪唑并［4,5-d］噻唑。

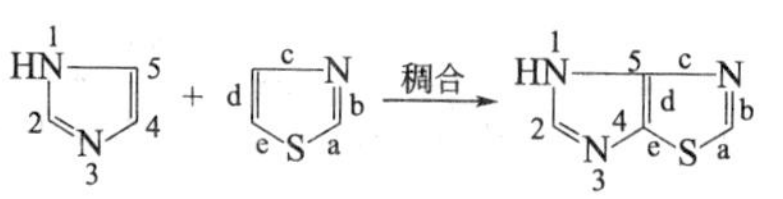

咪唑　噻唑　咪唑[5,4-d]噻唑

(4) 如果杂原子处于稠合位，则该杂原子为两环共享。如：

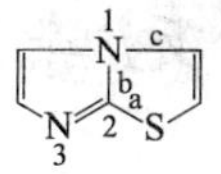
咪唑并[2,1-b]噻唑

(5) 若含有取代基，则必需给整个组合杂环重新编号，方法大致与基本杂环母核相同。稠合处若为碳原子，一般不参与编号；若为杂原子，则要参与编号。如：

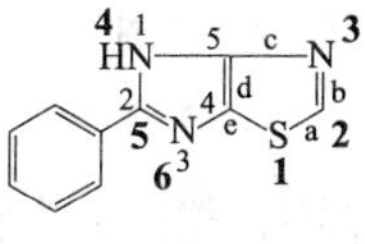
5-苯基-咪唑并[5,4-d]噻唑

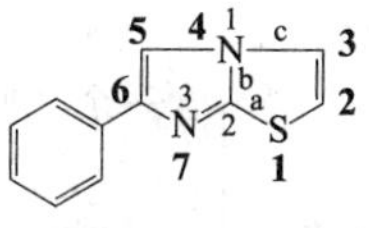
6-苯基-咪唑并[2,1-b]噻唑

2. 基本环的确定原则

基本环的确定方法比较复杂，选择基本环时，须遵循下列原则：

(1) 芳环与杂环稠合时，取含环数最多，有特定名称的杂环为基本环。如：

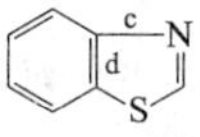
苯并［d］噻唑
（不称：噻唑并苯）

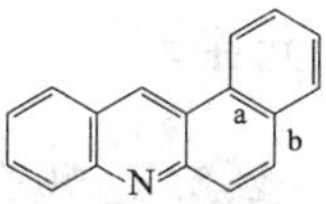
苯并［a］吖啶
（不称：萘并喹啉）

(2) 杂环与杂环稠合时，选择基本环的原则是：①环大小不同时，大环优先作基本环（如Ⅱ式）；若环大小相同，按 O→S→N 顺序优先作基本环（如Ⅲ式）；②杂原子数目及种类不同时，杂原子数目及种类多者优先作基本环（如Ⅳ、Ⅴ式）；③若①②项均相同，则把稠合前杂原子编号低者优先作基本环（如Ⅵ式）。

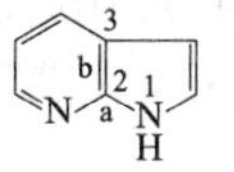
吡咯并[2,3-b]吡啶
(不称：吡啶并[2,3-b]吡咯)
(Ⅱ)

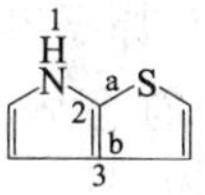
吡咯并[2,3-b]噻吩
(不称：噻吩并[2,3-b]吡咯)
(Ⅲ)

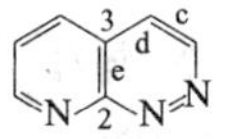
吡咯并[3,2-e]哒嗪
(不称：哒嗪并[5,6-b]吡啶)
(Ⅳ)

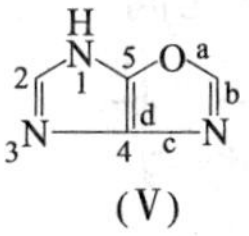
咪唑并[4,5-d]噁唑
(不称：噁唑并[4,5-d]咪唑)
(Ⅴ)

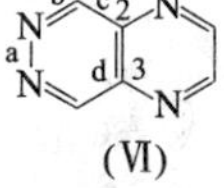
吡嗪并[2,3-d]哒嗪
(不称：哒嗪并[4,5-b]吡嗪)
(Ⅵ)

杂环化合物的命名与编号是一件较复杂的工作。但是，杂环结构在药物分子中是很常见的，所以，对杂环的命名意义重大。如：甲硝唑（抗阿米巴原虫和滴虫药），唑吡坦（镇静催眠药）。

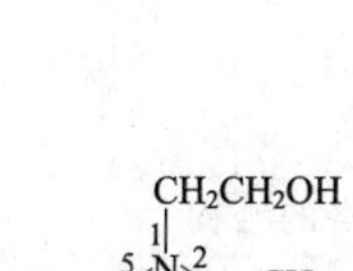
甲硝唑
(2-甲基-1-乙羟基-5-硝基-咪唑)

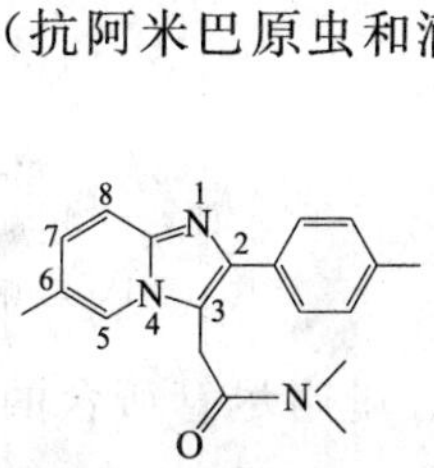
唑吡坦
{N,N,6-三甲基-2-(4-甲基苯基)
咪唑并[1,2-a]吡啶-3-乙酰胺}

第二节　五元杂环

五元杂环是一大类杂环化合物，依据所含杂原子的数目及稠合情况，五元杂环又可以进一步分类：

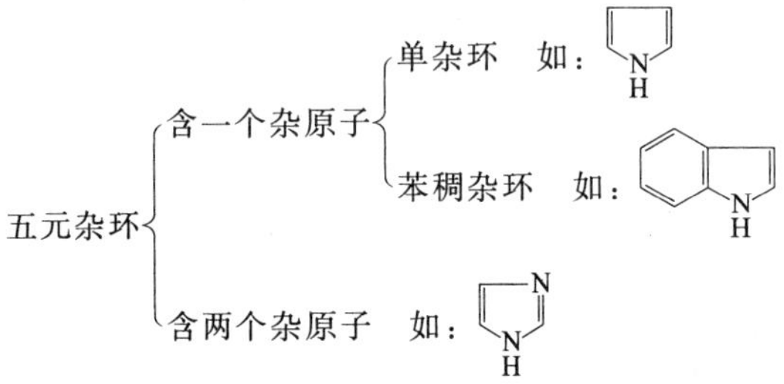

本节将依此分类框架进行讨论。

一、含一个杂原子的五元杂环

（一）单杂环——呋喃、噻吩、吡咯

1. 结构

呋喃环中的 C 原子和 O 原子均为 sp^2 杂化。且 C—C、C—O、C—H 之间均以 σ 单键相连。由于 sp^2 杂化的平面构型，使得 C、O、H 各原子共平面。每个 C 原子有一个未杂化的 p 轨道，垂直于该平面，其上有一个电子；O 原子上也有一个未杂化的 p 轨道，垂直于该平面，其上有二个电子。这样，四个 C 原子和一个 O 原子上的五个 p 轨道相互平行，侧面重叠，形成 π_5^6 环状闭合的共轭体系，符合休克尔规则，有芳香性。显然，与苯相比，π 电子云密度更大，属“多 π 芳杂环”结构。

噻吩与呋喃相似，因为 S 与 O 在同一族。

吡咯与呋喃不同之处在于 N 原子比 O 原子少一个电子，所以，N 与 H 形成了一个 σ 键，以达到稳定结构。其余部分的结构与呋喃、噻吩是一样的，也可形成 π_5^6 共轭体系。

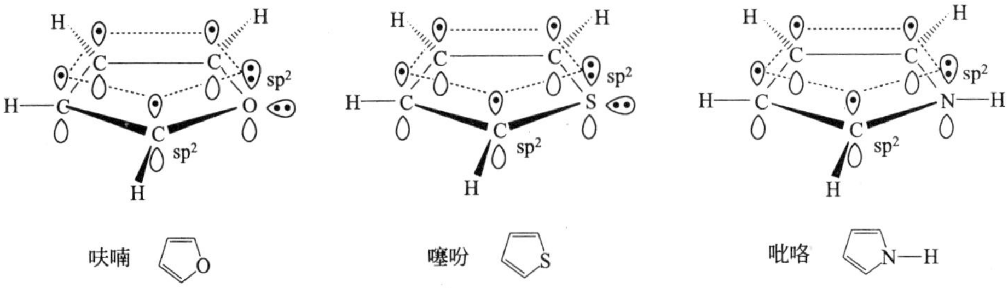

图 15-1　呋喃、噻吩、吡咯的结构

总之，呋喃、噻吩、吡咯尽管所含的杂原子不同，但它们都有 π_5^6 的共轭体系，都是“多 π 芳杂环”。

2. 物理性质

呋喃存在于松木焦油中，为无色液体，有氯仿气味，b. p. 31. 4℃，遇盐酸浸湿的松木片呈绿色（松木片反应）。噻吩与苯共存于煤焦油中，为无色液体，具有苯的气味，b. p. 84. 2℃，不易与苯分离。噻吩与靛红/H_2SO_4 作用呈蓝色，用于检验苯中噻吩。吡咯最初从骨油分离得到，为无色异味液体，b. p. 130℃～131℃，在空气中迅速变黄。

三者都难溶于水，因为杂原子上的孤对电子参与共轭，大大减弱了与水形成氢键的能力，其溶解性大致为：吡咯为 1∶17，噻吩为 1∶700，呋喃为 1∶35。

3. 化学性质

（1）环的稳定性：呋喃、吡咯不太稳定，酸或氧化剂均能破坏其环状结构；噻吩较稳定。

呋喃在空气中会缓慢聚合，常加入氢醌或其他的酚以抑制其聚合。如遇 H^+ 则发生质子化，生成阳离子，破坏共轭体系，从而聚合或开环。吡咯与呋喃大致相同：在酸的作用下，易形成聚合物；可被空气中 O_2 氧化而缓慢开环。

噻吩在中等强度质子酸的作用下，既不聚合，也不水解，比较稳定。但遇强酸也不稳定。

（2）亲电取代反应：呋喃、噻吩、吡咯都属“多 π 芳杂环”结构，因此，都可以像苯一样发生亲电取代反应，且反应活性都比苯环要强。活性顺序大致如下：

吡咯＞呋喃＞噻吩≫苯

由于三者在强酸条件下都不够稳定，因此，其硝化、磺化反应多用温和的非质子条件，避免使用强酸。又由于三者反应活性很强，反应过于剧烈，因此，反应多在低温下完成。

① 卤代反应：呋喃、噻吩、吡咯都可以发生卤代反应，反应通常在低温下进行。

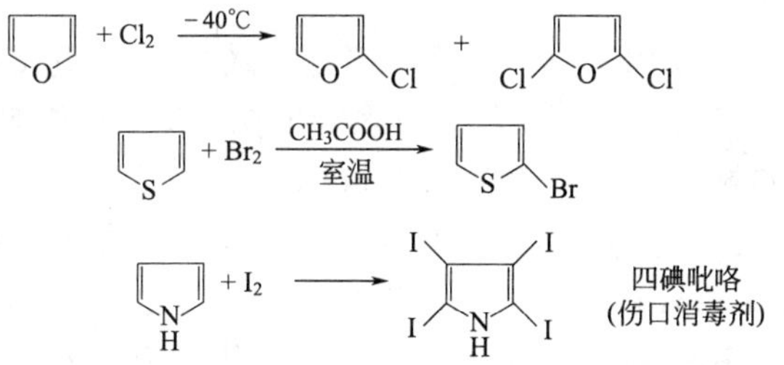

② 硝化反应：呋喃、噻吩、吡咯都可以发生硝化反应，但不能用硝酸直接硝化，因为硝酸是强酸，又有强氧化性，会破坏环的稳定。所以，多在低温下用非质子的硝乙酐进行硝化。

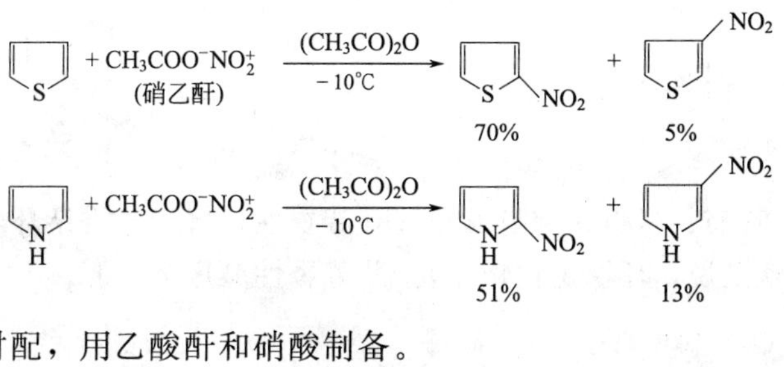

硝乙酐需临用时配，用乙酸酐和硝酸制备。

③ 磺化反应：呋喃、吡咯不能用硫酸直接磺化，先与非质子的磺化试剂（如吡啶三氧化硫加合物）磺化，后在 H^+ 条件下水解而得。

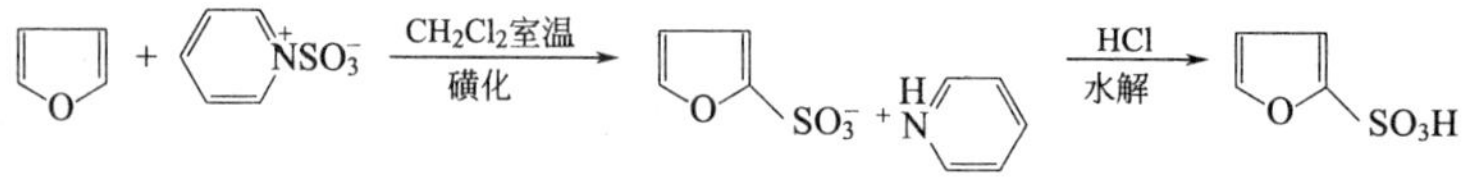

噻吩相对稳定，可直接用硫酸磺化。

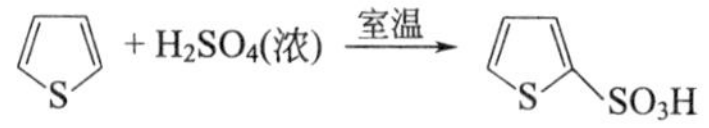

该反应可用于除去苯中所含的噻吩杂质。从煤焦油中得到的粗苯往往含有噻吩杂质，由于噻吩（b. p. 84.2℃）与苯（b. p. 80.1℃）的沸点相近，故难用分馏的方法将噻吩除去。如果在粗苯中加入浓 H_2SO_4，苯在室温下不与浓 H_2SO_4 反应；噻吩则与之生成 α-噻吩磺酸，而溶于浓 H_2SO_4 中。振荡、分层、分离，即可除去 α-噻吩磺酸，得无噻吩苯。

④ 傅-克（Friedel-Crafts）反应：呋喃可发生典型的傅-克酰基化反应；噻吩则需要控制反应条件；而吡咯的傅-克酰基化反应除了发生在碳原子外，还有可能发生在氮原子上。

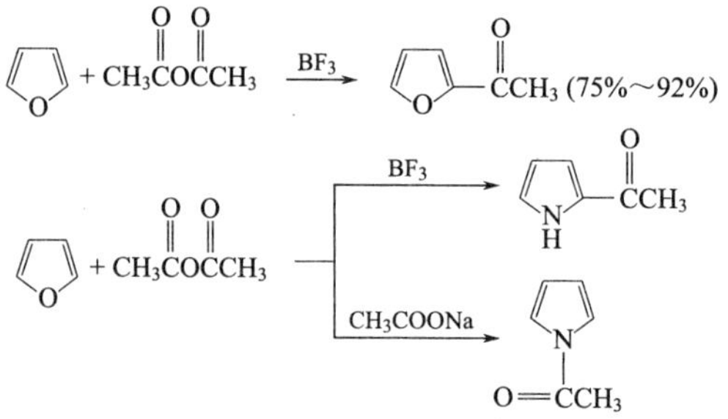

呋喃、噻吩、吡咯虽然也可以发生傅-克烷基化，但产物难以停留在一取代阶段，多为混合物。因此，意义不大。

仔细考察上述四种亲电取代反应（卤代、硝化、磺化和傅-克反应）的取代位置，不难发现：呋喃、噻吩、吡咯三者的亲电取代反应多发生在 α 位。这说明 α 位比 β 位活泼。

它们的亲电取代反应机理，与苯环的亲电取代大致相同。首先，带正电荷的亲电基团 E^+ 进攻芳香杂环，形成 π 络合物，进而转化成稳定的 σ 络合物（参见第八章第一节）。如果 E^+ 进攻 α 位，所形成的 σ 络合物（Ⅰ）式，存在三种不同的共振极限式；而 β 位所形成的 σ 络合物（Ⅱ）式，只有两种不同的共振极限式。根据共振论，形成共振极限式越多，越稳定。所以，（Ⅰ）式比（Ⅱ）式稳定，α 位比 β 位活泼。

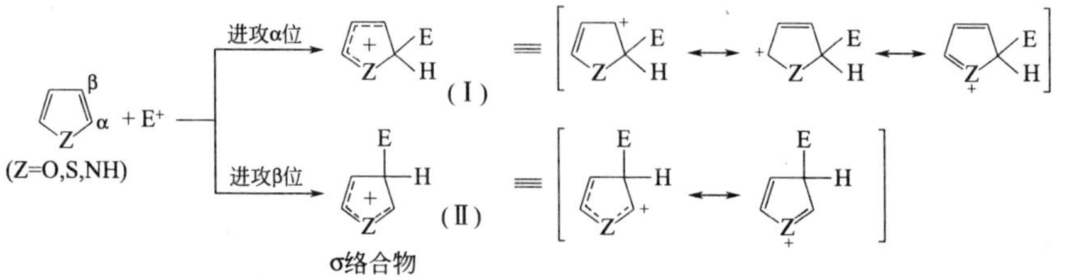

(3) 加成反应：呋喃、噻吩、吡咯虽然具有芳香性，属于芳香杂环，但与苯环相比，其“芳香性”略差（也就是说，环稳定性略差）。其芳香性顺序为：

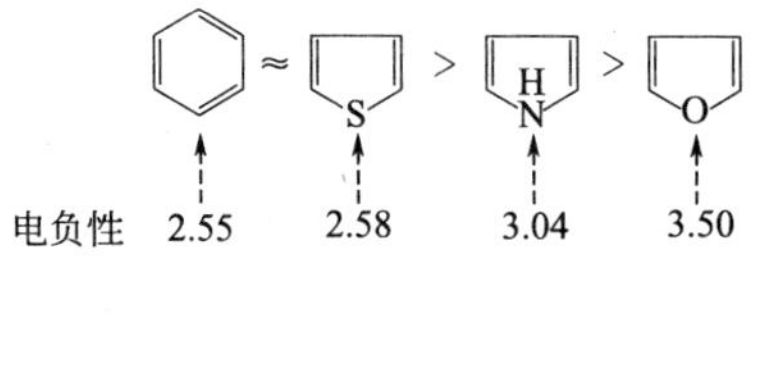

苯是芳香性最强的芳环，是因为环上都含有相同的碳原子，共轭大 π 键分布最均匀。呋喃、噻吩、吡咯则可以看成是苯环上的碳原子被杂原子取代而成，因此，杂原子与碳原子的电负性越接近，其环的芳香性也越接近苯环。

正是由于吡咯、呋喃的芳香性差，环不稳定，所以易发生加成反应。噻吩的芳香性与苯相近，所以较难发生加成反应。

① 催化氢化：呋喃、吡咯在加热或催化剂的作用下，即可与氢加成。噻吩因含有硫原子，可使催化剂中毒，因此催化氢化较难。

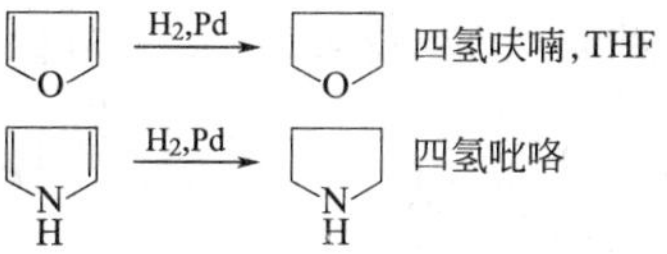

② Diels-Alder 反应：芳香性最差的呋喃还可以进行 Diels-Alder 反应，表现出类似共轭二烯烃的性质。

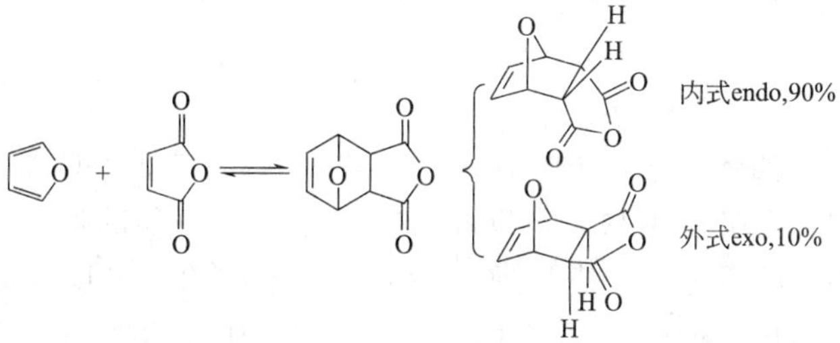

(4) 吡咯的酸碱性：吡咯环上的 N 原子含有孤对电子，故有弱碱性。但因孤对电子参与形成大 π 键，N 原子上的电子云密度显著降低，所以，其碱性（pK_a −3.5）比四氢吡咯（pK_a 11.11）弱得多。

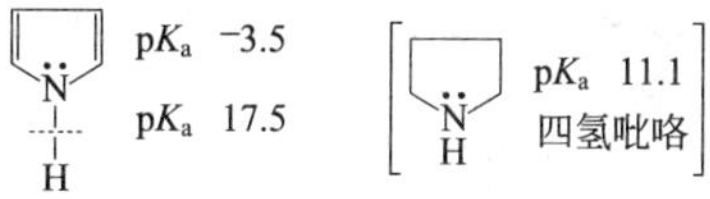

也正因为 N 原子参与形成大 π 键，其电子云密度很弱，N—H 键变得很脆弱，H 原子易离去，反而表现出弱酸性（pK_a 17.5），可以与钠、氢化钠（钾）、碱反应。如：

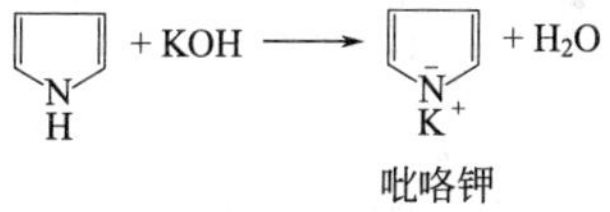

总之，吡咯同时显弱酸、弱碱两性。实际上，弱酸性更明显。

4. 衍生物

(1) 呋喃衍生物：最重要的呋喃衍生物是糠醛。

糠醛即 α-呋喃甲醛，系用稀酸处理米糠、玉米芯、高粱秆、花生壳等农作物而得，故名糖醛。

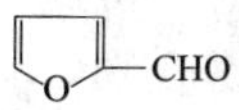

纯糠醛为无色、有毒液体，b. p. 161. 8℃，可溶于水。在光、热、空气中易聚合而变色。糠醛遇苯胺醋酸盐溶液显深红色，这是鉴别糠醛（及其他戊糖）常用的方法。

糠醛的性质与苯甲醛相近，能发生歧化、氧化及芳香醛的缩合反应。如：

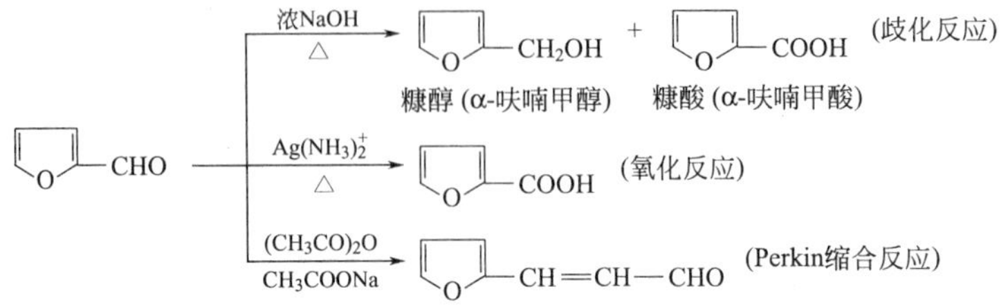

糠醛用途广泛，可用于合成药物（如痢特灵、呋喃西林）及酚醛树脂、农药等。

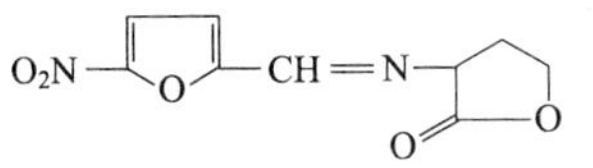

痢特灵

(呋喃唑酮,抗菌药)

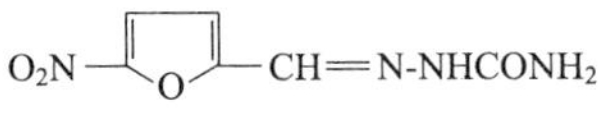

呋喃西林

(抗菌药,广泛用于抑制乃至杀灭细菌)

除糠醛外，在植物和微生物中也发现有呋喃衍生物。如：

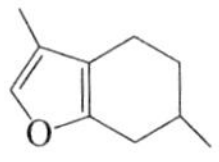

薄荷醇呋喃(存在于薄荷油中)

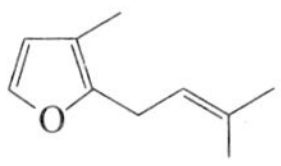

玫瑰呋喃(存在于玫瑰油中)

（2）吡咯衍生物：吡咯衍生物大多以卟吩（porphyrin）环的形式存在。所谓卟吩环，是指由四个吡咯环的 α-C 通过次甲基（—CH═）相连形成的稳定且复杂的共轭体系。其衍生物叫做卟啉。卟啉类化合物广泛存在于动植物体中，环内的 N 原子易与金属（Mg、Fe 等）络合，多显色。较重要的卟啉类化合物有血红素、维生素 B_{12} 及叶绿素。

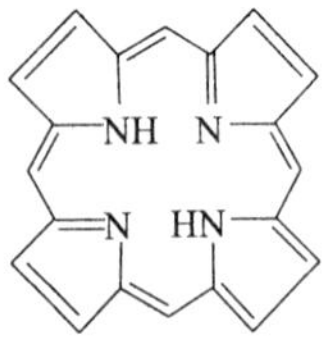

卟吩

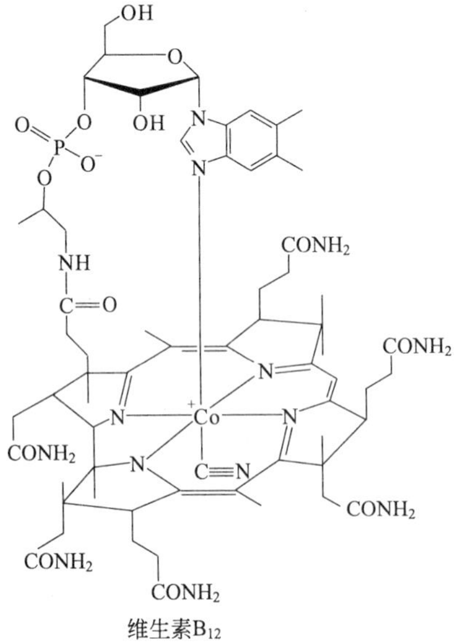

维生素B_{12}

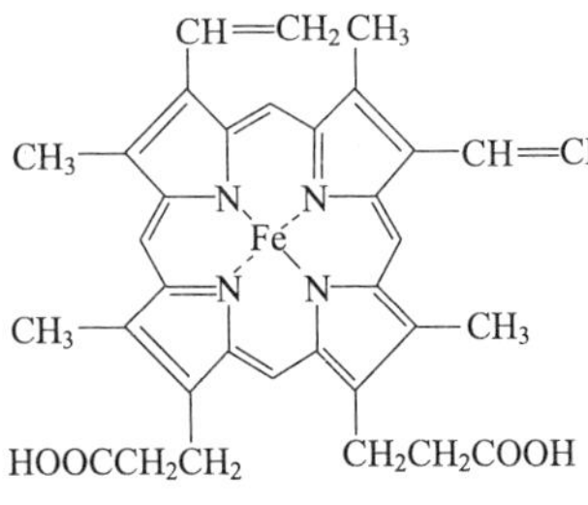

血红素

血红素是卟吩环与 Fe^{2+} 形成的一种络合物，其吡咯环 β 位上可以有不同的取代基。血红素可与蛋白质结合成血红蛋白，存在于人和动物的血红细胞中，参与生物体中氧的传递和氧化还原作用。

维生素 B_{12} 又名“钴胺素”，B族维生素之一。动物肝脏中含量丰富。其烷基（甲基）衍生物，以辅基形式参与生物体的几种重要甲基转移反应。缺乏维生素 B_{12} 时会影响核酸的代谢，导致恶性贫血。故可用于治疗恶性贫血，也能促进鸡、猪等的生长。维生素 B_{12} 可由抗生素发酵废液或地下水道的淤泥提取，也可由丙酸菌发酵而得。

此外，叶绿素也含有卟吩环结构。叶绿素是存在于植物叶绿体中的一类极重要的绿色色素，是植物进行光合作用，吸收和传递光能的主要物质（结构式略）。

除卟吩环外，存在于动物体中的胆红素及一些药物（如：佐美酸）也含有独立的吡咯环。

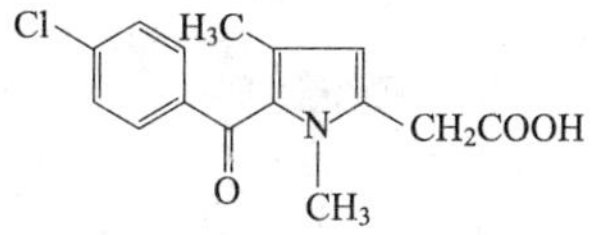

镇痛和抗炎药“佐美酸”
[5-(4-氯苯甲酰基)-1,4-二甲基吡咯-2-乙酸]

（3）噻吩衍生物：存在于真菌及菊科植物中（如：2,2′-联二噻吩衍生物），此外，很多合成药物也有噻吩环（如：噻洛芬酸、美沙芬林）。

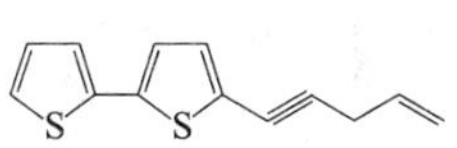

2,2′-联二噻吩衍生物
(可以杀线虫)

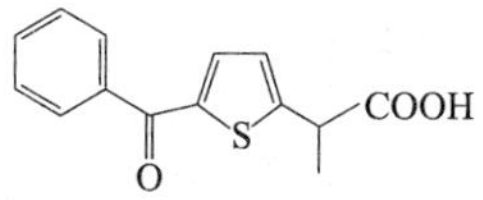

噻洛芬酸(抗炎药)

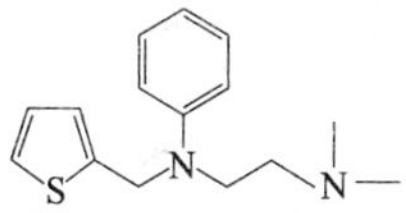

美沙芬林(抗组胺剂)

（二）苯稠杂环——吲哚

吲哚即苯并吡咯，为无色或淡黄色片状晶体，可溶于水，m. p. 52. 2℃，b. p. 253℃。存在于煤焦油、茉莉油及腐败的蛋白质中。露于空气中变红色。吲哚有难闻的气味，但高度稀释时则有令人愉快的花香，可用作香料。

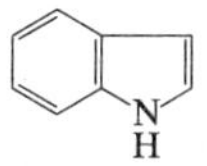

由于吲哚是苯并吡咯结构，因此，共轭体系延长，芳香性略增，环稳定性比吡咯强。对酸、碱及氧化剂较稳定。其化学性质主要表现在酸碱性和亲电取代两个方面。

吲哚是苯稠吡咯的结构，由于吡咯同时具有酸碱性，所以，吲哚也具有酸碱性。而且其酸性、碱性都与吡咯接近。酸性：吲哚 pK_a 17. 0，吡咯 pK_a 17. 5；碱性：吲哚 pK_a −3. 5，吡咯 pK_a −3. 8。

正因为吲哚是苯并吡咯所形成的稠杂环，因此，也属芳香环，可发生亲电取代反应，其反应活性介于苯与吡咯之间。

亲电取代反应多发生在吡咯环上，因为吡咯环比苯环活泼。而且以 β 位为主。如：

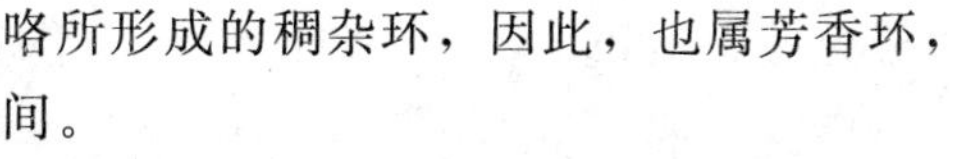

这是因为进攻 α 位所形成的邻-苯醌类亚胺铵盐中间体（Ⅰ）能量高，不稳定；而进攻 β

-所形成的亚胺铵盐中间体（Ⅱ）能量低，稳定。

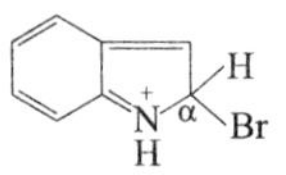

（Ⅰ）

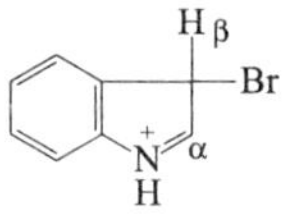

（Ⅱ）

吲哚衍生物数目繁多，用途广泛。如：

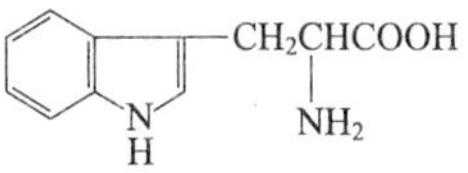

色氨酸
(营养必需氨基酸)

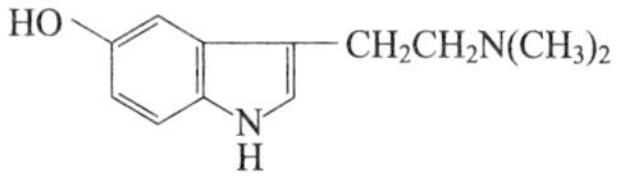

蟾蜍碱(bufotenin)
(蟾蜍产生的毒素,能麻痹脊髓和大脑,升高血压)

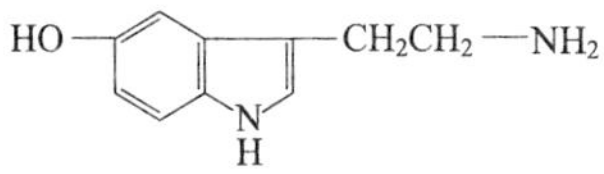

五羟基色氨
(哺乳动物及人脑思维的重要物质体)

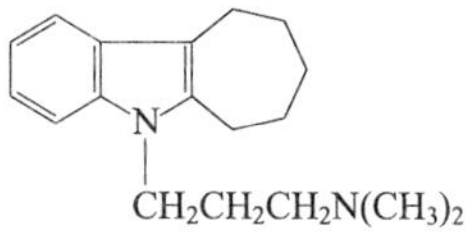

伊普吲哚
(抗抑郁药)

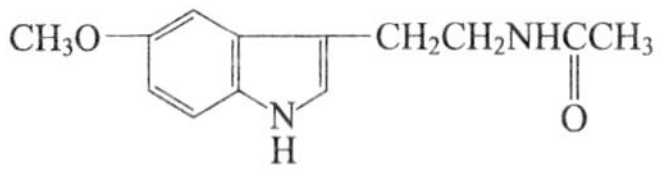

褪黑素,松果体素
(哺乳动物脑产生的激素,俗称“脑白金”)

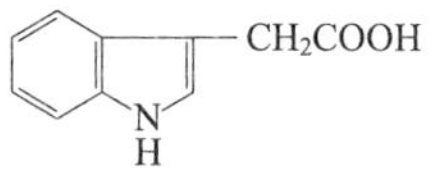

β-吲哚乙酸
(一种植物生长调节剂)

中药中大量存在吲哚类衍生物，包括靛蓝、大青素 B、利血平等。

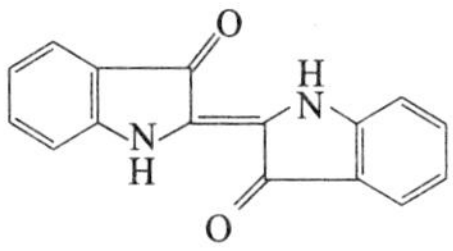

靛蓝
(中药青黛的主要成分,清除解毒)

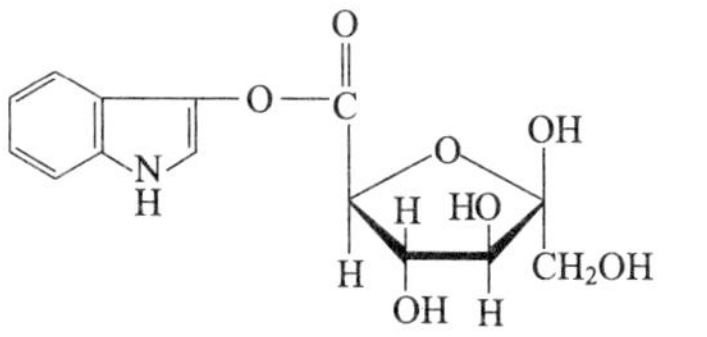

大青素B
(存在于板蓝根和大青叶中)

二、含两个杂原子的五元杂环——唑类

（一）概述

五元杂环中含有两个杂原子的体系称为唑（azole），通常至少含一个 N 原子。根据两个杂原子的相对位置，又可以分为 1,3-唑和 1,2-唑。如：

1,3-唑

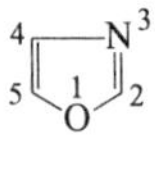

噁唑

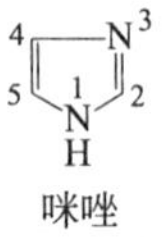

咪唑

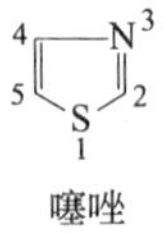

噻唑

1,2-唑

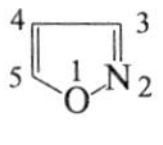

异噁唑

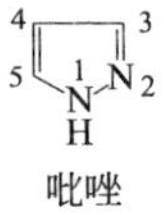

吡唑

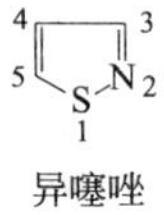

异噻唑

（二）结构特点

唑类可以看成是呋喃、噻吩、吡咯环上的 2 位或 3 位的 CH 换成 N 原子形成的结构。我们知道，呋喃、噻吩、吡咯环具有芳香性。替换 CH 的 N 原子也是采取 sp^2 杂化，其未杂化的 p 轨道上有一个电子，因此，这个 N 原子也可以参与形成大 π 键，体系符合 $4n+2$ 规则，从而也表现出芳香性。

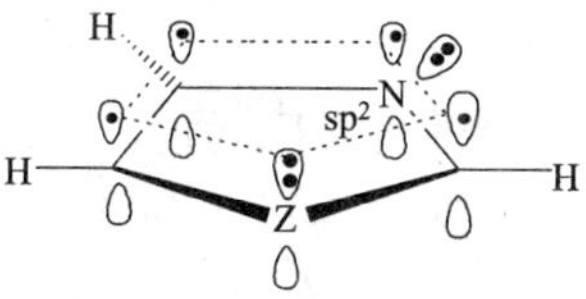

1,3-唑(Z=O, S, N)

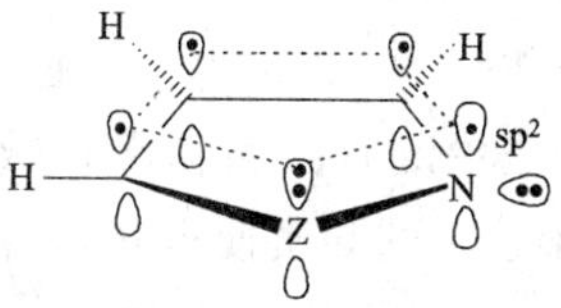

1,2-唑(Z=O, S, N)

（三）物理性质

噁唑和异噁唑均为无色液体，b. p. 分别为 69℃～70℃和 94.5℃。噻唑和异噻唑均为无色液体，b. p. 分别为 118℃和 113℃。咪唑和吡唑均为无色晶体，m. p. 分别为 90℃和 70℃，二者之所以在常温下为固体，是因为分子可以形成氢键。这六个唑类化合物都有不同的难闻气味，都可溶于水。这是因为唑类环上 2 位或 3 位上的 N 原子的孤对电子并没有参与共轭，而是以“外露”的形式存在（与吡啶中的 N 原子一样，可参见本章第三节），所以，可与水形成氢键而溶于水。

（四）酸碱性

由于唑类环上 N 原子的孤对电子并没有参与共轭，而是以“外露”的形式存在，可以接受 H^+，碱性增强，所以这些唑类的碱性都比吡咯强。

此外，咪唑和吡唑由于分子中含有 NH 的结构，类似吡咯，也表现出弱酸性。

（五）亲电取代反应

由于唑类化合物具有芳香性，所以都可以发生亲电取代反应，但活性比呋喃、噻吩和吡咯弱，甚至比苯也要弱。这是因为唑环中 2 位或 3 位的 N 原子虽然也参与形成大 π 键，但 N 原子吸引电子的能力比 C 原子要强，所以降低了环上的电子云密度。如：

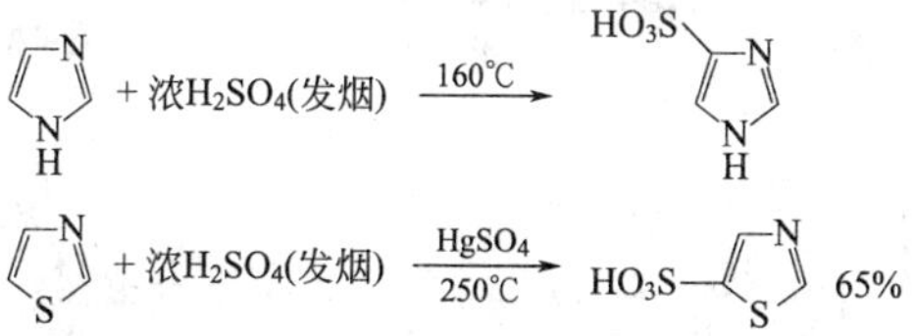

由上两例可以看出，唑类的亲电取代既可以在 4 位也可以在 5 位。

（六）互变异构

咪唑和吡唑由于含有 NH 结构，H 原子会发生转移（1,3-迁移），因此存在互变异现象。

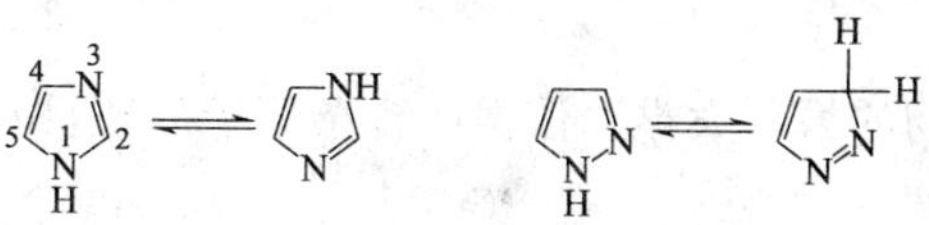

正因为这样，咪唑的 4 位和 5 位是相同。4-甲基咪唑和 5-甲基咪唑无法分离。

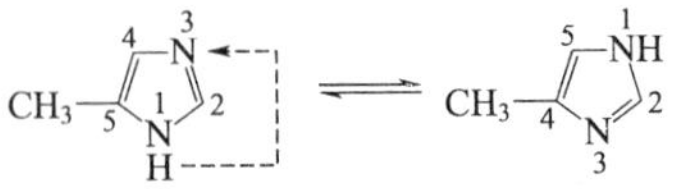

5-甲基咪唑　　4-甲基咪唑

（七）唑类衍生物

1. 咪唑衍生物

由于咪唑分子中既有酸性，又有碱性，而且其弱酸性的 pK_a 值为 7.2，与生理 pH 值 7.35 接近。这种独特的性质使得咪唑环可在生物体内发挥传递质子的重要作用，被广泛用作药物，即所谓的咪唑类药物。如：

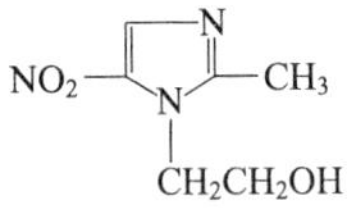

甲硝唑
(抗阿米巴原虫与滴虫药)

此外，许多重要的天然物质内也含有咪唑环系，如蛋白质内的组氨酸、存在于毛果芸香植物中的毛果芸香碱（生物碱）等。

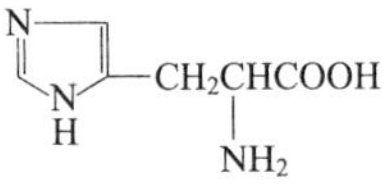

组氨酸
(存在于蛋白质中)

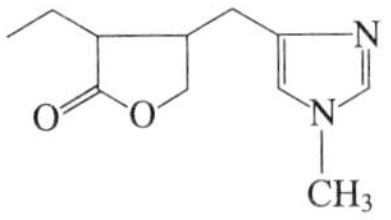

毛果芸香碱
(存在于毛果芸香中,用于治疗青光眼)

2. 其他唑类的衍生物

除咪唑外，其他的唑环也存在于一些比较重要化合物中。如：

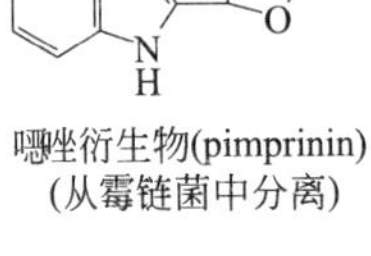

噁唑衍生物(pimprinin)
(从霉链菌中分离)

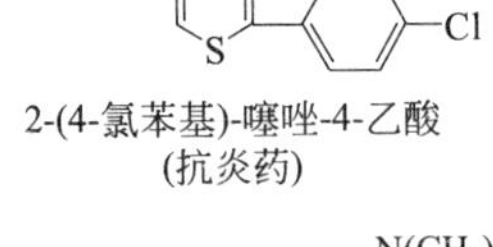

2-(4-氯苯基)-噻唑-4-乙酸
(抗炎药)

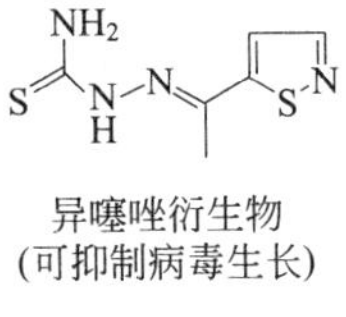

异噻唑衍生物
(可抑制病毒生长)

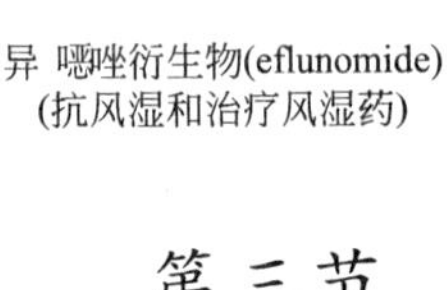

异 噁唑衍生物(eflunomide)
(抗风湿和治疗风湿药)

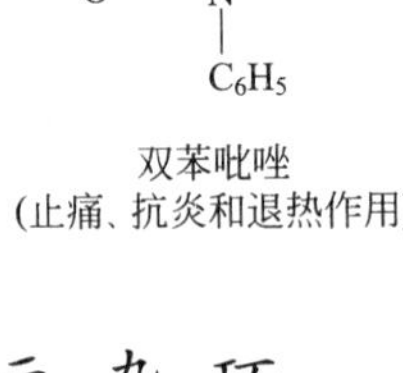

双苯吡唑
(止痛、抗炎和退热作用)

第三节　六元杂环

六元杂环是杂环化合物的另一大类。依据所含杂原子的数目及稠合情况，六元杂环又可以进一步分类：

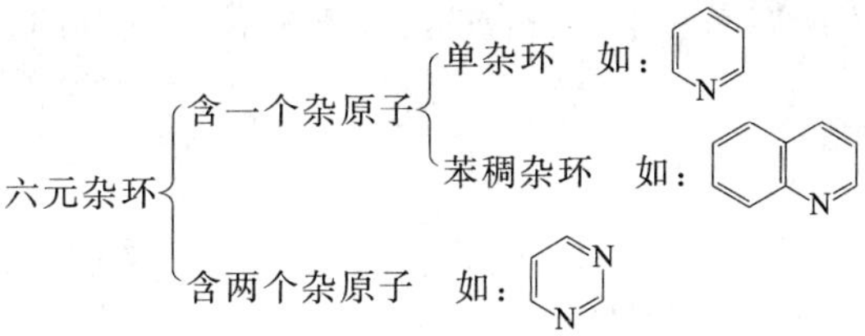

本节将大致依此分类框架进行讨论。

一、含一个杂原子的六元单杂环

（一）吡喃

1. 存在形式与性质

吡喃是含 O 原子的六元杂环，根据 CH_2 位置不同，存在两种不同的形式：

4*H*-吡喃　　2*H*-吡喃

不论是 4*H*-吡喃（指 CH_2 在 4 位，此 CH_2 与其他碳原子相比多一个 H 原子，故用“4*H*”标识），还是 2*H*-吡喃，都未形成环状闭合的共轭体系。因此，吡喃是非芳香性杂环，这是吡喃跟其他化合物相比的最大不同之处。也正因为如此，吡喃的化学性质很活泼，容易被氧化，实际上自然界存在的多是其含氧的衍生物：γ-吡喃酮和 α-吡喃酮。

γ-吡喃酮　　α-吡喃酮

总之，吡喃有上述四种存在形式，即：4*H*-吡喃、2*H*-吡喃、α-吡喃酮和 γ-吡喃酮。这四种形式都没有芳香性，它们的性质与其结构是相对应的。如：2*H*-吡喃表现出共轭双烯的性质，可以发生 Diels-Alder 反应；α-吡喃酮则表现出内酯的性质等。

2. 苯并吡喃衍生物

吡喃与苯环稠合形成的苯并吡喃衍生物，在自然界（特别是中药）广泛存在，且多为中药活性成分。如香豆素、色原酮与黄酮体等。

（1）香豆素：即苯并 α-吡喃酮。香豆素实际上具有内酯结构，因此表现出内酯的性质，在碱性条件下易开环水解。

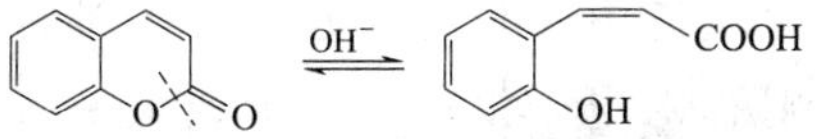

香豆素　　顺-邻羟基肉桂酸

香豆素广泛存在于中药中，种类繁多，生理活性明显。如存在于滨蒿、茵陈蒿中的蒿属香豆素，可用于治疗急性肝炎。

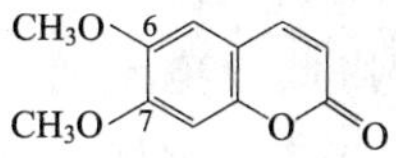

蒿属香豆素
（存在于滨蒿、茵陈蒿中，可治疗急性肝炎）

（2）色原酮与黄酮体：如果与苯环稠合的是 γ-吡喃酮，这样的骨架结构称为色原酮。

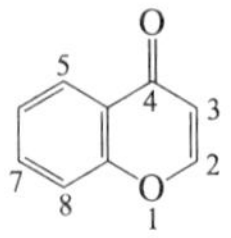

色原酮

色原酮的 2 位或 3 位与苯环相连，便形成 $C_6—C_3—C_6$ 的骨架结构，在阳光下（或紫外光照射下）呈黄色，故名黄酮体（类）。主要包括黄酮和异黄酮两类：

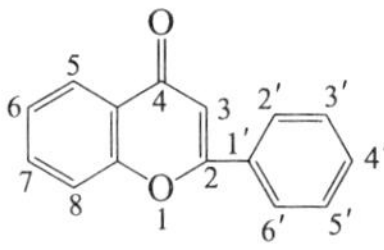

黄酮

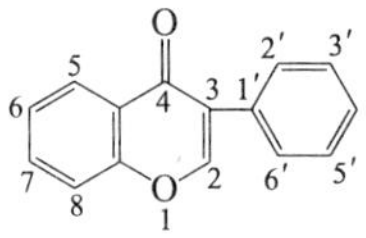

异黄酮

黄酮类化合物在中药中广泛存在，多具有明显的生理活性，是中药液呈黄色的原因之一。如：

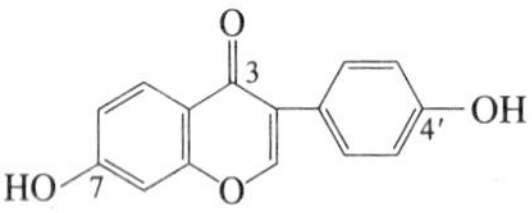

大豆素

(存在于葛根中,具有雌性激素样等作用)

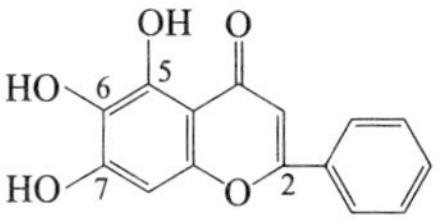

黄芩素

(存在于黄芩中,具有抗菌作用)

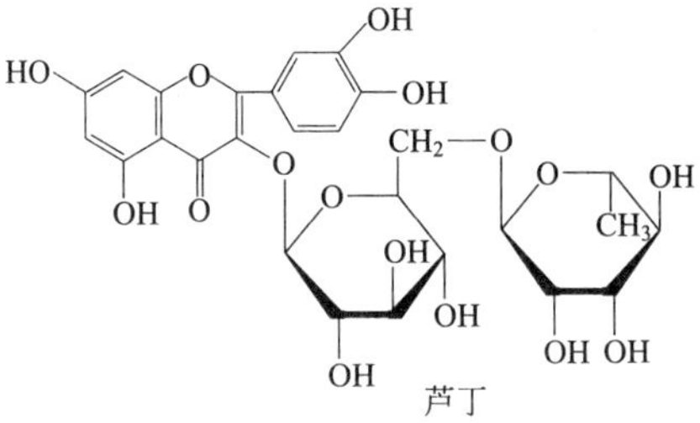

芦丁

(芸香苷,存在于槐米中,能增强心脏收缩等)

（二）吡啶

1. 结构特点

吡啶可以看成是苯分子中的一个 CH 被 N 原子取代后形成的化合物。这个 N 原子与 C 原子一样，采取 sp^2 杂化，所以吡啶同苯一样，是共平面分子。

在 N 原子的三个 sp^2 杂化轨道中，有两个分别与相邻的碳原子形成 σ 键，另一个则被一对孤对电子占住。这一对孤对电子没有参与形成大 π 键，“外露”于共轭环系。另外，N 原子上还有一个未参与杂化的 p 轨道，带有一个电子。这个 p 轨道垂直于分子平面，与五个碳原子的 p 轨道平行。因此，它们彼此侧面重叠，形成环状共轭大 π 键，在这个共轭大 π 键中，一共有 6 个 π 电子，符合 $4n+2$ 规则，所以具芳香性。但是，在这个芳香环中，由于 N 电负性比 C 强，因此 π 电子云流向 N 原子。所以，N 原子表现为吸电子，使得芳环电子云密度降低。总之，吡啶是“缺 π 芳杂环”的结构，亲电反应活性比苯弱。

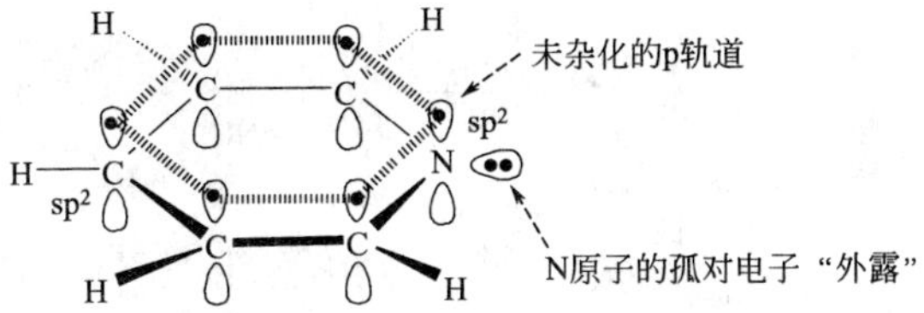

吡啶的结构

将吡啶的结构与吡咯比较不难发现：尽管吡咯、吡啶环上均有 N 原子，但二者具有不同的特点。吡咯型 N(—NH—) 供电子，多呈酸性；吡啶型 N（=N—）吸电子，且呈碱性。这两种类型的 N 原子在其他杂环中还会出现。

2. 物理性质

吡啶是无色液体，具有胺类气体，m. p. −42℃，b. p. 115℃。有毒，吸入蒸气易损伤神经系统。在吡啶环上，由于 N 原子上孤对电子“外露”，可与水形成氢键，所以易溶于水；另外，吡啶的其余五个 C 原子则相当于烃基 R 的结构，故易溶于有机溶剂。因此吡啶是一种与水、有机溶剂均可混溶的良好溶剂。吡啶在中药提取、分离中可用作提取剂、展开剂。

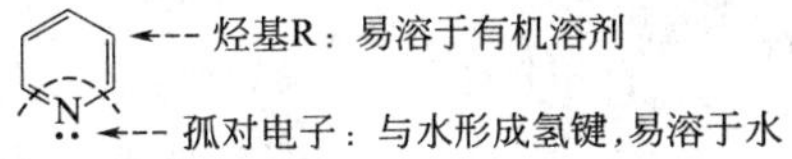

3. 碱性

吡啶的 N 原子上孤对电子“外露”，未参与共轭，所以可与 H^+ 结合，表现出碱性（pK_a 5.2)，其碱性略强于苯胺，可与酸成盐。如：

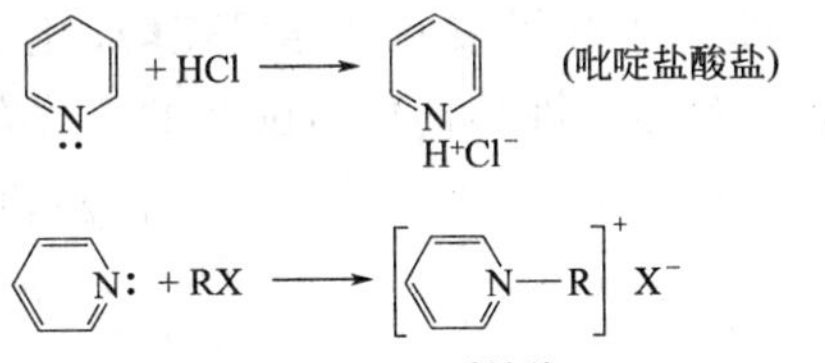

4. 亲电取代反应

吡啶环上的 N 原子吸电子（可近似看成-NO_2），所以，吡啶环发生亲电取代反应较苯难，且取代多在 N 的间位。亲电取代类型主要有硝化、磺化和卤代，不能发生傅-克反应。

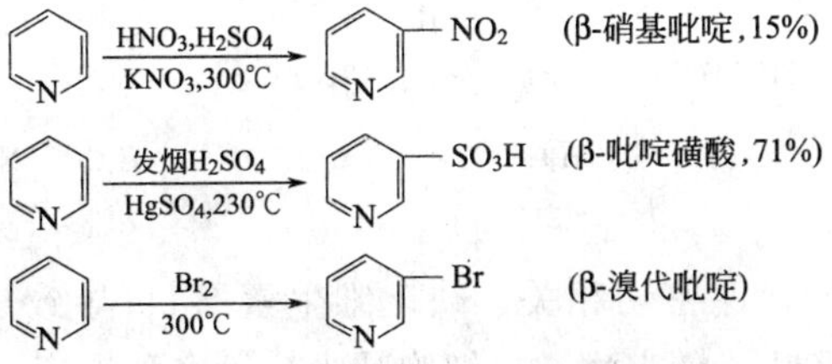

5. 亲核取代反应

受 N 原子强吸电子影响，吡啶环较易发生亲核取代反应。如：

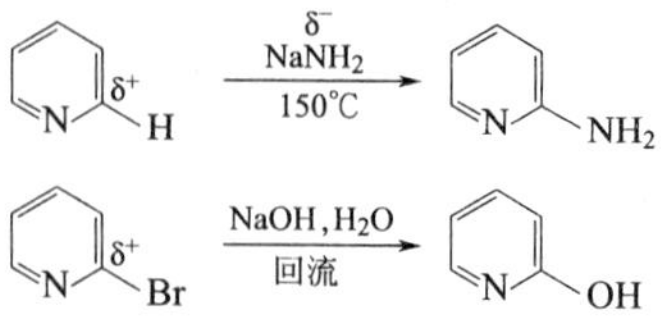

6. 氧化反应

吡啶环由于是一个“缺 π 芳杂环”，比苯还难氧化。所以，经常与氧化剂配成络合物使用（如 Sarrett 试剂，参见“醇的化学性质”）。

但是，当吡啶环上有侧链时，其侧链可氧化而环不受影响——正如甲苯等一样。如：

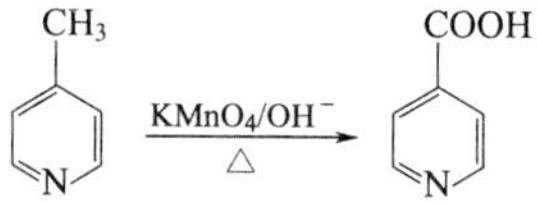

γ-吡啶甲酸或异烟酸

由于吡啶环比苯环难氧化，所以当苯环、吡啶环相连时，首先氧化苯环，保留吡啶环。如：

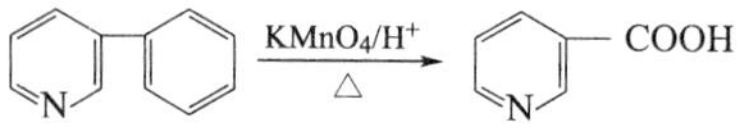

(β-吡啶甲酸或烟酸)

7. 还原反应

吡啶比苯环容易还原，催化氢化条件比较温和。吡啶还原氢化，即得饱和的六氢吡啶（哌啶）。如：

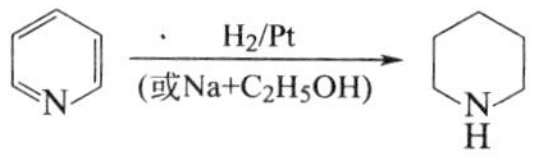

(六氢吡啶或哌啶)

六氢吡啶实际上是环状仲胺，所以碱性较强，pK_a 11.2。

8. 吡啶衍生物

（1）烟酸和烟酰胺：烟酸即 β-吡啶甲酸，又称尼克酸、维生素 PP、抗糙皮病因子，是 B 族维生素之一。溶于水，性质稳定。在体内以烟酰胺的形式存在，体内缺乏烟酸时，易患糙皮病（旧称癞皮病），主要发病区是以玉米为主食的中国新疆、埃及等地。

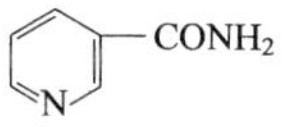

β-吡啶甲酰胺(烟酰胺)

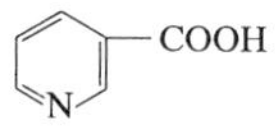

β-吡啶甲酸(烟酸)

（2）维生素 B_6：B 族维生素之一，广泛存在于食物中。含三种形式：吡哆醇、吡哆醛和吡哆胺，三者在体内可以相互转化。三者的盐酸盐为无色晶体，易溶于水，微溶于乙醇、丙酮。因最初得到的是吡哆醇，故多以吡哆醇为维生素 B_6 的代表。

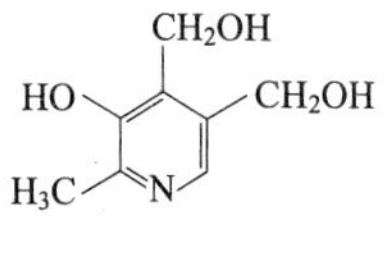

吡哆醇

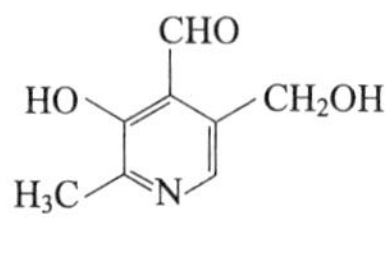

吡哆醛

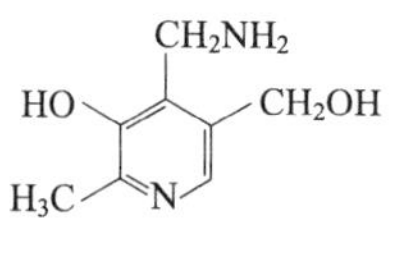

吡哆胺

维生素 B_6 与氨基酸的代谢密切相关，缺乏维生素 B_6 可导致皮炎、痉挛、贫血等。临床用维生素 B_6 防治妊娠呕吐、糙皮病、白细胞减少病等多种疾病。

（3）异烟肼：俗名雷米封，为白色晶体，m.p. 170℃～173℃，易溶于水，微溶于乙醇。是一种常用的抗结核药，对结核杆菌有抑菌乃至杀菌的用途，也能作用于细胞内的杆菌，可用于治疗各种类型的结核病。

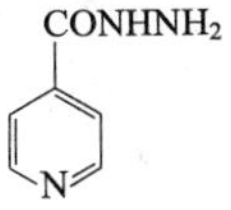

异烟酰肼
(雷米封,抗结核药)

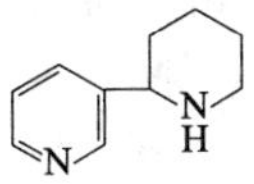

毒藜碱
(存在于八角枫中,有松弛横纹肌作用)

此外，在中药中也存在许多吡啶（或哌啶）的衍生物，如八角枫中的毒藜碱等。

二、含一个杂原子的六元苯稠杂环——喹啉和异喹啉

（一）概述

苯并六元杂环的两个重要环系是喹啉和异喹啉。

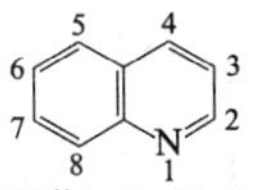

喹啉(quinoline)

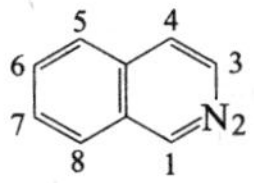

异喹啉(isoquinoline)

喹啉是无色有特殊气味的液体，b. p. 273℃；异喹啉是无色物质，m. p. 26℃，b. p. 243℃，气味类似苯甲醛。二者都可以看成是苯并吡啶的结构，因此，水溶性比吡啶要差。

喹啉和异喹啉都具有一定的碱性。喹啉的碱性比吡啶弱，异喹啉的碱性比吡啶稍强。

（二）化学性质

1. 氧化反应

喹啉和异喹啉的环都很稳定，与绝大多数氧化剂不起反应。但是可以被 $KMnO_4$ 氧化。

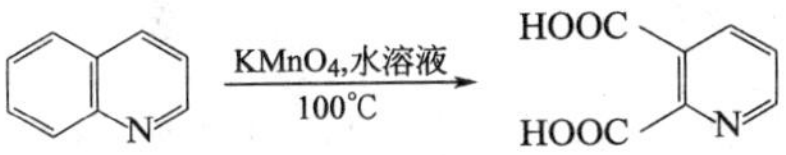

2. 取代反应

作为芳环，喹啉和异喹啉都可发生亲电取代反应，取代基进入电子云密度较高的苯环（5 位或 8 位）。同时，还可以发生亲核取代反应，取代基进入吡啶环（N 原子的邻位或对位）。如：

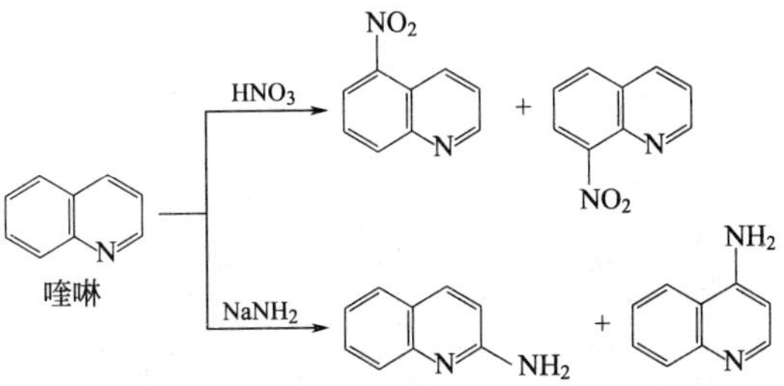

亲电取代

亲核取代

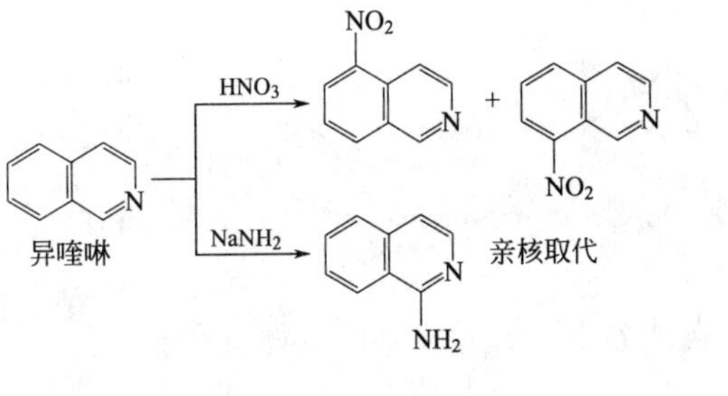

亲电取代

3. 还原反应

喹啉和异喹啉都可经催化氢化而还原，通常吡啶环先被还原。如：

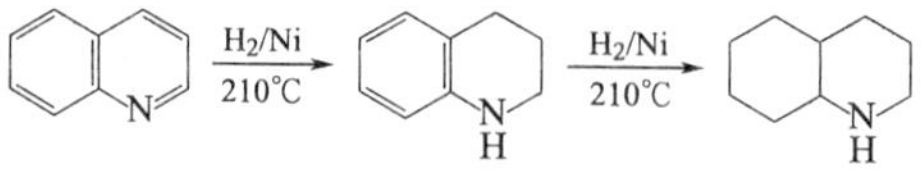

1,2,3,4-四氢喹啉　　十氢喹啉

（三）喹啉的合成——斯克劳普法

合成喹啉及其衍生物的常用方法是斯克劳普（Skraup）法。该法将苯胺（至少有一个空邻位）和一个α,β-不饱和醛（如丙烯醛），在一个氧化剂（如硝基苯）的存在下加热进行反应。例如，喹啉可用苯胺、甘油、硫酸和硝基苯共同加热制备。反应过程如下：

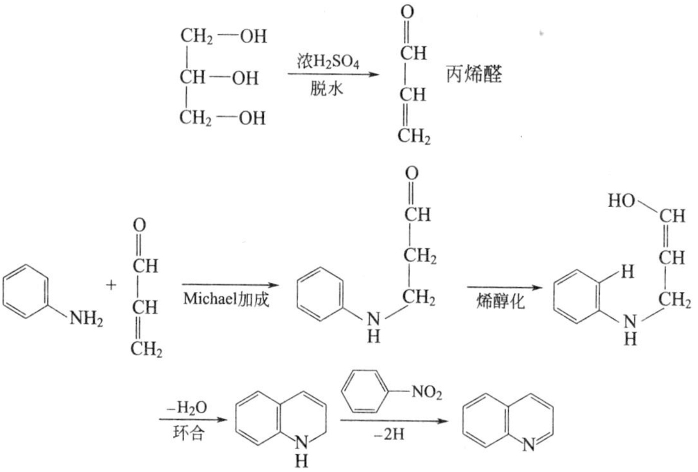

在苯胺上连接不同的取代基即可得到不同的喹啉衍生物。

（四）衍生物

许多天然存在的生物碱中都含有喹啉的骨架结构。如存在于金鸡纳树皮中的生物碱奎宁、辛可宁、奎尼丁以及存在于喜树中的喜树碱等都含有喹啉结构。此外，一些人工合成药物也含有喹啉结构，如抗疟药氯喹。

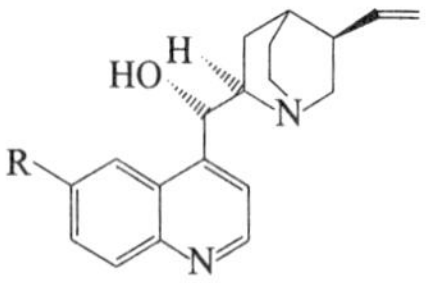

R=H, 辛可宁
R=OCH$_3$, 奎尼丁

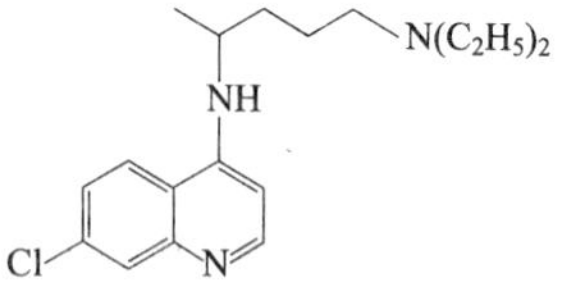

氯喹(抗疟药)

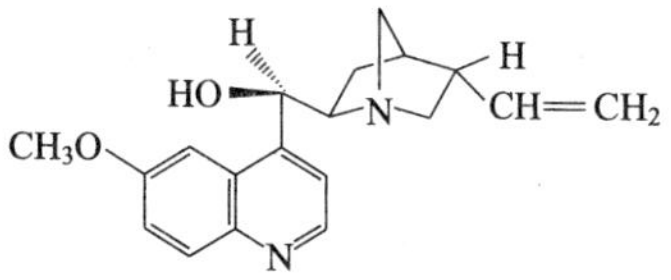

奎宁(金鸡纳碱)

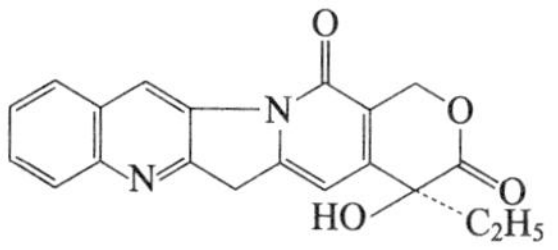

喜树碱

异喹啉衍生物广泛存在于自然界中，含异喹啉的生物碱有600种，是已知生物碱中最大的一类。如：罂粟碱、千金藤碱、黄连素、吗啡等都含有异喹啉的骨架结构。

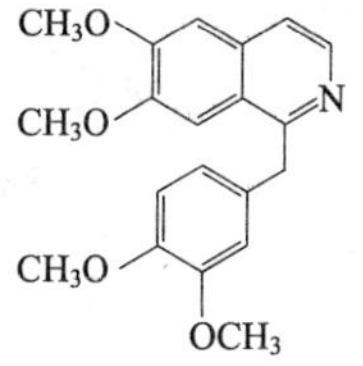

罂粟碱

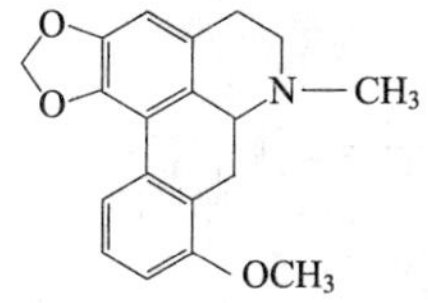

千金藤碱

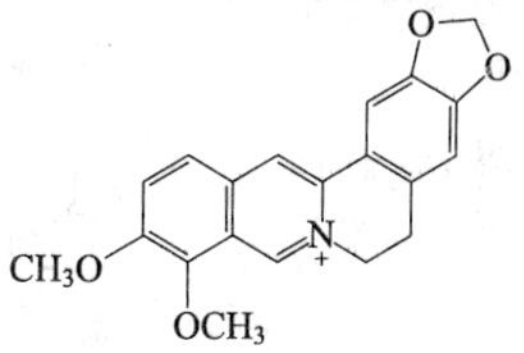

黄连素(小檗碱)

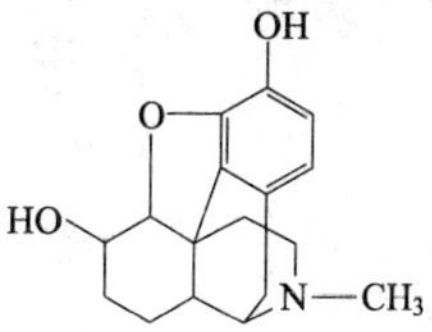

吗啡

三、含两个杂原子的六元杂环

含有两个杂原子的六元杂环主要有嘧啶、吡嗪和哒嗪三种。在这三种结构中，两个 N 原子的相对位置是不同的。

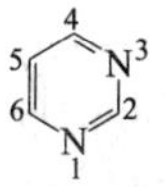

嘧啶(pyrimidine)

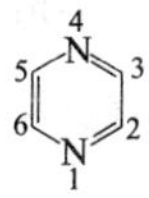

吡嗪(pyrazine)

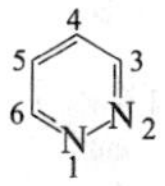

哒嗪(pyridazine)

从结构上看，三种化合物均与吡啶相似，环内均具有芳香共轭体系。属于缺 π 芳杂环。

（一）嘧啶

嘧啶为无色结晶，m. p. 22℃，b. p. 134℃。由于环上两个处于间位的 N 原子都是吡啶型 N 原子，所以，嘧啶与吡啶一样易溶于水且具有弱碱性。但这种 N 原子是吸电子的（相当于—NO_2），故嘧啶的碱性比吡啶更弱。

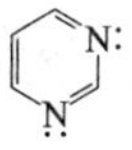

1. 亲电取代

由于 N 原子是吸电子的，所以，嘧啶环比吡啶更难发生亲电取代反应。其反应活性大致相当于 1,3-二硝基苯或 3-硝基吡啶。但是，如果环上有其他的供电子基存在，芳环得以活化，也可以反应。如：

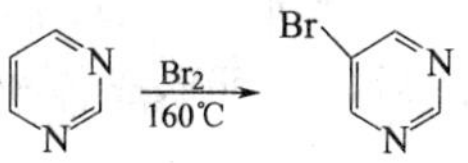

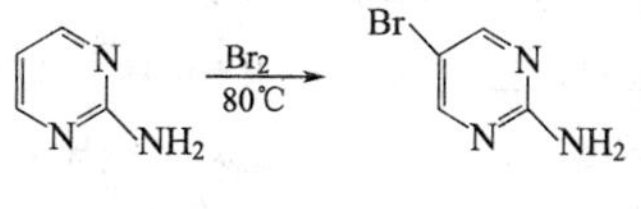

2. 亲核取代

由于 N 原子是吸电子的，所以嘧啶较易发生亲核取代，反应多发生在分子中的 2 位、4 位。如：

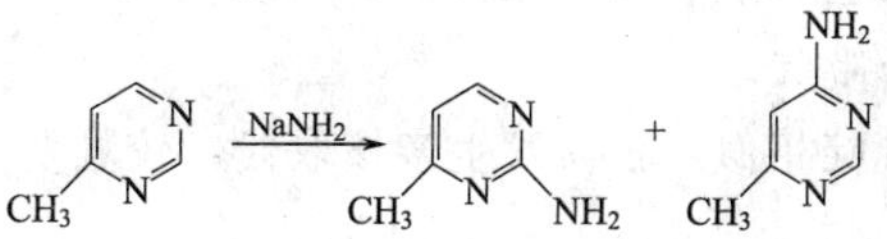

此外，嘧啶环还像吡啶环一样，可以发生还原反应；取代嘧啶的侧链也可以被氧化。

3. 衍生物

嘧啶的衍生物如胞嘧啶、尿嘧啶、胸腺嘧啶等，都是核酸的重要成分。

胞嘧啶(C)

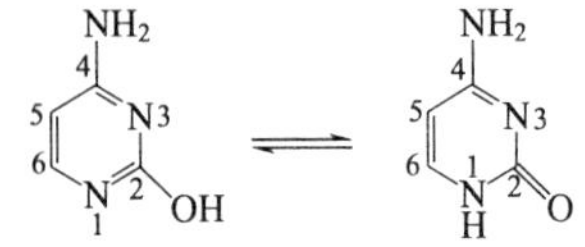

尿嘧啶(U)

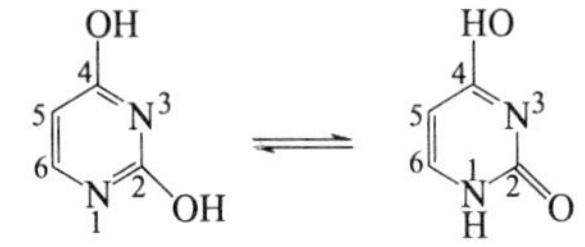

胸腺嘧啶(T)

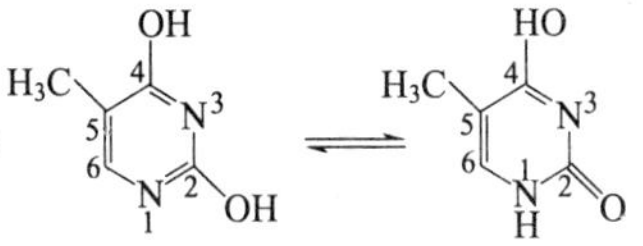

上述三者均存在互变异构体，其互变异构体含量受 pH 值影响而变化，在生理系统中主要以右式存在。

此外，嘧啶的衍生物还可用作药物，供临床使用，如：

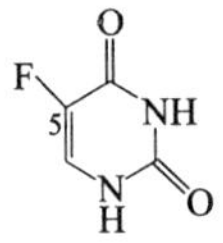

5-氟尿嘧啶(5-Fu，抗癌药)

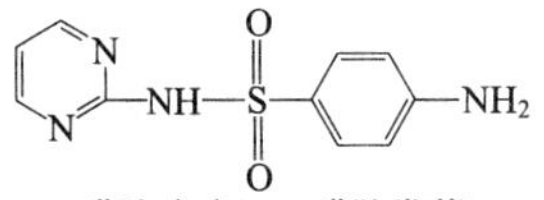

磺胺嘧啶(SD，磺胺类药)

临床常用的巴比妥类药物，实际上也是嘧啶衍生物。巴比妥类药物的母体是巴比妥酸，即 2,4,6-三羟基嘧啶，一般写成其酮式结构（2,4,6-三氧代六氢嘧啶）。

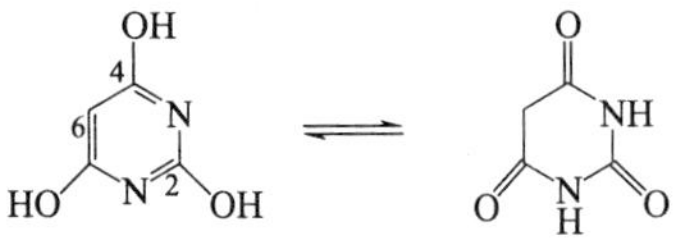

烯醇式（2,4,6-三羟基嘧啶）　　酮式（2,4,6-三羟基六氢嘧啶）

巴比妥酸

在巴比妥酸的 5 位连接不同的基团后，便可形成各种各样的巴比妥类镇静药。如：

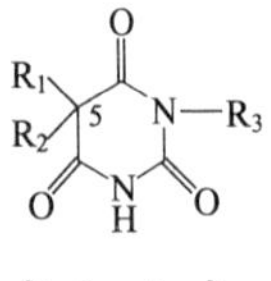

苯巴比妥（镇静药）：$R_1=C_2H_5$，$R_2=C_6H_5$，$R_3=H$

环己巴比妥（镇静药）：$R_1=CH_3$，$R_2=$ 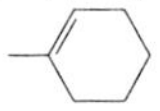，$R_3=CH_3$

甲苯巴比妥（抗癫痫药）：$R_1=C_2H_5$，$R_2=C_6H_5$，$R_3=CH_3$

（二）哒嗪和吡嗪

哒嗪和吡嗪都是嘧啶的异构体。哒嗪为无色液体，m. p. −8℃，b. p. 208℃，可溶于水和醇，不溶于烃。吡嗪为无色可溶于水的化合物，m. p. 57℃，b. p. 116℃。二者都像嘧啶一样具有碱性，但碱性均弱于吡啶。

二者的性质与嘧啶、吡啶相似，较易发生亲核取代，较难发生亲电取代（当环上有供电子基时活性增强）。

哒嗪和吡嗪的衍生物具有一定的生理活性，可作药物或杀虫剂。如：

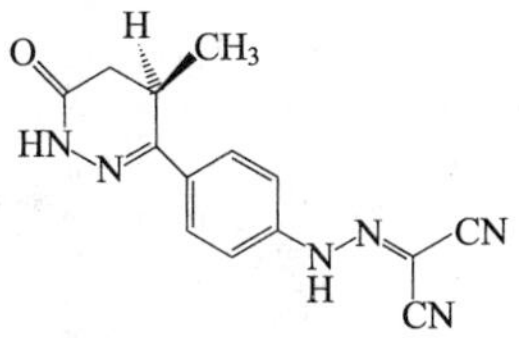

四氢哒嗪类药物(用于治疗心力衰竭)

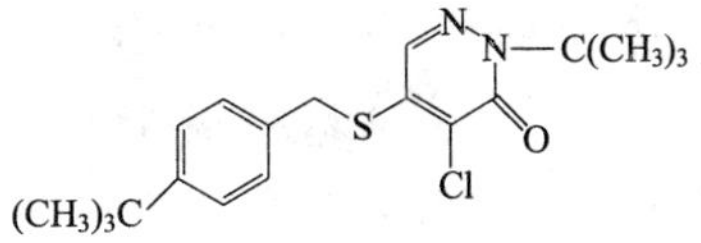

哒螨灵(杀虫剂)

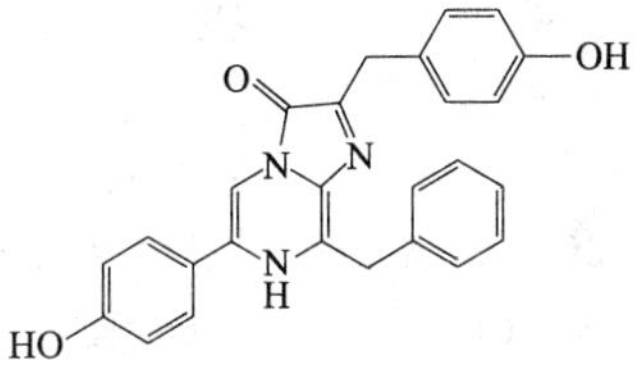

腔肠素(天然荧光物质，用于生物鉴定)

第四节 稠杂环化合物

由杂环与杂环稠合的稠杂环化合物，在杂环化合物中占有相当大的比例。比较简单且常见的有：嘌呤、蝶啶、吲嗪、萘啶等。本书限于篇幅只讨论嘌呤。

一、嘌呤

嘌呤是嘧啶和咪唑稠合的杂环。存在 7*H*-嘌呤、9*H*-嘌呤两种互变异构体：在生物体中，9*H*-嘌呤占优势；药物中 7H-嘌呤占优势。

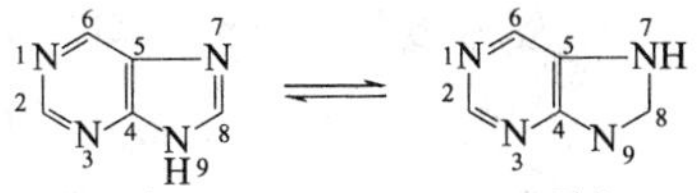

9*H*-嘌呤 7*H*-嘌呤

嘌呤为白色固体，m. p. 216～217℃，易溶于水，可溶于乙醇，具有芳香性，相当稳定，由于含吡咯型 N 和吡啶型 N，所以，呈酸碱两性。

游离态的嘌呤在自然界很少存在，但嘌呤衍生物广泛存在于动植物体内，许多药物也含有嘌呤的结构骨架。

二、嘌呤衍生物

（一）尿酸

尿酸即 2,6,8-三羟基嘌呤，存在于某些动物的排泄物中，人体中也有少量存在。因最初由尿结石中发现，故名尿酸。存在如下互变异构体：

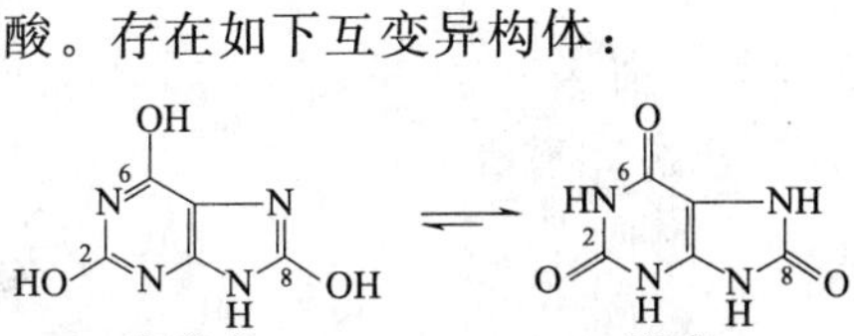

(烯醇式) (酮式)

尿酸为白色晶体，难溶于水。在体内以钠盐形式存在，故易溶于水。当尿酸的排泄发生障碍时，可在关节中沉淀，引起关节痛。

（二）黄嘌呤及咖啡碱（咖啡因）

1. 黄嘌呤

黄嘌呤即 2,6-二氧嘌呤，存在于茶叶和动物体中，具有如下互变异构体：

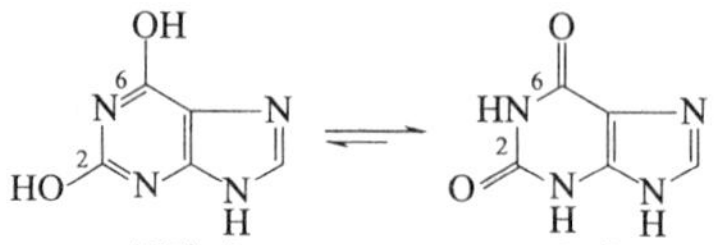

（烯醇式）　　（酮式）

黄嘌呤为淡黄色粉末，m. p. 220℃，难溶于水，呈酸碱两性。

黄嘌呤 N 原子上的 H 被 CH_3 取代，得到三种衍生物：茶碱（1,3-二甲基黄嘌呤）、可可豆碱（3,7-二甲基黄嘌呤）、咖啡碱（1,3,7-三甲基黄嘌呤）。其中，以咖啡碱较重要。

2. 咖啡碱

咖啡碱又名咖啡因，存在于茶叶、咖啡中，为白色针状结晶，味苦，可升华。

咖啡碱具有刺激心脏、兴奋大脑和利尿等作用，还可作许多饮料的添加剂。咖啡碱可从茶叶或咖啡中提取，工业上多用化学合成制得。

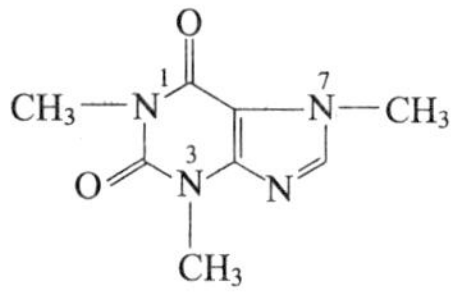

咖啡因

（咖啡碱、1,3,7-三甲基黄嘌呤）

3. 腺嘌呤和鸟嘌呤

腺嘌呤（6-氨基嘌呤）和鸟嘌呤（2-氨基-6-羟基嘌呤）均存在如下互变异构体（以右式为主）：

腺嘌呤(A)

（烯醇式）　　（酮式）

鸟嘌呤(G)

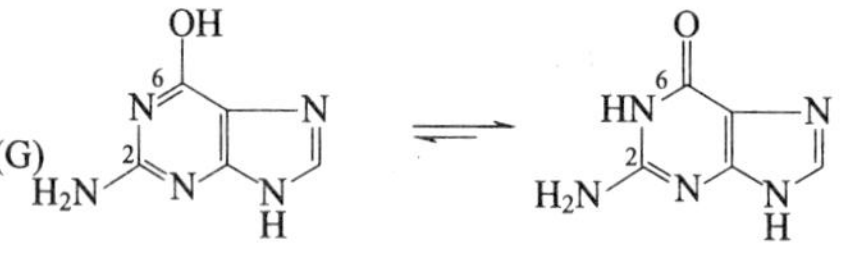

（烯醇式）　　（酮式）

腺嘌呤和鸟嘌呤与前述的尿嘧啶、胞嘧啶、胸腺嘧啶一样，是构成核苷酸的碱基。核苷酸聚合便形成了核酸，核酸是重要的生命物质。

（三）含嘌呤环的药物

许多药物也含有嘌呤环的结构。如：

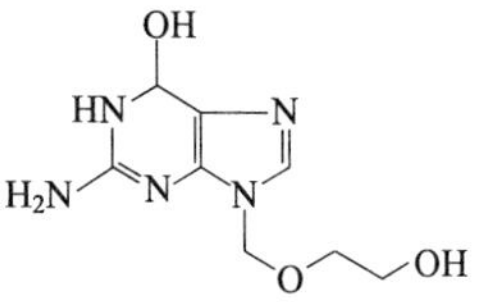

无环鸟苷(阿昔洛韦，抗病毒药)

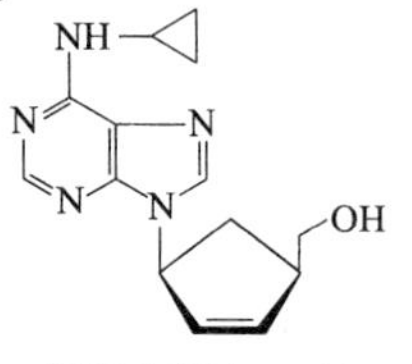

阿巴卡韦(abacavir)
(抗HIV病毒药)

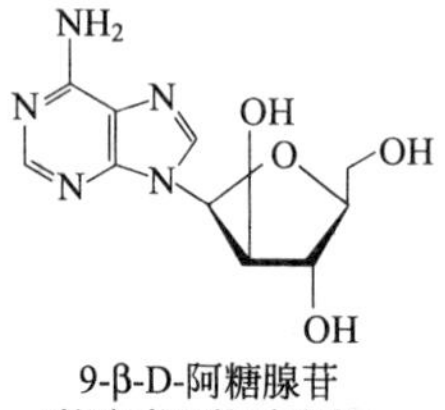

9-β-D-阿糖腺苷
(抗病毒和抗肿瘤药)

第十六章 糖类化合物

糖类（saccharide）化合物也称碳水化合物（carbohydrate），是自然界中蕴藏量最多、与人类衣食住行密切相关而且极具研究价值的一类化合物。如为人们所熟知的葡萄糖、果糖、蔗糖、淀粉和纤维素等都属于糖类。糖类化合物之所以称作碳水化合物，是因在早期的研究中发现该类化合物都是由碳、氢、氧三种元素组成，而且绝大多数化合物中 H 和 O 的数量比为 2∶1，由于当时结构化学的知识还很薄弱，尚不知道羟基的存在，所以认为这类化合物是由若干碳原子与水分子结合而成的，可用通式 $C_x(H_2O)_y$ 来表示，由此取名为碳水化合物。尽管以后的研究已经证实糖类的元素组成并不都符合该比例，但由于习惯的缘故，碳水化合物这一名词一直沿用至今。

从化学结构来看，糖类是多羟基醛（酮）及其缩聚物和它们的衍生物。根据糖类的水解情况，通常将糖分为三类：单糖、寡糖和多糖。单糖（monosaccharide）是最简单的糖，是组成寡糖和多糖的基本结构单位，不能水解出更小的糖分子，以上所说的多羟基醛和多羟基酮都属于单糖。寡糖（oligosaccharide）也称低聚糖，是 2～9 个单糖分子形成的缩聚物，如麦芽糖、乳糖和蔗糖等。多糖（polysaccharide）是指含有 10 个或 10 个以上单糖单位的碳水化合物，常称为高聚糖，如淀粉、纤维素和壳糖胺等，它们分子中含有成千上万个单糖单位。

第一节　单　　糖

从结构上，单糖可分为醛糖（aldoses）和酮糖（ketose）。根据分子中所含碳原子数可分为丙糖、丁糖、戊糖和己糖。自然界中最简单的糖是甘油醛，它是丙醛糖；1,3-二羟基丙酮是最简单的酮糖。常见的单糖主要是戊糖和己糖。自然界中最广泛的葡萄糖是己醛糖，在蜂蜜中富含的果糖是己酮糖。

一、单糖的结构

由于低聚糖和多糖都是由单糖构成的，所以对单糖结构的了解是研究糖类化学的根本问题，下面就以己醛糖和己酮糖为例来阐明单糖的结构和性质。

（一）己碳糖的开链结构和相对构型

葡萄糖（glucose）是从自然界中最早发现的一个单糖，研究资料最全。经元素分析和分子量测定，发现葡萄糖的分子式为 $C_6H_{12}O_6$。通过下述多步化学反应，确定了葡萄糖具有五羟基醛的结构：①葡萄糖能与一分子的 HCN 发生加成反应，并可与一分子羟胺缩合生成肟，说明它含有一个羰基；②葡萄糖能与过量的乙酐作用生成五乙酸酯，说明它的分子中含有五个羟基，并且这五个羟基应分别占据在五个碳原子上；③葡萄糖用钠汞齐还原得到己六醇，用氢碘酸进一步还原得到正己烷，说明葡萄糖的碳架是一个直链，没有支链；④葡萄糖可还原 Tollen 试剂和 Fehling 试剂，说明它是一个五羟基醛或五羟基酮；⑤用硝酸氧化后葡萄糖生成了四羟基二酸，说明葡萄糖是一个五羟基醛。即：

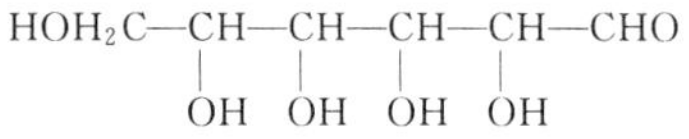

在葡萄糖的构造式中含有四个手性碳，理论上存在十六种旋光异构体，而自然界广泛存在且能够被人体利用的右旋性葡萄糖仅是其中的一个。其开链式可用费歇尔投影式表示：

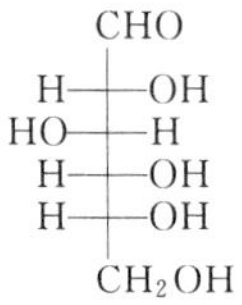

果糖的分子式同葡萄糖，也是 $C_6H_{12}O_6$，用酰化反应证明它的分子中也有五个羟基。果糖具有羰基化合物的性质，但与氰氢酸加成后，经水解和还原所生成的不是直链羧酸而是 α-甲基己酸，说明果糖的羟基在第二个碳原子上，所以果糖是己酮糖。其结构如下：

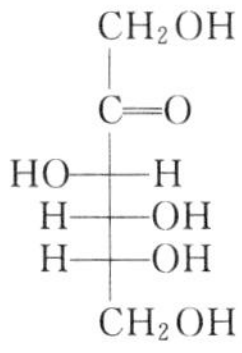

单糖分子中多具有手性碳原子，故多有旋光性。单糖命名时常用俗名，一对对映体有同一名称，那如何来区分这一对对映体呢？目前习惯用 D/L 标记法。即以甘油醛做标准，把单糖费歇尔投影式中编号最大的手性碳（即离羰基最远的手性碳）的构型与甘油醛中手性碳的构型进行比较：若与 D-甘油醛构型相同者，规定为 D-型；与 L-构型相同者，规定为 L-型。

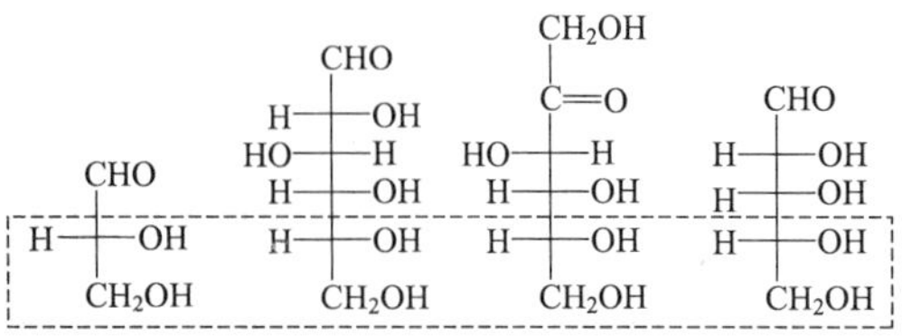

D-(+)-甘油醛　D-(+)-葡萄糖　D-(−)-果糖　D-(−)-核糖

以下列出八个 D-系己醛糖的结构，另八个 L-系己醛糖的结构则不难写出。

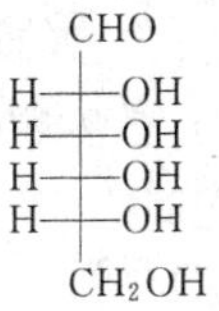
(Ⅰ)
D-(+)-阿洛糖

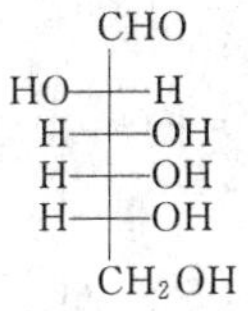
(Ⅱ)
D-(+)-阿卓糖

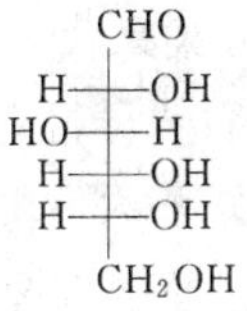
(Ⅲ)
D-(+)-葡萄糖

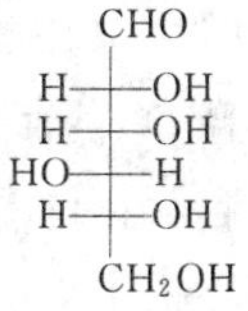
(Ⅳ)
D-(−)-古罗糖

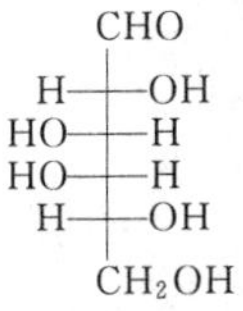
(Ⅴ)
D-(+)-半乳糖

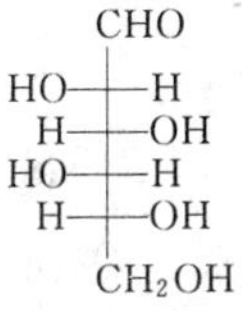
(Ⅵ)
D-(−)-艾杜糖

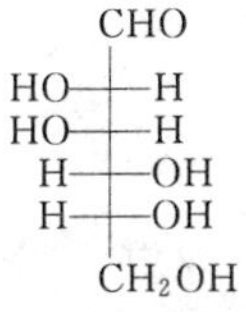
(Ⅶ)
D-(+)-甘露糖

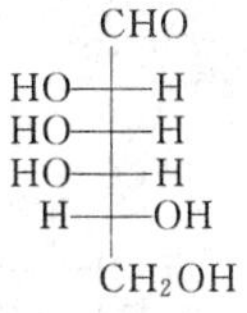
(Ⅷ)
D-(+)-太罗糖

葡萄糖的十六种对映异构体都已得到，但其中只有三种是天然存在的，它们是 D-(+)-葡萄糖、D-(+)-甘露糖（mannose）和 D-(+)-半乳糖（galactose），其他只能通过人工合成而得到。

观察上述结构，当葡萄糖的 C_2 位上的羟基取向相反时为甘露糖，两者是非对映体关系，它们的差别仅在 C_2 位的构型不同。像这种有多个手性碳的非对映体，彼此间仅有一个手性碳的构型不同称为差向异构体（epimer）。所以葡萄糖的 C_3 位的差向异构体是阿洛糖，C_4 位的差向异构体为半乳糖。

葡萄糖和果糖的构型确定都是由德国化学家 Emil Fischer 完成的，Fischer 还通过化学的方法合成了多个自然界中不存在的单糖。由于他在糖类研究上的巨大贡献，成为历史上第一位荣获诺贝尔化学奖的有机化学家。

（二）己碳糖的氧环式结构和 α,β-异构体

葡萄糖和果糖上述的开链结构式，在很多情况下都可以用来表达结构与性能之间的关系，但是葡萄糖或果糖的某些现象仅用上述结构式却无法给予正确的解释。

1. 葡萄糖的醛基不同于普通的醛基，它和醇类化合物发生羟醛缩合反应时，仅需要消耗一分子的醇就能生成类似于缩醛结构的稳定化合物，而且葡萄糖的醛基也不能像普通羰基那样与亚硫酸氢钠发生加成反应。

2. D-葡萄糖在不同溶剂中处理，可以得到两种 D-葡萄糖。用冷乙醇做溶剂时得到的 D-葡萄糖的结晶熔点为 146℃，比旋光度为+112°；用热吡啶做溶剂时得到的 D-葡萄糖的结晶熔点为 150℃，比旋光度为+18.7°。

3. D-葡萄糖的这两种结晶都存在变旋光现象，当分别把上述两种不同的结晶配成水溶液时，随着放置时间的延长，比旋光度都会发生变化，并都在达到+52.7°后稳定不变。这种现象并不是由于葡萄糖在水中分解引起的，因为把上述水溶液浓缩蒸发后再次用冷乙醇或热吡啶处理，仍然可得到相应的物理性质不同的两种结晶。上述单糖水溶液放置后，比旋度发生自行改变并最后达到恒定数值的现象称为变旋现象（mutarotation）。

4. 固体 D-葡萄糖在红外光谱中不出现羰基的伸缩振动峰，在核磁共振谱中也不显示醛基中氢原子（—CHO）的特征吸收峰。

以上事实说明只用开链结构形式来代表葡萄糖结构，是不足以表达它的理化性质和结构关系的。为了解释D-葡萄糖上述的“异常现象”，人们从普通的醛可与醇相互作用生成半缩醛的反应中得到启示：D-葡萄糖分子内既有羟基又有醛基，它们之间有可能发生分子内的加成反应，生成环状半缩醛结构。葡萄糖分子结构中的四个羟基，它的 C_4 或 C_5 羟基与醛基加成反应的可能性最大，因为通过加成可分别生成比较稳定的五元或六元环。研究证明游离的葡萄糖是以 C_5 羟基与醛基发生加成的，因为它的甲苷衍生物经高碘酸氧化得到了一分子甲酸，而无甲醛生成。

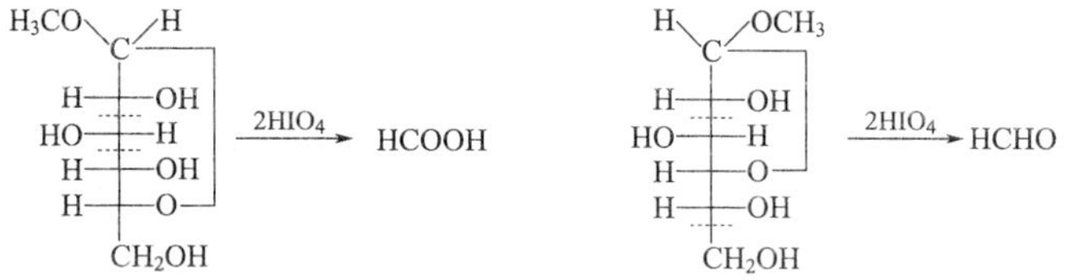

以 C_5 羟基为例说明环加成反应。当开链的D-葡萄糖分子中 C_5 羟基与醛基加成后，C_1 变成了手性碳原子，有两种构型：端基碳（C_1）上的—OH（即半缩醛羟基，也称苷羟基）与决定分子构型的手性碳（C_5）上的—OH在同侧，称为α-异构体；端基碳（C_1）上的—OH（即半缩醛羟基，也称苷羟基）与决定分子构型的手性碳（C_5）上的—OH在异侧，称为β-异构体。在水溶液中，它们通过开链式结构相互转化，生成α-和β-异构体的平衡混合物：

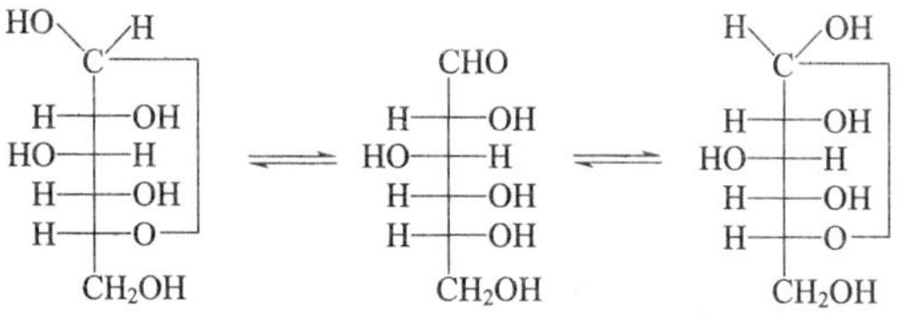

	β-D-(+)-葡萄糖	D-(+)-葡萄糖	α-D-(+)-葡萄糖
[α]	+18.7°		+112°
	64%	<0.1%	36%

平衡混合物$[\alpha]_D$=+52.7°

前面提到的D-葡萄糖分子的两种晶体就是α-D-葡萄糖和β-D-葡萄糖，用冷乙醇做溶剂重结晶得到的是D-葡萄糖的α-异构体，用热吡啶做溶剂重结晶得到的是D-葡萄糖的β-异构体。

D-葡萄糖的α-异构体与β-异构体的差别在于 C_1 的构型相反，它们互为 C_1 差向异构体，是一对非对映体。葡萄糖晶体有α-异构体和β-异构体，但在水溶液中，它们两者均可以通过开链式结构相互转变，最终建立平衡，这就是葡萄糖产生变旋光现象的原因。

与葡萄糖相似，果糖也具有氧环式结构，在水溶液中也有变旋光现象。所不同的是，果糖的环状结构为半缩酮，游离的果糖可以通过分子中 C_5 或 C_6 羟基和 C_2 酮羰基加成生成五元环的呋喃型果糖和六元环的吡喃型果糖。

D-果糖在水溶液中，氧环式结构与开链式结构也处于动态平衡之中。

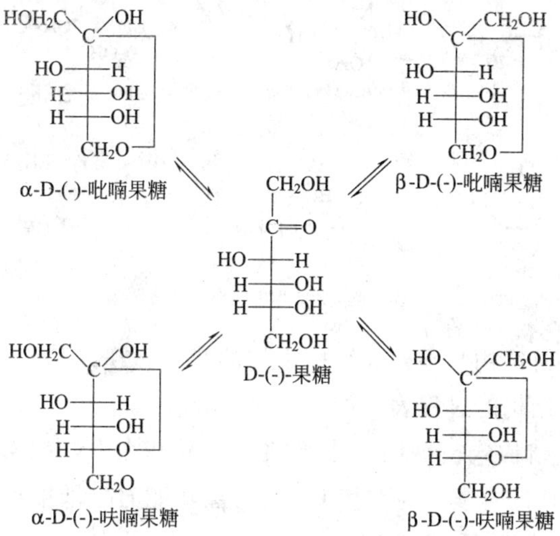

α-D-(-)-吡喃果糖　β-D-(-)-吡喃果糖　D-(-)-果糖　α-D-(-)-呋喃果糖　β-D-(-)-呋喃果糖

（三）己碳糖的平台式结构

葡萄糖或果糖的氧环式结构可以解释单糖上述的各种异常现象，如变旋光现象、波谱学特征等，但用费歇尔投影式直接表达的氧环式结构，还不能真实地反映单糖分子内原子或基团间的空间关系。如葡萄糖 C_5 羟基并不是在横键的位置与 C_1 羰基加成的，而是向纸平面后方旋转 120°后，在竖键的位置与 C_1 羰基发生加成。即：

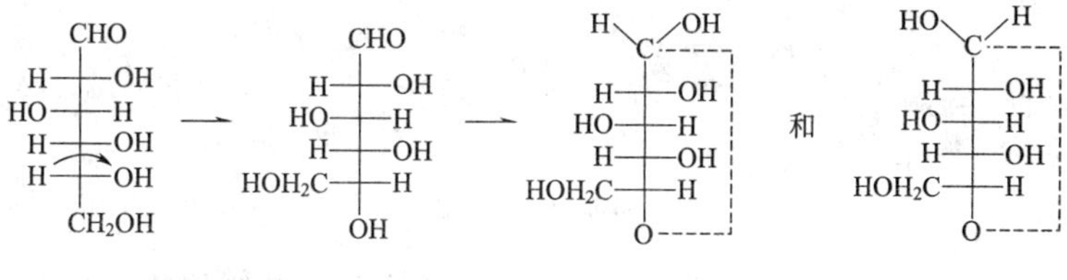

由此看出，成环后葡萄糖 C_5 羟基参与 C_1 苷羟基并不在同一平面内。

为了比较准确地表达单糖的环状结构，英国化学家哈沃斯（Haworth）建议采用平台式，也称 Haworth 结构。即：单糖以六元环存在时，称为吡喃环，名称来自于杂环化合物吡喃；以五元环存在时，称为呋喃环，名称来自于杂环化合物呋喃。由此葡萄糖的六元环状平台式结构及其名称如下所示：

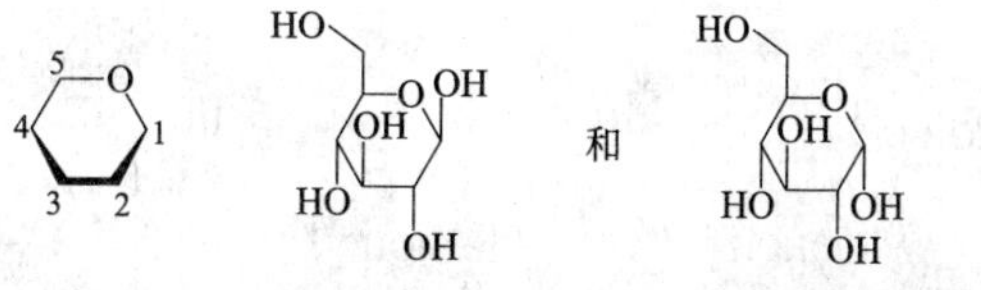

四氢吡喃　β-D-(+)-吡喃葡萄糖　α-D-(+)-吡喃葡萄糖

果糖在游离状态下通常以六元环形式存在，结合成多糖时，则多以五元环形式存在，例如在蔗糖中，果糖就以呋喃环形式存在。果糖的吡喃和呋喃环结构及其名称如下：

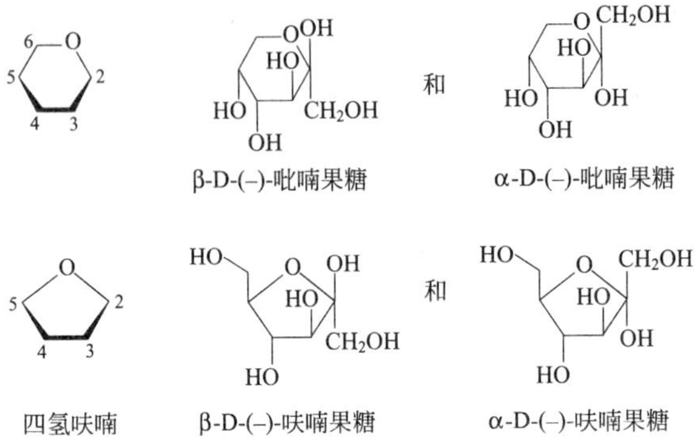

为了建立单糖的开链结构与平台式结构之间的联系，现以D-(＋)-葡萄糖为例，将费歇尔投影式改写成哈沃斯结构的过程表示如下：

将单糖竖直的开链结构式模型向右水平放置，醛基在右；把C_4和C_1向后弯曲成环，C_2-C_3边在前面。在成环的时候，为了使C_5上的羟基能与醛基接近，依照单键自由旋转而不改变构型的原理，将C_5旋转120°。

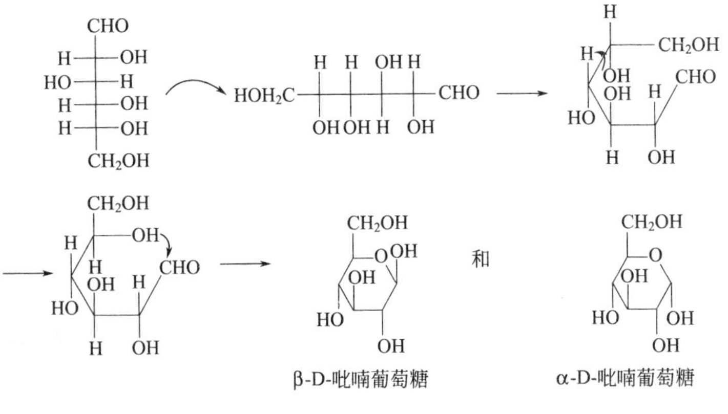

从单糖的改写过程可以看出，凡在费歇尔投影式中处于左侧的基团，将位于平台式的环上；凡处于右侧的基团将处于环下；D-系单糖中决定构型的羟基参与成环后，羟甲基总是向上的。当命名D-构型葡萄糖的α-和β-异构体时，可将C_1上的羟基与C_6上的羟甲基在同侧的称为β-异构体；异侧的称为α-异构体。在L-系列单糖中情况刚好相反。

在书写单糖结构时，羟基通常可用短线表示，氢原子可省略。当不需要强调C_1构型或仅表示两种异构体混合物时，可将C_1上的氢原子和羟基并列写出，或用虚线将C_1与羟基相连，如D-葡萄糖：

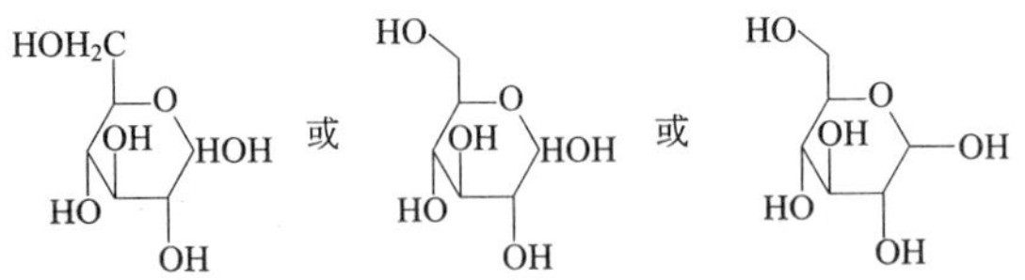

当己醛糖形成五元环时，决定构型的手性碳原子成为环外侧链。如D-葡萄糖和D-半乳糖的呋喃形结构如下所示：

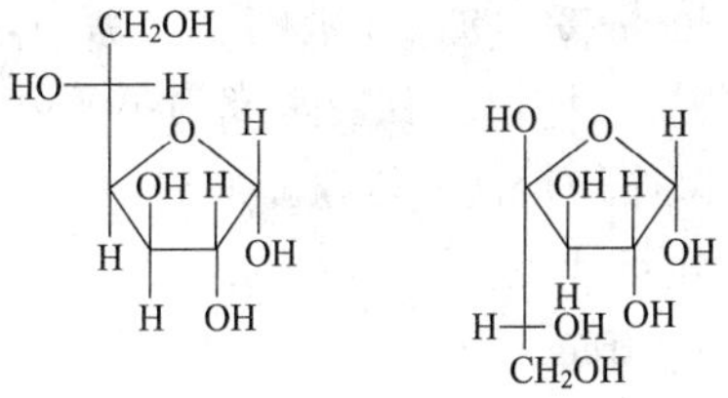

α-D-呋喃葡萄糖　　α-D-呋喃半乳糖

两者的呋喃环状结构相同，但就 C_5 侧链来说，前者在环上，后者在环下。D-呋喃葡萄糖和 D-呋喃半乳糖的 C_5 侧链趋向之所以相反，是因为两者的 C_4 构型相反而引起的。无论 D-单糖的环外侧链趋向如何，决定构型的 C^* 均为 *R*-构型这一特征是不会改变的。由此推论，当己醛糖形成呋喃环系后，C_5-*R* 者为 D-系，C_5-*S* 者为 L-系。

（四）己碳糖的构象及异头效应

Haworth 式将糖的环状结构描绘成一个平面，实际上吡喃糖的构象颇似椅式环己烷。吡喃糖的椅式构象有两种形式：N-式（normal form，正常式）和 A-式（alternative form，交替式）。

N-式　　A-式

一个单糖究竟以哪一种椅式构象存在，与各碳原子上所连的取代基有关。D-葡萄糖采取的是 N 式构象：

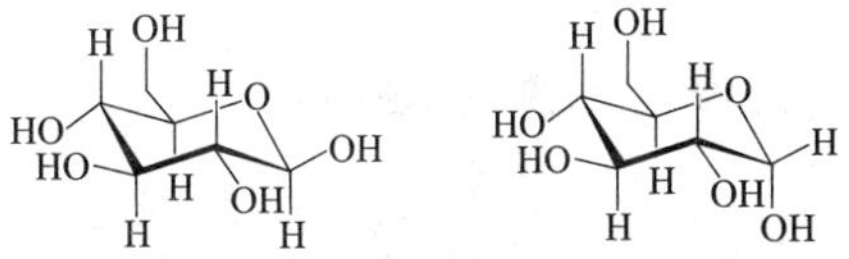

β-D-吡喃葡萄糖　　α-D-吡喃葡萄糖

在 D-葡萄糖的 N-式构象中，β-异构体的所有较大基团都处在平伏键位置，空间障碍比较小，是一种非常稳定的优势构象；α-构体除苷羟基外，其他大的基团也都处在平伏键上。在 D-系己醛糖中，只有 D-葡萄糖能保持这种最优势构象，其他任何一种都不具备这种结构特征。但是当 D-葡萄糖采用 A-式构象时，所有的较大基团将会都占据直立键位置，那是一种不可能存在的构象。至此，对于自然界中为什么 D-葡萄糖存在的数量最多、平衡水溶液中它的 β-异构体所占的比分大于 α-异构体这一现象就很容易理解了。

除 D-葡萄糖外，其他 D-系吡喃糖较稳定的构象也是体积最大的基团（C_5 上的羟甲基）处在 e 键位置的那种构象，如半乳糖、甘露糖等。但也有例外，个别吡喃型糖为让更多的—OH处于 e 键，$—CH_2OH$ 被迫处于 a 键位置，取 A-式构象较稳定。例如：α-D-(－)-吡喃艾杜糖：

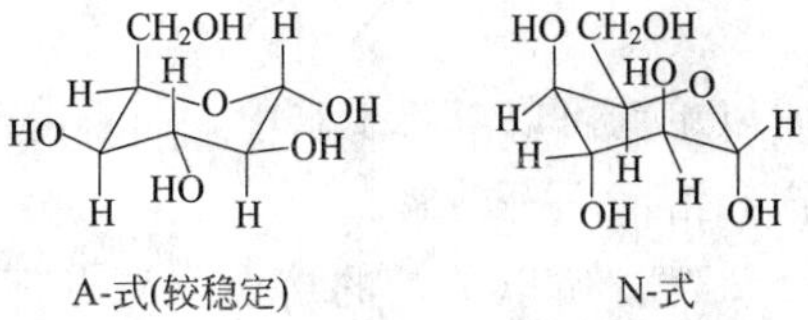

A-式(较稳定)　　N-式

决定糖类稳定构象的因素是多方面的。在吡喃己醛糖中，C_2～C_6 羟基的甲基化或乙酰化取代，也倾向于占有 e 键位置。但当 C_1 苷羟基成为甲氧基、乙酰氧基或被卤素原子取代时，这些取代基处于 a 键的构象往往是优势构象，此时的 α-构体反而比 β-构体稳定。我们把异头物中 C_1 位上较大取代基处于 a 键为优势构象的反常现象，称为异头效应（anomeric effect）或端基效应（end-group effect）。

产生端基效应的原因是，糖环内氧原子上的未共电子对与 C_1 上的氧原子或其他杂原子的未共电子对之间相互排斥作用的结果，这种排斥作用类似于 1,3-干扰作用，也有人把这种 1,3-干扰作用称作兔耳效应。当甲氧基、乙酰氧基或卤素原子处于 a 键时，这种环内-环外氧原子未共电子对排斥作用比较小。

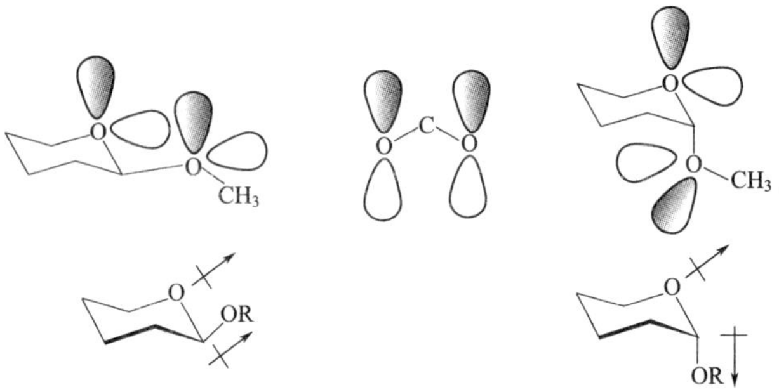

图 16-1　C_1 的端基效应图

当 C_1 羟基被卤素原子取代时，端基效应更强，如下列化合物中氯原子占据在 a 键上为优势构象。

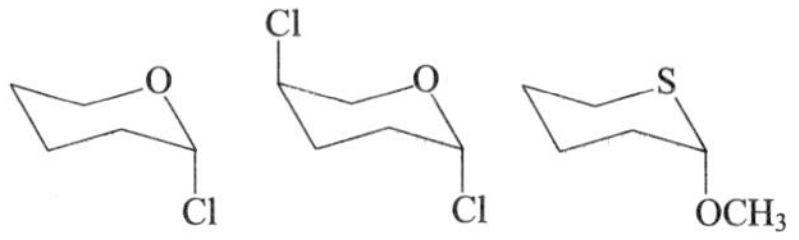

溶剂对端基效应也有影响。介电常数较高的溶剂不利于端基效应，因为此时的溶剂可稳定偶极作用较大的分子状态。对易溶于水的游离糖来说，水的高介电常数很高，对偶极作用较大的 β-异头物有较好的稳定作用，因此 D-葡萄糖在平衡水溶液中 β-构体所占的比例大于 α-构体。但是，当 C_1 羟基经甲基化或酰化生成脂溶性较大的化合物后，它们常溶于介电常数较小的有机溶剂，此时端基效应的影响相对增大。端基效应还受不同糖结构的影响，这里不再作详细讨论。

以上讨论了单糖的三种表示方法，虽然平台式和构象式更接近分子的真实形象，但在讨论单糖的某些化学性质尤其是醛基或酮羰基性质时，费歇尔投影式书写更为方便，工作中可根据情况任意采用，但要熟悉单糖结构三种表示法的相互关系。

二、物理性质

由于单糖有多个羟基，所以单糖可以溶解于水中，而不溶于非极性溶剂。单糖在水中的溶解度很大，而且易形成过饱和溶液——糖浆。

由于糖分子间可形成多个氢键，所以单糖的熔点、沸点都很高。如最小的 D-甘油醛的沸点达150℃(1.06kPa)，α-D-葡萄糖的熔点为146℃，β-D-葡萄糖的熔点为150℃。

因单糖溶于水后产生开链式与环状结构之间的互变，所以新配制的单糖溶液可观察到变旋现象。许多糖都有变旋现象。表16-1列出了一些常见糖的比旋光度和变旋后的平衡值。

表16-1 常见糖的比旋光度

名 称	α-异构体	β-异构体	变旋后的平衡值
D-葡萄糖	+112°	+19°	+53°
D-果糖	−21°	−113°	−92°
D-半乳糖	+151°	−53°	+83°
D-甘露糖	+30°	−17°	+14°
D-乳糖	+90°	+35°	+55°
D-麦芽糖	+168°	+112°	+136°

三、化学性质

单糖中含有羟基和羰基，应具有一般醇和醛酮的性质，并因它们处于同一分子内而有相互影响，故又显示某些特殊性质。

(一) 差向异构化

单糖用稀碱水溶液处理时，可发生异构化反应。如用稀碱处理D-葡萄糖时，可得到D-葡萄糖、D-甘露糖和D-果糖三种物质的平衡混合物。如果以果糖或甘露糖代替葡萄糖也可得到相同的平衡混合物。可能是在碱催化下通过烯醇式中间体来进行的。

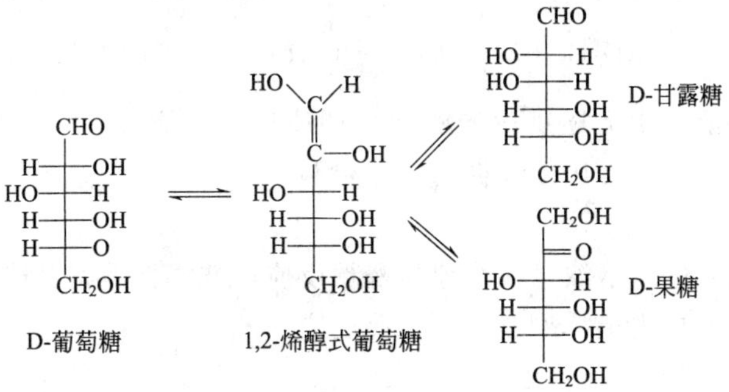

D-葡萄糖和D-甘露糖仅在C_2位的构型不同，它们互为差向异构体。这种在稀碱催化下，醛糖或酮糖发生异构化而产生差向异构体的现象，称为差向异构化（emimerization）。

在生物体内，在异构酶的催化下，葡萄糖和果糖也会相互转化。现代食品工业中常利用淀粉，通过生物生化过程生产果葡糖浆，就是醛糖转化为酮糖的应用实例。

(二) 成脎反应

单糖可与多种羰基试剂发生加成反应。如与等摩尔的苯肼在温和的条件下可生成糖苯腙；但在苯肼过量（3mol）时，与羰基相邻的α-位羟基可被苯肼氧化（苯肼对其他有机物不表现出氧化性）成羰基，然后再与一摩尔苯肼反应生成黄色糖脎（osazone）的结晶。该反应是α-羟基醛或酮的特有反应，由于反应简单，糖脎的形成常作为单糖的定性鉴别和制备衍生物用。如葡萄糖与苯肼的反应：

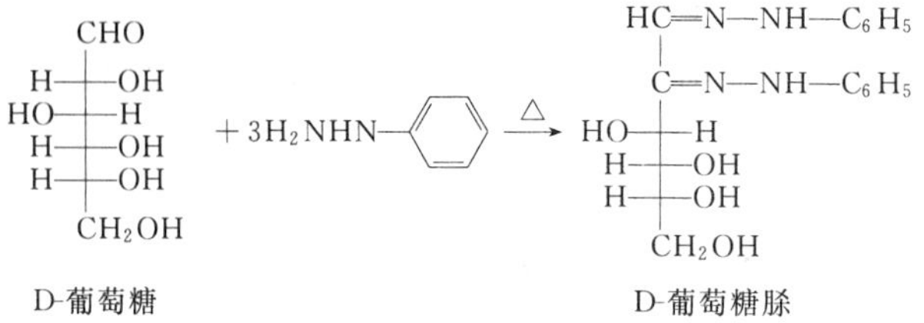

无论醛糖或酮糖，反应都仅发生在 C_1 和 C_2 上，其余部分不参与反应。因此，对于可生成同一种糖脎的不同种糖来讲，只要知道其中一种的构型，便可推知另几种糖 C_3 以下部分与其具有相同的结构。因而可作为结构鉴定的依据。例如，D-葡萄糖、D-甘露糖和 D-果糖都形成同一种糖脎，可知这三种糖 C_3 以下的构型是相同的。

不同的糖脎，晶型、熔点不一样，不同的糖成脎速度也不同。所以常根据结晶析出的快慢、晶型的显微镜观察以及熔点的测试来区分或鉴别各种单糖。

（三）氧化反应

1. 与碱性弱氧化剂的反应

单糖虽然具有环状半缩醛（酮）结构，但在溶液中与开链的结构处于动态平衡中。因此醛糖能还原吐伦（Tollens）试剂，产生银镜；也能还原斐林（Fehling）试剂或班氏（Benedict）试剂，生成砖红色的氧化亚铜沉淀。果糖是 2-羰基酮糖，本身不具有能被氧化的醛基，但因在碱性条件下可异构成醛糖，所以酮糖也能与 Tollens 试剂或班氏试剂发生阳性反应。

$$Ag(NH_3)_2^+ + C_6H_{12}O_6 \longrightarrow C_5H_{11}O_5—COOH + Ag\downarrow$$

$$Cu(OH)_2 + C_6H_{12}O_6 \longrightarrow C_5H_{11}O_5—COOH + Cu_2O\downarrow\text{（砖红色）}$$

在糖化学中，将能发生上述反应的糖称为还原糖，不能发生该类反应的糖称为非还原糖。这些反应简单且灵敏，常用于单糖的定性检验。

2. 与溴水的反应

溴（或其他卤素）的水溶液可很快地与醛糖反应，选择性地将其醛基氧化成羧基，先生成醛糖酸，然后很快生成内酯。酮糖不发生此反应。

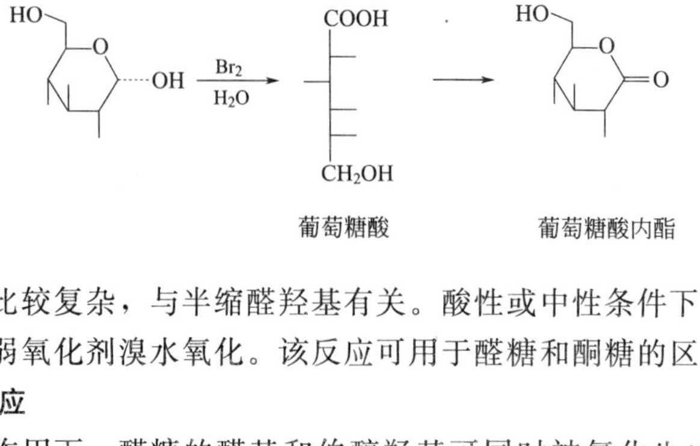

反应的实际过程比较复杂，与半缩醛羟基有关。酸性或中性条件下酮糖不发生差向异构化，因此酮糖不能被弱氧化剂溴水氧化。该反应可用于醛糖和酮糖的区别。

3. 与稀硝酸的反应

在温热的稀硝酸作用下，醛糖的醛基和伯醇羟基可同时被氧化生成糖二酸。如 D-半乳糖被硝酸氧化生成半乳糖二酸，通常称黏液酸。黏液酸的溶解度小，在水中析出结晶。因此常用此反应来检验半乳糖的存在。

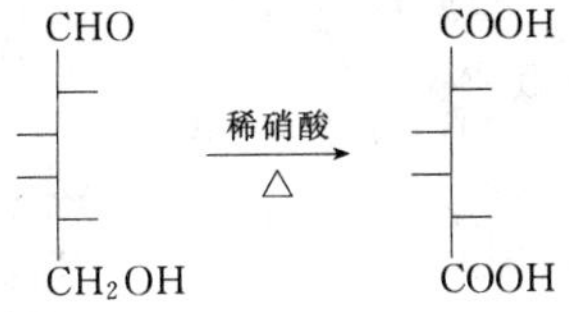

D-半乳糖　　D-半乳糖二酸

D-葡萄糖经稀硝酸氧化生成葡萄糖二酸，再经适当方法还原可得到葡萄糖醛酸。

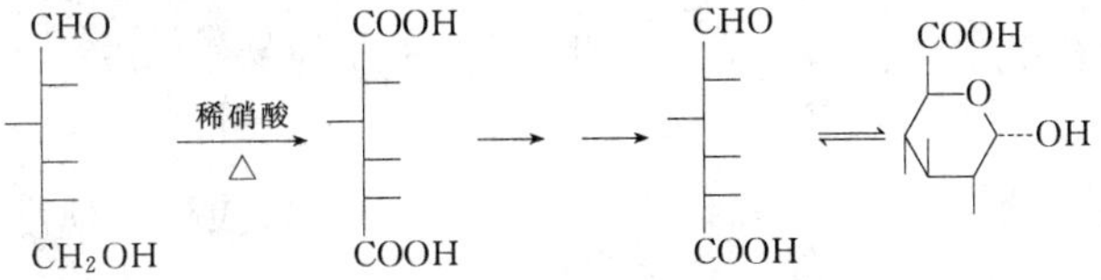

D-葡萄糖　　D-葡萄糖二酸　　D-葡萄糖醛酸

酮糖在上述条件下发生 $C_2—C_3$ 链的断裂，生成小分子二元酸。如：D-果糖氧化成乙醇酸和三羟基丁酸。

在生物体内，葡萄糖在酶的作用下也可以生成葡萄糖醛酸。葡萄糖醛酸极易与醇或酚等有毒物质结合成苷，由于分子极性较大，易于排出。如在人体的肝脏中，葡萄糖醛酸可与外来性物质或药物的代谢产物结合排出体外，起到解毒排毒作用。因此，葡萄糖醛酸是临床上常用的保肝药，其商品名为“肝泰乐”。

（四）成苷反应

单糖的半缩醛（酮）羟基可与其他含有羟基、氨基或巯基的活泼氢化合物脱水，生成糖苷化合物（glycoside），此反应称成苷反应。例如，D-葡萄糖在干燥的 HCl 条件下与甲醇回流加热，生成 D-葡萄糖甲苷，无论是 α 或 β-葡萄糖，均生成两种异构体的混合物，且以 α-构体为主。

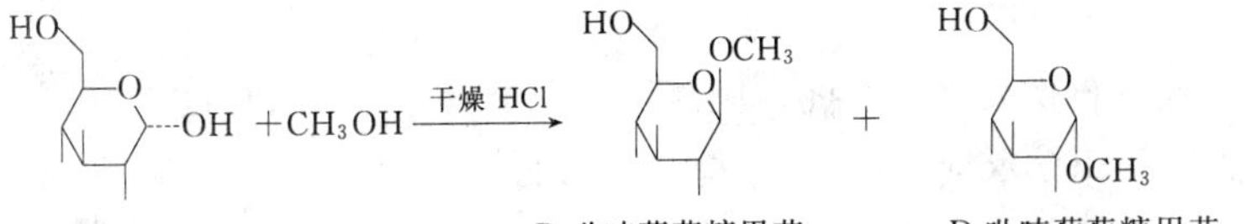

β-D-吡喃葡萄糖甲苷　　α-D-吡喃葡萄糖甲苷

甲基-β-D-吡喃葡萄糖苷　　甲基-α-D-吡喃葡萄糖苷

糖苷由糖和非糖两部分组成，糖部分称为糖苷基，非糖部分称为苷元或配糖基或糖苷配基。如甲基葡萄糖苷中的甲基就是苷元或糖苷配基。两者之间连接的键称为糖苷键，根据苷键原子的不同也称作氧苷键、氮苷键、硫苷键和碳苷键。见下列某些糖苷化合物：

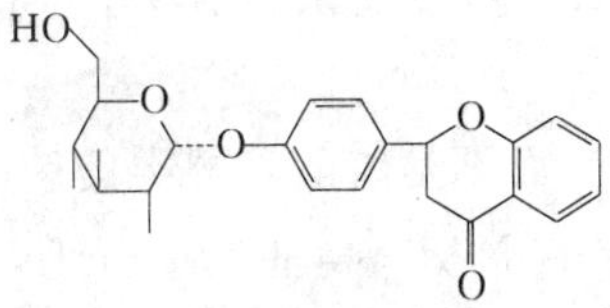

甘草甙（氧苷）

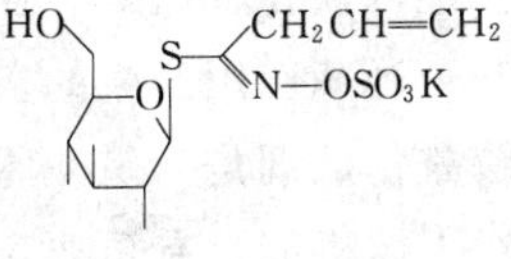

黑芥子甙（硫苷）

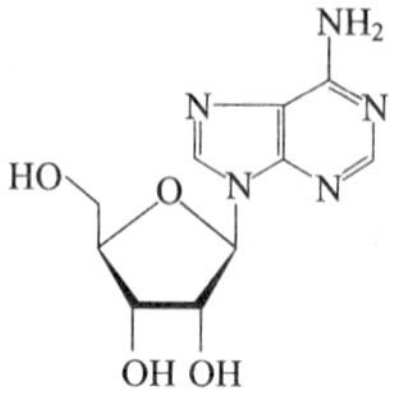

腺苷(氮苷)

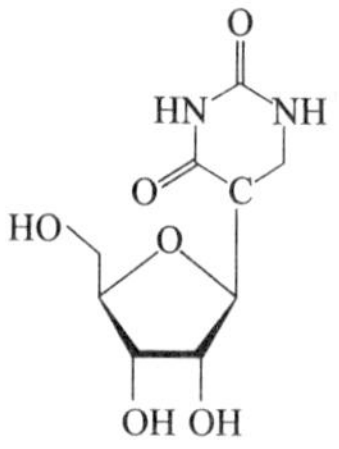

伪尿嘧啶核苷(碳苷)

苷在自然界分布很广，很多具有生物活性。在糖苷中，糖分子的存在可增加溶解性能。因此在现代药物研究中，常在某些难溶于水的药物分子中连上糖，以提高其溶解度。

糖苷是一种缩醛（酮）结构，无半缩醛（酮）羟基，性质比较稳定，不能开环转变成链式结构，故无变旋光现象，不能成脎，也无还原性。它们在碱中比较稳定，但在酸或适宜酶作用下，可以断裂苷键，生成原来的糖和非糖部分而表现出单糖的性质。

（五）酸性条件下的脱水和显色反应

单糖在强酸（HCl 或硫酸）作用下脱水生成糠醛或糠醛衍生物。

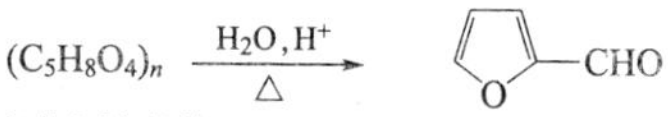

戊糖或多缩戊糖　　糠醛

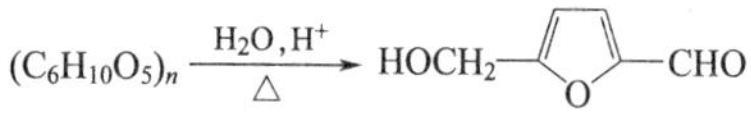

己糖或多缩己糖　　5-羟甲基糠醛

反应生成的糠醛及其衍生物可与酚类或芳胺类缩合，生成有色化合物，故常利用该性质进行糖的鉴别。经常使用的有莫立许（Molisch）反应和西里瓦诺夫（Seliwanoff）反应。

莫立许反应是用浓硫酸作脱水剂，再与二分子 α-萘酚反应，生成紫色缩合物。所有的糖类、糖醛化合物和苷类对莫立许反应都呈阳性反应，其他有机物如丙酮、葡萄糖醛酸等也能对莫立许反应呈阳性反应，因此阴性反应是糖类不存在的确证，阳性反应则不一定证明含有糖类。

西里瓦诺夫反应是以盐酸作脱水剂，生成的糠醛衍生物再与间苯二酚反应，生成鲜红色缩合物。由于酮糖的反应速度明显快于醛糖，故该反应常用于酮糖和醛糖的鉴别。

（六）酯化反应

糖分子中富含羟基，和普通醇一样易被有机或无机酸酯化，生物学上很重要的磷酸酯就是由磷酸和糖的一个羟基作用产生的。

生物体内的磷酰化试剂是三磷酸腺苷（ATP）而不是磷酸，醇类的磷酰化用 ATP 要比用磷酸快得多。对人体机能具有重要意义的 ATP 和 NAD^+ 等生物大分子，其分子结构中的核糖部分都是磷酰化的。

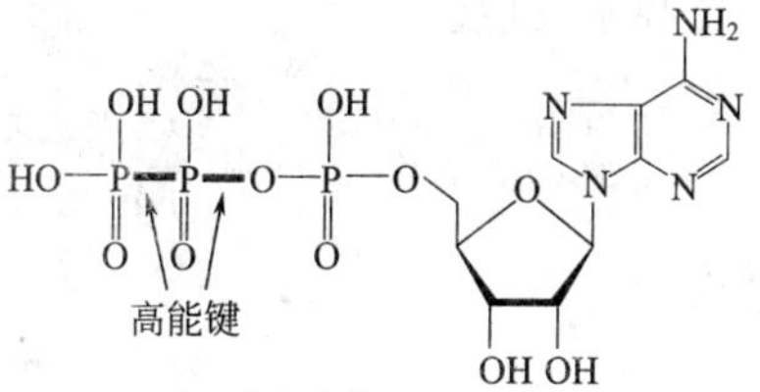
三磷酸腺苷(ATP)

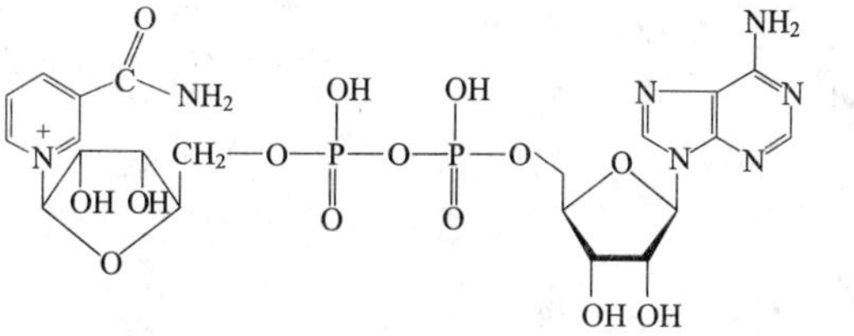
烟酰胺-腺嘌呤-二核苷酸(NAD^+)

糖分子中的羟基也可被乙酰化。由于糖的半缩醛羟基具有特殊的活性，即使 C_1 苷羟基被乙酰化后，仍比其他碳上的乙酰基活泼得多。这在药物的化学修饰上非常重要。如用无水溴化氢处理 α-或 β-五乙酰基葡萄糖时，可得到 α-溴代四乙酰基葡萄糖，它是一个极活泼的重要中间体，由它可以方便地制备各种苷类衍生物。如与醇类生成苷：

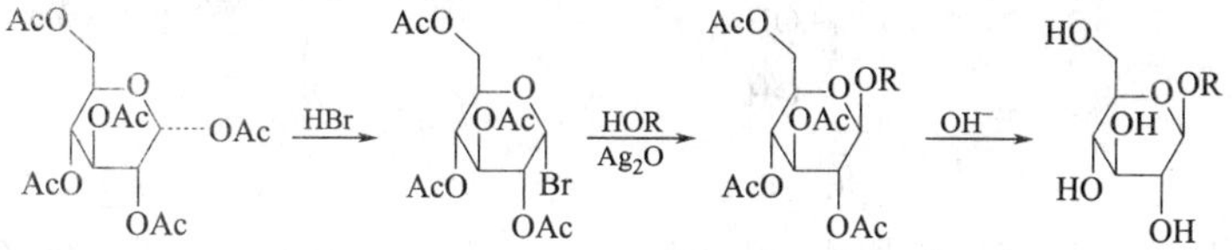

（七）还原反应

单糖的羰基可经催化氢化或硼氢化钠还原得到相应的醇，这类多元醇通称为糖醇。例如 D-核糖的还原产物为 D-核糖醇，是维生素 B_2 的组分；D-葡萄糖的还原产物是葡萄糖醇，也称作山梨醇，是制造维生素 C 的原料；D-甘露糖的还原产物是甘露糖醇；D-果糖的还原产物是 D-葡萄糖醇和 D-甘露糖醇的混合物。山梨醇和甘露醇在饮食疗法中常用于代替糖类，它们所含的热量与糖差不多，但山梨醇不易引起龋齿。

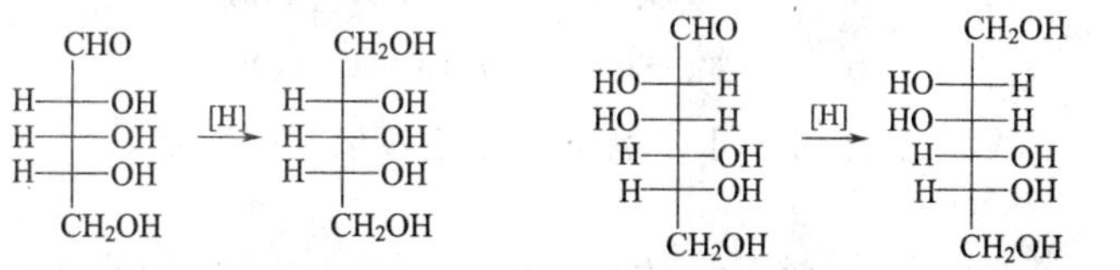
D-核糖　D-核糖醇　D-甘露糖　D-甘露醇

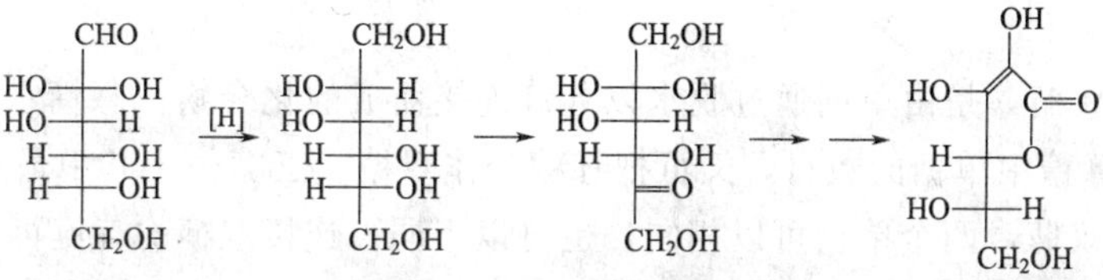
D-葡萄糖　D-山梨醇　L-山梨醇　维生素C

（八）环状缩醛和缩酮的形成

处于糖环上的顺式邻二羟基可与醛或酮生成环状的缩醛或缩酮，该性质常用于某些合成反应中糖上羟基的保护。反式邻二醇不反应。

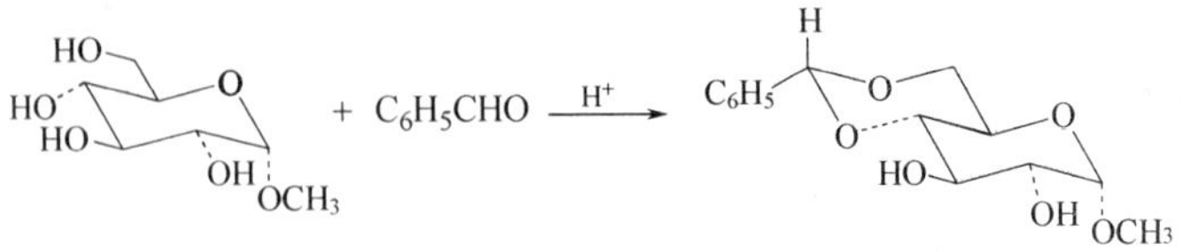

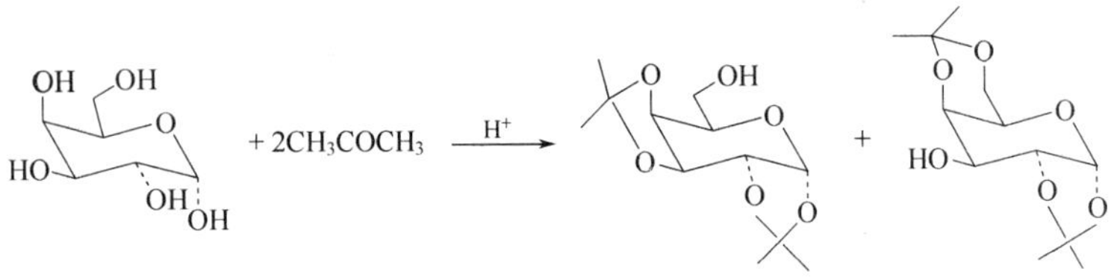

（九）高碘酸氧化

高碘酸对邻二醇的氧化作用在第十章中已作介绍。单糖具有邻二醇结构，也能被高碘酸氧化。如葡萄糖可与五分子高碘酸反应：

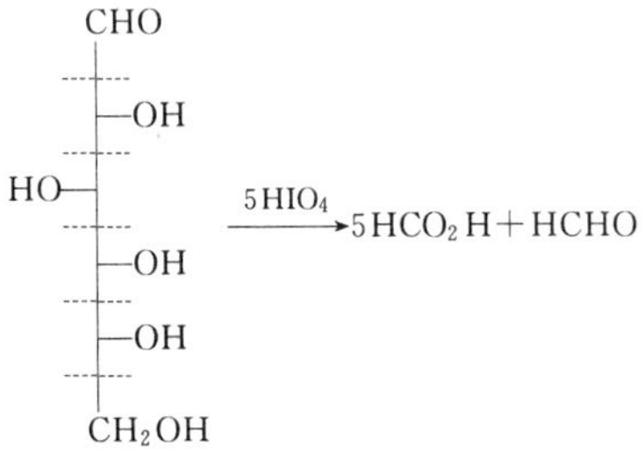

高碘酸氧化反应是测定糖结构的一种有效的方法，利用该反应可以确定糖环的大小。例如，为确定葡萄糖以呋喃环存在还是以吡喃环存在，可先将其甲苷化，然后与高碘酸反应。若是以吡喃环存在，消耗二分子高碘酸，生成一分子甲酸；若是以呋喃环存在，消耗同样多的高碘酸，但生成一分子甲醛。

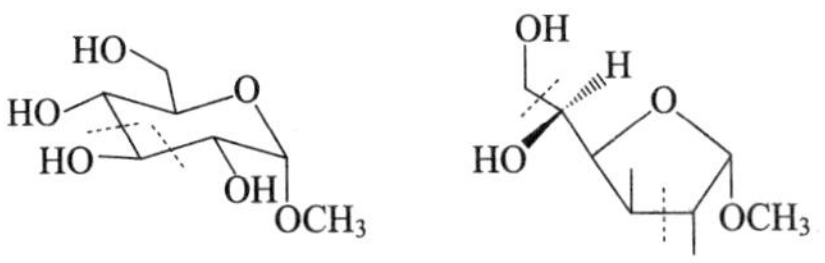

α-D-吡喃葡萄糖甲苷　　α-D-呋喃葡萄糖甲苷

除此之外，高碘酸氧化法还可用于多糖中苷键连接位置的确定。

第二节　寡　　糖

寡糖又称低聚糖，是由单糖通过脱水以苷键连接而成的化合物。寡糖水解后能生成2～9个单糖。根据寡糖中单糖的数目，又可把寡糖分作双糖、三糖……其中最广泛存在的是由两个单糖构成的双糖，两个单糖可以相同，也可以不同。连接双糖的苷键可以是一个单糖的半缩醛羟基或半缩酮羟基，即苷羟基与另一个单糖的醇羟基脱水；也可以是两个单糖都用苷羟基脱水而成。根据双糖分子中是否含有苷羟基，可将其分成非还原糖和还原糖两类。本节主要讨论常见的双糖和近年来药学领域中备受关注的一个低聚糖——环糊精。

一、还原性双糖

还原性双糖是由一个单糖分子的苷羟基与另一个单糖分子的醇羟基脱去一分子水相互连接而成。由这种方式所构成的双糖，分子中仍保留一个苷羟基，在水溶液中依然存在氧环式与开链式的互变平衡，因而具有变旋现象，能够成脎，仍具有还原性。如麦芽糖和乳糖等。

（一）麦芽糖

淀粉在稀酸中部分水解时，可得到（+）-麦芽糖（maltose），淀粉发酵成乙醇的过程中也可得到（+）-麦芽糖。（+）-麦芽糖可被麦芽糖酶水解成两分子的D-葡萄糖，此酶是专一性水解α-糖苷键的，由此可知，（+）-麦芽糖是由两个D-葡萄糖以α-糖苷键相连。麦芽糖中具有还原性的葡萄糖分子的C_4羟基参与了苷键的形成，这个葡萄糖仍保留有游离的苷羟基，所以（+）-麦芽糖是以α-1,4苷键（常以α-1→4表示）连接的具有还原性的双糖。其形成结构如下：

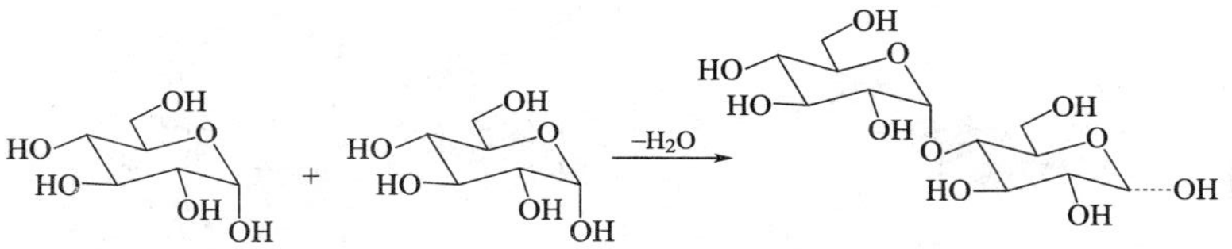

麦芽糖能够成脎，有变旋现象和还原性，当被溴水氧化时，麦芽糖只生成一元羧酸。还原性的双糖命名时把保留苷羟基的糖单元做母体，糖苷基作为取代基。麦芽糖的全名为4-O-(α-D-吡喃葡萄糖基)-D-吡喃葡萄糖。结晶状态的（+）-麦芽糖，游离的苷羟基为β-构型，但在水溶液中，变旋产生α-和β-异构体的混合物，故C_1的构型可不标出。

（二）纤维二糖

纤维二糖（celloiose）是纤维素的结构单位，是纤维素（棉纤维）经一定方法处理后部分水解的产物。化学性质与麦芽糖相似，具有还原性和变旋现象。它的水溶液是右旋的。（+）-纤维二糖不能被麦芽糖酶水解，只能被苦杏仁酶水解成两分子的D-葡萄糖，此酶是专一性水解β-糖苷键的，所以（+）-纤维二糖是由两个D-葡萄糖以β-糖苷键相连而成的还原性双糖。其结构如下：

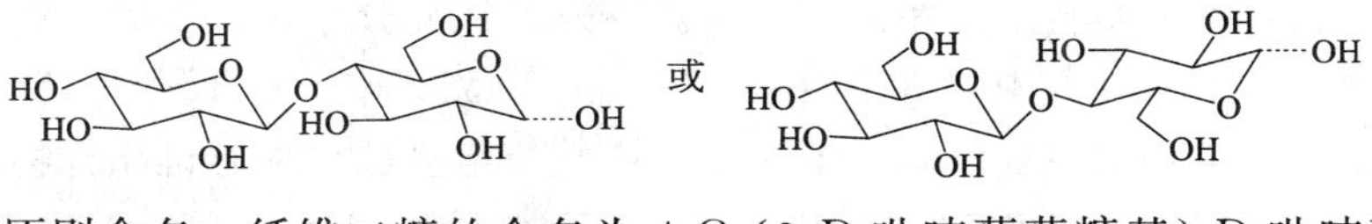

按前所述原则命名，纤维二糖的全名为4-O-(β-D-吡喃葡萄糖基)-D-吡喃葡萄糖。从结构分析，纤维二糖是麦芽糖的同分异构体，两者只在于苷键的构型不同，纤维二糖为β-1,4苷键，麦芽糖为α-1,4苷键。但两者在生理活性上有很大差别。麦芽糖具有甜味而纤维二糖则无甜味，在人体内麦芽糖酶能水解麦芽糖，而不能水解纤维二糖，故人类能消化淀粉而不能消化纤维素。因食草动物的体内有水解β-苷键的酶，所以它能够消化纤维素，以纤维性植物为饲料。

（三）乳糖

乳糖（lactose）存在于哺乳动物的乳汁中，在牛乳中含4.6%～4.7%，在人乳中含6%～8%。在工业上，可从制取乳酪的副产物乳清中获得。乳糖是还原糖，有变旋现象。当用苦杏仁酶水解时，可得到等量的D-吡喃葡萄糖和D-半乳糖，这说明乳糖是由一分子葡萄糖和一分子半乳糖结合而成的，且分子中的糖苷键为β-型。前面讨论的麦芽糖和纤维二糖是由两分子的葡萄糖脱水形成，而乳糖是由两个不同的单糖分子脱水形成，就必需确定葡萄糖和半乳糖哪个是还原糖单元；哪个是糖苷基；还原糖部分是以哪个羟基与苷元成苷的；两个单糖部分是以吡喃环还是以呋喃环存在等问题。

现以乳糖为例，简单介绍糖结构的确定方法。制备乳糖脎并水解，生成D-半乳糖和D-葡萄糖脎；用溴水氧化乳糖得乳糖酸并水解，生成了D-葡萄糖酸和D-半乳糖。由此可知，还原糖单元是D-葡萄糖，糖苷基是D-半乳糖。将乳糖酸甲基化后生成八-O-甲基-D-乳糖酸，此酸再经酸水解，得到2,3,5,6-四-O-甲基-D-葡萄糖酸和2,3,4,6-四-O-甲基-D-半乳糖，以上结果可说明，乳糖中葡萄糖分子是以C_4-羟基与半乳糖的苷羟基缩水结合的，D-葡萄糖和D-半乳糖都是以吡喃环形式存在，(+)-乳糖分子中的苷键为β-1,4连接，乳糖具有还原性。具体过程如下：

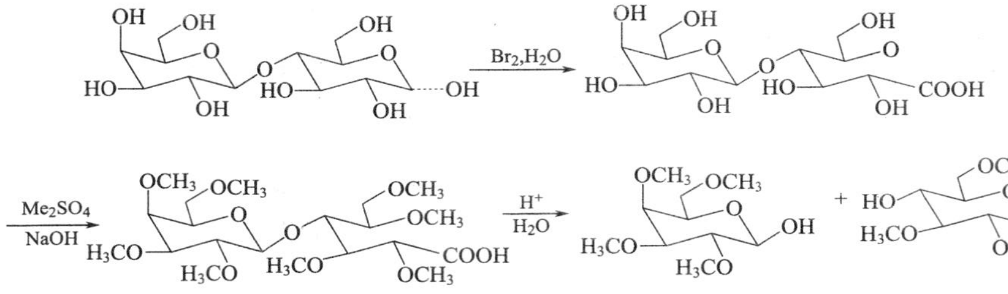

所以乳糖的全名为4-O-(β-D-吡喃半乳糖基)-D-吡喃葡萄糖。

二、非还原性双糖

非还原双糖是由两个单糖分子的苷羟基脱一分子的水而相互连接，分子中就不再有苷羟基，在水溶液中不能通过开环转化成开链式结构，故无还原性，不能生成糖脎，无变旋现象。如蔗糖和海藻糖等。

（一）蔗糖

蔗糖是右旋糖，它就是普通食用的白糖。蔗糖是自然界分布最广泛的二糖，所有有光合作用的植物都含有蔗糖。甘蔗中含有16%～26%蔗糖，甜菜中含有12%～15%蔗糖，甘蔗、甜菜等是工业上制取蔗糖的主要原料。蔗糖是生产数量最多的一种有机化合物，世界上每年生产的蔗糖在1亿吨左右。蔗糖与其他糖不同，很容易结晶，很甜，但甜度低于最甜的糖——D-(－)-果糖。

(+)-蔗糖由α-D-吡喃葡萄糖的半缩醛羟基与β-D-呋喃果糖的半缩酮羟基之间缩去一分子水形成，全名为α-D-吡喃葡萄糖基-β-D-呋喃果糖苷，或β-D-呋喃果糖基-α-D-吡喃葡萄糖苷。其形成过程如下：

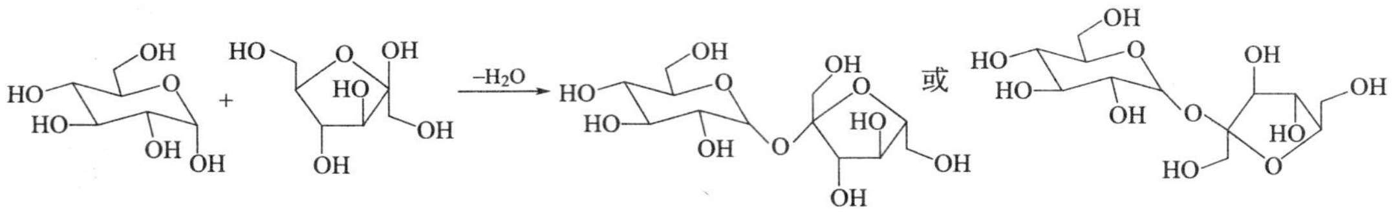

蔗糖分子中不存在游离的苷羟基，无变旋现象，不能成脎，不能还原吐伦试剂和斐林试剂，因此是非还原糖。

（二）海藻糖

海藻糖（trehalose）是一种安全、可靠的天然糖类，1832 年由 Wiggers 将其从黑麦的麦角菌中首次提取出来，随后的研究发现海藻糖在自然界中许多可食用动植物及微生物体内都广泛存在，如人们日常生活中食用的蘑菇类、海藻类、豆类、虾、面包、啤酒及酵母发酵食品中都有含量较高的海藻糖。

海藻糖是由两个葡萄糖分子通过 α,α-(1,1)-糖苷键连接成的非还原性双糖，全名为 α-D-吡喃葡萄糖基-α-D-吡喃葡萄糖苷。结构如下：

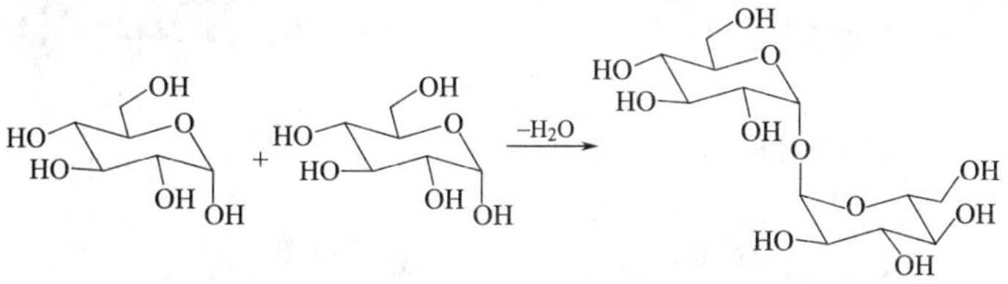

海藻糖分子中不存在游离的苷羟基，故是非还原性双糖，性质非常稳定。

海藻糖在科学界素有“生命之糖”的美誉，海藻糖对生物体具有神奇的保护作用，海藻糖在高温、高寒、高渗透压及干燥失水等恶劣环境条件下在细胞表面能形成独特的保护膜，有效地保护蛋白质分子不变性失活，从而维持生命体的生命过程和生物特征。许多对外界恶劣环境表现出非凡抗逆耐受力的物种，都与它们体内存在大量的海藻糖有直接的关系。与其他糖类一样，海藻糖也可广泛应用于食品业，包括饮料、巧克力及糖果、烘烤制品和速冻食品。由于它致龋性的降低，作为主要的增甜剂或结合其他低致龋性增甜剂，海藻糖可用于配制益牙产品。特级海藻糖可与多元醇合用制作巧克力，其溶解时吸收的热量可使多元醇的冷却效应降到最低。

海藻糖作为一种新型的药物和化妆品添加剂得到广泛的应用。在医学上已经成功地应用海藻糖替代血浆蛋白作为血液制品、疫苗、淋巴细胞、细胞组织等生物活性物质的稳定剂。海藻糖不仅可以在常温条件下干燥存放，更重要的是可以防止因血源污染而引起乙肝、艾滋病等致命疾病的传播。

三、环糊精

环糊精（cyclodextrin）简称 CD，是由 6、7、8 个 D-(＋)-吡喃葡萄糖通过 α-1,4 糖苷键形成的一类环状低聚糖。根据成环的葡萄糖数目，通常将其分为 α、β 和 γ-环糊精三种，简称 α、β 和 γ-CD。作为一种新型的药物载体，环糊精应用极其广泛，尤其是β-环糊精的应用最普遍。β-环糊精是由 7 个葡萄糖通过 α-1,4 苷键形成的筒状化合物，化学结构见图 16-2。

β-CD 的分子结构比较特殊，每个葡萄糖单位上 C_2、C_3、C_6 的羟基都处在分子的外部，C_3、C_5 上的氢原子和苷键氧原子位于筒状的孔腔内，所以 β-CD 分子的外部呈极性，内腔为非极性。β-CD 的孔腔能选择性地包合多种结构与其匹配的脂溶性化合物，通过分子间特殊的作用力形成主体-客体包合物（host-guest inclusion complex），这一特性在药物制剂、

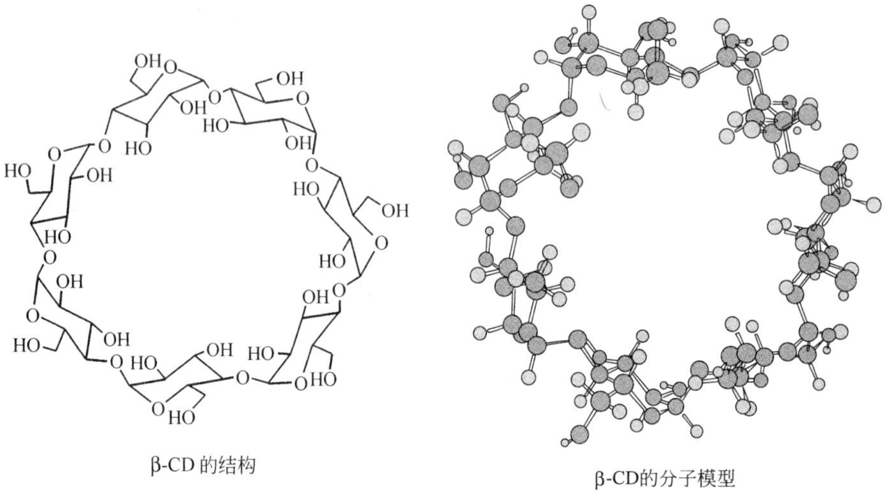

图 16-2 β-CD 的结构和分子模型图

络合催化、模拟酶等方面颇有意义。

因形成包合物后能够改变被包合物的理化性质，如能降低挥发性、提高水溶性和化学稳定性等，所以包合技术在医药、农药、食品、化工以及在有机合成和催化方面多有应用。中药挥发油易于挥发，难溶于水，给制剂加工和贮存带来诸多不便。当将其制备成 CD 包合物后，上述缺陷可得到明显的改善。在有机合成方面，加入 CD 往往可以提高反应速度和反应选择性。如苯甲醚在次氯酸作用下的氯化反应，无 CD 存在时一般生成 33％的邻氯产物和 67％的对氯产物。但当加入 β-CD 后，进入 CD 孔腔的苯环只有对位不受 CD 屏蔽，因而反应可选择性地发生在对位，生成 96％的对氯苯甲醚。

CD 与被包合物的主体-客体关系非常像酶与底物的作用，因此 CD 及其衍生物已成为目前广泛研究的酶模型之一。

第三节 多 糖

多糖是高分子化合物，与低聚糖相比，其分子中含有更多数目的单糖单位。自然界大部分多糖都含有 80～100 个单糖单位，也有分子量更大的。多糖主要有直链和支链两种，个别也有环状。连接单糖的苷键主要有 α-1,4、β-1,4 和 α-1,6 三种，前两种在直链多糖中常见，支链多糖的链与链的连接点是 α-1,6 苷键。多糖分子中虽有苷羟基，但由于分子量很大，所以它们没有还原性和变旋现象。多糖水解常经历多步过程，先生成分子量较小的多糖，再生成寡糖，最后才是单糖。绝大多数的多糖不溶于水，个别多糖虽溶于水，但只形成胶体溶液。它们都是无定形粉末，无甜味。

纤维素和淀粉与人类生活最密切，是最重要的多糖。

一、纤维素及其衍生物

纤维素（cellulose）是自然界分布最广、存在数量最多的有机物，是植物细胞的主要结构成分。棉花中纤维素含量最高，约含 98%（干基），纯的纤维素最容易从棉纤维获得；木材中纤维素含量约 40%～50%，虽然少，但它的来源丰富，价格低廉，是工业用纤维素的最主要来源。在实验室里，滤纸是最纯的纤维素来源。

纤维素是 D-葡萄糖以 β-1,4 苷键连接而成的聚合物。结构如下：

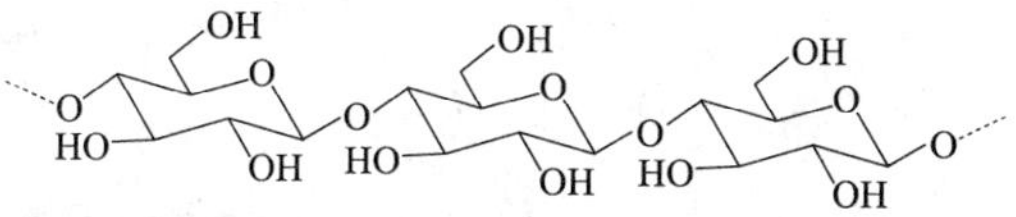

纤维素纯品是无色、无味、无臭，不溶于水的白色物质，也不溶于乙醇、醚和苯等有机溶剂。纤维素的结构单位是 D-葡萄糖，在植物中存在的天然纤维素分子中含 1000～15000 个葡萄糖单位。但在分离纤维素的过程中往往会发生降解。纤维素长长的分子链之间通过氢键聚集在一起，木材的强度主要取决于相邻长链间形成氢键的多少。

人体胃部不含有分解纤维素的酶，因此不能消化利用纤维素；而反刍动物的消化道能产生消化纤维素的微生物，故动物能从纤维素中吸取和利用葡萄糖。

纤维素及其衍生物的用途很广，除可造纸外，其衍生物如醋酸纤维素、硝化纤维素、羧甲基纤维素等可制成人造丝、油漆、塑料等。现对羧甲基纤维素进行简单介绍。

羧甲基纤维素（carboxy methyl cellulose）是将纤维素用碱处理后膨胀生成纤维碱，再与氯乙酸作用而制得。

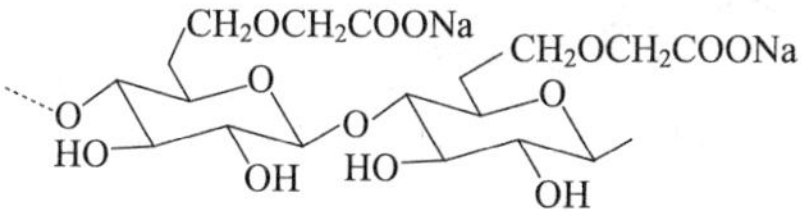

$$\underset{\text{纤维素}}{ROH} + NaOH \longrightarrow \underset{\text{纤维碱}}{RONa} + H_2O$$

$$\underset{\text{纤维碱}}{RONa} + ClCH_2COOH + NaOH \longrightarrow \underset{\text{羧甲基纤维素}}{ROCH_2COONa} + NaCl$$

羧甲基纤维素为白色、无臭、无味且具潮解性的粉末，于 226℃～228℃间变褐色，252℃～253℃炭化。在冷水和热水中都能溶解，pH 值为 6.5～8.0。不溶于一般有机溶剂，对光和热较稳定，为轻泻剂，还可用作乳化剂、混悬剂、黏合剂和延效剂。

二、淀粉

在植物和动物中，淀粉（starch）是位列第二的最丰富多糖，也是人类获取糖类的主要来源。淀粉是白色、无臭、无味的粉末状物质。天然淀粉可分为直链淀粉（amylose）和支链淀粉（amylopectin）两类。前者存在于淀粉的内层，后者存在于淀粉的外层，组成淀粉的皮质。

直链淀粉一般由 250～300 个 D-葡萄糖以 α-1,4 糖苷键连接而成，呈线型直链。化学结构如下：

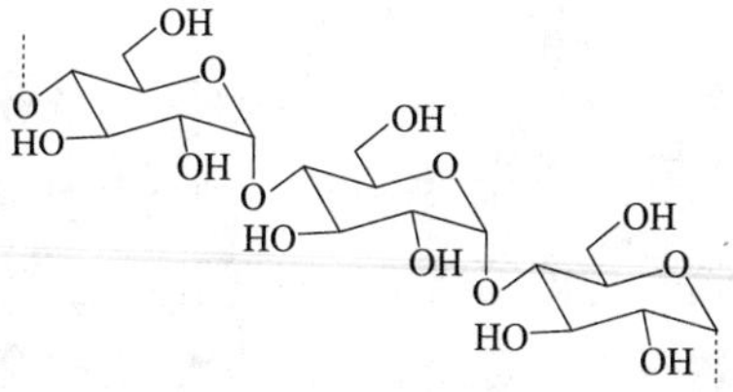

由于 α-1,4 苷键的氧原子有一定的键角，且单键可相对转动，分子内适宜位置的羟基间能形成氢键，所以直链淀粉具有规则的螺旋状空间结构。每个螺旋圈有六个 D-葡萄糖单位。淀粉与碘呈紫色，此为直链淀粉的定性鉴定反应。目前认为可能是因碘分子与直链淀粉的孔腔匹配，可进入该旋螺中，借助范德华力而形成了一种分子复合物的缘故。

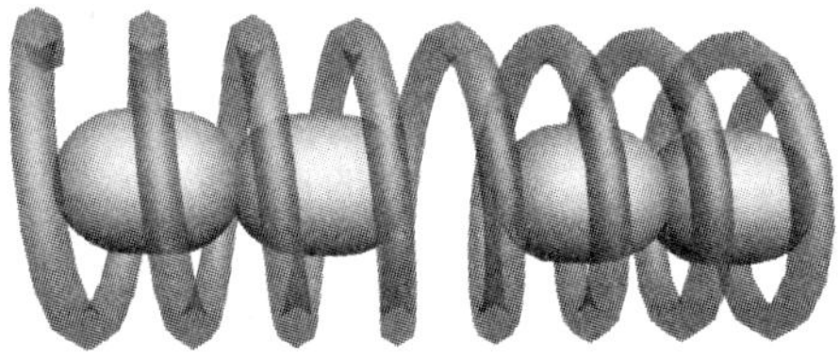

图 16-3　直链淀粉的旋螺图

支链淀粉的分子量因来源不同而异，一般含 6000～40000 个 D-葡萄糖。支链淀粉分子中，主链由 α-1,4 苷键连接，分支处为 α-1,6 苷键。化学结构如下：

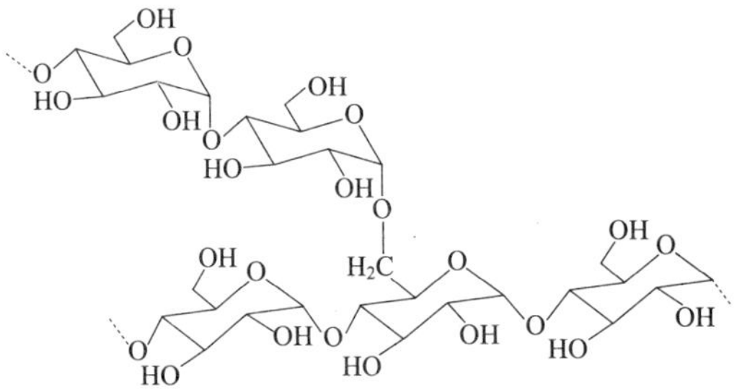

直链淀粉难溶于冷水，易溶于热水而不成糊状。由于热量使直链淀粉螺旋状结构伸展，使分子易与水分子形成氢键而被溶解。支链淀粉在热水中也不溶，但可膨胀成糊状，是由于支链淀粉的螺旋形结构在热水中虽有所伸展，但由于分子中有许多支链，它们彼此纠缠而产生糊化现象。

三、糖原

糖原（glycogen）也称肝淀粉，是动物体内葡萄糖的一种贮存形式，在肝脏和骨骼肌中含量较多。当人体的血糖浓度低于正常水平时（低血糖），糖原便分解出葡萄糖供机体利用。从结构上看，糖原和支链淀粉很相似，但分支更密，每隔 8～10 个葡萄糖残基就出现一个 α-1,6 苷键相连的分支。分支有很重要的作用：可增加溶解度；较多的分支会带来较多的还原性末端，它们是糖原合成或分解时与酶的作用部位，对提高糖原的合成与降解速度至关重要。糖原与碘作用呈紫红色至红褐色。

四、甲壳质和壳糖胺

甲壳质（chitin）也叫甲壳素、几丁质等，是一种动物性食用纤维，在甲壳类动物外壳、节肢动物表皮，低等动物细胞膜、高等植物细胞壁等生物组织中广泛存在。它是继淀粉、纤维素之后正在开发的第三大生物资源，自然界中每年的生物合成量达 1000 亿吨之多。甲壳质是由 2-乙酰氨基葡萄糖通过 β-1,4 糖苷键连接而成的直链多糖。化学结构如下：

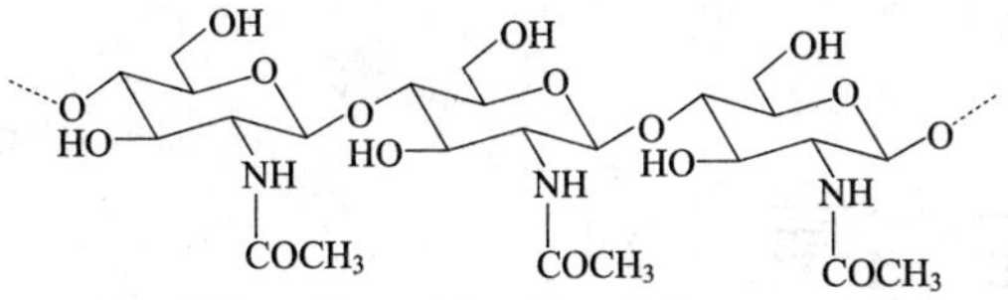

甲壳质脱乙酰基后，生成的产物叫做壳糖胺（chitosan）。化学结构如下：

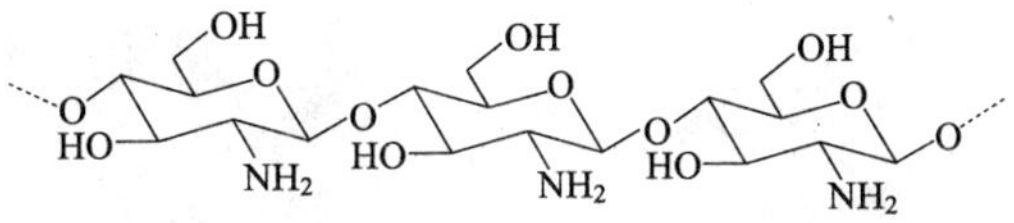

与纤维素相比，两者的差别仅仅在于壳糖胺只是把纤维素中葡萄糖的 C_2—OH 换为—NH_2而已。或者说，壳糖胺是由 2-氨基葡萄糖通过 β-1,4 糖苷键而形成的动物性纤维素。

现代药理学研究表明，壳糖胺及其水解产物或部分水解产物具有各种生理和药理活性。如壳糖胺具有调节人体生理生化功能的作用，能增强人体的免疫力，抑制肿瘤，降低血糖、血脂和胆固醇，能促进伤口愈合和断骨再生，并具有解毒排毒等功能。壳糖胺的水解产物是人体细胞或组织必需的生物活性物质，与人体组织有良好的生物相容性。目前对于它们的研究和开发利用，已经成为多糖研究的一个热点。

第十七章 萜类和甾体化合物

萜类化合物（terpenoids）广泛存在于自然界，是从植物中提取得到的香精油、树脂、皂苷、色素的主要成分。甾体化合物（steroidal compound）存在于生物体内，它们有的是药物的有效成分，有的可用作合成药物的原料。因此，这两类天然产物与药学的关系极为密切。

第一节 萜类化合物

一、概述、定义、分类和命名

许多植物的茎、叶、花和果实以及某些树木，经水蒸气蒸馏或溶剂提取可得到一系列具有香味的物质。这些物质具有一定的生理活性，在临床上具有保肝、利胆、平喘、止咳、祛风、发汗、抗菌和镇痛等作用。从化学结构来看，这些化合物是异戊二烯（$CH_2{=}\underset{|\atop CH_3}{C}{-}CH{=}CH_2$）单位以不同数目，按不同方式连接而成的烃类化合物及其衍生物。

以下是两个分子的异戊二烯通过头尾连接而形成萜烯（萜是十的意思）的情况：

$$\overset{头}{CH_2}{=}\underset{|\atop CH_3}{C}{-}CH{=}\overset{尾}{CH_2} + \overset{头}{CH_2}{=}\underset{|\atop CH_3}{C}{-}CH{=}\overset{尾}{CH_2}$$

$$\overset{头}{CH_2}{=}\underset{|\atop CH_3}{C}{-}CH_2{-}\overset{尾}{CH_2}{-}\vdots{-}\overset{头}{CH}{=}\underset{|\atop CH_3}{C}{-}CH{=}\overset{尾}{CH_2}$$

异戊二烯分子相互之间可连接成链状，也可连接成环状。例如：罗勒烯（ocimene）是两个异戊二烯头尾连接而成的链状化合物。苧烯（limonene）是两个异戊二烯连接而成的环状化合物。

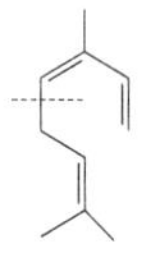

罗勒烯

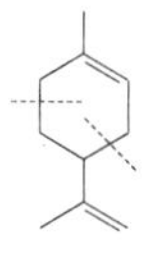

苧烯

萜类化合物的碳干骨架可划分为若干个异戊二烯单位或萜类化合物分子的骨架，可看成异戊二烯的聚合体。这种结构特点叫做萜类化合物的异戊二烯规律。

尽管萜类化合物的碳架符合异戊二烯规律，而且 Bouchardat 于 1875 年曾以异戊二烯为原料合成了苧烯，但在生物体内，萜类化合物并非是异戊二烯相互聚合而形成的，经同位素标记的生物合成实验证明，植物体内形成萜类的真正前体是由醋酸生成的甲戊二羟酸（mevalonic acid）。所以，也可以说凡是由甲戊二羟酸衍生而成，且分子式符合（C_5H_8）$_n$ 通式的衍生物均称萜类化合物。

萜类化合物骨架庞杂、种类繁多、数目巨大，为了便于学习，仍沿用经典的 Wallach 异戊二烯法则（isoprene rule），即按分子中异戊二烯单位的数目进行分类，见表 17-1。

表 17-1　萜类化合物的分类及存在形式

类　别	异戊二烯单位	碳原子数	存在形式
单萜(monoterpenoids)	2	10	挥发油
倍半萜(sesquiterpenoids)	3	15	挥发油
二萜(diterpenoids)	4	20	树脂、植物醇、叶绿素
二倍半萜(sesterterpenoids)	5	25	植物病菌、昆虫代谢物
三萜(triterpenoids)	6	30	皂苷、树脂、植物乳汁
四萜(tetraterpenoids)	8	40	植物胡萝卜素
多萜(polyterpenoids)	>8	>40	橡胶、硬橡胶

萜类化合物的命名一般采用俗名，也可用系统命名法。例如：

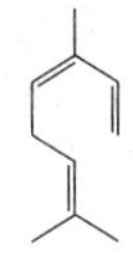

罗勒烯

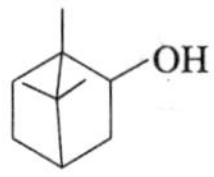

龙脑

罗勒烯（ocimene）是从罗勒叶中提取得到的，又因分子中含有碳碳双键，所以根据来源叫罗勒烯。

罗勒烯用系统命名法命名为：3,7-二甲基-1,3,6-辛三烯。

龙脑（borneol）得自于龙脑香树的树干空洞内的渗出物，根据来源叫龙脑。

龙脑用系统命名法命名为：1,7,7-三甲基二环［2.2.1］-2-庚醇。

二、单萜类化合物

单萜（monoterpenoids）的基本骨架是由两个异戊二烯构成，含有 10 个碳原子的化合物。是挥发油的主要成分，能随水蒸气蒸馏出来，沸点在 140℃～180℃之间，其含氧衍生物的沸点在 200℃～300℃之间。根据两个异戊二烯连接方式不同，单萜又分为开链单萜、单环单萜和双环单萜等。

（一）开链单萜

开链单萜（open-chain monoterpenoids）是由两个异戊二烯单位连接而成的开链化合物，基本骨架为：

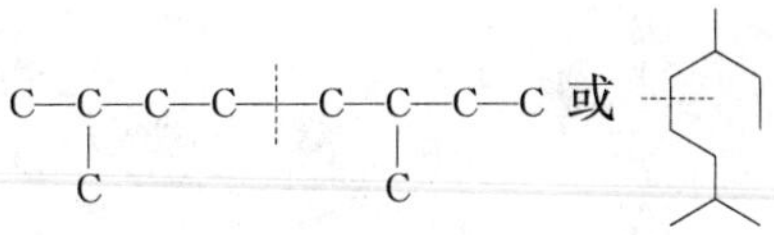

开链单萜中比较重要的是罗勒烯和月桂烯及一些含氧衍生物，它们都是珍贵的香料。

1. 罗勒烯和月桂烯

罗勒烯（ocimene）　　月桂烯（myrcene）

二者碳架相同，只是双键位置不同，互为同分异构体。罗勒烯是从罗勒叶中提取得到的，也存在于某些植物和中药的挥发油中，是有香味的液体，沸点 176℃～178℃，因含有双键，故不稳定，易氧化、聚合。月桂烯也叫香叶烯（geranene）是从月桂油中提取得到的具有香味的液体，沸点 171℃，同样因为含有双键不稳定，也容易氧化、聚合。

2. 柠檬醛

柠檬醛（citral）是 α-柠檬醛 α-citral(香叶醛 geranial）和 β-柠檬醛 β-citral(橙花醛 neral)的混合物，其中 α-柠檬醛含量约占 90%，β-柠檬醛约占 10%。

α-柠檬醛(*E* 式 90%)　　β-柠檬醛(*Z* 式 10%)

柠檬醛

柠檬醛是由热带植物柠檬草中提取得到的柠檬油的主要成分，在柠檬油中含 70%～80%，也存在于橘皮油中，一般为无色或浅黄色液体，具有强烈的柠檬香味，是制造香料及合成维生素 A 的重要原料。

3. 香叶醇和橙花醇

香叶醇（geraniol）又称“牻牛儿醇”(geraniol)，与橙花醇（nerol）互为顺反异构体。

香叶醇(*E* 式)　　橙花醇(*Z* 式)

香叶醇是香叶油、柠檬草油等的主要成分，具有类似玫瑰的香味。橙花醇存在于橙花油、柠檬草油和多种植物的挥发油中，也具有玫瑰香味，二者都是香料工业不可缺少的原料，其中橙花醇香气比较温和，更适合做香料。

（二）单环单萜

单环单萜（monocyclic monoterpenoids）是由两个异戊二烯连接而成的六元环状化合物，其基本骨架为：

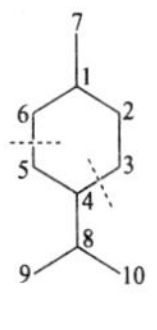

单环单萜中种类较多，其中比较重要的有苧烯、薄荷醇等。

1. 苧烯

苧烯（limonene）化学名1,8-萜二烯，也称柠檬烯。结构中有一个手性碳原子，因此有一对对映异构体，左旋体存在于松针中，右旋体存在于柠檬油中，都是无色液体，有柠檬香味，可做香料。外消旋体存在于松节油中。

2. 薄荷醇

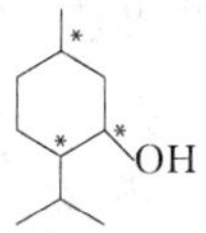

薄荷醇（menthol）化学名3-萜醇，其分子中含有三个手性碳原子故有八个（四对）对映异构体，即（±）-薄荷醇，（±）-异薄荷醇，（±）-新薄荷醇，（±）-新异薄荷醇。

（±）-薄荷醇　（±）-异薄荷醇　（±）-新薄荷醇　（±）-新异薄荷醇

但天然薄荷醇只有一种左旋体，其构象式为：

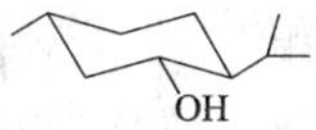

由于（—）-薄荷醇的取代基（甲基、异丙基、羟基）都处于e键，是优势构象，所以薄荷油中的主要成分是（—）-薄荷醇，其次是（+）-新薄荷醇，其余6种异构体都是人工合成产品。

（—）-薄荷醇又称薄荷脑（mentha camphor或menthol）是无色针状结晶，熔点43℃，难溶于水，易溶于有机溶剂。有强烈的穿透性香味，并有杀菌和局部止痒作用，被广泛用于医药、化妆品和食品工业，如清凉油、仁丹、痱子粉、牙膏、饮料、糖果、化妆品等。

（三）双环单萜

双环单萜（bicyclic monoterpene）是两个异戊二烯单位连接而成的一个六元环并桥合而成的三至五元环的桥环化合物。它们的母体主要是苧、蒈、莰、蒎、葑。这几个双环单萜基本骨架如下：

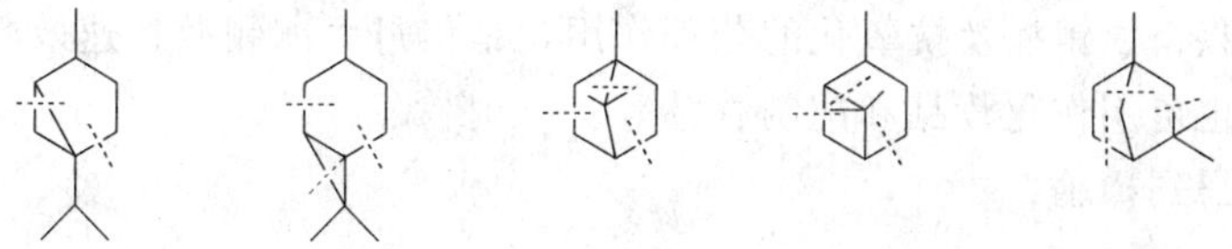

苧(烷) (thujane)　蒈(烷) (carane)　莰(烷) (camphene)　蒎(烷) (pinane)　葑(烷) (fenchane)

这五种母核本身并不存在于自然界，但它们的某些不饱和衍生物和含氧衍生物则广泛存在于植物中，其中蒎烷和莰烷的衍生物与药学关系比较密切。

1. 蒎烯

蒎烯（pinene）根据双键位置不同，有α-、β-、δ-三种异构体。

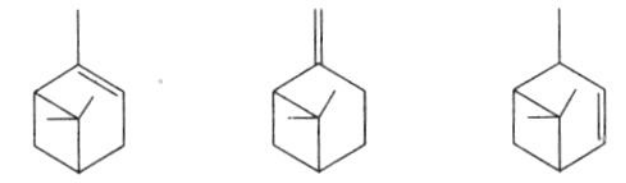

α-蒎烯 (α-pinene)　β-蒎烯 (β-pinene)　δ-蒎烯 (δ-pinene)

自然界中存在最多的是α-蒎烯，在松节油中约含70%～80%，β-蒎烯也存在于松节油中，但含量较少。松节油在医药上用做局部止痛剂，也是合成樟脑和龙脑的原料。

2. 樟脑

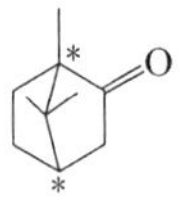

樟脑（camphor）化学名2-莰酮，分子中有两个手性碳原子，应有四个（两对）对映异构体，但实际上只有一对稳定的对映体，这是由于以桥相连的手性碳（C_1 和 C_4）上的氢和甲基只能在环的同一边，即顺式桥连，因而使异构体数目减少。

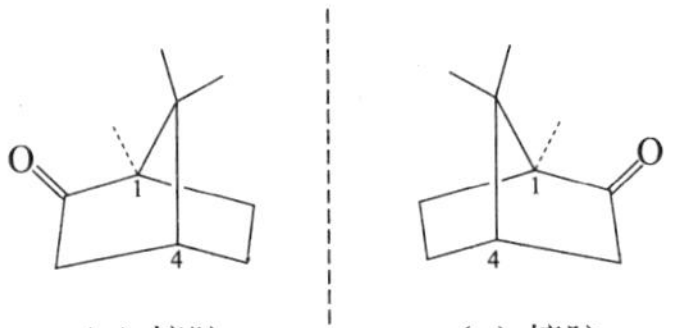

(+)-樟脑　(−)-樟脑

樟脑主要存在樟树的挥发油中，主要产地是我国台湾、福建等地。自然界存在的樟脑主要是右旋体，人工合成的樟脑为外消旋体。樟脑有强心效能和愉快的香味，可用作强心剂、兴奋剂、祛痰剂和防蛀剂。樟脑也是硝化纤维素的增朔剂。樟脑分布不广，工业上用α-蒎烯合成樟脑。

3. 龙脑

龙脑（borneol）即中药冰片，化学名2-莰醇，其差向异构体是异龙脑（iscomphol）。

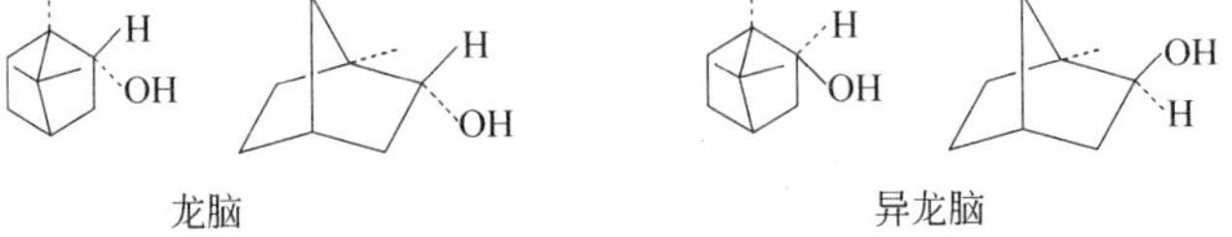

龙脑　异龙脑

龙脑主要存在于热带植物龙脑香树的木部挥发油中，一般为右旋体，左旋体存在于海南省产的艾纳香全草中，人工合成的是外消旋体。龙脑为无色透明六角形片状结晶，有清凉气味，具有发汗、兴奋、镇痛及抗氧化的药理作用，是仁丹、冰硼散、速效救心丸等许多中成药的有效成分，也可用作化妆品和配制香精等。

龙脑氧化可得到樟脑：

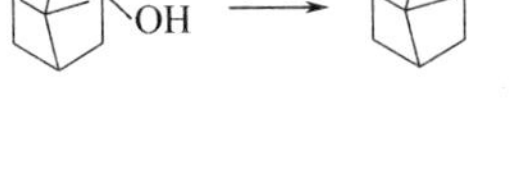

萜类化合物不仅异构体多，难以鉴别，并且容易发生重排反应，不易测定其结构，例如α-蒎烯与氯化氢作用生成2-氯化莰。

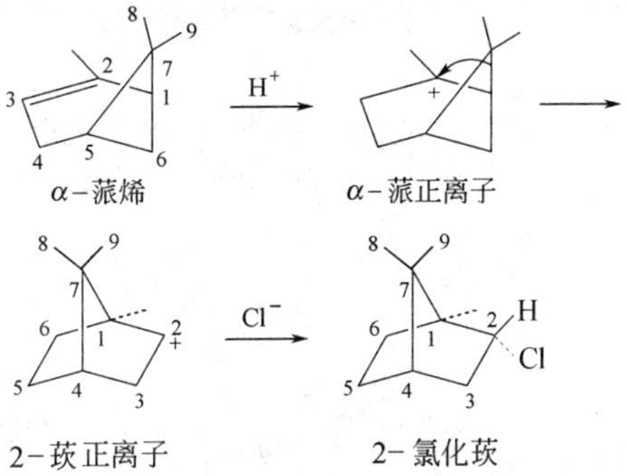

三、倍半萜类化合物

倍半萜类（sesquiterpenoids）是由三个异戊二烯单位构成，含有15个碳原子的化合物。主要分布在植物界和微生物界。多以挥发油的形式存在，是挥发油的高沸程（250℃～280℃）主要成分。在植物界中多以醇、酮、内酯或苷的形式存在。倍半萜的含氧衍生物多具有较强的香气和生物活性，是医药、食品、化妆品工业的重要原料。倍半萜类化合物种类繁多，结构复杂，其基本母核也分为链状、环状等，环系又可以是小环、普通环、中环以至大环。其化学结构只在近几十年才被人们所认识。

1. 金合欢烯

金合欢烯（farnesene）又称麝子油烯，存在于枇杷叶、生姜及洋甘菊的挥发油中。

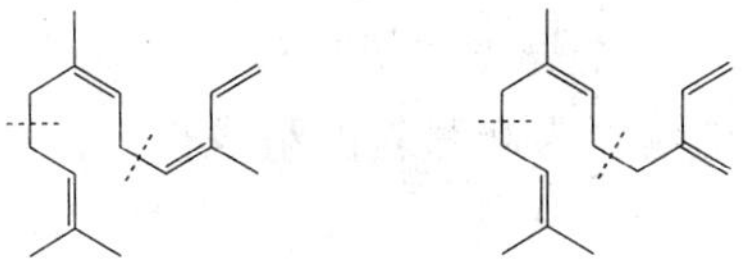

α-金合欢烯　　β-金合欢烯

金合欢烯有α-和β-两种异构体，其中β-体存在于藿香、啤酒花和生姜挥发油中。

2. 金合欢醇

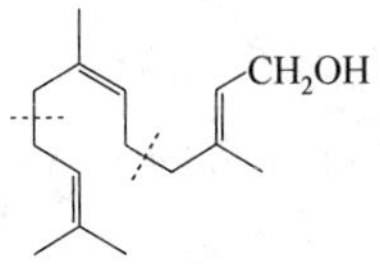

金合欢醇（farnesol）又称法尼醇，存在于香茅草、橙花、玫瑰等多种芳香植物的挥发油中，为无色油状液体，是一种名贵香料，也有昆虫保幼激素活性。

3. 姜烯

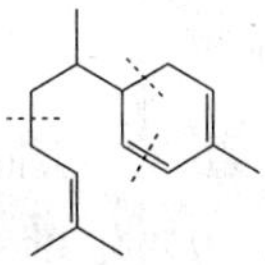

姜烯（zingiberene）是姜科植物姜根茎挥发油的主要成分，有祛风止痛作用，也可用作调味剂。

4. 杜鹃酮

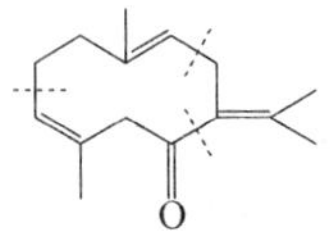

杜鹃酮（germacrone）又称大牻牛儿酮，存在于兴安杜鹃（东北满山红）叶的挥发油中，具有平喘、止咳、祛痰等作用，可用于治疗慢性气管炎。

5. 愈创木薁

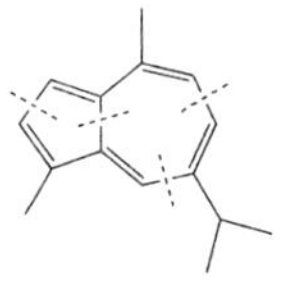

愈创木薁（guaiazulene）为蓝色片状结晶，存在于香樟、老鹳草的挥发油中，具有抗菌消炎作用，能促进烫伤面的愈合，是国内烫伤药的主要成分之一。

6. α-山道年

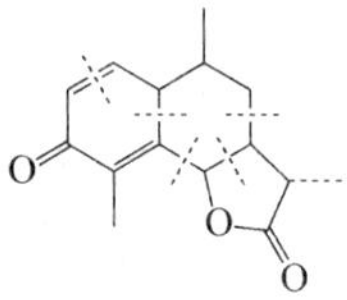

α-山道年（α-santonin）是山道年草或茴蒿未开放的头状花序或全草的主要成分，为无色结晶，不溶于水，易溶于有机溶剂，是一种肠道驱虫药，可用于治疗肠道寄生虫。

四、二萜类化合物

二萜类（diterpenoids）是由四个异戊二烯单位构成，含有 20 个碳原子的化合物。此类化合物广泛分布于植物界，如植物醇为叶绿素的组成部分。植物分泌的乳汁、树脂等均以二萜类衍生物为主，在松柏科植物中分布尤为普遍。许多二萜的衍生物具有多方面的生物活性，如穿心莲内酯、丹参酮、银杏内酯等，有些已是重要的药物。除植物外，菌类代谢产物中也发现了二萜类化合物，并且从海洋生物中也分离得到很多二萜的衍生物。

1. 植物醇

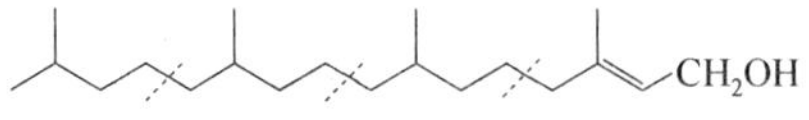

植物醇（phytol）也称叶绿醇，是叶绿素的水解产物之一，也是合成维生素 E 和维生素 K_1 的原料。

2. 维生素 A

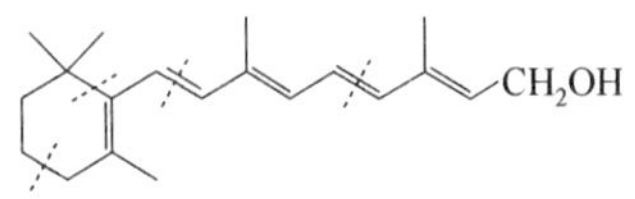

维生素 A_1

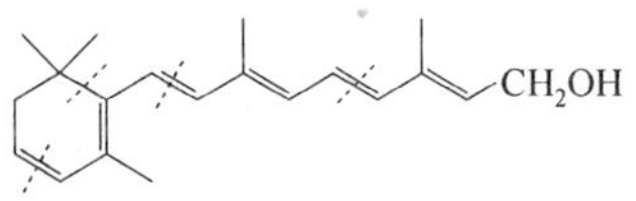

维生素 A_2

维生素 A(vitaminA) 有两种，维生素 A_1 和维生素 A_2，通常把维生素 A_1 称为维生素 A，维生素 A_2 的活性仅是维生素 A_1 的 40%。维生素 A 存在于动物的肝脏、奶油、蛋黄和鱼肝油中，是哺乳动物正常生长和发育所必需的物质，人体缺乏它可以导致皮肤粗糙、干眼症等。

3. 松香酸

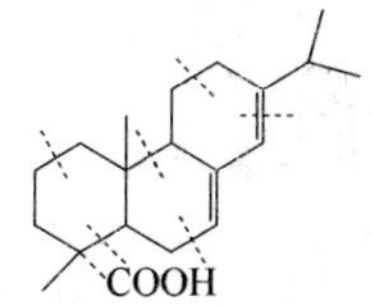

松香酸（abietic acid）是松香的主要成分，是造纸、涂料、塑料和制药工业的原料。其盐有乳化作用，可作肥皂的增泡剂。

4. 穿心莲内酯

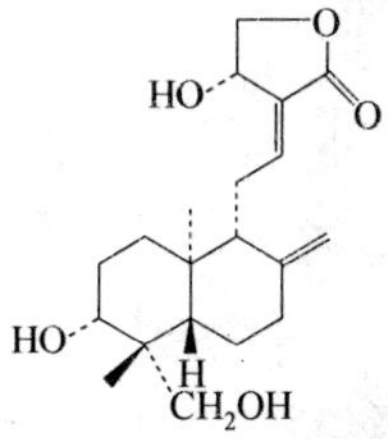

穿心莲内酯（andrographolide）系穿心莲（又称榄核莲、一见喜）中抗炎作用的主要活性成分，临床上用于治疗急性菌痢、胃肠炎、咽喉炎、感冒发热等，疗效显著。

五、三萜类化合物

三萜类（triterpenoids）是由六个异戊二烯单位构成，含有 30 个碳原子的化合物。此类化合物在自然界分布很广，菌类、蕨类、单子叶和双子叶等植物、动物及海洋生物中均有分布，它们以游离形式或者与糖结合成苷类或酯的形式存在。三萜类化合物具有广泛的生理活性，如抗癌、抗炎、抗菌、抗病毒、降低胆固醇、溶血、抗生育等。三萜的基本骨架以四或五环最常见，链状和三环为数不多。

1. 鲨烯

鲨烯（squalene）或角鲨烯，又称鱼肝油烯，存在于鲨鱼肝油及其他鱼类鱼肝油中的不皂化部分，在茶油、橄榄油中也含有。其结构特点是在分子的中心处两个异戊二烯尾尾相连，可以看作是由两分子金合欢醇焦磷酸酯缩合而成。

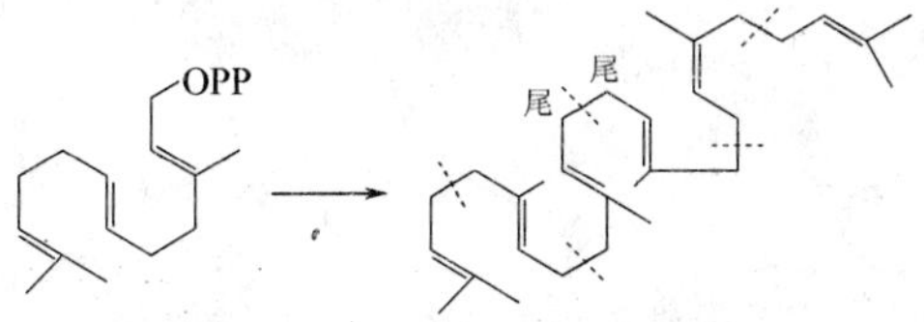

金合欢醇焦磷酸酯　　　　鲨烯(全反式)

鲨烯为不溶于水的油状液体，是杀菌剂，其饱和物可用作皮肤润滑剂。它又是合成羊毛甾醇的前体。

2. 甘草次酸

甘草为豆科甘草属植物，具有缓急、调和诸药的作用，为常用中药。甘草酸（glycyrrhizicacid）及其苷元甘草次酸（glycyrrhetinic acid）为其主要有效成分。甘草次酸在甘草中除游离存在外，主要是与两分子葡萄糖醛酸结合成甘草酸或称甘草皂苷。由于有甜味，又称甘草甜素。其结构如下：

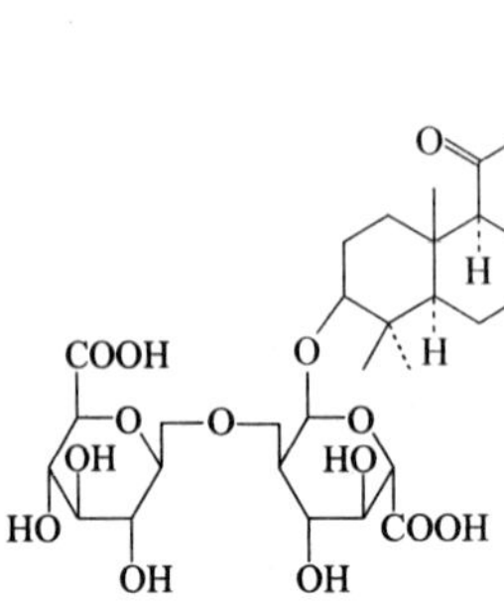

甘草酸

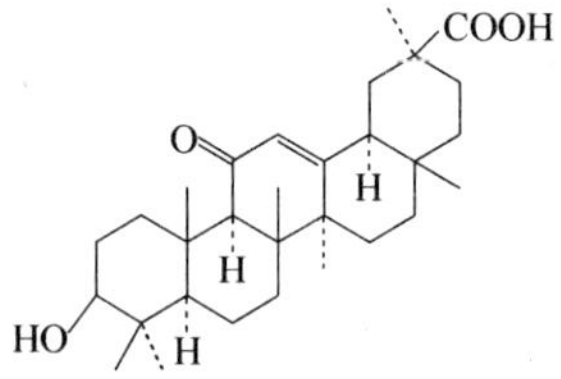

甘草次酸

3. 齐墩果酸

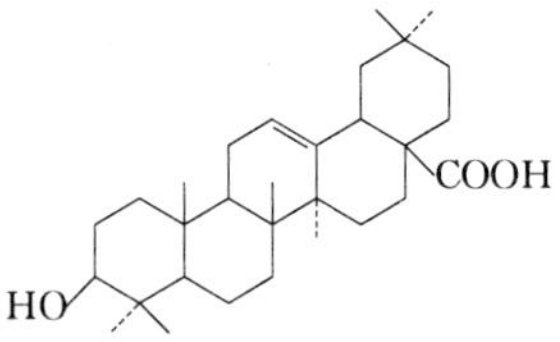

齐墩果酸（oleanolic acid）是由木本植物油橄榄（习称齐墩果）的叶中分离得到的。另外，在中药人参、牛膝、山楂、山茱萸等中都含有该化合物，经动物试验证明其具有降低转氨酶作用，对四氯化碳引起的大鼠急性肝损伤有明显的保护作用，可用于治疗急性黄疸型肝炎，对慢性肝炎也有一定的疗效。

六、四萜类化合物

四萜类（tetraterpenoids）是由八个异戊二烯单位构成，含有 40 个碳原子的化合物。通常把这类化合物称胡萝卜素类，这是因为胡萝卜素是 1831 年首次从胡萝卜中提取得到的。后来又发现很多结构与此类似的色素，所以通常把四萜称为胡萝卜类色素。这类化合物的结构特点是分子中含有较长的共轭体系，处于中间部位两个异戊二烯尾尾相连。

1. 胡萝卜素

胡萝卜素（carotene）广泛存在于植物的叶、茎和果实中。胡萝卜素有多种，最常见的是α-、β-、γ-三种异构体，其中β-体含量最多为 85%，它在动物体内能转化成维生素 A，所以也称为维生素 A 源。

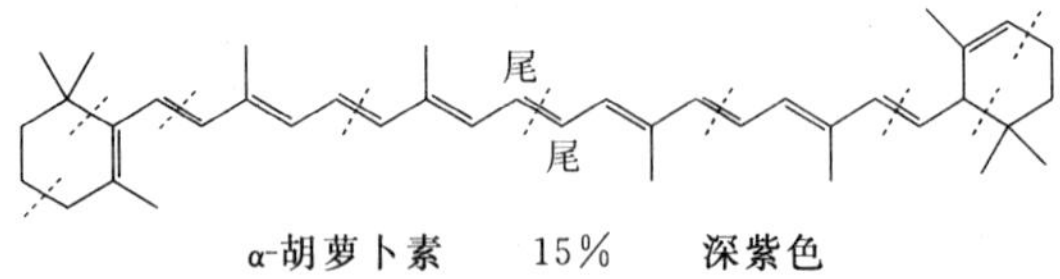

α-胡萝卜素　15%　深紫色

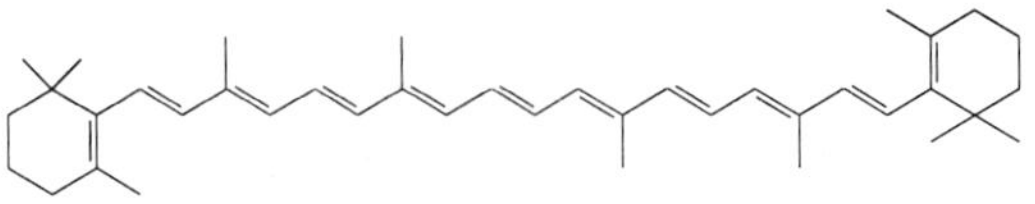

β-胡萝卜素　85%　深红色

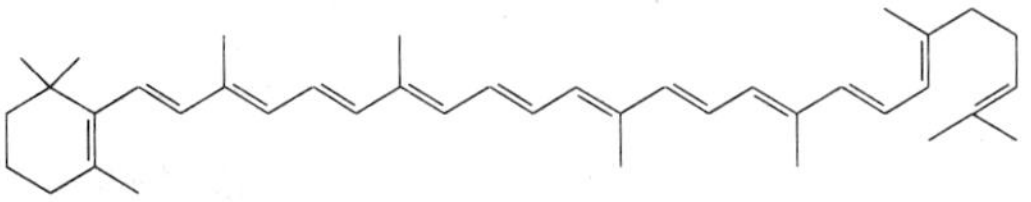

γ-胡萝卜素　0.1%　红色

2. 番茄红素

番茄红素（lycopene）是从番茄中得到的，许多其他果实中也存在，结构与γ-胡萝卜素相似，只是两端不是环，是开链化合物。

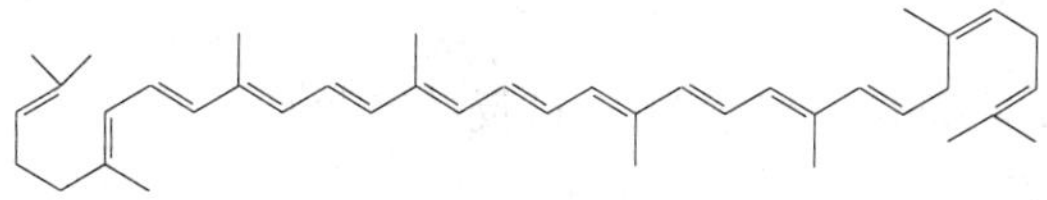

番茄红素

番茄红素在生物体内可以合成各种胡萝卜素。

第二节　甾体化合物

一、概述

甾体化合物（steroidal compound）是一类很重要的天然产物，广泛存在于动植物界。甾体化合物中很多具有重要的生理活性，如维生素、性激素、肾上腺皮质激素、强心苷等。其作用涉及生理、保健、医药、农业等诸多方面，对动植物生命起着重要的作用。

甾体化合物的结构中都含有一个“环戊烷并多氢菲”的甾核骨架，并且一般带有三个支链，其通式为：

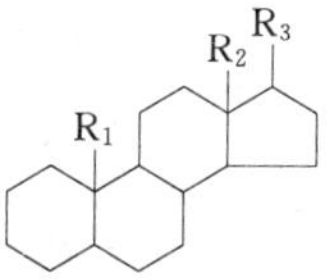

其中 R_1、R_2 一般为甲基，通常把这种甲基称为角甲基，R_3 为具有 2、5、8、9、10 个碳原子的侧链，在不同的甾体化合物中 R_3 链长短不同。甾是一个象形字，是根据这个结构得来的，“田”表示四个环，“《《”则表示三个侧链。四个环用 A、B、C、D 编号，碳原子也按固定顺序用阿拉伯数字编号。

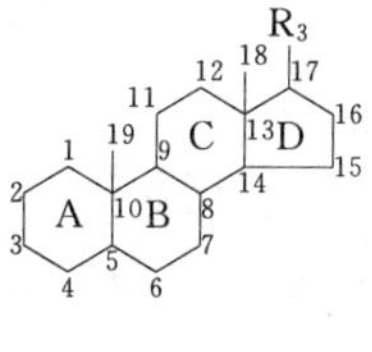

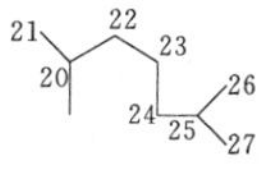

C_{17}上支链编号

二、甾体化合物的立体化学

（一）母核的构型

甾核的四个环有六个手性碳原子（C_5、C_{10}、C_8、C_9、C_{13}、C_{14}），所以，理论上应有 2^6(64) 个旋光异构体。但由于稠环的存在，而引起的空间位阻，使实际可能存在的异构体数目大大减少，一般只以稳定的构型存在。从现有资料来看，绝大多数甾核的构型具有如下特点：

1. 甾核中四个环（A、B、C、D）在手性碳处 C_5、C_{10}(A/B 环)；C_9、C_8(B/C 环)；C_{13}、C_{14}(C/D 环）稠合。

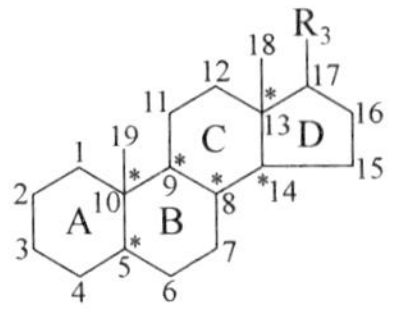

2. B、C两环总是反式稠合，表示为B/C反。

3. 除强心苷元和蟾毒苷元外，C、D环也是反式稠合，表示为C/D反。

4. A、B环的稠合方式有两种，A、B环可以顺式稠合，也可以反式稠合，表示为A/B顺或A/B反。

根据这些特点，可将甾体化合物分为正系和别系两种类型：

正系：也称5β甾体化合物，简称5β系。其构型可表示为A/B顺、B/C反、C/D反。A/B环相当于顺十氢化萘的构型，C_5 上的氢原子和 C_{10} 的角甲基都伸向环平面的前方，用实线表示。

例如：粪甾烷（coprostane）

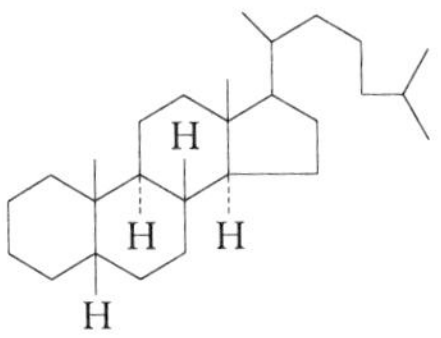

正系　5β型

别系或异系：也称5α甾体化合物，简称5α系。其构型可表示为A/B反、B/C反、C/D反。A/B环相当于反十氢化萘的构型，C_5 上的氢原子和 C_{10} 的角甲基不在同一边，而是伸向环平面的后方，用虚线表示。

例如：胆甾烷（cholestane）

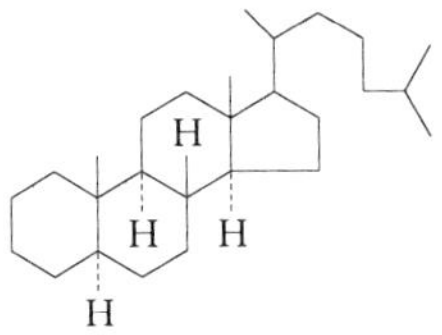

别系　5α型

（二）取代基构型

经X射线分析证明，天然甾体化合物中，C_{10} 和 C_{13} 上的角甲基互为顺式，都在环平面的前方，取代基的构型以角甲基为判断标准。环上取代基与角甲基在同一边，叫β-构型，用实线（—）表示。环上取代基与角甲基不在同一边，叫α-构型，用虚线（---）表示。环上取代基构型还未确定，叫ξ-构型，用波纹线（～）表示。

例如：

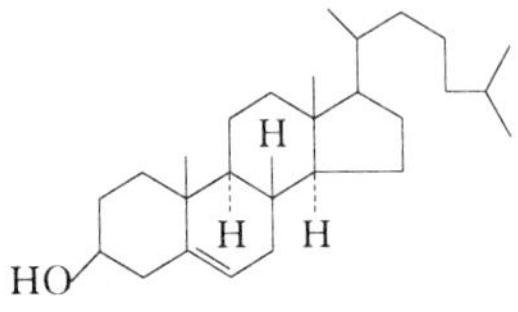

3β-羟基胆甾-5-烯
（胆甾醇　cholesterol）

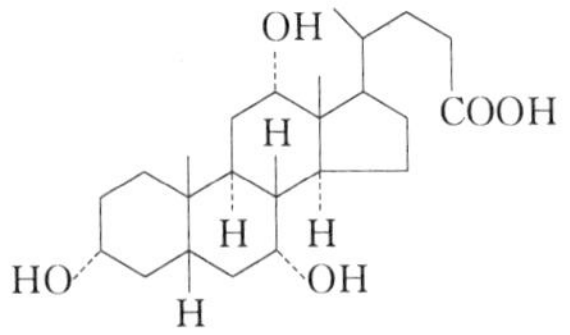

3α,7α,12α-三羟基-5β-胆烷-24-酸
（胆酸　chololic acid）

（三）甾体化合物的构象

甾体化合物的分子实际上并不是平面的，而是具有较复杂的空间构型，可以不同的构象存在。1950 年巴尔登提出了粪甾烷和胆甾烷的优势构象都是三个椅式环己烷和环戊烷稠合在一起，其构象式如下：

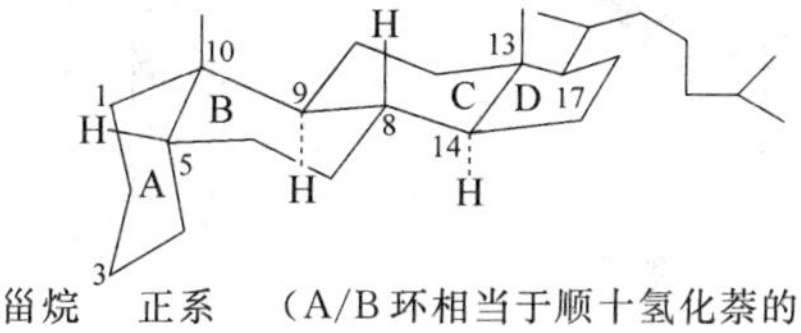

粪甾烷　正系　（A/B 环相当于顺十氢化萘的构型）

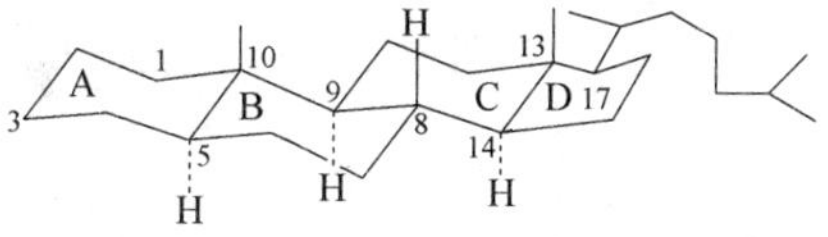

胆甾烷　别系（A/B 环相当于反十氢化萘的构型）

由于甾体化合物中四个环稠合在一起，而且都有反式稠合环，故和反式十氢化萘一样，没有转环作用，分子中 a 键和 e 键不能互换，其构象是固定的，因此，a 键基团和 e 键基团在化学性质上表现不同。

三、甾体化合物的命名

对甾体化合物进行系统命名时，首先要确定其基本母核的名称。

（一）甾体母核的命名

根据 C_{10}、C_{13}、C_{17}处所链侧链不同，可将常见的甾体母核分为以下几类：

1. 甾烷

甾烷（gonane）C_{10}、C_{13}处没有角甲基，C_{17}处也无侧链。

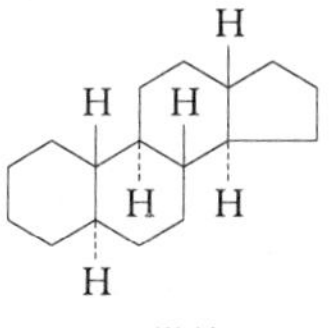

5α-甾烷

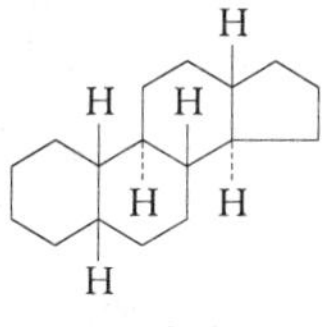

5β-甾烷

2. 雌甾烷

雌甾烷（estrane）C_{13}处有角甲基，C_{17}处无侧链。

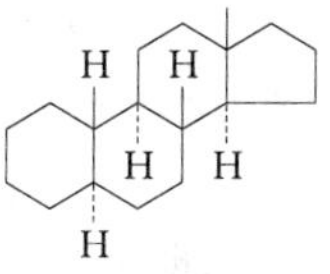

5α-雌甾烷

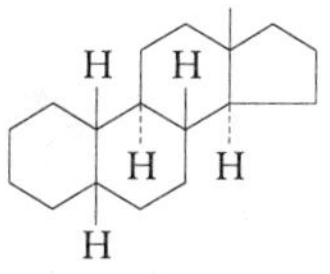

5β-雌甾烷

3. 雄甾烷

雄甾烷（androstane）C_{10}、C_{13}处有角甲基，C_{17}处无侧链。

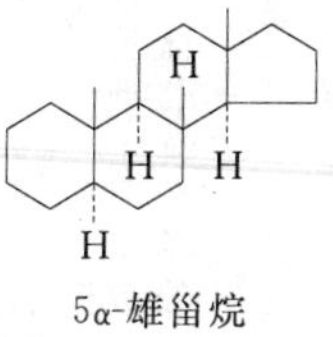

5α-雄甾烷

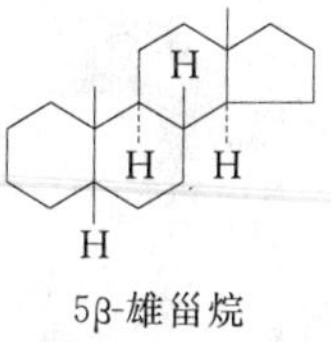

5β-雄甾烷

4. 孕甾烷

孕甾烷（pregnane）C_{10}、C_{13}处有角甲基，C_{17}处连有 β-构型的乙基。

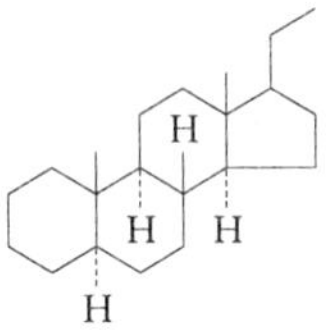

5α-孕甾烷

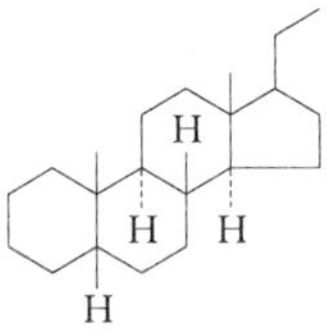

5β-孕甾烷

5. 胆烷

胆烷（cholane）C_{10}、C_{13}处有角甲基，C_{17}处连有 β-构型的—$CH(CH_3)CH_2CH_2CH_3$。

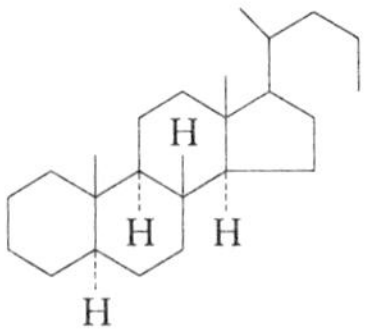

5α-胆烷

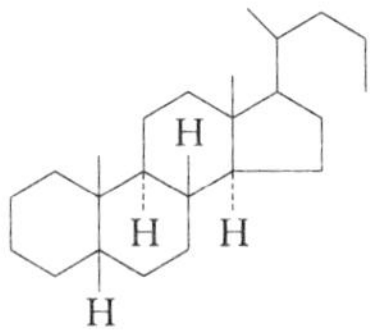

5β-胆烷

6. 胆甾烷

胆甾烷（cholestane）C_{10}、C_{13}处有角甲基，C_{17}处连有 β-构型的—$CH(CH_3)CH_2CH_2CH_2CH(CH_3)_2$。

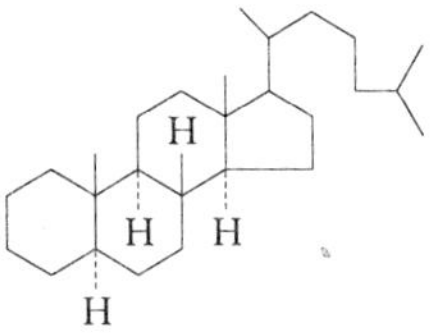

5α-胆甾烷

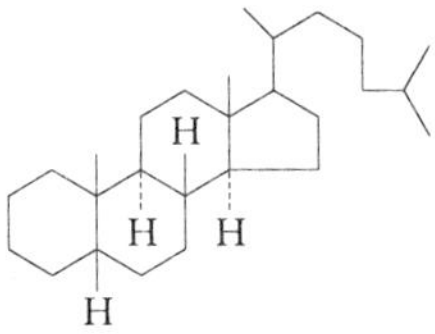

5β-胆甾烷

7. 麦角甾烷

麦角甾烷（ergostane）C_{10}、C_{13}处有角甲基，C_{17}处连有 β-构型的—$CH(CH_3)CH_2CH_2CH(CH_3)CH(CH_3)_2$。

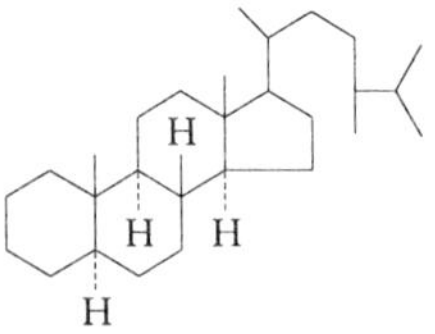

5α-麦角甾烷

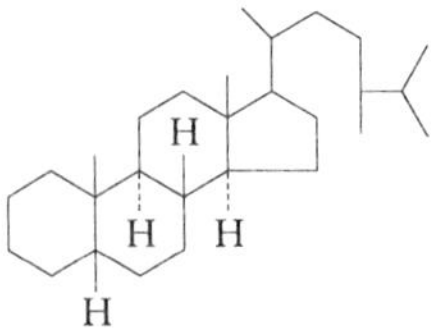

5β-麦角甾烷

8. 豆甾烷

豆甾烷（stigmastane）C_{10}、C_{13}处有角甲基，C_{17}处连有 β-构型的—$CH(CH_3)CH_2CH_2CH(CH_2CH_3)CH(CH_3)_2$。

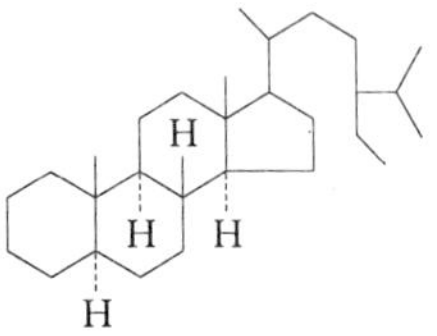

5α-豆甾烷

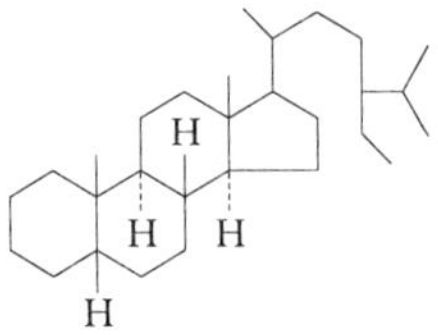

5β-豆甾烷

（二）甾核上取代基的命名

确定了甾体母核的名称后，再在母核名称的前后加上取代基或官能团的位置、构型、数目和名称。

例如：

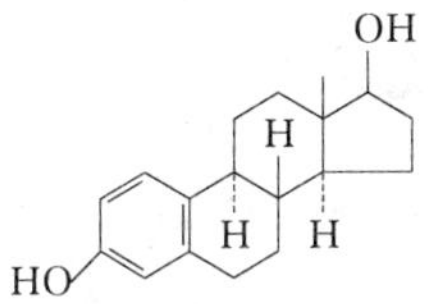

3,17β-二羟基-1,3,5(10)雌甾三烯
（β-雌二醇 β-dihydrotheelin）

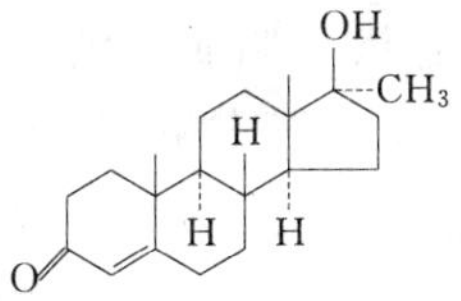

17α-甲基-17β-羟基雄甾-4-烯-3-酮
（甲基睾丸素 methyl testosterone）

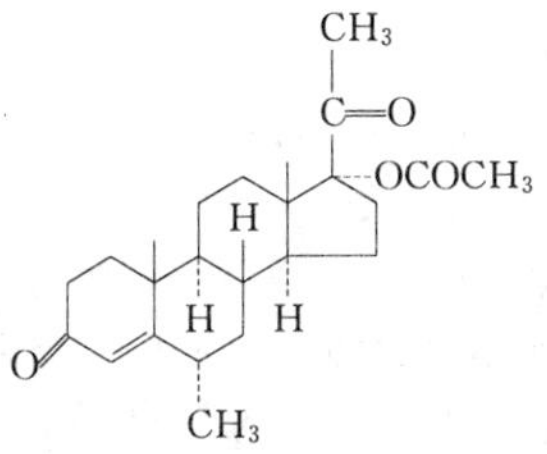

6α-甲基-17α-乙酰氧基孕甾-4-烯-3,20-二酮
（甲孕酮 medroprogesterone acetate）

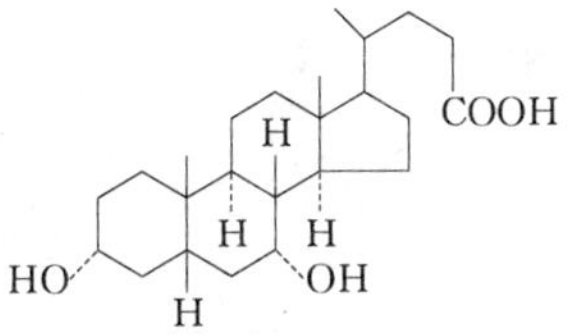

3α,7α-二羟基-5β-胆烷-24-酸
（鹅去氧胆酸 chemocholic acid）

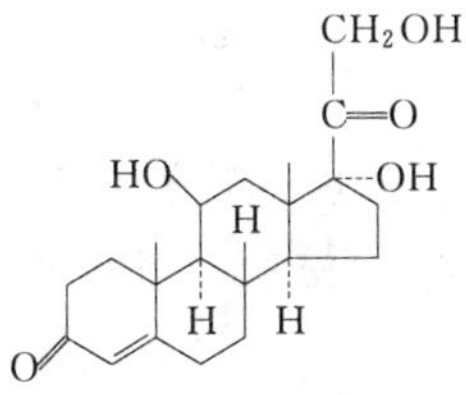

11β,17α,21-三羟基孕甾-4-烯-3,20-二酮
（氢化可的松 hydrocortisone）

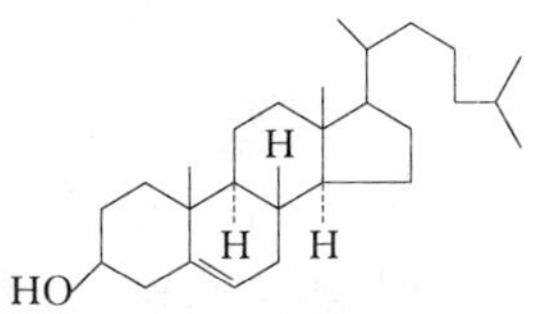

3β-羟基胆甾-5-烯
（胆甾醇 cholesterol）

甾体化合物的命名，因其结构比较复杂，有时也可采用与其来源或生理作用有关的俗名，如胆固醇、麦角甾醇、黄体酮等。

四、甾体化合物的种类

甾体化合物种类很多，一般根据天然来源和生物活性大致可以分为甾醇类、胆甾酸类、甾体激素、强心苷等。

（一）甾醇类

甾醇是甾体化合物中最早发现的一类化合物，它们属于醇类，又是结晶固体，所以又叫固醇类，其结构特征是 C_3 上有 β-羟基，C_5 上有不饱和键。在动物体内以酯的形式存在。

1. 胆甾醇

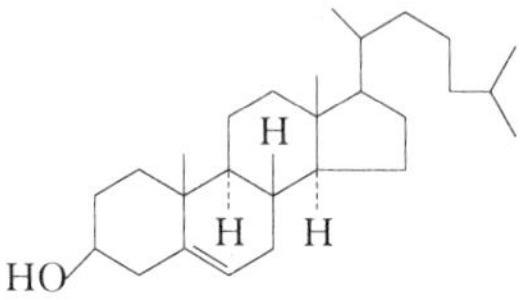

Δ^5-3β-羟基胆甾烯

胆甾醇（cholesterol）又称胆固醇，存在于动物的血液、脂肪、脑、脊髓、和神经组织中，蛋黄中含量也较多。是无色蜡状固体，不溶于水，易溶于有机溶剂。人体内含量过高，可引起胆结石、高血压和动脉粥样硬化。

2. 麦角甾醇

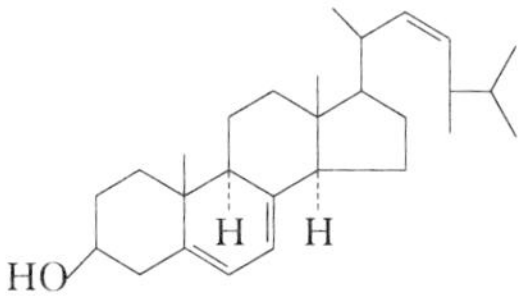

麦角甾醇（ergostenol）最初是从麦角中得到的一种植物甾醇，现多从酵母中提取得到，中药灵芝和茯苓中也含有。麦角甾醇为白色片状结晶或针状结晶，是合成维生素 D_2 的原料。

3. 维生素 D 类

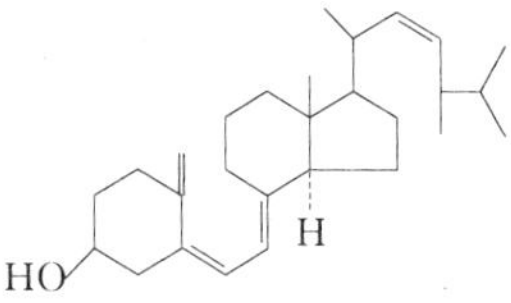

维生素 D_2

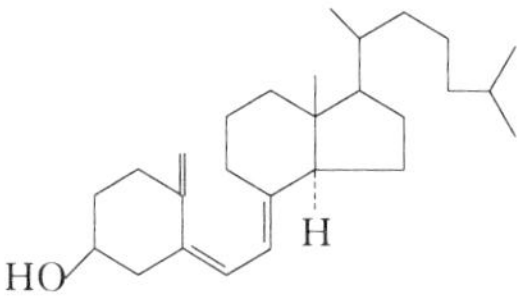

维生素 D_3

维生素 D(radiostol) 类可看作是在甾醇类 B 环破裂后形成的产物，目前已知的有 10 多种，其中维生素 D_2 和 D_3 的生理活性最强，主要用于治疗佝偻病。维生素 D_3 与 D_2 结构上的差别仅在于 C_{22} 处无双键，C_{24} 无甲基，稳定性较 D_2 高。

4. β-谷甾醇

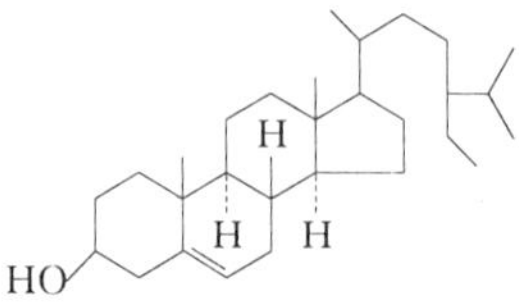

β-谷甾醇（β-sitosterol）在植物中分布很广，它以游离或苷的形式存在。β-谷甾醇具有抑制胆甾醇在肠道的吸收和降低血液中胆甾醇含量的作用，临床用作降脂药。β-谷甾醇还是合成甾体激素类药物的原料。

（二）胆甾酸类

胆甾酸（cholalicacid）或称胆酸，存在于人和动物的胆汁中，是其最重要的组分，在胆汁中以胆盐的形式存在，即胆酸中的羧基与甘氨酸和牛磺酸中的氨基形成甘氨胆酸和牛磺胆酸，并以不同的比例存在于不同动物的胆汁中，总称胆汁酸。

例如：

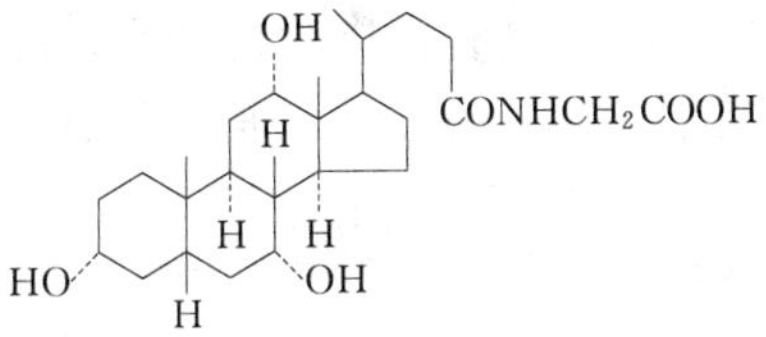

甘氨胆酸（glycocholic acid）

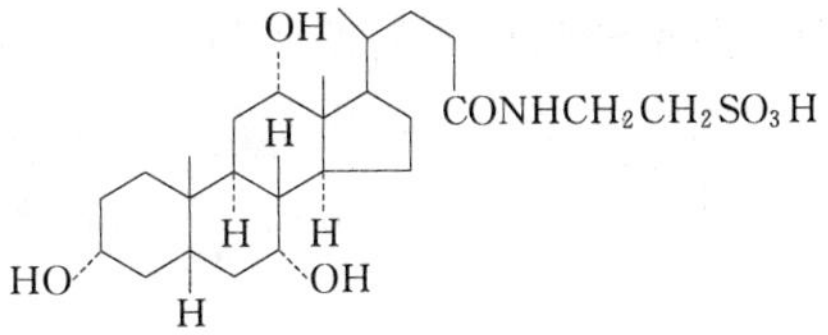

牛磺胆酸（taurocholic acid）

将其水解，就得到胆酸、甘氨酸或牛磺酸。胆甾酸是一类良好的乳化剂，可在肠道中帮助油脂的乳化和吸收。

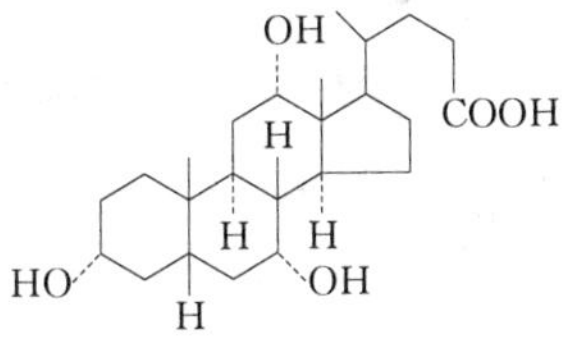

胆酸(bile acid)

NH_2CH_2COOH 甘氨酸(glycine)

$NH_2CH_2CH_2SO_3H$ 牛磺酸(taurine)

（三）甾体激素

激素又称荷尔蒙（hormone），是动物体内各种内分泌腺所分泌的特殊化学物质，它能直接进入血液和淋巴液中，数量很少，但具有重要的生理作用，主要是控制生长、营养和性机能等。甾体激素按其来源又可分为性激素和肾上腺皮质激素两类。

1. 性激素

性激素（sexhormone）是由动物的性腺分泌的，其作用是促进性特征和性器官的发育，维持正常的生育功能，按其生理功能又分为雌激素和雄激素。雌激素有两类；一类是由成熟的卵泡产生，称为雌激素，具有促进雌性第二性征的发育和性器官最后形成的作用，如β-雌二醇；另一类由卵泡排卵后形成的黄体所产生，称为黄体激素，具有促进受精卵在子宫内发育的功能，如黄体酮。雄激素是由腺睾丸间质细胞所分泌，肾上腺皮质也分泌少量雄激素。雄激素存在于男性的血液和小便中，具有促进雄性第二性征的发育和性器官最后形成的作用，如睾丸素。性激素的结构特征是大多数在 $C_4 \sim C_5$ 间有双键，C_{17} 上没有较长的侧链。

例如：

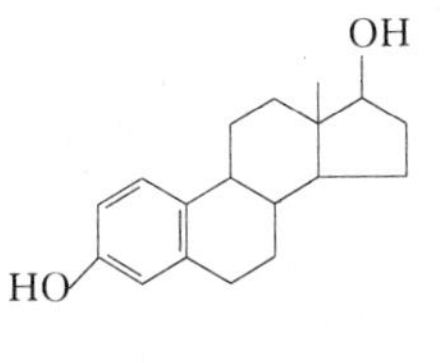

β-雌二醇(β-dihydrotheelin)

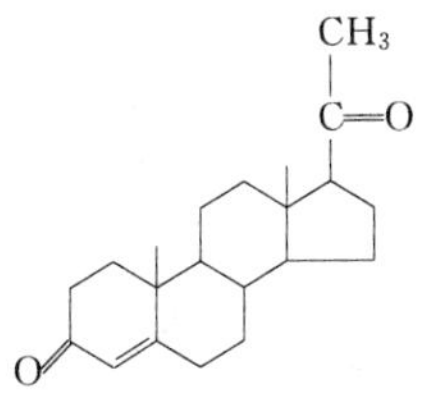

黄体酮(progesterone)

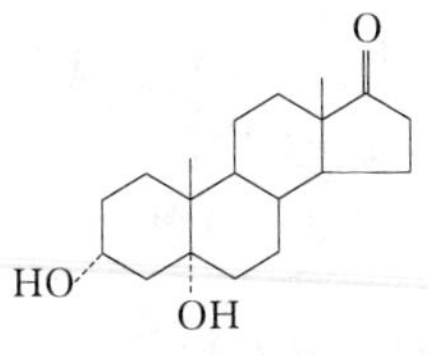

雄性酮(androsterone)

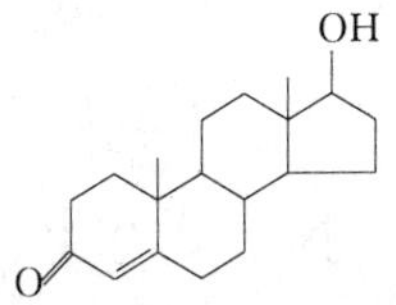

睾丸素(testosterone)

2. 肾上腺皮质激素

由肾上腺皮质（adrenalcortex）分泌的一类激素称为肾上腺皮质激素（adrenal cortex-hormone）。根据生理功能又分为糖皮质激素（glucocorticoid）和盐皮质激素。糖皮质激素的生理功能是影响机体的糖代谢、增加肝糖元、增强抵抗力、具有抗炎、抗过敏和抗风湿的作用，例如可的松等。盐皮质激素能促进体内 Na^+ 的滞留和 K^+ 的排出，通过保钠排钾来调节机体内钠、钾离子的平衡，例如去氧皮质酮。

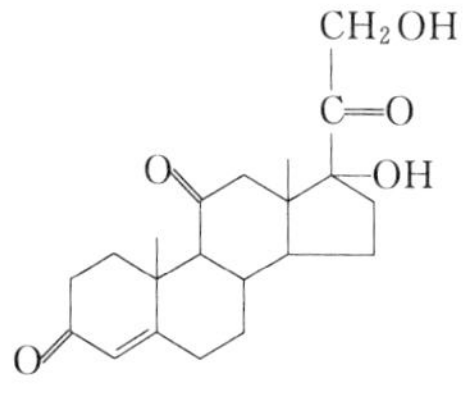

可的松(cortisone)

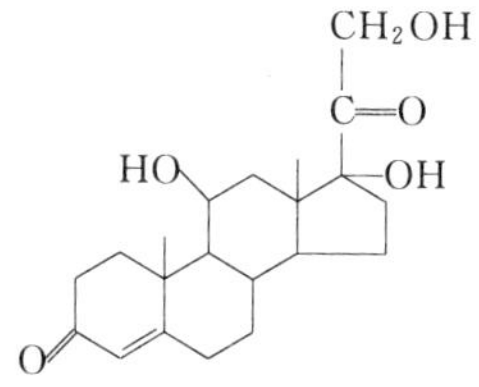

氢化可的松(hydrocortisone)

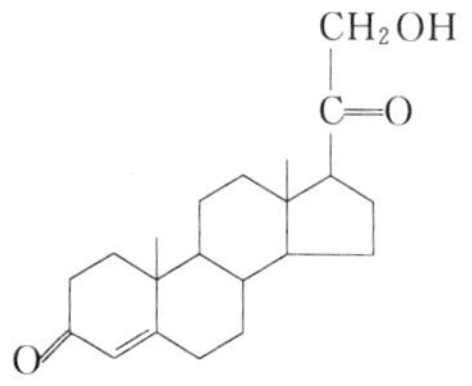

11-去氧皮质酮

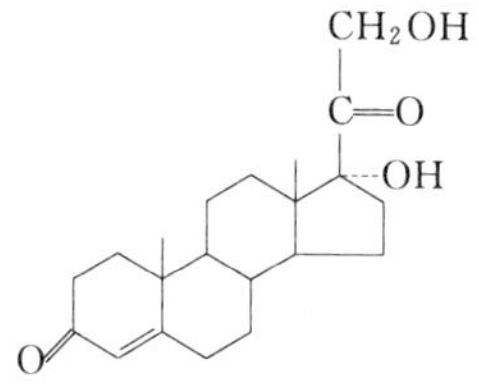

17α-羟基-11-去氧皮质酮

（四）强心苷类

强心苷（cardiacglycoside）是存在于动、植物体内具有强心作用的甾体苷类化合物。临床上主要用于治疗充血性心力衰竭及节律障碍等心脏疾患。强心苷主要分布于夹竹桃科、百合科、十字花科、毛茛科、卫矛科等十几个科的一百多种植物中。强心苷的结构比较复杂，是由强心苷元和糖两部分构成的。强心苷元中甾体母核四个环的稠合方式是 A/B 环可顺可反，B/C 环反式，C/D 环多为顺式。C_{17}侧链为不饱和内酯环，甾核上的三个侧链都是 β 构型，C_{13}是甲基，C_{10}大多是甲基，也有羟基、醛基、羧基等。

例如：

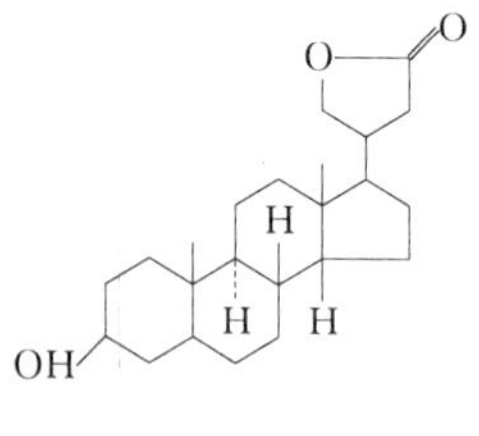

强心甾

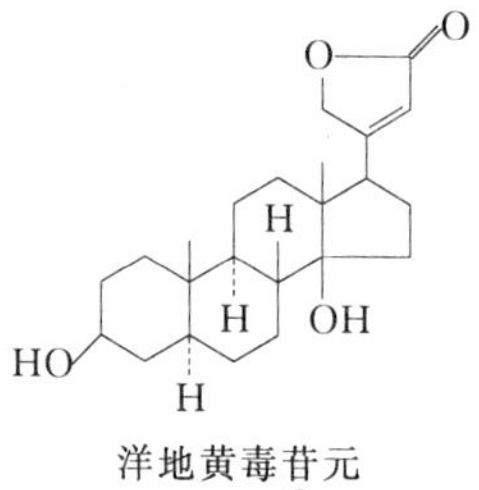

洋地黄毒苷元

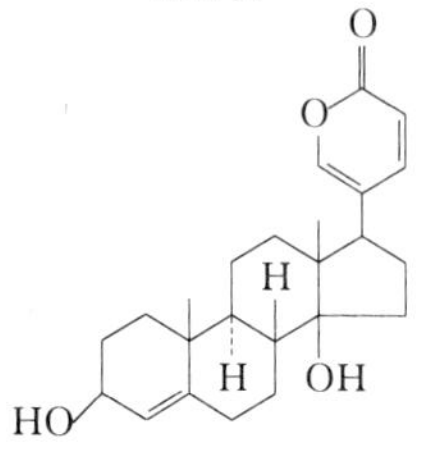

海葱苷元

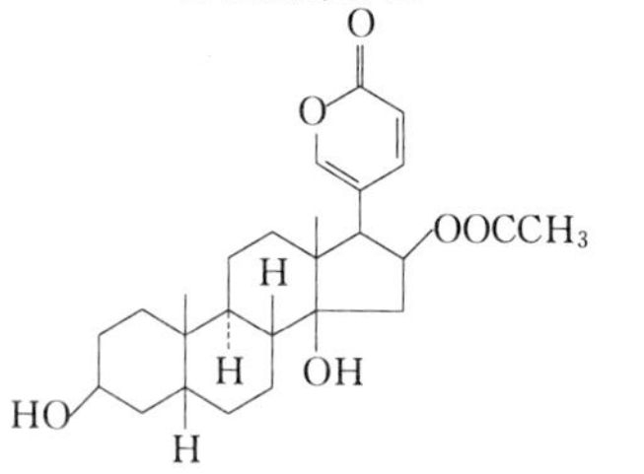

蟾酥毒苷元

主要参考文献

1. T. W. Graham Solomons Craig B Fryhle. Organic Chemistry Eight Edition Copyright 2004 by John Wiley &Sons
2. John McMurry. Fundamentals of Organic Chemistry Copyright 2002 by Brooks/Cole Publishing Company
3. 吉卯祉，彭松．有机化学．北京：科学出版社，2002
4. 伍越寰，李伟昶，沈晓明．有机化学．合肥：中国科学技术大学出版社，2002
5. 徐寿昌．有机化学．第 2 版．北京：高等教育出版社，1993
6. 蒋硕健，丁有骏，李明谦．有机化学．第 2 版．北京：北京大学出版社，1996
7. 廖清江．有机化学．第 3 版．北京：人民卫生出版社，1994
8. 复旦大学化学系有机化学教研组译．有机化学．北京：科学出版社，1983

教材与教学配套用书

新世纪全国高等中医药院校规划教材

注：凡标○号者为“普通高等教育‘十五’国家级规划教材”；凡标★号者为“普通高等教育‘十一五’国家级规划教材”

（一）中医学类专业

1 中国医学史（常存库主编）○★
2 医古文（段逸山主编）○★
3 中医各家学说（严世芸主编）○★
4 中医基础理论（孙广仁主编）○★
5 中医诊断学（朱文锋主编）○★
6 内经选读（王庆其主编）○★
7 伤寒学（熊曼琪主编）○★
8 金匮要略（范永升主编）★
9 温病学（林培政主编）○★
10 中药学（高学敏主编）○★
11 方剂学（邓中甲主编）○★
12 中医内科学（周仲瑛主编）○★
13 中医外科学（李曰庆主编）★
14 中医妇科学（张玉珍主编）○★
15 中医儿科学（汪受传主编）○★
16 中医骨伤科学（王和鸣主编）○★
17 中医耳鼻咽喉科学（王士贞主编）○★
18 中医眼科学（曾庆华主编）○★
19 中医急诊学（姜良铎主编）○★
20 针灸学（石学敏主编）○★
21 推拿学（严隽陶主编）○★
22 正常人体解剖学（严振国　杨茂有主编）★
23 组织学与胚胎学（蔡玉文主编）○★
24 生理学（施雪筠主编）○★
生理学实验指导（施雪筠主编）
25 病理学（黄玉芳主编）○★
病理学实验指导（黄玉芳主编）
26 药理学（吕圭源主编）
27 生物化学（王继峰主编）○★
28 免疫学基础与病原生物学（杨黎青主编）○★
免疫学基础与病原生物学实验指导(杨黎青主编)
29 诊断学基础（戴万亨主编）★
诊断学基础实习指导（戴万亨主编）
30 西医外科学（李乃卿主编）★
31 内科学（徐蓉娟主编）○

（二）针灸推拿学专业（与中医学专业相同的课程未列）

1 经络腧穴学（沈雪勇主编）○★
2 刺法灸法学（陆寿康主编）★
3 针灸治疗学（王启才主编）
4 实验针灸学（李忠仁主编）○★
5 推拿手法学（王国才主编）○★
6 针灸医籍选读（吴富东主编）★
7 推拿治疗学（王国才）

（三）中药学类专业

1 药用植物学（姚振生主编）○★
药用植物学实验指导（姚振生主编）
2 中医学基础（张登本主编）
3 中药药理学（侯家玉　方泰惠主编）○★
4 中药化学（匡海学主编）○★
5 中药炮制学（龚千锋主编）○★
中药炮制学实验（龚千锋主编）
6 中药鉴定学（康廷国主编）★
中药鉴定学实验指导（吴德康主编）
7 中药药剂学（张兆旺主编）○★
中药药剂学实验
8 中药制剂分析（梁生旺主编）○

9 中药制药工程原理与设备（刘落宪主编）★
10 高等数学（周　喆主编）
11 中医药统计学（周仁郁主编）
12 物理学（余国建主编）
13 无机化学（铁步荣　贾桂芝主编）★
无机化学实验（铁步荣　贾桂芝主编）
14 有机化学（洪筱坤主编）★
有机化学实验（彭松　林辉主编）
15 物理化学（刘幸平主编）
16 分析化学（黄世德　梁生旺主编）
分析化学实验（黄世德　梁生旺主编）
17 医用物理学（余国建主编）

（四）中西医结合专业

1 中外医学史（张大庆　和中浚主编）
2 中西医结合医学导论（陈士奎主编）★
3 中西医结合内科学（蔡光先　赵玉庸主编）★
4 中西医结合外科学（李乃卿主编）★
5 中西医结合儿科学（王雪峰主编）★
6 中西医结合耳鼻咽喉科学（田道法主编）★
7 中西医结合口腔科学（李元聪主编）★
8 中西医结合眼科学（段俊国主编）★
9 中西医结合传染病学（刘金星主编）
10 中西医结合肿瘤病学（刘亚娴主编）
11 中西医结合皮肤性病学（陈德宇主编）
12 中西医结合精神病学（张宏耕主编）★
13 中西医结合妇科学（尤昭玲主编）★
14 中西医结合骨伤科学（石印玉主编）★
15 中西医结合危重病学（熊旭东主编）★
16 中西医结合肛肠病学（陆金根主编）★
17 免疫学与病原生物学（刘燕明主编）
18 中医诊断学（陈家旭主编）
19 局部解剖学（聂绪发主编）
20 诊断学（戴万亨主编）
21 组织学与胚胎学（刘黎青主编）
22 病理生理学（张立克主编）
23 系统解剖学（杨茂有主编）
24 生物化学（温进坤主编）
25 病理学（唐建武主编）
26 医学生物学（王望九主编）
27 药理学（苏云明主编）
28 中医基础理论（王键主编）
29 中药学（陈蔚文主编）
30 方剂学（谢鸣主编）
31 针灸推拿学（梁繁荣主编）
32 中医经典选读（周安方主编）
33 生理学（张志雄主编）
34 中西医结合思路与方法(何清湖主编)(改革教材)

（五）药学类专业

1 分子生物学（唐炳华主编）
2 工业药剂学（胡容峰主编）
3 生物药剂学与药物动力学（林宁主编）
4 生药学（王喜军主编）
5 天然药物化学（董小萍主编）
6 物理药剂学（王玉蓉主编）
7 药剂学（李范珠主编）
8 药物学分析（甄汉深　贾济宇主编）
9 药物合成（吉卯祉主编）
10 药学文献检索（章新友主编）
11 药学专业英语（都晓伟主编）
12 制药工艺学（王沛主编）
13 中成药学（张的凤主编）

（六）管理专业

1 医院管理学（黄明安　袁红霞主编）
2 医药企业管理学（朱文涛主编）
3 卫生统计学（崔相学主编）
4 卫生管理学（景琳主编）★
5 药事管理学（孟锐主编）
6 卫生信息管理（王宇主编）
7 医院财务管理（程薇主编）
8 卫生经济学（黎东生主编）
9 卫生法学（佟子林主编）
10 公共关系学（关晓光主编）
11 医药人力资源管理学（王悦主编）
12 管理学基础（段利忠主编）
13 管理心理学（刘鲁蓉主编）
14 医院管理案例（赵丽娟主编）

（七）护理专业

1 护理学导论（韩丽沙 吴 瑛主编）★
2 护理学基础（吕淑琴 尚少梅主编）★
3 中医护理学基础（刘 虹主编）★
4 健康评估（吕探云 王 琦主编）★
5 护理科研（肖顺贞 申杰主编）
6 护理心理学（胡永年 刘晓虹主编）
7 护理管理学（关永杰 宫玉花主编）
8 护理教育（孙宏玉 简福爱主编）
9 护理美学（林俊华 刘 宇主编）★
10 内科护理学（徐桂华主编）上册★
11 内科护理学（姚景鹏主编）下册★
12 外科护理学（张燕生 路 潜主编）
13 妇产科护理学（郑修霞 李京枝主编）
14 儿科护理学（汪受传 洪黛玲主编）★
15 骨伤科护理学（陆静波主编）
16 五官科护理学（丁淑华 席淑新主编）★
17 急救护理学（牛德群主编）
18 养生康复学（马烈光 李英华主编）★
19 社区护理学（冯正仪 王 珏主编）
20 营养与食疗学（吴翠珍主编）★
21 护理专业英语（黄嘉陵主编）
22 护理伦理学（马家忠 张晨主编）★

（八）七年制

1 中医儿科学（汪受传主编）★
2 临床中药学（张廷模主编）○★
3 中医诊断学（王忆勤主编）○★
4 内经学（王洪图主编）○★
5 中医妇科学（马宝璋主编）○★
6 温病学（杨 进主编）★
7 金匮要略（张家礼主编）○★
8 中医基础理论（曹洪欣主编）○★
9 伤寒论（姜建国主编）★
10 中医养生康复学（王旭东主编）★
11 中医哲学基础（张其成主编）★
12 中医古汉语基础（邵冠勇主编）★
13 针灸学（梁繁荣主编）○★
14 中医骨伤科学（施 杞主编）○★
15 中医医家学说及学术思想史（严世芸主编）○★
16 中医外科学（陈红风主编）○★
17 中医内科学（田德禄主编）○★
18 方剂学（李 冀主编）○★

（九）中医临床技能实训教材（丛书总主编 张伯礼）

1 诊断学基础（蒋梅先主编）★
2 中医诊断学（含病例书写）（陆小左主编）★
3 中医推拿学（金宏柱主编）★
4 中医骨伤科学（褚立希主编）★
5 针灸学（面向中医学专业）（周桂桐主编）★
6 经络腧穴学（面向针灸学专业）（路玫主编）★
7 刺法灸法学（面向针灸学专业）（冯淑兰主编）★
8 临床中药学（于虹主编）★

（十）计算机教材

1 SAS 统计软件（周仁郁主编）
2 医院信息系统教程（施诚主编）
3 多媒体技术与应用（蔡逸仪主编）
4 计算机基础教程（陈素主编）
5 网页制作（李书珍主编）
6 SPSS 统计软件（刘仁权主编）
7 计算机技术在医疗仪器中的应用（潘礼庆主编）
8 计算机网络基础与应用（鲍剑洋主编）
9 计算机医学信息检索（李永强主编）
10 计算机应用教程（李玲娟主编）
11 医学数据仓库与数据挖掘（张承江主编）
12 医学图形图像处理（章新友主编）

（十一）中医、中西医结合执业医师、专业资格考试相关教材

1 医学心理学（邱鸿钟主编）
2 传染病学（陈盛铎主编）
3 卫生法规（田侃主编）
4 医学伦理学（樊民胜 张金钟主编）

新世纪全国高等中医药院校创新(教改)教材

1 病原生物学(伍参荣主编)
2 病原生物学实验指导(伍参荣主编)
3 杵针学(钟枢才主编)
4 茶学概论(周巨根主编)
5 大学生职业生涯规划与就业指导(王宇主编)
6 方剂学(顿宝生主编)
7 分子生药学(黄璐琦　肖培根主编)
8 妇产科实验动物学(尤昭玲主编)
9 国际传统药和天然药物(贾梅如主编)
10 公共营养学(蔡美琴主编)
11 各家针灸学说(魏稼　高希言主编)
12 解剖生理学(严振国　施雪筠主编)
13 局部解剖学(严振国主编)
14 经络美容学(傅杰英主编)
15 金匮辩证法与临床(张家礼主编)
16 临床技能学(蔡建辉　王柳行主编)
17 临床中药炮制学(张振凌主编)
18 临床免疫学(罗晶　袁嘉丽主编)
19 临床医学概论(潘涛、张永涛主编)
20 美容应用技术(丁慧主编)
21 美容皮肤科学(王海棠主编)
22 人体形态学(李伊为主编)
23 人体形态学实验指导(曾鼎昌主编)
24 人体机能学(张克纯主编)
25 人体机能学实验指导(李斌主编)
26 神经解剖学(白丽敏主编)
27 神经系统疾病定位诊断学(五年制、七年制用)(高玲主编)
28 生命科学基础(王蔓莹主编)
29 生命科学基础实验指导(洪振丰主编)
30 伤寒论思维与辨析(张国俊主编)
31 伤寒论学用指要(翟慕东主编)
32 实用美容技术(王海棠主编)
33 实用免疫接种培训教程(王鸣主编)
34 实验中医学(郑小伟、刘涛主编)
35 实验针灸学(郭义主编)
36 推拿学(吕明主编)
37 卫生法学概论(郭进玉主编)
38 卫生管理学(景琳主编)★
39 瘟疫学新编(张之文主编)
40 外感病误治分析(张国骏主编)
41 细胞生物学(赵宗江主编)★
42 组织细胞分子学实验原理与方法(赵宗江主编)
43 西医诊疗学基础(凌锡森主编)
44 线性代数(周仁郁主编)
45 现代中医心理学(王米渠主编)
46 现代临床医学概论(张明雪主编)
47 性医学(毕焕洲主编)
48 医学免疫学与微生物学(顾立刚主编)
49 医用日语阅读与翻译(刘群主编)
50 药事管理学(江海燕主编)
51 药理实验教程(洪缨　张恩户主编)
52 应用药理学(田育望主编)
53 医学分子生物学(唐炳华　王继峰主编)★
54 药用植物生态学(王德群主编)
55 药用植物学野外实习纲要(万德光主编)
56 药用植物组织培养(钱子刚主编)
57 医学遗传学(王望九主编)
58 医学英语(魏凯峰主编)
59 药用植物栽培学(徐良)
60 医学免疫学(刘文泰主编)
61 医学美学教程(李红阳主编)
62 药用辅料学(傅超美)
63 中药炮制学(蔡宝昌主编)★
64 中医基础学科实验教程(谭德福主编)
65 中医医院管理学(赵丽娟主编)(北京市精品教材)
66 中医药膳学(谭兴贵主编)
67 中医文献学(严季澜　顾植山主编)★
68 中医内科急症学(周仲瑛　金妙文主编)★
69 中医统计诊断(张启明　李可建主编)★
70 中医临床护理学(谢华民　杨少雄主编)
71 中医食疗学(倪世美　金国梁主编)
72 中药药效质量学(张秋菊主编)
73 中西医结合康复医学(高根德主编)
74 中药调剂与养护学(杨梓懿主编)
75 中药材鉴定学(李成义)
76 中药材加工学(龙全江主编)★
77 中药成分分析(郭玫主编)
78 中药养护学(张西玲主编)
79 中药拉丁语(刘春生主编)
80 中医临床概论(金国梁主编)
81 中医美容学(王海棠主编)

82 中药化妆品学（刘华钢主编）
83 中医美容学（刘宁主编）
84 中医药数学模型（周仁郁主编）
85 中医药统计学与软件应用（刘明芝 周仁郁主编）
86 中医四诊技能训练规范（张新渝主编）
87 中药材CAP与栽培学（李敏 卫莹芳主编）
88 中医误诊学（李灿东主编）
89 诊断学基础实习指导（戴万亨主编）
90 中医药基础理论实验教程（金沈锐主编）
91 针刀医学（上、下）（朱汉章主编）
92 针灸处方学（李志道主编）
93 中医诊断学（袁肇凯）主编（研究生用）
94 针刀刀法手法学（朱汉章主编）
95 针刀医学诊断学（石现主编）
96 针刀医学护理学（吴绪平主编）
97 针刀医学基础理论（朱汉章主编）
98 正常人体解剖学（严振国主编）
99 针刀治疗学（吴绪平主编）
100 中医药论文写作（丛林主编）
101 中医气功学（吕明主编）
102 中医护理学（孙秋华 李建美主编）
103 针刀医学（吴绪平主编）
104 中医临床基础学（熊曼琪主编）
105 中医运气学（苏颖主编）★
106 中医行为医学（江泳主编）
107 中医方剂化学（裴妙荣主编）
108 中医外科特色制剂（艾儒棣主编）
109 中药性状鉴定实训教材（王满恩 裴慧荣主编）
110 中医康复学（刘昭纯 郭海英主编）
111 中医哲学概论（苏培庆 战文翔主编）（供高职高专用）
112 中药材概论（阎玉凝 刘春生主编）
113 中医诊断临床模拟训练（李灿东主编）
114 中医各家学说（秦玉龙主编）
115 中国民族医药学概论（李峰 马淑然主编）
116 人体解剖学（英文）（严振国主编）（七年制）★
117 中医内科学（英文教材）（高天舒主编）
118 中药学（英文教材）（赵爱秋主编）
119 中医诊断学（英文教材）（张庆红主编）
120 方剂学（英文教材）（都广礼主编）
121 中医基础理论（英文教材）（张庆荣主编）

新世纪全国高等中医药院校规划教材配套教学用书

（一）习题集

1 医古文习题集（许敬生主编）
2 中医基础理论习题集（孙广仁主编）
3 中医诊断学习题集（朱文锋主编）
4 中药学习题集（高学敏主编）
5 中医外科学习题集（李曰庆主编）
6 中医妇科学习题集（张玉珍主编）
7 中医儿科学习题集（汪受传主编）
8 中医骨伤科学习题集（王和鸣主编）
9 针灸学习题集（石学敏主编）
10 方剂学习题集（邓中甲主编）
11 中医内科学习题集（周仲瑛主编）
12 中国医学史习题集（常存库主编）
13 内经选读习题集（王庆其主编）
14 伤寒学习题集（熊曼琪主编）
15 金匮要略选读习题集（范永升主编）
16 温病学习题集（林培政主编）
17 中医耳鼻咽喉科学习题集（王士贞主编）
18 中医眼科学习题集（曾庆华主编）
19 中医急诊学习题集（姜良铎主编）
20 正常人体解剖学习题集（严振国主编）
21 组织学与胚胎学习题集（蔡玉文主编）
22 生理学习题集（施雪筠主编）
23 病理学习题集（黄玉芳主编）
24 药理学习题集（吕圭源主编）
25 生物化学习题集（王继峰主编）
26 免疫学基础与病原生物学习题集（杨黎青主编）
27 诊断学基础习题集（戴万亨主编）
28 内科学习题集（徐蓉娟主编）
29 西医外科学习题集（李乃卿主编）
30 中医各家学说习题集（严世芸主编）
31 中药药理学习题集（黄国钧主编）
32 药用植物学习题集（姚振生主编）
33 中药炮制学习题集（龚千锋主编）
34 中药药剂学习题集（张兆旺主编）
35 中药制剂分析习题集（梁生旺主编）
36 中药化学习题集（匡海学主编）

37 中医学基础习题集（张登本主编）
38 中药制药工程原理与设备习题集（刘落宪主编）
39 经络腧穴学习题集（沈雪勇主编）
40 刺法灸法学习题集（陆寿康主编）
41 针灸治疗学习题集（王启才主编）
42 实验针灸学习题集（李忠仁主编）
43 针灸医籍选读习题集（吴富东主编）
44 推拿学习题集（严隽陶主编）
45 推拿手法学习题集（王国才主编）
46 中医药统计学习题集（周仁郁主编）
47 医用物理学习题集（邵建华　侯俊玲主编）
48 有机化学习题集（洪筱坤主编）
49 物理学习题集（章新友　顾柏平主编）
50 无机化学习题集（铁步荣　贾桂芝主编）
51 高等数学习题集（周　喆主编）
52 物理化学习题集（刘幸平主编）
53 中西医结合危重病学习题集（熊旭东主编）

（二）易学助考口袋丛书

1 中医基础理论（姜　惟主编）
2 中医诊断学（吴承玉主编）
3 中药学（马　红主编）
4 方剂学（倪　诚主编）
5 内经选读（唐雪梅主编）
6 伤寒学（周春祥主编）
7 金匮要略（蒋　明主编）
8 温病学（刘　涛主编）
9 中医内科学（薛博瑜主编）
10 中医外科学（何清湖主编）
11 中医妇科学（谈　勇主编）
12 中医儿科学（郁晓维主编）
13 中药制剂分析（张　梅主编）
14 病理学（黄玉芳主编）
15 中药化学（王　栋主编）
16 中药炮制学（丁安伟主编）
17 生物化学（唐炳华主编）
18 中药药剂学（倪　健主编）
19 药用植物学（刘合刚主编）
20 内科学（徐蓉娟主编）
21 诊断学基础（戴万亨主编）
22 针灸学（方剑乔主编）
23 免疫学基础与病原生物学（袁嘉丽　罗　晶主编）
24 西医外科学（曹　羽　刘家放主编）
25 正常人体解剖学（严振国主编）
26 中药药理学（方泰惠主编）

中医执业医师资格考试用书

1 中医、中西医结合执业医师医师资格考试大纲
2 中医、中西医结合执业医师医师资格考试应试指南
3 中医、中西医结合执业医师医师资格考试习题集

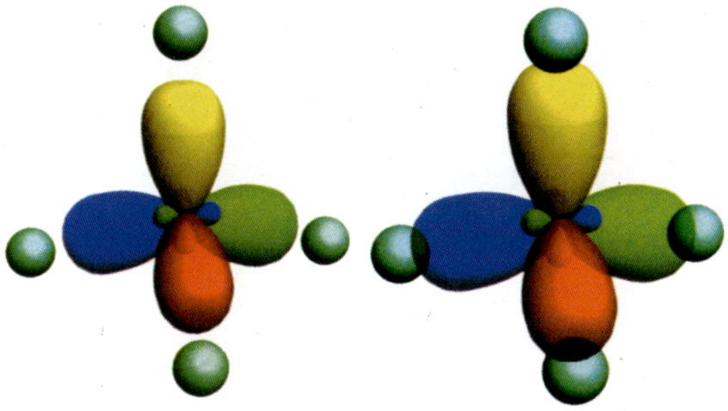

图2-5　甲烷分子的形成

图2-7　sp^2杂化轨道的电子云示意图

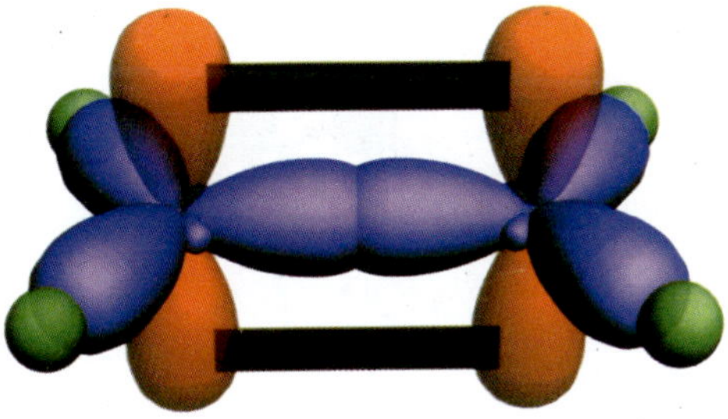

图2-8　乙烯分子的形成

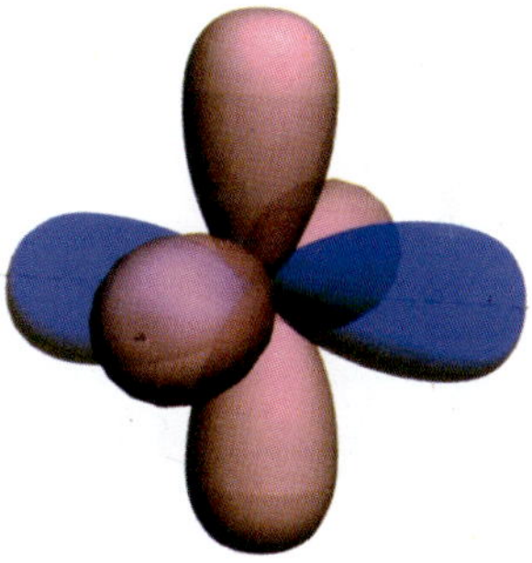

图2-10　sp杂化轨道的电子云示意图

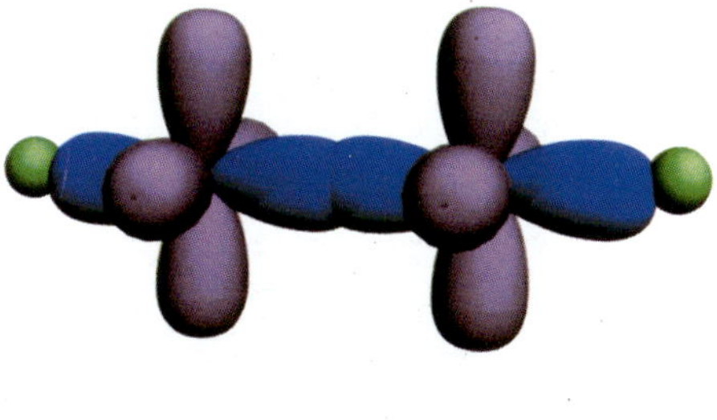

图2-11　乙炔分子的形成

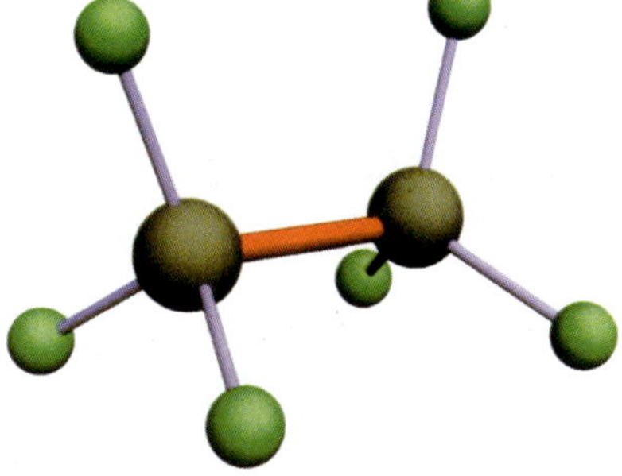

图3-1　乙烷的球棒模型（重叠式构象）

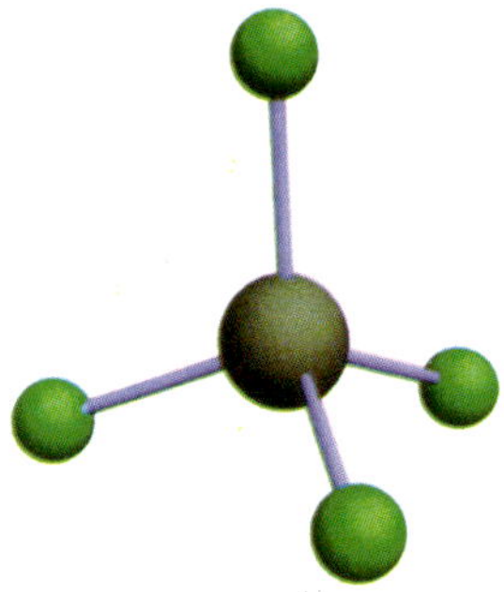

图4-1　甲烷的球棒模型

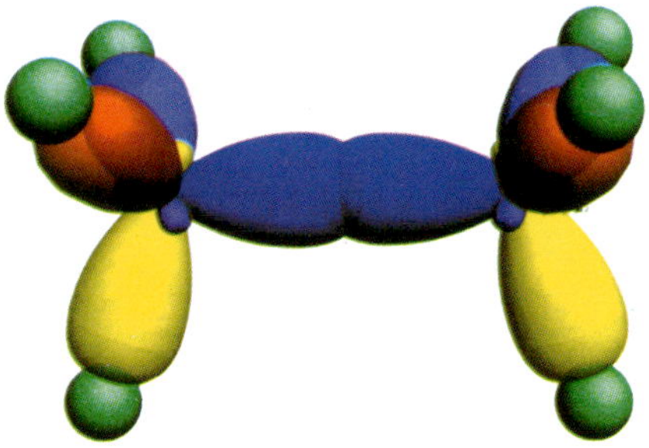

图4-2　乙烷分子中原子轨道重叠示意图

图6-1　乙炔分子结构示意图

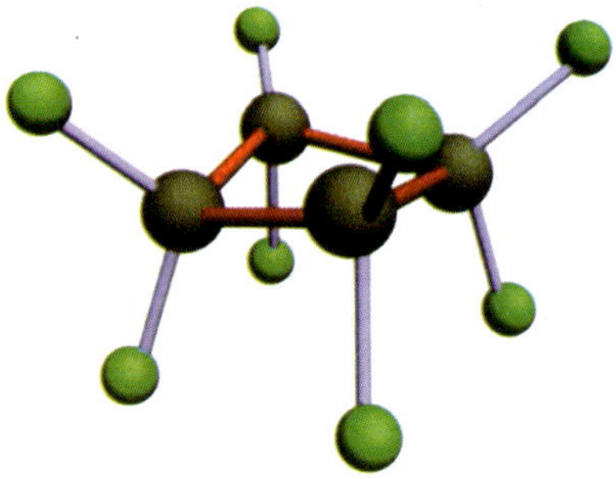

图7-3　环丁烷的蝶式构象

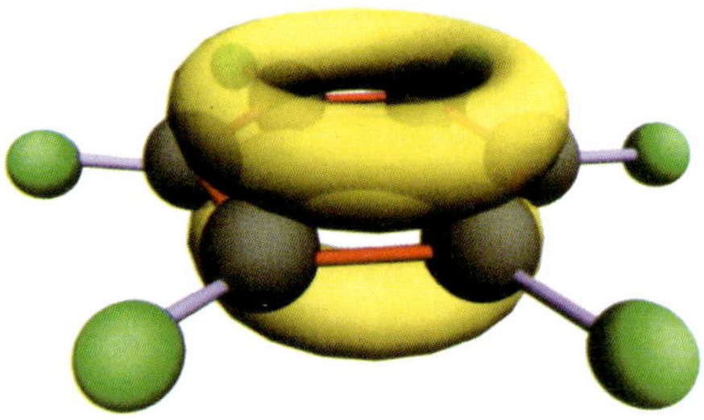

图8-1　苯分子的 π 电子云示意图

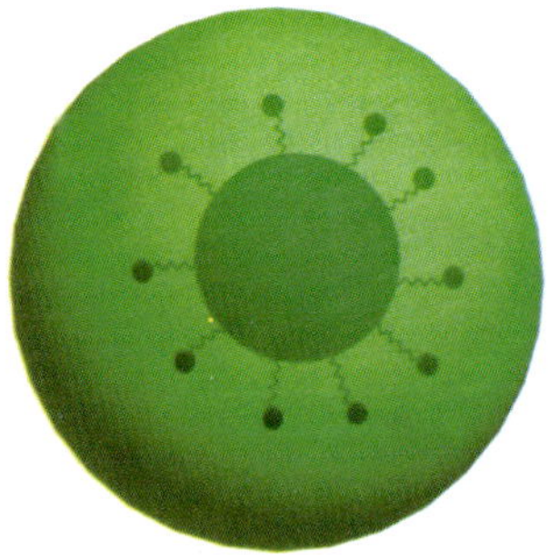

图12-1　胶束示意图